ROMAN
EHRLICH

DIE FÜRCHTERLICHEN TAGE DES SCHRECKLICHEN GRAUENS

ROMAN

S. FISCHER

MIX
Papier aus verantwortungsvollen Quellen
FSC® C083411

Erschienen bei S. FISCHER

Satz: Dörlemann Satz, Lemförde
Druck und Bindung: CPI books GmbH, Leck
Printed in Germany
ISBN 978-3-10-002531-9

Trotz allem:
für Christoph

ICH HATTE MIR vorher oft gedacht, dass ich gerne einmal in einem Horrorfilm mitgespielt hätte. Das war der Wortlaut meiner Gedanken: Ich *hätte* gerne einmal in einem Horrorfilm mitgespielt. Als wäre mein Leben damals schon fast zu Ende gewesen oder zumindest dieser eine Zug für immer abgefahren. Warum das so war, weiß ich nicht.

Man könnte vielleicht noch weiter zurückgehen und sagen, alles fing damit an, dass ich als Kind Schauspieler werden wollte. Aber davon hatte ich mich eigentlich längst schon verabschiedet. Ich wollte kein Schauspieler sein. Ich wollte auch kein grundsätzlich anderer sein als der, der ich war.

Als ich aber von Christoph angerufen wurde und er mir anbot, eine Rolle in seinem nächsten Film zu spielen, der ein Horrorfilm werden sollte, sagte ich sofort zu. Es war ein komisches Telefonat. Ich hatte sehr lange nichts von Christoph gehört, er war zu einem dieser Kontakte in meinem Telefon geworden, die man zwar nicht löscht, aber auch nie benutzt. Und ich war mir sicher: Ich bin genauso ein toter Kontakt auch für ihn.

Dann rief er mich an und fragte, ob ich Lust hätte, er suche noch Personal für seinen nächsten Film, und er habe an mich gedacht. Es sollte ein Horrorfilm werden, etwas Besonderes, etwas, das es so noch nie gegeben hat. Die ganze Art, wie Christoph mit mir sprach, wusste nicht nur nichts von der Tatsache, dass wir bis vor wenigen Sekunden noch tote Kontakte in den Telefonen des jeweils anderen gewesen waren, sondern hätte auch, das hörte ich heraus, obwohl ich eh schon wusste, dass ich mitmachen würde, keine Absage akzeptiert. Es war damals noch gar nichts Forderndes in seinem Tonfall. Nur eine Selbstverständlichkeit. Dieselbe Art Selbstverständlichkeit, mit der täglich die Entscheider in den Entscheiderpositionen darüber informieren, wie man sich zu verhalten hat und was zu tun ist. Eine selbstverständliche Führung durch den Zweifel und die Unsicherheit, von jemandem, der diesen Zweifel und diese Unsicherheit selbst nur noch als etwas fern Vergangenes kennt, wie das Fahren mit Stützrädern oder die Angst vor Schulaufgaben.

Christoph hatte eigentlich nichts davon wissen können, dass ich immer schon mal in einem Horrorfilm mitspielen wollte. Es muss ein Zufall gewesen sein, dass er für seinen Film Laiendarsteller suchte und seinen Bekanntenkreis abtelefonierte und dass es ausgerechnet ein Horrorfilm war, den er im Sinn hatte.

Ich habe nie gern Horrorfilme geschaut. Ich bin kein Fan und kann auch gar nicht nachvollziehen, wie man zu einem wird. Es macht mir keinen Spaß, Angst zu haben. Auch nicht in Gesellschaft. Und trotzdem hatte ich immer schon die Vorstellung, selbst in einem Horrorfilm mitzuspielen, sehr aufregend gefunden. Ich stellte mir vor, als die Figur, die ich in dem Film spielen würde, einen aufwendig animierten, grausamen Tod zu sterben – von einem großen Ungeheuer in zwei Hälften gebissen zu werden oder von einem elektrischen Schock so verkohlt, dass nur noch mein Skelett und eine schwarze Kruste übrig bleiben würden.

Ich glaube, der Tod, den meine Figur im Film sterben würde, war mir in meiner Vorstellung das Wichtigste. Ich stellte mir auch vor, wie ich vor einem grünen Hintergrund herumsprang, der dann später im Film durch eine animierte Schlangenhöhle ersetzt war oder durch ein schleimiges Labyrinth oder einen Planeten, der von gefährlichen Rieseninsekten bewohnt wird. Und ich stellte mir vor, wie ich dann, wenn der Film abgedreht wäre, in einem Kino sitzen und mir selbst bei alldem zusehen würde.

Dabei, beim Zusehen, hätte ich aber den Effekt, sich selbst auf der Leinwand sterben zu sehen, am interessantesten gefunden. Weil ich kein Schauspieler bin, hätte ich mich sicher nicht gern dabei beobachtet, wie ich versuche, das Sterben an einer schweren Krankheit im Krankenhausbett nachzuspielen. Ich dachte, ich würde gern sehen, wie ich einen absurden, gewaltvollen Tod sterbe, und ich würde diese Erfahrung gern überleben. Ich kann mir ehrlich gesagt gar nicht vorstellen, dass das etwas ist, was sich nicht jeder irgendwann schon einmal vorgestellt hat.

Ich habe manchmal geträumt, dass ich verschiedene Gliedmaßen verloren habe, durch einen Unfall oder Unachtsamkeit oder weil sie einfach aufhörten, fest mit meinem Körper verbunden zu sein. Vor allem meine Zähne waren mir schon sehr zahlreich ausgefallen. Aber ich war nie im Traum gestorben, obwohl ich lange schon eine Neugier und manchmal auch eine starke Sehnsucht nach dem Tod mit mir herumgetragen habe. Und ich muss wohl gedacht haben, dass mich der Anblick meines sich zum Beispiel in einem Säurebad auflösenden Körpers irgendwie beruhigen würde, weil er diese Neugier und diese Sehnsucht auf eine gefahrlose Weise bejahte und befriedigte. Es war aber ganz wichtig für mich, dass *ich* es sein würde, der von einem besessenen Monstertruck überfahren wird oder für ein fürchterliches Experiment bei vollem Bewusstsein obduziert.

Jede Geschichte ist eine Erzählung des Helden, der sie überlebt hat. Wahrscheinlich wollte ich der Geschichte, die mein Leben ist und die naturgemäß nur das gelebte Leben sein kann, meinen eigenen Tod hinzufügen. Ich wollte der sein, der ausgefahren war, um das Abenteuer des Sterbens zu erleben, und gleichzeitig am Ufer zurückbleiben, um es aus sicherer Distanz zu betrachten. Aber ich kann darüber heute nur noch spekulieren. Nichts davon war mir wirklich bewusst, als mir Christoph das Angebot machte, bei der nächsten Produktion dabei zu sein. Damals hätte ich einfach nur gerne einmal in einem Horrorfilm mitgespielt.

ERSTES BUCH

ULM

CHRISTOPH war am Telefon noch gar nicht konkret geworden, was den Film betraf. In den Tagen nach unserem Gespräch konnte ich mir weiterhin alles so ausmalen, wie ich es mir immer schon ausgemalt hatte. Ich fühlte mich von einer höheren Macht erhört und beschenkt und ging eine Weile herum mit einem Gefühl in der Brust, dass vielleicht doch alles möglich wäre, was ich wollte, wenn ich nur genug Geduld aufbrächte. Die Enttäuschung kam ja erst viel später.

Damals machte ich mir hauptsächlich Sorgen darüber, als Schauspieler eine schlechte Figur abzugeben. Ich hatte so gut wie gar keine Erfahrung – ein bisschen Theater in der Schule, ein paar Komparsen- und Kleindarstellerrollen als Student. Für diesen Film aber würde ich mich an einen Ort begeben müssen, der mir völlig fremd und unbekannt war, davon hatte ich eine deutliche Vorahnung. Damals fand ich das noch aufregend. Das Gefühl tat mir gut, es machte mich im besten Sinn nervös und wach und neugierig auf die Zukunft. Heute würde ich sagen, dass es sich auch damals schon um eine dunkle Vorahnung gehandelt hat. Auch wenn das komisch klingt: eine *wohlige* dunkle Vorahnung. Die Kellertreppe, die man in voller Absicht hinabgeht, ohne das Licht einzuschalten. Vielleicht entsprach dieser Zustand dem Gefühl, das man hat, bevor man den Kinosaal betritt, um sich einen Horrorfilm anzuschauen. Wenn man jemand ist, der das gerne macht oder sich etwas davon verspricht.

Ich war zu dieser Zeit auch deshalb sehr offen für jede Art Angebot von außen, was ich mit mir, meiner Zeit und meinem Leben anstellen könnte, weil ich erstens sehr unzufrieden war mit meiner Arbeit in einer noch jungen Agentur in Schwabing, die Postproduktion, Marketing, Coaching- und Managementaufgaben für die deutschen Dependancen multinationaler Musik- und Filmlabels wie Universal, Sony oder Warner übernahm, und zweitens gerade erst aus einer Trennung hervorgegangen war, mit der unverbrüchlichen Gewissheit, ein unbrauchbarer Loser zu sein, dem vor einiger Zeit noch einiges Potential hätte bescheinigt werden können, von dem mittlerweile aber gesagt werden musste, dass es ihm vorne und hinten an allem fehlte, was ein Mensch brauchte, um sich selbst in der Welt zu verwirklichen. Ich war dazu übergegangen, jemanden, der mich einmal mit besten Absichten unterstützen wollte, mit meiner Schwäche und meiner Unzufriedenheit zu erpressen, um Bestätigung, Geborgenheit, Zuneigung und Wärme zu erhalten, was fast drei Jahre lang funktioniert hatte, bis irgendwann der Punkt gekommen war, an dem meine Diktatur der Unzulänglichkeit einfach so zusammenbrach und durch nichts mehr zu ersetzen war.

In der Agentur in Schwabing hatte ich noch während des Studiums zu arbeiten begonnen und hatte mir über die Jahre einen ganz guten Status aufgebaut. Die Hierarchien waren zu flach, um irgendwohin aufsteigen zu können, wir hatten zwei Chefs, die die Entscheidungen fällten und die wichtigen Gespräche führten, und waren ansonsten um die zehn Männer zwischen zwanzig und dreißig, die tief eingesunken in Bürostühlen vor hochauflösenden Computerbildschirmen saßen und die deutsche Homepage von Miley Cyrus bearbeiteten oder das Menü der *Live in Berlin* DVD von Atze Schröder oder Mario Barth oder Helene Fischer. Zwischen den Monitoren standen Club-Mate Flaschen, es gab einen festen Wochentag, an dem wir alle zusammen frühstückten, und einen anderen, an dem einer der Chefs scharfe Chickenwings und Pommes mitbrachte. Der Chickenwingstag war ein Freitag, den wir *Dirty Friday* nannten, heute ist wieder Dirty Friday, sagte mindestens einer der Chefs jeden Freitag in Erwartung des Aufjohlens, das wir ihm pflichtschuldig immer aufs Neue lieferten, als unseren Beitrag zur Arbeitsplatzatmosphäre, die nicht zuletzt davon lebte, dass nie auch nur eine einzige Frau für die Arbeit an einem der Monitore eingestellt wurde. Wir aßen die Hähnchenflügel mit unseren Händen, wischten uns das Fett von den Fingern und spielten bis spätabends *Bomberman* auf dem riesigen Flachbildfernseher, der in den Räumen der Agentur ebenso vorhanden war wie ein Kickertisch.

Ich kam nie vor zwanzig Uhr aus der Agentur, und jedes Mal, wenn ich aus dem großen Fahrstuhl in den Hinterhof trat und auf die Straße, wurde mir so eng in der Brust, dass ich glaubte, ich müsste heulen. Jeden Tag aufs Neue hatte ich das Gefühl, von der Geborgenheit der fremdbestimmten Struktur in mein ausschließlich aus meinen eigenen Entscheidungen und Verfehlungen bestehendes Leben überzutreten, mein eigenes Leben, das ich hasste, besonders an den Wochenenden.

Mir war vollkommen bewusst, dass alles, was wir mit unserer Zeit und Energie in dieser Agentur erarbeiteten, Mist war. Und mir war auch bewusst, dass ich die Leute, mit denen ich in dieser Agentur all diese Zeit verbrachte, nur mittelmäßig oder überhaupt nicht interessant fand. Die Kollegen, die mit mir vor den Monitoren saßen, wechselten zwar häufig (niemand blieb je so lange wie ich), waren aber am Ende doch immer irgendwie die gleichen Typen, die sich schnell an die Regeln gewöhnten, am *Dirty Friday* aufjohlten und bis spätabends in der Agentur *Bomberman* spielten oder eben nach ein paar Wochen nicht mehr auftauchten. Und trotzdem war mir mein Arbeitsalltag bei weitem erträglicher als das schwarz gähnende Loch der Fragen nach meiner Zukunft und meiner Daseinsberechtigung als Person ganz generell, das auf mich wartete, wenn ich die Agentur verließ.

Als ich dann auch keine Hälfte einer Beziehung mehr war, lag ich an den Wochenenden viel herum und schlief, und jedes Mal, wenn ich aufwachte, hatte ich ein ganz deutliches Gefühl davon, als abgetrenntes einzelnes Atom ins All hinauszutreiben. Ich wachte auf in meinem Zimmer und dachte: Das bist jetzt also du.

Zum ersten Mal bin ich Christoph in der LMU begegnet, wo wir beide für kultur- und medienwissenschaftliche Studien eingeschrieben waren. Er, um die Zeit zu überbrücken, bis man ihn an der Filmhochschule annehmen würde, und ich, weil mir nichts Besseres eingefallen war. Wir verstanden uns gut, auf Anhieb, sprachen über Filme und Musik, aber hauptsächlich über die anderen Studenten in unserem Studiengang oder in der Universität, in Deutschland allgemein, wir fanden sie rückgratlos, unbrauchbar, degeneriert, unmündig, egomanisch, ignorant, aufgesetzt mädchenhaft, ungebildet, uninteressant, ahnungslos, verkorkst und verblödet, feige, blind und taub für das Hohe und Große, allgemein und insgesamt eine riesige Enttäuschung, gemessen an den Vorstellungen und den Hoffnungen, die wir uns gemacht hatten, bevor wir an der Universität angetreten waren, beide etwas spät im Vergleich zum Durchschnitt, mit diesem kleinen Vorsprung Leben, der für unsere Überheblichkeit ausreichende Rechtfertigung war.

Der Unterschied zwischen Christoph und mir war, dass er trotz allem viele Freunde oder ihm freundlich gesinnte Menschen unter den Kommilitonen hatte, wohingegen ich unsere Feindseligkeit durchaus ernst nahm und mich auf niemanden wirklich einließ. Damals kannte ich noch genug Leute in München aus anderen Kontexten, bemühte mich noch um Anschluss oder hatte mich bemüht und war darauf auch stolz. Der Mikrokosmos an der Universität, in den jeder eingeladen ist, sich ausschließlich zu begeben für die Zeit bis zum Abschluss, war mir zu klein, wobei ich heute sagen würde, dass er sicherlich sehr viel umfangreicher war als der meiner Schwabinger Agentur.

Es vergingen ein paar Semester, bis Christoph tatsächlich einen Studienplatz an der Filmhochschule bekam und ich mich schließlich zurückgelassen wiederfand, mit den kultur- und medienwissenschaftlichen Studien und den Kommilitonen, die ich dann ganz alleine und nur für mich verachten musste, was dazu führte, dass meine Verachtung zu einem harten steinernen Kloß in meinem Bauch wurde, den ich immer deutlicher spürte, wenn ich in die Seminare ging.

Ich kann mich an einen Spaziergang erinnern, den ich mit Christoph durch die Maxvorstadt und das Museumsviertel gemacht habe, an dessen Ende er in dem glatten Neubau der Filmhochschule am Bernd-Eichinger-Platz verschwunden ist, wie ein Minister in seinem Ministerium, denn so sieht das Gebäude ja auch aus, in das ich ihm als Zivilbürger nicht folgen durfte.

Er hat natürlich nie gesagt, ich dürfte ihm nicht folgen, aber ich stellte mir vor, dass man am Eingang seinen Studentenausweis irgendwo einscannen müsste, was vielleicht ja auch so ist, und verabschiedete mich vor dem Gebäude, behauptete, ich würde mir noch eine Ausstellung ansehen wollen in der Pinakothek der Moderne, was gelogen war. Stattdessen ging ich in ein volkstümliches Brauhaus im Tal, das ich sehr mag, obwohl ich mir dort immer vorstellen muss, dass an solchen Tischen, wie sie dort stehen, von solchen Leuten, wie sie dort sitzen, vor nicht so wahnsinnig langer Zeit die NSDAP gegründet wurde und ich mir jedes Mal denke: Ja, das passt.

Ich aß an diesem Tag, daran erinnere ich mich genau, Blut- und Leberwurstgröstl mit Bratkartoffeln und Sauerkraut und trank ein Hefeweizen und observierte die Touristen und die Stammgäste mit einem kalten Blick, von dem ich mir einbildete, er sei so etwas wie mein Schicksal, der solitäre Beobachter, dem nur punktuell in seinem Leben etwas wie Freundschaft oder Zugehörigkeit gewährt wird, dessen größerer Auftrag aber im Alleinsein besteht, in der Distanz und der Analyse.

Als ich an diesem Tag nach Hause kam, dachte ich mir, dass ich gerne jemanden angerufen hätte, aber vielleicht hatte ich auch nur unbewusst registriert, dass die Zahl der toten Kontakte in meinem Telefon um einen weiteren angewachsen war, der sich jetzt um die Verwirklichung dessen kümmern musste, was sein Traum war oder seine Bestimmung, sein eigener Auftrag. Es wurde nie wirklich ausgesprochen, aber ich denke schon, dass Christoph und ich sofort wussten, als er an der Filmhochschule angenommen wurde, dass er sich jetzt mit all seiner Kraft und Energie in dieses Studium eingraben würde, dass man das von ihm erwartete und einfordern würde und dass uns dadurch unsere gemeinsame Grundlage, die ja hauptsächlich die Ablehnung der anderen gewesen war, entzogen wurde.

Ich stellte mir ein paar Monate lang immer mal wieder vor, wie es für Christoph wohl gerade lief, ob es ihm Spaß machte und ob er interessanten Leuten begegnete, die schließlich doch die hohen Erwartungen erfüllen konnten oder vielleicht sogar übertrafen, sodass er selbst dann in der Position war, aufholen zu müssen. In dieser Vorstellung waren Christophs Kommilitonen eine im besten Sinn elitäre Gruppe, in der diskutiert wurde, wo visionäre Gedanken vorgebracht wurden von Menschen, die einem mit ihrer Geistesschärfe Angst machten, auf diese produktive Art, dass man in Überstunden, nachts und früh am Morgen, an sich, an der eigenen Rhetorik, Präzision und Allgemeinbildung arbeiten möchte, bis man schließlich mithalten kann. Ich fühlte mich unmittelbar abgehängt, weil ich selbst ja nicht auf so eine elitäre Gruppe zurückgreifen konnte, an der ich mich in vergleichbarer Weise hätte schulen können. Wenn ich daran dachte, Christoph wieder zu treffen, sah ich ihn mit einem verständnisvollen und auch mitleidigen Blick dem zuhören, was ich an ihn hinreden würde. Mir tat die Vorstellung weh, dass ich dabei in Gedanken mit der neuen Gesellschaft verglichen würde, in der er sich nun befand, und es fiel mir überhaupt nicht ein zu denken, ich könnte von ihm in diesen Kreis eingeführt werden. Dafür, das war mir irgendwie von Anfang an klar, hätte ich schon auch selbst an der Filmhochschule angenommen werden müssen.

Ein paar Tage nachdem Christoph mich angerufen und gefragt hatte, ob ich bei seinem nächsten Film mitmachen wolle, kam ich auf die Idee, im Internet nach Arbeiten von ihm zu suchen. Auch wenn ich in den letzten Jahren immer mal an ihn gedacht hatte, war mir nie auch nur der Gedanke gekommen, dass ich im Internet, auf einer Videoplattform oder einer Homepage, die er vielleicht für sich angelegt hatte, einen Trailer, einen fertigen Film oder sonst einen Hinweis darauf finden könnte, was er in der Zwischenzeit gemacht und ob er etwas veröffentlicht hatte.

Ich gab seinen Namen in eine Suchmaschine ein und bekam sehr unterschiedliche Ergebnisse, von denen keines eindeutig zuzuordnen war. Dann grenzte ich die Suche auf Videos ein und fand einen Treffer bei YouTube, für einen Clip, der sehr wahrscheinlich in seiner Zeit an der Filmhochschule entstanden ist. Ich dachte, es könnte vielleicht eine Seminararbeit oder sein Abschlussfilm gewesen sein. Es handelte sich um einen Kurzfilm. Der Titel war: *Der fiese Film (Teil 1)*.

Es begann mit einem schwarzen Bildschirm, Einblendung des Titels, *ein Film von Christoph Raub*, keine weiteren Namen, dann blickte man einer älteren Frau ins Gesicht, die übel zugerichtet aussah. Sie hatte zugeschwollene Augen und violette, dick und wund aussehende Lippen. Ihre Haare waren nach hinten gebunden, und entlang ihrer Ohren verliefen Nähte, die sehr grob genäht waren und deren Fäden seitlich etwas abstanden. Die Kamera filmte ihr direkt ins Gesicht, und die Frau schaute, so gut es ihr möglich war, direkt in die Linse. Dann gab es einen Schnitt, und man sah, dass sie in einem Krankenzimmer auf einem Stuhl am Tisch saß, ihr gegenüber saß Christoph, den ich gleich erkannte, obwohl er lächerlich verkleidet war. Er trug einen Schnurrbart, der überhaupt nicht zu seiner Haarfarbe passte, eine Hornbrille und auf dem Kopf eine grau-schwarz karierte Rentnermütze. Er hielt ein Mikrofon in der Hand, von dem am unteren Ende ein Kabel abging, das seine andere Hand auf Höhe des Oberschenkels festhielt und das dann aus dem Bildausschnitt herausführte. Christoph fragte die Frau, ob sie jetzt glücklich sei.

Sind Sie jetzt glücklich?

Es machte der Frau einige Mühe zu sprechen, oder besser gesagt, spielte die Frau, dass sie beim Sprechen einige Mühe hatte, was ich nicht besonders glaubwürdig fand, sodass ich mich fragen musste, ob sie keine gute Schauspielerin war oder ob dahinter eine Absicht steckte, wie bei der schlechten Verkleidung von Christoph. Ich musste an das Oberhausener Manifest und den neuen deutschen Film aus den späten Sechzigern denken, an Fassbinder, Schlöndorff und Schlingensief und all die Sachen, von denen ich wusste, dass Christoph sie großartig fand. Wahrscheinlich war es Absicht. Die Frau sagte, na ja, sie sei sich nicht so sicher. Sie tastete vorsichtig an ihrem Gesicht herum, das mir auf einmal auch sehr schlecht geschminkt vorkam, obwohl es tatsächlich gar nicht so schlecht geschminkt war. Nach der ersten OP, sagte die Frau, sei sie sehr unglücklich gewesen, sie habe sich etwas anderes vorgestellt gehabt und die Tränensäcke seien relativ schnell wieder deutlich hervorgekommen. Deshalb habe sie ja auch die Klinik gewechselt. Sie habe nach dem Aufwachen, in den ersten Tagen nach der OP, immer große Angst, dass die Schwellungen nicht mehr zurückgehen und sie für immer so aussehen werde. Das sei sicherlich irrational und unsinnig, aber welche Angst, fragte die Frau mit schlecht gespielter Emphase, sei schon rational.

Christoph klappt sich selbst das Mikrofon entgegen mit einer schnellen Bewegung, wie ein Reporter aus einer anderen Zeit, dachte ich, der investigative Härte signalisieren will. Aber ich hoffe doch schon, dass Ihnen das hier auch Spaß macht, sagt er ins Mikrofon, Sie sind hier ja schließlich nicht nur angetreten, um sich das Gesicht richten zu lassen. Wir alle hoffen, dass diesen Operationen noch viele weitere folgen werden. Die Frau sieht etwas verwirrt aus, kommt aber eh nicht mehr zu Wort.

Das ist doch sozusagen Ihr Auftrag. Sie müssen in sich selbst investieren. In Ihre Jugend und Schönheit. Für Ihren Reichtum haben so viele gelitten und sind so viele gestorben, das sind Sie denen schon mindestens schuldig, dass Sie Ihr Reichsein jetzt genießen. Es ist ja auch an Ihnen, die Geschichte zu bestätigen. Jahrhunderte der Kriege und der Brutalität müssen von Ihnen davor bewahrt werden, umsonst und sinnlos gewesen zu sein. Abermillionen sind umsonst draufgegangen, wenn nicht das Reichsein oder das Reichwerden unser Streben danach rechtfertigen würden. Das müssen Sie, die Reichen, den Armen vorleben, jeden Tag. Das ist Ihre Aufgabe und Ihre Bürde. Sie müssen genussvoll ausschließlich ignorant und egoistisch vorgehen, nur das tun, das wollen, nur das kaufen, worauf Sie Lust haben und was Ihnen individuell zugutekommt. Denn dein ist das Reich und die Kraft und die Herrlichkeit in Ewigkeit.

Die Frau mit dem operierten Gesicht schaut etwas abwesend oder beschämt zur Seite und nickt, während Christoph spricht. Dann will sie etwas sagen, aber Christoph streckt seinen Arm über den Tisch und tätschelt der Frau erst auf die Wange und kneift ihr dann ins Gesicht wie einem Kind und sagt: Sie sind der singende Wohlstand, wir wollen Ihr Lied hören, es macht uns den grauen Tag ein wenig bunter. Die Frau schreit auf, weil ihr das Kneifen ins frisch operierte Gesicht natürlich weh tut, sie greift Christophs Arm, der lässt aber nicht los, sie versucht ihn zu beißen, und er schreit sie an und schlägt ihr mit dem

Mikrofon auf den Kopf. Sie sind das vollsanierte Dorf in Ostdeutschland, die Seifenblase der Spekulation, Sie sind die Autobahn zwischen München und Berlin, Sie sind unsere tiefste Angst und unser größter Wunsch, wir fordern Ihr Lied, singen Sie jetzt, sing, du hässlicher Vogel, blöde Sau du, dann gibt es ein übertriebenes Geräusch, und Christoph hält einen abgerissenen Teil des Gesichts der Frau in der Hand, der wabblig und wirklich sehr schlecht aussieht, er hält ihn sich vors Gesicht und schreit ihn an, und die Frau hält sich die Stelle im Gesicht, wo der Teil fehlt, Blut läuft ihr über die Hand, sie schreit auch, und dann wird mit einem Mal scharf abgeblendet auf einen schwarzen Bildschirm. Ein paar Namen erschienen, aber nur ganz kurz, dann war das Video vorbei.

Ich schaute in der Spalte am rechten Rand, wo verwandte Filme angezeigt werden, aber nirgends war ein weiterer Teil des fiesen Films oder überhaupt ein anderer Film von Christoph aufgeführt. Ich schaute weiter unten auf der Seite nach Kommentaren, aber die Kommentarfunktion war ausgestellt. Das Video war vor meinem Aufruf 434mal angeschaut worden. Ich hatte ein sehr schlechtes Gefühl. Dann aber dachte ich mir, dass ja schon viel Zeit vergangen war und dass die Tatsache, dass keine Fortsetzung vom fiesen Film auf der Seite zu finden war, vielleicht als gutes Zeichen gedeutet werden konnte.

Ich glaube, ich wollte einfach so schnell wie möglich wieder zurück in meine eigene Vorstellung davon, was mich erwarten würde. Zumindest für die restliche Zeit, bis es wirklich losging.

Auch bei unserem nächsten Gespräch erfuhr ich von Christoph noch keine konkreten Details. Er rief mich etwa eine Woche nach meiner Zusage erneut auf dem Handy an. Ich hatte erwartet, dass wir über meine Rolle sprechen würden und über die Produktionszeiten, dass mir ein Drehbuch zugeschickt würde und dass mir jemand sagte, wie viel Zeit mir blieb, um meinen Text auswendig zu lernen. Vielleicht hatte ich auch gehofft, dass Christoph und ich wieder anfangen würden, Spaziergänge durch München zu machen, um dabei gemeinsam eine Vision zu entwickeln von meiner Figur und ihrer Psychologie. Aber Christoph sagte mir nur, dass ich in den nächsten Wochen an einigen Abenden nach Ulm kommen müsse. Er gab mir eine Adresse samt Beschreibung, wie ich vom Bahnhof dorthin kommen würde. Es handelte sich um die Adresse einer Bar. Christoph sagte, es sei ganz leicht zu Fuß zu erreichen. Dort werde alles Weitere besprochen.

Zum ersten Mal seit unserer Trennung hatte ich das ehrliche Bedürfnis, Josi anzurufen und ihr alles zu erzählen. Ich hatte in den Tagen davor schon oft das Telefon in der Hand gehabt, aber es war eher ein schlechtes Gewissen gewesen oder der Glaube, dass das etwas sei, was man zu wollen hat nach einer Trennung, den anderen anrufen und nachfragen und selbst erzählen, wie es einem ging. Ich hatte mich jedes Mal davon abhalten können, und sie hatte von sich aus noch nicht mal eine SMS geschrieben. Ich rief wieder nicht an. Ich hätte ihr das alles wirklich gern erzählt und sie auch gebeten, sich den fiesen Film im Internet anzusehen und mir zu sagen, was sie davon hielt. Aber ich hätte es nur dann getan, wenn ich nicht vorher unseren Status, die jüngste Zeit und unsere Gefühle hätte verhandeln müssen. Ich hätte es also nur dann getan, wenn sie weiterhin eingewilligt hätte, eine Art Dienstleisterin für mich zu sein. Jemand, der starke Meinungen vertritt und neugierig ist, dem man etwas zeigen kann, um sich anzuhören, was man dazu denken könnte. Meistens waren das sehr schlaue Gedanken.

Ich dachte mir dann, es wird wohl noch mehr Zeit vergehen müssen, und wenn wir uns das nächste Mal begegnen, werde ich vielleicht schon jemand sein, der in einem Film mitgespielt hat. Ich könnte ihr das dann einfach erzählen und sagen, wenn sie Lust hätte, könnte sie ja mal reinschauen, man brauche aber starke Nerven. Wahrscheinlich hatte ich auch Angst, dass sie nach Ansicht aller Fakten schon zu diesem Zeitpunkt von einer Beteiligung abraten würde und dass das die Stimme der objektiven Beobachterin aus der Distanz wäre, die wahrscheinlich, wie eigentlich immer, recht hatte.

Es war unleugbar endgültig Herbst geworden, als ich mich das erste Mal in den ICE nach Ulm setzte, der in Pasing und Augsburg hielt und insgesamt eine Stunde und vierzehn Minuten für die Strecke brauchte. Als wir aus dem Hauptbahnhof ausfuhren, spritzte Regen gegen die Scheiben, und über den Neubauten, die in den letzten paar Jahren entlang der Gleisstränge entstanden sind, waren graue Wolken zu sehen. Über diesem Grau leuchtete aber noch ein abendliches Licht, eine tiefstehende Sonne, die sich in den Glasfassaden spiegelte und die Tropfen des herabfallenden Regens aufleuchten ließ, wie Millionen winziger Kometen, die beim Eintritt in die Atmosphäre verglühen, jedenfalls sehr feierlich aussahen, und auf dem offenen Land zwischen München und Augsburg riss der Himmel dann richtig auf, und ein Wind ging durch die Felder, es wurde geerntet, was reif war, bunte Blätter überall, mir wurde richtig großartig ums Herz, ich dachte: Das ist jetzt.

Ich saß in einem Großraumabteil an einem Tisch am Fenster und sah nach draußen und sah vor diesem Draußen unscharf meine Spiegelung in der Scheibe, sah mein halbtransparentes Gesicht durch die Herbstlandschaft schweben, wie eine Rückblende in einem Film, wo Erinnerung suggeriert werden soll, hatte also gleichzeitig dieses extreme Gegenwartsgefühl von Hiersein im Jetzt und das Filmbild einer Erinnerungssequenz vor mir, vor meinen Augen, ein phantastischer Moment, fand ich, und hielt es kaum aus. Ich musste immer wieder hinsehen und mich wieder abwenden, um sicherzugehen, dass ich nicht aus der sozialen Situation, ein Mensch unter anderen in diesem

Zug zu sein, völlig verlorenging. Das Bedürfnis kam auf, etwas Reisemäßiges zu tun, einer der Fahrgäste zu sein und nicht völlig in meiner Fensterwelt zu versinken. Irgendwann würde jemand kommen und die Fahrscheine kontrollieren, ein Zugestiegener würde nach dem freien Platz neben mir fragen. Ich wollte da nicht völlig abgelöst sein, der Kleber, der mich und die Welt dieser öffentlichen Interaktion zusammenhält, schien mir ohnehin schon reichlich ausgetrocknet. Ich schaute mehrfach in dem kleinen Faltblatt der Bahn nach den Ankunftszeiten in Augsburg und Ulm und las mir die Zielbahnhöfe der Anschlusszüge durch, die dort jeweils aufgelistet waren. Man hätte von diesen beiden Städten in alle Winkel des Landes reisen können, das war mir vorher gar nicht bewusst gewesen. Ich hatte mich aber wohl auch nicht besonders für das Reisen in alle Winkel des Landes interessiert. Schließlich holte ich aus meiner Tasche das Buch, das ich für die Fahrt mitgenommen hatte. Ich hätte problemlos die ganze Fahrt lang nur aus dem Fenster schauen können, hatte mir aber vorher gedacht, die Zeit bis nach Ulm zum Lesen nutzen zu wollen, und fand jetzt auch, dass das gut geeignet war, um sich hier in die Fahrgastgesellschaft zu integrieren. Obwohl ja richtiges Lesen – also nicht nur ein nach außen hin konzentriert wirkendes Hinstarren auf die immer selbe Seite – wieder eine sehr exklusive Tätigkeit gewesen wäre.

Das Buch hatte mir Josi ein paar Monate zuvor zum Geburtstag geschenkt, es hieß *Die Soldatin* und war ein Roman von Melanie Warga, von der ich noch nie etwas gelesen hatte. Josi kannte alle ihre Bücher, es waren mindestens zehn oder fünfzehn Romane, und fand sie sämtlich großartig. *Die Soldatin* handelt von einer Frau, die sich bei der Bundeswehr verpflichtet, weil sie schon längere Zeit entsprechende Tendenzen an sich festgestellt hat. Ihr ist zum Beispiel aufgefallen, dass sie Schwäche abstoßend findet oder zumindest nichts damit anfangen kann, dass sie gut im Marschieren und Navigieren ist und ihr Leben auf

Grenzerfahrungen und dem Weitermachen, dem Aushalten von Extremsituationen basiert. Sie behauptet auch, irgendwo gleich am Anfang im Buch, unter Frauen wäre diese Eigenschaft sehr verbreitet, sie würden sich eigentlich sehr viel besser für diesen Beruf eignen als Männer. Josi meinte, sie habe sich, nachdem sie das Buch gelesen hatte, dahingehend ein wenig in ihrem Freundeskreis umgeschaut und feststellen müssen, dass da etwas dran sei. Schon während der Ausbildung, vor allem aber später, als sie für ihr Land in den Krieg ziehen muss, kommt es in der Geschichte der Soldatin zu Momenten des magischen Realismus, wie Josi es ausgedrückt hatte. Aber gut, hatte sie gesagt, nicht einfach nur so abgeschriebene südamerikanische Magie, sondern richtig gut, es gebe auch eine Liebesgeschichte, sehr unerwartet und sehr toll, gar nicht blöd, wirklich, sie habe so etwas noch nie gelesen.

Vor der Zugfahrt war ich in mehreren Anläufen etwa dreißig Seiten weit gekommen. Die Handlung hielt sich noch in der Grundausbildung auf und beschränkte sich auf extrem viele sehr detaillierte Beschreibungen der anderen Soldatinnen und Soldaten. Gegenstände und das Wetter spielten auch eine große Rolle, waren aber auf sehr nüchterne Art beschrieben, als sollte man aus dem Stil schon herauslesen können, dass da jemand spricht, der gelernt hat, jedes Phänomen im Kontext der nächsten Kampfhandlung als günstig oder ungünstig zu deuten. Nach jedem abgebrochenen Versuch hatte ich mir vorgenommen, wieder von vorne anzufangen, um nicht gleich beim Einstieg etwas zu verpassen. Die ersten Seiten, hatte ich gedacht, müssten doch wesentlich sein. Ich betrachtete das Titelbild, das aus der Nahaufnahme eines zerschlissenen Armeerucksacks bestand, und dann schaute ich mir lange Zeit das Schwarzweißfoto der Autorin an, das hinten im Buch abgedruckt war. Melanie Warga sah darauf aus wie eine Veteranin des Schreibens. Wie jemand, der wieder und wieder aus der langwierigen, kräftezehrenden Auseinandersetzung mit den eigenen Gedanken und Ängsten und Unzulänglichkeiten als noch etwas klüger und noch etwas weiser hervorgegangen war. Sie war auf dem Bild vielleicht fünfzig Jahre alt und schaute direkt in die Kamera mit einem Lächeln, das weder den Betrachter noch den Fotografen anlächelte, sondern das Fotografiertwerden selbst, in seiner ganzen lächerlichen Schönheit.

Das Lesen ging wieder nur sehr langsam, ich konnte mich nicht richtig konzentrieren. Ich wartete die ganze Zeit darauf, dass jetzt ein Moment des magischen Realismus passieren würde, vor allem aber auf die Liebesgeschichte, die Josi überzeugt hatte, weil ich natürlich wissen wollte, welche Art von Erzählung das war. Dabei hatte ich die ganze Zeit die Begeisterung vor Augen, mit der sie von der Ablehnung der Schwäche durch die Soldatin gesprochen hatte, was ich nur auf mich beziehen konnte, als Wink, als versteckten Hinweis auf ihre Unzufriedenheit mit mir. Das alles stand mir beim Lesen im Weg. Ich steckte minutenlang in einzelnen Zeilen fest, weil ich ihren Inhalt nicht erfassen konnte, ich schaute wieder aus dem Fenster auf den Herbst und begann mich zu fragen, was Christoph davon halten würde, von der Soldatin und von Josis Aussagen, vielleicht auch von Josi generell, wenn sie sich treffen würden. Ich erinnerte mich, dass ich früher oft abgewartet hatte, was Christoph für eine Meinung haben würde, bis ich mir eine eigene bilden wollte. Ich fand das damals sehr unsympathisch an mir. An dem frühen Abend im Zug nach Ulm spürte ich aber, dass ich wieder unterwegs war in den Einzugsbereich seiner Gedanken und Ansichten, was mir ein gutes Gefühl gab. Ich wurde ganz ruhig und legte das Buch weg, schaute mich im Wagen um und sah den Leuten ins Gesicht. Ich fand, sie sahen ahnungslos aus. Etwas würde sich verändern. Ich weiß nicht, woher genau ich diesen Glauben nahm, aber ich dachte, ich sei Teil einer sehr kleinen Gruppe, die von dieser Veränderung bereits wusste. Und ich war unterwegs, um meinen Beitrag zu leisten.

Als ich in Ulm aus meinem Zug ausstieg, war von dem abendlichen Sonnenlicht nichts mehr übriggeblieben. Der Himmel war dunkelblau, an den Autos waren die Scheinwerfer angestellt, und in den Häusern und Geschäften brannte Licht. Es war noch nicht richtig Nacht, obwohl die Sonne schon untergegangen war. Es handelte sich wohl um die sogenannte blaue Stunde. Ich sah, als ich den Bahnhofplatz überquerte, in den Fenstern der Häuser Menschen an Schreibtischen sitzen oder Wäsche aufhängen oder mit einem Telefon am Ohr eine Zigarette rauchen. Ich weiß noch, dass ich an diesem ersten Abend in Ulm bemerkte, wie sehr mir das jedes Jahr gefällt, wenn sich das öffentliche Leben auf den Straßen in die Häuser hinein verbreitert, weil überall Licht an ist und man den Leuten in die Wohnungen schauen kann. Es wird garstig in den Straßen, und gleichzeitig sind sie zu beiden Seiten behängt mit diesen orangefarbenen Kurzfilmen der häuslichen Privatheit.

Ich lief, wie es mir beschrieben worden war: Über den Bahnhofplatz und die Friedrich-Ebert-Straße in die Bahnhofstraße, dann links in die Ulmergasse, vorbei am *Roten Löwen*, dann rechts in die Walfischgasse. Ich ging durch den verkehrsberuhigten Einkaufsbereich der Innenstadt, in Richtung Münster, das über den Dächern aufragte, wieder verschwand, wenn ich abbog, und dann wieder auftauchte. Ich ging über feucht schimmerndes Kopfsteinpflaster und an den üblichen, immergleichen Franchisegeschäften vorbei, an Orsay, Pimkie, Wöhrl, H&M, Burger King, New Yorker, Drogeriemarkt Müller, Deichmann, Peek & Cloppenburg, Galeria Kaufhof, Fielmann, Asia-Snack-Läden mit Wasserlilien-Fototapeten und beigefarbenen Plastikmöbeln, an einem Büro der Allianzversicherung, einem Lush Seifengeschäft, Nanu-Nana, dm und Blume 2000. In meinem Kopf war ein altbekannter Monolog über die Modularisierung der Innenstädte und die Verödung und Kulturvernichtung bereits abspielbereit vorhanden, und trotzdem, obwohl mein Blick unbarmherzig umherging zwischen den Ladengeschäften und den in diesen Ladengeschäften einkaufenden Menschen, öffnete sich nicht wie gewohnt die schwarze Blüte des Ekels und der Ablehnung in meinem Gesicht. Stattdessen war ich ganz gelassen und immer noch leicht euphorisch wie vorher im Zug. Ein Zitatsplitter aus einem Buch kam in mir hochgespült. Ich konnte mich damals nicht erinnern, welches Buch es war, heute weiß ich es wieder, aber es spielt auch keine Rolle. Jedenfalls dachte ich, anstatt mich aufzuregen oder zumindest das traurige Urteil leise zu verlesen:

Alle hundert Meter verändert sich die Welt. Dass ein Ort wie der andere sein soll, ist eine Lüge. Die Welt ist wie ein Beben.

Ich erreichte die Adresse, die mir Christoph am Handy durchgegeben hatte. Es handelte sich um eine Bar-Café-Restaurant-Cocktaillounge mit bodentiefen Fenstern, die im Sommer wahrscheinlich komplett geöffnet wurden. Vor den Fenstern standen zusammengeschobene und mit Ketten verschlossene Freisitzmöbel und zusammengeklappte Ramazzotti-Sonnenschirme auf einem ein Stück weit in den Bürgersteig hineingebauten Podest aus Holz. Über der Eingangstür hing ein weißes Schild, das von der Warsteiner Brauerei gesponsert war. Auf ihm stand in schwarzen Buchstaben und einer billig wirkenden Schriftart der Name *Nach(t)schub*, den ich am Telefon natürlich nicht als das Wortspiel verstanden hatte, als das er sich mir jetzt darstellte.

Ich betrat das Lokal, ein Gewimmel aus Stimmen und Gelächter, es lief auch Musik, eine Frauenstimme und ein synthetischer Beat, wahrscheinlich, dachte ich gleich, Internetradio oder ein vorgeschriebener Mix, auf dessen Ablauf und Lautstärke die Kellner keinen Einfluss hatten, die sehr gestresst zwischen den engstehenden Tischen hindurchliefen, mit schwarzen Hemden und schwarzen Kellnerschürzen, auf die ebenfalls der Schriftzug der Warsteiner Brauerei aufgedruckt war. Die Kellner sahen alle sehr jung aus. Zuerst sah ich nur Männer mit Marco-Reus-Frisuren und Holzringen in den Ohrläppchen. An der Theke stand aber noch sehr aufrecht eine Frau, die einen Pferdeschwanz trug, der von einem pinken Plüschhaargummi zusammengehalten wurde. Die Einrichtung des *Nach(t)schub* bestand aus dunkelbraunen Einheitsmöbeln, schwer aussehende Tische und Kunstlederstühle mit hohen Lehnen. Auf den Tischen standen kleine Gestecke aus Perlen und Tüll und silbern lackierten Rosenblüten, die ein Teelicht umrahmten. Außerdem Metallständer für die laminierten Menükarten, die zu jedem Cocktail und jedem Gericht ein Foto enthielten. Fast alle Tische waren besetzt, und wo Menschen saßen, wurde sehr laut geredet. Hinter der Bar waren Glasregale vor einer milchigen Scheibe angebracht, die innen mit Schwarzlicht beleuchtet wurden und Flaschen aller möglichen Absolut Vodka Geschmacksrichtungen enthielten. An einer der Wände, die in einem kräftigen Orange angestrichen waren, hing eine Leuchtreklame für Sierra Tequila und eine Art Relief-Schild, aus dem ein Leguan und der Schriftzug *Desperados* hervortraten. Ich fühlte mich elend und suchte den Raum nach etwas Vertrautem ab, schaute, ob Christophs Gesicht irgendwo in einer der Gruppen zu sehen war. Ich wurde von einem Kellner gegrüßt, der ein Tablett voll leergetrunkener Weizengläser zur Bar brachte, und ich grüßte zurück, als er mich schon gar nicht mehr hören oder sehen konnte. Meine Stimme war ganz leise und belegt und ging völlig unter. Eigentlich spürte ich nur in meinem Hals, dass ich etwas sagte. Es war noch nicht mal für mich selbst zu hören.

Christoph konnte ich nirgendwo entdecken. Ich hatte ihn ja in seinem fiesen Film sofort erkannt, obwohl er verkleidet gewesen war, also ging ich davon aus, dass ich ihn auch hier nicht übersehen würde. Ich lief durch das Lokal, an der Bar vorbei in einen Durchgang, der zu einem schmalen Flur führte, von dem Toilettentüren abgingen, die mit *Chicas* und *Señores* beschriftet waren, und in dem ein Zigarettenautomat mit Touch-Display stand, wo die verschiedenen Packungen vor einer fiktiven Skyline angeordnet waren. Dann ging ich zurück ins Lokal und schaute mir nochmal jedes Gesicht an jedem Tisch an. Keine der Gruppen sah so aus, als wäre sie hier zu einer konstituierenden Sitzung für ein Horrorfilmprojekt zusammengekommen. Ich ging nach draußen auf die Straße und schaute mir den Laden von außen an. Die Geräusche wurden dumpfer, als die Tür hinter mir zufiel, waren aber trotzdem noch zu hören. Auf den Zettel, auf dem ich mir die Adresse und die Wegbeschreibung notiert hatte, brauchte ich nicht zu schauen, weil ich ja bereits vor dem *Nach(t)schub* stand, in der beschriebenen Gasse. Ich schaute mich um, ob es vielleicht in einem der anderen Häuser eine zweite Filiale gab, aber da waren nur Geschäfte und private Hauseingänge. Eine ganze Weile stand ich vor dem Laden und wusste nicht weiter und war davon ganz gelähmt. Ich hatte mein Rückfahrticket nach München schon gebucht und hätte jederzeit zum Bahnhof zurücklaufen und auf den nächsten Zug warten können. Ich rief Christoph auf seinem Handy an, es klingelte ein paar Mal, dann schaltete sich eine automatische Ansage ein, die mir sagte, dass er nicht erreichbar sei. Eine Mailbox hatte er offenbar nicht eingerichtet, jedenfalls gab es kein Signal, nach dem ich eine Nachricht hätte hinterlassen können.

Ich ging nochmal rein und direkt zum Tresen, wo ich eine Weile warten musste, bis mir der Junge, der an der Bar arbeitete und in großer Hast Getränke zubereitete, die bei ihm von den Kellnern mit Bons aus der elektrischen Kasse bestellt wurden, sein Ohr hinstreckte mit einer zur Muschel geformten Hand. Ich fragte ihn, ob hier von einem Christoph Raub reserviert worden sei, ich suche nach einer größeren Gruppe. Der Junge sagte: keine Ahnung, hielt ein Bierglas unter den Zapfhahn und deutete mit dem Gesicht an das Ende der Bar, wo die Frau mit dem Haargummi gerade die Kasse bediente. Ich ging zu ihr und fragte nochmal, ob es eine Reservierung gebe für eine größere Gruppe oder jemanden namens Raub oder Christoph, aber die Frau sah mich nur an mit einem übertrieben leidvollen Gesicht und sagte, es tue ihr leid, es sei sehr voll. Dann nahm sie ein Tablett auf, das von dem Jungen hinter der Bar mit Getränken bestückt worden war, und ging zu einem Tisch, an dem ein paar Männer laut aufgrölten, als sie dort ankam.

Auf meinem Handy war keine Nachricht eingegangen, es hatte auch niemand versucht, mich anzurufen. Ich fing an, mich verlassen und verarscht zu fühlen. Ich wollte mich nicht allein im *Nach(t)schub* an einen Tisch oder an die Bar setzen. Ich wollte grundsätzlich nicht im *Nach(t)schub* sein. Ich wollte, dass Christoph durch die Tür kam und sich alles aufklärte. Aber jedes Mal, wenn sie aufging, erschien nur wieder eine neue Figur, die zwar gut ins Lokal passte, aber unmöglich zu der Gruppe gehören konnte, die ich hier suchte. Ich wurde abwechselnd wütend und ängstlich und realisierte relativ bald, dass ich nicht die ganze Zeit mitten in dem vollen Lokal herumstehen und warten konnte, ohne mich immer schäbiger zu fühlen. Dann ging ich nochmal in den Flur zu den Toiletten, weil ich mir irgendwie dachte oder vielleicht einredete, dass sie ja alle gerade auf dem Klo sein könnten. Und dann sah ich, als ich den Flur ein Stück weit entlanggelaufen war, dass sich hinter dem Zigarettenautomaten und den Toilettentüren, am Ende des Flures, eine Tür befand, die mir vorher nicht aufgefallen war, weil ein großer Stahlschrank den Blick auf sie verdeckt hatte. Die Tür war ebenfalls aus Stahl, sie sah so aus, als führte sie in einen Heizungsraum oder ein Getränkelager. Ein handgeschriebener Zettel war mit Klebeband an ihr befestigt. Auf dem Zettel stand: *Zutritt STRENG verboten.*

Im Nachhinein denke ich mir, dass das der Punkt war, an dem ich mich noch dagegen hätte entscheiden können. In dem Moment habe ich das aber gar nicht als das Angebot wahrgenommen, das es ja vielleicht war, umzukehren und nach Hause nach München zu fahren. Ich schaute auf den Zettel, und was genau es war, kann ich heute nicht mehr sagen, aber ich sah das in Großbuchstaben geschriebene Wort *STRENG* und wusste, dass es eine Nachricht für mich enthielt. Es war, als ob die ausgestellte Betonung die Bedeutung des ganzen Zettels aufhob. Und als wäre es eine Art Eintrittsprüfung, dieses Wort als das zu erkennen, was es tatsächlich war: eine Einladung.

Damals dachte ich mir, dass ich ein Rätsel durchschaut hätte. Und auf einmal ergab das ganze Rumstehen und das langsame Verzweifeln im Lokal einen Sinn und fühlte sich gar nicht mehr schrecklich an. Ich drückte die Klinke der Stahltür nach unten, sie war nicht abgeschlossen, schob sie auf und betrat den Gastraum, der in den kommenden Monaten der Ort unserer Treffen werden würde.

Es ergab sich sofort ein komplett anderes Bild als im vorderen Teil des Lokals. Das Licht war nicht wirklich gemütlich, es war weiß, wie von Neonröhren, aber es kam irgendwie aus den Ecken und aus unzureichenden Quellen, sodass es trotzdem noch schummrig war. In dem Raum lag ein Dunst, wahrscheinlich von Zigaretten, aber auch von Staub, es roch nach alten Holzmöbeln und Kneipenfußboden. Vielleicht zwanzig oder dreißig Menschen saßen an schwarzlackierten Holztischen, die überall abgestoßen und runtergearbeitet waren. Kleine Plastikhalter mit Bierdeckeln und große Aschenbecher standen auf den Tischen. Es gab eine sehr schöne Bar mit einem Zapfhahn aus Messing und einem Holzregal dahinter, das voller Gläser stand. Oberhalb des Regals war ein Schild an die Wand geschraubt, das so aussah, als hätte es jahrzehntelang im Freien gehangen. Auf dem Schild stand: *Café Porsche*.

Hinter der Bar befand sich ein dicker Mann mit grauem Vollbart, dem ein weißes Geschirrtuch über der Schulter hing. Er rauchte eine Zigarette. Ich sah Christoph, der am anderen Ende des Raumes an dem Verstärker einer Musikanlage herumdrehte. Er hatte ein Mikrofon in der Hand und wirkte sehr konzentriert. Die Leute an den Tischen unterhielten sich, Frauen und Männer zwischen dreißig und fünfzig, sofort kamen sie mir vor wie die Gesellschaft, nach der ich die ganze Zeit gesucht hatte, nicht nur an diesem Abend. Einige hatten Biergläser vor sich, manche tranken Cola oder Orangensaft oder Wasser. Es wurde nicht sehr viel geraucht. Ein paar Leute schienen mir ebenfalls niemanden zu kennen, sie saßen und schauten auf Christoph oder in den Raum oder lasen in einem Buch oder einer Zeitung.

Am hinteren Ende des Raumes, dort, wo Christoph an dem Verstärker herumdrehte, führten drei Stufen auf eine kleine Bühne hinauf, die von einem schwarzen Vorhang eingefasst war und an deren Rückwand ich noch zwei Fensteröffnungen erkennen konnte, die zugenagelt und schwarz überstrichen waren. Vor dieser Bühne hatte jemand angefangen, ein paar Sitzreihen aufzustellen, später brachten die Leute noch die Stühle von ihren Tischen mit und stellten sie ebenfalls in die Reihen. Ich sah auch hohe Stuhlstapel an einer anderen Wand und große Aluminiumfässer, auf denen zusammengeklappte Biertische lagerten. Es lief keine Musik. Wenn man sich anstrengte, konnte man dumpf noch die Geräusche aus dem *Nach(t)schub* hören. Aber es klang sehr weit weg, wie aus einem anderen Haus.

Christoph schaute einmal kurz von seiner Arbeit an dem Verstärker auf und durch den Raum, und unsere Blicke trafen sich. Er nickte mir zu und lächelte, deutete mit dem Kopf in Richtung Bar, was wohl bedeutete, dass ich mir etwas zu trinken holen sollte. In seinem Blick und in seinen Gesten war sofort wieder diese Selbstverständlichkeit zu spüren, wie schon am Telefon. Mir war gleich klar, dass er sich gerade innerlich vorbereitete, auf eine Ansprache wahrscheinlich, und dass ich jetzt besser nicht zu ihm ging, dass es günstiger war, einen späteren Zeitpunkt abzuwarten, um ihn richtig zu begrüßen und zu sagen, dass es mich freute, von ihm hierfür ausgewählt worden zu sein, denn es fühlte sich ja bereits wie ein Auserwähltsein an, obwohl es zu dem Zeitpunkt überhaupt keine objektiven Anzeichen dafür gab.

Ich bestellte ein Glas Bier bei dem Mann mit dem grauen Bart und fragte ihn, ob das hier sein Laden sei. Der Mann mit dem grauen Bart sagte, ja, das ganze Teil gehöre ihm, vorne werde die Kohle gemacht, und das hier hinten, das sei sozusagen übriggeblieben aus einer besseren Zeit. Früher war das alles, sagte er und machte eine entsprechende Geste in den Raum. Da gab es nur das *Café Porsche*. Aber das Haus sei irgendwann saniert worden, und die Mieten in der Innenstadt könne man sich heute nicht mehr leisten, mit so einem Laden wie seinem. Da vorne, er zeigte durch die Wand auf das *Nach(t)schub*, würde ich selbst niemals reingehen. Ich habe die Läden studiert, die hier richtig gut laufen, und habe sozusagen aus der Distanz einen richtig gut laufenden Laden nachgebaut, der jetzt selbst richtig gut läuft und ordentlich abwirft. Ich habe da aber noch kein einziges Bier ausgeschenkt. Das hier ist jetzt mein Modell: Der Laden, den ich nie wollte, finanziert den Laden, den ich immer wollte. Irgendwie ist das auch befriedigend. Ich sehe es als eine Art Kulturschutzsteuer. Ein Reservat der Trinkkultur. Dafür bezahlen doch am besten die, die für den ganzen Niedergang verantwortlich sind, oder nicht?

Ich bemerkte erst nach ein paar Sekunden, dass ich zur Zustimmung aufgefordert war und gerade eingemeindet wurde, in eine aussterbende Art, die im Begriff war, ihre Selbstverteidigung zu organisieren. Mir war das unangenehm. Ich gratulierte dem Betreiber des *Café Porsche*, dem Hubi, wie ich dann später erfuhr, und prostete ihm zu, auf die Trinkkultur oder auf etwas ähnlich Blödes, dann gab es ein kurzes Fiepen und ein Räuspern, die Gespräche brachen ab, und Christoph sagte: Guten Abend! Auf eine so feierliche Art, dass ich mir doch gleich wieder gerne vorstellte, Teil eines Ganzen zu sein, das über mich selbst hinausging.

Wir sind hier, sagte er, weil wir einen Film machen wollen.

Wir wollen diesen Film gemeinsam machen, von Anfang an.

Der Arbeitstitel unseres Films lautet:

Das Schreckliche Grauen

Gelächter setzte ein unter den anderen, als wäre gerade ein Witz erzählt worden. Ich verstand nicht. Ich fand das nicht lustig. Ich fing an, mich zu fragen, ob mir vielleicht entscheidende Informationen fehlten. Ob die anderen mehr wussten als ich. Ob es bereits Vortreffen gegeben hatte, zu denen ich nicht eingeladen worden war und wenn, fragte ich mich, warum.

Das Genre, sagte Christoph, noch in das abflauende Gelächter der anderen hinein, das Genre unseres Films ist der Horror. Und der Grund, sagte er, weshalb wir uns dafür entschieden haben (und da war ich mir dann sicher, dass einige oder vielleicht sogar alle im Raum schon vorher ohne mich zusammengekommen waren), ist das fundamentale Problem unserer Gesellschaft: die Angst. Ein paar Leute nickten. Die Angst, die den Menschen in diesem Land in der Brust sitzt und im Bauch und im Nacken (Christoph fasste sich mit der flachen Hand an die entsprechenden Körperpartien, während er sprach), diese Angst ist der Motor, der das Schiff, das unsere Gesellschaft ist, antreibt, auf dem Ozean des Leidens, der Ignoranz, der Brutalität und der Kälte. Der Normalzustand unserer Gesellschaft in dieser Zeit ist der Horror. Niemand kann mir weismachen, er könnte in einer gewöhnlichen Wohnsiedlung in Deutschland abends in die beleuchteten Küchen und Wohnzimmer hineinschauen und etwas anderes dort sehen als den blanken Horror. Die Angst ist überall, und alles, was wir tun, ist von ihr bestimmt. Sie ist der Subtext der Gespräche, in der U-Bahn, im Supermarkt und an den Theken der Lokale. Sie regiert die Regierungen, die uns regieren. Sie bestimmt die Märkte und die Erziehung unserer Kinder. Einen Horrorfilm zu drehen, einen Film, der sich die fundamentalen Ängste der Menschen zur Grundlage nimmt, ist in dieser Zeit und in diesem Land, das wir bewohnen, keine Frage der Unterhaltung. Es ist eine Dokumentation. Wenn wir heute einen Horrorfilm drehen, legen wir ein Zeugnis unserer Zeit ab. Wir machen kein Drama und keine Komödie, weil wir nicht mehr daran glauben, dass unser Zustand sich in eine solche Handlung übersetzen lässt. Dem Theater unserer Zeit ist im Vollmond ein Fell gewachsen, es grunzt und schnaubt, und an seinen Fingern trägt es lange gelbe Nägel. Am Ende wird nicht getanzt, es sei denn auf den glühenden Resten unserer Städte, knöcheltief in den Eingeweiden ihrer Bewohner, in den Scherben, die man uns lässt.

Die Art, wie Christoph seine Ansprache vortrug, war offenkundig allen im Raum hochsympathisch. Er wirkte nicht wie ein Prediger, sondern wie jemand, der gekommen war, um ein Anliegen vorzubringen. Nicht untertänig, aber eben auch ohne Herrscher- oder Führergeste. Ich würde mich freuen, wenn ihr mir folgt, weil ich euch hierfür brauche, vielleicht könnte man das, was zwischen seinen Worten im *Café Porsche* noch mitklang, so übersetzen. Aber in Wirklichkeit war es natürlich gar nicht zu übersetzen. Ich machte mir vielleicht auch da schon etwas vor.

Der Gegenstand der Angst, sagte Christoph nach einer Denkpause, die vielleicht künstlich war, aber sehr authentisch wirkte, ist das Andere. Am größten ist die Angst vor dem Anderen in uns. Kürzlich habe ich den Satz gelesen: Angst ist die Erwartung von Schmerz. Die Schmerzen, die wir fürchten, mehr als sonst irgendetwas, verwandeln unseren eigenen Körper in etwas Fremdes, Feindliches, Unberechenbares. Aber darauf kommen wir später noch zurück. Der allererste Schritt auf dem Weg zu unserem Film ist jedenfalls die Erkundung des Anderen, das wir fürchten, in uns. Wir haben, das wisst ihr selbst, kein ausreichendes Budget für diesen Film. Das ist aber kein Problem. Kein Film hatte jemals ein ausreichendes Budget. Aber es bedeutet, für uns und für euch, dass ihr nicht nur Szenografen, Kameraassistenten, Kostümbildner, Runner, Setwächter, Fahrer, Köche, Stylisten, Toningenieure, Dramaturgen, Musiker und Schauspieler seid. Ihr seid darüber hinaus der Plot, die Protagonisten und der Ort des Geschehens. Dieser Film wird weit mehr als irgendein anderer vor ihm das Produkt einer gemeinsamen Anstrengung sein. Weil wir zuallererst, bevor wir überhaupt anfangen, einen Film zu machen, uns hier treffen werden, jede Woche, solange wie wir eben brauchen, und unsere gemeinsame Erfahrung auswerten.

Ich bin davon überzeugt, dass der Feind, gegen den sich unsere Kunst noch richten kann, in diesem Punkt in der Geschichte, kein irgendwie geartetes Außen mehr ist. Er ist nicht die USA oder der IS oder der BND. Er liegt irgendwo in uns verborgen, unter der Scham und unter den Ritualen und den Erzählungen von Erfolg und Individualität. Ich bitte euch nicht darum, ich fordere euch auf, hier gemeinsam mit allen anderen in den nächsten Wochen an dieser Stelle zu graben und das Material hervorzuholen, das schließlich der Rohstoff für unseren Film sein wird. Ich erwarte nichts weniger, als dass wir dadurch gemeinsam die produktive Kraft der Angst für uns nutzbar machen und sie als das begreifen, was sie im besten Fall eben auch ist: die Schwelle zum Anderen als dem wirklich Neuen.

Ein dicker Mann, der vorne in einer der ersten Reihen saß, hob seine Hand. Zuerst dachte ich, er hebe einen Tischtennisschläger hoch, dann sah ich aber, dass es seine Hand war, die von einem Gips oder einem dicken Verband umwickelt war und mit zwei Klettverschlussriemen an einer Schiene aus dunklem Plastik fixiert. Christoph erteilte ihm das Wort, und die Stimme des Mannes fragte, unverstärkt, aber deutlich vernehmbar, ob es denn überhaupt schon einen Zeitplan gebe. Das wäre vielleicht interessant für die Leute hier zu hören. Damit man weiß, worauf man sich einlässt, rein perspektivisch. Und Christoph sagte, das hänge nicht von ihm ab und sei jetzt noch nicht vorhersehbar. Den dicken Mann fragte er, ob er vorhabe, in den Urlaub zu fahren. Dann lachten wieder ein paar, was ich wieder nicht verstand. Und nochmals an alle gerichtet, sprach Christoph ins Mikrofon und sagte, die Konditionen müssten noch verhandelt werden. Es gehe jetzt erstmal darum, herauszufinden, wer bereit sei, sich dem Projekt anzuschließen. Er sei sich sicher, dass es einige ungeklärte Fragen gebe, er werde sie heute und an den kommenden Abenden sammeln und beantworten, sobald es ihm möglich sei. Zuerst mal sei es ihm wichtig, dass wir anfingen, miteinander zu sprechen. Wie dieses Mikrofon hier funktioniert, dürfte jedem bekannt sein. Es liegt hier, und hier hinten gibt es auch noch eine Bühne, falls jemand auf entsprechende Rahmung Wert legt. Ein Gemurmel erhob sich, Christoph legte das Mikrofon zur Seite und neigte sich zu einer Frau, die an einem der Tische saß und ihm etwas in einem Notizbuch zeigte, was ich von der Bar aus nicht erkennen konnte.

Mir war das alles noch viel zu wenig. Ich hoffte, dass das jetzt nur eine Pause war. Ein paar Leute standen auf, trugen ihre leeren Gläser zur Bar, bestellten frisches Bier. Ich hatte das Gefühl, im Weg zu stehen, und trat etwas zurück. Christoph war jetzt in die Hocke gegangen, neben der Frau mit dem Notizbuch, und ließ sich von ihr etwas erklären. Die Frau hatte einen Kugelschreiber in der Hand, mit dem sie kleine Löcher in die Luft bohrte, während sie sprach. Manchmal zog sie auch eine Linie, an deren Ende sie dann eine Weile stillhielt. Es sah so aus, als markierte und verband sie Punkte auf einer Karte, die nur sie und Christoph sehen konnten. Um mich herum wurden Gespräche begonnen. Ein paar waren nah genug, um das Gesagte zu verstehen, aber ich konnte mich auf keines lang genug konzentrieren, um wirklich zu erfassen, worum es ging. Ich war auch gar nicht neugierig. Ohne dass mir das wirklich bewusst war, stand ich da zwischen den anderen und fürchtete mich. Ich denke, hauptsächlich davor, gleich in einem ersten beliebigen Gespräch entlarvt zu werden als einer, der durch einen dummen Zufall in eine exklusive Gesellschaft geraten war, deren Regeln er nicht verstand.

Ich hatte mein Bier leergetrunken und war dankbar dafür, dass ich es bereits in meiner Blase spüren konnte. Das gab mir noch ein bisschen Zeit.

Ich trat aus dem *Café Porsche* zurück in den Flur, der es mit dem *Nach(t)schub* verbindet, ging zur Toilette und stand gerade an einem der Pissoire, als hinter mir die Tür aufging. Ein lautes Schnaufen war zu hören, dann stellte sich der dicke Mann mit der Gipshand neben mich und lächelte mich an. Er hob die eingegipste Hand vor sich in die Luft und öffnete mit der anderen seinen Gürtel. Er schaute mir direkt ins Gesicht, und dadurch, obwohl es mich ja gar nicht interessierte, aber weil dort die einzige Bewegung in der Situation stattfand, musste ich mich richtig anstrengen, um seinen Blick entweder zu erwidern oder geradeaus zu schauen und nicht auf seine Hand, die die Hose aufknöpfte. Der dicke Mann fragte mich, ob ich ihm vielleicht behilflich sein könnte. Seine Augen schauten kurz nach unten und dann auf die eingegipste Hand. Er sei hier so ein bisschen eingeschränkt. Ich muss sehr bescheuert ausgesehen haben in dem Moment. Ich war vollständig überfordert. Dann hörte ich es aber schon plätschern in der Schüssel vor dem dicken Mann, und fast zeitgleich setzte ein dreckiges Lachen ein, das aus seinem ganzen dicken Körper zu kommen schien.

Ich packte etwas zu hastig ein, spülte und ging zum Waschbecken. Der dicke Mann kam nach, als ich mir gerade die Hände abtrocknete. Er bediente den Seifenspender mit der Plastikschiene an seiner versehrten Hand, öffnete dann den Wasserhahn und wusch sich die eine Hand unter dem Strahl in einer Bewegung, die so aussah, als halte er eine große Murmel in ihr verborgen. Ich trat einen Schritt zurück vom Handtuchspender, um ihm Platz zu machen. Es handelte sich um einen dieser Stofftuchspender, bei dem man sich ein frisches Stück eines einzigen, langen Stoffhandtuchs herauszieht. Man muss mit beiden Händen an dem Handtuch ziehen, damit es sich bewegt. Der dicke Mann versuchte, mit seiner gesunden Hand abwechselnd links und rechts an dem feuchten Stück zu ziehen, mit dem ich mir zuvor meine beiden Hände abgetrocknet hatte. Aber es funktionierte nicht. Ich glaube, diese Spender haben einen Mechanismus eingebaut, der verhindern soll, dass sich in ihrem Inneren etwas verkantet. Nach ein paar Versuchen schaute mich der dicke Mann sehr traurig an und fragte, in einem fast kindlichen Tonfall, ob ich ihm jetzt nicht vielleicht tatsächlich helfen könnte. Ich zog mit beiden Händen ein frisches Stück Handtuch aus dem Spender, mit dem der dicke Mann dann wieder sehr geschickt umging. Dann reichte er mir seine frisch gewaschene Hand (es war die linke) und sagte, er heiße Markus. Nachdem ich seine Hand geschüttelt und mich selbst vorgestellt hatte, fragte ich, was ihm denn passiert sei. Markus zögerte einen Moment, schaute sich kurz in der Toilette um, in der außer uns niemand war, und erzählte mir dann, mit leicht gesenkter Stimme, die Geschichte seiner Gipshand.

Er war, erzählte er mir, vor etwa zwei Wochen mit Christoph und ein paar anderen in der Kneipe. Es wurde viel getrunken, und wir haben lange zusammengesessen. Wir haben die ganze Zeit diskutiert und gestritten, wobei keiner so eine richtig feste Position vertreten hat. Es ging einfach ums Diskutieren und Streiten. Irgendwann, als wir so eine ganz nichtige Allgemeinbildungsbanalität schon viel zu lange hin und her geschoben hatten, ist mir die Geduld ausgegangen. Ich weiß ehrlich gesagt gar nicht mehr, worum es ging, so wurscht war es am Ende. Es war so etwas wie die Einwohnerzahl von China oder Indien oder so – es machte einfach keinen Spaß, darüber zu streiten, weil keiner die Antwort wusste, es aber eine gab. Weißt du, was ich meine? Und weil es so wurscht war und der Streit so langweilig, habe ich mein Smartphone rausgeholt und wollte es im Internet nachschauen. Christoph ist völlig übertrieben ausgerastet. Er hat mich angebrüllt und hat mir das Telefon aus der Hand gerissen, und dann hat er es auf den Tisch gelegt und mit seinem Bierkrug ausgeholt. Markus hob an dieser Stelle seine gesunde Hand, die zur Faust geballt war, auf eine besonders dramatische Art in die Luft. Ich habe nach dem Telefon gegriffen, das ist ja scheißteuer, das Teil, und inwiefern der Rest dann Absicht gewesen ist, kann man im Nachhinein halt nur noch schwer sagen. Aber eigentlich hätte er schon noch genug Zeit gehabt, zurückzuziehen.

Markus ließ seine Faust wieder sinken und lächelte. Aber nur mit einem Mundwinkel. Und seine Augen lächelten nicht mit.

Wir gingen gemeinsam zurück ins *Café Porsche*. Ich ging voraus und öffnete die Stahltür mit dem Verbotsschild schon mit einer solchen Selbstverständlichkeit, dass es mich selbst etwas überraschte. Markus bemerkte davon natürlich nichts. Ich wollte ihn noch fragen, wie oft er schon hier gewesen war, ob er vielleicht zu denen gehörte, die bereits mehr wussten als ich, aber sobald wir den Gastraum betraten, veränderte sich seine ganze Art. Er schaute an mir vorbei und wirkte auf einmal sehr angespannt.

Ich ging dann endlich zu Christoph hin, der gerade ein Bier trank und etwas zurückgenommen bei einer kleinen Gruppe stand. Wir umarmten uns zur Begrüßung, er sagte, schön, dass du hier bist, und stellte mich den anderen vor, die in der kleinen Gruppe standen. Damals habe ich ihre Namen sofort wieder vergessen. Wenn ich heute nochmal ins *Café Porsche* gehen würde und dieselbe Gesellschaft dort vorfände wie damals, könnte ich den meisten Menschen die richtigen Namen zuweisen.

Es entstand eine lange Pause. Ich hatte das Gefühl, vollständig aus Unwissenheit zu bestehen, und hatte keine Ahnung, wo ich anfangen sollte. Sobald ich eine Frage in meinem Kopf auch nur halb ausformulierte, drängte schon die nächste nach und schien irgendwie bedeutsamer oder besser geeignet für den Einstieg. Ich fragte ihn dann schließlich, wie es ihm gehe, und er lachte mich an und gab die Frage sofort zurück. Mich machte das noch unsicherer, weil ich meinerseits ernsthaft versuchte, eine Antwort zu finden, und dafür erstmal darüber nachdenken musste, wie es mir eigentlich wirklich ging und wie man das in Worte packen könnte, die ein anderer verstehen würde. Ich bemerkte, wie lange ich schon aus der Übung war in diesen sozialen Dingen, und kurz hatte ich etwas wie Sehnsucht danach, in Schwabing in die Agentur zum Arbeiten zu gehen, wo ich wusste, wann ich aufzujohlen hatte und wann es angebracht war, einen Witz zu machen oder jemanden zu beleidigen (beim Kickern zum Beispiel).

Ich fing also an mit dem offensichtlich Naheliegendsten und sagte, ich hätte das vorhin alles noch nicht so recht verstanden. Das sei ja eine ganz schön geheimnisvolle Angelegenheit hier. Was genau er denn vorhabe, fragte ich ihn, und Christophs Miene wurde auf einmal ganz finster. Er schaute mir ins Gesicht, ich wusste nicht, wie das zu deuten war, Enttäuschung vielleicht oder Ungeduld, dann ging er ein paar Schritte zur Seite, nahm das Mikrofon auf, das noch auf dem Verstärker lag, und bat alle im Raum, ihm nochmal kurz zuzuhören. Er sagte, hier habe es offensichtlich noch Verständnisprobleme gegeben. Mir wurde gleich ganz heiß im Gesicht. Was er sich vorstelle, sei, dass in den kommenden Wochen hier Sitzungen stattfinden werden, in denen wir alle von unseren elementarsten Ängsten sprechen, dass von diesen Sitzungen Protokolle angefertigt werden und dass wir auf Grundlage dieser Protokolle ein Drehbuch entwickeln. Dann fragte er noch in die Runde, ob das alle verstanden hätten. Die meisten nickten und machten ein Gesicht, als hätten sie längst begriffen. Ein paar schauten mich an, ich dachte, wie einen Depp. Zur eh schon sehr heiß vorhandenen Scham in mir kam noch eine zweite heiße Welle hinzu. Ich wurde wütend, weil ich fand, man hätte so viel noch fragen können. Wie genau das ablaufen sollte, wer wann was und wer führt Protokoll, wie soll das gehen, daraus ein Drehbuch zu machen, und wem hier kam welche Rolle und welche Funktion zu. Aber ich fühlte mich allein mit diesen Fragen. Die anderen schienen das alles entweder schon zu wissen oder es auf sich zukommen lassen zu wollen. Vielleicht kannten sie Christoph auch schon gut genug von anderen Projekten, um zu spüren, dass man ihm in dieser Phase einfach blind vertrauen und glauben musste, dass er einen Plan verfolgte, der sich langsam vor uns auffalten würde in den nächsten Wochen und Monaten.

Irgendwann beruhigte ich mich wieder. Dann fand ich die Perspektive ganz angenehm, hier tatsächlich von Anfang an dabei zu sein. Selbst wenn sich ein paar Leute schon vorher getroffen hatten, schien es mir, als wäre der eigentliche Film noch so weit entfernt, dass ich wirklich jeden Schritt würde mitverfolgen können, wenn ich nur von jetzt an regelmäßig zu jedem einzelnen Treffen käme.

Außer Christoph nahm an diesem Abend niemand mehr das Mikrofon in die Hand. Und Christoph sprach nur noch ein einziges Mal über die Anlage, um für alle den Zeitpunkt des nächsten Treffens anzusagen. Nachdem er Tag und Uhrzeit genannt hatte, zitierte er noch einen Satz von William Blake. In diesem Fall sagte er dazu, dass es ein Satz von William Blake war. Ich glaube, normalerweise machte er sich nicht die Mühe, die Gedanken von anderen als solche auszuweisen. Er sagte, William Blake hat einmal geschrieben: Die Träne ist ein Ding von geistigem Wert. Das ließ er dann so stehen, machte das Mikrofon aus und mischte sich wieder unter die Leute.

Wir unterhielten uns noch einmal kurz an diesem Abend, wofür ich noch zwei weitere Biere trinken musste, bis ich mich locker genug fühlte. Ich erzählte Christoph, dass ich den *fiesen Film* gesehen hatte. Er lächelte teuflisch und fragte mich, wie ich ihn fand. Ich hätte ihn gern dasselbe gefragt. Ich sagte, dass ich ihn sehr interessant fand. Und um nicht lügen zu müssen oder sagen, was ich wirklich darüber dachte, fragte ich Christoph, ob ich später im Film vielleicht eine Figur spielen dürfte, die im Verlauf der Handlung stirbt, das sei mir sehr wichtig. Ich hatte da schon begriffen, dass es noch gar keine Figuren gab und dass Christoph zu diesem Zeitpunkt noch keine Zusagen machen konnte. Aber ich dachte mir, ich kann mich ja schon mal anmelden, damit mir später niemand zuvorkommt.

Christoph sagte dann ziemlich genau das, was ich schon erwartet hatte: kann man noch nicht sagen, weiß ich jetzt noch nicht, musst du dich noch gedulden. Aber gestorben wird doch wohl, oder nicht? Das liegt auch in deiner Hand, sagte er. Das hatte ich befürchtet.

Als ich später den Weg durch die Ulmer Innenstadt zurück zum Bahnhof lief, waren meine Beine weich vom Bier und schwer von der Müdigkeit. Aber ich war glücklich, allein zu sein, und durchaus noch aufgedreht von dem gerade vergangenen Abend. Meine Wahrnehmung war noch ganz wach, und plötzlich konnte ich wieder ungehindert denken, ohne mich zu fragen, ob das, was ich dachte, genügen würde, um mich in die Gruppe zu integrieren oder Christoph zu gefallen oder zumindest keine in mich gesetzten Hoffnungen zu enttäuschen. Die Läden hatten sämtlich geschlossen. Im *Nach(t)schub* und in ein paar anderen Bars saßen noch Menschen und tranken und unterhielten sich. Mir rauschten die Ohren. Ich fragte mich, ob daraus etwas werden könnte, aus dieser Idee und aus dem Schrecklichen Grauen.

Auf meinem Weg zum Bahnhof kam ich an einigen Werbeplakaten vorbei. Es wurden verschiedene Dinge beworben: ein All-You-Can-Eat-Musical mit Meeresfrüchtebuffet, ein Geländewagen, Erfrischungsgetränke, eine Krankenversicherung. Bei den Plakaten, auf denen Menschen abgebildet waren, schaute ich in die Gesichter, oder die Gesichter schauten mich an, und ich dachte, vor allem bei solchen, die mir entgegenlachten: *Der Aufschrei der Fratzen.*

Ich sah weißgebleckte Zähne und hörte dazu langgezogene Schreie, und bei einer jungen Frau, die auf dem Plakat im Sprung festgehalten war, mit angewinkelten Beinen und hoch ausgestreckten Armen und fliegenden Haaren, musste ich ohne ersichtlichen Grund daran denken, wie mir Josi einmal davon erzählt hatte, welche Vorstellung sich die Menschen in der Antike von den Eigenschaften der Organe gemacht haben. Sie hatte für ihre Doktorarbeit gerade einen Aufsatz gelesen und erzählte mir, dass man damals dachte, die Gebärmutter sei ein unruhig in den Körpern der Frauen umherwanderndes Tier. Ich schaute auf die Frau, die Sportkleidung anhatte und deren Körper sich im Sprung durchbog, schaute ihr ins Gesicht, in die Fratze der Zuversicht oder des Spaßes oder irgendeiner anderen Empfindung, die von dem Fotografen von ihr bestellt worden war, und ich stellte mir vor, wie in ihrem im Sprung festgehaltenen Körper ein ruheloses Gebärmuttertier umherkroch und streunte. Die Unwissenheit bekommt immer nur ein neues Gesicht, hatte Josi damals etwas zu großspurig und bedeutungsschwanger gesagt. Ich bekam Lust, noch ein wenig in der *Soldatin* zu lesen, schlief aber nach einer einzigen Seite im Zug ein und wachte erst wieder auf, als wir aus dem Bahnhof Pasing ausrollten.

Mit diesem Abend begann eine sehr anstrengende Zeit. Zunächst trafen wir uns ein- bis zweimal die Woche im *Café Porsche* zu den Angstsitzungen. Ich verbrachte die Tage dazwischen arbeitend in der Agentur oder unruhig wartend auf meine nächste Fahrt nach Ulm. Ich war nur ein paar Mal als Protokollant für den Abend vorgesehen, machte mir aber trotzdem viele Notizen, schrieb zuhause alles nochmal am Computer ab und stellte mir vor, was sich daraus für ein Film ergeben könnte. Soweit das mein Platz unter den Zuhörern erlaubte, nahm ich die Reden der anderen mit der Rekorderfunktion in meinem Handy auf. Ich legte eine Datei an, die *Das Schreckliche Grauen* hieß und all meine Notizen enthielt. Vor jeder Sitzung ging ich die Notizen nochmal durch, um mich vorzubereiten. Dadurch lernte ich langsam alles, was die anderen auf oder vor der Bühne im *Café Porsche* von sich berichtet hatten, nahezu auswendig. Wenn ich unter der Woche in die Agentur ging, hatte ich in der Nacht davor meistens schlecht oder wenig geschlafen. Ich saß müde und lustlos vor meinem Bildschirm und machte einige Fehler. Ich johlte nur noch halblaut mit und ließ mich bei *Bomberman* absichtlich früh besiegen, um wieder an meinen Schreibtisch zurückzukönnen. Nach ein paar Wochen büßte ich den ersten Platz auf der ewigen Bestenliste ein. Wenn ich aus der Agentur in den Hof und auf die Straße trat, wurde mir noch immer sehr eng in der Brust. Damals hätte ich vielleicht wirklich gerne mit Josi telefoniert, um zu erfahren, wie es ihr ging. Ich ließ es aber sein und hörte auch nichts von ihr.

Mit jedem Mal, das ich nach Ulm fuhr und an den Sitzungen im *Café Porsche* teilnahm, lernte ich ein paar mehr Leute kennen, die an dem Filmprojekt beteiligt waren (oder zumindest darüber nachdachten, sich zu beteiligen). Es war überhaupt nicht so, wie mir das am Anfang vorgekommen war, dass alle schon vor mir da gewesen waren und ich als Letzter dazukam. Es kamen immer neue Leute, manchmal waren wir bis zu fünfzig Menschen, Hubi rückte vor den Treffen die Tische zusammen und stellte Sitzreihen vor der Bühne auf. Es kamen allerdings nicht alle Leute zu jedem Treffen. Einige Gesichter sah ich nur ein einziges Mal und dann nie wieder. Ich hatte Schwierigkeiten, mir zu erklären, was das zu bedeuten hatte.

Markus kam so regelmäßig wie ich, wir saßen manchmal zusammen und unterhielten uns, wobei ich nicht das Gefühl hatte, dass wir uns dabei wirklich näherkamen. Eher schien es mir, als gäbe es da in uns beiden jeweils ein Gefühl der Verantwortung und als würden sich diese Verantwortungsgefühle untereinander austauschen. Wir konnten dadurch beide, das war mir vorher noch nie passiert, während des Gesprächs abwesend oder unkonzentriert sein, ohne es in seinem Verlauf zu beeinträchtigen.

Christoph moderierte jeden Abend an. Oft wiederholten sich die Dinge, die er sagte, dann lachten wir, die wir das schon gehört hatten, oder wir saßen einfach nur wissend auf unseren Stühlen und verhielten uns still.

Eine sehr angenehme Sache, die mir gleich am Anfang aufgefallen ist, war das scheinbar vollständige Fehlen penetranter Streberpersönlichkeiten. Keiner, der sich besonders hervortun oder möglichst nachhaltig bei Christoph beliebt machen wollte. Wenn ich überhaupt jemals von jemandem diesen Eindruck hatte, dann von mir selbst. Der Umgang unter den Beteiligten war vorsichtig skeptisch, hoffnungsvoll auch, nicht zu wertend, aber auch nicht zu viel Understatement. Ich fragte mich, wie das sein konnte, ob es an der Auswahl lag, die Christoph getroffen hatte, oder an der Situation – an der Gewissheit, dass irgendwann jeder vorne auf oder vor der Bühne stehen musste, um etwas sehr Privates aus dem heiligen Schutzraum des Schweigens herauszuholen und öffentlich verfügbar zu machen. Es war dadurch ja nicht nur verfügbar zum Gebrauch für das spätere Drehbuch, sondern auch als Waffe gegen den ungeschützt vorne Sprechenden. Es herrschte aber ein großer Respekt, und die Leute, die bereits vorne gestanden oder gesessen hatten, genossen eher ein gehobenes Ansehen, als dass man sie schräg angeschaut hätte. Sie waren die Veteranen unter uns.

Ich ließ mir Zeit damit, selbst vorzutreten. Es gab auch gar keinen Druck. Interessanterweise fand sich für jede Sitzung mindestens eine Rednerin oder ein Redner. Mehr als zwei oder drei pro Abend waren eh kaum mit der nötigen Konzentration zu erfassen. Manchmal bat Christoph die Redenden mitten in ihren Ausführungen darum, eine Pause zu machen, weil er einen Kommentar anzufügen hatte. Aber auch, wie ich damals dachte, damit man sich die Sachen vorstellen konnte und darüber nachdenken und sie vielleicht schon übersetzen in die Vision einer Szene.

Ich las auf meinen Zugfahrten nach Ulm und zurück in der *Soldatin* von Melanie Warga. Es ging nach wie vor nur sehr langsam, aber ich freundete mich mit dem Buch irgendwie an. Es wurde mein Reisebegleiter. Oder meine Reisebegleiterin. Die Beschreibungen waren mir nach wie vor etwas zu ausführlich und kühl, aber die Handlung kam nun immer weiter voran. Ein Krieg brach aus, und es war klar, dass die Soldatin zum Dienst im Kampfgebiet eingezogen werden würde. Sie war vorbereitet, und ein Teil von ihr schien diesen Moment seit einiger Zeit herbeigesehnt zu haben. Sie war in ihrer Ausbildung positiv aufgefallen durch außergewöhnliche Moral und konnte sich ausrechnen, bald in einen höheren Rang gehoben zu werden und dann auch Befehlsgewalt über untergebene Soldatinnen und Soldaten auszuüben. Ich hatte nicht den Eindruck, dass ihr grundsätzlich viel am Befehlen lag oder an der Macht über andere generell. Aber das waren eben alles folgerichtige Schritte in ihrer Karriere bei der Armee und somit neue Herausforderungen, denen sie sich in ständiger Selbstoptimierung und Selbstbehauptung selbstverständlich stellen musste und wollte. Ich war (und ich weiß noch, dass ich mir damals im Zug wünschte, ich müsste nicht bald aussteigen) beim Lesen der Stelle, in der Melanie Warga die Notwendigkeit des Krieges im Kontext der Karriere der Soldatin beschreibt, sehr beeindruckt. Es leuchtete mir einfach vollkommen ein. Es war logisch und stand in seiner Unabwendbarkeit fest, dass die Soldatin in Kampfhandlungen verwickelt werden würde und dass diese Kampfhandlungen zwangsläufig aus dem Zusammenleben der Menschen auf der Erde resultierten. Ich konnte nicht festmachen, wie Melanie Warga das hinbekam, aber in dieser ganzen nüchternen Beschreibung war mit einem Mal eine so tiefe, fundamentale und wunderschöne Traurigkeit. Vielleicht, denke ich mir jetzt, weil alles, was vorher so kalt und minuziös beschrieben wurde, plötzlich in Relation gesetzt wurde mit dem Tod und der Vergänglichkeit. Ich muss dabei auch wieder an einen Satz denken, der von Christoph im *Café Porsche* gesagt wurde und von dem ich vermute, dass er ihn ohne Angabe der Quelle zitiert hat. Filme sind Todesboten, hat er gesagt. Jedes einzelne Bild eines Menschen im Film ist eine Erinnerung an die Sterblichkeit. Ich hatte darüber eine Weile nachgedacht und überlegt, ob mir das vielleicht am Ende genügen würde. Aber die Sache mit dem grausamen Tod meiner Figur blieb mir weiterhin wichtig.

Als ich ungefähr am Anfang des zweiten Drittels im Buch angekommen war, fiel zwischen den Seiten ein Lesezeichen heraus, das ich bis dahin nicht bemerkt hatte. Es war vom Verlag gestaltet und wohl jedem Exemplar der Auflage beigelegt worden. Auf dem Lesezeichen war nur das Logo des Verlags abgedruckt und der Satz:

Lesen Sie die Bücher kluger Frauen, manchem bringt das einen Vorsprung.

Zusätzlich zu meinen inoffiziellen Aufzeichnungen, die ich zuhause am Computer in die Datei *Das Schreckliche Grauen* übertrug, gab es eine von Christoph ausgewählte Person, die sich um die Zusammenfassung, Ordnung und Einordnung der verschiedenen Angstprotokolle kümmerte. Ihr Name war Sarah, und es handelte sich bei ihr um die Frau mit dem Notizbuch, die ich am ersten Abend dabei beobachtet hatte, wie sie mit ihrem Kugelschreiber Linien in die Luft zeichnete. Sarah schrieb ebenfalls immer mit. Sie war es auch, der man sein ausgearbeitetes Protokoll übergab, meistens bei der folgenden Sitzung. Sie kam auf einen zu und fragte sehr freundlich nach, und wenn jemand noch nicht dazu gekommen war, das Protokoll auszuarbeiten, bat sie ebenfalls sehr freundlich darum, das bis zum nächsten Mal nachzuholen. Wenn Leute als Protokollanten eingesetzt waren, die aus irgendeinem Grund überhaupt nicht mehr auftauchten (was glaube ich so gut wie nie vorgekommen ist), erstellte Sarah ein Ausfallprotokoll aus ihren Aufzeichnungen. Christoph bezeichnete sie einmal als die Chronistin der Angst, was im Kontrast zu Sarahs zurückhaltender und verschreckter Art etwas höhnisch klang. Er machte ihr auch manchmal Komplimente vor allen Anwesenden, was ihr schrecklich peinlich zu sein schien. Ich glaube, Sarah hätte am liebsten einfach nur ihre Arbeit gut gemacht und wäre ansonsten gerne in Ruhe gelassen worden. Am Anfang fand ich, dass sie gar nicht in ein Filmteam passte. Aber ich bemerkte auch schnell, dass es darauf hier nicht ankam, weil es eh kein gewöhnliches Filmteam war, und dass ich vielleicht auch eine völlig verklärte Vorstellung davon hatte, was so ein Filmteam ausmacht, denn wahrscheinlich bestehen die meisten Filmteams größtenteils aus Menschen, die eigentlich gern in Ruhe gelassen werden und ihre Arbeit gut machen wollen und gerade dadurch anfällig werden für die Versprechungen und die charismatischen Offensiven der Größenwahnsinnigen, die im Licht stehen und die Anweisungen geben (weil sie selbst genau da, im öffentlichen Auftritt, ihre größten Schwächen haben). Für eine Vielzahl an solchen prominent lichtsüchtigen Gestalten wäre der ausleuchtbare Bereich wohl auch zu klein.

An meinem zweiten Abend in Ulm, an dem die Angstsitzungen eröffnet wurden, betrat eine kleine, stämmige Frau mit kurzen Haaren die Bühne im *Café Porsche*. Sie hatte das Mikrofon in der Hand, und sie erhielt einen Auftrittsapplaus, was danach fast jedes Mal passierte und mir gerade für den Mut, den Anfang zu machen, sehr angebracht schien. Sie stellte sich vor als Marlies und sagte, sie sei eigentlich Kostümbildnerin. Zumindest habe sie das studiert. Sie habe aber auch in der Vergangenheit an Theatern sowohl Kostüm- als auch Bühnenbild gemacht. Oft habe sie für kleine Theater gearbeitet, da sei das völlig normal, dass die beiden Stellen für Kostüm und Bühne mit nur einer Person besetzt werden, um Geld zu sparen. Das ist halt so, sagte sie, auch wenn es schade ist.

Marlies sagte, dass ich hier stehen kann und sagen, dass etwas nun mal so ist, wie es ist, ist keine Selbstverständlichkeit für mich. Dann entschuldigte sie sich für die Umständlichkeit des Satzes, es tut mir leid, sagte sie, ich war mir nicht so sicher, wo ich anfangen soll, und ich hielt das eigentlich für einen guten Einstieg. Jetzt bin ich aber doch sehr nervös. Wir Leute unten im Gastraum gaben uns, glaube ich, alle sehr viel Mühe, ihr aufmunternd zuzulächeln. Sie sprach auch gleich weiter und sagte, sie habe in diesem Jahr einige Wochen in einer Psychiatrie verbracht. Es sei das erste Mal gewesen, und man habe sie dort wegen einer Angststörung behandelt. Anfang des Jahres, erzählte sie, war ich aus einer sehr stressigen Produktion entlassen worden, weil sich die Regisseurin und der Intendant des Theaters überworfen hatten und das Stück nicht zustande kam. Ich hatte sehr viel Energie reingesteckt, wie die anderen Beteiligten auch, es war wochenlang ein Riesendruck auf uns ausgeübt worden, es wurde geheult und gebrüllt, und es machte mich sehr wütend, dass das alles umsonst gewesen sein sollte, nur weil sich zwei Leute nicht verständigen konnten oder weil sie untereinander so ein blödes Machtspiel austragen mussten. Ich habe mich aber damals bei niemandem wirklich beschwert. Ich habe meine ganze Wut und meinen Frust mit nach Hause genommen und habe sie tagelang mit mir herumgetragen, bis mein Herz ganz krank geworden ist.

Zuerst habe ich auf offener Straße angefangen zu heulen, was mir noch nie vorher passiert ist. Wenig später habe ich einen Mann angeschrien, der am Leergutautomaten in dem Einkaufszentrum, in das ich immer gehe, eine einzelne Flasche immer wieder in die Öffnung gesteckt hat, obwohl das Gerät jedes Mal gepiepst hat und gesagt, dass diese Flasche von dem Markt nicht akzeptiert wird. Er hat das irgendwie nicht begriffen oder vielleicht konnte er auch die Sprache des Automaten nicht verstehen. Ich habe ihn angeschrien, und danach habe ich mir sofort gedacht: Scheiße, jetzt wirst du verrückt. Und dieser Satz hat mich dann nicht mehr losgelassen. Ich dachte die ganze Zeit: *Scheiße, jetzt wirst du verrückt.* In einer endlosen Schleife. Ich konnte mein Leergut nicht mehr abgeben und nicht mehr einkaufen gehen, sondern nur noch nach Hause, und auf dem Weg musste ich die ganze Zeit so halb gebückt laufen, mit eingezogenem Kopf, weil ich das Gefühl hatte, dass hinter mir gleich jemand mit einer Peitsche knallen würde, irgendwo in meinem Nacken, und dass ich dann den Verstand verlieren würde.

Marlies zog an dieser Stelle ihren Kopf ein, hob die freie Hand, die nicht das Mikrofon hielt, und machte eine peitschende Bewegung. Sie sah dadurch aus, als wollte sie einen alten Mann nachahmen, der am Gartenzaun stand und jemandem hinterherschimpfte.

Ich habe drei Tage in meiner Wohnung verbracht, ohne nach draußen zu gehen, obwohl ich kaum mehr etwas zu essen im

Haus hatte und kein Klopapier. Aber in meiner Wohnung fühlte ich mich zumindest vorläufig sicher. Ich bekam auch zuhause panische Schübe, vor allem, wenn ich zu lang darüber nachdachte, was jetzt mit mir passieren soll, wenn ich nicht mehr raus auf die Straße kann. Ich wusste, dass ich noch etwas Geld von der gescheiterten Produktion bekommen würde, ich hätte mich aber eigentlich gleich wieder um einen neuen Auftrag kümmern müssen. In meiner Wohnung konnte ich mich jedes Mal wieder beruhigen. Ich lag lange auf meinem Bett und konzentrierte mich auf meine Atmung oder nahm ein viel zu heißes Bad, viel zu lang, und taumelte danach wie bekifft durch die Gegend, stand nackt am Fenster mit meinem dampfenden Körper, bis die Scheiben ganz beschlagen waren.

Nach diesen drei Tagen habe ich es nochmal versucht rauszugehen. Es war ein sehr schöner Tag, und ich dachte mir, das sieht so friedlich aus da draußen. Ich bin bis zur nächsten Ecke gekommen, dann kam das Gefühl zurück, dass gleich die Peitsche knallen würde. Ich habe wieder meinen Kopf eingezogen und bin in eine Seitenstraße eingebogen, wo das Viertel aufhört und eine Kleingartensiedlung beginnt. Ein Stück weit konnte ich noch in einen der Wege reinlaufen, dann ist das Gefühl so stark geworden, dass es jetzt jede Sekunde passieren würde, dass ich mich ganz klein zusammengekrampft habe. Schließlich habe ich angefangen zu schreien, weil ich es nicht mehr aushalten konnte. Ich stand bucklig zusammengekrampft auf dem Weg in der Kleingartensiedlung, an einem sehr schönen Tag, in der Sonne, und habe geschrien und gekreischt wie eine Bekloppte. Im Nachhinein denke ich mir, dass es wahrscheinlich gut war, dass ich in die Kleingartensiedlung gegangen bin, weil die Leute dort ja sehr wachsam sind. Ich habe zwar keinen einzigen Menschen gesehen, niemand ist aus seinem Garten herausgekommen, aber nach einer Zeit, die ich nicht mehr einschätzen kann, wahrscheinlich war es eine Viertelstunde, keine Ahnung, kamen zwei Sanitäter durch das Tor der Anlage. Die haben mich dann mitgenommen. Ich weiß noch, dass ich gesehen habe, dass die beiden Sanitäter in ihren weißen Sachen und den orangen Westen durch das Tor gekommen sind. Ich habe mich so extrem vor ihnen gefürchtet, dass ich dann dort auf dem Weg das Bewusstsein verloren habe. Später hat man mir erzählt, ich hätte die ganze Zeit über die Augen offen gehabt und zumindest mit meinen Blicken auf die Sanitäter reagiert. Aber davon weiß ich gar nichts mehr. Ich bin erst wieder im Krankenhaus aufgewacht, mit einer Kanüle in meinem Handrücken und einem Abendessen auf meinem Nachttisch, auf das ich keinen Hunger hatte. In der Klinik gab es eine psychiatrische Station, in der ich dann gleich bleiben konnte.

Ich weiß, sagte Marlies, vor allem nach meiner Zeit in der Psychiatrie, dass das kein besonderes Schicksal ist. Wenn man lange genug mit den Verrückten ist, wird das Verrücktsein ja zur Normalität. Die Leute in den Therapiegruppen und den Malstunden und Strickkursen versuchen oft, sich gegenseitig zu übertrumpfen mit der Krassheit ihrer Biografien oder ihrer Störungen. Das war mir von Anfang an klar, dass ich da gar nicht erst anzutreten brauchte. Aber es soll hier ja nicht um meine möglichst krasse Geschichte gehen. Ich habe das alles nur erzählt, weil es um unsere Ängste gehen soll. In meinem Fall ist es so, dass ich jetzt weiß, was mir passieren kann. Und dass es mir immer wieder passieren kann. Es gibt viele Leute, die eine große Kraft daraus ziehen, zu wissen, wohin sie fallen, wenn sie fallen, und dass sie sich danach wieder aufrichten können. Aber ich empfinde das nicht so. In Wirklichkeit habe ich immer noch große Angst vor der Peitsche. Auch weil mir im Nachhinein klargeworden ist, dass ich damals, auf dem Weg in der Kleingartensiedlung, für einen schrecklich langen Moment in einer Realität gelebt habe, die eine andere war als die aller anderen. Und die Vorstellung, dass das irgendwann ein dauerhafter Zustand werden könnte, macht mir unheimliche Angst. Das hier ist jetzt auch die erste Produktion, an der ich teilnehme seit meinem Klinikaufenthalt.

Christoph rief ein lautes und sehr geschäftig und regisseurhaft klingendes *Danke* in den Raum, unmittelbar nachdem Marlies ihren letzten Satz beendet hatte. Es war für mich an dieser Stelle noch gar nicht klar gewesen, ob sie überhaupt schon fertig war. Vielleicht hätte sie gerne weitergesprochen. Und ganz sicher hätten wir anderen ihr noch applaudiert dafür, dass sie sich auf die Bühne gestellt und als Erste erzählt hatte. In dem Moment kam es mir wie eine Machtgeste vor. Christoph hatte alles Gesagte, die ganze Situation und das Potential, das vielleicht darin steckte, mit diesem einen Wort und der Art, wie es von ihm betont wurde, unter seine Kontrolle gebracht und zurückgeholt in den Rahmen des Films. Das war sicherlich auch beeindruckend, aber in dem Moment fand ich es einfach nur total daneben. Vor allem, weil er sich danach zu Sarah neigte, die neben ihm saß, und etwas mit ihr besprach, was keiner sonst verstehen konnte. Marlies musste dadurch wie eine Geschlagene von der Bühne abgehen, das tat mir unheimlich leid, aber es war da auch irgendwie der Moment zu klatschen schon vorbei, es hätte sich falsch angefühlt, schließlich, das hätte Christoph bestimmt gesagt, wenn sich jemand beschwert hätte, war es ja am Ende keine Performance gewesen. Und wir anderen kein Publikum.

Marlies blieb an diesem Abend die Einzige, die sich nach vorn traute, um von ihrer Angst zu berichten. Die anderen sprachen vorsichtig darüber, wie sich ihre Erfahrung vielleicht filmisch umsetzen ließe. Es kam mir alles noch sehr wenig visionär und viel zu ungelenk vor. Christoph beteiligte sich kaum an den Gesprächen. Er schien ganz woanders zu sein mit seinen Gedanken, und die Gruppe fühlte sich mit seinem Ansatz und seinem Anliegen alleingelassen. Zumindest würde ich die Gespräche so deuten, die im Anschluss geführt wurden, auch wenn niemand wirklich ausgesprochen hat, dass er sich alleingelassen fühlte.

Als der Abend zu Ende war, fiel mir auf, dass ich beim letzten Mal so froh gewesen sein musste darüber, allein sein zu können, dass ich nicht darauf geachtet hatte, wer wann wohin ging, welche Züge genommen wurden, ob es Fahrgemeinschaften gab oder sich bereits verschiedene Ortsgruppen gebildet hatten. Während Hubi schon die Gläser spülte und Jacken angezogen wurden, fragte ich Christoph, ob wir einen gemeinsamen Weg hätten oder ob er mit dem Auto gekommen sei. Christoph erzählte mir, er wohne seit seinem Abschluss an der Filmhochschule wieder in Ulm. Er sei hier aufgewachsen, was ich nicht wusste (ich war kurz irritiert und fragte mich, weshalb ich das nicht wusste), und er sagte zu mir, dass ihm während des Studiums aufgegangen sei, dass er sich als Filmemacher seiner Heimat stellen müsse. Er habe ein paar Seminare in diese Richtung besucht, in denen sie aufgefordert waren, biografische Themen zu bearbeiten, und dabei sei er zu der Überzeugung gelangt, dass ihn das eigentlich ausschließlich interessierte, diese Biografiearbeit. Deshalb würden wir uns ja hier auch treffen auf diese Art. Also deshalb treffen wir uns *hier*, sagte er, und außerdem auf diese Art.

Ich erfuhr auch noch, dass Hubi ein alter Freund von Christophs Eltern war und dass deshalb für die Sitzungen im *Café Porsche* keine Miete gezahlt werden musste. Der Hubi war selbst auch Teil der Produktion (ich nahm an, dass ihm die Catering-Aufgaben zufallen würden), was bedeutete, dass auch er irgendwann vortreten und uns seine Ängste würde schildern müssen, was dann schließlich auch passierte.

Im Verlauf der nächsten Wochen bemerkte ich, dass einige der anderen ebenfalls aus München angereist kamen, ein paar kamen aus Stuttgart, Augsburg, Aichach, Ingolstadt, Reutlingen, Memmingen oder Donauwörth, und ein nicht unerheblicher Teil wohnte in Ulm wie Christoph, manche fuhren mit dem Zug, und andere kamen mit ihren Autos. Meistens fuhren alle am selben Abend zurück nach Hause, kaum je wurde sich für die Nacht ein Zimmer genommen oder auf der Couch eines Ulmers geschlafen. Auch ich blieb nur sehr selten, und obwohl ich bestimmt hätte fragen können, ob ich bei jemandem schlafen dürfte, nahm ich mir dann jedes Mal ein Zimmer, zum Beispiel im Hotel *Ulmer Spatz* am Münsterplatz, wo ich morgens in einem rustikalen Speisesaal auf Bauernmöbeln saß und frühstückte. Von dort aus fuhr ich direkt in die Agentur, in der ich meine Aufgaben dann noch lustloser anging als sonst.

Auf dem Rückweg nach München, in der Nacht nachdem Marlies den Anfang gemacht und uns von ihrem Zusammenbruch und ihrer Angst erzählt hatte, begegneten wir uns im Zug, und ich setzte mich zu ihr an den Vierertisch, wo sonst noch niemand saß. Ich hatte sie weder auf dem Weg zum Bahnhof noch am Gleis gesehen, und wir sprachen kurz darüber, wie verrückt das war, ja, verrückt, sagte sie, seltsam, und ich sagte auch noch etwas in die Richtung, bis das Thema wirklich endgültig totgeritten war und wir für eine Weile schweigend dasaßen und kein neues fanden. Ich fragte sie schließlich, ob sie sich über Christophs Art, ihren Vortrag zu beenden, geärgert habe, und sie sagte, nein, eigentlich nicht, das sei für sie völlig in Ordnung gewesen. Aber das habe sie uns ja schon zu erklären versucht, meinte sie dann, dass das bei ihr alles längst nicht mehr so sicher sei, was sich gehört und was nicht und was so ist, wie es ist oder wie es sein soll. Diese Dinge habe sie erst langsam wiedererlernen müssen während der Therapie. Überhaupt alles, sagte sie, *how to walk and speak* (keine Ahnung, warum sie das auf Englisch sagte, ob sie sich damit vielleicht irgendwie speziell machen wollte (oder gerade nicht), jedenfalls klang es sehr eindrucksvoll), und sie sei damit noch lange nicht fertig. Es entstand dann wieder eine längere Pause, in der ich *Die Soldatin* aus meiner

Tasche holte und auf den Tisch legte, aber noch nicht zu lesen anfing, weil ich mir nicht sicher war, ob wir unser Gespräch da schon beendet hatten. Marlies fragte mich, was ich lese, und ich gab ihr die denkbar blödeste Antwort und sagte: ein Buch.

Ich sah dann oft auch noch andere bekannte Gesichter, im Zug oder auf dem Bahnsteig, aber es kam mir so vor, als gäbe es zwischen uns eine unausgesprochene Vereinbarung, dass man sich außerhalb des *Café Porsche* wieder in der Öffentlichkeit befand, die uns im Kontrast zu unseren wöchentlichen Angstsitzungen wohl eher wie eine Intimsphäre vorkam, die es zu schützen galt.

Es wurde jedenfalls, mit wenigen Ausnahmen, die sich auch gleich wie eine Regelübertretung anfühlten, außerhalb der Sitzungen kaum über die Sitzungen selbst gesprochen. Dass man sich auf keinen Fall mit Dritten, die an dem Projekt gar nicht beteiligt waren, über das Projekt oder die Inhalte der Angstsitzungen unterhalten durfte, schien mir so selbstverständlich, dass ich niemals nachgefragt habe. Ich glaube schon, dass Christoph irgendwann im Verlauf der Vorbereitungen etwas Derartiges gesagt hat, aber es kann auch sein, dass es niemals ausgesprochen wurde. Ich kann mich jedenfalls an keine entsprechende Situation erinnern, und ich habe auch nichts notiert. Zumindest für mich stand das einfach von Anfang an fest.

Das Schreckliche Grauen hatte schon den größten Teil meiner Kapazität (also meines Lebens) für sich eingenommen, als die beiden Chefs der Schwabinger Agentur eine Art Motivationsoffensive starteten und die gesamte Belegschaft (Frau Kühnel, die einmal die Woche zum Putzen kam, ausgenommen) zu einem Spiel des FC Bayern in die Allianz Arena einluden. Es gab wohl auch etwas zu feiern, aber ich habe damals wirklich schon kaum mehr aufgepasst, wenn Dinge verlautbart wurden. Wahrscheinlich war ein großer Auftrag an Land gezogen worden, oder irgendeine jämmerliche Schlumpftechnoproduktion war über virales Marketing im Internet so hochgejazzt worden, dass sie eine goldene Schallplatte eingespielt hatte. Diese Dinge passierten in regelmäßigen Abständen, und es gab dann auch immer eine Art Prämie, die außerdem noch einen positiven Effekt auf unseren betriebsinternen Zusammenhalt haben sollte. Ich war mit den beiden Chefs und wechselnden Mitarbeitern bereits beim Wildwasserrafting, in einem Hochseilgarten, beim Paintballschießen, Schwarzlichtbowlen, beim Motocross, Curling, einem Formel 1 Rennen auf dem Hungaroring, beim Fatsuitwrestling, Flying Fox, Indoor-Skydiving, im hochnoblen Brauereigasthof Aying und selbstverständlich auf dem Oktoberfest gewesen. Dass es bis dahin noch nie zum Besuch eines Fußballspiels gekommen war, wunderte mich in dem Moment, als verkündet wurde, dass für jeden von uns Plätze in der Preiskategorie 1 für das kommende Wochenende vorbestellt seien, wobei auch nicht auf den Hinweis verzichtet wurde, dass diese Karten siebzig Euro pro Person kosteten. Es gehe gegen den SC Paderborn 07, und man erwarte sich nichts weniger als eine Exekution, eine Demütigung, ein Abschießen im zweistelligen Bereich. Es wurde gleich geraunt, und dann wurde ein Stadion-Schlachtruf eingeübt, *auf geht's Bayern auf geht's*, was die Stimmung kurzzeitig so dramatisch aufpeitschte, dass es sich umso peinlicher anfühlte, als sich daraus überhaupt nichts ergab. Die Stille, die danach einsetzte, in der man das Klicken der Maustasten hören konnte, schien mir die gerechte Strafe zu sein.

Am Wochenende fuhren wir gemeinsam raus nach Fröttmaning. Es war ein windiger Herbsttag, und jeder hatte sich einen rot-blauen Schal des FC Bayern um den Hals gewickelt. Wer keinen hatte, bekam am ersten Fanartikelstand auf dem Weg einen gekauft. Auf meinem waren die Worte *mia san mia* eingeknüpft. Die beiden Agenturchefs hatten jeweils einen schlichten rot-weißen Schal, wie ihn Uli Hoeneß immer zu den Spielen trug. Sie behaupteten, es handle sich dabei um eine Solidaritätsbekundung (Uli Hoeneß saß zu der Zeit wegen Steuerhinterziehung im Gefängnis), aber ich glaube, dass sie sich mit ihren Managerschals auch ein wenig von uns abheben wollten.

Im Stadion wurden weiße Chipkarten gekauft, auf die man ein Verzehrguthaben aufladen konnte. Wir wurden eingeladen, uns mit Bier und Bratwürsten zu versorgen, dann gingen wir zu unseren Plätzen und saßen noch eine Weile herum, bis schließlich angepfiffen wurde. Die beiden Chefs und die Kollegen haben im Stadion weit weniger gegrölt und gesungen als vorher in der Agentur. Die Plätze waren wohl einfach zu teuer. Neben, vor und hinter uns saßen die Leute friedlich da und schauten sich das Spiel an. Bei einer knappen Torraumszene oder einem Foul wurde ausgerufen, was eben in dem Moment gerade passte, sonst konnte man sich aber problemlos in einer ganz normalen Lautstärke unterhalten.

Wir waren nah genug an den Coachingzonen, um das Geschrei der Trainer zu hören. Wobei der Trainer des SC Paderborn 07 sehr viel schreien musste (er hatte seinen Spielern auch vor dem Spiel in den Nacken geschlagen und seine Stirn gegen ihre gestemmt, um sie anzuheizen) und der Trainer des FC Bayern meistens mit den Händen in den Hosentaschen auf und ab lief und hin und wieder ungläubige Gesten zum Schiedsrichter oder dessen Assistenten machte. Vor dem Halbzeitpfiff fiel ein unglückliches Tor durch eine Ecke, die der Paderborner Torwart aus dem Strafraum fausten wollte, dabei aber den Ball verfehlte und beim anschließenden Gewusel im Strafraum nutzlos zwischen den Beinen seiner Verteidiger lag. Irgendwer spitzelte den Ball über die Linie, es war auch von unseren sehr guten Plätzen aus nicht zu erkennen, wer es war. Der Stadionsprecher rief trotzdem einen Namen aus, zuerst die Spielminute, dann die Rückennummer und dann den Vornamen des Spielers, Bastian, den Nachnamen schrien wir siebzigtausend Zuschauer runter auf den Platz, wofür uns der Spieler im Gegenzug mit erhobenen Armen applaudierte.

Ansonsten hielt die Gastmannschaft aber gut dagegen, sodass langsam in unserer Gruppe und um uns herum anerkennende Aussagen gemacht wurden. Es hieß, sie stünden gut und spielten gut gegen den Ball, verschöben sehr dynamisch und ließen sich nicht aus der Ruhe bringen. Ein Kollege merkte an, dass der SC Paderborn 07 nur über 18 Millionen Euro Spieleretat verfüge, wohingegen der FC Bayern München für denselben Posten auf über 180 Millionen zurückgreifen könne. Alle nickten dazu, jemand sagte: Respekt. Die Halbzeit wurde abgepfiffen, und wir gingen wieder in den Zwischenbereich, um aufs Klo zu gehen und neue Bratwürste und neues Bier von unseren Chipkarten abbuchen zu lassen. Auf dem Weg zurück wurde ich kurz vor den Stufen zur Tribüne abgefangen. Die anderen Kollegen nahmen schon wieder ihre Plätze ein. Vielleicht, denke ich mir heute, wussten sie auch, dass sie nicht auf mich warten sollten.

Ich schaute den beiden Chefs während des ganzen Gesprächs auf ihre Uli-Hoeneß-Managerschals und versuchte, jeden Augenkontakt zu vermeiden. Ich wurde gefragt, was mit mir los sei, ob ich Hilfe bräuchte, ich wisse ja hoffentlich, dass ich mit ihnen jederzeit sprechen könne, mein Auftreten sei intolerabel, man habe viel Geduld mit mir gehabt, weil man mich schätze, wäre ich nicht so lange schon dabei, hätte man viel früher schon reagiert, aber ich sollte eine Chance bekommen, mich von selbst wieder einzukriegen. Rein arbeitstechnisch sei bei uns jeder ersetzbar, aber menschlich mache der Mensch an sich halt doch einen Unterschied (ich erinnere mich an diesen Satz besonders gut, weil ich ihn gleichzeitig verstand und nicht verstand), man müsse sich auf mich verlassen können, davon hänge schließlich nicht nur mein eigenes Wohl ab, sondern das von allen – wenn nicht jeder einhundertzwanzig Prozent zu geben bereit sei, und sei es nur theoretisch, dann könnte man den Kunden nicht länger diese Dienstleistung auf dem allerhöchsten Niveau anbieten. Das sei aber der Anspruch. Jeder baut mal Scheiße, hieß es dann noch von einem der beiden. Also: Auf geht's! Zähne zusammenbeißen, Gras fressen, alles nach vorne werfen, nicht aufstecken, ich bin mir nicht mehr sicher, ob sie wirklich mehrere von diesen Fußballtrainerfloskeln nacheinander benutzten, aber zwischendurch und den Rest des Nachmittags bekam ich einige davon zu hören. Ich musste mir auch auf die Schulter fassen lassen, und wahrscheinlich hätten sie auch gern ihre Stirnen gegen meine gestemmt, um mich anzuheizen.

Von da an dauerte es nicht mehr lang, bis ich in der Agentur meinen Platz räumte. Der FC Bayern gewann das Spiel mit 2:0.

Am Abend nach dem Stadionausflug ging ich zum Bahnhof, obwohl ich dort nichts zu tun hatte. Die nächste Fahrt nach Ulm stand erst in der kommenden Woche an. Ich lief durch die Einkaufspassagen, fuhr mit der Rolltreppe aus der Haupthalle hoch auf die Galerie und setzte mich dort an einen Tisch der Burger King Filiale, um etwas auszuruhen und Leute zu beobachten, so lange, bis mir die Essenden an den anderen Tischen widerlich wurden.

Einmal stand Christoph vor uns, im *Café Porsche*, mit dem Mikrofon in der Hand und sagte, es gebe einige Helden. Ihre Namen sind: Raúl Ernesto Ruiz Pino, Daniel Myrick und Eduardo Sánchez, Fred Kelemen, Ayten Mutlu Saray, Frank Oz, Miloš Forman, Alejandro Jodorowsky und Alejandro Amenábar, Onno Nijmegen, Konrad Wolf, Kelly Reichardt, Christoph Schlingensief, Percy Adlon, Tsipi Reibenbach, Irene Lilienheim Angelico, Jesús Franco, Edgar Reitz, Bobo Speck, Alain Robbe-Grillet, Hito Steyerl, Harry Kümel, Margarethe von Trotta, H-G. Clouzot, Robert Wiene, Natascha Toll, Maurice Tourneur, Roland Klick, Ariel Tuba, Claire Denis, Georges Franju, Warren Kiefer und Herbert Wise, Robert Hampton, Mimi Leder, Mario Bava,

Rainer Werner Fassbinder, Anthony Daisies, Dario Argento und Asia Argento, Lucio Fulci, Ruggero Deodato, Narciso Ibáñez Serrador, Enrique L. Eguiluz, Amando De Ossorio, Choe-Gang Ai, Jorge Grau und Martin Herbert, um nur einige zu nennen. Ich habe damals mitgeschrieben, so schnell ich konnte. Ein paar Namen sind mir aber durch die Lappen gegangen. Christoph meinte an diesem Abend, es sei vielleicht doch ganz hilfreich, wenn wir gemeinsam einen Teil der Filmgeschichte sichten würden, die ihn beeinflusst hat. Wir wollen hier nichts zitieren, sagte er, wir brauchen Raum für das Neue, aber es wird nicht schaden, einige Möglichkeiten aufzunehmen, mit unseren Augen und unserer Haut.

Von da an war es allen Beteiligten nach den Sitzungen freigestellt, dazubleiben und einen von Christoph ausgesuchten Film zu schauen. Ein Beamer wurde besorgt, und Hubi spannte eine große Tischdecke an die hintere Wand der Bühne. Ich blieb meistens noch so lange, bis ich sehen konnte, was für ein Film geschaut wurde, und bis ich einen ungefähren Eindruck von der Ästhetik und der Erzählweise bekam. In der Regel ging ich dann etwa nach einer halben Stunde, um den letzten Zug nach München zu bekommen. Ich gewöhnte mich daran, immer nur den Anfang der Filme zu sehen. Oft fand ich es sogar viel interessanter, wenn ich gehen musste und mir auf meinem Weg durch Ulm und im Zug nach München den weiteren Handlungsverlauf ausmalen konnte. Ich hatte dann schon fast das Gefühl, selbst an einem Film zu arbeiten. Zumindest bildete ich mir ein, dass ich ein Gespür für Narration und Suspense entwickelte, obwohl ich ja nie meine Versionen der Geschichten mit dem tatsächlichen Verlauf der Filme abglich, um dann wirklich etwas daraus zu lernen.

Ich stand von meinem Platz an dem Tisch der Burger King Filiale im Hauptbahnhof auf und lief noch eine Weile herum, ging einen der Bahnsteige bis zu seinem Ende und schaute in die

Nacht und auf die Schienenstränge, die silbrig glänzten. Wenn ein Zug einfuhr, schaute ich mir die Leute an, die darin saßen, oder, wenn es ein ICE mit verspiegelten Fenstern war, meine eigene Gestalt, wie ich auf dem Bahnsteig stand. Ich ging in den Zeitschriftenladen *Presse + Buch* und blätterte lange Zeit in verschiedenen Magazinen. Es waren schon die ersten Jahresrückblicke erschienen, offenbar in der Überzeugung, dass sich nichts Bewegendes mehr ereignen würde in den letzten beiden Monaten des Jahres. Oder vielleicht auch im Wissen, dass eh viel zu viel schon geschehen war in diesem einen Jahr, dass es ohnehin nicht in einem Jahresrückblick in Bildern zu erzählen war und man deshalb auch nicht zu warten brauchte, bis zu dem viel zu vielen noch viel mehr dazukommen würde.

Ich blätterte auch in einigen Nischenpublikationen, einem Magazin über Zeppeline und in einer astrologischen Fachzeitschrift, die sich äußerlich sehr viel Mühe gab, seriös auszusehen und trotzdem ihr Zielpublikum mit dem Hang zum Übersinnlichen nicht aus den Augen zu verlieren. Die Zeitschrift hieß *Der Sternendeuter* und war voller Inserate und Werbebotschaften von Menschen, die wahrsagerische Fähigkeiten besaßen. Es war interessant zu sehen, dass es für diese Inserate praktisch keine festen Begriffe gab, um untereinander in einen Wettbewerb um die potentiellen Kunden zu treten. Die Fotos der Wahrsager und Medien erinnerten mich an die Plakate vor Landtagswahlen. Es war eine ähnlich umfassende Kompetenz, die diese Portraits suggerieren wollten, und ein ähnlich umfassender Glaube, um den sie baten, für ihre Leistungen, deren Erfolgsversprechen nur in einer Zukunft bewertet werden konnten, die naturgemäß eine ferne war und erst lange nach der Entscheidung für die jeweilige Person eintreten würde.

Ich überflog den *Sternendeuter* mit einiger Überheblichkeit, bis ich irgendwo gegen Ende der Zeitschrift auf einen langen Artikel zum Thema *Die Sterne und die Angst* stieß, den ich komplett las und der schließlich auch dazu führte, dass ich die Zeitschrift kaufte und mit nach Hause nahm, obwohl ich so gut wie überhaupt nichts von dem verstand, was dort beschrieben wurde.

In dem Artikel hieß es, astrologische Phänomene, die eine ängstliche Veranlagung im Leben begünstigten, seien erfahrungsgemäß ein von Uranus, Neptun, Mars oder Pluto verletzter Mond im Geburtshoroskop. Es war von Schicksalsplaneten die Rede, die, besonders in Haus vier und fünf, Uranus, Mars, Saturn, Neptun oder Pluto im seelischen Quadranten trügen. Konjunktion, hieß es, Quadrate oder Opposition von Saturn und Neptun zeigten ebenfalls eine Veranlagung zu Ängsten an, außerdem könnten Spannungsaspekte von Saturn und Neptun zu den *Herrschern der Häuser* vier und fünf im Radixhoroskop einen ängstlichen Charakter begünstigen. Bei einem Mond im Tierkreiszeichen Widder könne sich die Angst vor mangelnder Durchsetzungskraft entwickeln. Bei Mond in Krebs könnten Ängste um liebe Nahestehende und die Familie entstehen, vor allem die Angst, es könnte ihnen etwas zustoßen. Bei Mond in der Jungfrau bestehe unter Umständen die Angst vor unvorhersehbaren, furchtbaren Krankheiten, bei Mond in Schütze die Angst, zu kurz zu kommen, und bei Mond in Wassermann die Angst, in den eigenen Wünschen und in seiner Freiheit eingeschränkt zu sein. Eine Mondposition im zwölften Haus enthalte einen Hinweis auf vorgeburtliche Traumata.

Ich war nie besonders empfänglich für astrologische Schicksalsdeutungen, aber an diesem Abend, an dem ich irgendwann aus dem *Presse + Buch* Zeitschriftenladen und dem Bahnhofsgebäude heraustrat und unter einen klaren Nachthimmel auf den Vorplatz, mit dem *Sternendeuter* unter dem Arm, und nach oben schaute, fand ich es naheliegend, dass einem diese unzähligen, riesengroßen Körper in ihrer ständigen Rotation und ihrem Aufblähen und Verglühen den Kopf so verdrehen konnten, nicht nur im Augenblick der Geburt, dass man sich schrecklich zu fürchten begann vor allem, was ebenso normal und endgültig war wie die Planeten im Universum.

Die nächste Person, die sich auf die Bühne im *Café Porsche* traute, stellte sich uns als Hannah vor und erzählte, sie sei Maskenbildnerin, habe sich durch verschiedene Praktika und Nebenjobs quasi selbst ausgebildet und vor einigen Jahren bereits mit Filmstudenten aus München zusammengearbeitet. Sie habe für Christophs fiesen Film die Maske gemacht, aber auch schon bei ein paar Spielfilmen mitgewirkt. Nachdem sie vergangene Woche die Geschichte von Marlies gehört habe, habe sie sich einige Gedanken gemacht. Sie sei sehr berührt gewesen und habe gleich an einige Menschen aus ihrem näheren Umfeld denken müssen, die Ähnliches berichtet hatten. Da sei sicherlich etwas drin für uns, sagte sie.

Ich habe mir dann überlegt, meinte Hannah, was meine eigene oder ureigene Angst überhaupt ist, aber ich kann es nicht so eindeutig festmachen. Ich glaube, ich habe nicht *die* eine große Angst. Ich fürchte mich vor vielen verschiedenen Dingen. Aber mir ist beim Nachdenken in den letzten Tagen – und ich glaube wirklich, erst durch das Nachdenken und durch die Geschichte von Marlies – eine Szene aus meiner Kindheit wieder eingefallen, die ich bis dahin völlig vergessen hatte. Oder zumindest hatte ich nie mehr daran gedacht. Weil es eben auch keinen Anlass gegeben hatte. Ich erinnerte mich, wie ich mit ungefähr elf oder zwölf Jahren mit meiner Schulfreundin Jessica am Ufer des Pflanzweihers entlanggelaufen bin, der in der Nähe unserer Wohnsiedlung lag. Es war ein Nachmittag nach der Schule, wir hatten uns getroffen, weil Jessica mir ein Geheimversteck zeigen wollte, das sie dort irgendwo im Gehölz angelegt hatte. Wir kannten uns noch gar nicht besonders gut. Sie war im Jahr davor sitzengeblieben und erst seit diesem Schuljahr in unserer Klasse. Es war später Herbst, noch ein bisschen kälter als jetzt, und der

Boden um den Weiher war ganz weich und schlammig. Wir sind mit unseren Gummistiefeln durch die verwelkten Uferpflanzen gestapft, bis Jessica mir irgendwann eine Holzkiste zeigte, die sie zwischen zwei Sträuchern versteckt hatte und mit ein paar Zweigen getarnt. Ich war etwas enttäuscht, weil ich mir schon eher eine Höhle oder ein Baumhaus ausgemalt hatte. Wir legten die Kiste frei und setzten uns darauf und schauten auf den Weiher, in dem sich der graue Himmel spiegelte. Ich weiß noch, dass sich zwei Enten in dem Moment quakend aus dem Wasser abgestoßen haben und wegflogen, weil es mir danach so vorgekommen ist, als wären wir die einzigen Lebewesen in einem weiten Umkreis. Jessica fragte mich, ob ich wissen wollte, was in der Kiste sei. Ich sagte ja, und sie erklärte mir, dass sie mir erst zeigen würde, was sich darin befand, wenn ich ihre Blutsschwester geworden sei. Sie holte ein Taschenmesser aus ihrer Jacke und klappte die Klinge aus. Ich sagte ihr, dass ich das nicht möchte. Dann saßen wir für einen Moment einfach nebeneinander. Ich wollte gern wieder nach Hause gehen. Jessica sagte: Aber du willst doch wissen, was in der Kiste ist, oder nicht? Hannah machte eine Pause, in der ich zu Christoph schaute und zu erkennen versuchte, ob ihm gefiel, was wir bis jetzt gehört hatten. Er saß konzentriert auf seinem Stuhl und hörte zu, die Hände so vor dem Gesicht gefaltet, dass Nase und Mund darin verborgen waren.

Ich habe, erzählte Hannah weiter, der Jessica dann gesagt, dass ich Angst habe. Und sie sagte, du brauchst keine Angst haben, und dann sagte ich, dass ich jetzt gehen will, und als ich von der Kiste aufstand, hat sie mich umgestoßen und sich auf mich draufgesetzt, mit den Knien auf meine Oberarme. Sie hat gesagt, wenn ich nicht stillhalte, dann schneidet sie mir ins Gesicht. Also habe ich stillgehalten, und Jessica hat mir den Ärmel von meiner Jacke ein Stück zurückgeschoben und mir in den Unterarm geschnitten. Dann hat sie das Gleiche bei sich gemacht und die beiden Schnitte aufeinandergedrückt. Ich glaube, es hat ein bisschen gebrannt, aber es hat nicht wirklich weh getan. Danach hat sie ihre Knie von meinen Oberarmen genommen und ist aufgestanden. Sie hat gesagt: Jetzt darfst du sehen, was in meiner Kiste ist. Aber ich bin sofort nach Hause gerannt. Es hat mich gar nicht mehr interessiert, was in ihrer blöden Kiste war.

Ich bin nach diesem Tag nie wieder mit Jessica an den Pflanzweiher gegangen. Ich habe mich auch nicht mehr mit ihr für den Nachmittag verabredet. Aber wir waren natürlich weiterhin in derselben Klasse. Manchmal, wenn ich durch das Klassenzimmer oder über den Schulhof schaute, sah ich, dass Jessica mich ansah, und manchmal hob sie dabei langsam ihren Arm, an dem sich unser Blut vermischt hatte. Ich glaube heute, auch wenn ich zugeben muss, dass das vielleicht Quatsch ist, dass ich in diesen Momenten den Schnitt an meinem eigenen Arm gespürt habe, obwohl er nach ein paar Tagen schon wieder verheilt war. Ich hatte damals eine Riesenangst vor Jessica, und ich kann nicht sagen, ob das ihre Absicht gewesen ist oder ob sie wirklich einfach nur meine Blutsschwester werden wollte, obwohl wir uns ja kaum kannten. Jedenfalls fand ich sie wahnsinnig. Ich habe selbst keine Geschwister, aber ich habe oft schon gehört, dass es unter ihnen eine besondere Verbindung gibt. Dass Zwillinge zum Beispiel spüren können, wenn dem anderen irgendwo etwas zustößt. Als Zwölfjährige habe ich mich irrsinnig davor gefürchtet, dass ich jetzt für immer mit dieser Jessica verbunden war und dass sie mich aus der Distanz beeinflussen konnte. Ich stellte mir das vor wie bei einer Voodoopuppe. Dass sich Jessica irgendwann bei sich zuhause eine Stricknadel ins Ohr bohren könnte und dass ich davon grässliche Kopfschmerzen bekommen würde. Als ich das erste Mal meine Tage bekommen habe, dachte ich im ersten Moment, dass es jetzt so weit sei, dass sie jetzt von ihrem Zauber Gebrauch machte, bis mir dann klargeworden ist, was eigentlich los war.

Hannah begann das Sprechen auf einmal sichtlich unangenehm zu werden. Jedenfalls, sagte sie, habe ich mich durch das Nachdenken, was ich hier erzählen könnte, wieder an diese Zeit erinnert und daran, was für eine grässliche Angst ich vor diesem Kind hatte. Ich musste mich dann auch fragen, was wohl aus meiner Blutsschwester geworden ist und ob sie nicht vielleicht doch etwas damit zu tun hat, wenn ich heute immer mal wieder unerklärliche Kopfschmerzen bekomme oder ein Stechen in der Brust. Gestern habe ich mich auch gefragt, ob sie das wohl nur mit mir gemacht hat oder ob das vielleicht so eine Art Fetisch von ihr war.

Jedenfalls dachte ich mir, dass das doch eventuell etwas für uns hier wäre. Zumindest fällt mir sonst nichts ein. Ich habe auch manchmal Angst, dass ich Krebs habe, aber die haben wir wohl alle.

An der Stelle klatschte dann jemand aus einer der hinteren Reihen, und die anderen, auch ich, stiegen ein und applaudierten. Hannah bedankte sich ins Mikrofon und ging von der Bühne ab. Christoph stand auf und legte ihr kurz seinen Arm um die Schulter, er sagte ihr etwas ins Ohr und dann nochmal danke, ins Mikrofon, und dass es übrigens nicht nötig sei, dass wir hier schon den Film mitdenken, wenn wir auf der Bühne stehen.

Ich machte mir meine Notizen. Neben mir saß Markus, ich konnte riechen, dass er schwitzte. Ich denke, weil er vielleicht langsam nervös wurde im Hinblick auf seinen eigenen Auftritt. Links von mir am Tisch saß Jonas, von dem ich bereits wusste, dass er ein junger Schauspieler war, ein großes Talent, wie man mir versichert hatte (ich weiß nicht mehr, wer es war, der ihn als großes Talent bezeichnet hatte, aber es war gesagt worden, dass man von ihm noch viel hören würde in der Zukunft), er hatte einen schlichten dunkelbraunen Anzug an und Lederschuhe und eine Brille mit runden Gläsern und schmalem Gestell und machte generell einen sehr gutgekleideten und im besten Sinn selbstbewussten Eindruck. Nachdem Hannah die Bühne verlassen hatte, stand Jonas auf und ging nach vorne, nahm sich von Christoph das Mikrofon und fing sofort an zu erzählen, ohne sich vorzustellen.

Wir anderen hätten in dem Moment vielleicht gern eine Pause gemacht, ein frisches Bier geholt, ein wenig über Hannahs Geschichte gesprochen, aber es wirkte so, als habe Jonas sich in genau diesem Augenblick ein Herz gefasst und als sei es jetzt nicht mehr aufzuschieben. Vielleicht wäre der Mut nach einer Viertelstunde auch schon wieder verraucht gewesen.

Jonas sagte: Ich war ein sehr dicker Junge.

Es ist vielleicht heute nur noch schwer vorstellbar, aber ich war wirklich, bis ich ungefähr sechzehn oder siebzehn war, ein richtig fetter Brocken. Ich hatte ein Extrakinn hier unten, wo keines hingehört, und Brüste und einen Hängebauch, und wenn ich im Sommer ein ärmelloses T-Shirt anhatte und jemandem zum Abschied gewunken habe, dann schlenkerte das Fett in meinen Oberarmen hin und her. Ihr müsst mir das einfach glauben, ich kann euch jetzt keinen Beweis erbringen. Aber ich sage die Wahrheit.

Jonas' Rede war sofort extrem dramatisch. Ich fühlte mich, als wäre ich Teil einer Jury und als müsste ich ein Urteil über ihn fällen, als würde er sich vor mir verteidigen und versuchen, mein Vertrauen zu gewinnen. Und gleichzeitig wollte ich ihn beschützen und sein Freund sein. Wahrscheinlich lag das daran, dass Jonas wirklich ein großes Talent besaß.

Die Schule, sagte er, war die Hölle für mich. Die Grausamkeit der anderen Kinder, die Vergeblichkeit, mit der ich mich jedes Mal aufs Neue verliebte, in Mädchen, die mich eklig fanden oder im besten Fall einfach übersahen. Ich war der berühmte Letzte, den im Sportunterricht niemand in seine Mannschaft wählen wollte. Mir passten keine normalen Klamotten, sondern nur diese schlabbrigen XXL-Sachen, die für wesentlich größere

Menschen geschnitten waren. Ich saß sehr oft alleine auf meinem Bett oder nachts vor dem Kühlschrank und habe weinend Süßigkeiten in mich reingefressen. Ich weiß nicht, ob das jemand von euch kennt: Es gibt einen Punkt, da wird der Druck in einem so groß, dass man denkt, man zerreißt, und das Einzige, was man tun kann, damit der Druck aufhört, ist das Verbotene. Es ist so, als würde es einen an einer gut erreichbaren Stelle schrecklich jucken, aber es wäre verboten zu kratzen. Und wenn man dann kratzt, geht von dieser Stelle ein so wohltuendes Kribbeln aus, als hätte man gerade dort, an dieser Stelle, einen irren Orgasmus, der sich im ganzen Körper ausbreitet. Jedenfalls habe ich damals essen müssen, um dieses Gefühl zu bekommen, es war anders nicht erreichbar. Und im selben Moment machte es mich todtraurig, weil ich wusste, dass ich mit jedem Mal die Realität meines fetten Leibes erneuerte, schwach war und dem Dämon in mir nachgegeben hatte. Es war einfach eine echt traurige Zeit. Und ich war sehr verzweifelt mit mir und meinem ganzen Fett.

Ich erinnere mich noch sehr gut an den Abend, als ich alleine in meinem Zimmer saß und deprimiert war, weil ich gerade eine komplette Tüte Gummibärchen gegessen hatte. Und wie ich da den Satz laut ausgesprochen habe, dass ich meine Seele hergeben würde, wenn ich dafür einen schönen Körper bekäme.

Dann ging es relativ schnell: Ich wuchs noch ein paar Zentimeter, fing an zu rauchen und war innerhalb einiger Monate wie transformiert, ohne wirklich viel dafür getan zu haben. Ein bisschen Sport habe ich auch gemacht, aber das war nicht der Rede wert. Ich hatte dann plötzlich das Gefühl, dass mir jemand die Zügel für mein eigenes Leben in die Hand gegeben hatte. Ich lernte maßvoll zu sein. Die Reihenfolge der Ereignisse war allerdings seltsam. Ich lernte erst, maßvoll zu sein, als ich schon nicht mehr fett war. Vielleicht hing auch wirklich viel mit dem Rauchen zusammen, womit ich mittlerweile übrigens auch wieder aufgehört habe.

Jedenfalls habe ich heute noch große Angst davor, dass irgendwann der Teufel oder wer auch immer für das Eintreiben der Seelen zuständig ist kommt und mich an die Worte erinnert, die ich damals in meinem Kinderzimmer laut ausgesprochen habe. Manchmal kann ich deshalb nächtelang nicht schlafen, weil ich dann wirklich denke, wenn ich einschlafe, werde ich schutzlos und verliere den Zugriff, nicht nur auf mein Bewusstsein und die Inhalte der Wirklichkeit, sondern auf meine Seele, die mir dann einfach weggenommen werden kann. Ich kann auch schon lange keine Kirchen mehr betreten, weil ich mich dort so schuldig und abtrünnig fühle. Die Vorstellung, dass es einen Gott geben könnte, hatte noch nie etwas Beruhigendes für mich. Im Gegenteil – ich weiß ja, dass, wenn es Gott gibt, ich meine Seele dem Teufel versprochen habe. Und selbst wenn es Gott gibt, aber den Teufel nicht, dann werde ich sicherlich trotzdem bestraft, für meinen Frevel und für die Völlerei und ganz bestimmt auch für das Leben, das ich geführt habe, seit ich nicht mehr fett bin – ich habe da einiges in sehr kurzer Zeit nachgeholt, ohne mich viel um die Gefühle der anderen zu kümmern. Ich bin nicht religiös, sagte Jonas. Ich habe keine Vorstellung vom Tod. Wenn es aber irgendeine Form von Gericht gibt am Ende, und davor fürchte ich mich wirklich, dann habe ich wohl schon sehr früh meinen Prozess entschieden. Ich bin auch heute noch kein guter Mensch. Ich würde sagen, der Dämon des fetten Jungen haust noch immer in mir und fordert und will, und irgendwann, das ist, glaube ich, die Angst, um die es mir hier geht, wird er meine Seele aufgefressen haben. Und dann wird von diesem maßvollen Leben nichts mehr übrig bleiben, dann wird sich alles auflösen in Heißhunger, Gier und Exzess und Egomanie, und genau dann werde ich dem Gericht vorgeführt, in welcher Form auch immer, und werde bestraft.

Auch für Jonas gab es einen Applaus, als er fertiggesprochen hatte. Ich hatte kurz den Eindruck, dass er gegen die Gewohnheit ankämpfen musste, sich vor uns zu verbeugen. Christoph nahm ihm das Mikrofon aus der Hand, als Jonas die Stufen von der Bühne herunterkam, und sagte, gleich mit einem etwas genervten Ausdruck im Gesicht: Dass wir uns hier nicht falsch verstehen, ich bin nicht euer Therapeut. Wir sammeln hier mit einem klaren Ziel.

Es gab eine Pause, in der alle etwas verstört waren, und dann hörte ich Marlies von hinten rufen: Das hat doch auch keiner behauptet.

Je tiefer die Soldatin in das Kriegsgeschehen eindringt, umso wunderschöner werden die Beschreibungen, die ihr Melanie Warga in den Kopf und in den Mund legt. Wahrscheinlich ist es das, was Josi mit dem magischen Realismus gemeint hat, dachte ich beim Lesen.

Die Liebesgeschichte ließ noch auf sich warten, aber die Beschreibungen der Ankunft der Soldatin im Camp und der langen Tage, die sie auf ihren ersten Einsatz im Kampfgebiet wartet, sind so unwirklich wunderschön, dass ich nicht anders konnte, als mich zu fragen, was das zu bedeuten hat.

Der Auslandseinsatz der Soldatin beginnt mit der langen Schilderung eines Fluges im Bauch einer Transall Maschine in voller Montur, mit Helm und schusssicherer Weste. Die mitreisenden Soldatinnen und Soldaten werden beschrieben, jede und jeder ins kleinste Detail, sodass man sofort wieder vergisst, dass sie alle die gleichen Uniformen tragen und unterwegs sind, um wochen- und monatelang dasselbe zu tun wie die anderen, eine Funktion zu erfüllen, die überhaupt nichts mit ihnen und ihren individuellen Persönlichkeiten zu tun hat. Es ist wie ein letzter Abgesang auf jeden einzelnen Charakter, vor dem Ernstfall, in dem man sich kalt machen muss gegen das Schicksal des Einzelnen, gegen die verschiedenen Biografien, die zurückgelassenen Familien, die Angst, die Sehnsucht, die Talente, die einer vielleicht hat, die dort aber, wohin sie unterwegs sind, jede Bedeutung verlieren. Die Sorge der Klavierspieler um ihre Hände und der Menschen um ihr Leben. Das Buch hatte sich bis zu diesem Punkt jede Sentimentalität verboten. Und es war auch im Bauch des Flugzeugs nur ein kurzer Anflug davon zu spüren. Es gab einfach nichts zu tun für den wachen Geist der Soldatin, als ihre Kameraden bei der Transformation zu beobachten – von den Subjekten einer friedlichen Kultur in die Objekte der Schlacht.

Schon unmittelbar nach der Landung ihrer Einheit, auf dem provisorischen Militärflughafen im Krisengebiet, verändert sich der Ton der Beschreibungen. Die Soldatin schaut in die Landschaft, auf einen sagenhaften Sonnenuntergang, den Melanie Warga drei Seiten lang beschreibt, mit allen Farben und Übergängen, dem Nachglühen der Berggipfel und dem letzten, flimmernd warmen Ausatmen der Wüste. Sie bezieht ihre Unterkunft in einer beigefarbenen Wellblechbaracke im Feldlager, und ihr aufmerksamer Blick beobachtet den Campalltag, die Lichtstimmungen, Raubvögel am Himmel, Soldaten an Spielautomaten oder vor den Bildschirmen im Internetcafé, Hitzespiegelungen, Plastiktütenfetzen, die sich im Stacheldraht verfangen haben. Sie hört, wie sich nachts, wenn es kalt wird in der Wüste, das Blech der Baracken anspannt und rhythmisch klopft. Und sie stellt sich vor, wie mit jedem Schlag einer in seinem Feldbett das Bewusstsein verliert.

Sie schaut von einem Aussichtspunkt über die Sandsäcke und Panzersperren hinweg auf den Horizont und sieht, wie ein Jeep in weiter Entfernung durch das Bild fährt, das ihr Blickfeld erfasst. Der Jeep zieht eine große Wüstenstaubwolke hinter sich her, die immer weiter aufsteigt und sich in der Luft verteilt, wodurch die Horizontlinie, der Übergang zwischen Wüste und Himmel, langsam verschwimmt. Es wird nicht deutlich ausgesprochen im Buch, aber ich hatte beim Lesen das Gefühl, dass die Soldatin dort auf dem Aussichtspunkt erkennt, was ihr bevorsteht. Dass genau dieser verschwommene, unscharf umrissene Raum des Ungewissen, dort hinten am Horizont, der Ort ist, der sie erwartet nach ihrer Zeit im Lager, beim Einsatz an der Front.

Ich weiß nicht, weshalb Melanie Warga das gemacht hat, dass sie gerade in dem Moment die großen schönen Bilder zu malen anfängt, in dem es mit dem Krieg erst richtig losgeht. Josi hätte sicherlich eine sehr viel intelligentere Theorie dazu gehabt. Ich dachte mir einfach, dass es wahrscheinlich ihre Absicht war, dass wir Leser uns fragen müssen, wie das sein kann, dass am Ende der Zivilisation ein Regenbogen auftaucht.

Seit ich denken kann, erzählte uns Christoph einmal als Teil seiner einleitenden Worte, bin ich mir sicher, dass die Welt, in der ich lebe, zusammenbrechen wird.

Ganz am Anfang war es nur eine dunkle Vorahnung: Irgendwann wird ein Kollaps passieren. Selbst als Kind dachte ich schon, dass unmöglich einfach alles immer so weitergehen kann, wie es eben gerade geht. Es war nur ein Gefühl. Ich habe mit niemandem darüber gesprochen. Ich hatte einfach eine sehr deutliche Empfindung, dass ein finsteres, riesengroßes Ereignis in der Zukunft wartet, das alles verändern wird. Und dieses Gefühl hat mich bis heute nicht verlassen. Es ist konkreter geworden über die Jahre, aber es ist nie vergangen. Ich bin mir auch heute noch sicher, dass ich Zeuge dieses großen Zusammenbruchs werde. Manchmal überkommt es mich überdeutlich, wenn ich zuhause den Wasserhahn öffne oder den Müll runterbringe oder die Heizung aufdrehe, dass nichts davon einfach so passiert und dass es damit unmöglich immer einfach so weitergehen kann.

Irgendwann ist mir klargeworden, dass es kein natürliches Gesetz für das Zusammenleben der Menschen auf der Erde gibt. Und dass das direkt mit meinem apokalyptischen Gefühl zusammenhängt. Wir haben uns Strukturen erschaffen, die es uns erleichtern, eine Art Scheinwelt der Sicherheit und der Berechenbarkeit aufrechtzuerhalten. Aber es ist ein simulierter Zustand, der keine Grundlage hat. Man kann diese Welt nicht Schritt für Schritt zurückbauen und dann auf einen harten Kern oder ein Fundament stoßen. Nach ein paar Schritten schon steht man an einem dunklen Abgrund. Man muss ja zum Beispiel nur am Grundgesetz vorbei, die totale Fiktion, nichts davon Wirklichkeit, alles Sprache und Hoffnung, und sobald man das hinter sich gelassen hat, spürt man doch schon den kalten Hauch aus dem Nichts, auf das alles gebaut ist, dem wir vertrauen.

Meine Vorstellung von den kollabierenden Verhältnissen ist keine Angst. Es ist eine Sehnsucht. Ich weiß, dass sie gegen die Zivilisation und gegen die Kultur gerichtet ist, aber ich kann nichts dagegen tun, dass ich sie habe. Sie war immer da, wie ich schon gesagt habe, seit ich denken kann. Ich glaube daran, dass es einen Moment geben wird, kurz vor der Panik. Er wird nicht lange genug anhalten, um ihn zu nutzen. Aber er wird da sein und spürbar für jeden, der auf ihn gewartet hat, und ich bin mir sicher, dass ich mit diesen Gedanken nicht allein bin, Tausende warten insgeheim auf diesen Moment. Einen Augenblick lang wird eine Art Urzustand erreicht, das Chaos, in seiner friedlichsten Form, wird uns anschauen, aus seinen Milliarden Augen heraus, bis zum nächsten Lidschlag, und in diesem Blick kann der, der ihm standhält, lesen, was das ist, das Unverstellte, unleugbar Reale, Ungelogene, Echte. Für mich ist das noch ein weiterer Grund, einen Horrorfilm zu machen.

In der Unmittelbarkeit der expliziten, brutalen Darstellung des Horrors wird die Ordnung um das brutale Ereignis herum aufgelöst, überhaupt wird alles aufgelöst, jede andere Wahrnehmung, jeder Seitenweg, es gibt nur noch das Hinschauen oder das Wegschauen, aber es gibt keinen Kontext mehr. Wenn man richtig starke Schmerzen hat, das kennt jeder von euch, dann löst sich die Welt in diesen Schmerzen auf. So funktioniert auch die brutale Deutlichkeit des Horrors: Die andere Welt, alles, was

Kompromiss ist und sekundär, verschwindet. Es ist eine kleine Simulation des Zusammenbruchs, wie ich ihn mir immer schon vorgestellt habe. Nach meiner Ansicht ist das alles, was von der Kunst verlangt werden kann zu dieser Zeit. Dass sie den bevorstehenden Kollaps simuliert und erfahrbar macht, damit wir uns vorbereiten können und gewappnet sind, wenn es tatsächlich passiert. Damit wir dem Chaos in die Augen schauen können, um uns selbst zu erkennen.

Ich schaute mich, soweit es mein Mitschreiben und das konzentrierte Zuhören erlaubten, ein wenig im *Café Porsche* um, während Christoph diesen Monolog hielt. Und ich bekam den Eindruck, beim Lesen der Gesichter der anderen, dass er mit seiner Vorstellung vom nahenden Zusammenbruch einen Nerv getroffen hatte, nicht nur bei mir, sondern bei so ziemlich allen im Raum.

Für diesen Abend hatte Christoph den Film *L'aldilá (The Beyond)* von Lucio Fulci zum gemeinsamen Schauen ausgewählt. Ich blieb wieder für den Anfang und fuhr dann alleine im Zug zurück nach München, mit den Bildern im Kopf und der Frage, wie das alles weiter- und ausgehen würde.

In der ersten Einstellung sieht man eine Holzvilla im viktorianischen Stil, im Erdgeschoss brennt ein schummriges Licht, und über der Eingangstür ist ein *Hotel*-Schild angebracht, das sehr schlampig aussieht. Auf dem Bild erscheint in weißen Buchstaben der Schriftzug *Louisiana 1927.* Man sieht, wie sich dem Haus zwei Ruderboote mit finster aussehenden Männern nähern. Sie haben Fackeln dabei und tragen Kleidung, die der Zeit aus der Einblendung entspricht. Dann gibt es einen Schnitt ins Innere des Hauses, zeitgleich einen Blitz und Donnergrollen, vor den Fenstern flackert es auf, eine Frau mit langen blonden Haaren und einer Petroleumlampe in der Hand betritt den Salon oder das Wohnzimmer im Erdgeschoss, durch eine Glastür auf vorsichtigen Schritten. Von einer Nahaufnahme ihrer weit geöffneten Augen (und dem Licht der Blitze, das auf ihrem Gesicht aufflackerte) wandert die Kamera nach unten auf einen niedrigen Couchtisch, auf dem ein Buch mit dem Titel *Eibon* (kein Verfasser, nur der Titel) liegt, das dann ebenfalls vom Licht der Blitze und vom flackernden Widerschein der Petroleumlampe erhellt wird.

Nach dem nächsten Schnitt sieht man ein seltsames Gemälde, eine Art Landschaftsbild, auf dem aber auch einzelne Körper erkennbar sind. Vielleicht die Toten einer Schlacht, vielleicht auch nur Steinbrocken, die schon jahrtausendelang in dieser Landschaft gelegen haben. Es sieht auch aus, als ginge eine Art Wüstensturm über die Landschaft hinweg. Die Hand des Malers kommt ins Bild und macht einige vorsichtige Pinselstriche. Der Maler nimmt frische Farbe von seiner Palette auf und schaut dabei mit einem seltsam sorgenvollen Blick in den Spiegel, der neben der Leinwand hängt.

Die Männer in den Booten rudern unbeirrt durch die neblige Nacht. Sie haben entschlossene Gesichter, niemand spricht. Die Tonspur schien mir etwas billig, das Rudern klang eher so, als würde jemand in einer Badewanne auf und ab gehen. Zeitgleich mit dem Eintreffen der Männer am Ufer vor dem Hotel kommen auch zwei schwarze Limousinen um das Haus herumgefahren und halten vor dem Eingang mit dem schlampig aussehenden Schild. Insgesamt etwa zwanzig Männer betreten das Hotel durch den Vordereingang, sie haben Ketten und Fackeln und Knüppel in den Händen, und der Hotelportier, der schwitzt und auch etwas ängstlich aussieht, lässt sie wortlos passieren.

Während die Männer die Treppen hochlaufen, sieht man in die ängstlichen Augen des Malers, und man hört, wie die Frau im Salon anfängt, aus dem Buch *Eibon* vorzulesen, eine Art Prophezeiungstext, in dem es etwa heißt:

Die sieben gefürchteten Pforten, verborgen an sieben verfluchten Orten, wehe dem, der sich unwissend in ihre Nähe begibt, wehe dem, der eine der sieben Pforten zur Hölle öffnet, denn durch diese Pforten wird das Böse einfallen in die Welt.

Die Männer dringen in den Raum des Malers ein, sie werfen ihm vor, ein Hexenmeister zu sein, und beginnen, mit ihren schweren Ketten auf ihn einzuschlagen (was jedes Mal fleischige Wunden im Gesicht und auf dem Körper des Malers hinterlässt). Der Maler fleht um sein Leben und sagt, dieses Hotel sei auf einer der sieben Pforten zur Hölle errichtet worden, sie dürften ihn nicht umbringen, nur er könne sie alle retten.

Die Männer hören nicht auf die Bitten des Malers, sie schleifen ihn eine Treppe hinab in einen Kellerraum, wo sie seine Arme mit Nägeln an einer Wand festschlagen, seinen Kopf zuerst mit einer milchigen Flüssigkeit übergießen und danach ein weißes Pulver darüberstreuen, was eine chemische Reaktion auslöst, die dem Maler das Gesicht verätzt. Musik setzt ein, während man in mehreren Einstellungen den dann doch sehr puppenhaft wirkenden Kopf des Malers sieht, der vom Brodeln und Bruzzeln der Säure langsam verzehrt wird.

Danach gibt es nochmal einen Schnitt auf die Frau, die aus dem Buch *Eibon* die Höllenprophezeiungen vorliest, ihre Augen sind weit aufgerissen. Das Buch fängt Feuer, und die Kamera fährt immer näher an die Flammen heran, bis sie den ganzen Bildausschnitt ausfüllen, dann beginnt die Titelsequenz mit Einblendung der Namen.

Ich schaute mir sehr genau an, wie mit dem Maler umgegangen wurde in den Szenen seiner Hinrichtung. Und ich schöpfte große Hoffnung für meinen Wunsch nach einem brutalen Tod vor der Kamera.

In einem anderen Film, dessen Titel ich nicht mitbekommen habe, weil ich gerade auf dem Klo war, als er eingeblendet wurde, sah ich den Schauspieler Klaus Kinski auf einem Bett liegen. Er trug einen Kaftan und einen Turban auf dem Kopf und viele Ringe an seinen Fingern. Er sagte, mit einem starken deutschen Akzent und einer kraftlosen Stimme:

I know you. I met you a long time ago. Together we're united in death.

Wir schauten auch die Filme *Blair Witch Project* und *O Território*, aber Christoph wählte nicht nur Filme aus, die direkt dem Horrorgenre zugeordnet werden konnten. Zum Beispiel sahen wir auch *One Flew Over The Cuckoo's Nest* und *Kohlhaas oder die Verhältnismäßigkeit der Mittel*. Über den Kohlhaas-Film zog Christoph unablässig her. Ich glaube, weil es ein Film von Filmstudenten aus Potsdam war, die damit Erfolg gehabt hatten, was er ihnen offensichtlich nicht gegönnt hat.

Was ich noch von Josis Doktorarbeit, an der sie im letzten Jahr vor unserer Trennung zu arbeiten begonnen hat, rekonstruieren kann:

Ihr Thema war *Pathologisierte Weiblichkeit, Hysterie und Feminismus in der Literatur am Beispiel von Melanie Warga und Marguerite Duras*.

Josi zweifelte ständig daran, ob ihr Thema zeitgemäß war und ob sie den Bogen in unsere Gegenwart auf eine Weise hinbekommen würde, die neu wäre und ihre Arbeit nicht nur für sie und für einen kleinen Kreis von Eingeweihten interessant machen würde. Ich habe ihr da schon sehr früh keinen großen Dienst erwiesen, als ich ihr ganz am Anfang sagte, die Hysterie, das ist doch durch als Thema, das war doch alles nur ein großer Holzweg und Irrtum, den sich ein paar alte Männer ausgedacht haben, um die Frauen zu unterdrücken und wegzusperren, mit denen sie nicht zurechtgekommen sind. Sie hat mir damals gesagt, das sei ja genau das, was sie nicht wolle, das Thema nochmal aufwärmen und verklären, aber sie sehe einfach noch so viel Interessantes darin.

Die Hysterie, und da hat Josi oft aus Interviews zitiert, in denen sich Melanie Warga oder Marguerite Duras über ihr Schreiben geäußert haben, müsse innerhalb der patriarchalen Zusammenhänge sowohl als Demonstration als auch als Verweigerung von Weiblichkeit angesehen werden. In einer Welt, die von männlichen Gesetzen bestimmt sei, verkörpere die Frau in der Rolle der Hysterikerin das Wahnsinnige, Grenzüberschreitende, das anstößige Andere. Josi erzählte mir von einer Geschichte, die Marguerite Duras oft zitiert habe in ihren Interviews. Sie berief sich auf einen französischen Historiker, ich habe seinen Namen vergessen, und erzählte von einer Gruppe von Frauen, die während einem der endlosen mittelalterlichen Kreuzzüge auf ihren Höfen allein zurückgelassen waren und aus Langeweile anfingen, mit Füchsen, Vögeln und Bäumen zu sprechen. Als die Männer dann von den Kreuzzügen zurückkamen und sahen, wie ihre Frauen mit den Tieren und den Bäumen sprachen, erfanden sie (aus Angst vor dem Wahnsinn und weil sie sich von diesen Gesprächen restlos ausgeschlossen fühlten) die Hexerei und verbrannten all diejenigen, die sich so oder ähnlich merkwürdig verhielten.

Aus dieser Geschichte leitete Josi – in den Ketten ihrer Argumente – die Aussage her, dass eine Frau nur durch den Verzicht auf die eigene Sprache, die die Sprache des Andersartigen, Schattenhaften, Abseitigen, Fremden, des Düsteren, Geheimnisvollen, Unergründlichen, Irrationalen, Ausgestoßenen, Rätselhaften, Unerhörten und Intimen sei (sie versuchte jedes Mal einen neuen Begriff dafür zu finden, mit dem sie dann wieder nicht zufrieden war), einen Platz in der männlich dominierten Gesellschaftsordnung einnehmen könne.

Melanie Warga habe einmal gesagt, eine Romanschriftstellerin muss Hysterikerin sein. Die These, die Josi in ihrer Doktorarbeit aufstellte (soweit ich mich daran erinnern kann), sollte dann aber irgendwann im Verlauf der Arbeit über die Geschlechtergrenzen hinausgehen und behaupten, dass diese Sprache und diese Art des Schreibens, unabhängig vom Geschlecht, eine Art Vorbildfunktion einnehmen könnte. Das Schreiben über das Unsagbare, so sollte, glaube ich, auch das letzte Kapitel übertitelt werden, wäre der Arbeit zufolge absolut zeitgemäß in dem Sinn, dass der aktuelle gesellschaftliche Zustand der Überforderung, Teilnahmslosigkeit und Verdrängung nur von einer solchen Literatur behandelt werden kann, die in der Lage ist, auf eine fundamentale Fremdheitserfahrung zurückzugreifen. Das sei auch die Strategie dieser Bücher, dass sie das Stereotyp der kranken Frau aufgreifen und sein subversives Potential nutzbar machen.

Ich weiß noch, wie Josi mir einmal aus einem Buch von Marguerite Duras (sie hat es mir danach geschenkt) den Satz vorgelesen hat: Ich weine ohne Grund, den ich euch nennen könnte, es ist wie ein Kummer, der durch mich hindurchgeht, es muss ja doch wohl jemand weinen, es ist, als wäre ich es.

Und ich weiß auch noch, wie ich damals richtig sauer war auf Josi, weil ich ja wusste, dass sie ein ganz anderer Mensch war. Lustig und wach und voller Energie. Und weil ich sie als einen solchen Menschen auch gebraucht habe für mich.

Als Focky auf die Bühne kam, der eigentlich Martin hieß, von uns aber Focky genannt wurde, weil es mehrere Martins gab, die jeweils mit Verniedlichungsformen ihres Nachnamens angesprochen wurden, war im *Café Porsche* eine seltsame Stimmung aufgekommen. Mir kam es so vor, als würden alle mit den Händen ringen und sich nervös die Haare aus den Stirnen streichen. Aber keinem schien so richtig klar zu sein, woran es lag.

Alles hatte etwas länger als sonst gedauert. Hubi hatte ein neues Bierfass an die Zapfanlage anschließen müssen, die Aschenbecher waren noch voll gewesen vom letzten Mal, die Stühle unordentlich, er hatte wahrscheinlich zu viel mit organisatorischen Aufgaben für das *Nach(t)schub* zu tun gehabt, das wirklich sehr gut zu laufen schien, jedenfalls war es ausnahmslos jedes Mal voll, wenn ich durch das Lokal zum *Café Porsche* durchgegangen bin.

Wir anderen halfen also mit, alles so herzurichten, dass wir wieder mit unserer Sitzung beginnen konnten. Es war eigentlich nicht viel zu tun, aber es schien auszureichen dafür, dass sich jeder in dem Raum, in dem alles stattfand, anfing, Gedanken zu machen (und nicht nur außerhalb, zuhause oder im Zug) über die Sache, generelle, fragende, zweifelnde Gedanken hauptsächlich, denke ich mir. Diese Art von Gedanken eben, die man sonst schnell abschüttelt, wenn man reinkommt, und die einen erst danach wieder einholen. Ich weiß noch, dass ich an dem Tag darüber nachdachte, dass die Minister in den Landesregierungen wahrscheinlich nach wenigen Tagen hinschmeißen würden, alles sinnlos und unmöglich fänden, wenn sie sich selber die Stühle von den Tischen nehmen oder vor den Sitzungen den Plenarsaal saugen müssten.

Auch Christoph schien von dieser seltsamen Nervosität ergriffen zu sein – oder vielleicht hatte er auch nur die Nervosität der anderen bemerkt und sich dann seinerseits zu fragen begonnen, ob er da wirklich die richtige Auswahl getroffen hatte. Oder ob ihm nicht vielleicht der ganze Stab irgendwann wegbrechen würde, weil sie es sich nicht vorstellen konnten oder nicht ausdauernd genug waren bei der Aufgabe, die konkrete Arbeit aufzuschieben und in diesen langen Sitzungen etwas hervorzuholen, was dann, seinem Plan entsprechend, der ultimative Rohstoff wäre für den ultimativen, absolut zeitgemäßen und hochgradig relevanten Horrorfilm.

Als jedenfalls Focky auf die Bühne kam und zu erzählen anfing, dass er noch nicht genau wisse, was später im Film seine Aufgabe sein würde, dass er sich vorstellen könnte zu spielen, aber auch den Assi zu machen für Kamera oder Regie, oder beides, war eine bedrückende Unruhe unter den Zuhörern. Wir waren einfach noch nicht so weit. Und das Dilemma war, dass wir noch nervöser und unsicherer geworden wären, je länger wir gewartet hätten (weshalb Focky wahrscheinlich in einer Art Übersprungshandlung auf die Bühne gestiegen ist), gleichzeitig aber auch keine ausreichende Aufmerksamkeit und Neutralität aufbringen konnten für den aktuellen Beitrag. Im Nachhinein finde ich es absolut beeindruckend, dass sich Focky in dieser Situation geopfert hat, um etwas gegen die unaufhaltsam herankriechenden Zweifel zu unternehmen. In der Situation, daran erinnere ich mich sehr gut, wollte ich ihm gerne zuhören, wohlwollend, fand ihn aber total daneben, in seiner ganzen Art, wie er da stand und das Mikrofon nicht ruhig halten konnte und etwas ungemein Läppisches an sich hatte. Es war so, als wäre bei uns allen ein großes Tor in einen sehr düsteren Teil unserer Seelen weit aufgestoßen worden und als wünschten wir uns insgeheim eine Exekution, ein Opfer, das unserer Gemeinschaft ihren Zusammenhalt und ihren Sinn zurückgeben würde.

Focky sagte, er fürchte sich jedes Mal, wenn er ins Theater gehe, davor, dass es eines dieser Mitmachstücke werden könnte. Seine Stimme klang wie ein müdes Gelenk. Jemand atmete laut aus, und ich bemerkte, dass meine Hände unter dem Tisch zu Fäusten geballt waren.

Ich fürchte mich, sagte Focky, vor dieser Situation, wenn die Schauspieler, die ja in ihren Rollen bleiben können und die wissen, wie es weitergeht und was als Nächstes passiert, sich plötzlich ans Publikum wenden und einzelne Leute rausziehen, die dann etwas sagen müssen. Christoph unterbrach ihn und sagte, das sei ja ganz normal, deshalb machen die das ja, im Theater, weil sie wissen, dass es ein Machtspiel gibt zwischen den Zuschauern und denen, die auftreten. Und weil die Auftretenden damit die Macht an sich reißen können, die sonst bei den Zuschauern liegt. Ja, sagte Focky, das sei ihm schon klar, dass die das mit Absicht machen, aber er denke eben, dass er sich da speziell nochmal mehr fürchte als die anderen, vor dieser Situation, sagte er, wenn ich eigentlich nur verlieren kann, weil ich nicht schlagfertig genug bin, und dann ausgestellt werde, weil mir nichts Lustiges einfällt und weil ich vielleicht generell ein langweiliger Mensch bin.

Christoph sagte, bisher gebe er sich ja nicht gerade Mühe, uns hier vom Gegenteil zu überzeugen, und bekam dafür ein paar kurze Lacher, hauptsächlich wohl von Leuten, die es sich eigentlich verkneifen wollten, wie ich, es aber nicht schafften, wie ich.

Ja, das kann schon sein, sagte Focky, also dass es einfach so ist. Aber die Angst geht ja dahin, dass das öffentlich vorgeführt wird. Ich glaube schon, dass jeder Mensch gemocht werden will – am liebsten von vielen. Und dass die Leute Angst haben, ausgestellt zu sein, weil sie dann versagen können und weil sie dann den Beweis dafür haben, dass sie einfach nicht genug zu bieten haben, um gemocht zu werden, schon gar nicht von vielen. Ich finde, dass das eine relevante Angst ist. Schließlich führt sie doch dazu, dass wir uns ganz viele Dinge nicht trauen und dass wir nicht für uns einstehen können und dass jemand anderes, jemand, der vielleicht ein bisschen lauter ist und sich nicht so viele Gedanken macht, uns immer überrumpeln kann und über unseren Kopf hinweg entscheiden.

Christoph fragte Focky, ob er jetzt von sich selber in der dritten Person spreche oder ob ihm da die Menschheit als Ganzes vor Augen stehe. Und ob er nicht finde, dass das reichlich pauschal sei alles. Und ob das jetzt tatsächlich eine tiefsitzende Angst sei oder nicht vielleicht ein oberflächliches Symptom, weil doch jeder Mensch zur Aktion befähigt sei, es sei denn, etwas Fundamentales stimme nicht mit ihm, das habe dann aber doch einen anderen Namen und komme woandersher, und ob er, Focky, nicht vielleicht noch etwas ausführlicher über seine Motivationen nachdenken wolle oder, wenn er so wolle, über die Kraftwerke seiner Seele, bevor er uns hier so halb Ausgegorenes vorbringe, mit dem wir nichts anderes anfangen könnten, als es höflich abzunicken und zu hoffen, dass es damit bald vorüber sei.

Focky meinte, er habe doch gerade nach etwas Allgemeingültigem gesucht. Jeder wünsche sich doch, einmal seine Stimme zu erheben und mitzuteilen, was in ihm vorgehe. Aber wenn die Angst vor der Reaktion der anderen überhandnehme, dann lösche sie alles aus, was einer vielleicht zu sagen hätte. Dann bleibt nur noch der Wunsch übrig, nicht aufgerufen zu werden, nichts sagen zu müssen, weil man sich so noch die Illusion aufrechterhalten könnte, vielleicht doch etwas zu sagen zu haben oder jemand zu sein, der das Potential hat, von anderen, vielleicht auch von vielen, gemocht zu werden.

Christoph meinte, Focky fange an, sich im Kreis zu drehen, und einer, der mir bis dahin nie aufgefallen war, weil er noch nie etwas gesagt hatte, sagte: Wir haben es jetzt kapiert. Die Atmosphäre im Raum war kurz richtig gefährlich. Für einen Moment schien der logische nächste Schritt der in die körperliche Gewalt zu sein und irgendwem etwas anzutun, Focky vielleicht ein bisschen zu verprügeln, aber nachdem er von der Bühne ab und danach auch gleich ganz raus aus dem Gastraum gegangen war, nachdem Christoph aufgestanden war und ein paar Grundsätzlichkeiten ins Mikrofon gesprochen hatte, kam allgemein etwas wie ein befriedigendes Austreibungsgefühl auf. Der Geist oder der schwarze Zauber, die Boshaftigkeit, war wie ein Gewitter über uns gekommen und konnte sich an diesem Abend noch erfolgreich in Fockys Auftritt und an seiner Person entladen.

Es blieb aber damals schon ein Gefühl zurück, dass das vielleicht nicht jedes Mal auf diese Art funktionieren würde.

Ich war sehr überrascht, dass Markus ausgerechnet an diesem Abend, nach Fockys Abgang und nach der Pause, die wir uns alle gegönnt hatten, auf die Bühne kam für seinen Auftritt. Bis dahin hatte ich gedacht, dass er vor dem Auftreten selbst eher Angst hatte, ihm zumindest der Gedanke daran extrem unangenehm war und dass ihm alles recht gewesen wäre, um es so lange wie möglich hinauszuzögern.

Aber er kam auf die Bühne, an diesem Abend, als kurz die andere Möglichkeit aufgeschienen war, die gezeigt hatte, wie es eben auch mit einem laufen konnte, in dieser Gesellschaft, die noch von mehr unvorhersehbaren Kräften als Christophs Willkür beeinflusst wurde, hob seine Gipshand zum Gruß und hielt sich mit der anderen das Mikrofon vors Gesicht.

Markus sagte seinen Namen, obwohl er sich wohl mehr als irgendein anderer sicher sein konnte, dass ihn jeder im Raum bereits kannte. Er sagte, er heiße Markus und er werde hier für die Kamera zuständig sein. Ich habe mehr Filme gedreht, als die meisten Menschen in ihrem Leben gesehen haben, sagte er, aber wir werden uns hier sicherlich keinen davon anschauen. Markus lächelte in Christophs Richtung, der saß zurückgelehnt in seinem Stuhl, abwartend, was sich Markus für uns überlegt hatte, und lächelte sehr souverän zurück.

Markus erzählte uns, dass er in München aufgewachsen sei, dass er auf die Hauptschule gegangen sei und mit fünfzehn Jahren eine Lehre in einem Fotostudio am Sendlinger Tor angefangen habe. Von da ab, sagte er, habe ich immer mein eigenes Geld verdient. Ich habe noch bei meinen Eltern gewohnt, bis ich mit der Lehre fertig war und volljährig, aber ich hatte mein eigenes Einkommen, und München war in den Achtzigern ein großartiger Ort für einen Fünfzehnjährigen mit eigenem Einkommen, der mit einem Fotoapparat umgehen konnte.

Markus sagte, er habe immer schon die Frauen toll gefunden. Und wenn er sich seine Bilder anschaue oder die Filme von früher, dann müsse er feststellen, dass sie nie wieder so schön waren wie damals. Ich glaube, sagte er, die Körper waren irgendwie anders. Nicht so durchtrainiert, nicht so perfekt, einfach irgendwie sehr rund und sehr schön.

München in den Achtzigern, sagte Markus, das war die Hochzeit für Leute wie Franz Marischka oder Alois Brummer, die große Softpornowelle, diese ganzen Filme, ihr kennt sie ja, Die heißen Nächte der Josefine Mutzenbacher, Kursaison im Dirndlhöschen, Der Kurpfuscher und seine fixen Töchter, Katharina – die nackte Zarin, Wenn die prallen Möpse hüpfen, Geilermanns Töchter, Zum Gasthof der spritzigen Mädchen, Dr. Fummel, Die Stoßburg, die späten Lederhosen-Filme, ich bin mir sicher, ihr wisst Bescheid.

Markus machte eine kleine Pause, in der er das Schmunzeln genoss, das unten bei uns im Gastraum aufgekommen war. Es schien eine ganz simple Vereinbarung zu sein: Solange ihr schmunzeln müsst, kann sich keiner von euch rausnehmen, mich für irgendwas zu verurteilen.

Ich habe, erzählte er weiter, meine Ausbildung in dem Fotostudio am Sendlinger Tor abgeschlossen und war damals schon die ganze Zeit mit der Kamera in der Stadt unterwegs, habe Mädchen angesprochen, ob ich sie fotografieren darf, und war damit ziemlich erfolgreich. Wahrscheinlich weil ich noch so jung war.

Ich wusste, wo die richtigen Leute hingehen, und ich habe auch die Mädchen immer wieder gefragt, ob sie mich mitnehmen, wenn sie abends ausgingen, und ganz oft haben sie das auch gemacht, wahrscheinlich, weil sie mich beschützen wollten oder weil sie es irgendwie toll fanden, dass man mir noch alles zeigen konnte und dass ich mich ihnen gegenüber nicht aufgespielt habe und nie irgendwas von ihnen verlangte oder glaubte, ihnen anschaffen zu können, was sie zu tun haben.

Ich war damals noch ein bisschen schlanker als heute (Markus legte seine Gipshand auf seinem Bauch ab), aber besonders gut habe ich noch nie ausgeschaut. Es ging aber auch nie darum, jemanden rumzukriegen. Na ja, fast nie jedenfalls, ein paar Mal habe ich mich auch verliebt, aber meistens eben in solche, die völlig außer Reichweite waren. In der Hauptsache ging es mir um die Bilder. Ich wollte so viele schöne Frauen wie möglich fotografieren, Portraits auf der Straße, im Englischen Garten, in der Sonne, im Wirtshaus, auf den Treppen vor der Staatsoper, beim Olympiastadion, am Marienplatz, überall, wo ich eben war und wo ich genug Licht zum Fotografieren hatte.

Schon nach ganz kurzer Zeit hatte ich reichlich Kontakte in der Münchner Szene, teilweise durch Frauen, die ich fotografiert hatte, aber auch durch Typen, die ich in den Wirtshäusern kennengelernt habe und die damals gut im Geschäft waren, für Barny Bornhauser oder Paul Löwinger gearbeitet haben, die Namen kennt man vielleicht, vielleicht auch nicht, für *Lisa Film* habe ich im Münchner Büro in der Rambergstraße einen Laufburschenjob gemacht – wahrscheinlich war das wirklich die letzte Branche, in der man selbst in den Achtzigern noch Laufbursche sein konnte, aber sie haben mich da einfach gern gemocht, in diesen Kreisen, immer schon, und sie haben dafür sorgen wollen, dass ich ein bisschen Kohle habe und mich nicht kaputtmachen muss auf dem Bau oder in sonst einem Scheißjob. Das Fotostudio konnte mich nach meiner Lehre nicht übernehmen, das hatten sie mir relativ früh schon gesagt. Vielleicht ein oder zwei Jahre ging das so, und dann hatte ich auch schon meinen ersten Auftrag als Kameraassistent. Das war damals eine richtig billige Produktion. Wir sind mit fünf Darstellern in einem großen Bus raus nach Ottobrunn gefahren, wo einer jemanden kannte, der eine Scheune hatte, und da haben wir dann den ganzen Tag im Heu gedreht. Mackie Metzler war der Regisseur und Kameramann, der hat in den Drehpausen immer Kurt Weill Songs gepfiffen und hat sich vor jeder Szene die Dialoge ausgedacht. Ich habe den Reflektor gehalten und mir ganz genau angeschaut, was der Metzler gemacht hat. Ich weiß ehrlich gesagt gar nicht, ob das, was wir an dem Tag gefilmt haben, jemals irgendwo rausgekommen ist. Aber ich habe für den Nachmittag 80 Mark bekommen, die haben sie mir gleich in die

Hand gedrückt. Und man hat mir gesagt, ich könnte jederzeit wiederkommen. Ich war damals achtzehn Jahre alt und hatte auch einfach nichts Besseres zu tun.

Es gab eine Pause, in der Markus einen Schluck aus dem Bierglas nahm, das er mit auf die Bühne gebracht und auf einem Barhocker neben sich abgestellt hatte. Ich schaute rüber zu Christoph, weil ich mich wunderte, dass Markus so lange von seiner Biografie erzählen konnte, ohne dabei wirklich zum Punkt zu kommen und ohne von Christoph unterbrochen zu werden. Der saß aber immer noch sehr entspannt auf seinem Stuhl und wartete ab. Ich konnte nicht beurteilen, ob das ein raubtierhaftes Warten war, auf den richtigen Moment, um aus dem Gebüsch hervorzuspringen, oder ob er sich ebenfalls von Markus' Geschichte ganz gut unterhalten fühlte, wie die meisten im Raum, mich eingeschlossen. Die ganze Stimmung im *Café Porsche* war wie ausgewechselt.

Markus sagte, er sei nie bei einer Produktion dabei gewesen, wo man die Frauen schlecht behandelt habe. Ziemlich bald, sagte er, war ich schon nicht mehr nur Assistent, sondern war komplett selbst für die Kamera zuständig, hatte dann meine eigenen Assistenten, die selten so jung waren wie ich und ebenso selten echte Ambitionen hatten, irgendwo hinzukommen. Sie wollten in den meisten Fällen einfach nur ein wenig Geld abgreifen und gleichzeitig ein bisschen von dem Glanz abbekommen, den die ganze Sache ausgestrahlt hat, schöne Frauen, Partys, für viele war das völlig ausreichend.

Die Branche hat sich langsam verändert – das fing nicht erst mit dem Internet an, auch wenn das heute vielleicht so aussieht. Ich habe die ganze Entwicklung mitgemacht und gefilmt. Wenn man alle Produktionen, wo ich die Kamera gehalten habe, chronologisch nacheinander anschauen würde, dann könnte man das sehen, was sich verändert hat, und wie es langsam passiert ist und nicht plötzlich.

Christoph meldete sich zu Wort. Was mich erstaunte, war, dass er sich tatsächlich *meldete*. Er lehnte sich nach vorne und hob seine Hand – das war so noch nie vorgekommen. Auch wenn er nicht wartete, bis Markus ihm das Wort erteilte, kam es mir ungewöhnlich rücksichtsvoll vor. Markus unterbrach seinen Gedanken und schaute runter zu Christoph, mit zu Schlitzen verkniffenen Augen.

Willst du uns jetzt die Geschichte erzählen, fragte Christoph, wie die Industrie ihre Unschuld verloren hat?

Markus sagte, nein, er habe das Wort Unschuld bewusst nicht verwendet und habe auch nicht vor, es hier einzuführen. Christoph sagte, gut, weil die Unschuld von früher, die kannst du dir nämlich sonstwo einführen, aber nicht hier.

Markus lachte und sagte dann, Christoph solle ihn nicht sabotieren, er versuche sich hier verständlich zu machen, das sei an sich schon schwer genug. Christoph lehnte sich wieder zurück, mit seitlich erhobenen Armen, einer Geste, die Markus das Feld wieder vollständig überließ, und hörte weiter zu.

Markus sagte, er würde niemals behaupten, dass die Branche einmal unschuldig gewesen sei und sich dann irgendwann schuldig gemacht habe. Aber es sei auch sehr schwer zu beschreiben, was passiert ist, ohne diese Kampfbegriffe aufzurufen. Jemand rief von hinten dazwischen, Markus solle sich Mühe geben, das fand ich total unpassend, auch wenn es wahrscheinlich einfach nur gutgemeint war. Lasst ihn doch mal ausreden, dachte ich.

Markus sagte, ein großer Teil der Produktionen werde immer noch in München abgedreht. Ein paar Leute, wie John Thompson zum Beispiel, seien zwar mittlerweile nach Berlin abgewandert, aber auch dessen ganze Triple-G-Spermademütigungsreihe sei ja auch noch dort entstanden. Es hat jedenfalls einen Wechsel in der Ästhetik gegeben, sagte Markus, ich glaube, darauf wollte ich eigentlich hinaus. Eine große Sache waren die Digitalkameras, als sie aufkamen, aber der schleichende Wegfall irgendeiner

Handlung war eben auch spürbar und veränderte die Arbeit, zumindest für mich. Irgendwann hatte ich das Gefühl, als hätte ich nie etwas anderes gefilmt als Menschen beim Vögeln. Obwohl das natürlich nicht stimmt. Ich bin sicher kein Luciano Tovoli oder Hoyte van Hoytema, aber ich habe Sachen gefilmt, für die man ein Auge braucht und Erfahrung. Irgendwann aber war damit weitestgehend Schluss. Die Nummern wurden immer heftiger, und wo sie nicht völlig aus dem Ruder liefen, war der Ablauf ziemlich einfach auszurechnen. Auch die Extremproduktionen, von Leuten wie Thompson, der mir immer total unheimlich war, weil er spontane Referate über Enzensberger und Prokofjew halten konnte, während er eigentlich Anweisungen gab, wie man eine Lagerhalle so herzurichten hatte, dass möglichst viele Männer gut ausgeleuchtet um eine einzelne Frau herumstehen und ihr ins Gesicht spritzen konnten, waren irgendwann total ausgelutscht, wenn ich das mal so sagen darf.

Ich bemerkte, dass Markus an eine Grenze kam, die gefährlich war.

Aber ich war nie bei einer Produktion, wo man die Frauen schlecht behandelt hat. Vor der Kamera, das ist eine andere Sache, sagte Markus, ein anderes Problem. Aber am Set, vorher und nachher, waren die Frauen für mich immer die angenehmste Gesellschaft, und ich hätte sie jederzeit gegen alle Schweinereien verteidigt. Wenn einer versucht hätte, ihnen blöd zu kommen. Aber es hat ja keiner versucht. Zumindest nicht, dass ich es mitbekommen hätte. Was sich vor der Kamera abgespielt hat, da gab es auf jeden Fall eine bedenkliche Entwicklung. Wenn man zum Beispiel als Darstellerin ein paar Sachen einfach aus Prinzip nicht machen wollte, dann brauchte man eigentlich gar nicht mehr anzutreten. Und die Studios haben in den letzten Jahren vermehrt mit Amateurinnen gearbeitet. Die Männer waren meistens Profis. Es gab immer mal wieder Großveranstaltungen, wo sich die Typen kostenlos einen runterholen durften über einer der Darstellerinnen, wenn sie vorher einen HIV-Test und ein Gesundheitszeugnis abgegeben haben – aber sonst waren es meistens professionelle Darsteller, man musste ja auch bis zu einem gewissen Grad sicher sein, dass die liefern können. Bei den Frauen aber ist man irgendwann dazu übergegangen, eine ganz attraktive Prämie auszurufen, zuletzt waren das etwa tausend Euro für einen halben Tag. Und da war dann der Punkt erreicht, wo ich ein Problem bekommen habe. Weil es eben die gleiche Art Mädchen war, die ich immer in der Stadt angesprochen hatte. Ich musste mich dann wieder erinnern, wie ich als Fünfzehnjähriger am Stachus vor den Geschäften auf und ab gelaufen bin und mir die Schönste rausgesucht habe, von all den schönen Frauen, die da unterwegs waren, und sie angesprochen habe, und wie diese Frauen immer sehr nett zu mir gewesen sind. Es veränderte sich aber durch die neuen Produktionsbedingungen auch etwas an meiner Wahrnehmung. Oder irgendwo in mir, ich weiß nicht, wie ich es sagen soll, vielleicht in meinem Herzen, wenn das Herz für die Wahrnehmung ein relevantes Organ ist, oder in meiner Seele, was auch immer das sein soll. Jedenfalls sah ich die Mädchen irgendwann mit anderen Augen. Und es waren nicht mehr die aufgeregten, neugierigen Augen von früher, dieser liebevolle oder liebende Blick, der auf die Schönheit abgefahren ist und sie irgendwie festhalten wollte und dafür so gut werden, wie es nur geht, hinter der Kamera oder hinter dem Fotoapparat. Ich sah die Mädchen in der Stadt oder auf dem Set unserer Filme, und ich dachte nicht mehr zuerst: Wie schön du bist. Oder: Was kann ich tun, um diesen Anblick für immer festzuhalten? Sondern ich dachte an tausend Euro für den halben Tag und daran, was mit diesen Gesichtern später passieren wird, im immer noch unangefochtenen Höhepunkt jedes einzelnen der tausend Pornos, die täglich gedreht werden. Ich dachte ständig an meine Mittagspause oder an meinen Feierabend, und die Augen wurden mir müde und die Beine ganz schwer. Ich wollte nirgendwo mehr hingehen, um irgendwas zu sehen. Ich hätte nie gedacht, dass mir das einmal passieren könnte, aber ich bin damals wohl einfach abgestumpft.

Christoph hielt es an dieser Stelle nicht mehr auf seinem Stuhl. Er stand auf und ging ein paar Schritte vor der Bühne auf und ab, fuhr sich mit der Hand in die Haare und machte einen extrem unzufriedenen Eindruck. Ich glaube, er wollte Markus widersprechen, fand aber nicht sofort die richtigen Worte. Er wirkte verärgert, aber es war erstmal nicht eindeutig zu sagen, ob er sich über die Geschichte von der Abstumpfung ärgerte, die Markus gerade erzählt hatte, oder darüber, dass seine Gedanken dazu nicht schnell genug die richtige Form annahmen.

Als er dann zu reden anfing, machte er eine seltsame Bewegung mit den Armen, die so aussah, als wollte er seine Hände von ihnen losschütteln oder zu Markus auf die Bühne werfen.

Christoph sagte, das sei doch Unsinn, was ist Unsinn?, fragte Markus, na, sagte Christoph, was du gerade erzählt hast. Ich bin total dagegen, dass du das hier so ausbreitest wie deine eigene Geschichte, und in Wirklichkeit erzählst du den gleichen Mist wie alle anderen immer wieder, dabei müsstest du es doch besser wissen, du warst doch all die Jahre verdammt nochmal dabei.

Markus wartete ab, und Christoph sammelte weiter in seinem Kopf und lief vor der Bühne hin und her. Ich meine, sagte er, dieses Argument, dass uns die ganzen krassen, expliziten Bilder abstumpfen lassen, das ist dasselbe wie nach einem Amoklauf zu sagen, der Täter hat Egoshooter gespielt, der war, was Gewalt angeht, einfach schon total taub. Das ist doch falsch. In Wirklichkeit hast du mit deiner Karriere an einem Ort angefangen, wo alles noch überhäuft war mit einer großen Lüge, diese ganze Ästhetik, von der du gesprochen hast, dieser Schulmädchen- und Alpenwiesen-Scheiß, diese Filme, in denen alle immer total überrumpelt sind davon, dass sie miteinander ins Bett gehen. Die Entwicklung war doch in Wahrheit, dass sich die Filme aus dieser Lüge herausbewegt haben, um jetzt, heute, in totaler, unverstellter Deutlichkeit zu zeigen, wo eigentlich gelogen wird, nämlich in der Behauptung, die Gesellschaft funktioniere auf eine andere Art als in diesen Lagerhallenpornos, wo ganz klar ist: Ihr bekommt hier für einen halben Tag tausend Euro, und dafür wird so viel krasse Schweinerei mit euch angestellt, wie wir uns in diesem halben Tag ausdenken können. Darum geht es doch. Darum, dass keiner von uns ein freier Mensch ist, und darum, dass wir uns deshalb andere Menschen kaufen, um Macht über sie auszuüben, um uns selbst und unser Leben über sie hinweg auszudehnen, damit wir uns nicht so schrecklich fürchten müssen. Das ist doch kein Stumpfsinn, von dem du da sprichst, das ist doch ein schriller Alarm, genau das meine ich, das ist der Horror! Mich interessiert halt dieses groß ausgeleuchtete Gefícke nicht für einen Film, aber der Effekt ist der gleiche. Wenn wir irgendwas darstellen können mit dem, was wir hier machen, dann, dass es keine Gleichheit gibt und dass das ständig erneuerte Versprechen, die Lüge, dass es Gleichheit für alle geben wird oder geben soll, oder die Behauptung, dass es sie sogar schon gibt, eine traurige, hässliche, missgebildete Gesellschaft erzeugt, in der sich jeder fürchtet, das verstehst du doch hoffentlich, oder ihr, an alle jetzt: Das versteht ihr doch wohl hoffentlich?

Wir, die Christoph damit angesprochen hatte, murmelten oder nickten oder reagierten überhaupt nicht, und Markus, der oben auf der Bühne stand und zuhörte, hatte sich die Hand, die das Mikrofon hielt, unter den Arm geklemmt und atmete schwer. Er wendete seine Gipshand hin und her, es schien mir so, als hätte er dort Schmerzen. Vielleicht hatte er sich aber in dem Moment auch einfach wieder daran erinnert, wer dafür verantwortlich war.

Das ist es, was ich meine, sagte Christoph, wenn ich sage, dass alles andere um ein Ereignis herum verschwindet, wenn es nur krass und deutlich und drastisch genug ist. Und dass wir dann den Dingen ins Auge schauen können. Und dass wir uns dort erkennen.

Markus hatte sich das Mikrofon wieder vors Gesicht gehalten, die letzten Worte von Christoph abgewartet, und fragte ihn dann, ob er jetzt fertig sei.

Bist du jetzt fertig?, fragte er, ich würde dann nämlich weitermachen.

Wie, weitermachen?, sagte Christoph, geht's damit jetzt noch weiter?

Sarah schaute in diesem Moment von ihrem Protokoll auf und meinte sehr nüchtern, Markus habe uns doch noch gar nicht von seiner Angst erzählt. Der sagte: eben. Und Christoph ging zurück zu seinem Stuhl und ließ sich dort drauffallen wie ein ganz und gar Missverstandener und sagte: Bitte. Dann geht's halt noch weiter.

Markus sagte, ich erzähle euch noch die Geschichte von meinem letzten Dreh, den ich mitgemacht habe. Seitdem habe ich nirgendwo mehr die Kamera gemacht, bis Christoph mich angerufen hat. Das, was du erzählt hast, sagte er in Christophs Richtung, klang dann alles so naheliegend für mich, dass ich zugesagt habe. Es war fast schon unheimlich, aber egal. Jedenfalls habe ich jetzt schon eine ganze Zeit nicht mehr gearbeitet, und ich habe auch ein bisschen Angst davor. Aber das ist noch nicht genau die Angst, um die es mir hier geht.

Im Herbst letztes Jahr, also schon ein bisschen mehr als vor einem Jahr, hatte ich einen Auftrag, für eine Produktionsfirma, die eigentlich noch ganz hochwertige Geschichten macht, zwei Wochen lang auf Ibiza zu drehen. Wir waren in einer Villa ein Stück nördlich von Sant Antoni auf einem Hügel direkt an der Küste eingemietet, sind mit sechs Darstellern und ein bisschen Crew angereist und haben vor Ort noch Leute gecastet, auch für Nebenrollen, weil es nämlich in dem Film auch ein paar Fetzen Handlung geben sollte. Es war so eine Reiches-Partyluder-macht-Urlaub-auf-der-Insel-Geschichte, ich hatte mich schon darauf gefreut, weil es ein grobes Drehbuch gab, in dem auch ein paar Außenaufnahmen vorgesehen waren, eine Rollerfahrt über die Insel mit einem Einheimischen, ein Lagerfeuer am Strand, eine Nummer in den Büschen, auf einem Boot im Hafen, ein paar Dialoge, da waren fast schon spielfilmhafte Elemente dabei. Und egal, was du davon hältst, sagte er in die Richtung, in der Christoph auf seinem Stuhl saß und Markus' Erzählung fast schon beleidigt abhockte, ich fand das super, weil ich dachte, dass ich endlich mal wieder etwas zu tun bekomme.

Ich fühlte mich auf der Insel auch sofort total wohl, dieses irre Licht, das ibizenkische Geplapper in den Straßen, die Gesten, in den ersten Tagen hatte ich die ganze Zeit so ein Gefühl in der Brust, jedes Mal, wenn ich eingeatmet habe, dass da nicht nur Luft in mich einströmt, sondern auch Sonne, Meer, Olivenöl, was weiß ich, ich bin kein Romantiker, und ich kann nicht so gut über diese Sachen sprechen, aber es war in den ersten Tagen phänomenal, dort zu sein und in der Sonne langsam gleichmütig zu werden wie ein altes Stück Leder oder ein Stein in der Bucht.

Wir schliefen alle in der Villa, in der wir auch gedreht haben. Zusammen mit der riesigen Garage, auf die noch ein Aufbau aufgepflanzt war, und dem Gartenhaus, in dem locker fünf Leute übernachten konnten, war dort mehr als genug Platz. Ich hatte mein eigenes Zimmer im Haupthaus, in dem ich die erste Nacht wie ein Toter geschlafen habe und die zweite ein bisschen rastlos, weil ich vorher in einem Club am Hafen ein paar Tequila Sunrises und Long Island Iced Teas getrunken habe, in die uns der Barmann wohl extra was eingemischt hat, entweder, weil ihm sofort klar gewesen ist, dass wir Kohle haben und da ein dickes Trinkgeld für ihn möglich war, oder weil er die deutschen Licht- und Luftschmarotzer einfach mal nach allen Regeln seiner sehr schönen Kunst abfüllen wollte. Ich weiß es nicht, aber ich war so voll wie schon ganz lange nicht mehr in meinem Leben. Am Tag danach waren alle ein bisschen verkatert.

Die Darsteller dürfen sich grundsätzlich nicht haltlos betrinken, weil sie sonst am nächsten Tag einfach nicht mehr zu gebrauchen sind. Also haben wir mit ihnen ein paar Innenaufnahmen gedreht und ein paar Szenen auf dem riesigen Balkon mit der Glasbrüstung, der einen unfassbar schönen Meerblick hatte. Ich glaube, mir sind da ganz ansehnliche Einstellungen gelungen, obwohl ich mir teilweise ein Auge zuhalten musste, um richtig scharf zu sehen.

Am Abend sind wir wieder in den Club am Hafen gegangen. Der Barmann hat uns sofort erkannt und begrüßt, und nach ein paar Stunden waren wir wieder voll bis an den Rand und sind mit einem finster dreinschauenden Taxifahrer zurück zur Villa gefahren. Wahrscheinlich haben wir alle entsetzlich gestunken. Wir haben ihm ein gutes Trinkgeld gegeben, dann wurden auf dem Balkon mit dem Meerblick noch ein paar Zigaretten geraucht. Ich habe mich anschließend verabschiedet, habe noch eine kalte Dusche genommen und stand eine Weile nackt vor dem Badezimmerspiegel, schaute auf meinen fleischigen Leib und versuchte, mir einen runterzuholen, was überhaupt nicht funktioniert hat. Normalerweise wäre mir das wurscht gewesen und ich hätte mich einfach ins Bett gelegt und meinen Rausch ausgeschlafen. Aber in dieser Nacht, in der ich draußen die Brandung hörte und die Stimmen von den paar Leuten, die noch auf dem Balkon sitzen geblieben waren, machte es mich unbeschreiblich traurig, dass ich meinen Körper nicht mehr animieren konnte. Ich fühlte mich vollkommen taub und stumpfsinnig. Ein paar Minuten stand ich noch vor dem Spiegel, bis mir mein Anblick richtig widerlich geworden ist, und dann bin ich ins Bett gegangen, wo ich ungefähr zwei Stunden lang geweint habe, ohne wirklich etwas zu spüren, und wo ich mir dachte, wenn dich jetzt einer sieht von den anderen, dann musst du sofort abreisen.

Markus nahm noch einen Schluck aus dem Bierglas, das neben ihm auf dem Hocker stand, und machte eine lange Pause, in der es absolut still war im *Café Porsche*. Hubi war hinter seiner Bar hervorgekommen und saß jetzt ebenfalls auf einem der Stühle und hörte zu.

Am nächsten Morgen bin ich aufgewacht, ohne ein Gefühl dafür, wie lange ich geschlafen hatte oder wie spät es war. Ich stand auf und hatte irrsinnige Kopfschmerzen, meine Beine waren ganz weich, es fühlte sich an, als wäre ich unter Wasser oder in schwere Decken eingewickelt. Ich ging ins Bad, füllte mir ein Glas Leitungswasser ab und versuchte, nicht in den Spiegel zu schauen. Dann ging ich raus auf den Flur, wo überhaupt kein Geräusch zu hören war. Ich dachte erst, dass sie wohl alle noch schlafen, dass es wahrscheinlich doch noch sehr früh am Morgen sein musste. Ich ging auf den Balkon, trank mein Wasser und schaute eine Weile raus aufs Meer. Die Brandung klang seltsam dumpf, wie durch ein Telefon, aber ich dachte, dass das wohl mit meinem Zustand zusammenhing. Dann schaute ich über die Brüstung runter in den Garten und sah, wie der Körper von einer der Darstellerinnen im Swimmingpool trieb, mit dem Gesicht nach unten, und dass sich unter ihr, im Wasser, eine rote Wolke ausgebreitet hatte, die sich mit dem Türkis des Pools langsam zu einem Rosé-Farbton vermischte. Ich bin schon erschrocken, aber auf eine seltsam verzögerte Art, so als hätte mich der Anblick davor schonmal erschreckt und ich hätte es nur vergessen. Ich bin durchs Haus gelaufen und auf dem Weg an einem anderen Schlafzimmer vorbeigekommen, wo die Tür weit offen stand und wo ich sehen konnte, dass dort der Lichtmeister in seinem Bett lag, in völlig blutdurchtränkten Laken, und dass ihm ein großes Küchenmesser im Rücken steckte wie einem Ferkel bei einem Festessen in einem Zeichentrickfilm. Ich lief an einem großen Wandspiegel vorbei und schaute mich an und sah, dass mein T-Shirt und meine Boxershorts blutverschmiert waren, und in dem Moment begriff ich, dass ich das gewesen war, dass ich diese Leute und alle anderen, die mit uns in der Villa auf Ibiza gedreht haben, in der Nacht hingerichtet hatte. Ich bin mit einer irren Panik durch die Räume gelaufen und fand überall nur Tote, die brutal zugerichtet waren, und mir ist fast das Herz stehengeblieben vor Angst. Mir war völlig klar, dass das niemals wieder rückgängig zu machen ist, das klingt jetzt so blöd, wenn ich das sage, aber das war der klarste Gedanke: Dass das jetzt passiert ist, dass ich all diese Leute umgebracht habe und dass ich das nie wieder rückgängig machen kann. Vielleicht war das das erste Mal in meinem Leben, dass ich etwas wirklich Unwiderrufliches gemacht habe. Aber am meisten hat mir natürlich Angst gemacht, dass ich nichts davon mitbekommen hatte. Dass es noch ein anderes Ich gab, das nachts, wenn ich schlief, in der Villa rumlief und Leute abschlachtete, ohne dass ich etwas dagegen unternehmen konnte. Vielleicht war das schon immer meine größte Angst, ohne dass ich es hätte formulieren können. Dass ich etwas Schreckliches tun würde, während ich schlafe, und dass ich danach aufwache, als der Mensch, der ich normalerweise bin, und dann mit den Konsequenzen leben muss, mit der Schuld und mit der Strafe.

An dem Morgen auf Ibiza bin ich aus der Villa rausgerannt und wollte ins Dorf, um Hilfe zu holen oder mich zu stellen, aber die Straßen waren alle seltsam verworren, und ich kannte mich plötzlich überhaupt nicht mehr aus. Ich wusste nicht, welcher Weg in die Stadt führte, es gab unsinnig viele Kurven, hinter denen wieder neue Kurven waren oder Kreuzungen, die gar nicht aussahen, als gehörten sie auf diese Insel. Und dann bin ich wieder aufgewacht, in meinem Bett in der Villa, das Licht und der Raum, alles sah exakt genauso aus wie beim Aufwachen vorher, sodass ich dem Ganzen erstmal nicht getraut habe. Ich bin aufgestanden und raus auf den Flur, wo es wieder total ruhig war. Dann bin ich wieder auf den Balkon getreten und habe mich ganz langsam an die Brüstung rangewagt. Der Pool war leer, und das Wasser sah ganz normal aus. Weiter hinten im Garten sah ich einen der Darsteller nackt auf einem Handtuch im Gras liegen und eine Zeitschrift lesen. Und dann hörte ich auch Geräusche im Haus. Und die Brandung, ganz normal, wie die Tage davor.

Sicher könnte man sich jetzt noch darüber streiten, wie das wirklich läuft mit den Filmen und mit dem Stumpfsinn, aber ich glaube eben schon, dass es einen Zusammenhang gibt zwischen meinem Traum und der Tatsache, dass ich die Mädchen einfach nicht mehr so anschauen kann wie früher. Und dass ich da in den letzten Jahren wirklich jemanden oder etwas umgebracht habe, ohne es zu wissen, also ohne wirklich wach dabei gewesen zu sein, und dass der oder das, was ich da umgebracht habe, wahrscheinlich niemals mehr zurückkommt.

Für mich ergibt das alles im Nachhinein einen eindeutigen Sinn. Aber das heißt ja nicht, dass es nicht trotzdem schrecklich ist. Jedenfalls habe ich seit diesem Morgen auf Ibiza keinen Film mehr gemacht. Und es macht mich total nervös – auf eine gute Art –, damit jetzt wieder anzufangen.

Wir haben an diesem Abend im *Café Porsche* keinen Film mehr geschaut. Christoph schien völlig ausgezehrt, als Markus mit seiner Geschichte fertig war. Nachdem wir laut und lange applaudiert hatten, gab er noch den Termin für das nächste Treffen durch und sagte ansonsten überhaupt nichts mehr. Ich fand, dass an diesem Abend einiges passiert war, worüber man noch gut hätte sprechen können. Aber ich war auch selbst total kaputt. Und unter den anderen schien mir ebenso keine Energie mehr übrig zu sein für ein lebhaftes Gespräch. Sie wirkten wie verkatert, als hätten sie ein bisschen zu viel von etwas abbekommen, was sie einfach noch nicht gewohnt waren. Während Markus von dem Traum auf Ibiza erzählt hatte, war unter uns Zuhörern eine gierige Spannung spürbar gewesen. Vielleicht handelte es sich auch nur um einen Rest von diesem dunklen Wetter, das über uns gekommen war, als Focky auf der Bühne gestanden hatte. Aber ich hatte schon das Gefühl, dass es eine Art Gier oder Durst gab, die durch die Erwähnung der Toten geweckt wurden, und gleichsam eine noch unbewusste Enttäuschung darüber, dass es sich am Ende doch nur um einen Traum gehandelt hatte.

Nach der Sitzung passte ich Markus so ab, dass wir gemeinsam zum Bahnhof gehen konnten und später im Zug nach München nebeneinandersaßen. Wir waren zwar beide sehr müde und sprachen erstmal gar nicht miteinander, aber ich hatte das Bedürfnis, mich solidarisch zu verhalten. Im Zug erzählte ich ihm dann schließlich, dass ich nach ein paar Versuchen irgendwann komplett aufgehört hatte, deutsche Pornofilme zu schauen. Dass das bei mir hauptsächlich mit der Sprache zusammenhänge. Dass ich es unerträglich fand, was in deutschen Pornofilmen gesagt wird, wie die miteinander sprechen, die Begriffe, der Tonfall, dass immer irgendwer irgendetwas, was gerade ablief, kommentierte, indem er sagte, ja und jetzt *schön* das oder *schön* hier rein oder da drauf oder damit oder so. Dass mir das Wort dadurch fast unbrauchbar gemacht wurde und dass ich glaubte, das sage etwas aus über dieses Land und über die Menschen, die es bewohnten. Wenn man einmal einen komparatistischen Ansatz verfolgen würde, sagte ich, und die Pornofilme aus verschiedenen Nationen miteinander vergleichen, da könnte man über die Deutschen wahrscheinlich noch eine deprimierende Lektion lernen. Aber eben nicht, weil die Filme so krass sind, sondern weil die Sprache in ihnen so widerwärtig ist – auch vorher und nachher, in diesen hinführenden Gesprächen zum Beispiel, was da gesagt werde und wie, ein Trauerspiel, total deprimierend, ich redete mich eine Weile um Kopf und Kragen, weil Markus entweder nur aus dem Fenster schaute oder ein paar Krümel von seiner Hose wischte, hin und wieder ein Geräusch machte, das weder ja noch nein bedeutete, und schließlich, nach ein paar Minuten, in denen ich eigentlich immer wieder dasselbe gesagt hatte, über die paar deutschen Pornofilme, die mir untergekommen waren, aufschaute, mir direkt ins Gesicht, und mit einer unglaublichen Traurigkeit und Zerschlagenheit in der Stimme meinte: Die Sprache, die ist doch eh total kaputt.

Mir nahm das noch den letzten Wind aus den Segeln, ich lehnte mich zurück und sagte überhaupt nichts mehr, auch nicht den Rest meiner Theorie, auf den ich im Zug noch überleiten wollte, nämlich, dass man, wenn man dieses Phänomen der deutschen Pornofilme und das Verhalten der Deutschen im öffentlichen Verkehr, gerade in deutschen Zügen, sich gemeinsam anschauen würde, wahrscheinlich eine sehr gute Verortung dieser Gesellschaft vornehmen könnte, in den Landschaften der Seele. Aber es war nichts zu machen, der Zug rollte durch die Nacht in Richtung München, Markus hatte die Augen geschlossen, und ich sah mich um. Außer uns hatte sich niemand im Abteil unterhalten. Alle schliefen oder lasen oder saßen aufrecht in ihren Sitzen und starrten auf einen wunden Punkt in der Wirklichkeit, bis sich da vielleicht ein Loch auftun würde, durch das man endlich entkommen könnte.

Die Soldatin wird in einen fensterlosen Kommandoraum für Drohneneinsätze geführt, wo man sie auf die bevorstehende Mission vorbereitet – die erste für sie und ihre Einheit außerhalb des Feldlagers, in dem sie bereits seit drei Wochen stationiert sind. Der Raum ist dunkel, und es sitzen ein paar Männer mit Headsets vor großen Bildschirmen, die unscharfe Schwarzweißaufnahmen von Landschaften zeigen, mit einem weißen Fadenkreuz in der Mitte und einer fortlaufenden Uhrzeit am rechten unteren Bildrand. Die Soldatin wird informiert, dass sie und ihre Einheit Teil der ersten Bodenoffensive auf ein gerade erst durch Luftangriffe von feindlicher Besatzung befreites Dorf sein werden. Sie soll die Lage sondieren, genaue Zahlen über zivile Opfer und Überlebende ermitteln, versprengte Kämpfer der gegnerischen Armee unschädlich machen und gemeinsam mit zwei weiteren Einheiten eine Sicherheitszone errichten. Die Szene im Kommandoraum ist dunkel und farblos gehalten, wie mit groben Bleistiften gezeichnet. Wenn Leute beschrieben werden, dann nur die Teile der Gesichter und Uniformen, die vom Widerschein der Monitore erhellt werden. Der Rest versinkt in einer schwarzen Schraffur, in der die dunklen Striche eine Bewegung andeuten, wo vielleicht gar keine ist, vielleicht aber auch doch. Zumindest die, denkt die Soldatin, schreibt Warga, des Verschwindens aller den Auftrag umgebenden Wahrnehmungen im Raum. Es bleiben nur die Gesichter der Kommandeure und die Luftbilder des Einsatzortes. Der ganze Rest, das Camp und seine Bewohner, werden von der Dunkelheit verschlungen.

Was darauf folgt, ist ein irre buntes Spektakel. Mit dem Öffnen der Sicherheitsschleusen, die die Soldatin wochenlang von der Wüste getrennt haben, beginnt eine fast dreißig Seiten andauernde Beschreibung des ersten Einsatzes im Kampfgebiet. Wieder spielen das Licht und die Landschaft eine große Rolle. Früh am Morgen war über den Bergen, die sich vom Lager aus am Horizont erheben, noch der Überrest eines fernen Sandsturms zu sehen gewesen, ein beigefarbener Schleier, durch den rosa das Licht der aufgehenden Sonne hindurchsickerte, wie eine endlos langsame Explosion oder ein Ausbluten des Himmels in den Sand.

Melanie Warga beschreibt das Geräusch der Milliarden Steinchen am Unterboden der Panzerfahrzeuge, während die Einheit der Soldatin die Wüste durchquert, ein spitzes Knistern und Prasseln, als falle ein feiner Regen auf eine ganz mit Alufolie ausgekleidete Landschaft. Über dem morgendlichen Dunst, im

Schimmer der aufkommenden Hitze, die den Tau der letzten Nacht verdampfen lässt, bis kein Tropfen Flüssigkeit mehr übrig bleibt in einem weiten Umkreis, schwebt, weit entfernt und doch nah genug, dass man die schneebedeckten Furchen an seinen Flanken erkennen kann, die Spitze des höchsten Berges der Region wie ein heiliges Zeichen am Himmel. Aber auch die Gesichter ihrer Kameraden werden beschrieben, anders diesmal als noch im Bauch der Militärmaschine, auf dem Flug ins Feldlager. Die individuellen Geschichten sind völlig verraucht, haben sich irgendwo über der Wüste mit den morgendlichen Erscheinungen vermengt, vielleicht, dachte ich beim Lesen, werden sie später als entfernte Zerrspiegel über dem Wüstensand niedergehen wie die Trugbilder von Oasen. In dem Moment, in dem die Soldatin aber die Gesichter beobachtet, sieht sie nur überdeutlich die einzelnen Teile. Die Falten auf den Stirnen, unterhalb der Helme, Augenbrauen, Mundwinkel, Nasenflügel – ich bekam beim Lesen den Eindruck, als versuchte sie, sich über das Studieren und Deuten der überdeutlich präzise abgescannten Kleinstbewegungen in den Gesichtern der anderen ein Bild zu machen von der Verfassung und der Moral ihrer Einheit.

Die Panzerfahrzeuge durchqueren im Verlauf dieser Beschreibungen so viele verschiedene Landschaften und Wüstentypen, dass man den Verdacht bekommt, Melanie Warga hat selbst noch nie eine solche Gegend mit ihren eigenen Augen gesehen und schmeißt stattdessen beim Schreiben einfach alles zusammen, was ihr unter die Finger kommt und brauchbar erscheint. Am Anfang denkt man vielleicht noch, man befindet sich in einer Sandwüste auf der Arabischen Halbinsel oder in Nordafrika, bis vor dem Sichtschlitz, durch den die Soldatin aus ihrem Panzerfahrzeug rausschauen kann, Felsen auftauchen, Büsche, Nebelbänke, Kiesfelder, rote Sandsteinformationen, Kakteen, Dünen, Canyons, versteinerte Wälder, Basaltsäulen und verkrustete Lavaströme. Je tiefer die Soldatin in diese Phantasiewüste eindringt, mit ihren Beobachtungen und Beschreibungen, umso deutlicher wird einem beim Lesen, dass Melanie Warga offensichtlich überhaupt kein Interesse daran hat, die Phänomene der äußeren Welt irgendwie realistisch oder maßstabsgetreu darzustellen. Vielleicht handelte es sich bei dieser unmöglichen Landschaft, die ja auch unmöglich schön war, jedenfalls abseitig und außerweltlich, um diesen anderen Ort, den Josi in ihrer Doktorarbeit beschrieben hat – wo dann auch die Sprache der hysterischen Literatur zu finden wäre. Vielleicht war ich da aber auch auf einer ganz falschen Fährte. Es kam mir jedenfalls so vor, als würde durch die Aufrufung verschiedenster Wahrnehmungen, die alle nicht so richtig zusammenpassten, die einfache Aussetzung des Unglaubens und das gemütliche Einrichten der Leser in einer als bekannt vorausgesetzten Welt ganz bewusst sabotiert.

Als Ann-Sophie nach vorne kam, stieg sie nicht die drei Stufen hoch auf die Bühne, sondern setzte sich vorn auf den Rand. Das war bis dahin noch nicht vorgekommen, gefiel mir aber gleich total gut. Christoph stand meistens vor der Bühne, wenn er über das Mikrofon mit allen sprach, die Angstgeschichten waren vor Ann-Sophies Auftritt aber sämtlich von oben, vom Zuschauerraum abgetrennt und ausgestellt erzählt worden. Ann-Sophie schien überhaupt kein Interesse daran zu haben, sich während ihrer Geschichte aus unserer Gruppe herauszulösen, obwohl das durch das Erzählen selbst am Ende natürlich gar nicht anders ging.

Sie erzählte, dass sie für Schnitt und Postproduktion verantwortlich sei, schon einige Filme gemacht habe, von denen es allerdings keiner je in die Kinos geschafft habe, was aber hoffentlich nicht an ihr liege. Normalerweise wäre sie an diesem Punkt der Produktion noch gar nicht involviert, sagte sie, vielleicht ein- oder zweimal sei das vorgekommen, dass man sie bei der Konzeption dabeihaben wollte – danach aber werde für gewöhnlich erstmal gemacht, und sie befasse sich mit anderen Dingen, bis es ein bisschen Material gebe, mit dem man arbeiten könne.

In diesem Fall habe Christoph sie explizit darum gebeten, von Anfang an dabei zu sein, und mittlerweile verstehe sie natürlich auch, weshalb. Ihr leuchte das ein, was im *Café Porsche* passiere, auch wenn sie sich noch gar keine Vorstellung davon machen konnte, wie das jemals in ein funktionierendes Drehbuch übersetzt werden sollte. Aber sie habe sich Christophs Rat zu Herzen genommen und nicht versucht, etwas zu finden, was sie uns hier erzählen könnte, das gleich schon auf die Verwertbarkeit für den Film abzielt. Trotzdem – oder vielleicht auch deswegen – habe sie lange nachdenken müssen, und es sei auch notwendig, dass sie ein bisschen aushole für ihre Geschichte. Nicht allzu lang, keine Sorge, aber ganz ohne Einführung wird es nicht gehen und soll es ja auch gar nicht.

Ann-Sophie erzählte, sie sei vor zwei Jahren in Schweden gewesen, um ihre alte Freundin Lena zu besuchen, mit der sie zur Schule gegangen war. Wir waren im Gymnasium die letzten beiden Jahre in derselben Stufe, erzählte sie, in Ingolstadt war das, ich wohne heute noch da. Damals war ich ziemlich heftig in Lena verliebt, ich habe es ihr nie gesagt, aber ich denke, sie hat es schon gemerkt. Es ist nie etwas daraus geworden, außer dieser Freundschaft eben, die viele Jahre überstanden hat. Lena ist nach dem Abitur nach Berlin gegangen, ich bin in Ingolstadt geblieben, aber ich habe sie ein paar Mal besucht, und immer, wenn sie zuhause bei ihren Eltern war, hat sie mich angerufen, und wir sind an der Donau spazieren gegangen oder waren im Theater oder haben uns im Klenzepark auf eine Decke gelegt, und sie hat erzählt, was bei ihr so los ist, und ich habe ihr von mir erzählt. Meine Filmschnittausbildung habe ich ungefähr ein Jahr nach dem Abi in einem üblen Schnellverfahren in Ludwigsburg absolviert. Ich war damals ziemlich unzufrieden und habe da auch keinen Abschluss gemacht. Sobald ich das Gefühl hatte, genug zu wissen und die paar Namen und Kontakte eingesammelt zu haben, die mir etwas bringen würden, bin ich wieder zurück nach Ingolstadt. Ich habe mein eigenes Studio und verdiene mein Geld hauptsächlich beim Lokalfernsehen oder mit regionaler Kinowerbung. Das macht selten wirklich Spaß, aber so kriege ich ein bisschen Luft für die interessanten Sachen, die ja meistens, siehe hier, kaum etwas abwerfen.

Bevor Lena nach Berlin gezogen ist, konnte ich sie noch dazu bringen, dass wir uns mit einer Klinge, die ich aus einem Bleistiftspitzer herausgeschraubt hatte, jede auf dem rechten Oberarm zwei tiefe Schnitte gemacht haben – als eine Art Erkennungszeichen. Mittlerweile ist mir das sehr peinlich, wenn mich Leute auf die Narben ansprechen. Als Hannah hier ihre Geschichte erzählt hat mit diesem Mädchen am See, ich habe ihren Namen vergessen, wäre ich fast im Boden versunken. Aber damals dachte ich, das wäre so etwas wie meine letzte Chance, mich doch noch irgendwie mit Lena zu verbinden. Ich dachte mir auch, dass wir vielleicht miteinander schlafen würden, nachdem wir das Ritual beendet hatten, aber es ist nicht dazu gekommen, wahrscheinlich auch, weil ich Angst hatte, zurückgewiesen zu werden, wenn ich die Initiative ergriffen hätte. Aber für ein paar Tage hatte ich ein angenehm heißes Klopfen am rechten Oberarm, das erstmal an die Stelle treten sollte, an der sonst durch Lenas Abwesenheit sicherlich sofort eine große Leere entstanden wäre. Ich glaube, ich habe sehr viel tiefer geschnitten als sie, zumindest dauerte es bei mir ungefähr doppelt so lang, bis es aufgehört hat zu bluten.

Lena ging nach Berlin, studierte dort Skandinavistik und AVL und lernte auf einem Poesiefestival einen schwedischen Lyriker namens Nils Fröding kennen, einen schmächtigen Mann mit einem dichten Vollbart, der ihr sofort erzählte, er sei nicht mit dem berühmten schwedischen Dichter Gustaf Fröding verwandt, was Lena aber nicht davon abhielt, das Ganze trotzdem als eine Art magisches Zusammentreffen zu deuten, weil sie über

Gustaf Fröding, der offenbar in einem preußischen Sanatorium angefangen hatte, Gedichte in deutscher Sprache zu verfassen – die sogenannten *Lieder der Langeweile* –, ihre Abschlussarbeit schreiben wollte. Lena verliebte sich in Nils Fröding, und ich glaube, Nils Fröding verliebte sich damals auch in Lena, zumindest im Rahmen seiner Möglichkeiten. Jedenfalls waren sie einige Monate zusammen, Lena machte ihren Abschluss an der Uni, und Nils machte ihr einen Antrag und bat sie, mit ihm zurück nach Schweden zu gehen, wohin es ihn wohl die ganze Zeit in Berlin gezogen hatte, was er sich aber lange Zeit nicht eingestehen wollte, weil er wahrscheinlich dachte, es sei wichtig für ihn, in der Berliner Lyrikszene ein paar Kontakte zu knüpfen, wozu es Lena zufolge aber nie gekommen ist, weil die Berliner Lyrikszene eine ziemlich elitäre, hochintellektuelle Angelegenheit ist und Nils Fröding eher so ein sehr sentimentaler Naturdichter aus dem Norden, der mit seiner Art und seiner Arbeit da einfach keinen Anschluss finden konnte.

Nils' Familie kommt aus der Nähe von Umeå in Nordschweden, eine Dynastie reicher Holzhändler, die dort auch noch eine Papierfabrik unterhalten. Es war also klar, dass die beiden, wenn sie nach Schweden ziehen, keine Geldsorgen haben werden. Die Eltern kauften ihnen eine Wohnung in Umeå, gleich beim Rathausplatz im Zentrum, und außerdem gab es noch ein großes Ferienhaus in Holmsund, wo der Umeälven in die Ostsee fließt und wo sich auch die Holzlager und die Papierfabrik der Familie Fröding befinden, weil es dort einen großen Umschlaghafen gibt.

Lena und Nils haben auf dem Standesamt in Ingolstadt geheiratet, das war der Kompromiss, oder die Bedingung, unter der sie seinen Antrag angenommen hat, weil sie wollte, dass ihre Familie und ihre engsten Freunde, also auch ich, bei der Hochzeit dabei sein konnten. Sie hatten die alte Reitschule in der Innenstadt gemietet und veranstalteten dort ein großes Essen. Ich war da und habe mich viel mit Lenas Familie unterhalten,

Lena selbst war kaum zu sprechen, und Nils hat irgendwie sein Bestes gegeben mit dem holprigen Deutsch, das er sich in Berlin angelernt hatte, aber ich habe mich kaum mit ihm unterhalten und war grundsätzlich nicht besonders beeindruckt von seiner Person, auch wenn ich natürlich zugeben muss, dass er bei mir von vornherein einen sehr schweren Stand hatte.

Die beiden haben mich schon auf der Hochzeit eingeladen, sie ganz bald in Schweden besuchen zu kommen, und ich habe das dann jahrelang vor mir hergeschoben, bis ich eben vor zwei Jahren schließlich die damals schon zum hundertsten Mal erneuerte Einladung angenommen habe und zu ihnen nach Umeå gefahren bin.

Ich war im Sommer dort, wenn nachts die Sonne nur für ein paar Stunden untergeht. Es war eigentlich durchgehend schönes Wetter. Lena und Nils hatten in ihrer Wohnung das Gästezimmer für mich hergerichtet, das mir so vorkam, als würde es kaum jemals benutzt, und ich habe schnell gemerkt, dass sich in der Zwischenzeit in ihrer Beziehung eine ziemlich ungesunde Dynamik herausgebildet hatte. Nils hatte sich, zurück in seinem familiären Umfeld, in einen verwöhnten Schnösel verwandelt, sie lebten beide mehr oder weniger vom Geld seiner Eltern, was er irgendwie als sein Verdienst anzusehen schien. Er schrieb tagsüber in einem kleinen Arbeitszimmer an seinen Gedichten oder las dicke Anthologien von schwülstigen schwedischen Heimatdichtern – ich habe keine Ahnung, ob es wirklich schwülstige Heimatdichter waren, Lena hat sie so bezeichnet, und ich habe ihr einfach geglaubt –, und Lena versuchte irgendwie einen Fuß in die Tür der Kulturarbeit in Umeå zu bekommen, Veranstaltungen zu organisieren oder Aufträge für Übersetzungen an Land zu ziehen, was offensichtlich überhaupt nicht funktionierte und sie ziemlich gefrustet haben muss, auch wenn sie nach außen hin versucht hat, sehr fröhlich und zufrieden zu wirken. Am meisten hat mich damals deprimiert, dass Lena sich von

Nils richtig schlecht behandeln ließ. Sie war viel zu unterwürfig und versuchte ständig, in einem entsetzlichen Eiertanz um seine völlig lächerlichen Launen herum, eine vorsichtige, einfühlsame und zuvorkommende Ehefrau zu sein – als hätte der Umzug in dieses ländliche Nordschweden irgendwie alle freiheitlichen Geister in ihr abgetötet, oder das Verheiratetsein, vielleicht war es auch das, dachte ich, dass sie das vielleicht immer schon gewollt hatte und nur so lange gewartet, bis endlich jemand einen Vertrag darüber mit ihr abschließen würde. Nach ein paar Tagen habe ich sie darauf angesprochen, und Lena ist sofort in Tränen ausgebrochen und hat mir erzählt, dass sie schwanger sei und dass sie sich mehr als alles andere wünsche, dass aus ihnen eine gesunde Familie würde, aber dass sie auch schreckliche Angst davor habe, mit Nils und dem Kind in diesen fürchterlich dunklen Wintern eingeschlossen zu sein, wie in einem Gefängnis aus Depressionen und Selbstzweifeln und Vorwürfen, und dass es am Ende an ihr hängenbleiben würde, sich um das Kind zu kümmern. Nils habe ihr schon ziemlich deutlich zu verstehen gegeben, dass er viel Zeit für sich und seine Arbeit brauche, was ja grundsätzlich auch in Ordnung sei, aber sie fürchte sich eben vor der Einsamkeit und so weiter, es war damals wirklich ein sehr langer, verheulter Monolog, den Lena auf einer Bank in der Nähe der Universität gehalten hat. Ich kam gar nicht zu Wort, was mich erstmal nicht weiter störte, weil ich sonst vielleicht noch in die Verlegenheit gekommen wäre, ihr zu ihrem ungeborenen Kind gratulieren zu müssen, was mir sehr unangemessen oder verlogen vorgekommen wäre.

Ann-Sophie erzählte uns, dass Lenas Kind inzwischen auf der Welt sei, dass es sich um ein Mädchen handle und dass sie ihm den Namen *Elin* gegeben hätten, den ich sehr schön fand.

Ich habe, erzählte sie, seit der Geburt fast keinen Kontakt mehr zu Lena. Ich glaube, es ist wirklich so, dass sie sich um das Kind und um den Haushalt ganz alleine kümmern muss, was sicherlich auch nicht dazu beiträgt, dass sie da in Umeå irgendwie weiterkommt mit ihren Ambitionen, einen Fuß in die Tür der Kulturarbeit zu kriegen.

In dem Sommer jedenfalls, erzählte Ann-Sophie, in dem ich dort war, versuchte ich Nils irgendwann durch mein eigenes Verhalten klarzumachen, was ich von seiner Art mit Lena umzugehen hielt. Ich habe ihm nie direkt gesagt, dass ich ihn für einen Chauvinisten und Schnösel halte, aber ich habe mein Bestes getan, um ihm zu zeigen, dass es auch anders geht, dass es Frauen gibt, die ihren eigenen Kopf haben und die sich nichts sagen lassen und nicht um ihn herumschleichen, wenn er seine Ruhe braucht, und ihn nicht um Erlaubnis fragen und ihn ganz grundsätzlich für nichts um seine beschissene Hilfe bitten müssen. Ich versuchte, mich ihm gegenüber so frei und unabhängig wie möglich zu geben, auch um Lena vielleicht eine Alternative zu ihrem eigenen jämmerlichen Verhalten aufzuzeigen. Leider hat das dann dazu geführt, dass Nils total auf meine Art, ihm in die Parade zu fahren, angesprungen ist und er sich in mich verliebt hat in diesem Sommer – oder zumindest glaubte, das, was da plötzlich an Reibung und Gegenwehr in der Luft lag, sei eine erotische Spannung, die sein kaltes Herz nochmal anregen könnte, ein bisschen heftiger zu schlagen. Das war natürlich in vielerlei Hinsicht eine unangenehme und völlig hoffnungslose Angelegenheit. Aber es war nie meine Absicht gewesen, ihn da irgendwie anzuheizen. Wenn es nach mir gegangen wäre, er hätte sofort verschwinden können und ich wäre mit Lena ins Bett gegangen und nicht mehr aufgestanden. Obwohl ich, wenn ich wirklich ehrlich bin, sie damals schon gar nicht mehr attraktiv fand. Ich konnte mir auch überhaupt nicht mehr vorstellen, dass das dieselbe Person sein sollte, die ein paar Jahre zuvor eingewilligt hatte, sich mit der Klinge aus dem Bleistiftspitzer in die Haut zu schneiden.

Die Situation in der Wohnung der beiden wurde mit jedem Tag unerträglicher. Lena war extrem empfindlich und musste bei jeder Kleinigkeit in den Arm genommen werden, und Nils schien sich auf ein Spiel mit mir eingelassen zu haben, das ich nicht mitspielen wollte. Er kam manchmal ganz nah an mich heran, wenn ich zum Beispiel abspülte, und zitierte flüsternd die paar deutschen Zeilen, die er aus Gedichten von Gustaf Fröding auswendig kannte, um mich zu beeindrucken oder um Lena zu verletzen, vielleicht auch, um zwei Fliegen mit einer Klappe zu schlagen – ich kann mir durchaus vorstellen, dass sich zu der Zeit die Phantasie in ihm breitgemacht hat, er könnte mit uns beiden ins Bett gehen, es gab auch dazu ein oder zwei ziemlich abstoßende Anspielungen. *Es ging die blaue Blume auf / und blühte Einsamkeit* – daran kann ich mich heute noch erinnern, an diese Gedichtzeile, weil er sie wirklich oft in meiner Gegenwart zitiert hat, wahrscheinlich, um mir zu zeigen, was ich durch meine Ablehnung für ein betörendes Gewächs geworden war in seinen Augen. Ich weiß ja nicht, wie so ein schwedischer Naturlyriker tickt, aber das war der Reim, den ich mir darauf gemacht habe.

Irgendwann habe ich es nicht mehr ausgehalten und die beiden gebeten, einen Ausflug zu machen, in der Hoffnung, dass das vielleicht etwas bringen würde. Ich wusste ja, dass es dieses Haus in Holmsund gab, in der Nähe der Papierfabrik der Familie Fröding. Das war mein Vorschlag: Lasst uns nach Holmsund fahren und ein paar Tage in diesem Haus verbringen. Es gibt dort doch sicher auch einen See, in dem man baden kann, und wir können an der Küste spazieren gehen, und vielleicht haben die Frödings ja auch ein Boot, mit dem man ein bisschen rausfahren kann, um den Kopf freizukriegen. Nils sagte: Ja, natürlich haben wir ein Boot. Wir beschlossen, am nächsten Tag unsere Sachen zu packen und nach Holmsund zu fahren. Lena hat an dem Abend noch stundenlang geheult, weil sie Nils offenbar seit Monaten darum gebeten hatte, mit ihr ein paar Tage in diesem

Haus zu verbringen, wozu er aber nur jedes Mal gemeint habe, er habe keine Zeit oder keine Lust oder das sei doch langweilig, was wollten sie denn da schon machen, zu zweit.

Wir fuhren mit dem Auto, die Fahrt dauerte gerade mal eine halbe Stunde und führte durch grüne Wälder und über eine Sundbrücke mit weitem Ausblick über das Wasser. Der Himmel war blau und die Temperatur gerade richtig. Wir hörten Radio und schauten schweigend aus den Fenstern. Es hätte auch genauso gut ein wirklich schöner Urlaub sein können. Das Haus der Frödings in Holmsund ist kein Palast, der ganze Ort ist eher bescheiden, auf eine sympathische Art, aber es gab mehr als genug Platz für alle, auch dafür, sich ein bisschen zurückzuziehen. Ich machte ein paar Spaziergänge ohne die beiden, wir kochten zusammen, fuhren mit dem Boot raus und schwammen in einem See, der von hohen Tannen eingesäumt war, ganz so, wie ich mir das vorgestellt hatte, als wir noch in Umeå gesessen hatten. Nach drei Tagen, in denen sich die Spannung zwischen mir und Nils und Lena zwar nicht gelegt hatte, aber wesentlich leichter zu ignorieren war, bekam Nils einen Anruf von seinem Vater, der sich und ein paar Freunde ankündigte, sie würden ebenfalls im Haus übernachten, es gebe ein Fest in der Papierfabrik, ein Jubiläum, die Belegschaft sei eingeladen, und wir könnten gern dazukommen, wenn wir Lust hätten.

Während der ganzen Zeit, die Ann-Sophie gesprochen hatte, war es im Publikum vollkommen still gewesen. Hin und wieder holte sich jemand etwas zu trinken oder räusperte sich, oder es fiel eine Jacke von einer Stuhllehne. Aber ansonsten waren die Leute konzentriert bei der Sache, auch Christoph, machten sich Notizen oder lehnten in ihren Stühlen, mit Gesichtern, die so aussahen, als würde sich dahinter gerade bereitwillig alles vorgestellt, was von Ann-Sophie erzählt wurde. Ich hatte das Gefühl, als hätte sie den perfekten Modus gefunden, um zu dieser Gruppe zu sprechen. Vielleicht war ihr auch ein großer Vorschuss eingeräumt worden, und sie hatte sich die Ruhe und die Geduld durch irgendetwas erworben, wovon ich keine Ahnung hatte. Ich war aber zumindest zu diesem Zeitpunkt relativ sicher, dass mir nichts mehr entging, was innerhalb der Gruppe passierte, und führte es deshalb auf Ann-Sophies Vortragsweise zurück.

Nils' Vater Alfred Fröding, erzählte uns Ann-Sophie, war ein netter Anfang Sechzigjähriger, dem man anmerken konnte, dass er noch lange nicht vorhatte, die Geschäfte aus den Händen zu geben – und wenn, dann sicherlich nicht in die seines Sohnes, wobei sich die beiden da, glaube ich, durchaus einig gewesen sind.

Das Fest, das Alfred Fröding zum Jubiläum seiner Papierfabrik ausrichten ließ, fand auf einem Hof statt, der zu allen Seiten von Produktions- und Lagerhallen eingefasst war. Die Gebäude waren in der gleichen Ästhetik gehalten wie der ganze Ort: dunkelrote Wände aus Holz- oder Metallpaneelen, schwarze Dächer, weiße Rahmen um die Fenster. An dem Tag, an dem das Fest ausgerichtet wurde, musste niemand arbeiten, und die Produktion stand still. Es roch nach Holz und ein wenig nach Leim und nach etwas, das ich nur schwer einordnen konnte, geschmolzener Gummi vielleicht oder die Blüte einer Pflanze, die ich noch nie zuvor gerochen hatte. Mittig in diesem Innenhof stand ein mächtiger Baum, um dessen Stamm eine Sitzbank gezimmert war. Nils erklärte mir, dass es sich um eine Linde handelte, genau genommen seien es zwölf einzelne Linden, die so gepflanzt worden seien, dass sie über die Jahre ineinandergewachsen waren und wie eine einzige Riesenlinde aussahen. Sein Urgroßvater habe diese Bäume gepflanzt, einen für jeden der zwölf Apostel, erklärte Nils, und als sein Vater die Papierfabrik habe bauen lassen, wurde sie um diesen Baum herum errichtet, um Gottes Segen für die Papierproduktion zu erhalten und natürlich auch den des verstorbenen Urgroßvaters.

Am Nachmittag des Festes standen im Schatten der Riesenlinde ein Grill mit einem jungen Schweden dahinter, der Würste und Steaks briet, sowie eine Mariachi-Band, bestehend aus vier Männern mit Sombreros und traditionellen mexikanischen Festtagsanzügen, die für mich auch wirklich wie Mexikaner aussahen und ein sehr kleines Repertoire zu haben schienen, jedenfalls spielten sie immer wieder dieselben Lieder, darunter auch *Feliz Navidad*, was an diesem Hochsommernachmittag sehr lustig wirkte und immer wieder irgendwen zum Lachen brachte.

Auf der Feier tauchte er dann zum ersten Mal auf. Er war eigentlich ziemlich groß, hatte aber ständig den Kopf zwischen den Schultern eingezogen und auch sonst eine ziemlich schlechte Haltung, weshalb er gar nicht so groß aussah und erstmal wie ein Junge auf mich wirkte. Er schlurfte so zwischen den Angestellten der Papierfabrik hindurch, dass er kaum aufgefallen wäre, als mitgebrachter Sohn oder Cousin oder kleiner Bruder, aber es ging auch sofort etwas total Beunruhigendes von ihm aus, sodass er mir dann eben doch auffiel. Die anderen Gäste ignorierten ihn, er bekam eine Steaksemmel am Grill, als er dort eine Weile auf das Fleisch gezeigt hatte, aber der Junge, der sie ihm reichte, machte ein sehr skeptisches Gesicht. Die Art, wie er die Steaksemmel aufaß, sah dann wirklich richtig wahnsinnig aus, weil er bei jedem Bissen die Augen ganz weit aufriss und mit ihnen hektisch hin und her schaute, als hätte er Angst davor, dass wir sie ihm nochmal wegnehmen könnten. Er hatte nur schwarze Sachen an, eine speckige schwarze Jeans, schwarze Stiefel, ein ausgeblichenes schwarzes T-Shirt und darüber ein ziemlich heruntergekommenes schwarzes Hemd, das aufgeknöpft war und ihm eher auf den Oberarmen als auf den Schultern hing. Er hatte auch fettige Haare und schmutzige Fingernägel. Ich schaute ihn mir ziemlich genau an, was wahrscheinlich der Fehler gewesen ist, weil er das natürlich irgendwann bemerkt hat. Kurz nachdem er den letzten Bissen von seiner Steaksemmel gegessen hatte, trafen sich unsere Blicke – das ist ja immer der größte Fehler, den man machen kann, Blickkontakt aufnehmen, da ist man bei mental angeschlagenen Leuten sofort verloren –, und er schaute mir in die Augen, dass mir wirklich, auch wenn das jetzt vielleicht abgedroschen klingt, eiskalt geworden ist. Nicht so sehr am Rücken, wie man immer sagt, sondern viel mehr in der Lunge, als hätte ich ein extrastarkes Mentholbonbon gelutscht.

Er kam dann auf mich zu, stellte sich vor mich hin und sagte, in einem Englisch, das kaum zu verstehen war, durch seinen Akzent und dadurch, dass er offenbar eine Art Sprachfehler hatte, den ich nur schwer beschreiben kann – es war so, als könnte er nur durch die Nase sprechen, die aber gleichzeitig verstopft oder zugeschwollen war –, er heiße Lasse und er lebe in Holmsund. Ich schaute mich um, nach jemandem, der mir helfen könnte, aber alle waren mit sich oder anderen beschäftigt. Er reichte mir seine schmutzige Hand zum Gruß, die völlig schlaff blieb, als ich sie schüttelte. Und wie er dann vor mir stand, fiel mir erst auf, dass es sich bei ihm nicht um einen Jungen handelte, sondern um einen Erwachsenen, allerdings einen, von dem man nicht sagen konnte, wie alt er war. Ich stellte ihm ein paar Fragen, ich weiß nicht mehr was genau, vielleicht, ob er auf der Feier jemanden kannte, wo in Holmsund er lebte, ob er dort aufgewachsen war, so etwas. Ich konnte keine einzige seiner Antworten verstehen, und ich weiß auch nicht genau, ob er meine Fragen überhaupt verstanden hat. Ich habe sie langsam vorgebracht und auch etwas lauter, damit die Leute um mich herum mitbekommen konnten, dass ich mich gerade in einer schwierigen Situation befand, in der ich überhaupt nichts gegen ein bisschen Unterstützung einzuwenden gehabt hätte. Lasse redete eine Weile auf mich ein. Sein Englisch war nicht besonders gut, und wie gesagt, war er ganz grundsätzlich nicht gerade leicht zu verstehen. Ich habe immer mal wieder versucht, mit einer Frage dazwischenzugehen, aber das hat ihn wohl eher noch mehr aus dem Konzept gebracht. Was er mir sagen wollte, schien ihm auf jeden Fall sehr wichtig zu sein, aber es ist den Verrückten ja meistens alles sehr wichtig, was sie sagen, zumindest ist mir noch keiner begegnet, der irgendwann einfach aufgegeben hätte und gesagt, dass es egal sei.

Nach ein paar Minuten ist Nils an uns vorbeigegangen, ich habe ihn da – gegen all meine Überzeugung – wahrscheinlich sehr hilfesuchend angeschaut, aber er hat Lasse nur von hinten auf die Schulter gehauen und auf Schwedisch Hallo Lasse gesagt und zu mir dann auf Englisch, dass ich keine Angst haben muss, der sei nicht gefährlich. Ich habe Nils richtig gehasst dafür, dass er dann einfach weitergegangen ist und mich und Lasse stehengelassen hat, als würde er uns nicht weiter stören wollen. Ich bin mir sicher, dass er ganz genau gesehen hat, wie schwierig das für mich war, und dass ich an diesem Punkt wirklich einmal seine Hilfe hätte gebrauchen können.

Nach einer Weile habe ich versucht, mich von Lasse zu verabschieden und ihm zu sagen, dass ich jetzt woanders hinmüsse, aber er ist mir einfach nachgelaufen und hat weiter auf mich eingesprochen. Er hat mir auch ein paar Mal an den Arm gefasst, wenn ich wo hingehen wollte, aber nur ganz leicht. Ich habe versucht, ihn abzuschütteln, indem ich aufs Klo gegangen bin, aber er hat einfach davor gewartet, bis ich wieder rauskam. Ich bin zu Lena und habe ein Gespräch mit ihr angefangen, aber Lasse stellte sich neben uns und hörte zu, obwohl wir Deutsch gesprochen haben und er davon sicherlich überhaupt kein Wort verstanden hat. Lena hatte ihn selbst auch noch nie gesehen, aber sie meinte, wir sollten vielleicht einfach gehen, auch wenn es doch so schön sei auf dem Fest, sie habe sich auch schon lange nicht mehr so gut mit Nils' Vater unterhalten und so weiter. Ich kam mir ziemlich alleingelassen vor.

Das Haus der Frödings lag so nah an der Papierfabrik, dass wir zu Fuß gekommen waren. Als wir schließlich nach Hause gelaufen sind, ist Lasse einfach hinter uns her, bis wir auf dem

Grundstück waren. Ich habe Nils mehrmals gesagt, dass er mit ihm sprechen soll, aber er hat bis zur Haustür gewartet, dann hat er sich umgedreht und Lasse gesagt, er solle verschwinden – so hat es sich für mich angehört, er hat es natürlich auf Schwedisch gesagt, aber es klang sehr brutal. Lasse ist ein paar Meter hinter uns stehen geblieben und hat weitergeredet, ich glaube, dass er mir immer noch etwas erzählen wollte, diese wichtige Sache, mit der er einfach nicht fertig wurde.

Ich fühlte mich so hilflos, dass ich fast angefangen hätte zu heulen. Nils hat sich dann gebückt, hat einen Stein vom Boden aufgehoben und ihn nach Lasse geworfen. Es war ein relativ großer Stein, aber er hat ihn nicht getroffen. Lasse ist kurz zusammengezuckt, dann hat er sich umgedreht und ist davongeschlichen. Ich konnte das überhaupt nicht fassen. Es ist auch viel zu schnell passiert. Aber wenn ich ganz ehrlich bin, dann war ein Teil von mir bestimmt auch erleichtert. Nils hat mich jedenfalls angeschaut, als müsste ich ihm jetzt dankbar sein. Er hat auch etwas gesagt, was ich nicht verstanden habe, weil ich so sauer war. Lena hat sich überhaupt nichts anmerken lassen. Danach sind wir ins Haus gegangen und haben uns den Rest des Abends vollkommen sinnlos betrunken, mit allem, was an Vorräten im Ferienhaus der Frödings zu finden war. Auch Lena hat ein paar Gläser Wein getrunken, langsam und schuldbewusst, wobei Nils ihr regelmäßig nachgeschenkt hat.

Nils erklärte mir, dass Lasse so etwas wie der Dorfverrückte in Holmsund sei. Das Dorf war seine Familie. Offenbar lebten die Eltern nicht mehr, Nils hat sich da nicht so deutlich ausgedrückt. Es hatte einen Unfall gegeben, *he cracked his head*, sagte Nils, mit einem unangebrachten Lächeln im Gesicht, davor war er wohl ein völlig normaler Junge gewesen.

Ann-Sophie machte eine Pause, es kam mir so vor, als wäre alle Energie oder alle Lust, uns auch nur noch einen einzigen Satz ihrer Geschichte zu erzählen, verflogen. Wahrscheinlich ist ihr in dem Moment bewusstgeworden, auf was sie sich da eingelassen hatte, dass es eine lange Geschichte war, die ihr sicherlich einiges abverlangt hat, auch wenn wir anderen durchaus brav auf unseren Stühlen hockten und zuhörten. Vielleicht wurde sie aber auch nur sehr traurig in dem Moment, weil sie ganz in ihre eigene Geschichte eingetaucht war und sich wieder daran erinnerte, was sie damals gefühlt hatte, oder sich sogar tatsächlich wieder so fühlte, vor uns, vor der Bühne im *Café Porsche*, in Abwesenheit der anderen, die an der Geschichte beteiligt gewesen waren.

Irgendwann, nach ein paar Sekunden oder vielleicht auch einer Minute oder zwei, nahm sie sich auf einmal wieder zusammen, ohne dass jemand etwas gesagt hätte. Man konnte spüren, dass sie kurz in sich hineingeschaut hatte und jetzt wieder irgendwo in nicht allzu großer Entfernung das Ende ihrer Geschichte ausmachen konnte, wo sich wahrscheinlich auch der Sinn dieser ganzen Anstrengung finden würde.

Ich war insgesamt zwei Wochen in Schweden, sagte sie, davon jeweils eine in Umeå und eine in Holmsund. Lasse ist nach dieser Feier in der Papierfabrik der Frödings noch öfter aufgetaucht. Auf einmal war er überall. Er saß plötzlich auf einem Stein an dem See, in dem wir schwimmen waren, oder knackste durch den Wald an den Wanderwegen, auf denen man vom Haus der Frödings zur Küste kam. Er stand vor dem Supermarkt, in dem ich einkaufen gegangen bin, weshalb ich dann einen riesigen Umweg zu einem anderen Markt machte, um ihm dort nicht mehr begegnen zu müssen. Ein- oder zweimal stand er sogar nachts vor dem Haus, im gelben Licht einer Straßenlaterne, hat mit den Händen gerungen und in sich hinein gemurmelt.

Immer wenn ich ihn von weitem gesehen habe, bin ich sofort in die andere Richtung davongelaufen. Oft kam er aber auch hinter irgendeiner Hauswand oder hinter einem Baum hervor, einmal saß er sogar neben meinem Badetuch, als ich nach dem Schwimmen aus dem Wasser gekommen bin, und dann hat er sofort wieder angefangen, auf mich einzureden. Wenn Nils dabei war, habe ich ihn angeschrien, er soll Lasse endlich begreiflich machen, dass ich nichts mehr hören will von seinem Gemurmel, das nur immer noch hektischer und unverständlicher wurde, wahrscheinlich, weil er gemerkt hatte, dass ihm nicht mehr viel Zeit blieb, um seinen Text vorzutragen.

Wenn ich allein war und er mir über den Weg lief, habe ich oft kurz den Gedanken gehabt, einen Stein vom Boden aufzuheben und nach ihm zu werfen, aber ich habe es nie gemacht. Warum wir nicht sofort abgereist sind, verstehe ich im Nachhinein selbst nicht mehr. Es war an sich halt wirklich sehr schön in Holmsund, und die Aussicht, noch tagelang in der Wohnung in Umeå zu sitzen, nicht besonders attraktiv.

Nils hatte jedenfalls seine Freude daran, zu sehen, wie ich an der Situation verzweifelt bin. Ich habe ihn wirklich hassen gelernt in dieser Zeit, und ich will ihn niemals wiedersehen. Lena war in eine seltsam tranceartige Abwesenheit gefallen, wie ein schwangerer Zombie kam sie mir vor, den jede kleinste menschliche Interaktion sofort total überforderte. Ihr hat es in diesen Tagen am meisten Spaß gemacht, das Ferienhaus der Frödings in Ordnung zu halten. Manchmal hat sie dort wirklich mit einem total entrückten Glänzen in den Augen die Bords abgestaubt oder das Geschirr gespült. Mein ganzer Urlaub in Schweden driftete immer weiter ab in einen fiesen Horror, heute macht mich das alles total traurig, damals wurde ich aus einer Art Selbstschutz eher taub und fühlte überhaupt nichts mehr.

Nachdem Ann-Sophie das gesagt hatte, gab es einen kurzen, blitzlichthaften Blickkontakt zwischen Christoph und Markus, der mir nicht entgangen ist.

Gegen Ende unserer Tage in Holmsund kam es dann schließlich dazu, sagte Ann-Sophie, dass Lasse mir seinen Brief gegeben hat. Ich war erst ziemlich perplex. Er tauchte am Morgen zwischen den Bäumen auf, als ich dort vor dem Frühstück einen Spaziergang machte, weil ein total schöner Bodennebel auf dem Ort lag, in dem alles so aussah, als wäre es auf einer Wolke gebaut worden oder würde aus dieser Wolke herauswachsen. Damals dachte ich nicht: wie ein Dorf im Himmel. Aber genau das war es, was mich so früh aus dem Haus gelockt hat. Lasse kam zwischen den Bäumen aus diesem Nebel hervor – was noch viel, viel grusliger war, als sich das jetzt vielleicht anhört –, als hätte er dort die ganze Nacht darauf gewartet, dass ich endlich das Haus verlassen würde. Er hatte einen Brief in der Hand und sprach sehr eindringlich und absolut unverständlich auf mich ein. Seine Augen waren seltsam verdreht, sodass man fast nur noch das Weiße gesehen hat, was in seinem Fall gar nicht richtig weiß war, sondern eher gelb, vielleicht hatte er einen Leberschaden, vielleicht habe ich mir das auch nur eingebildet. Ich will jetzt hier nicht anfangen zu übertreiben, das liegt mir wirklich fern, aber es ist schon wichtig, dass ihr euch die Situation zumindest mal kurz vorstellen könnt, in der ich diesen Brief bekommen habe, an diesem völlig unrealistischen Ort. Ich hätte ihn natürlich gar nicht erst annehmen sollen, sondern gleich umkehren, zum Haus zurück, meinen Flug umbuchen und am selben Tag noch abreisen. Aber ich war eben in dem Moment wie eingelullt von diesem wahnsinnigen Nebel und von dem weggetretenen Geplapper und diesen gelben Augen, dass ich das Kuvert genommen habe und mich sogar noch dafür bedankt. Ich habe mich sehr bestimmt von Lasse verabschiedet und bin dann schnell, und ohne mich noch einmal umzudrehen, den Weg zurück zum Haus gelaufen.

In meinem Zimmer lag der Brief dann erstmal eine Weile auf dem Schreibtisch. Ich saß auf dem Bett und habe zu ihm rübergeschaut, und natürlich habe ich es dann ziemlich bald nicht mehr ausgehalten und ihn geöffnet. Kurz hatte ich überlegt, ob ich warten sollte, bis Nils und Lena aufgestanden waren, um ihn gemeinsam aufzumachen und zu lesen, aber dann bekam ich wieder so eine Riesenwut auf Nils und wollte ihn auf keinen Fall um seine Hilfe bitten und stellte mir Lena dabei vor, wie sie apathisch herumsaß, während wir über den Brief sprachen, und wie sie überhaupt keine Meinung dazu haben würde. Ich war ja von Anfang an mit diesem Lasseproblem alleingelassen worden.

Was nun konkret in dem Brief stand, ist wirklich schwer zu erzählen. Ich müsste ihn euch eigentlich vorlesen, damit ihr ein Bild davon bekommt, aber er existiert ja nicht mehr. Grundsätzlich war er genauso wenig verständlich wie das Gefasel, das Lasse in den Tagen zuvor an mich hingeredet hatte. Dadurch, dass es ein Brief war, hatte ich natürlich mehr Zeit, um zu versuchen, das, was da stand, zu verstehen. Es half auch, dass es jetzt nicht mehr mit diesem Sprachfehler vorgebracht wurde, den ich ja vorhin schon versucht habe zu beschreiben. Wobei man wohl sagen muss, dass die Handschrift von Lasse eigentlich auch schon wieder ein Sprachfehler für sich war. Es fanden sich außerdem häufig die Wendungen *you must* und *you have to* und *you need to* in den Sätzen, und ich denke schon, dass ich damit gemeint war und nicht ein übergeordnetes you, wie in einer Redensart zum Beispiel. Ich wurde zu verschiedenen Dingen aufgefordert, die ich dann aber wieder nicht richtig verstehen konnte. Es tut mir wirklich leid, dass ich den Brief nicht mehr habe. Ich fürchte, dass man sich das nur schwer vorstellen kann. Aber es war eben auch in diesem Brief noch so ein kruder Sprachmix aus Schwedisch und schlechtem Englisch, es ging um eine große Not und um wenig Zeit, ich wurde gebeten und beschworen, aber es wurden auch Farben erwähnt, der Regen und das Meer, der Himmel, Wege, Namen, die mir nichts sagten, es ging um Schmerzen, aber es war nicht klar, welcher Art, ein Auto wurde erwähnt oder zumindest genügend einzelne Teile, dass ich mir zusammenreimen konnte, dass es sich um ein Auto handeln musste. Über allem lag dieser Ton der Dringlichkeit, mit dem Lasse in den letzten Tagen auch immer wieder gesprochen hatte. Ich konnte mir einfach beim besten Willen nicht erklären, was genau von mir erwartet wurde, was so dringend sein konnte. Und ich sah auch überhaupt nicht ein, weshalb ich es herausfinden sollte.

Natürlich habe ich versucht, diesen Brief zu entziffern. Ich habe ihn so gründlich gelesen, wie es seine Form eben zugelassen hat. Und dann bin ich richtig wütend geworden. Auf Lasse, auf Nils, auf Lena, auf mich selbst, auf die Mariachi-Band von der Jubiläumsfeier der Papierfabrik, auf Schweden, Ingolstadt, Ludwigsburg, Berlin, das Lokalfernsehen, die Gesellschaft generell, die Sprache, das Leben, die Genetik, die Liebe, das Meer, das Schicksal, alle Frauen, die mich jemals verlassen haben oder die sich so verhalten hatten, dass man gar nicht anders konnte, als sie zu verlassen, auf die Hoffnung, dass sich das alles irgendwann einmal einrenken würde und wirklich langfristig Spaß machen, auf jeden einzelnen Wunsch, den ich jemals hatte, auf die Eizellen in meinem Körper, auf die Traurigkeit, die manchmal an meinem Kopf hängt wie eine Perücke aus Spaghetti, auf diesen beschissenen Brief und darauf, dass da von mir gefordert wurde, stark zu sein, von einer völlig fremden Person, die niemals etwas für mich getan hatte und mit der ich nicht verwandt war und nicht befreundet und für die ich also auch nicht verantwortlich war, das machte mich extrasauer, dass ich ständig verantwortlich gemacht wurde von all den Schwachen, die es selbst nicht auf die Reihe kriegen, die nur noch schwach sein wollen, weil sie sich darin schon so bequem eingerichtet haben. Ich bin mit dem Brief ins Badezimmer gegangen, habe ihn zerrissen und im Klo runtergespült, damit nichts mehr davon übrig bleibt. Ich dachte mir, dass ich niemandem erzählen würde, dass ich diesen Brief bekommen habe. Und bis heute habe ich das auch nicht getan.

Ann-Sophie hatte sich richtig heißgeredet, sie fasste sich häufig an die Stirn und schaute niemanden mehr an beim Sprechen, sondern nur noch auf den Boden oder in eine Ecke hinten im Raum, wo keiner saß.

Ich habe Lasse nie wiedergesehen. An dem Tag, an dem ich den Brief im Klo runtergespült habe, bin ich im Haus geblieben, habe Lena und Nils gesagt, dass sie mich in Ruhe lassen sollen, und saß die meiste Zeit wie eine geballte Faust in meinem Zimmer auf dem Bett. Am nächsten Tag sollten wir nach Umeå zurückfahren. Ich bin nach Sonnenuntergang noch einmal raus und bin durch den Wald gerannt, wie um mein Leben oder vielleicht ja wirklich um mein Leben. Nach dem Bodennebel am Morgen war am späten Nachmittag ein ziemlich heftiger Sturm aufgekommen, der in der Nacht an den Bäumen zerrte, als sollte jetzt endgültig alles ausgerissen und vernichtet werden. Ich dachte kurz, dass ich bestimmt von einem Ast oder einem umstürzenden Baum erschlagen werde. Danach bin ich auf mein Zimmer, habe mich ungeduscht und völlig kaputt ins Bett gelegt und bin sofort eingeschlafen.

Als ich dann am Morgen ins Esszimmer kam, saß Lena ganz zerknirscht auf einem Stuhl am Tisch, und Nils stand daneben und telefonierte aufgebracht auf Schwedisch mit irgendwem und sah ziemlich schockiert aus. Ich habe sofort bemerkt, dass etwas nicht in Ordnung war. Mir wurde erklärt, dass jemand in der Nacht das Boot der Frödings aus dem Hafen gestohlen hatte. Etwas später, in einer Geschwindigkeit, über die ich mich gewundert habe, ging die Nachricht durchs Dorf, dass Lasse verschwunden sei. Man brachte diese beiden Ereignisse sehr schnell zusammen. Ich dachte mir, dass sie doch im Wald suchen sollten oder unten am See, aber ich wollte mich nicht einmischen, und ich wollte ganz sicher nichts damit zu tun haben. Wir fuhren jedenfalls nicht nach Umeå zurück. Am Nachmittag kamen zwei Polizisten vorbei, die sich mit Nils unterhielten. Danach wollten sie auch noch mit mir sprechen. Die Polizisten konnten sehr gut Englisch, niemand musste für uns übersetzen. Sie fragten mich, wann ich Lasse zuletzt gesehen hätte, und ich erzählte ihnen nichts von dem Brief und auch nicht von der Situation im Nebel zwischen den Bäumen. Von Nils wussten sie wahrscheinlich, dass er mir die letzten Tage nachgelaufen war, also erzählte ich das. Sie fragten mich, ob er irgendwelche Anspielungen gemacht habe, und ich sagte, ich hätte nie wirklich verstanden, was er von mir wollte, was ja auch stimmt. Die beiden Polizisten waren sehr höflich zu mir, sie baten mich, nochmal nachzudenken, ob mir irgendetwas aufgefallen sei, eine Veränderung, egal was, und als ich dann sagte, nein, nichts, bedankten sie sich, redeten noch ein paar Sätze mit Nils und verabschiedeten sich.

An diesem Nachmittag habe ich gesehen, wie ein Hubschrauber und ein kleines Aufklärungsflugzeug niedrig über den Ort hinweggeflogen sind und raus aufs Meer. Der Sturm hatte sich schon wieder gelegt, aber die See war wohl noch immer sehr unruhig. Die Polizei ist mit einem Boot rausgefahren, aber sie haben nichts gefunden. Nils stand eigentlich permanent im Esszimmer an diesem Tag und hat telefoniert und uns zwischendurch kurze Zusammenfassungen gegeben. In der Nacht wurde die Suche auf dem Meer abgebrochen, aber es liefen einige Bewohner von Holmsund mit Taschenlampen durch den Wald, ich konnte das von meinem Zimmer aus beobachten, sie riefen nach Lasse, und ich ärgerte mich über sie, das ist jetzt zu spät, dachte ich mir, da hättet ihr schon mal früher draufkommen müssen.

Lena und ich sind am nächsten Morgen sehr früh aufgestanden, und sie hat mich von Holmsund aus direkt zum Flughafen gefahren. Auf der Fahrt war sie ganz glücklich darüber, wie sich Nils um alles kümmerte, wie er mit den Dorfbewohnern und der Polizei telefonierte und sich um das Boot sorgte und um Lasse und wie er ihm noch mit keinem Wort einen Vorwurf gemacht hatte. Sie hat es auf der Fahrt nicht so gesagt, aber ich hatte den Eindruck, dass sie dachte, wer sich so sorgen kann, mit dem kann man auch ein Kind haben.

Noch im Flugzeug nach Stockholm fing das an, dass ich dieses nagende Gefühl im Nacken bekam. Hier hinten, am Haaransatz. Ein ständiges stumpfes Nagen, von dem manchmal mein ganzer Kopf taub und leer wird und mein Körper ganz starr. Sie haben dieses Boot nicht mehr gefunden. In den ersten Tagen in Ingolstadt habe ich noch jeden Abend mit Lena telefoniert. Die beiden sind irgendwann zurück nach Umeå gefahren, als es in Holmsund einfach nichts mehr zu tun gab. Lasse ist auch nicht wieder aufgetaucht. Ich denke ehrlich gesagt sehr selten an ihn. Ich denke ja nicht mal besonders oft an Lena und Nils und Elin. Der Kontakt ist völlig eingeschlafen, das habe ich ja schon gesagt. Aber wenn ich an ihn denke und an diese Zeit in Schweden, befällt mich so ein schlechtes Gewissen, dass ich gar nicht mehr klar denken kann. Ich stelle mir dann immer vor, dass ich irgendwann doch noch vor ein Gericht nach Schweden geladen werde und dass man mir dort den Prozess macht. Dass mich die Dorfbewohner von Holmsund anschreien und bespucken, weil ich ihnen nichts von dem Brief erzählt habe. Aber viel schlimmer ist dann, dass ich mir bei jeder Hausecke und bei jedem Baum vorstellen muss, dass Lasse plötzlich dahinter hervorkommt und wütend auf mich einredet, oder vielleicht sagt er auch gar nichts, sondern schaut mich nur an wie auf dem Fest in der Papierfabrik, das wäre eigentlich noch schlimmer. Ich stelle mir auch vor, dass er sich an mir rächen will, weil ich ihn im Stich gelassen habe.

Ich weiß nicht, ob sie ihn mittlerweile gefunden haben oder ob noch irgendjemand nach ihm sucht. Aber wenn er noch lebt, dann ist er hinter mir her – davon bin ich überzeugt, sobald ich zu lange über alles nachdenke.

Wahrscheinlich ist er in dieser einen Nacht ganz einfach mit dem Boot der Frödings im Sturm gekentert und untergegangen. Das ist die rationalste von allen Erklärungen, dass er einfach tot ist. Aber das hilft mir natürlich auch nicht weiter. Es geht mir ja nicht besser, wenn ich mir einrede, dass er bestimmt tot ist.

Es gab eine Pause, in der niemand etwas sagte. Ich wartete schon lange darauf, dass Christoph die Geduld verlieren würde, aber er blieb einfach sitzen und sagte überhaupt nichts.

Ich glaube, das wars, sagte Ann-Sophie dann irgendwann. Mehr kann ich dazu nicht sagen. Ich fürchte mich vor dieser Gestalt und dass sie mir doch noch einmal begegnet. Und davor, dass das eine Prüfung für mich war, die ich nicht bestanden habe. Davor, dass ich so schlecht bin, wie ich mich fühle, wenn ich an diese Geschichte denke. Wenn Lasse irgendwann noch einmal auftauchen sollte, werde ich sicherlich sofort verrückt. Wahrscheinlich ist es so, dass ich genauso erleichtert darüber wäre, dass er tot ist, wie ich damals erleichtert war, als Nils ihn mit dem Stein vertrieben hat. Das ist das Traurigste. Es wird einfach immer dunkler um mich herum, je länger ich darüber nachdenke.

Die nächste Pause, die dann entstand, hielt keiner mehr länger als ein paar Sekunden aus. Wir fingen an, heftig zu applaudieren, was Ann-Sophie erst mit einer großen Verzögerung zu bemerken schien. Vorher schaute sie einfach nur vor sich auf den Boden und hielt sich das Mikrofon an die Brust. Ich dachte, man müsste vielleicht ihren Herzschlag hören über die Lautsprecher, wenn es ganz still wäre, aber wahrscheinlich war das Unsinn.

Ann-Sophies Geschichte blieb die einzige, die an diesem Abend erzählt wurde. Keiner hätte mehr die Kraft gehabt für noch einen Auftritt, das war uns allen gleich klar. Als Christoph nachher vor der Bühne das Mikrofon in die Hand nahm, zeigte er damit noch kurz in unsere Richtung, mit einem fragenden Blick im Gesicht, nur eine Sekunde, dann sagte er: Dachte ich mir schon, und kratzte sich am Kopf. Ich glaube, er war sich einen Moment lang unsicher, ob wir jetzt noch einen Film schauen sollten oder doch besser gleich nach Hause fahren. Aber es war noch recht früh am Abend.

Ich blieb für den Film wieder so lange, bis ich aufbrechen musste, um den letzten Zug zu bekommen. Es gab eine merkwürdige Situation, von der ich nicht einschätzen konnte, ob Christoph sie beabsichtigt hatte oder ob das wirklich nur ein Zufall war. Danach fuhr ich mit dem Zug nach München, legte mich in meiner Wohnung sofort ins Bett und schlief dort wie ein Toter. Ungefähr zwei Stunden nachdem ich in der Agentur hätte antreten müssen, wachte ich wieder auf, in einer großen Verwirrung. Der erste Gedanke, der sich an diesem Morgen in meinem Bewusstsein formulierte, war, dass ich mich sehr weit von mir entfernt hatte.

Das Komische an diesem Gedanken war, dass ich ganz deutlich spürte, dass ich mich absichtlich noch weiter von mir entfernen könnte. Also dass ich einfach noch weiter weggehen könnte, so fern, wie ich mir schon war. Und dass es nur noch einen ganz dünnen Faden gab, der mich mit mir verband. Besser kann ich es nicht beschreiben. Ich konnte mich entscheiden, ob ich wegwollte von mir, was reizvoll war, weil ich mich aus der Distanz ganz anders sehen konnte und als ein anderer noch mehr anderes sehen würde, oder ob ich zurückging zu mir, wo ich, wie man vielleicht sagen würde, hingehörte.

Aber ich habe dann zu lange mit der Entscheidung gewartet. Der dünne Faden, mit dem ich noch mit mir verbunden war, wurde fester, die Dinge um mich herum in meiner Wohnung nahmen wieder Form und Kontur an, und schließlich bemerkte ich ganz deutlich, dass der Ort, wo ich meine Gedanken dachte, von mir selbst ganz umgeben war, von meinem Schädelknochen und meinen Muskeln und meiner Haut und den Haaren, dem Gesicht, das total verquollen aussah, als ich es im Badezimmerspiegel anschaute.

Ich fuhr nach Schwabing in die Agentur, wie ferngesteuert, und dachte auf dem Weg gar nicht darüber nach, dass ich zu spät war und dass man mich wahrscheinlich nach einem Grund dafür fragen würde. Ich dachte darüber nach, wie ich mich beim Aufwachen gefühlt hatte. Und über Lena, Nils, Elin und Lasse, über Ann-Sophie und über den Film, den wir am letzten Abend noch geschaut hatten.

Es hatte diese Szene gegeben, in der sich zwei Männer in einem amerikanischen Diner namens *Winkie's* zum Mittagessen trafen. Dem einen war es etwas peinlich, aber er erzählte, dass er sich genau in diesem Diner mit dem anderen treffen wollte, weil er von dem Ort geträumt hatte. Der Mann, der kurze Haare hatte und eine breite Stirn, erzählte dem anderen, der ihm in Anzug und Krawatte gegenübersaß, dass er schon zweimal geträumt habe, hier in diesem Diner zu sitzen, in einem seltsamen Licht, das weder Tag noch Nacht war, und dass er sich in diesem Traum, auf der Bank an diesem Tisch, sehr gefürchtet habe. Der Mann mit dem Anzug, erzählte er, stand in dem Traum an der Kasse, wahrscheinlich um zu bezahlen, und sah, wie er dastand, auch sehr ängstlich aus, was dem mit den kurzen Haaren nur noch mehr Angst machte.

In seinem Traum begreift der Mann in dem Moment, wovor sie sich fürchten. There's a man in the back of this place, sagt er, he's the one who's doing it. I can see him through the wall. I can see his face.

Der Mann mit den kurzen Haaren wird sehr ernst und sagt, er hoffe, dieses Gesicht niemals außerhalb eines Traumes sehen zu müssen. Also deshalb sind wir hier, sagt der im Anzug, um zu sehen, ob er da draußen ist. Ja, um dieses schreckliche Gefühl loszuwerden. Der Mann im Anzug steht auf, um an der Kasse zu bezahlen, und plötzlich sieht die Szene genau so aus, wie sie der mit den kurzen Haaren vorher beschrieben hat. Er sitzt noch am Tisch, und der andere steht bei der Kasse, und beide sehen sehr ängstlich aus. Sie gehen raus auf die Straße, wo die Sonne scheint und wo auch viel Verkehr ist. Dann laufen sie an der Hauswand entlang zur Rückseite des Gebäudes. Es geht ein paar Stufen runter auf einen Hinterhof, man bemerkt, dass dem Mann mit den kurzen Haaren lauter Sachen auffallen, die er im Traum schon gesehen hat (ein Schild mit einem Pfeil in Richtung Eingang, die Treppe, eine Mauernische, in der Müll abgeladen wurde). Sie gehen die Stufen runter in den Hinterhof, der Mann im Anzug läuft hinter dem mit den kurzen Haaren, der stark zu schwitzen angefangen hat und durch den offenen Mund atmet, als würde er nur ganz schwer Luft bekommen. Sie gehen auf eine Mauerecke zu, zögerlich und voller Furcht, und auf einmal schiebt sich die Gestalt hinter dieser Ecke hervor. Sie hat ein merkwürdig vogelhaftes Gesicht, schwarz beschmiert, aber es scheint schon ein Mensch zu sein, in schwarzer Kleidung, und mit seltsam gelben Augen. Der Mann mit den kurzen Haaren wird sofort ohnmächtig, als der die Gestalt sieht. Sie taucht nur ganz kurz auf, steht für eine Sekunde vielleicht im hellen Sonnenlicht und verschwindet dann sofort wieder hinter der Mauer.

Ich schaute gleich rüber zu Ann-Sophie, die ihr Gesicht in ihren Händen vergraben hatte. Die Gestalt war so schnell aufgetaucht und wieder verschwunden, dass ich nicht sagen konnte, ob Ann-Sophie sich von dem Anblick abgewandt hatte oder ob sie schon vorher nicht mehr hinschauen konnte, weil sie ahnte, was da passieren würde. Und mir war auch wie gesagt nicht klar, ob das nun Absicht gewesen war von Christoph, ob er diesen Film deshalb ausgesucht hatte, wegen dieser Szene und weil das so gut passte, oder ob das Zufall war. Ann-Sophie sah jedenfalls sehr mitgenommen aus. Ich konnte an dem Abend nicht mehr mit ihr sprechen, weil ich ja zum Zug musste, noch bevor der Film vorbei war.

Als ich in der Agentur ankam, saßen die Kollegen eingesunken vor den Flachbildmonitoren, wie immer. Und als ich sie grüßte, grüßte ein Teil zurück, einige hatten aber auch Kopfhörer auf. Keiner schaute mich an. Ich hängte meine Jacke über den Stuhl an meinem Tisch, und dann wurde ich auch schon gerufen, von einem der beiden Chefs, die mich gerne in ihrem Büro sprechen wollten.

Es hieß, am letzten Freitag habe der Jason noch stundenlang gesessen und meine Fehler ausgebessert. Meine Arbeit der vergangenen Woche sei ohne Ausnahme unanbietbar gewesen. Ich war gleich ehrlich zu den beiden und gab zu, dass ich keine Ahnung hatte, wer Jason war. Man hatte ihn offenbar vor zwei Wochen angestellt – nicht zuletzt, um meine schwindende Leistung zu kompensieren. Sie fragten mich, ob ich wisse, wie spät es sei. Und ich erklärte, dass ich verschlafen hätte und dass ich ja länger bleiben könne. Nichts von dem, was ich in der Agentur zu tun gehabt hatte, war jemals dringend gewesen, aber das sagte ich nicht.

Für einen Moment sagte keiner etwas, wobei alle schon wussten, was als Nächstes kommen würde. Ich bräuchte heute nicht länger zu bleiben, sagten sie zu mir. Ich solle nur noch meinen Arbeitsplatz aufräumen und sehen, dass ich alle persönlichen Dateien von dem Rechner entfernte, auf den ich ab morgen keinen Zugriff mehr haben würde.

Also räumte ich meinen Platz, was nicht länger als fünf Minuten dauerte, verabschiedete mich von den Kollegen, die genauso reagierten wie bei meiner Begrüßung vorhin (mir fiel auf, dass ich mindestens die Hälfte kaum oder gar nicht mehr kannte), und fuhr mit dem Fahrstuhl runter in den Hof, trat auf die Straße und fühlte mich tatsächlich feierlich und frei, obwohl mir schon bewusst war, dass dadurch jetzt eine sehr schwierige Zeit auf mich zukommen würde. Ich holte mein Handy aus der Tasche und schickte Josi eine SMS, in der ich schrieb, dass ich gerade meinen Job in der Agentur gekündigt hätte, was sich in ausreichender Nähe zur Realität bewegte, wie ich fand.

Der Tag war fabelhaft schön, das war mir vorher gar nicht aufgefallen. Es ging kein Wind, die Sonne schien, es war kühl, aber nicht zu kalt, die schönen Menschen trugen die Herbstmode durch die Straßen, die Touristen sahen irgendwie alle verliebt oder sonstwie versunken aus, und vor den Cafés hockten die Leute in Jacken, mit Decken auf dem Schoß und Milchkaffeeschalen in den Händen.

Ich machte einen langen Spaziergang, durch Schwabing und die Maxvorstadt, durch die Innenstadt und über die Theresienwiese, setzte mich eine Weile auf die Stufen vor der Ruhmeshalle und fand das zum ersten Mal richtig festlich und erhaben, wie hinter mir die Bavaria riesig hoch auf dem Sockel stand und ihren Kranz in den Himmel hob. Ich lief noch weiter, durch Sendling bis Hellabrunn und dann an der Isar entlang bis nach Pullach, wo mir irgendwann die Füße weh taten und ich mich in die S-Bahn setzte und zurückfuhr. Auf dem Weg am Fluss entlang vibrierte mein Handy mit einer Nachricht von Josi. *Glückwunsch* stand da. Sonst nichts.

Plötzlich hatte ich tagelang überhaupt nichts zu tun. Ich lief viel herum, setzte mich in die Cafés von Museen oder Kaufhausketten und las die letzten Kapitel in der *Soldatin* und fing, als ich fertig war, gleich nochmal von vorne an. Ich arbeitete meine Protokolle der Sitzungen im *Café Porsche* noch gewissenhafter aus, übertrug die Aufnahmen komplett in die Datei zum Schrecklichen Grauen und erhielt dadurch irgendwann eine hundert Seiten lange Chronik der Ängste der Beteiligten. Ich druckte die neuen Geschichten regelmäßig aus und las darin, als würde ich mich auf eine Prüfung vorbereiten. Ich hätte gerne noch mehr für den Film getan, aber ich musste akzeptieren, dass es für mich an diesem Punkt einfach nicht mehr zu tun gab. Von mir aus hätte die Frequenz der Treffen ruhig erhöht werden können. Ich war ja weiterhin bedroht von verschiedensten dunklen Gedanken über mich und mein Leben, über die Zukunft und die Gegenwart, aber ich bemerkte auch, dass die Sitzungen in Ulm den Wegfall meiner festen Strukturen in der Schwabinger Agentur irgendwie auffingen, obwohl sie den täglichen Ablauf und die Routine nicht ersetzen konnten. Ich dachte häufig daran, dass ich irgendwann Josi zufällig über den Weg laufen müsste, wenn ich so viel in München herumlief, obwohl sie wahrscheinlich die meiste Zeit in der Bibliothek verbracht hat. Ich stellte mir vor, wie das wäre, und dann hoffte ich, dass es nie passieren würde.

Nach der langen Passage durch die Wüste gerät die Soldatin mit ihrer Einheit in einen Hinterhalt. Das Dorf, um das sie die Sicherheitszone errichten sollen, besteht aus ein paar Lehmhütten, einem zentralen Platz mit Brunnen und Marktständen, Trampelpfaden und Staubstraßen. Als sie ankommen, ist niemand zu sehen. Ein paar der Häuser sind durch Bombentreffer zerstört worden, ein ausgebrannter Pickup mit einem auf die Ladefläche montierten Maschinengewehr steht quer auf der Fahrbahn, daneben liegen zwei verkohlte Leichen im Sand. Die Panzerfahrzeuge der Einheit der Soldatin halten auf dem zentralen Platz, und für einige Zeit ist überhaupt kein Geräusch zu hören. Sie verlassen ihre Fahrzeuge, und in dem Augenblick, in dem der letzte Soldat aus der Luke gestiegen ist, explodiert ein Sprengsatz, der offenbar in ein paar alten Ölfässern an einer Hauswand deponiert war. Es fliegen große Metallsplitter durch die Luft, ein Soldat wird an seinem Helm getroffen und verliert das Bewusstsein, allen klingelt es in den Ohren, und sie begreifen erst mit einiger Verzögerung, dass auf sie geschossen wird. Die Soldatin spürt Erschütterungen an dem Panzerfahrzeug, hinter dem sie Deckung gesucht hat, und es braucht ein paar Sekunden, bis sie versteht, dass dort Kugeln einschlagen. Sie schaut sich um in alle Richtungen, kann aber immer noch niemanden auf den Straßen oder zwischen den Häusern erkennen. Erst nach einer Weile, in der wieder sehr viele Details beschrieben werden, die die Soldatin in kürzester Zeit erfasst, registriert sie ein immer wieder aufflammendes Mündungsfeuer in einer Fensteröffnung.

Die Soldatin schafft es schließlich, durch mehrmaliges Sich-in-den-Staub-Werfen, Abrollen, Ducken und Pressen mit dem

Rücken an eine Hauswand, das Gebäude zu erreichen, aus dem geschossen wird. Sie wirft sich gegen die Tür der Lehmhütte, die sofort nachgibt, und feuert mit ihrem Sturmgewehr mehrere Sekunden lang in den dunklen Raum vor ihr. Ihre Augen gewöhnen sich nur sehr langsam an das wenige Licht im Inneren der Hütte. Nach und nach tauchen vor ihr einige Körper auf dem Erdboden auf. Sie sieht eine Großfamilie, bestehend aus mehreren Generationen, Männer und Frauen, Kinder, Jugendliche, die alle so aussehen, als würden sie schlafen. Ein paar Sekunden später erkennt sie, dass es sich um Schlafsäcke und Kisten handelt, dazwischen liegen drei tote Soldaten, einer davon hält ein Gewehr in der Hand.

Die Einheit der Soldatin bekommt das Dorf unter Kontrolle. Es werden ein paar Gefangene gemacht, die Bewohner auf dem großen Platz versammelt und Vorbereitungen für den Abtransport und die Beerdigung der Toten getroffen. Die Soldatin sieht, beim flüchtigen Hinschauen, immer wieder die Großfamilie aus der Lehmhütte. Sie liegen zum Beispiel zwischen den aufgereihten Toten auf dem Marktplatz, wieder so, als würden sie schlafen. Die Soldatin beschließt, niemandem davon zu erzählen. Sie befragt die Untergebenen aus ihrer Einheit nach deren Befinden. Ein Soldat zeigt auf seine Brust, wo eine Patrone in der schusssicheren Weste stecken geblieben ist. Er sagt: Wenn ich huste, dann tut es hier weh. Die Soldatin sagt ihm, er solle nicht husten. Wissen Sie, wie schwer das ist, sagt der mit der Kugel in der Weste, nicht zu husten, wenn man weiß, dass man nicht darf?

Die Einheit der Soldatin kehrt ins Camp zurück, wo sie allerdings nur ein paar Tage bleibt, bis sie zum nächsten Einsatz rausgeschickt wird. Es kommt erneut zu Kampfhandlungen, diesmal in den Bergen, in Höhlen und auf Geröllfeldern. Für ein paar Kapitel beschränkt sich Melanie Warga auf das abwechselnde Beschreiben der Kampfhandlungen (in der irrsinnig schönen, immer anders aussehenden Landschaft) und der Tage im Camp – vor allem aber der Nächte dort, wenn die Soldatin schlecht schläft und verstörende Dinge träumt.

Die Halluzinationen, die mit der Großfamilie in der Lehmhütte begonnen haben, weiten sich aus, auch in die Traumwelt, und im Gegenzug bevölkern bald auch die Wesen aus ihren Träumen die Wahrnehmungen im Kampfgebiet. Die Soldatin wird zunehmend nervöser und beginnt, Fehler zu machen, die ihre Kameraden in Gefahr bringen. Sie beobachtet sich selbst sehr kritisch und sehr streng und kommt schließlich an den Punkt, an dem sie begreift, dass sie ihren Zustand nicht länger verschweigen kann.

Es gibt eine Szene im Behandlungsraum der Truppenärztin, in der die Soldatin schließlich alles erzählt und wo ihr am Ende eine Posttraumatische Belastungsstörung diagnostiziert wird. Eigentlich gibt es klare Regeln, die an diesem Punkt zu greifen beginnen – die Soldatin müsste möglichst bald aus dem Krisengebiet ausgeflogen und nach Hause gebracht werden. Sie schafft es aber, bei der Heeresleitung um Aufschub ihrer Verlegung zu bitten. Sie glaubt nicht, bereits am Ende ihrer persönlichen Mission im Kampfgebiet zu sein, und will nicht wahrhaben, dass sie so früh schon ausscheiden und die anderen Kameradinnen und Kameraden sich selbst und den Gefahren des Krieges in der Wüste überlassen soll. Man gewährt ihr die Chance, sich ungeachtet der Diagnose am nächsten Einsatz zu beteiligen. Nicht zuletzt, weil sie, wie Melanie Warga das darstellt, unter den Kommandeuren als unersetzbar gilt.

Im Verlauf dieses nächsten Einsatzes passiert es dann, dass die Soldatin einen ihrer Kameraden schwer verletzt, beim Versuch, einen Hund zu erschießen, der hinter dem Kameraden aufgetaucht und auf ihn zugesprungen ist. Ein riesiges, struppiges Tier, das von Melanie Warga wie ein Fabelwesen beschrieben wird, wie eine Mischung aus Wolf und Hyäne, mit einem fürchterlichen Gebiss. Das Tier sprintet hinter einem großen Stein hervor und auf den Soldaten zu, ihm flattern Speichelfäden aus dem Maul, und in den Augen blitzt etwas auf, Blutdurst, das wilde Böse oder einfach nur der nackte Trieb zu töten. Die Soldatin setzt ihr Gewehr an die Schulter und schießt auf das Tier, kurz bevor es zum Sprung in den Rücken des wehrlosen Soldaten ansetzt. Und als der Schuss verhallt ist, liegt der Soldat am Boden, die Kugel aus dem Gewehr der Soldatin hat ihn im Knie getroffen und dort die Kniescheibe und das Gelenk durchschlagen. Das Tier ist nirgendwo mehr zu sehen. Es wird später im Buch offengelassen, ob dem Soldaten das Bein amputiert werden muss, aber es gibt ein paar Anspielungen, die darauf schließen lassen. Die Soldatin und der Verletzte werden jedenfalls sofort von der Einheit getrennt und in ein Zwischenlager gebracht, wo sie lange Zeit bei ungenügender Versorgung auf ihren Weitertransport ins Camp warten müssen. Der Soldat fällt in ein Fieber und redet wirr, und die Soldatin weiß nicht mehr, wo sie noch hinschauen kann. Sie beginnt, sich vor ihrer eigenen Wahrnehmung zu fürchten. Vor allem vor Ecken, Mauern und großen Steinen, hinter denen irgendetwas hervorkommen könnte.

Ich saß neben Christoph im *Café Porsche*, wir schauten einen Film über eine Expedition zu einem heiligen Berg *(The Holy Mountain)*, auf dem neun weise Männer das Geheimnis der Unsterblichkeit hüten sollen. Ich konnte mit dem Film von vornherein nichts anfangen (er begann mit einigen irritierenden Einstellungen, ein Mann, der wie Jesus aussah und auch selten mehr als einen Lederschurz anhatte, lag im Staub und hatte extrem viele Fliegen im Gesicht, dann wurde er von einer Horde nackter Kinder auf ein Kreuz gehievt und mit Steinen beschmissen, die Kinder wurden von einem anderen Mann vertrieben, der keine Arme und Beine hatte, sich aber auf seinen Stümpfen recht schnell fortbewegen konnte, der Gekreuzigte und der ohne

Gliedmaßen freundeten sich an und gingen zusammen auf eine Art Volksfest, wo sie eine Vorführung anschauten, bei der die Invasion der Spanier in Südamerika mit Eidechsen und Riesenkröten nachgestellt wurde, die Eidechsen saßen auf Mayatempeln aus Pappe und waren entsprechend kostümiert, irgendwann stießen dann die Krötenkonquistadoren mit ihren Schiffen dazu – sie trugen diese markanten Rüstungen und Helme –, und es gab ein riesiges Gemetzel, überall sprudelte plötzlich Blut heraus, aus den Tempeln, aber wohl auch aus den Tieren, am Ende der Vorführung hat sich jedenfalls nichts mehr bewegt, danach gab es noch eine Szene, in der dem Mann, der wie Jesus aussah, von einem Alchimisten vorgeführt wurde, wie er mit den entsprechenden Apparaturen aus seinem Schweiß und seiner eigenen Scheiße Gold herstellen konnte) und wandte mich schließlich Christoph zu und fragte ihn, warum er mich bei seinem Film dabeihaben wollte. Christoph schaute mich an. Er lächelte wieder so teuflisch, und dann fragte er mich, leise flüsternd, sodass sich seine Stimme mit der nervtötenden Musik des Films vermischte, ob ich denn nicht denken würde, dass ich sehr gut zu diesem Projekt passe. Ich fragte, warum, warum sollte ich das denken, ob er glaube, ich sei speziell in irgendeiner Weise, besonders ängstlich vielleicht oder besonders mitteilungsbedürftig, oder ob er vielleicht denke, ich würde mich besonders für diese Art von Filmen interessieren, denn ganz ehrlich, das gefiel mir gar nicht, was wir da gerade schauten, und ich wüsste einfach mal gerne von ihm, was er sich so gedacht hatte, bevor er mich angerufen und eingeladen hat, hier mitzumachen.

Christoph sagte, er erwarte sehr gespannt meine eigene Angstsitzung und spätestens dann werde es sich schon zeigen, ob er in meinem Fall recht behalten würde. Zum ersten Mal überhaupt bekam ich plötzlich das Gefühl, dass ich unter Umständen durch das, was ich vorne auf der Bühne sagen würde, meine Teilnahme am Film verspielen könnte. Dass sich Christoph vielleicht nach den Sitzungen mit Sarah und ein paar anderen zusammensetzte und dort auswertete, ob sich die Personen, die gesprochen hatten, für den späteren Film eigneten oder nicht. Also dass es eben nicht nur um unsere Geschichten, sondern ganz generell um uns als Personal ging bei diesem Verfahren, dass es doch noch ein Auswahlverfahren war, ein Aussieben der Unbrauchbaren. Ich fragte ihn, was er sich denn erwarte von mir und meiner Angstsitzung. Christoph schaute einige Zeit auf die Leinwand, wo Soldaten zu sehen waren, die ein spezielles Medikament erhalten hatten und sich jetzt wie wahnsinnig immer wieder mit ihren Körpern in die Bajonette fest montierter Gewehre stürzten. Ich weiß ja, was du willst, sagte er dann nach einer Weile, wieder im Flüsterton. Du willst gern jemanden spielen, der im Film stirbt. Aber was du nicht willst, was du auf keinen Fall willst, wovor du dich fürchtest, das weiß ich noch nicht.

Beat, mit dem ich bis dahin so gut wie gar nichts zu tun gehabt hatte, der mir aber sehr sympathisch war, weil er einen ruhigen, bescheidenen und kein bisschen eingebildeten Eindruck auf mich machte und gleichzeitig extrem gut aussah, betrat die Bühne im *Café Porsche*, nahm das Mikrofon auf und sagte, er heiße Beat, er werde sich wahrscheinlich um das Licht kümmern, oder Regieassistenz, ein paar Mal habe er bei ganz kleinen Geschichten auch schon vor der Kamera gestanden, das sei hier alles denkbar, ihm gefalle das grundsätzlich gut, wenn nicht von vornherein die Rollen und die Kompetenzen schon so festgelegt seien, dadurch könne man halt einmal wieder sehr gut sehen, dass in Wirklichkeit beim Film ganz viel improvisiert werde, auch wenn es natürlich am Ende doch sehr stark auf die individuellen Fähigkeiten, die Erfahrung und nicht zuletzt die generelle Genialität und den Größenwahn aller Beteiligten ankomme.

Man konnte überhaupt nicht hören, dass Beat aus der Schweiz kam und dort aufgewachsen war. Er sprach ein perfektes, akzentfreies Hochdeutsch, das sich eher noch dadurch abhob von den anderen, dass es so klar war, während man die Leute, die sonst im *Café Porsche* regelmäßig den Mund aufmachten, ziemlich eindeutig ihrer Herkunft aus den umliegenden Regionen zuordnen konnte. Trotzdem hatte ich von Beat schon gewusst, dass er *der Schweizer* war, bevor ich mich das erste Mal mit ihm unterhalten hatte. Keine Ahnung, wer mir das erzählt hatte und warum.

Ich weiß nicht, ob hier schon alle wissen, dass ich schwul bin, sagte Beat, völlig unvermittelt, aber es ist für meine Geschichte relevant, deshalb sage ich es gleich vorweg.

Ich hatte das Gefühl, als schaute er kurz zu Ann-Sophie und als würde er in ihr eine Verbündete suchen. Die machte aber gar kein Gesicht, und ich dachte mir, vielleicht habe ich mir das auch nur vorgestellt, weil ich selbst dieser Idiot bin, der die beiden sofort einsortiert und nebeneinanderstellt.

Beat war für ein Studium an der Filmhochschule nach München gezogen, davor hatte er in Sankt Gallen gelebt, wie er uns erzählte, in einem Wohnblock an der Teufenerstraße, im Stadtteil Riethüsli, sagte er, falls sich einer von euch da ein bisschen auskennt. Ich habe mich an dieser Filmhochschule viermal bewerben müssen, bevor sie mich genommen haben, das war im letzten Herbst, davor habe ich immer bei Studentenproduktionen assistiert. Jetzt studiere ich Filmregie, aber es dauert sicher noch eine Weile. Ich hoffe, hier noch ein bisschen was zu lernen, auch wenn mir der Christoph gleich gesagt hat, dass er mir keine Praxisnachweise oder Empfehlungen ausstellen wird. Aber darum geht es ja nicht. Es ist ja kein Praktikum, oder?

Der letzte Satz war von Beat so in den Raum gestellt worden, dass die meisten unter uns das kurz nochmal für sich selbst klären mussten, wie sie dazu standen und ob es am Ende nicht vielleicht doch nur eine Art Praktikum war, wovor einige sich bestimmt auch noch gefürchtet hatten zu diesem Zeitpunkt.

Beat erzählte uns, dass in dem Wohnblock an der Teufenerstraße im Riethüsli, in dem er eine kleine Wohnung gemietet hatte, als er noch in Sankt Gallen lebte, ein ungefähr fünfundsiebzigjähriger Rollstuhlfahrer in der Etage unter ihm wohnte, Herr Röblin aus Herisau, für den er hin und wieder einkaufen ging oder dem er manchmal auch dabei half, einen Kuchen zu backen mit einer Fertigmischung, und von dem er sich für diese kleinen Dienste ab und an zum Essen einladen ließ. Es gab dann Mikrowellengerichte, ein paar Mal, erzählte Beat, hat er mir auch Geld zugesteckt, aber das wollte ich eigentlich nicht und habe ihm auch gesagt, dass das nicht nötig ist.

Herr Röblin wohnte schon ziemlich lange in diesem Wohnblock, bevor ich dort eingezogen bin. Seine Wohnung war meistens schlecht gelüftet und voller Zeug, das er niemals anfasste, das konnte man an den Staubschichten sehen, die sich überall gebildet hatten. An dem Teppich in seiner Wohnung konnte man erkennen, dass er eigentlich nur zwei schmale Wege immer wieder abfuhr, vom Wohnzimmer in die Küche und ins Schlafzimmer, von dem auch das Bad abging. Herr Röblin selbst sah auch ein bisschen aus wie seine Wohnung. Die ganze Lebendigkeit, die von ihm ausging, spielte sich in dem kleinen Bereich um seine Augen ab. Der Rest war nicht besonders gut gepflegt, und ich dachte mir ganz am Anfang schon, dass er eigentlich jemanden bräuchte, der sich regelmäßig um ihn kümmert. Ich weiß nicht genau, was ihm alles fehlte oder was er hatte, abgesehen davon, dass er im Rollstuhl saß. Er konnte seine Hände kaum ruhig halten, sie wackelten ununterbrochen hin und her, als würde er ständig mit einer unsichtbaren Zahnbürste ein unsichtbares Gebiss reinigen.

An einem Nachmittag, als ich für ihn eingekauft hatte und die Sachen in seinen Kühlschrank geräumt – den ich ein paar Tage davor einmal gründlich saubergemacht hatte –, fragte mich Herr Röblin, ob ich ihm vielleicht dabei helfen könnte, einige Sachen wegzuwerfen und die Wohnung in Ordnung zu bringen. Er habe keine Angehörigen, die er darum bitten könne, deshalb frage er mich. Es könnte sein, dass ich so etwas wie seine letzte Chance sei, einmal noch in einer aufgeräumten Wohnung zu leben, bevor er schlussendlich abtreten müsse.

Ich habe ihm gern geholfen. Ich hatte recht viel Freizeit damals, zumindest tagsüber, obwohl ich zwei verschiedene Jobs hatte, aber ich ging meistens erst ab dem späten Nachmittag arbeiten und konnte deshalb eigentlich jeden Tag ausschlafen und dann bis zum Nachmittag machen, was ich wollte. Ich habe Herrn Röblin aber nicht einfach nur aus Nächstenliebe dabei geholfen, seine Wohnung in Ordnung zu bringen. Mir hat das auch selbst richtig gutgetan. Es war damals gerade Winter geworden, vor dem Fenster fiel der Schnee in die Straßen, und drinnen bei Herrn Röblin war immer gut geheizt. Manchmal bin ich dann im kurzen Hemd runter in den Hof, durch den Schnee zu den Mülltonnen, habe kurz gefroren, wie nach einem Saunagang, und konnte dann wieder zurück ins gutbeheizte Haus. Ich saß meistens auf dem Fußboden und sortierte die Dinge, die zuvor alle einmal bei Herrn Röblin zur Bewertung auf dem Schoß gelegen hatten, in nützlich und unnütz. Die Wohnung wurde mit jedem Tag wohnlicher und gemütlicher, da hat sich unsere Arbeit sofort bemerkbar gemacht – wie wenn man eine dunkle Wand weiß streicht, wo man ja auch sofort sieht, wie sich die eigene Arbeit im ganzen Raum ausbreitet.

Wir haben sehr viel weggeschmissen, und als wir fertig waren und ich die Räume einmal durchgesaugt hatte, waren überall auf dem Teppich helle Rechtecke, von Kisten, die da jahrelang gestanden hatten.

Herr Röblin bat mich auch darum, seine Bücher wegzuwerfen. Ich habe dagegen erst protestiert und gesagt, man könne die auch spenden oder verkaufen, aber er hat darauf bestanden, ich könne mir so viele raussuchen, wie ich wollte, den Rest solle ich bitte wegschmeißen, das sei ihm wirklich ein Bedürfnis, sie seien ihm niemals eine große Hilfe gewesen, das habe er mittlerweile eingesehen. Es war keine umfangreiche Bibliothek, vielleicht hundert Bücher, und obwohl ich selbst nicht viel lese, war gleich zu sehen, dass es sich größtenteils um ziemlichen Schrott handelte. Hauptsächlich schiefgelesene Taschenbücher – Krimis und amerikanische Politthriller, die man eigentlich gar nicht mit so hochtrabenden Worten verabschieden konnte. Nachdem ich sie in den Hof gebracht und weggeschmissen hatte – es passte nicht alles in den Papiermüll, und die anderen Tonnen waren auch schon ganz voll, weshalb ich eine Kiste vor dem Haus in den Schnee stellte, wo sie ein paar Tage blieb, bis sie wahrscheinlich von der Stadtreinigung entsorgt wurde –, machten wir oben in der Wohnung eine Flasche Sekt auf, weil sie das letzte Gewicht gewesen waren, das Herr Röblin noch aus seinen Räumen entfernt haben wollte. Wir stießen an auf die Arbeit, und weil wir beide nicht so recht wussten, wie wir mit der Situation umgehen sollten, fingen wir zu lachen an, ein fast schon hysterisches Lachen, wie zwei Idioten, das hätte man sicherlich gedacht, wenn man uns von außen beobachtet hätte.

Wir sahen uns ziemlich lang in die Augen, und als ich das nicht mehr aushielt, schaute ich ihm auf den ungepflegten Bart, den er im Gesicht hatte. Herr Röblin schaute an sich herunter, als könnte er dadurch seinen Bart sehen, und dann fragte er mich, ob er jetzt nicht selbst wie ein großer Verhau aussehe in dieser sauberen Wohnung. Ein bisschen schon, ja, sagte ich, es gab wieder eine Pause, und dann bot ich ihm an, dass wir ihn ja mal rasieren könnten, wenn er das wolle, sozusagen zur Feier des Tages. Herr Röblin war einverstanden. Ich rollte ihn ins Badezimmer vor den Spiegel, ich hatte ein schönes Kofferradio in einer der Kisten gefunden, das jetzt auf dem Fensterbrett im Bad stand und auf dem ich uns einen Sender mit möglichst wenig Redeanteil heraussuchte, dann schauten wir eine Weile unsere

Gesichter im Spiegel an. Ich gab Herrn Röblin eine Plastikschüssel in die Hand und schnitt ihm den Bart mit einer Bastelschere so kurz es ging, einen elektrischen Rasierer hatte er nicht. Dann trug ich ihm Rasierschaum auf und fing an, ihn zu rasieren, ich hatte das noch nie bei jemand anderem gemacht, und es war auch gar nicht so einfach.

An dieser Stelle ist sogar auf meiner Aufnahme ein ziemlich lautes Seufzen von Christoph zu hören. Mir war das bis dahin gar nicht aufgefallen, weil ich der Geschichte von Beat gerne zugehört hatte, aber im *Café Porsche* war eine ziemliche Ungeduld aufgekommen, die mir von Christoph auszugehen schien und die alle ansteckte, denen das ein bisschen unangenehm war, was Beat erzählte. Und vielleicht auch, wie er es erzählte, alles etwas zu intim, mit einer großen Verletzbarkeit in der Stimme.

Ich war viel vorsichtiger, als ich es bei mir selbst gewesen wäre. Seltsamerweise machte es mir zu schaffen, dass meine Bewegungen spiegelverkehrt waren, sagte Beat, obwohl ich mich ja auch selbst im Spiegel rasiere. Jedenfalls ist das gar nicht so leicht, ich habe mich konzentriert, und wir haben nicht gesprochen, im Radio lief die Musik, und als ich fertig war und Herrn Röblin das Gesicht abgetrocknet hatte, bat er mich noch darum, etwas Lotion aufzutragen, weil seine Haut brannte. Ich rieb ihm die Lotion mit den flachen Händen über die Wangen und über den Mund und den Hals, und während ich gerade dabei war, bemerkten Herr Röblin und ich, dass wir gleichzeitig angefangen hatten, auf das Lied, das im Radio lief, zu achten. Wir haben nichts gesagt, aber es war eindeutig. Eine Frauenstimme sang immer wieder dieselbe Textzeile, *I want to touch and to be touched*, in einer endlosen Schleife. Ich hatte Herrn Röblins Gesicht in den Händen, und Herr Röblin und ich mussten wieder lachen, noch etwas extremer und idiotischer als beim Sekttrinken davor. Mir wurde etwas flau, und als ich ihn fertig eingecremt hatte, fiel mir auf, wie der alte Mann ohne Bart plötzlich total eingefallen, mager und mitleiderregend aussah und dass ich keine Ahnung hatte, was ich jetzt noch zu ihm sagen sollte.

Unsere Blicke trafen sich für einen endlosen Moment im Badezimmerspiegel, Herr Röblin lächelte mich von unten herauf an, mit seinen lebendigen Augen in diesem uralten Gesicht, das ohne Bart nun wirklich wie das Gesicht eines Toten aussah. Ein mächtiger Impuls, den ich nicht niederringen konnte, weil er sich in meiner Brust breitgemacht hatte und bestimmt mein Herz zerquetscht hätte, hätte ich ihn nur eine Sekunde länger zurückgehalten, ließ mich den Mund aufmachen und zu Herrn Röblin im Badezimmerspiegel sagen, dass ich niemals mit ihm schlafen werde. Herr Röblin sah gleich noch ein bisschen grauer und trauriger aus als vorher und sagte zu mir: Ich bin gelähmt, Junge, wie stellst du dir das vor?

Mir wurde mit einem Mal ganz schlecht, ich entschuldigte mich und sagte, dass ich jetzt gehen müsse, weil ich am Abend noch eine Schicht im Restaurant angenommen hätte. Mir war das alles entsetzlich peinlich.

In den folgenden Tagen war ich nicht mehr bei Herrn Röblin. Ich ging nicht für ihn einkaufen und habe mich auch nicht nach ihm erkundigt. Ich traute mich einfach nicht und redete mir sicherlich auch irgendetwas zurecht, dass er ja auch vorher ohne mich klargekommen war, dass er nicht von mir erwarten konnte, dass ich mich ständig um ihn kümmern würde, dass ich schließlich ein eigenes Leben hätte und so weiter.

Ich kann nicht genau sagen, wie lange es gedauert hat. Vielleicht eine Woche oder etwas länger, bis ich Nico zum ersten Mal im Treppenhaus begegnet bin, als er sich gerade auf dem Fußabtreter von Herrn Röblin den Schnee von den Schuhen stampfte. Er hat mich angesehen und gegrüßt, und ich habe ihn zurückgegrüßt und mit einem fragenden Gesicht auf die offene Wohnungstür von Herrn Röblin gedeutet. Es war schwer, ein Gespräch anzufangen. Ich war sehr neugierig, wusste aber nicht so richtig, worauf. Oder wusste es vielleicht schon, aber konnte keine Worte dafür finden, erst recht keine, die ich im Hausflur ausgesprochen hätte, vor einem völlig fremden Menschen, der vor der offenen Wohnungstür des alten Mannes stand, der keine Angehörigen hatte, die vorbeikommen konnten, um ihn zu besuchen. Nico klärte mich darüber auf, dass sein Name Nico sei und dass er hier war, um sich um Herrn Röblin zu kümmern. Er machte, wie ich dann noch herausfand, eine Art Freiwilligenjahr, zu der Zeit hattet ihr hier in Deutschland den Wehrdienst schon abgeschafft, aber man konnte trotzdem noch einen freiwilligen Ersatzdienst im Ausland machen, glaube ich, er hat mir das alles erklärt, aber ich bin nicht komplett durchgestiegen, unter anderem, weil ich ihn die ganze Zeit anschauen musste und nicht so gut zuhören konnte.

Als ich ihm das nächste Mal im Treppenhaus begegnet bin, das war ein paar Tage später, fragte er mich, ob ich nicht vielleicht mit reinkommen wolle, Herr Röblin habe ihm erzählt, was ich alles für ihn gemacht hätte, mit der Wohnung und so, und dass er fast Angst davor habe, in meine großen Fußstapfen treten zu müssen. Ich hätte ihm da schon überhaupt nichts mehr ausschlagen können. Also bin ich mit ihm reingegangen und habe Herrn Röblin begrüßt, der sich, glaube ich, wirklich gefreut hat, mich zu sehen, so, als wäre überhaupt nichts gewesen.

Beat hatte von da an die meiste Zeit seine Hand auf der Brust liegen, vielleicht, um zu zeigen, dass ihm das alles sehr nah ans Herz ging, aber es sah eher so aus, als würde im Hintergrund die Nationalhymne gespielt.

Wir saßen zu dritt eine Weile zusammen und unterhielten uns – ich achtete die ganze Zeit auf kleinste Zeichen von Nico, die in meine Richtung gingen und möglicherweise ein Interesse an mir signalisieren konnten. Er fasste einen manchmal an, wenn man etwas Lustiges gesagt hatte, an der Schulter oder am Knie, aber ich konnte da noch nicht sagen, ob er das einfach bei jedem macht. Ein paar Mal schaute er mich so an, dass ich mir sicher war, dass etwas in der Luft lag, aber dann sagte er wieder irgendetwas vollkommen unverbindlich Allgemeines, und ich war wieder zurück am Anfang, wusste nicht, was das alles bedeuten sollte.

Herr Röblin spielte in dieser ganzen Situation eine sehr traurige Rolle. Ich war von Nico ja nur deshalb gefragt worden, ob ich mit reinkommen wolle, weil Herr Röblin ihm erzählt hatte, was ich alles für ihn getan hatte. Und Nico war nur deshalb überhaupt da, weil ich aufgehört hatte, mich um Herrn Röblin zu kümmern, und er jetzt jemanden brauchte, der mich ersetzte. Wahrscheinlich bezahlte er dafür, entweder bei Nico direkt oder bei einer Organisation, das habe ich nie gefragt. Jedenfalls bekam ich irgendwann das Gefühl, dass es mir bei Nico ein gutes Ansehen verschafft hat, dass ich eine Zeitlang für den alten Mann da gewesen war. Aber gleichzeitig bemerkte ich auch, dass ich nicht von Nico mit Herrn Röblin zusammengebracht werden wollte, dass ich mich also irgendwie dagegen wehren musste, dass Nico aus mir und Herrn Röblin eine Einheit machte, anstatt aus mir und ihm selbst. Ich dachte kurz, ziemlich panisch, dass er vielleicht versuchen könnte zu reparieren, was zwischen Herrn Röblin und mir kaputtgegangen war – vielleicht kannte er ja schon die ganze Geschichte –, sodass ich mich wieder regelmäßig um ihn kümmern würde und Nico sich anderen alten Männern zuwenden konnte, die wirklich niemanden hatten, der für sie einkaufen ging oder ihnen die Wohnung aufräumte. So ging es in meinem Kopf herum, während wir in der aufgeräumten Wohnung saßen und uns angestrengt unterhielten. Irgendwann kam wieder so ein Gefühl in mir hoch, wie damals vor dem Badezimmerspiegel, ich spürte einen Druck in der Brust und dass ich etwas sagen musste, um ihn loszuwerden, egal was, weil ich es sonst nicht mehr aushalten würde. Meine Gedanken wurden völlig panisch, und alles rieb sich auf zwischen diesen beiden Punkten, in dieser Zwickmühle, dass ich zwar wollte, dass Nico mich toll fand, weil ich mich um Herrn Röblin gekümmert hatte, dass ich aber auch klarstellen musste, dass ich zu ihm, also zu Nico, gehören wollte und zu niemandem sonst und eben gerade nicht zu Herrn Röblin. Im Nachhinein denke ich mir, dass ich überhaupt nichts hätte tun sollen, weil sich diese Entscheidung ja nur in meinem Kopf abgespielt hat. Aber in der Situation musste ich sofort etwas sagen, sonst wäre ich zusammengebrochen oder erstickt an diesem entsetzlichen Druck. Wenn mir irgendwer jemals beibringt, wie man diesen Druck loswird, ohne das Dümmste zu sagen, was einem eben in der Panik als Erstes durch den Kopf schießt, ich wäre dieser Person für den Rest meines Lebens dankbar. Ich drehte mich also zu Herrn Röblin hin und machte den Mund auf und sagte, was mein bescheuerter Kopf eben gerade zusammengekocht hatte aus Angst und aus Sehnsucht.

Ich fragte Herrn Röblin, ob ich auf seine Beerdigung kommen dürfe.

Im *Café Porsche* wurde von ein paar Leuten gelacht an dieser Stelle. Andere hielten sich die Hand vor den Mund. Beat redete einfach weiter und nahm die Reaktionen entweder nicht wahr oder versuchte, sie zu ignorieren.

Mir tat das auch sofort wieder unglaublich leid, sagte er, vor allem, als ich sah, wie sich dem alten Mann die Stirn furchte. Nico anzuschauen habe ich mich in dem Moment gar nicht getraut. Ich verstand in den paar Sekunden, als keiner etwas sagte, wie ich das offenbar gemeint hatte, dass es eine Art perfekter Mischung aus Distanz und Verbindlichkeit bedeutete, für mein verwirrtes Gehirn, Herrn Röblin danach zu fragen, ob er mich dabeihaben wollte, wenn man sich final von ihm verabschiedete.

Herr Röblin brach das Schweigen als Erster und sagte, er habe da noch keine konkreten Pläne gemacht, das sei vielleicht doch etwas anderes als ein Geburtstag, zu dem man die Leute im Voraus einladen müsse. Es wird jedenfalls, sagte er, so viel kann ich Ihnen versichern, keine große Gesellschaft. Vielleicht entscheiden Sie das einfach spontan. Nico lachte auf, und ich war ihm sehr dankbar dafür, obwohl ich nicht sagen konnte, ob Herr Röblin das selbst überhaupt lustig fand oder lustig gemeint hatte. Das Gespräch war an dem Punkt natürlich vorbei. Ich ging und drückte Herrn Röblin zum Abschied nochmal fest die Hand, auch weil ich dachte, dass ich ihn vielleicht nie wiedersehen würde, es sei denn, Nico würde darauf bestehen.

Beat erzählte uns, er habe aber, kurz bevor er die Wohnung von Herrn Röblin verließ, beim Abschied von Nico zu seinem eigenen Erstaunen noch herausgebracht, dass er ihn gerne wiedersehen würde und dass sie sich ja vielleicht mal treffen könnten, er wohne in der Wohnung direkt obendrüber und Nico könne ruhig einfach nach der Arbeit (und als ich *Arbeit* sagte, sagte Beat, zeigte ich automatisch auf Herrn Röblin, der dazu nur ganz leicht den Kopf schüttelte) einmal hochkommen und klingeln, er habe ja viel Zeit und sie könnten dann vielleicht einen Spaziergang machen, wenn ihn der Schnee nicht abschreckte.

Christoph hob an dieser Stelle den Arm und fragte, auf eine Art, als wäre das kein vernichtendes Urteil: Warum wird uns das alles erzählt? Ich hörte ein Murren und Raunen in den Reihen hinter mir, schaute mich aber nicht um. Ich wollte nicht sehen, wer das war, und ich wollte mich nicht dazu verhalten. Eigentlich wollte ich nur, dass Beat weitererzählte. Ich fand das alles noch interessant und wollte gerne wissen, wie es mit ihm und Nico weitergehen würde.

Weil es wichtig ist, sagte Beat, mit einer bebenden Stimme, aber wildentschlossenen Augen. Sarah legte Christoph eine Hand auf den Oberschenkel, die der sofort aufnahm und auf ihr eigenes Bein zurücklegte. Dann verschränkte er die Arme und machte mit seiner eigenen Hand eine Geste, die unmissverständlich *Weitermachen* bedeutete. Selten hatte er so überheblich ausgesehen. Es war die Milde des Herrschers, der sich noch einmal dagegen entschieden hatte, die Tore zu öffnen und die Raubtiere in die Arena zu lassen.

Wir sind dann tatsächlich spazieren gegangen, erzählte Beat. Schon am nächsten Tag stand Nico bei mir vor der Tür und fragte, ob ich Zeit hätte, er komme gerade von Herrn Röblin und wolle noch nicht nach Hause. Ich war irrsinnig nervös. Aber auch erleichtert und froh und dann beim Spazieren mit Nico gar nicht verklemmt, sondern gesprächig auf eine Weise, die mich selbst überrascht hat. Wir sind den Hügel hoch und durch den Bernegg und den Falkenwald spaziert und haben uns unterhalten, über uns, unsere Leben und was für ein unwahrscheinlicher Ort, um sich zu begegnen, die Wohnung von Herrn Röblin war. Über Herrn Röblin selbst haben wir kaum noch gesprochen. Es gab Gott sei Dank noch so viel mehr, was wichtiger war in dem Moment oder uns zumindest so vorkam.

Beat atmete heftig aus, man konnte merken, dass sich in seinem Kopf einiges überschlagen hatte, nicht erst an diesem Abend.

Ich würde euch so gerne einen Eindruck davon vermitteln, sagte er, wie wir da zusammen durch die winterlichen Wälder um Sankt Gallen gelaufen sind und wie wir uns unterhalten haben. Aber es ist nicht so leicht. Ich erinnere mich hauptsächlich an Dinge, die ich gesehen habe, an den Schnee, wie das Licht war und daran, dass wir immer kleine Wolken vor unseren Mündern hatten, beim Atmen und beim Sprechen. Ich habe mir die Bäume angesehen, die feucht und dunkel waren und ohne Laub erst richtig in ihrer Struktur zu erkennen, jeder Einzelne für sich. Nachdem wir eine Weile lang nicht gesprochen hatten, sagte ich zu Nico, dass mir die Buchen von allen Bäumen am besten gefallen, die könnte man auch ohne Blätter leicht erkennen, weil ihre Stämme wie Muskeln aussehen. Ich zeigte auf den

Stamm einer Rotbuche, der besonders sehnig wirkte, und Nico schaute mich an und sagte: Du meinst wohl, weil sie dich an erigierte Schwänze erinnern? Ich musste lachen, und dann sagte ich, nein, weil sie mich an Muskeln erinnern. Ich weiß nicht, ob ich euch das hier angemessen beschreiben kann, wie es war und wie es sich angefühlt hat für mich. Aber ich war in dem Moment so glücklich, auch wenn es erstmal total banal klingt. In diesen paar Worten und wie sie zwischen uns hin- und hergegangen waren, steckte so viel von dem, was ich mir immer vorgestellt habe, wenn ich mir vorgestellt habe, wie es sein müsste mit jemandem. Ich hatte mich nicht völlig aus dem Konzept bringen lassen, ich habe ihn angeschaut auf eine Art, dass er in meinem Blick lesen konnte, da bin ich mir sicher. Ich habe wirklich nicht an erigierte Schwänze gedacht, stand da, in meinem Blick, aber wenn ich an erigierte Schwänze gedacht hätte, dann hätte ich es auf jeden Fall geleugnet. Du hast mich also in gewisser Weise doch ertappt, ein wenig, obwohl ich die Wahrheit gesagt habe. Das war genau diese aufregende, hochgradig aufgeladene Art von Understatement, vom Sprechen ohne Worte, die ich so magisch fand und die ich immer wollte. Aber bis dahin war ich mit niemandem je an diesen Punkt gekommen, an dem das einfach so funktionierte. Ich spürte unmittelbar, dass ich etwas grundsätzlich richtig machte, und zwar jedes Mal, wenn ich etwas sagte oder eben nicht sagte, und dass ich dabei langsam genau so zu wirken anfing, auf mich selbst und sicherlich auch auf Nico, wie ich wirken wollte. Vielleicht kann man auch einfach sagen, der, der ich war, und der, der ich sein wollte, waren identisch, in einer einzigen Person, die ich bewohnte, mit meinem Bewusstsein.

Nach unserem Spaziergang umarmten wir uns zum Abschied, sehr lange, oder zumindest wesentlich länger, als man sich sonst zum Abschied umarmt, vor allem, wenn man sich noch nicht so richtig kennt. Wir haben uns gesagt, dass wir uns wiedersehen wollen, und dann sind wir auseinandergegangen. Für ein paar

Tage lebte ich ausschließlich von diesem Spaziergang, ich war aufgewühlt und gespannt und ungeduldig. Wenn ich im Treppenhaus war, hoffte ich, dass ich Nico wiedertreffen würde, und gleichzeitig hoffte ich, dass ich ihn nicht treffen würde, weil ich mir dachte, dass ich noch ein bisschen, noch einen Tag vielleicht oder zwei, in dieser absolut offenen, wundervollen Vorfreude baden wollte.

Nach ein paar Tagen fand ich dann einen Zettel von ihm in meinem Briefkasten, auf dem stand, dass er am kommenden Wochenende mit dem Nachtzug nach Berlin fahren würde und dass ich ihn doch begleiten könnte, wenn ich Lust hätte. Er habe keine Pläne gemacht und eigentlich auch kein Geld, aber eine große Sehnsucht nach seiner Heimat. Ich schrieb ihm sofort zurück, dass ich natürlich dabei sein werde. Den Zettel steckte ich in einen Umschlag, auf den ich Nicos Namen schrieb und den ich mit Klebeband über dem Klingelschild von Herrn Röblin an der Wand befestigte.

Ich schaute jetzt immer häufiger zu Christoph, um zu sehen, wie er sich zu dem verhielt, was Beat auf der Bühne erzählte. Er hörte noch zu, aber sein Gesicht sah ganz verkniffen aus, als würde er innerlich langsam vollständig ausgefüllt von einer tintigen Finsternis aus Wut und Ekel und Säure. Die ganze Zeit über schien sich in ihm etwas zusammenzubrauen. Sarah hatte das offenbar auch schon bemerkt und sah etwas besorgt aus.

Nico klingelte noch einmal an meiner Tür, erzählte Beat, um mit mir die Einzelheiten für die Fahrt zu besprechen. Ich sagte, er könne ruhig reinkommen, aber er wollte nicht. Er hatte noch etwas vor und nicht so viel Zeit. Wir standen uns gegenüber, ich in meiner Wohnung und er auf dem Flur vor meiner Tür, und besprachen, wann wir uns wo treffen würden und dass wir erstmal nach Berlin fahren und dort dann weitersehen würden, was wir machen und wo wir unterkommen, da wird sich schon was finden, meinte Nico, mit einer solchen Gewissheit, dass ich keinen Moment daran gezweifelt habe.

Die Tage zwischen diesem kurzen Gespräch und der Abfahrt nach Berlin erspare ich euch, es reicht vielleicht zu erzählen, dass ich eine halbe Stunde zu früh am Bahnhof war, mit einem Rucksack auf dem Rücken, den ich ungefähr zweihundertmal gepackt hatte, bis so ziemlich alles, was ich besitze, mindestens einmal darin gewesen und wieder rausgeflogen war.

Wir fuhren gemeinsam von Sankt Gallen über Zürich nach Basel und stiegen dort in einen deutschen Nachtzug, der schon am Gleis wartete, als wir ankamen. Es schien ein sehr alter Zug zu sein, ich war noch nie vorher mit einem Nachtzug gefahren, aber mir hat diese seltsam aus der Zeit gefallene, schläfrige Stimmung darin sofort sehr gut gefallen. Die Flure waren eng, und überall drückten sich Leute mit großen Rucksäcken durch, die ihre Abteile suchten. Wir fanden unsere Plätze auch erst, als der Zug schon losgerollt war, zwei schmale Pritschen in einem Abteil für sechs Leute. Nico warf seine Sachen auf die obere Pritsche und ich meine direkt darunter. Dann gingen wir noch eine Weile durch die Waggons, wo es aber kein Bordrestaurant gab oder einen anderen Ort, an dem man sich hätte aufhalten können. Es war eigentlich alles so angelegt, dass man sich nur noch hinlegen und einschlafen sollte, so kam es mir zumindest vor. Überall in den Fluren gab es Fenster, die sich öffnen ließen, wir versuchten auch, eine Weile an einem solchen geöffneten Fenster zu stehen, aber es war einfach zu kalt, und die Leute, die an uns vorbeiliefen, schauten uns sehr böse an.

Die anderen Fahrgäste in unserem Abteil wickelten sich sofort in ihre Bettwäsche und schliefen oder dösten oder spielten auf ihren Smartphones herum. Nico und ich lehnten noch eine Weile im Flur und führten ein seltsam fragmentiertes Gespräch, das immer wieder abriss und in minutenlanges Schweigen überging, bevor einer von uns wieder etwas sagte, manchmal nur einen Satz oder eine kurze Geschichte, die vielleicht auch gar nichts mit dem zu tun hatte, worüber wir davor noch gesprochen hatten.

Ich weiß noch, dass ich Nico auf dieser Fahrt erzählt habe, dass ich mir immer vorstelle, wenn ich mir mich mit einem bestimmten Mann vorstelle, wie es sich anfühlen würde, wenn er neben mir steht. Also nicht sosehr, ob wir optisch zusammenpassen und gut zusammen aussehen, auch nicht, ob er sich neben mir oder ich mich neben ihm behaupten kann, was unsere Lebensentwürfe angeht, sondern ganz konkret, in zum Beispiel der Situation, dass man vor einer Wohnungstür steht, an der man gerade geklingelt hat und hinter der sich eine Gesellschaft befindet, zu der man eingeladen wurde. Dieser kurze Augenblick, in dem man schon geklingelt hat und noch darauf wartet, dass einem geöffnet wird. Wie sich das anfühlt mit dieser Person, ob man sich das vorstellen kann. Dass man sich kurz noch einmal als das gleich gemeinsam abzugebende Bild arrangiert und währenddessen denkt: ja, richtig so, das passt.

Und ich weiß auch noch, dass Nico mich dann angelächelt und gesagt hat, dass wir uns jetzt vielleicht besser hinlegen sollten.

In der Nacht war ich die meiste Zeit wach und schlief nur hin und wieder für ein paar Minuten ein. Die Vorhänge vor dem Fenster in unserem Abteil waren zugezogen, dahinter flitzten manchmal die Lichter der Städte und Dörfer vorüber, durch die wir hindurchfuhren. Ein paar Mal hielt der Zug auch an und blieb in einem Bahnhof stehen, von dem so spät in der Nacht kaum ein Geräusch zu hören war, nur das Zischen der Türen, eine verhallende Ansage irgendwo auf einem fernen Bahnsteig und die Pfeife des Schaffners vor der Abfahrt. Nico lag über mir, und für eine Weile ließ er einen Arm von seiner Pritsche herunterbaumeln. Ich nahm seine Hand und spielte ein wenig damit herum, verschränkte unsere Finger und massierte die Handfläche.

Am Morgen stand ich neben Nico an einem offenen Fenster bei den Toiletten, er rauchte eine Zigarette, und ich beobachtete ihn dabei, schaute manchmal den Flur hinab, ob jemand kam. Die ersten Häuser der Stadt tauchten auf, verschneite Dächer zwischen kahlen Ästen, dann wieder nur Wald für eine Weile, eine Hochhaussiedlung, mir kam alles sehr versprengt vor. Nico erzählte mir, als er noch in Berlin gewohnt hatte, habe er sich immer gewünscht, die Stadt wäre eine Insel. Also eine richtige Insel, sagte er, nicht wie Westberlin früher eine Insel in der DDR war, sondern eine mit Stränden und Steilküsten, die Grenzen müssten dieselben sein wie jetzt und auch die Struktur der Stadt, aber anstatt dieses traurigen Brandenburg, von dem sie in der Wirklichkeit umschlossen wird, stellte er sich das Meer vor. Potsdam könnte von mir aus eine Nachbarinsel sein, sagte er, oder es ginge eben unter und stünde dann als Unterwasserstadt für Tauchexpeditionen zur Verfügung. Ich weiß nicht mehr, erzählte er, wann ich damit angefangen habe, mir das vorzustellen. Ich war wahrscheinlich noch ein Kind. Aber ich muss jetzt jedes Mal daran denken, wenn ich in die Stadt komme. Auch daran, wie heftig ich mir das gewünscht habe, frag mich nicht, warum, und wie enttäuscht ich davon war, dass dieses Wünschen gar nichts gebracht hat. Dass ich nicht einfach durch meinen Willen aus Berlin eine Insel machen konnte. Vielleicht denkst du jetzt, dass ich spinne, aber so richtig akzeptiert habe ich das bis heute nicht.

Ich erzählte Nico, dass ich noch nie zuvor in Berlin gewesen war und dass ich sehr gespannt sei. Erwarte dir mal nicht zu viel, sagte er, jedenfalls keine Insel.

Wir stiegen am Hauptbahnhof aus dem Nachtzug aus und frühstückten in einem Dunkin' Donuts Schnellrestaurant, jeder ein Frühstücksmenü, das aus einem fahlen Türmchen aus Weißbrot und Rührei und einem extragroßen Becher Kaffee bestand.

Nico meinte, das sei Teil des Rituals. Wir saßen in einer Ecke dieses riesigen, zugig kalten Glasbaus, irgendwo am Fenster, mit Blick auf eine Baustelle und einen tristen Vorplatz, auf dem eine einsame Gestalt von einem Bein auf das andere sprang und sich eine Obdachlosenzeitung vor die Brust hielt. Im Hintergrund – erst dachte ich, das sei ein schlechter Witz – wehte die Schweizer Fahne, vor einem grauen Himmel, auf dem Dach eines grauen Gebäudes.

Wir haben ja nur ein Wochenende in Berlin verbracht. Ich weiß, dass das zumindest theoretisch stimmt. Aber die Zeit hat sich in diesen paar Tagen völlig aufgelöst. In meiner Erinnerung steht alles nebeneinander, als wäre es gleichzeitig passiert. Es war dann am Ende ja auch alles, was für Nico und mich übriggeblieben ist. Die Erinnerung, meine ich. Und ich habe mich in ihr sehr oft aufgehalten, danach, als ich vieles schon nicht mehr glauben konnte, obwohl ich es gerne wollte. Ich sehe uns jedenfalls auf einer Fußgängerbrücke die Spree überqueren und durch das Regierungsviertel laufen, durch den Tiergarten, in dem uns einige Hasen begegnet sind. Dann sind wir aber auch schon zwischen bunt angestrahlten Bürotürmen in einem extrem künstlichen Stadtteil, gehen in eine Galerie, in ein Kunstmuseum, wo wir uns große Knödel aus Wollfäden anschauen, die jemand unter die hohen Decken in die Luft gehängt hat wie düstere Planeten. Ich erinnere mich an das schlechte Wetter und die grauen Gesichter der Leute, irgendwo saßen wir und bestellten ein vietnamesisches Tofugericht, wir fuhren mit einem Fahrstuhl auf einen Stahlturm und schauten über die halb in einer grauen Suppe versunkene Stadt, spielten Billard in einer Kneipe, die *Zum Magendoktor* hieß, und wurden dabei von drei rauchenden Männern beobachtet, denen das Nikotin die Schnauzbärte gelb verfärbt hatte. Nico zeigte mir einen großen Buchladen, in dem wir lange Zeit verschiedene Kunstbücher und Magazine anschauten, aber nichts davon kauften. Wir standen an einer Theaterkasse und bekamen dort Restkarten für eine Abendvorstellung, die wir uns eine knappe Stunde anschauten und dann wieder rausgingen, nicht weil es schlecht war, sondern weil wir keine Lust mehr hatten, im Theater zu sitzen. Ich erinnere mich an ein Konzert in einem dramatisch düsteren Fabrikgebäude mit so irre hohen Decken, dass die Wände einfach über einem im Nichts verschwanden. Ein einzelner Mann stand da auf der Bühne und spielte auf einem riesigen Kontrabasssaxophon tief brodelnde Melodiebögen, die sich für mich wie eine unterseeische Vulkanexplosion anhörten. Nico kaufte kleine Wodkaflaschen in einem Kiosk und später in einem dunklen Park ein paar Pillen bei einem vielleicht fünfzehnjährigen Afrikaner, von dem er behauptete, er würde ihn kennen, der sei in Ordnung. Wir nahmen die Pillen, die am Ende nichts bewirkten, oder vielleicht wirkten sie ja doch, aber ich war eh so aufgedreht, und mir war so weich und warm die ganze Zeit, dass die Wirkung darin wahrscheinlich einfach untergegangen ist. Wir fuhren mit der S-Bahn, und ich schaute mir ständig in der Spiegelung im Fenster an, wie das aussah, ich mit Nico auf den Polstern im Neonlicht. Ich weiß noch, dass ich fand, dass die Bahnhöfe entsetzlich gestunken haben und dass Nico das egal war oder dass er sogar so tat, als wäre das der Geruch der Heimat.

Nico erzählte mir, dass er gerne einer von diesen Menschen wäre, über die in ihrer Abwesenheit viel gesprochen wird. Die sich auf eine so nachhaltige Art in die Leben der Menschen eindrängeln, dass irgendwann kein Gespräch mehr an ihnen vorbeiführt. In dem Buchladen erzählte er mir, dass er einmal eine Liste zusammenstellen wollte, von Autorinnen und Autoren, die irgendwann das Schreiben aufgegeben haben, um sich einer extremistischen Gruppierung anzuschließen oder einer Sekte oder einer Kommune in Baden-Württemberg. Er meinte, die Schreibenden seien doch tendenziell Extremisten und es müsste ja unter ihnen einige geben, die ihre Karriere zufällig am für sie falschen Extrem begonnen haben, das aber dann ihrem Charakter entsprechend korrigierten. Und ich erzählte ihm, dass ich immer schon alle Erfahrungen machen wollte, aber dass ich dabei nicht im Mittelpunkt stehen will, sondern außen vor bleiben, als der Beobachter, der sich das alles dann wirklich anschauen kann und erleben und sich nicht die ganze Zeit fragen muss, wie man dabei aussieht oder wie man sich schlägt, wie die anderen einen finden.

Nico hat darauf einen seltsamen Satz gesagt, der mich überrascht hat und den ich nicht verstanden habe. Er meinte, wirklich unabhängig und frei sei er erst durch die Abkehr vom Sex geworden.

Davor oder danach aber – wie gesagt, ich kriege das mit der Zeit nicht mehr in eine sinnvolle Ordnung – erzählte er mir, wenn er sich selbst begegnen könnte, dann würde er wahrscheinlich als Erstes mit sich ins Bett gehen. Und als ich das dann komisch fand, weil es mir sehr narzisstisch vorkam, meinte er nur, er sei doch eh jeden Tag mit sich in seinem Kopf, er hätte sich ja absolut nichts zu sagen, was ihn irgendwie weiterbringen könnte. Das einzig Aufregende, was er sich unter einer Begegnung mit sich selbst vorstellen könnte, sei, mit sich zu schlafen und herauszufinden, wie sich das von außen anfühlt.

Im *Café Porsche* standen ein paar Leute auf und gingen raus. Mir war zunächst nicht klar, ob die vielleicht nur aufs Klo gingen, aber sie kamen nicht mehr zurück.

Wir haben zusammen getanzt in einem Club, der zwischen Industrieruinen am Flussufer lag und eigentlich nur aus verschiedenen Bretterbuden bestand. Es gab eine überdachte Fläche, in der ein paar Heizpilze standen und auf die man nur kam, wenn man sich durch feuchte Plastikplanen zwängte, an denen schon der Dunst und der Schweiß der Tanzenden hing. An einer Säule war ein Zettel angebracht, auf dem stand: *Tanzen ist die wärmste Jacke!* Ich gab Nico Geld, als er mich darum bat, und er ging los und kaufte nochmal ein paar Pillen, die wir wieder sofort nahmen und die diesmal, auf der Tanzfläche, auch einen Unterschied machten. Irgendwann ging die Sonne auf, wir frühstückten in einer Tankstelle und putzten uns dort auf der Toilette die Zähne. Wir dösten eine Weile auf den Polstermöbeln in einer öffentlichen Bibliothek, bis uns ein Angestellter darum bat, aufzustehen und zu gehen. Ich fragte Nico, ob er denn hier nicht ein paar Freunde habe, bei denen wir unterkommen könnten. Natürlich habe ich Freunde, meinte er, aber die will ich jetzt nicht sehen.

Mir war ziemlich kalt, und ich war auch müde und hatte schon zweimal frisches Geld abgehoben und wieder ausgegeben, aber es war mir recht, und ich war glücklich, dass Nico mit niemand anderem zusammen sein wollte als mit mir. Irgendwann setzte so ein wolkiger, wattiger Zustand ein, ein großer Gleichmut, ich hätte alles hingenommen, und man hätte wirklich alles mit mir machen können. Man hätte mir ohne Narkose einen Arm absägen können, und ich hätte nur neugierig zugesehen. In einem großen Einkaufszentrum saßen wir eine Weile auf Massagestühlen, die mit Münzen betrieben wurden, ich schlief da nochmal kurz ein, während Nico mir etwas erzählte, an das ich mich kaum mehr erinnern kann. Es war ein ziemlich giftiger Monolog über die Zombiehaftigkeit der Einkaufenden. Mir waren die anderen Menschen schon vollkommen egal.

Wir fuhren zum Zoo und saßen lange Zeit im Aquarium vor einer großen Glasscheibe, hinter der immer wieder dickleibige Seekühe in dem trüben Wasser auftauchten und vorbeischwammen oder mit ihren fleischigen Schnauzen gegen das Glas tippten. In einer Kneipe ließ mich Nico eine halbe Stunde lang alleine am Tisch sitzen, weil er aus der Distanz von ein paar Frauen angeflirtet worden war. Ich knibbelte die Etiketten von meiner Bierflasche und wurde richtig trübsinnig, und Nico stand bei den Frauen, und erst lachten sie, und dann wurden sie total ernst und schauten sich immer wieder um nach den anderen Leuten in der Kneipe. Nico kam irgendwann zurück zu mir an den Tisch und meinte, wir müssten jetzt sofort los. Ich sehe uns auch noch über einen riesigen Flohmarkt gehen und wie wir uns seltsame Brillen aufsetzen und überall stehen bleiben, wo es Möbel oder Bilder oder Geschirr gibt, und dort Gespräche führen, als würden wir zusammen eine Wohnung einrichten wollen. Mir hat das einen Stich versetzt, aber ich habe trotzdem mitgespielt, obwohl ich es nicht besonders lustig oder originell fand. Irgendwann, am späten Vormittag eines dieser Tage, standen wir schon ziemlich abgerissen in einer öffentlichen Turnhalle zwischen Eltern und Verwandten und schauten ein paar Kindern dabei zu, wie sie auf verschiedenen Geräten vorturnten. Die Kinder hatten alle kleine Leibchen des Turnvereins an und bewegten sich sehr professionell. Ihre Gesichter waren wie die von Eiskunstläuferinnen bei den Olympischen Spielen.

Auf der Aufnahme konnte man es später nicht hören, nur an der Reaktion von Beat, aber ich erinnere mich noch sehr gut, dass Christoph an dieser Stelle durch die Zähne zischte. Beat schwieg für ein paar Sekunden, man konnte ihm ansehen, dass er überlegte, ob er eine Diskussion mit Christoph anfangen sollte oder versuchen, seinen Faden zu behalten. Wenn er so einen Faden überhaupt noch hatte, was selbst ich an dem Punkt schon kaum mehr glauben konnte. Dabei hatte ich ihm eigentlich die ganze Zeit über sehr gerne zugehört.

Durch das wenige Schlafen und durch das Verliebtsein, sagte Beat, vielleicht auch durch die Pillen, die wir genommen haben, hat sich meine Wahrnehmung irgendwann in eine extreme Hypergenauigkeit übersteigert. Ich hatte das Gefühl, dass ich alles sehen konnte, überall, den kleinen Pickel auf dem Schlüsselbein der Turnerin, als sie ihre Arme ausstreckte, ein langes Haar an der Wange einer jungen Frau, die hinter einem Fenster stand und Tabletten für einen alten Mann ausblisterte. Und immer so weiter. Alles war irgendwie von Bedeutung, und von allem fühlte ich mich gemeint, als würde es nur passieren, weil ich da war oder weil Nico und ich da waren und weil das so unwahrscheinlich war. Ich versuchte Nico das zu erzählen, redete irgendetwas von den Dingen, die nur da sind, damit wir sie sehen können, als wäre ich ein Schamane oder jemand, der sich für paraphysische Phänomene interessiert, aber ich habe wahrscheinlich ziemlich unzusammenhängend gesprochen und Sachen gesagt, die ich gar nicht gedacht oder gemeint hatte, einfach, weil sie sich an die Sachen, die ich davor gesagt hatte, anschlossen und ich nicht mehr schnell genug war in meinem Kopf, um das zu verhindern. Nico war davon bald genervt, das konnte ich deutlich sehen. Er sagte, er sei davon überzeugt, dass wir als Menschen lernen müssten, den Zustand der Leere auszuhalten. Danach müssten wir streben. Keine Abgabe der Verantwortung mehr, er wolle sich gar nicht mehr auf Menschen einlassen, die von ihm erwarten, diese Leere zu füllen, und er wolle das auch selbst von niemandem mehr erwarten. Er meinte, manchmal denke er, erst wenn er diesen Zustand erreicht habe, wäre er wirklich erwachsen. Ich habe ihn dann gefragt, ob das als eine Art Warnung oder Anweisung zum Umgang mit ihm in meine Richtung zu verstehen sei, aber darauf gab er mir schon keine Antwort mehr, sondern zeigte ein Stück weit den Gehweg hinunter, ein paar Meter, wo eine Frau und ein Mann vor dem Eingang eines Hotels in einen heftigen Streit geraten waren. Der Mann hielt die Frau am Oberarm fest, und die Frau schrie ihm ins Gesicht, dass er sie loslassen solle und dass er ein Arschloch sei und noch ein paar Sachen, die ich nicht verstehen konnte. Ein Angestellter des Hotels stand überfordert daneben und schaute hilfesuchend in Richtung der Rezeption. Als wir näher herangekommen waren, ließ der Mann, der sehr unsympathisch aussah, wie ein reiches Schwein, dachte ich mir, den Oberarm der Frau los und brüllte sie an, dass sie ruhig abhauen könne, aber sie sei dann tot für ihn. Er wiederholte das Wort *tot* nochmal einzeln und hob dabei seine Faust, aber es sah nicht so aus, als würde er zuschlagen. Die Frau stolperte auf die Straße und hielt sich ein Taxi an, der Hotelangestellte verschwand durch den Eingang, und der Mann blieb für eine Weile bewegungslos auf dem Teppich im Eingangsbereich stehen und schaute auf seine Schuhe. Nico und ich standen da und beobachteten ihn. Wir waren, glaube ich, beide neugierig, was er als Nächstes machen würde. Irgendwann schaute er hoch und sah uns, und dann fragte er:

Was glotzt ihr mich so an, ihr Homos?

Nico und ich sagten überhaupt nichts, wir blieben einfach stehen und schauten ihn weiter an. Ich glaube, keiner von uns hatte das als Provokation gemeint. Es fühlte sich eher so an, als wären wir vor einem Fernseher stehen geblieben. Es vergingen ein paar Sekunden, und dann sagte der Mann, der wie ein reiches Schwein aussah, hier, wollt ihr ein Zimmer haben, ihr Homos, ist schon bezahlt, da könnt ihr euch dann in Ruhe in den Arsch ficken. Er holte eine Chipkarte aus der Jackentasche, die in einem kleinen Papierbriefchen des Hotels steckte, auf das die Zimmernummer notiert war, drückte sie Nico in die Hand und ging an uns vorbei die Straße runter.

Wir hatten uns zu dem Zeitpunkt seit zwei Tagen nicht mehr geduscht und waren die ganze Zeit mit unseren Rucksäcken unterwegs gewesen. Geschlafen hatten wir höchstens mal eine halbe Stunde irgendwo im Sitzen. Ich fand die Vorstellung sofort wunderbar. Ich schaute Nico ins Gesicht und deutete mit meinem Kopf auf den Eingang des Hotels. Nico hielt ein paar Sekunden lang die Chipkarte in der Hand, dann lächelte er mich an, und wir gingen rein, an einem Hotelangestellten vorbei, der sich an einem vergoldeten Kofferwagen festhielt, und an einem langen Rezeptionstresen, wo uns zwei Frauen sehr skeptisch anschauten und fragten, ob sie uns helfen könnten. Wir gingen einfach weiter. Nico hatte die Karte noch gut sichtbar in der Hand. Ich weiß nicht, ob ich mir das eingebildet habe, aber ich dachte, in der Sekunde, bevor wir reingegangen sind, in Nicos Gesicht etwas gesehen zu haben. Eine kleine Enttäuschung vielleicht oder nur ein Registrieren davon, dass etwas passierte, was in seinem Plan nicht vorgesehen war. Obwohl ich nicht glaube, dass er zu irgendeinem Zeitpunkt wirklich einen Plan gehabt hat.

Das Zimmer war riesig und sehr angenehm eingerichtet. Es gab ein breites weiches Bett, man musste die Chipkarte neben der Tür in einen Schlitz stecken, dann gingen überall sanft gedämpfte Lichter an, im Bad und neben dem Schreibtisch. Nico setzte sich aufs Bett und machte den Fernseher an, und ich zog die Vorhänge vor die Fenster. Ein paar Sekunden lang sagte niemand etwas, Nico schaute in den Fernseher, wo sich zwei Ermittler über eine Leiche beugten und sich von einer Gerichtsmedizinerin ihre Befunde erklären ließen. Nach einer Weile fragte er mich, mit einem Blick, als müsste jetzt etwas hinter uns gebracht werden, ob ich zuerst duschen gehen wolle. Er würde mir den Vortritt lassen.

Ich ging ins Bad und zog mich aus und schaute mich im Spiegel an. Meine Haut war ganz ausgetrocknet und voller roter Flecken und Punkte. Ich ärgerte mich, weil ich gern nackt ein besseres Bild abgegeben hätte. Mein Gesicht sah auch ein bisschen verwüstet aus von den letzten Tagen, das fand ich aber nicht so schlimm, weil es ja diese Tage mit Nico waren, die dort ihre Spuren hinterlassen hatten. Meine Pupillen waren noch riesig geweitet, man konnte kaum etwas von der Iris erkennen.

Nachdem ich fertiggeduscht hatte, band ich mir ein Handtuch um die Hüfte und versuchte mich ein paar Minuten an einer möglichst zufällig aussehenden Unordnung meiner feuchten Haare. Dann ging ich raus ins Zimmer, Nico saß immer noch auf dem Bett und schaute in den Fernseher, wo jetzt eine Verfolgungsjagd durch ein Parkhaus stattfand. Ich blieb in dem Durchgang zwischen Bad und Bett stehen, Nico stand auf und ging so an mir vorbei, dass sich unsere Handrücken berührten. Ich hörte, wie die Badezimmertür hinter mir abgeschlossen wurde. Dann nahm ich mir das Handtuch von den Hüften, warf es auf einen Stuhl, machte den Fernseher aus und legte mich unter die Decken ins Bett.

Nico duschte ziemlich lange, und ich bin in der Zwischenzeit immer wieder kurz weggetaucht, ich war so müde, dass ich sofort anfing zu träumen, wenn ich nur die Augen zumachte. Irgendwann hörte ich dann, wie die Badezimmertür wieder geöffnet wurde. Nico machte die Lichter aus und legte sich zu mir ins Bett. Ich hörte, wie er sich das Kissen zurechtmachte und sich ausstreckte. Dann gab es nochmal ein längeres Rascheln, und nach ein paar Sekunden kam er zu mir, und wir lagen wie zwei Löffel beieinander. Nico lag hinter mir, ich spürte seinen Schwanz, der auch hart war, an meinem Arsch, seine Brust an meinem Rücken und seinen rechten Arm, der meinen rechten Arm umfasste. Wir bewegten uns nur ganz leicht, aber es war schön so, wie es war. Es fühlte sich schon an wie Sex, ohne wirklich Sex zu sein. Oder vielleicht war es ja auch schon Sex, wer kann das schon so klar sagen. Wir waren beide unheimlich müde und sind dann so, wie wir da lagen, einfach eingeschlafen. Ich träumte von einer riesigen feuchten Höhle, die aus großen Grotten und verzweigten Tunnelsystemen bestand. Von irgendwo kamen ständig seltsame Geräusche, es tropfte und hallte, und ich war allein und suchte meine Kleider, die ich irgendwo an einem See in der Höhle abgelegt hatte, um schwimmen zu gehen.

Ich wachte auf davon, dass jemand fest gegen die Tür des Zimmers klopfte. Nico lag neben mir, eingerollt und mit der Bettdecke zwischen den Beinen. Ich schaute ihn an, seinen Rücken, seinen Arsch und seine Beine, und vergaß alles andere gleich wieder. Dann klopfte es nochmal fest an der Tür, und bevor ich etwas sagen konnte, hörte ich, wie das Schloss klackte und die Klinke gedrückt wurde. Drei Personen kamen in unser Zimmer und stellten sich vor dem Bett auf. Eine der Frauen von der Rezeption war dabei und zwei Männer in Anzügen, die ihre Hände vor dem Schritt verschränkten. Man forderte uns auf, augenblicklich das Zimmer zu räumen, und drohte uns damit, die Polizei zu rufen. Nico war noch verschlafener als ich, er verstand erstmal überhaupt nicht, wo er sich befand und was passierte. Ich sagte, dass wir die Karte geschenkt bekommen hätten, dass man uns eingeladen hätte. Die Hotelmitarbeiter sagten, wir sollten sofort aufstehen, unsere Sachen nehmen und verschwinden. Einer der Männer holte ein Handy aus der Jackentasche und wiederholte die Drohung, sonst die Polizei zu rufen.

Die drei blieben im Zimmer stehen und beobachteten uns, wie wir aufstanden und unsere Sachen zusammensuchten. Als ich ins Bad ging, wo meine Kleider noch lagen, folgte mir einer der beiden Männer und beobachtete mich. Ich habe mich in dem Moment sehr geschämt, aber ich war auch wütend, weil das so demütigend war, sich vor diesen Leuten anziehen zu müssen. Ich sah, wie Nico in seine Unterhose stieg und aussah, als würde er gleich anfangen zu weinen. Das machte mich noch wütender. Die Hotelangestellten sagten kein Wort, während sie uns beim Anziehen beobachteten. Sie eskortierten uns nach draußen, bis vor die Tür, wo wir ein paar Stunden zuvor – ich weiß nicht, wie lang es her war, vielleicht ist das alles auch in einer einzigen Stunde passiert – noch den Streit zwischen dem Mann, der wie ein reiches Schwein aussah, und der Frau beobachtet hatten. Es war noch immer Nacht, oder früher Morgen, am Himmel war an einem Ende der Straße schon ein helleres Blau zu sehen, Autos waren keine mehr unterwegs. Es war eiskalt, und wir fingen sofort an zu frieren und mit den Zähnen zu klappern. Ich sagte zu Nico, dass wir uns ein anderes Hotel suchen sollten, ich würde auch dafür bezahlen. Aber Nico meinte, er würde jetzt in kein Hotel mehr wollen, ihm sei die Lust vergangen. Dann gingen wir eine Weile steif nebeneinanderher und schwiegen, und zum ersten Mal, seit wir in Sankt Gallen in den Zug gestiegen waren, hatte ich das Gefühl, als liefen wir vor irgendetwas davon.

Beat machte eine Geste hin zu Christoph, die signalisierte, dass er gleich fertig sein würde und man also mit ihm nur noch ein wenig Geduld haben müsse. Dann erzählte er, dass Nico und er für ein oder zwei Stunden frierend durch Berlin gelaufen seien und dabei immer trauriger wurden und so gut wie nichts mehr zueinander sagten. Wir saßen eine Weile in einer sehr hässlich eingerichteten Bäckerei, sagte er, und frühstückten belegte Brötchen und sauren Kaffee. Dann liefen wir weiter durch die Gegend. Ich hatte die Orientierung völlig verloren und mich Nico überlassen, der aber auch keinen Plan zu haben schien, wohin wir jetzt noch gehen könnten. Wir kamen durch einen Park, der immer wilder und waldiger wurde, und als wir am anderen Ende aus ihm heraustraten, war am Himmel die Sonne aufgetaucht. Keine einzige Wolke war mehr zu sehen. Wir standen eine Weile in den warmen Strahlen, dann gingen wir weiter, durch eine Siedlung niedriger Einfamilienhäuser, an langen Reihen geparkter Autos entlang. Ich sah jemanden einen Hund ausführen und einen Jungen auf einem Lastenfahrrad, der Werbeprospekte austrug. Mir war auf einmal gar nicht mehr kalt. Nach der Siedlung überquerten wir eine mehrspurige Bundesstraße, auf der zu dieser Zeit aber kaum Verkehr war. Wir mussten nur einmal kurz stehen bleiben, um einen Roller mit einer dicken Frau darauf vorbeizulassen. Auf der anderen Seite der Bundesstraße befand sich eine Plattenbausiedlung. Nico schaute nur noch geradeaus, manchmal nickte er kurz. Für einen Moment lang hatte ich die Sorge, er könnte Stimmen hören, die ihm üble Dinge einflüstern würden. Meine Beine waren unheimlich schwer, und ich wusste nicht, wie lange ich noch weiterlaufen konnte.

Der Boden zwischen den Wohnblocks wurde ganz sandig. Ich schaute mich um und konnte niemanden sehen. Zwischen zwei

Hauseingängen ragten verrostete Spielgeräte für Kinder aus dem Sand. Die Fenster waren alle staubig und blind, manche waren auch schon eingeschlagen. Junge Bäume wuchsen aus den Fugen der Gehwegplatten und den Gittern der Kellerfenster. Hier hat schon jahrelang keiner mehr gewohnt, sagte ich zu Nico, der dazu nur seinen Kopf auf und ab bewegte.

Hinter dem letzten Block der Siedlung blitzte die Sonne so hell auf, dass wir unsere Augen abschirmen mussten. Wir blieben stehen, und als sich meine Augen an die Helligkeit gewöhnt hatten, sah ich zuerst das Glitzern auf den Wellen, sekundenlang, bevor ich hören konnte, wie sie brachen und an den Strand rollten. Der Sand war ganz fein, und der letzte Wohnblock war schon zum Teil in einer kleinen Düne versunken. Nico und ich standen mit unseren Füßen im Sand und schauten, und vor uns gab es nur noch funkelndes Wasser bis zum Horizont. Ein warmer, salziger Wind wehte uns entgegen, von dem unsere Augen zu tränen anfingen. Wir mussten lachen, und gleichzeitig liefen uns die Tränen über die Gesichter, das Meer rauschte gewaltig, und der Wind pfiff durch die leerstehenden Plattenbauten.

Im *Café Porsche* wurde geraunt, und jemand sagte: Au weia. Beat aber sah schon gar nichts mehr vor sich als seine Erinnerung, oder seine Geschichte, je nachdem, wie viel von seiner Erinnerung seine Geschichte war.

Der letzte Wohnblock war schon so weit in die Sanddüne eingesunken, erzählte er, dass man in die Balkone im ersten Stock einsteigen konnte. Nico und ich fanden auf einem Balkon eine ausgeklappte Sonnenliege und eine grobe Hundedecke. Wir legten uns zusammen auf die Liege und deckten uns zu, diesmal lag ich hinter ihm, und dann schliefen wir ein, mit dem Geräusch der Brandung in den Ohren.

Ich fing an zu klatschen, weil Beat eine lange Pause machte und weil ich dachte, dass das doch sicherlich das Ende der Geschichte sein müsste. Christoph schaute mich sofort böse strafend an, von hinten legte mir jemand seine Hand auf die Schulter (ich wollte mich nicht umdrehen und nachsehen, wer das war), und sogar Beat schaute etwas ratlos zu mir herunter, als verstünde er nicht, was das jetzt sollte, dieses Klatschen von mir. Ich ließ meine Hände sinken, aber Christoph gab Beat keine Chance mehr, das Wort nochmal zu ergreifen. Später dachte ich mir, dass das meine Schuld gewesen ist, weil ich losgeklatscht habe. Er sprang von seinem Stuhl auf und war völlig außer sich, so eine Scheiße hier zu erzählen, sagte er, sei ja wohl das absolut Letzte, und ob Beat nicht glaube, dass die anderen sich verarscht fühlen müssten, wenn sie hier von ihren Ängsten berichten und er komme auf die Bühne und erzähle uns eine Lovestory, in der sich alles schließlich fügt und auflöst in Schönheit und Harmonie und Glückseligkeit. Beat wollte etwas sagen, bekam aber keine Gelegenheit dazu. Mit so einer Geschichte, sagte Christoph, kannst du dich hier gleich verpissen.

Ich fand das ungerecht, aber ich traute mich nicht, etwas zu sagen. Ich hatte ja auch keine Argumente, außer, dass ich Beat gern zugehört hatte.

Du kannst dich gleich verpissen, sagte Christoph, und du brauchst auch gar nicht mehr zu kommen.

Jemand, ich glaube, es war Jonas, traute sich dann doch noch zu widersprechen. Er sagte, dass er das jetzt ein bisschen hart finde, schließlich müssten wir doch erstmal diskutieren, ob das die anderen auch so sehen, dass das völlig unbrauchbar ist. Dann wurde gemurmelt, und Gesten wurden gemacht, Unsinn, hörte ich jemanden sagen. Ich meine, sagte Jonas, man könnte doch darüber sprechen, was das bedeutet, dieses Meer. Ob das wirklich ein Happy End ist. Man könnte ja auch sagen, dass das ein Zeichen für eine tiefsitzende Angst vor dem Anderssein ist, oder nicht? Beat ließ den Kopf hängen und schien mir gar nicht so recht mitzubekommen, dass da gerade einer den Versuch machte, ihn zu verteidigen. Christoph wandte sich Jonas zu und sagte, dass er das nicht zulassen werde, dass man hier Hilfestellung leistet mit solchen Interpretationen, um aus dem Ungenügenden etwas Brauchbares zu machen. Es wird dadurch nichts Brauchbares daraus, sagte er, es bleibt ein Scheiß, mit dem hier unsere Zeit vergeudet wird.

Dann hob Beat doch nochmal den Kopf und sagte: Ich hatte das so verstanden mit diesem Horrorfilm, dass es eben gerade nicht um den Horror geht, über den es schon tausend Filme gibt. Sondern um den, den uns die Normalität oder das Leben zufügt, die Narben und die Schmerzen, die daher kommen. Vielleicht habe ich das falsch verstanden, dann tut es mir leid.

Das bringt jetzt auch nichts mehr, dass es dir leidtut, sagte Christoph. Ich will dich das nächste Mal hier nicht mehr sehen. Erzähl deinen Dreck woanders, schreib ein Buch, leck mich am Arsch. Christoph lief zwischen den Leuten durch zum Ausgang und schmiss die Tür hinter sich zu. Sarah ging ihm hinterher und kratzte sich dabei heftig am Kopf. Für eine Sekunde war im *Café Porsche* überhaupt kein Geräusch zu hören, dann hörte ich Jonas sagen, dass man hier ja nicht gleich so eine Pogromstimmung verbreiten müsse, und sofort hob das Gemurmel wieder an, Empörung überall, ob er sie noch alle habe, was er damit sagen wolle, dass er mal besser ganz vorsichtig sei und aufpassen solle, was er sage.

Beat war die ganze Zeit oben auf der Bühne stehen geblieben und hatte sich angesehen, was vor ihm aufgeführt wurde. Als aber er irgendwann wieder ins Mikrofon sprach und seine Stimme die einzige verstärkte im Raum war, wurden alle mit einem Mal ganz ruhig und hörten zu.

Als Nico und ich wieder aufgewacht sind, sagte er, waren vor dem Balkon nur noch ein paar dürre Sträucher und kahle Bäumchen zu sehen. Es lag ein bisschen Schnee, und überall waren Mülltüten und Bierdosen, und direkt unter unserem Balkon war ganz oft hingepinkelt worden, es roch scharf nach Ammoniak.

Nico und ich kletterten aus dem Balkon heraus und standen uns gegenüber. Dann meinte er, dass er jetzt vielleicht mal besser bei seiner Familie vorbeischauen sollte. Falls die mich reinlassen, sagte er. Ich fragte ihn, ob er wollte, dass ich ihn begleite, und für eine Sekunde stellte ich mir vor, wie wir beide vor der Haustür seiner Familie stehen würden und uns kurz noch einmal anschauen und arrangieren, als das Bild, das wir dann zusammen abgeben würden, und was Nico sich dabei denken könnte. Nico meinte, nein, lieber nicht. Ich bin ja auch gar nicht schwul, sagte er, und es gäbe keinen Grund, seine Leute unnötig zu verwirren.

Wir sind an diesem Vormittag auseinandergegangen, ich bin zurück zum Bahnhof und habe während der Fahrt in die Schweiz keine Minute geschlafen, obwohl ich todmüde war. Auch den Tag danach, als ich wieder in meiner Wohnung in Sankt Gallen war, saß ich nur auf dem Sofa und starrte gegen die Wand. Ich hatte mich noch nicht mal umgezogen, konnte nicht schlafen, konnte aber auch gar nichts denken oder fühlen. Alles in mir war völlig leer. Als Erstes kam dann nach einer unendlich langen Zeit die Angst, dass ich nie wieder etwas fühlen würde. Und damit brach dann plötzlich alles über mir zusammen.

Ich fürchte mich davor, sagte Beat, dass ich niemals jemanden finden werde, der sich wirklich mit mir gemeinsam auflehnt gegen die Wirklichkeit. Dass ich allein bleiben muss, weil ich mir so eine idealisierte Vorstellung davon gemacht habe, wie es sein soll. Ich fürchte mich davor, dass es nur noch ein paar Enttäuschungen geben wird, hin und wieder, dass ich ansonsten aber allein bleiben muss und dass ich als ein einsamer Mensch sterben werde. Es tut mir wirklich leid, wenn ich eure Zeit verschwendet habe.

Ich machte mir, als Beat zu Ende gesprochen hatte und noch traurig oben auf der Bühne stehen blieb, die Notiz: *Beat bleibt traurig auf der Bühne stehen.* Und ich merkte in dieser Situation, wie wichtig es war, dass ich auch selbst die Sitzungen protokollierte und mich nicht darauf verließ, was die anderen mitbekamen und was Sarah und Christoph davon auswählen würden.

Die Leute standen auf, einige führten aufgeregte Gespräche, andere gingen sofort nach Hause, die Sitzung war definitiv vorbei. Christoph tauchte gar nicht mehr auf, Sarah nur noch einmal kurz, um ihre Sachen zu holen. Sie mied jeden Blick und wollte sich offensichtlich in kein Gespräch verwickeln lassen. Beat, der wirklich sehr lange nach seinen letzten Sätzen noch auf der Bühne stand, hörte irgendwie für alle anderen einfach auf zu existieren. Niemand ging auf ihn zu, um mit ihm über seinen Vortrag zu sprechen. Man redete über ihn, über das Gesagte, ob das nun stimmte oder nicht, dass es großer Mist war und für unser Projekt nicht zu gebrauchen. Und es schien allen völlig klar zu sein, dass Christophs Wort in dieser Sache ein Machtwort war und dass es galt, ganz egal, ob man damit einverstanden war oder nicht. Beat war ausgeschlossen und rausgeworfen worden, noch bevor er die Bühne verlassen hatte. Es gab für ihn praktisch keinen Raum mehr unter uns, und wahrscheinlich ist er deshalb auch so lange dort oben stehen geblieben – weil er das gespürt hat und nicht wusste, wo er sonst noch hinsollte mit sich.

Die folgenden Tage in München waren fürchterliche Tage. Es regnete und war kalt, ich ging nicht nach draußen, saß auf dem Sofa in der Küche oder auf dem Bett in meinem Schlafzimmer, duschte, nur um meinen Körper aufzuwärmen, konnte mich auf nichts konzentrieren und hatte auch keine Lust auf die Datei zum Schrecklichen Grauen. Die Aufnahmen und die Notizen zu Beats Sitzung habe ich erst wesentlich später übertragen. Ich wollte das alles nicht nochmal hören, und vor allem wollte ich nicht nochmal Christophs Ausbruch miterleben, wie er sagte, dass Beat sich mit einer solchen Geschichte verpissen könne und dass er nicht wieder aufzutauchen brauche im *Café Porsche*. Ich dachte wieder viel daran, Josi anzurufen, aber alles, was ich ihr hätte sagen können, wäre die Bitte gewesen, vorbeizukommen, nicht zu sprechen, nichts zu wollen, nur dazuliegen oder dazusitzen und ein weiterer Körper in diesen Räumen zu sein, die mir sonst ständig so vorkamen, als wären sie außerhalb einer engen Membran, die mich umgab, mit Wasser aufgefüllt. Es rauschte vor den Fenstern, und in meinen Ohren blieb ein Echo davon wie eine ewige Rückkopplung, die sich immer weiter aufschaukelte. Langsam allerdings, Tag für Tag.

Ich musste an Marlies denken, als ich irgendwann feststellte, dass ich meine Wohnung drei Tage lang nicht verlassen hatte und dazu übergegangen war, Mahlzeiten zu mir zu nehmen, die aus Tomatenmark, Frischkäse und Dosenmais bestanden. Wenn ich durstig war, trank ich das Wasser direkt aus dem Hahn. Es gab kein sauberes Geschirr mehr, und ich dachte mir mehr als einmal, dass es als so ein Eingeschlossener keinen rationalen Grund mehr gibt, sich als Teil der Gesellschaft zu fühlen, überhaupt als Teil derer, die noch bei Verstand waren und noch nicht hinabgestiegen in die dunklen Schächte, in die einem keiner mehr folgen konnte. Das geht so schnell, dachte ich, und dabei spürte ich schon, wie ich mich selbst schief ansah, aus dem Augenwinkel, weil diese Gedanken so naheliegende, banale Spießergedanken waren. Ich dachte: Du Wicht. Und ich hielt mich selbst dazu an, das Maul zu halten. Dann fand ich es wieder *erstaunlich*, was mit mir passieren konnte, so schnell, und war *gespannt*, wie sich das entwickeln würde. Ich wollte, dass Josi mir schrieb, dass sie sich Sorgen machte, textete Phantasietexte, die darauf antworten würden, bis ich müde wurde und einschlief und irgendwann fand, dass es genug sei und ich mich wieder zusammenreißen müsse. Dann war es einfach vorbei. Ich spülte ab, wusch Wäsche, rasierte mich, ging einkaufen und wartete noch zwei weitere Tage, bis ich wieder in den Zug nach Ulm steigen konnte, um zur nächsten Sitzung zu fahren. Diese Termine waren mir so wichtig geworden, ich wäre jederzeit wieder hingegangen, egal, was passierte, wer was sagte oder erzählte und wie Christoph sich verhielt. Und ich bin auch jedes Mal wieder hingegangen. Ich habe keine Sitzung, von der ich erfahren habe, jemals verpasst.

Bei unserem nächsten Treffen in Ulm nahm ich unter den Beteiligten von Anfang an eine große Dünnhäutigkeit wahr. Vielleicht war es auch nur meine eigene Dünnhäutigkeit, die ich auf die anderen projizierte und die mich dort dann störte, weil ich sie gern an mir selbst bekämpft hätte. Jedenfalls fühlte ich, dass ich etwas unternehmen musste. Also ging ich zu Christoph, in einem Moment, als alle noch am Ankommen waren, Gespräche geführt wurden, Hubi seine Bar herrichtete und nach und nach immer mehr Leute durch die Stahltür ins *Café Porsche* kamen, mit unruhig den Raum absuchenden Augen, und sprach ihn an, sagte, dass ich nicht in Ordnung fand, wie er in der letzten Woche mit Beat umgegangen war. Ich sagte ihm, dass ich an diesem Abend gern auch meine eigene Geschichte vorgebracht hätte, dass ich mich schon darauf vorbereitet hatte und deshalb auch besonders offen gewesen sei für die Erzählung von Beat, von der ich übrigens gar nicht fand, dass sie für unser Projekt völlig unbrauchbar war. Er hätte sich alles mal bis zum Ende anhören sollen, die Pointe habe er ja verpasst. Ich wäre an diesem Abend selbst noch auf die Bühne gegangen, den Mut dazu hatte ich schon gefasst, sagte ich, das habe er mir aber durch sein Verhalten gründlich verdorben.

Christoph ließ sich gar nicht auf die Rolle des Beklagten ein, sondern sagte nur zu mir, das sei ja schön, dass ich endlich so weit sei, uns mit meinen Geheimnissen vertraut zu machen. Die Sache mit Beat war ihm keinen weiteren Kommentar wert. Wieder merkte ich, wie darauf eine machtvolle Haltung aufbaute. Dass er nicht mehr auf seine letzten Entscheidungen einging, weil sie längst zu Tatsachen geworden waren. Er machte das aber nicht wie ein Schiedsrichter, der eine Rote Karte vergeben hatte und sich danach stoisch von den aufgebrachten Spielern anbrüllen ließ. Er schaute durch diese brüllenden Spieler sozusagen einfach hindurch, den Blick schon wieder auf die nächste Szene gerichtet, die seiner Entscheidung bedurfte.

Christoph gab mir mit einer Geste zu verstehen, dass er sich jetzt um die Anlage kümmern musste, und wandte sich ab. Ich suchte mir einen Platz zwischen den anderen, widersprach nicht, fühlte mich aber immer noch nervös und leicht reizbar, unwillig, und hatte mich trotzdem längst in mein Schicksal gefügt. Ich war mir selbst unangenehm. Das war vielleicht von Anfang an so gewesen, aber Christoph hatte mit seinen wenigen Worten bewirkt, dass ich keine Hoffnung mehr hatte, meine Unzufriedenheit irgendwo anders auszutragen als in mir selbst.

Er nahm sich das Mikrofon, ging die Stufen hoch auf die Bühne und begann seine einleitenden Worte mit einer so hinterlistigen Feierlichkeit in der Stimme und im Blick, dass mir sofort eiskalt wurde.

Ich dachte mir, sagte er nach einer kurzen Begrüßung, wenn alle hier immer so schamlos ausholen mit ihren Geschichten, dann kann ich ja selbst auch mal etwas ausholen.

Christoph grinste. Aber nicht wie ein Mensch grinst, um seine eigene Gefahrlosigkeit zu signalisieren, sondern wie ein Tier grinsen würde, bevor es einen anfällt, wenn Tiere so etwas machen würden. Ich schaute in sein Gesicht und dachte mir, er sieht aus wie einer, der die verschiedenen Schritte einer gleich erfolgenden Folter verkündet. Genussvoll und wissend, dass dieser Genuss sich auf eine der beiden Seiten beschränken wird.

Als ich ungefähr vierzehn oder fünfzehn Jahre alt war, sagte Christoph, und noch zur Schule ging, hatte ich einen ständigen Feind, der mich jeden Tag terrorisiert hat. Er hieß Daniel Kresser. Wir haben uns in dieser Schule immer nur mit Nachnamen angesprochen, also war ich der Raub und er der Kresser. Der Kresser war eine richtig fiese Sau. Er war knapp zwei Jahre älter als ich und auch schon sehr viel kräftiger und größer. Am

Morgen, bevor der Unterricht losging, kam er oft quer durchs Klassenzimmer auf mich zu, hat meine Sachen herumgeworfen, und wenn ich mich dann wehren wollte, hat er mir den Arm verdreht oder einen Finger, oder er hat mich gegen den Heizkörper gedrückt, hat mich auf den Boden geworfen und ist auf meine Haare gestiegen, die ich damals lang getragen habe, weshalb er mich wahrscheinlich als sein Opfer ausgesucht hatte.

Er hat mich in den Pausen dazu gezwungen, faulige Äpfel von der Wiese am Pausenhof zu essen, und hat mir nach dem Sportunterricht seine verschwitzten Socken ins Gesicht gedrückt. Er war ziemlich gut darin, mir nur auf solche Arten Schmerzen zuzufügen, die keine eindeutigen Spuren hinterließen. Es hat mich sehr erstaunt, wie viele Arten es gibt, jemandem weh zu tun, die äußerlich vollkommen unsichtbar bleiben.

Damals fiel mir erstmal nichts ein, was ich unternehmen könnte. Ich konnte nur warten, bis die Schulzeit endlich vorbei war. Die Schmerzen und die Schulzeit waren irgendwann untrennbar miteinander verbunden. Wenn ich an die Schule dachte, dachte ich an den Kresser, und in meiner Vorstellung war er riesengroß und übermächtig, größer als die Schule selbst. Er füllte die Schule komplett aus. Ich bin mir nicht sicher, ob ihm das bewusst gewesen ist, aber das war natürlich die Hauptsache, um die es ging. Wahrscheinlich war das dem Kresser selbst nicht klar, und er hat sich einfach an eine Art Betriebsanleitung gehalten, die ihm sein Charakter vorgegeben hat. Er war nicht besonders schlau, aber auch kein hundertprozentiger Prolet. Er konnte zum Beispiel sehr gut zeichnen. Das hat mir jedes Mal fast das Herz gebrochen, wenn ich gesehen habe, wie diese grobe Sau ein wunderschönes Bild gezeichnet hat. Ich habe das auch nicht verstanden, wie ein Mensch zwei so grundverschiedene Seiten haben kann.

Erst sehr viel später habe ich begriffen, was da eigentlich zwischen uns passiert ist. Der Kresser und seine Welt, seine Person, sein Auftritt, sein schlechter Charakter und seine picklige Seele sind in genau dem Maß gewachsen und riesig geworden, in dem ich, meine Welt, meine Person und meine eigene picklige Seele verschwunden sind, in dem Moment, in dem er mir den Arm oder einen Finger umgedreht hat, mich gegen den Heizkörper gedrückt hat oder mir auf die Haare getreten ist. Und das ging nur deshalb so, wie es ging, weil es weh tat. Wie gesagt: Ich glaube nicht, dass ihm das bewusst war. Er hat sein Programm abgespult, in das eben das Terrorisieren und Quälen von schwächeren Mitschülern eingeschrieben war. Aber dass der Kresser dabei riesig groß wurde, größer als die Schule, und ich ganz klein, eigentlich nur noch meine Haarwurzeln oder mein Finger oder das Gelenk in meinem Arm war, das lag an den Schmerzen.

Oft wollte er von mir, dass ich irgendetwas sage, mit verdrehtem Arm oder Finger, und wenn es nicht ging, weil es so weh tat, dass die Sprache schon von den Schmerzen aufgefressen war, hat er so getan, als wäre das meine Schuld, als würde ich ihn reizen wollen oder den Helden spielen, dabei konnte ich einfach nichts mehr sagen. Ich habe den Kresser so sehr gehasst wie sonst niemanden. Wenn ich an ihn dachte, an sein Gesicht, seinen Geruch, den Geschmack seiner verschwitzten Sportsocken, war für kein anderes Gefühl mehr Platz in mir. Da war nur noch übermächtiger, blanker Hass.

Christoph erzählte diese Geschichte mit einem seltsam zufriedenen Ausdruck im Gesicht. Als er von seinem Hass sprach, musste er lächeln, und ich fragte mich, ob er über sein altes Ich aus der Vergangenheit lächelte, das für Daniel Kresser nur Hass übriggehabt hatte, oder ob er sich mit Genugtuung an seine Rache erinnerte, an etwas wirklich Grausames, das er seinem Schulfeind irgendwann angetan hatte. In seinem Blick war beides als Möglichkeit vorhanden. Ich hätte ihm da schon zugetraut, dass er den Kresser einfach aus dem Weg geschafft hatte. Oder ihn aus dem Weg hatte schaffen lassen.

Ich habe nach der Schulzeit nicht mehr so regelmäßig an den Kresser gedacht, erzählte Christoph auf der Bühne. Aber wenn ich an ihn dachte, dachte ich mit dem gleichen ungezügelten Hass an ihn, obwohl er mich schon lange nicht mehr terrorisierte. Der Hass relativierte sich einfach nicht mit der Zeit. Er blieb in mir, wie eine Wunde oder eine Narbe, vollkommen unbeeindruckt von der Zeit, die verstrichen war. Es gab Einladungen zu Klassenfeiern, die ich abgelehnt habe, weil ich merkte, wie stark und frisch mein Hass noch war und dass selbst diese Klassenfeiern, die Gasthöfe, in denen sie ausgerichtet wurden, in meiner Vorstellung von dem übergroßen Kresser ausgefüllt waren, auch wenn ich diesmal die Wahl hatte, nicht hingehen musste wie in die Schule, und mir relativ sicher sein konnte, dass mir als erwachsenem Menschen nicht mehr die Sachen durch den Raum geworfen würden und auch niemand mehr meinen Kopf gegen den Heizkörper drücken würde. Über die Einladungen selbst habe ich immer wieder ein bisschen von den Leuten erfahren, was sie inzwischen machen, welche Positionen sie bekleiden, ob sie Familien gegründet haben. Jemand erzählte mir einmal am Telefon, der Kresser sei Berater in einer Consultingfirma geworden, habe eine Frau und zwei Söhne und wohne in einem Neubau, den er abbezahle, wie die meisten aus unserem Jahrgang. Ich stellte mir sofort vor, wie er durch eine Gasexplosion am Herd seiner neuen Einbauküche zerfetzt wurde, wie er beim Reinigen seiner frisch verstopften Regenrinnen von der Leiter fiel und in die Spitzen einer Gartenharke, wie er versuchte, einen Kabelbrand mit Wasser zu löschen, oder wie eine ungesicherte Dachbodenluke aufklappte und ihm den Schädel einschlug. Ich stellte ihn mir dabei als etwas dicker vor, als er zu Schulzeiten gewesen ist, und mit einer Halbglatze, die ich ihm ebenso wünschte wie Nierensteine, Darmverschluss, faulige Zahnwurzeln, Arthrose, Nagelpilz und Impotenz. Ich dachte mir, wer so eine Sau gewesen ist, der muss dafür büßen. Und dann, wie ich mir das dachte, ist mir klargeworden, dass der Kresser mich sehr wahrscheinlich in der Zwischenzeit einfach komplett vergessen hatte. Selbst wenn all das zutraf, was ich ihm wünschte – weil er ja nicht wissen konnte, dass ich es ihm wünschte. Es gab für ihn einfach keinen Grund, sich an mich zu erinnern. Und das hat mich dann nur noch wütender gemacht und meinen Hass noch weiter gesteigert, weil ich das Gefühl hatte, dass er in dieser Sache einfach nur gewinnen konnte. Ich hätte mich aktiv in sein Leben einschalten müssen, den Terror von meiner Seite wiederaufnehmen. Wenn er mich einfach vergessen hat, dachte ich mir, dann hat es ihn am Ende wirklich überhaupt nichts gekostet.

Christoph erzählte uns, ihm sei erst durch diese Erkenntnis klargeworden, was das für ein Verhältnis war zwischen ihm und dem Kresser, wie das funktionierte und wie es sein eigenes Funktionieren selbstständig verstärkte und bis in die Ewigkeit festschrieb, ohne dass einer von beiden bewusst etwas dafür tun musste.

Die Welt und die Wahrnehmung von Daniel Kresser, sagte er, haben sich in dem Moment, in dem ich zusammengeschrumpft bin auf den Schmerz, in dem meine Welt zusammengebrochen ist und nur noch mein Körper war, der sich anfühlte wie eine Waffe, die gegen mich verwendet wird, riesenhaft ausgebreitet und haben noch den Raum eingenommen, den vorher ich, mein Leben, meine Welt und meine Persönlichkeit beansprucht haben. Der Kresser wurde zu einer objektiven Tatsache und ich zu einer sehr subjektiven Möglichkeit, die genauso gut auch nicht sein konnte. Wohingegen der Kresser definitiv war. Erst nach diesen ganzen Jahren habe ich begriffen, dass das aus uns zwei verschiedene Menschen gemacht hat. Aus ihm einen, der sehr früh objektiv vorhanden war, präsent und definitiv, der sich selbst machtvoll in die Welt gestellt hat, dadurch, dass er sich auch noch in die Welt der anderen ausgedehnt hat und größer war als die Schule. Und aus mir einen, der höchstens möglich war, der zurückgedrängt wurde auf den kleinsten Raum seines Körpers und der sich die Welt deshalb immer wieder neu erschließen und erfinden musste. Für mich gab es keine Gewissheit außerhalb der Schmerzen. Für den Kresser war alles Gewissheit.

Ich habe mich und die Welt seither nie wieder als etwas wahrgenommen, was Bestand hat. Aber, und das ist vielleicht das Wichtigste, ich habe gelernt, dass ich und die Welt, dass wir etwas sind, was in einem unablässigen kreativen Prozess ständig neu erschlossen, erkannt, befragt und erfunden werden muss. Am Ende bin ich heute sehr glücklich über die Seite, auf der ich stehe. Ich gehöre zu den Bewegten, den nie Angekommenen, den Ungewissen, und ich bin überzeugt davon: Uns gehört das Geheimnis, wenn uns schon nicht die Gewissheit gehört. Ich habe niemanden hierher zu den Sitzungen eingeladen, von dem ich glaube, dass er nicht mit mir auf dieser Seite steht. Niemanden, von dem ich nicht überzeugt bin, dass er oder sie eine Erfahrung gemacht hat, die meiner Erfahrung mit dem Kresser ähnelt oder entspricht. Niemanden, der also nicht immer, ewig suchend und fragend, nach innen schauen muss, um herauszufinden, wie dieses Innere jedes Mal aufs Neue mit allem Äußeren in Verbindung gebracht werden kann. Wenn jetzt jemand behauptet, das sei selbstverständlich, sage ich: Nein! Ist es nicht. Der Kresser ist selbstverständlich, die Kresserwelt in seinem Neubau, die ist selbstverständlich und beständig. Ich glaube, sagte Christoph, wir sind jetzt so weit, dass wir den nächsten Schritt gehen können.

Ich hörte jemanden im *Café Porsche* ein wimmerndes Geräusch machen, als wüsste die Person bereits, was das bedeutete und was als Nächstes kommen würde, dass es unausweichlich war und unangenehm werden würde. Ich selbst wurde sofort panisch: Was für ein nächster Schritt? Warum ging es nicht einfach so weiter, die Geschichten waren doch noch längst nicht alle erzählt. Ich war nicht einverstanden damit, dass Veränderungen vorgenommen werden sollten. Ich fand auch, das könne man nicht einfach so machen. Dafür hätte man uns schon zumindest einmal fragen müssen.

Der Schmerz, den ich damals in der Schule durch den Kresser erfahren habe, sagte Christoph, hat mir eine Tür aufgeschlossen. Er hat mich näher an den Menschen herangebracht, der ich bin. Und ich denke, diese Funktion kann er auch heute noch für uns erfüllen.

Ich saß auf meinem Stuhl vor der Bühne, und ich sah etwas auf mich zukommen, dem ich direkt in die Scheinwerfer schaute, wie ein Reh auf der Landstraße. Ich wich nicht aus und wandte mich auch nicht ab.

Christoph sagte, er wolle vermeiden, dass sich solche Szenen wie in der letzten Woche wiederholten. Er wolle mit uns an die Substanz, den Hauptflöz, wo das kostbare Erz unserer Menschlichkeit lagert, wo die richtige Angst sitzt. Und es zeigt sich, sagte er, dass wir wohl schaben, kratzen und schneiden müssen, um in diese tiefen Schichten vorzudringen. Wahrscheinlich ist es auch wichtig, sich vor dem Ausheben der Angst zu fürchten. Der kostbare Stoff, sagte er, habe schließlich seinen Preis.

Ich hörte Christoph zu und musste unwillkürlich an den Betriebsausflug mit der Agentur ins Fußballstadion denken. An den Trainer des SC Paderborn 07 und an meine beiden Chefs mit ihren Managerschals.

Ich habe euch aufgefordert, sagte Christoph, hier in diese untersten Schichten vorzudringen. Aber ich will euch auch dabei helfen. Ich habe gesagt, der Schmerz hat mir die Tür aufgeschlossen und mich mir selbst nähergebracht. Warum glaube ich das? Weil ich verstanden habe, was Schmerzen bedeuten und was ihre Schönheit ausmacht und ihre große Kraft. Unsere Schmerzen sind unsere Geheimnisse. Die Medizin behandelt sie vielleicht als Rätsel, die irgendwann gelöst werden können, durch ein Medikament oder einen Eingriff, ich aber behaupte, sie sind

Geheimnisse, die nie ganz gelöst oder gelüftet werden können. Sie bringen uns an einen Ort in uns, der nicht mehr auf der Karte des Bekannten eingezeichnet ist. Und zwar, weil sie das ultimative Paradox unseres Lebens sind.

Der Schmerz ist die stärkste Erfahrung von Fremdheit, die man mit dem eigenen Körper machen kann. Niemand außer uns selbst spürt unsere Schmerzen, sie sind in uns und unteilbar mit anderen, absolut individuell, außerhalb dessen, was wir mit unserer Sprache und unseren Gesten auch nur annähernd kommunizieren können. Wir sind ein Leben lang allein mit ihnen, und trotzdem bleiben sie uns fremd. Sie machen unseren eigenen Körper oder einen Teil davon zu einem Fremden, von dem wir uns wünschen, dass er verschwindet und dass er dem Bekannten wieder seinen alten Platz überlässt. Dieses Fremde ist aber immer da. Es hat seinen festen Platz in uns. Von ihm nährt sich die Angst. Wenn es irgendwann die Überhand über unser Bewusstsein gewinnt, werden wir entweder wahnsinnig oder sterben. Manchmal können wir dieses Fremde in einem Phänomen der äußeren Welt erkennen. Was immer das ist, wir müssen es dann mit aller Kraft bekämpfen, weil wir spüren, dass es mit dem Fremden in uns in eine Beziehung tritt und es nährt und von außen mit frischer Kraft und Energie versorgt. Gleichzeitig setzt ein Teil des Fremden aus unserem Innern in die äußere Welt über und stört dort die Gewissheiten und alles, was wir für selbstverständlich halten. Genau an diesem Punkt, über diesem Moment und über dieses Phänomen möchte ich einen Film machen. Hier passiert der wahre Horror, nach dem wir seit Wochen suchen und den ich mit euch gemeinsam erzählen will.

Wir wollen das Fremde nicht mehr ablehnen und bekämpfen, zumindest nicht für die Dauer dieser Treffen, sondern wir wollen es aufspüren, bewusst aufsuchen, uns ihm stellen und herausfinden, was es ist. Es wird sich entziehen, und es wird sich wehren, und es wird seine ganze Macht ausspielen, um weiterhin unerkannt, verdeckt, verschüttet und verdrängt zu bleiben. Aber ich glaube, mithilfe der Schmerzen können wir einen Weg hin zu diesem Fremden finden. Wir müssen den Weg des Geheimen nachvollziehen, um dem Geheimnis zu begegnen. Es ist nicht unmöglich. Wenn wir uns durch die Schmerzen an den Ort der größtmöglichen Innerlichkeit versetzen, können wir von dort vielleicht einen kleinen Teil des Geheimnisses, des Fremden, mit zurück an die Oberfläche bringen. Wir können dem schwarzen Tier unserer Seele in die Augen schauen, und wenn wir zurück sind unter uns, hier in der Gruppe, dann können wir versuchen, davon zu berichten.

Ich schaute zur Seite und sah dort Markus sitzen, der tiefe Furchen auf der Stirn hatte. Er hielt seine Gipshand wie ein kleines Tierchen im Arm. Zu dem, der neben ihm saß (oder vielleicht auch zu allen), sagte er, ohne dabei die Stimme zu erheben oder aufzustehen oder sich sonst bemerkbar zu machen: Ich bin bedient.

Ich bin sehr froh, fuhr Christoph auf der Bühne fort, dass wir einen Freiwilligen haben, der für uns hier den Anfang machen will. Dann schaute er mich an und machte mit seinem Arm eine einladende oder servierende Geste in meine Richtung.

Moritz ist vorhin auf mich zu gekommen und hat sich bereit erklärt, der Erste zu sein.

Ein Applaus setzte ein und ein respektvolles Nicken der anderen im Zuschauerraum. Christoph stand auf der Bühne, den Arm noch immer in seiner einladenden Geste in meine Richtung ausgestreckt, und lächelte mich an, wieder so raubtierhaft wie vorhin, als er zu sprechen angefangen hatte. Mir wurde sehr heiß, und für einen Moment fingen kleine bunte Punkte in meinem Gesichtsfeld zu tanzen an, sodass ich dachte, ich würde vielleicht ohnmächtig. Ich versuchte mir einzureden, dass ich stärker war als das. Dass ich sicher aufstehen und auf die Bühne kommen konnte. Ich spürte eine große Abscheu gegen Christoph in mir aufsteigen und gleichzeitig den Wunsch, von ihm in den Arm genommen zu werden und zu hören, dass es gut werde, dass ich sein Held sei und deshalb auserwählt. Ich wollte einen möglichst schmerzhaften Tod vor der Kamera sterben.

Von der Bühne aus ergab sich ein ganz anderer Blick ins *Café Porsche*. Die unten Sitzenden schauten alle nach oben, die erhöhte Position gab einem sofort etwas Herrschaftliches. Große Gesten boten sich an. Alles war verdreht, die Bar, die Rückseite des Raumes, die Tür, mir wurde etwas schwindlig davon, ich schaute runter auf den Bühnenrand und sah, wie Sarah mit einem Koffer in der Hand halb die Stufen heraufkam, Christoph den Koffer reichte und sich dann wieder zurück auf ihren Platz setzte. Dann schaute ich rüber zu Christoph, der den Koffer auf einem Barhocker neben sich ablegte und so öffnete, dass die Zuschauer unten in ihn hineinsehen konnten. Er sah dabei aus wie ein Quizshowmoderator, der einen Geldpreis präsentiert. Die Leute unten schauten neugierig in den Koffer, mit großen Augen, und ich dachte mir: Die können sich kaum mehr auf ihren Stühlen halten. Als wäre es wirklich ein Koffer voller Geld. Stattdessen befanden sich darin verschiedene Werkzeuge, Rasierklingen und andere Gegenstände, die unter anderen Umständen harmlos gewirkt hätten. Ich nannte den Koffer in meinem Kopf sofort den Folterkoffer. Christoph bezeichnete ihn in den folgenden Wochen als *Die Wahl der Waffen*. Ich wurde an den Folterkoffer herangebeten und sollte mir aussuchen, auf welche Weise ich den geheimnisvollen Weg in mein Innerstes beschreiten wollte. Es gab viele Gegenstände in dem Koffer, die ich nicht zuordnen konnte. Ich schaute eine Weile in den Haufen hinein, ohne wirklich wahrzunehmen, was genau das eigentlich war. Es hätte auch der Koffer eines Fernsehtechnikers sein können. Oder einer Feinmechanikerin. Am Ende sah ich im Deckel eine aufgerollte Klaviersaite, und obwohl sie mir bedrohlich entgegenglänzte, wogegen andere Gegenstände überhaupt keine Bedrohung ausstrahlten, entschied ich mich für sie, zeigte darauf und sagte: Die Saite.

Christoph war sehr zufrieden mit meiner Wahl, wiederholte laut und deutlich: *Die Saite*, und nahm sie aus dem Deckel der *Wahl der Waffen*.

Ich wurde aufgefordert, meinen Arm freizumachen, wofür ich mir den Pullover auszog und den Ärmel meines Hemdes hochrollte. Dann sollte ich die Saite am Unterarm beginnend um meinen Arm wickeln, auch in die Beuge am Ellbogen und rauf um den Oberarm. Die Saite war lang genug, dass zwei lange Enden übrig blieben. Ich wickelte mir eines davon um die Hand an meinem nicht umwickelten rechten Arm, das andere Ende wickelte sich Christoph um seine Hand. Wir zogen beide die Saite immer straffer, bis sie sich tief in die Haut und die Muskeln an meinem Arm eingegraben hatte. Sie schnitt mir nicht durch die Haut, aber rote, bald stark pulsierende und heiß brennende Wülste traten zwischen den Wicklungen der Saite hervor. Meine Hand schwoll an, und die Adern traten hervor. Ich fühlte mich, als würde in meinem Gehirn stufenweise abgeschaltet. Oder zurückgebaut wie bei einem Haus, bei dem erst das Dach abmontiert wurde und dann jedes einzelne Stockwerk abgerissen, bis nur noch der Keller übrig war. Mein Arm begann im Schultergelenk zu zucken. Erst versuchte ich mich zu beherrschen und die Zähne zusammenzubeißen, dann schaute ich aber in Christophs Gesicht, und seine Augen waren ganz feucht und irgendwie sehr liebevoll mir zugewandt. Er sagte nichts, aber ich denke, er sagte dennoch etwas, auch wenn das blöd klingt. Ich erlaubte mir, ein paar Mal aufzustöhnen, was sich richtig anfühlte. Dann versuchte ich, mich auf irgendetwas Inneres zu konzentrieren. Christoph sagte, ganz leise oder eben gar nicht, ich solle es zulassen. Aber da war nichts zuzulassen. Da waren nur die Schmerzen in meinem Arm und eine riesige Kathedrale der Leere in mir. Dann setzten Kopfschmerzen ein, die sich anfühlten, als würde jemand von innen meine Augäpfel aus den Höhlen drücken. Ein summendes Geräusch hob an in meinen Ohren. Die Finger an meiner Faust waren weiß, und die Saite hatte sich auch dort schon tief eingegraben. Ich gab Christoph ein Zeichen und ließ los. Er wickelte seine Faust, die ebenfalls tiefrot und schlohweiß war und tiefe Furchen aufwies, aus dem einen Ende der Saite. Ich befreite meinen Arm langsam, Windung für Windung, was jedes Mal unheimlich weh tat. Überhaupt kam erst, nachdem ich damit fertig war und das gestaute Blut sich durch die gequetschten Bahnen drückte, der stärkste Schmerz in meinen Arm gefahren. Ein Gefühl, als würde jemand mit einem Baseballschläger auf den Arm einschlagen, breitete sich aus, sehr gleichmäßig.

Christoph sah mich erwartungsvoll an. Ich konnte aber nur meinen Kopf schütteln. Es gab nichts zu sagen. Ich hatte nichts gesehen und nichts erlebt. Und noch dazu bemerkte ich, wie sich in mir eine sagenhafte Traurigkeit ausbreitete, von einer Art, wie sie mir bis dahin noch nicht bekannt gewesen war. Heute würde ich sagen, eine Traurigkeit, wie sie den Tod umgibt. Aber damals wäre mir überhaupt keine Kategorie eingefallen. Ich wurde einfach nur unheimlich traurig. Ich muss so wohl auch ausgesehen haben, Christoph versuchte jedenfalls gar nicht mehr, mich auf der Bühne zum Sprechen zu bringen. Er wies mir den Weg zu den Stufen, die ich hinabging, ohne jemanden anzusehen. Ich hielt meinen Arm fest, auf dem sich die Furchen, die die Saite in ihn eingegraben hatte, noch lange Zeit gehalten haben. Es fühlte sich komisch und sehr fremd an, mit der Hand darüberzustreichen.

Für ein paar Minuten setzte ich mich in die hinterste Reihe. Christoph sagte etwas, er bedankte sich bei mir, ohne in meine Richtung zu schauen. Den Rest kann ich nicht wiedergeben. Ich sah, wie die anderen neugierig an den Bühnenrand traten, und ich glaube, es haben sich an diesem Abend noch weitere

Freiwillige gefunden. Ich aber habe meine Jacke genommen und bin raus aus dem *Café Porsche* und dem *Nach(t)schub*, ohne ein Wort, und habe den nächsten Zug nach München genommen. Wenn ich meinen Arm, der auch auf der gesamten Rückfahrt und mehr noch am nächsten Morgen schmerzte, im Zug nicht gehalten habe, sondern einfach nur neben mir auf der Armlehne abgelegt, konnte wirklich niemand sehen, was passiert war.

Nie wieder ist mir Christophs Idee von den Schmerzsitzungen im *Café Porsche* und ihre Funktion für unsere Suche nach dem Stoff des Films so fern und falsch vorgekommen wie am Morgen nach diesem Abend, an dem ich mir mit der Klaviersaite aus der *Wahl der Waffen* den Arm abgeschnürt habe.

Ich erwachte mit derselben Traurigkeit, die sich vom Abend vorher durch die Nacht und durch meine Träume getragen und darin noch verstärkt hatte, stand auf, ging in die Küche, öffnete den Kühlschrank und fing beim Anblick der beschlagenen Glasfächer, eines fast leergekratzten Marmeladenglases, einer zerdrückten Tube Tomatenmark und eines vertrockneten Salatkopfes minutenlang zu weinen an, ohne dabei aber das Gefühl zu haben, als passierte etwas anderes, als dass Flüssigkeit aus den Drüsen an meinen Augen abgesondert wurde. Immer neue Stöße von irgendwo unterhalb des Jochbeins verhinderten, dass ich aufhören konnte. Aber es folgte auch darauf kein Einblick in irgendetwas, keine direktere Sicht auf mich selbst. Ich verbrachte den ganzen Tag in einer Taubheit, die an der Stelle der vom Schmerz verdrängten Gedanken übriggeblieben war. Ich war sehr schwermütig und ohne jeden Antrieb. Vielleicht hatte ich auch etwas mehr Angst als sonst. Aber nicht diese Form der Angst, von der ich dachte, dass wir sie suchen. Eher eine Angst, die als Lähmung auftrat, als Sinnlosigkeitsmultiplikator, als Vereinzelungs- und Vereinsamungsempfindung. Als die ewig unkommunizierbare innere Leere.

Ich ging nach draußen und lief in der Stadt herum. Ich sah, wie sich ein Jugendlicher im Frack vor der offenstehenden Tür einer Tanzschule mit einem Taschentuch sehr konzentriert die Lackschuhe polierte, während innen ein nervöses Mädchen mit einer Nummer auf der Brust an ihren Nägeln kaute und auf ihn wartete. Ich sah im Schaufenster eines Kaufhauses, wie eine Angestellte die Puppe eines kleinen Jungen einkleidete und ihr danach zärtlich über den Kopf strich. Ich sah, wie ein alter Mann und eine alte Frau auf einer Parkbank nebeneinandersaßen und wie sie beide, obwohl es kalt war, jeweils einen Schuh und den Socken ausgezogen hatten und ihre krummen Zehen verglichen. Ich sah, wie jemand hoch oben in einem Haus am offenen Fenster saß und sich eine CD vors Gesicht hielt, um im Spiegelbild einen Essensrest zu erkennen, der zwischen den Zähnen steckte. Die CD wurde dabei so bewegt, dass immer wieder das Sonnenlicht in ihr aufblitzte.

Ich sah lauter Sachen, die mich sonst berührt hätten, und konnte überhaupt nichts mit ihnen anfangen. Ich nahm das alles wahr, ich war aufmerksam genug, nicht zerstreut, nicht abwesend, aber es kam mir alles ganz unnötig vor. Ich dachte mir, dass niemand etwas tat, was wirklich dringend war. Nichts musste getan werden. Also machten alle einfach irgendwas, um Zeit und Energie und Benzin zu verbrauchen, um den Tag totzuschlagen, das Leben. Ich fing wieder an, vor mir selbst eine schlechte Figur abzugeben, vor allem rhetorisch.

Der Soldatin passiert etwas Ähnliches, als sie aus dem Einsatz zurückkommt. Sie läuft durch die Gegend und will unablässig Disziplinarmaßnahmen verteilen für die Verschwendung, die Nutzlosigkeit, die Ausbeutung des Planeten für Strom und Sprit, die in immer noch unglücklicher machenden Aktivitäten verplempert und verbrannt werden. Melanie Warga schreibt, ihr sei der Sinn für die Schönheit des zivilen Zusammenlebens abhandengekommen. Vielleicht war es das. Ich hätte von nichts, was ich selbst getan habe in diesen Tagen, sagen können, dass es sehr viel sinnvoller war als das Tun der anderen. Oder überhaupt auch nur ein ganz kleines bisschen sinnvoll. Aber ich fühlte mich trotzdem herausgehoben aus allem. Und die Sinnlosigkeit meines Tuns schien ihre Ursache auch irgendwo außerhalb meiner Person zu haben. Sie war Teil des Vorwurfs, den ich an den Rest der Welt formulierte. Wäre die Welt oder ihre Bevölkerung nicht so obermies und sinnlos gewesen, wäre ich vielleicht auch selbst nicht zum sinnlosen Sein und Tun gezwungen, dachte ich.

Nach zwei Tagen in diesem Zustand kam eine sehr mächtige Sehnsucht in mir auf, nach Ulm zu fahren und mich wieder an den Vorbereitungen des Schrecklichen Grauens zu beteiligen. Ich brauchte etwas, das eine Zukunft hatte, die nicht einfach nur irgendwie unausweichlich kommen würde mit jedem neuen Tag, sondern eine Verheißung in sich barg, ein Versprechen, ein Wünschen und Wollen, eine Vision oder von mir aus auch eine Utopie. Ich musste Christoph am Handy anrufen und fragen, für wann die nächste Sitzung anberaumt war, weil ich das letzte Mal ja viel früher gegangen war und seine Ankündigung nicht mehr gehört hatte. Ich dachte, er würde mir erzählen, wie der restliche Abend gelaufen war, wer sich noch auf die Bühne getraut hatte und was dort noch angestellt worden war, was sie vielleicht erreicht hatten in meiner Abwesenheit (natürlich glaubte ich, dass eine Sitzung, die ich nicht besuchte, naturgemäß eine Durchbruchssitzung sein müsste, reich an einzigartigen, nicht wiederholbaren, ganz besonderen Momenten), aber Christoph war sehr kurz angebunden, als wäre er ein Mechaniker, den ich fragte, wann ich mein Auto zur Abgasuntersuchung vorbeibringen könnte.

Auch aus Christophs Einleitung der nächsten Sitzung war nicht mehr über den restlichen Verlauf des letzten Abends zu erfahren. Ich sah, dass in der vorderen Reihe jemand eine Halskrause trug, aber ich konnte mir nicht vorstellen, welches Werkzeug aus dem Koffer dafür hätte verantwortlich sein können. Ich ging der Sache auch nicht nach. Die Person mit der Halskrause hatte ich davor noch nie gesehen.

Christoph sprach von den Katastrophen unserer Zeit und von den verschiedenen Wegen, die sie fanden, um in unser Bewusstsein zu geraten. Er sprach von der Unfassbarkeit des Ausmaßes des Grauens für das Denken des Einzelnen. Von einer Krise des Vertrauens der Menschen in die Menschen und von einer sich daraus ergebenden Krise des Glaubens in sich selbst. Wie soll man das anstellen, fragte er, jemanden lieben, der unserer Art angehört. Und wie soll man dann bitte Liebe für sich selbst empfinden können?

Ich stellte mir vor, wie ich selbst diese Sätze sagen würde, und war mir sicher, ich würde mich dabei wieder mit diesem verächtlichen Blick von der Seite selbst betrachten. Bei Christoph hatte ich dieses Gefühl nicht. Er stand mit seiner ganzen Person hinter dem Gesagten und rechtfertigte damit jedes Wort.

Der Schmerz, sagte Christoph, den wir im Angesicht der unfassbaren menschlichen Grausamkeit empfinden müssten, kann nicht ausgelebt werden. Alles, was uns bleibt, um den Katastrophen unserer Zeit zu begegnen, ist Unterdrückung und Verdrängung. Wir begegnen ihnen nicht mit unseren Gefühlen, sondern mit einer aus Selbstschutz selbst herbeigeführten, tranceartigen Unfähigkeit zu fühlen. Einer Taubheit und Stumpfheit, die in der Taubheit und Stumpfheit der anderen immer wieder ausreichende Rechtfertigung für ihr Fortbestehen findet. Ich muss nicht können, was die anderen auch nicht können, ich darf mich abwenden von der emotionalen Überforderung, ich kann mich schützen, ich gehe durch diesen sauren Regen der Grausamkeit und der schlechten Nachrichten in meiner all das ausnahmslos abweisenden Spezialkleidung hindurch.

Ich erinnerte mich daran, dass Josi in ihrer Doktorarbeit eine verwandte These aufgestellt hatte. Sie hatte mir davon erzählt, an einem Tag, als sie von ihrem eigenen Denken und den Fortschritten in der Arbeit ganz beglückt war. Ich habe sie da sehr beneidet, weil ich das Gefühl hatte, dass sie einen für sie sehr schönen Ort aus sich selbst heraus erschaffen konnte. Sie hatte sich sozusagen durch das viele Lesen mit ihrem Denken eine Hütte errichtet, die ihr behaglich war. Das konnte natürlich am nächsten Tag schon wieder umschlagen in übermächtige Zweifel und Selbstzerfleischung. Aber in den Tagen, an denen sie sich gern in ihrem Gebäude aufhielt, war sie so beneidenswert selig, dass ich davon richtig traurig wurde. Weil ich eben wusste, dass mir selbst zum Bauen einer solchen Hütte der Plan fehlte.

In Josis Argumentation, die sie durch verschiedene Zitate verschiedener Geistesgrößen stützte, haben sich die Teilnahmslosigkeit und Gefühlskälte, die im 19. Jahrhundert ein klassisches Charakteristikum hysterischer Frauen waren, über die Grenzen des Geschlechts hinaus ausgebreitet und sind in unserer Zeit, die Josi ähnlich beschrieben hat wie Christoph an dem Abend, zum Normalzustand geworden. Josi erzählte mir, man habe der Hysterie früher nachgesagt, sie besitze die geheimnisvolle Fähigkeit, fast jede andere Krankheit zu imitieren. Vielleicht, meinte sie, in diesem Zustand der Seligkeit aus ihrer selbstgebauten Hütte heraus, hat sie nun einfach ihre beste Verkleidung entdeckt und gelernt, wie man die unsichtbare, allgegenwärtige Krankheit nachahmt, die in unseren Tagen als Gesundheit gilt.

Die bewusste schmerzliche Erfahrung, die Hinwendung zum Dunklen in uns, sagte Christoph, ist deshalb nichts anderes als eine Revolution. Das Dunkle in uns ist revolutionär, weil es anarchisch ist. Die Angst kennt nur die eine unumstößliche Autorität ihres eigenen absoluten Seins. Alles andere an ihr ist Vieldeutigkeit, Chaos, Unsicherheit und damit ausgesprochene Einladung zum kreativen Schaffen, zur Neugründung der Welt.

Als Christoph seine Einleitung beendet hatte, blickte er zu uns runter in den Zuschauerraum und nickte einmal langsam mit dem Kopf. Als Zeichen für jemanden, der das wohl vorher mit ihm abgesprochen hatte. Ich sah Jonas aus der vordersten Reihe aufstehen und hoch zu Christoph auf die Bühne kommen. Anders als beim letzten Mal hatte Christoph *Die Wahl der Waffen* schon dabeigehabt, als er auf die Bühne gekommen war. Der Koffer lag wieder geöffnet auf dem Barhocker neben ihm, und Jonas und er schienen sich auch schon vorher darüber einig geworden zu sein, welches Instrument benutzt werden sollte. Christoph holte einen Trafo aus dem Inneren des Koffers hervor, einen kleinen grauen Kasten mit einem runden schwarzen Regler, wie ihn Modellbauer für ihre Eisenbahnen verwenden. Sarah brachte ein Verlängerungskabel auf die Bühne, an das der Trafo angeschlossen wurde. Aus dem Kasten gingen noch zwei weiße Kabel ab, die jeweils in einen metallenen Handgriff mündeten. Es sah aus wie ein Springseil, das jemand in der Mitte durchgeschnitten hatte, um den Trafo dazwischenzuschalten. Jonas nahm einen der beiden Griffe in je eine Hand und stellte sich aufrecht und etwas breitbeinig vor uns hin. Die Griffe hielt er etwa auf Brusthöhe. Dann nickte er langsam mit dem Kopf, auf dieselbe Art, mit der Christoph ihm davor das Zeichen gegeben hatte, auf die Bühne zu kommen. Er schloss die Augen, und Christoph drehte langsam die Spannung an dem schwarzen Regler auf. Man sah, wie ein erster Ruck in Jonas' Glieder fuhr, seine Muskeln krampften und der Körper steif wurde. Er biss die Zähne zusammen, öffnete die Lippen und kniff die Augen zu kleinen Schlitzen. Ich dachte sofort: *Der Chinese des Schmerzes*, ohne mich zu erinnern, woher ich diesen Begriff hatte und von wem.

Jonas fing stoßweise zu atmen an, wobei sich seine Wangen aufblähten und feine Speichelspritzer zwischen seinen zusammengepressten Zähnen hervorsprühten. Für einige lange Sekunden war im *Café Porsche* kein anderes Geräusch zu hören als das laute Zischen aus Jonas' Mund. Mit einem Mal riss er die Augen auf, und man konnte sehen, dass er Christoph ein Zeichen geben wollte. Die Augäpfel waren ganz zur Seite gedreht, in Christophs Richtung, aber Jonas schien seinen Kopf nicht mehr bewegen zu können, wegen der festgekrampften Muskeln. Christoph senkte seinen Blick und drehte den Regler langsam zurück. Jonas zuckte noch mehrmals, als schon gar keine Spannung mehr durch seinen Körper floss. Mit den beiden Griffen in der Hand sah er aus wie jemand, der an einem Aerobic-Kurs teilnimmt oder einen sehr unbeholfenen Tanz aufführt. Die letzten Zuckungen, die sein Körper noch unkontrolliert ausführte, wurden von einem seltsamen Laut begleitet, den es ihm aus dem Hals zu pressen schien.

Christoph wartete ab, bis Jonas' Körper sich beruhigt hatte, dann trat er an ihn heran und legte ihm seine Hand auf die Schulter. Man konnte sehen, wie Jonas langsam die Beherrschung zurückgewann. Er machte sich ganz klein und sank mit seinem Kopf auf Christophs Schulter, wo er sofort sehr heftig zu weinen anfing. Die beiden standen eine Weile so auf der Bühne, Jonas im Arm von Christoph, laut weinend und schluchzend, und Christoph irgendwie väterlich den gutgekleideten, schlaff schluchzenden Körper von Jonas festhaltend und abwartend, bis der sich wieder halbwegs beruhigte. Ich schaute mich um und sah in den Gesichtern der anderen ganz oft diesen Ausdruck, als hätte man hier gerade eine religiöse Erfahrung gemacht. Ein fast unmerkliches Kopfnicken mit zusammengepressten Lippen.

Für mich war das alles nicht ganz unangenehm. Mir wäre es noch immer lieber gewesen, wir würden uns wieder auf die Geschichten konzentrieren, aber da ich derjenige war, der in der letzten Woche den Anfang gemacht hatte, fühlte ich mich schon wie eine Art Veteran unter den vielen, die nur Zuschauer waren. Ich hatte es hinter mich gebracht. Egal, was an dem Abend noch passiert war, es würde der Abend bleiben, an dem ich die Schmerzsitzungen mit der Klaviersaite eröffnet hatte, und ich hatte mich danach nicht von Christoph in den Arm nehmen lassen.

Sarah kam auf die Bühne und führte Jonas, der immer noch weinte und auch noch lange Zeit nicht damit aufhören konnte, runter zu den Stuhlreihen und setzte ihn neben Marlies, die ihm etwas unbeholfen eine Hand auf den Oberschenkel legte. Es war völlig klar, dass aus ihm erstmal kein Wort mehr herauszuholen war. Christoph schien das auch sofort einzusehen, er schlug eine Pause vor, aber noch bevor alle aufstanden und an die Bar gingen, fragte er mich, ob ich denn nun so weit sei, zu ihnen zu sprechen. Ich überlegte ein paar Sekunden lang, und dann sagte ich, ja, das könnte ich tun.

Wir standen etwa eine Viertelstunde im *Café Porsche* herum, tranken Bier, rauchten, sprachen oder schwiegen, Jonas blieb auf seinem Stuhl sitzen, stierte vor sich hin und schluchzte. Auf eine knappe Aufforderung von Christoph hin nahmen nach einer Weile alle wieder ihre Plätze ein. Ich stieg auf die Bühne und erzählte meine Geschichte, über die ich die letzten Tage und Wochen immer wieder nachgedacht hatte. Jetzt wird sich entscheiden, dachte ich, ob ich hier weiterhin mitmachen kann oder nicht. Ob sich Christoph in mir getäuscht hat oder ob ich geeignet bin, ein Teil des Schrecklichen Grauens zu sein.

Die Perspektive auf das *Café Porsche* von der Bühne aus war immer noch seltsam fremd. Aus den Hinterköpfen, die ich gewöhnlich vor mir sitzen sah, waren Gesichter geworden, die zu mir hochschauten und gespannt waren. Ich dachte kurz daran, ihnen die mehrfarbigen Blutergüsse zu zeigen, die auf meinem Arm entstanden waren, sozusagen als Nachbereitung der letzten Woche. Aber ich ließ es sein. Ich stellte mich vor, nannte meinen Namen und kam danach schon zum ersten Mal ins Stocken, weil ich nicht wusste, wie ich meine Funktion beschreiben sollte. Sowohl für den Film als auch außerhalb, im sogenannten richtigen Leben, in der echten Welt. Christoph saß in der ersten Reihe und sah jetzt wieder wie ein Regisseur aus. Kritisch, abwartend, mit einer Hand am Kinn. Jemand führte Protokoll, Sarah hatte einen Block und einen Stift in der Hand, vielleicht machte auch jemand Aufnahmen, wie ich sonst, wenn die anderen sprachen.

Ich erzählte den Leuten im Zuschauerraum, dass ich Christoph beim Studium kennengelernt hatte, noch bevor er auf die Filmhochschule gegangen war. Das war schließlich am Ende alles, was ich als Rechtfertigung, dort zu sein, zu bieten hatte. Dass ich ihn schon länger kannte als die meisten anderen im Raum. Wenn es einen anderen Grund für ihn gegeben hatte, mich hierher einzuladen, hatte er ihn bislang vor mir verschwiegen. Ich erzählte, dass ich ganz gut mit Grafikprogrammen umgehen könne und dass ich über sehr rudimentäre Schauspielerfahrungen verfüge. Dass ich auf jeden Fall vor der Kamera stehen wolle bei der Produktion und dass ich gern, wenn das dann möglich wäre, einen grausamen Tod sterben wollte. Ich führte das nicht weiter aus. Ich hatte den Satz hingestellt, als wäre es ein Lacher. Aber natürlich lachte niemand darüber, dass ich einen grausamen Tod sterben wollte. Ich fühlte mich wie bei einem Bewerbungsgespräch und fing an, mir Sorgen zu machen, dass ich vielleicht überhaupt nicht frei würde sprechen können. Dass ich alles vergessen hatte. Oder dass das, was ich mir zu erzählen überlegt hatte, kompletter Unsinn war.

Ich begann meine Geschichte damit, zu erzählen, wie ich vor einigen Jahren für einen Urlaub nach Portugal geflogen war. Als ich das Wort Urlaub aussprach, dachte ich mir, wie höllisch banal das klingt. Die ganze Zeit über hatte ich Christoph im Blick und versuchte, mich aufs Wesentliche zu konzentrieren und auf überflüssige Ausschmückungen zu verzichten.

Ich hatte, erzählte ich, nicht sehr viel Geld für diese Reise. Ich flog mit einer Billigfluglinie nach Lissabon und hatte mir einen Stockbettschlafplatz in einem Hostel gebucht. Ich fuhr mit einem Zug oder Bus vom Flughafen in die Stadt, daran kann ich mich nicht mehr genau erinnern, checkte in dem Hostel ein, warf meine Sachen aufs Bett und ging spazieren. Das Hostel war nicht schäbig, aber es war auch nicht besonders gemütlich. Vor allem war es sehr voll. Es gab einen Aufenthaltsraum, in dem in verschiedenen Dialekten Englisch gesprochen wurde, und soweit ich das überblicken konnte, hatten sich auch schon verschiedene Grüppchen gebildet, die abends zusammen ausgingen.

Es war noch früher Nachmittag, als ich losging. Ich hob so viel Bargeld an einem Automaten ab, wie ich mir eben leisten konnte, und ging danach durch die Straßen und Gassen, bis ich einen Aussichtspunkt fand, einen Park, der als Terrasse in einen Hügel hineingehauen war und von dem aus man über weite Teile der Stadt blicken konnte. Ich erzählte den anderen im *Café Porsche*, dass ich dort einige Fotos machte und mich ganz wohl fühlte und offen und mit mir und meiner Idee, alleine nach Lissabon zu reisen, sehr zufrieden. Nach ein paar Minuten kam ein kleiner, etwas dicker Portugiese auf mich zu. Er trug eine Sonnenbrille und fragte mich auf Englisch, ob ich ein Fotograf sei. Er war mir erst unsympathisch, aber ich dachte mir, das liegt wahrscheinlich daran, dass er die Sonnenbrille nicht abnimmt. Mir sind die Leute immer unsympathisch, wenn sie mit einem sprechen und die Sonnenbrille nicht abnehmen, obwohl man sie noch nicht kennt und noch nie ihre Augen gesehen hat. Ich sagte ihm, nein, ich sei nur Tourist, und dann meinte er, ob ich nicht ein Foto von ihm machen wolle, er finde, er sehe heute sehr gut aus. Er posierte wie für das Cover eines HipHop-Albums aus den Neunzigern, und ich machte ein Bild von ihm und musste lachen, als er noch verschiedene andere Posen anbot, die ich auch gern fotografieren könnte, wenn ich wollte. Kurz hatte ich die Befürchtung, dass er mir damit etwas sagen wollte. Etwas wie: Wir sind hier nicht im Zoo. Wir leben hier. Also dass er mir durch diese übertriebene Art eigentlich sagen wollte, dass ich abhauen soll mit meinem Fotoapparat. Aber dann meinte er, dass er mir auch noch seinen Kumpel vorstellen wolle, der dort drüben auf der Parkbank sitze. Wir gingen zusammen hin, und der Kumpel reichte mir seine Hand, schien aber entweder sehr schüchtern zu sein oder nur schlecht Englisch sprechen zu können, jedenfalls sagte er so gut wie nichts, und der kleine, etwas dicke Portugiese mit der Sonnenbrille bestritt das ganze Gespräch mehr oder weniger alleine, weil ich selbst auch nicht viel sagte und mir zu den Geschichten, die mir erzählt wurden, nichts einfiel. Der kleine Dicke erzählte mir, dass ihnen ein Restaurant im Bairro Alto gehöre. Ich hatte in einem deutschen Reiseführer aus dem Hostel gelesen, dass das Bairro Alto das bunte Ausgehviertel Lissabons sei und mit seinen vielen kleinen Fadobars ein lebendiges kulturelles Zentrum, das nicht nur für Nachtschwärmer einen Besuch wert sei. Es sei eigentlich noch zu früh für das Bairro Alto, sagte der kleine dicke Portugiese, aber sie könnten mir ihr Restaurant zeigen, das *Conquistador*, wenn ich Lust hätte, man könnte dort ein Bier trinken und weitersehen, was der Abend so zu bieten habe. Ich machte noch ein Foto von den beiden Portugiesen, wie sie dort zusammenstanden, an der Bank auf der Terrasse. Der kleine Dicke machte wieder eine HipHop-Pose, und der andere, der größer war und sportlich und ein paar schlichte Tätowierungen auf dem Unterarm hatte, schaute beschämt zur Seite. Ich fotografierte mit einer analogen Kamera, aber es war eines dieser Bilder, bei denen man schon vor dem Entwickeln weiß, dass es ein gutes werden wird.

Wir liefen zusammen durch die Gassen, ich überließ mich den beiden und war beeindruckt davon, wie man einen so verwinkelten Ort irgendwann so gut kennen konnte, dass man sich in ihm nicht mehr verlaufen musste. Für einen Moment war ich wieder voller Zufriedenheit mit mir und der ganzen Situation.

Ich dachte mir, wie einfach alles manchmal werden kann, wenn man nur sein vertrautes Feld verlässt.

Der kleine Dicke erzählte mir, dass sein schüchterner Freund ein sehr erfolgreicher Kickboxer sei. Er habe schon verschiedene Turniere gewonnen, und vor ein paar Tagen, als es in einer Kneipe zu einer Schlägerei gekommen sei, habe er zwei massige Typen auf einmal fertiggemacht, ganz alleine. Während der kleine Dicke mir das erzählte, machte er auch Bewegungen und Geräusche, die den Kampf mit den beiden massigen Typen illustrieren sollten. Der Schüchterne schaute nur schüchtern auf seine Schuhe und winkte ab. Stimmt es denn nicht, fragte der kleine Dicke. Doch, doch, stimmt schon.

Erst mit einer unheimlichen Verzögerung von zwei Tagen habe ich später begriffen, weshalb mir diese Geschichte erzählt worden war.

Wir kamen durch eine sehr schmale Gasse, die so wirkte, als wäre sie immer feucht und als fiele niemals das Licht der Sonne in sie hinein, auf einen hellen Platz, der von schiefen Häusern umgeben war. Ich sah eine Frau einen Badvorleger aus ihrem Fenster heraus ausschütteln. Die beiden Portugiesen deuteten auf eine Bank und meinten, wir sollten uns dort einmal hinsetzen und eine Zigarette rauchen, für das Bairro Alto war es ja schließlich immer noch sehr früh.

Wir setzten uns, ich in die Mitte und die beiden Portugiesen links und rechts von mir. Ich drehte mir eine Zigarette, weil ja vom Rauchen die Rede gewesen war. Der kleine Dicke lächelte mich an, zeigte auf meine Hände und machte einen Kommentar dazu, dass ich meine Zigaretten selbst drehte, dann gab es einen ganz kurzen Blickkontakt zwischen ihm und dem Schüchternen, nur eine Sekunde, und auf einmal veränderte sich das Gesicht des kleinen Dicken komplett. Das Lächeln verschwand, aber nicht ohne vorher noch wie eine grausame Maske ausgesehen zu haben, und wich einem finsteren, fiesen und sehr entschlossenen Gesichtsausdruck. Der Schüchterne nahm mich von der Seite in den Schwitzkasten, und der kleine Dicke stieß mir seine ausgestreckte Hand gegen die Brust, als wäre sie ein Schwert. Er sagte: Listen. We have a problem. We need your money. Er griff nach meiner Tasche, die ich erst nicht loslassen wollte, der Schüchterne verstärkte den Druck um meinen Hals, und der kleine Dicke sagte: We have a knife. Be quiet or we kill you.

Ich weiß nicht, ob sie wirklich ein Messer hatten. Gesehen habe ich jedenfalls keines. Wahrscheinlich hätten sie mich auch nicht umgebracht. Ich fragte mich, wo die Frau hin verschwunden war, die vorher noch ihren Badvorleger aus dem Fenster ausgeschüttelt hatte. Niemand war mehr zu sehen. Der kleine Dicke durchsuchte meine Tasche, nahm das Geld, das ich gerade abgehoben hatte, aus meinem Portemonnaie, schaute sich abschätzig mein altes Handy an und warf es zurück in die Tasche. Der Schüchterne, der einen sehr festen Griff hatte, sagte: The pictures.

Ich wurde aufgefordert, den Film, der in meiner Kamera war, herauszunehmen und auszuhändigen. Den Apparat selbst durfte ich behalten. Dann sagten sie mir, ich solle fünf Minuten dort auf der Bank sitzen bleiben. Wenn ich ihnen nachgehen oder die Polizei rufen würde, dann würden sie mich umbringen.

Ich hatte die ganze Zeit über kein einziges Wort gesagt. Ich glaube, das letzte Mal, dass ich überhaupt gesprochen habe, war noch bevor wir in die schmale Gasse eingebogen sind. Die beiden verschwanden um eine Ecke, und ich blieb die geforderten fünf Minuten auf der Bank sitzen. Die Fenster rings um den Platz waren alle geschlossen. Ich fragte mich, ob jemand etwas gesehen hatte. Mir war das peinlich. Ich hoffte, dass niemand am Fenster gewesen war und außer mir und den beiden Portugiesen keiner von dem Vorfall wusste.

Nachdem die fünf Minuten verstrichen waren, stand ich auf und ging auf sehr weichen Beinen durch die Gassen des Viertels.

Ich verlief mich unmittelbar, konnte mich nur verlaufen, weil ich die Stadt überhaupt nicht kannte und auch gar nicht wusste, wohin ich wollte. Ich ging eine breite Kopfsteinpflasterstraße bergab und sah schon aus der Entfernung, wie mir eine Polizistin entgegenkam. Wir liefen lange aufeinander zu, und als wir auf gleicher Höhe waren, schaute mir die Polizistin fragend ins Gesicht, als wüsste sie längst, was passiert war, könnte aber nichts tun, bevor ich sie aus eigener Initiative ansprechen würde. Ich stellte mir kurz vor, wie ich auf einer portugiesischen Polizeiwache stundenlang herumsitzen und Formulare ausfüllen würde, eine nutzlose Beschreibung von zwei Unbekannten abgeben und wahrscheinlich die ganze Zeit mit jemandem sprechen, der kaum Englisch verstand und mich dafür verachtete, dass ich ein dummer Tourist war, der sich hatte ausrauben lassen. Das Gesicht der Polizistin sah auch nicht wirklich hilfsbereit aus. Eher skeptisch. So, als sähe sie schon diesen Idioten in mir, der mit den beiden Portugiesen mitgegangen war, und als hoffte sie nur noch, dass sie sich nicht damit befassen müsste.

Irgendwann kam ich aus dem Bairro Alto wieder heraus. Ich erinnere mich, dass ich mit gesenktem Kopf durch den Triumphbogen an der Rua Augusta gelaufen bin, wie zum Zeichen meiner Schande, und dass ich irgendwo gegenüber von zwei alten Kirchen für eine Weile vor einem Kiosk saß und von meinem letzten Kleingeld einen Orangensaft trank. Ich blickte auf das Seitenschiff der etwas größeren Kirche, wo sich ein paar Stufen befanden. Ein junger Portugiese mit einer Trainingstasche kam vorbei, schaute mich an und setzte sich dann auf die Stufen. Ich dachte mir sofort, dass er irgendwie ziellos aussah und dadurch auch sehr verdächtig. Hin und wieder trafen sich unsere Blicke für einen kurzen Moment, er schaute dann aber sofort zur Seite und die Straße hinunter, als würde er simulieren wollen, dass er auf jemanden wartete, der ihn hier abholen sollte. Ich begann mich zu fragen, was er in seiner Trainingstasche hatte, die sehr leicht wirkte. Vielleicht ist die ja auch nur eine Verkleidung, dachte ich. Nach ein paar Minuten stand ich von meinem Platz vor dem Kiosk auf und ging die Straße hoch. Ich sah aus dem Augenwinkel, dass auch der junge Portugiese aufgestanden war und ebenfalls in meine Richtung lief. Bis zur nächsten großen Kreuzung lief ich noch ganz normal. Als ich dann aber merkte, dass auch er dort abbog, genau wie ich, beschleunigte ich meinen Schritt, stieg irgendwann unvermittelt eine Treppe hoch zu einer parallel verlaufenden Gasse und fing an zu rennen. Ich rannte um mehrere Ecken, Treppen hoch und wieder runter, bis ich wieder absolut ohne Orientierung war, zwischen blau gekachelten und grau verputzten Hauswänden. Ich setzte mich in einem Hauseingang auf die Stufen, um wieder etwas zu Atem zu kommen. Den jungen Portugiesen konnte ich nirgends mehr sehen. Sehr lächerlich, dachte ich, muss das aussehen, wie ich hier sitze, auf den Stufen, panisch keuchend, mit meiner Tasche auf dem Schoß. Ich hätte gern ein bisschen geweint in dem Moment, aber ich dachte mir, wenn ich mir das jetzt auch noch gestatte, dann werde ich wohl den letzten Rest Selbstachtung verlieren, was mir als eine sehr gefährliche Sache erschien.

Ich weiß nicht mehr, wie, aber irgendwann fand ich den Weg zurück zum Hostel. Es wurde langsam dunkel, und die Straßen der Stadt kamen mir sehr schäbig vor. Überall waren schattenhafte Gestalten, die sich in dieser Sprache unterhielten, von der ich kein Wort verstand, und ich dachte mir jedes Mal, es wird wieder ein Plan gegen mich ausgeheckt. Ich fand, dass es stank in den Gassen und dass die Gesichter der Menschen, die mir entgegenkamen, wie Fratzen waren. Alles mehr oder weniger aufwendige Masken, um das Fiese, Lauernde, Raubtierhafte, das Böse zu verbergen, das in ihnen allen wohnte und vor dem man sich nicht schützen konnte. Ich schaute den anderen in ihre Gesichter, und ich fühlte mich infiziert, als wäre ich gebissen worden und spürte jetzt, wie sich das Gift in meinem Körper ausbreitete.

Es gab auch kein Gegenmittel. Es würde irgendwann mein Gehirn erreichen, und dann würde ich zu einem böse flüsternden, schattenhaften Wesen werden, das die dunklen Gassen der Stadt nach einem Opfer absuchte.

Im Hostel gab es keinen Ort, um sich zurückzuziehen. In den Schlafräumen saßen Leute auf den Betten im hellblauen Widerschein ihrer Laptops oder Telefone, es wurde geredet, das Licht war an, Koffer wurden ausgepackt, manche machten sich fertig für den Abend, andere zogen ihre Schuhe aus, in denen sie den ganzen Tag durch die Stadt gelaufen waren, und kneteten ihre stinkenden Füße. Im Aufenthaltsraum saß eine Gruppe auf den würfelförmigen Polstermöbeln und besprach den Plan für die Nacht. Wieder wurde dieses Englisch in verschiedenen Dialekten gesprochen. Ich setzte mich auf einen Plastikstuhl an einem der Esstische, an denen morgens das Frühstück serviert wurde, stemmte die Ellbogen auf den Tisch und legte meinen Kopf in die Hände, was ein angenehmes Gefühl von Dunkelheit und Abgeschlossenheit bewirkte. Ich saß so für eine Weile, bis sich die Gespräche neben mir zu einem undefinierbaren Wortbrei vermengten, und dachte an gar nichts. Oder besser: Ich dachte an verschiedene Dinge, die für mich das Nichts repräsentierten. An den unbelebten Weltraum, das Schwarze zwischen den Sternen und Planeten, den dunklen Raum hinter Kleiderschränken und Bücherregalen, die schlammigen Spurrillen der riesigen Fällmaschinen, die sich durch den Regenwald arbeiten, den leergefischten Ozean in einer mondlosen Nacht. Und immer wieder blitzte zwischen diesen Bildern das fratzenhafte Lächeln des dicken Portugiesen auf, kurz bevor es sich in das ernste Überfallsgesicht verwandelte. Ich dachte mir, dass es selbst so eine tote Landschaft war, und glaubte kurz, dass ich vielleicht schon auf einem guten Weg wäre, all das zu verarbeiten, als mir jemand die Hand auf die Schulter legte und ich aus meinen Gedanken gerissen wurde. Ich schaute auf und in das Gesicht einer jungen Amerikanerin, die ein rosafarbenes Oberteil mit weißem Nelkenmuster trug.

Sie sagte hi und dass ihr Name Greta sei. Sie sprach in dieser sehr distinkten amerikanischen Melodie zu mir, sagte, sie habe gesehen, dass ich hier so traurig alleine herumsitze und dass sie gleich alle ausgehen würden und ich solle mich ihnen doch anschließen, es werde bestimmt Spaß machen. It will be fun, sagte sie, so eindringlich, als würden wir uns schon lange kennen und als wüsste sie, dass ich ein notorischer Zuhausebleiber war, der immer wieder überredet werden musste, zu seinem eigenen Besten doch mitzukommen, rauszukommen, etwas zu erleben. Als wären wir nicht zwei Reisende in einer fremden Stadt.

Ich sagte zu Greta, dass ich gerade ausgeraubt worden sei und dass ich keine große Lust hätte, nochmal da rauszugehen. Greta war entsetzt, sie meinte, dass ihr das sehr leidtue, aber dass es in diesem Fall natürlich umso weniger gehe, dass man mich alleine hier sitzen lasse. Sie schaute mich einladend auffordernd an, nickte mit ihrem Kopf leicht in Richtung der Gruppe, die langsam Anstalten machte aufzubrechen. Ein Angestellter des Hostels habe ihnen eine Fadobar im Bairro Alto empfohlen, in der jeden Abend Livemusik gespielt werde und wo die Karrieren der großen Fadostars begännen und endeten. Come on now, sagte sie. Ich schaute ihr ins Gesicht, und ich sah, dass das ein Gesicht war, dass sie an- und abschalten konnte, wie sie wollte. Dass sie im nächsten Moment, wenn es ihrem Plan entspräche, ernst oder traurig, herzlich, mitfühlend oder zornig dreinschauen könnte. Oder *verrucht*, was auch immer das bedeuten mag. In dem Moment war ihr Gesicht eine herzliche Einladung, sie und die anderen zu begleiten. Und ich wollte gerne denken, dass es für mich ausgewählt und aufgesetzt worden war und dass das eben mehr war, als ich an diesem Tag noch hätte erwarten können.

Ich erzählte den anderen im *Café Porsche*, dass wir also gemeinsam aufbrachen, ich mit der Gruppe und Greta, und dass ich also wieder ins Bairro Alto zurücklief mit den anderen, eine Strecke, die mir so unglaublich kurz vorkam im Vergleich zu dem manischen Irrgang, der mein Weg durch die Gassen davor gewesen war. Wir mussten nur zweimal abbiegen und vielleicht eine Viertelstunde laufen, bis wir in die belebten Gassen und Straßen des Viertels kamen, das jetzt wirklich ein Ausgehviertel war, mit Tausenden Menschen auf den Bürgersteigen und wenigen, langsam durch die Menge kriechenden Autos. Ich fragte mich, ob ich die beiden Portugiesen wiedersehen würde, die mich ausgeraubt hatten. Es wurde geschrien und gelacht, und aus den offenen Türen und Fenstern der Bars kam Musik und Gläserklirren und noch mehr Reden und Lachen. Das Licht war dumpf orange, die Gesichter leicht verschwitzt, aber schön, für die kleinen Fehler darin war es zu dunkel und doch gerade hell genug, um das Wesentliche wahrzunehmen. Ich sah die Leute, und ich sah in allem, was sie machten, wieder das Spiel. Ich sah, wie sie Ausgehen spielten, Anmachen und Abwehren, Anfassen, Trinken und Reden, Geschichtenerzählen, Lachen, Musikersein, an der Bar Arbeiten. Wir gingen in eine kleine schummrige Kneipe, deren Namen ich vergessen habe. Auf dem Weg dahin war immer wieder die Rede davon gewesen, dass man dort vielleicht auch Mariza antreffen würde. Ich wusste nichts über Fado-Musik und wusste dementsprechend auch nicht, wer Mariza war. Mir wurde gesagt, sie sei weltberühmt. Die beste Fadosängerin unserer Zeit. Sie sei das ganze Jahr über auf Welttournee unterwegs, aber wenn sie zuhause in Lissabon sei, dann könne man sie manchmal in dieser Kneipe antreffen, wo, so erklärte man mir, ihre Karriere begonnen habe.

Wir setzten uns an einen Tisch mit zwei schmalen Holzbänken, der gerade frei geworden war, als wir das Lokal betreten hatten. Es war ziemlich voll, und man saß Rücken an Rücken mit den Leuten vom Nachbartisch. Ein ungefähr achtzehnjähriger Junge saß auf einem Schemel in der Mitte des Lokals und spielte den verträumt traurigen Musiker, zupfte versonnen auf einer Akustikgitarre und hatte dabei die Augen geschlossen und die Lippen gespitzt. Seinen Kopf, auf dem die Haare glänzend zurückgegelt waren, wiegte er langsam hin und her. Er spielte verschiedene Standards, und hin und wieder stand ein alter Mann von seinem Platz auf, blieb entweder am Tisch stehen oder ging in die Mitte des Lokals zu dem Jungen und sang ein trauriges Lied, die Hände auf dem Herzen oder in den Hosentaschen, meistens auch mit geschlossenen Augen den traurigen alten Südeuropäer spielend. Ich war froh, dass ich kein Wort von dem verstand, was gesungen wurde. Wahrscheinlich wäre ich davon sehr wütend geworden.

Greta saß mir gegenüber und lächelte, und hin und wieder wiegte auch sie ihren Kopf. Wir tranken Bier und Schnäpse. Ich trank etwa doppelt so viel wie alle anderen, weil ich hoffte, dass mich das in eine beschwingte Laune bringen würde. Aber ich wurde nur sehr schnell sehr betrunken und stumpfsinnig und etwas paranoid. Ich dachte, die anderen halten mich für ein Schwein und einen dummen Deutschen, der hier den Kampftrinker raushängen lässt, weil er es von seinen Urlauben auf Mallorca und Ibiza nicht anders gewöhnt ist.

Irgendwann nahm ich ein verwundertes Murmeln und Sichumwenden zum Eingang wahr. Auch das, dachte ich, hat etwas sehr Komparsenhaftes, wie die Leute hier den Hals langmachen und flüstern. Greta neigte sich zu mir über den Tisch und meinte, Mariza habe soeben das Lokal betreten. Ich drehte mich auch um und sah eine große sehnige Frau mit blondierter Kurzhaarfrisur, die demonstrativ allen Blicken auswich und seitlich auf den Boden schaute. Sie trug einen dünnen Mantel und sehr schöne Ohrringe, die ihr in kleinen Ketten den Hals entlang bis fast auf die Schulter fielen. Der Betreiber der Bar scheuchte den Tisch neben uns auf, die Leute machten sofort Platz, obwohl es keinen Platz mehr gab, jemand wischte sogar mit seiner Hand über die Bank, als wollte er sich dafür entschuldigen, dass sein eigener unwürdiger Arsch vorher dort aufgepflanzt war, wo sich jetzt gleich der Arsch von Mariza niederlassen würde. Sie setzte sich und saß mit ihrem geraden Rücken genau an dem Rücken von Greta. Die konnte das überhaupt nicht glauben und staunte mir entgegen. Vielleicht, dachte ich, staunt sie wirklich. Andererseits kam mir das so affig vor, wie man diese Frau sofort hofiert hatte, dass ich in meinem betrunkenen Zustand ganz gallig wurde und fand, dass man nicht so herumstaunen müsse, sobald jemand das Lokal betritt, nur weil dieser Jemand eine berühmte Sängerin ist. Lasst sie doch in Ruhe, dachte ich und bemerkte, dass ich selbst meine Rolle als Karikatur und Komparse in diesem Auftritt längst eingenommen hatte.

Der Betreiber der Bar machte eine Ansage auf Portugiesisch und zeigte dabei auf Mariza, es gab einen Applaus, und dann sagte er noch etwas, das in ihre Richtung ging und von dem wir alle glaubten, dass es die Frage war, ob sie heute vielleicht auch noch für uns singen werde. Mariza jedenfalls schüttelte den Kopf und machte eine abwehrende Geste. Dann fing der Achtzehnjährige wieder an, Gitarre zu spielen, ein alter Mann und noch einer standen auf, sangen, setzten sich wieder, Greta saß die ganze Zeit Rücken an Rücken mit Mariza, und ihre Augen waren weit aufgerissen, und sie war total elektrisiert und wach und kein bisschen betrunken.

Nach einer halben Stunde vielleicht passierte es dann, dass Mariza, nachdem ein weiterer alter Mann gesungen und sich gerade wieder hingesetzt hatte, kaum merklich die Hand hob und ein Zeichen gab. Das ganze Lokal hatte nur darauf gewartet, weshalb sie lediglich eine minimale Bewegung andeuten musste. Es wurde still, die Gespräche brachen ab, der Achtzehnjährige schaute sehr ernst und verschwitzt aus und wie einer, der jetzt dazu übergeht, den Krieger zu spielen. Er begann auf seiner Gitarre zu zupfen, und nach ein paar Takten setzte Mariza mit ihrer Stimme ein, die sich sofort im ganzen Raum ausbreitete. Ein kurzes Raunen ging durch die Reihen, die Leute schlossen die Augen und setzten allesamt diese Christusgesichter des transzendierten Leidens auf. Greta wirkte, als hätte sie ein elektrischer Schock getroffen. Sie saß mit ihrem Rücken an dem von der Stimme vibrierenden Rücken Marizas und ließ ihre Lider flattern. Nach ein paar Sekunden fing sie an zu weinen, vor Rührung und Glück, und ich beobachtete sie dabei und fühlte überhaupt gar nichts. Ich hatte für einen Moment den Eindruck, dass alles, die Kneipe, die Tische, die Gäste, Mariza, der achtzehnjährige Gitarrist, aus Glas bestand, aus feinem, dünnwandigem, kunstvoll geblasenem Glas, und dass sich alles hier zerstören ließ in einen Haufen feiner Scherben, wenn man nicht vorsichtig war oder nicht vorsichtig sein wollte. Ich sah zum ersten Mal, wie verletzlich diese Aufführung in ihrer Lächerlichkeit war, was mich nur noch weiter von allem entfernte. Ich bemerkte, dass ich ganz still sitzen bleiben musste, weil jede Bewegung von mir irgendwo das zarte Glas zerbrochen hätte. Ich war gezwungen, in Gretas weinendes Gesicht zu schauen, die mir jetzt völlig schamlos und unverhohlen in die Augen sah, mit ihrem wässrigen Blick, aus dem die gläsernen Tränen rollten, wie ein Beweis für ihre eigene übermächtige Emotionalität, ihre Fähigkeit zu fühlen, was in dem Gesang Marizas an tiefer Traurigkeit verborgen war. Sie schaute mir in die Augen, aber ich glaube nicht, dass sie das dunkle, taube Nichts gesehen hat, dass da in mir alles andere überlagerte. Sie sah ein Paar Augen, in das man weinend mit den eigenen weinenden Augen hineinschauen konnte. Sie sah nichts als die Möglichkeit, ihre ganze emotionale Aufgeladenheit auf einen anderen Menschen zu projizieren.

Marizas Gesang endete, und irgendwann endete auch der Abend in der Fadobar. Wir gingen als Gruppe gemeinsam zurück zum Hostel, im Aufenthaltsraum wurde noch etwas geredet und Dosenbier getrunken, es war aber schon sehr spät. Ich sagte, ich sei müde und müsse jetzt schlafen gehen. Man prostete mir zu, good night, dann ging ich in den jetzt ganz dunklen Schlafraum, in dem dick der Geruch und die Atemluft der vielen anderen Schlafenden standen. Irgendwo gab es ein Fenster, das sicher auch geöffnet war, aber die Nacht war drückend schwül, und es gab keinen Luftzug von nirgendwoher. Ich stieg die Leiter zu meinem Bett hoch, es quietschte, und als ich oben angekommen war, sah ich meine Tasche, wie ich sie bei der Ankunft aufs Bett geworfen hatte, und begriff, dass sich all das an einem einzigen Tag abgespielt hatte. Ich würde noch eine knappe Woche in Lissabon bleiben. Ich dachte mir, ich habe schon genug gesehen und erlebt. Vielleicht fliege ich einfach morgen zurück nach München.

Dann quietschte es wieder an der Leiter zu meinem Bett. Für einen Moment dachte ich, gleich wird sich das Gesicht des dicken Portugiesen über den Rand der Matratze schieben, mit der Sonnenbrille auf der Nase und dem schrecklichen Lächeln im Gesicht. Dass er mich hier gefunden hatte mit seinem Messer, weil er im Nachhinein zu der Überzeugung gelangt war, es sei vielleicht doch besser, mich umzubringen. Ich hatte Angst. Ich sah, schemenhaft, den Kopf und die Schultern von Greta sich in mein Bett hineinbeugen. Sie kam gleich ganz nah an meinen Kopf heran, hauchte mich an mit der Bierfahne des vergangenen Abends und fragte, ob sie sich zu mir legen dürfte. Dann lagen wir zusammen in dem schmalen Hostelstockbett, fassten uns an und küssten uns, und die ganze Zeit über dachte ich, wie seltsam das war und dass ich gleich mal sagen müsste, dass ich das sehr seltsam finde und dass wir vielleicht einfach ruhig sein sollten und schlafen. Greta zog sich aus und mich auch und setzte sich auf mich, und wir hatten Sex in dem windigen, quietschenden Bett. Sie kam nah an mein Ohr und raunte und sagte lauter Dinge, die ich erwidern sollte, aber ich konnte überhaupt nichts sagen, nicht nur, weil ich immer schon fand, dass es für diese Dinge keine Worte gibt, dass der gesamte sexuelle Bereich des Lebens ohne die Sprache auskommen muss oder von ihr zerstört wird, sondern auch, weil ich mich die ganze Zeit umschaute in dem dunklen Hostelzimmer, an das sich meine Augen schon ausreichend gewöhnt hatten, um die schlafenden oder sich schlafend stellenden Körper der anderen zu erkennen. In dem Stockbett uns gegenüber schliefen zwei sehr dicke Mädchen, die eine hatte sich erst vor kurzem weggedreht, es war also möglich, dass sie gar nicht schlief, sondern nur versuchte, unsere Geräusche zu ignorieren. Die andere lag uns zugewandt, und ich wartete die ganze Zeit nur darauf, dass sich ihre Augen öffnen und mich anschauen würden. Ich stellte mir auch dieses Geräusch dazu vor, ich glaube, es ist der sogenannte Paukenschlag, wenn in Horrorfilmen die Toten ihre Augen aufreißen. Sie würde mich direkt ansehen, dachte ich, und sie würde sehen, was für eine traurige Gestalt ich bin. Mir war die Situation schon währenddessen sehr peinlich, aber ich konnte nichts sagen, ich wartete ab, und nach einer Weile lagen wir dann tatsächlich einfach nebeneinander, nicht lang, vielleicht ein paar Minuten. Greta sagte etwas Beiläufiges zum Abschied, thank you oder have a good night, etwas, das so klang, als hätte sie gerade ein paar Brötchen bei mir gekauft, und dann stieg sie wieder die Leiter hinab und legte sich in ihr eigenes Bett. Wahrscheinlich hat sie dort den Verlauf des Abends nochmal durchgespielt, zufrieden mit der Zunge geschnalzt und ist dann sofort eingeschlafen.

Mir war das Erzählen im *Café Porsche* sehr unangenehm geworden. Die Geschichte erzählte sich zwar irgendwie von selbst, und es machte mir keine Mühe, alles nacheinander abzurufen, aber meine ganze Unzulänglichkeit, als Person auf der Bühne und als Figur in meiner eigenen Erzählung, wog mit jedem Satz schwerer, als Argument gegen mich oder dagegen, mir hier überhaupt zuzuhören. Ich beobachtete Christoph, der sich aber nichts anmerken ließ, Sarah, die einfach ihre Notizen machte, Markus, der vor sich auf den Boden schaute und an dem Klettverschluss seiner Gipshand herumspielte. Jonas hatte aufgehört zu weinen, er schaute abwesend in den Raum, und manchmal seufzte er leise auf. Ich wollte es so schnell wie möglich hinter mich bringen, den zahlreich anwesenden Mitwirkenden am Schrecklichen Grauen vom Sex im Hostelstockbett mit der unbekannten Amerikanerin zu erzählen. Ich merkte, dass ich rot wurde, und spürte meinen Herzschlag in der Brust und am Hals. Für einen sehr langen Moment wünschte ich, ich könnte einfach aufhören zu sprechen und Christoph würde wieder mit seinem Folterkoffer auf die Bühne kommen und mich erlösen. Aber es musste weitergehen. Mir war klar, dass ich nur dann jemals von dieser Bühne heruntergehen konnte, wenn ich mit diesem Reden zu einem Abschluss kommen würde. Ich musste also weitersprechen. Und von diesen Gedanken angeregt, drängten die nächsten Sätze nach, stauten sich fast in meinem Kopf, sodass ich vorsichtig sein musste, nicht ungebremst zu schwafeln, nicht Christophs Wut auf mich zu ziehen oder die der anderen.

Ich fuhr in meiner Geschichte fort und erzählte, dass ich in der folgenden Nacht sehr tief geschlafen habe und mich an keine Träume erinnern kann. Ich lag vor dem Einschlafen noch eine Weile im Dunklen wach, dachte über den Tag nach, roch und hörte die anderen Schlafenden und stellte mir verschiedene Situationen vor, die sich auf der Parkbank mit den beiden Portugiesen hätten ereignen können, wäre ich ein anderer Mensch oder wenigstens etwas näher dran an dem, der ich sein könnte, den ich mir immer wieder ausmale, der aber selten verfügbar ist, wenn er gebraucht wird.

Ich stellte mir vor, wie ich dem kleinen Dicken ins Gesicht schlug und ihm die gesprungenen Sonnenbrillengläser mit den Daumen in die Augen drückte. Aus dem Schwitzkasten des Schüchternen wäre ich herausgekommen, indem ich ihm meinen Ellbogen zwischen die Beine gestoßen hätte. Ich stellte mir auch vor, wie ich mit einer sehr hohen, mädchenhaften Stimme um Hilfe rief und wie die beiden dann angewidert von mir abließen. Wahrscheinlich hätte ich um Hilfe rufen können und meine Tasche festhalten, und sie wären dann einfach davongerannt. Ich stellte mir aber auch vor, wie ich mich wehrte und wie der dicke Portugiese dann sein Messer hervorgeholt und es mir in den Bauch gerammt hätte. Der Schüchterne hätte meine Tasche genommen, und sie hätten mich auf der Parkbank zurückgelassen, wo ich dann verblutet wäre, bevor mich einer der Bewohner des Viertels hätte finden können. Bei der Vorstellung, wie mir der dicke Portugiese das Messer in den Bauch rammt, bin ich schließlich ruhig und sehr müde geworden. Von allem, was ich mir ausmalte, war sie diejenige, die mich schließlich einschlafen ließ, gegen die ich offensichtlich am wenigsten revoltierte und in die ich mich fügen konnte, ich weiß nicht, ob als beste Option oder einfach nur als endgültigen Fakt.

Als ich am nächsten Morgen in meinem Hostelbett aufwachte, waren die beiden Mädchen aus dem Stockbett gegenüber schon aufgestanden, es war hell im Zimmer, und ich hörte Geräusche aus den angrenzenden Duschen und aus dem Frühstücksraum. Ich war verkatert, meine Glieder waren taub, bis auf den Kopf, in dem das Gehirn bei jeder Bewegung wie ein nasser Lappen träge nachsackte. In heftigen Wellen kam aus dem Nacken heraus ein Schmerz, der sich um den Schädel legte. Mein Hals fühlte sich an, als wäre er mit scharfer Säure angefüllt. Ich konnte nur flach atmen. Mein Magen war völlig zusammengekrampft und schickte ebenfalls stoßweise Schmerzen durch die gereizten Nervenbahnen. Ich konnte mich auch nicht erinnern, wann ich zuletzt etwas gegessen hatte. Die Bauchschmerzen waren etwas heftiger, als sie für einen Kater normal gewesen wären. Ich richtete mich auf meinen Ellbogen auf, der nasse, schwere Lappen meines Gehirns sackte in den Hinterkopf, dann schaute ich an mir herunter und sah auf der Decke, auf Höhe meines Bauches, einen roten Fleck. Es dauerte sehr lange, bis ich ihn scharf stellen konnte und bis ich ihn mit den Schmerzen in Verbindung brachte. Das Bild des kleinen dicken Portugiesen drängte sich wieder in mein Bewusstsein. Das Gesicht mit der Sonnenbrille, das sich koboldhaft über den Rand der Matratze schob, während ich in meinem besoffenen Tiefschlaf bewusstlos dalag. Und das Messer, das er mir in den Bauch stieß. Ich verstand nicht, wie ich davon nicht hatte aufwachen können. Erst nach Minuten brachte ich den Mut auf, die Decke, die eher nur ein dünnes Laken war, anzuheben. Ich sah, dass der Fleck auf der Innenseite noch viel größer war als außen und dass mein Unterleib ab dem Bauchnabel blutverschmiert war. Zuerst hoffte ich noch, dass es vielleicht ein ähnliches Phänomen sein könnte wie das, das Markus beschrieben hat, an diesem Morgen auf Ibiza. Ein falsches Aufwachen, nicht in die Wirklichkeit, sondern in einen Traum. Aber mir war sofort klar, dass ich nicht mehr schlief. Ich war wach, und das war die echte Welt, die Realität, in der ich abgestochen in meinem Bett lag, im Hostel in Lissabon, in dem ich sehr wahrscheinlich sterben würde, wenn mich nicht bald jemand ins Krankenhaus brächte. Der dicke Portugiese fing in meiner Vorstellung diabolisch zu lachen an, mein Herz begann wild zu schlagen, pumpte das Blut durch meine Adern, ein frischer, stark pulsierender Schmerz breitete sich in meinem Kopf aus, ragte in sternförmigen Explosionen bis in mein Sichtfeld hinein.

Ich fing an zu weinen. Ich fühlte mich elend, und ich würde sterben. Und obwohl ich weder damals noch heute hätte sagen können, weshalb ich an diesem Leben hätte festhalten wollen, kam eine solche Angst in mir auf vor dem Tod, dass ich heulend und mit einem leisen Wimmern alle Instanzen anflehte, die mir bekannt waren und die gemeinhin in der Lage wären, den Tod zu vertreiben durch ein Wunder. Mein Heulen war mir peinlich, ich wollte nicht, dass mich ein anderer Hostelgast sah, wie ich dalag, heulend und sterbend, mit der Stichwunde in meinem Bauch. Also drehte ich mich auf die Seite. Ich dachte, ich müsste die Wunde festhalten, damit nicht das Blut und meine Eingeweide aus ihr herausquellen würden. Ich dachte, gleich müsste ich kotzen, als ich langsam mit der Hand unter die Decke fuhr und meinen Bauch berührte. Aber ich konnte die Wunde nicht finden. Ich tastete den Bauch und den Bereich darunter ab, die Oberschenkel, die Haut war überall intakt, und das Blut, stellte ich fest, war trocken und krustig und blätterte ab, wenn ich mit der Hand darüberfuhr. Ich war nicht verletzt, und ich starb nicht. Einen Moment lang dachte ich wirklich, die Wunde habe sich wundersam geschlossen, durch die Anrufung einer göttlichen Instanz, bis mein träges, nass lappenhaft aufgesogenes Gehirn ausreichend aufgewacht war und ich begriff, mich erinnerte an den Sex mit Greta und verstand, wessen Blut das in Wirklichkeit war. Ich verstand noch immer nicht, wie es so viel sein konnte, aber ich verstand, dass ich nicht starb und dass ich mit den Tränen, die von mir über meine Existenz vergossen worden waren, in Wirklichkeit nur einen verkaterten Körper und eingetrocknetes Menstruationsblut beweint hatte.

Im Nachhinein denke ich mir, dass ich dort in Lissabon, in dem Moment, von dem ich den anderen im *Café Porsche* erzählte, als ich in Ulm auf der Bühne stand bei meiner eigenen Angstsitzung, sehr nah herangekommen bin an das, was ich mir grundsätzlich von meiner Teilnahme am Schrecklichen Grauen versprochen hatte, auch wenn ich es damals noch nicht in Worte hätte fassen können:

Mir selbst beim Sterben zuzuschauen, ohne dafür mit dem Leben bezahlen zu müssen. Aber wahrscheinlich war es doch nochmal eine ganz andere Sache.

Nachdem die Todesangst meinen Körper verlassen hatte, flutete sofort die Scham an ihre Stelle, breitete sich aus und legte sich sogar kurzzeitig über die Schmerzen in meinem Kopf und meinem Bauch. Ich überlegte, wie ich jemals aus diesem Bett und aus diesem Hostel herauskommen würde, ohne zumindest dem Personal gestehen zu müssen, dass sich eine Bettwäsche voller Blut auf meinem Bett befand und woher das kam. Ich zog mich an, ging in die Waschräume, um mich zu duschen, und saß danach sehr zerknirscht an einem der Tische im Frühstücksraum, der voller sprechender, essender, lesender und an ihren Computern im Internet surfender Menschen war. Ich versuchte nachzudenken, aber es kam nichts, kein Gedanke, keine Idee, kein richtiger Satz. Eher nur ein Hintergrundgemurmel, das die Sachen benannte, die ich mit meinen Augen sah. Den Tisch, das Frühstücksbuffet, Joghurt, Tomaten, Brot, Marmelade, Teller, Tasse, Kaffee, Besteck, Hand an Milchkännchen, Honigfaden, der von einem Löffel rinnt, und dann, als sie sich an den Tisch mir gegenübersetzte: Greta, vielsagend lächelnd, mit einem Rollkoffer und mit einer Baseballkappe auf dem Kopf. Gretas Hand, die mir eine Visitenkarte über den Tisch reicht, die auf der Rückseite mit einer Nachricht beschrieben ist. Ihr Gesicht, ihr Mund, der sagt: I'm going home, und dass sie meine Bettwäsche gegen ihre ausgetauscht habe. It was nice to meet you, sagt ihr Mund. Ich saß davor und schaute mir das alles an, als wäre es ein Fernseher. Ich glaube, ich nickte, und beim Nicken spürte ich wieder wie mein Hirn im Schädel vor- und zurücksackte. Greta stand auf und ging, zog ihren Rollkoffer hinter sich her, und ich blieb noch zwei Tage in Lissabon, bevor ich meinen Flug umbuchte und zurück nach München flog. Ich verbrachte die gesamte Zeit in einer übertriebenen Selbstbeobachtung. Nicht mal der Rhythmus meiner Schritte wollte sich mehr fügen, das Gehen fühlte sich komisch an, und für eine sehr lange Zeit, in der ich glaubte, verrückt werden zu müssen, musste ich auch jeden Atemzug und jeden Lidschlag bewusst anordnen und durchführen. Nichts passierte mehr einfach so. Und es war schwer zu glauben, dass es jemals so gewesen war, dass etwas, was den eigenen Körper betrifft, einfach so passiert war, das Wachsen der Haare, die Verdauung, der Herzschlag. Ich dachte, wenn ich jetzt auch noch jeden Herzschlag selbst steuern muss, dann lasse ich es vielleicht lieber ganz bleiben.

Von den Menschen, die mir in der Stadt begegnet sind, habe ich keinem mehr über den Weg getraut. Ich habe niemanden mehr kennengelernt und war den Rest der Zeit allein mit mir. Es blieb so, dass ich in allem, was die Leute um mich herum machten, nur noch Aufführungen und schlechtes Schauspiel sehen konnte. In den Gesichtern nur noch Masken und hinter all ihren Aktionen, selbst wenn sie auf den ersten Blick liebevolle Zuwendungen waren, versteckte Motive, Berechnung und Hinterfotzigkeit. Ich hatte mein Vertrauen in sie verloren, und ich dachte, dass es vielleicht nie wieder zurückkommen würde.

Ich stand auf der Bühne im *Café Porsche* und merkte, dass meine Geschichte über die Reise nach Lissabon an ihrem Ende angekommen war. Dass sie seltsam rund war und gleichmäßig beschnitten wie eine Hecke. Ich dachte: Ich habe es aber noch nicht gesagt. Ich dachte, dass ich weitersprechen müsste. Dass es nicht genügte, dass niemand verstehen würde, was ich sagen wollte, wenn ich mich nicht erklärte. Die Gesichter sahen fragend, gelangweilt, konzentriert oder völlig neutral aus. Ich schwieg für ein paar Sekunden und begann mir Sorgen zu machen, dass gleich jemand anfangen würde zu klatschen oder dass Christoph meinen Auftritt abwürgen würde, weil ihm die Geduld ausging. Was zu sagen war, war noch nicht gesagt. Unter Umständen war es unmöglich. Ich dachte, das ist es, worum es ihm geht. Deshalb lässt er uns hier oben auftreten und sprechen, und deshalb ist es für ihn wahrscheinlich vollkommen egal, ob wir sprechen oder ob wir uns mit irgendeinem Gegenstand aus der *Wahl der Waffen* foltern lassen. Eigentlich müsste es ihm auch egal sein, was wir erzählen. Unter so viel Gleichgültigkeit aber, wäre sie offen zur Schau gestellt worden, hätte seine Autorität wohl sehr gelitten. Jedenfalls, dachte ich, geht es ihm darum, dass wir hier einzeln und allein auf der Bühne stehen und begreifen, dass es nicht gesagt werden kann. Dass es unsagbar ist. Dass man scheitern muss, aber dass man auf der Bühne, allein vor allen anderen scheitern muss, und dass man nicht wirklich begriffen hat, wie wenig, wie überhaupt nicht es geht, bevor man auf der Bühne vor allen anderen scheiternd gestanden hat. Dann dachte ich wieder an die Sitzungen der anderen, dass ich oft gedacht hatte, begriffen zu haben, was sie meinten, wie sie sich gefühlt hatten, und dass es vielleicht doch einen Weg gab, das zu kommunizieren, was wir hier herausarbeiten wollten. Ich war verwirrt. Über allem stand weiterhin der Wunsch, es Christoph irgendwie recht zu machen, weiterhin von ihm für brauchbar befunden zu werden für die nächsten Schritte der Produktion, eine Rolle vor der Kamera, einen grausamen Tod. Ich fühlte mich, als wollte ich mit Fingern ohne Nägel einen Aufkleber von einer sehr glatten Oberfläche ablösen. Oder ein Türschloss aufstemmen mit einer Karotte oder einer Reitgerte oder etwas ähnlich Lächerlichem.

Ich sagte, mein Problem sei, oder besser: meine Angst, dass dieses Vertrauen in die anderen wirklich nachhaltig ruiniert ist. Nicht erst und ausschließlich durch die beiden Portugiesen, die mich auf der Parkbank ausgeraubt haben. Christoph habe ja in seiner Einleitung auch schon davon gesprochen.

Ich erinnerte mich daran, wie ich bei Christophs Einleitung gedacht hatte, er könne vieles sagen, mit seiner Überzeugung, was ich mir selbst nicht durchgehen lassen würde. Er konnte diese Sätze hinstellen und dahinterstehen. Ich müsste mir selbst dabei zuschauen und finden, dass ich eine Gurke sei, ein Hochstapler oder einfach nur ein Schwätzer. Aber auch darauf, dachte ich, würde es jetzt hier ankommen, auf der Bühne im *Café Porsche*, dass ich es trotzdem sagte. Es war ja nichts Neues.

Es ist ja nichts Neues, sagte ich, aber das Alte muss doch immer wieder gesagt werden, solange es aktuell ist. Wenn man es einmal überwunden hat, dann kann man damit aufhören, davon zu sprechen. Davor aber muss es immer wieder gesagt werden, weil man vielleicht sonst einfach denkt, es sei schon überwunden, nur weil niemand mehr davon spricht, weil alle nur noch über das Neue sprechen wollen. Ich begann mich zu verzetteln. Ich fuhr mir mit der Hand in die Haare, als könnte ich dort etwas Halt finden oder der Kopf dadurch gebändigt werden.

Ich sagte, ich fürchte mich vor der Liebe. Und ich musste dabei einen Widerstand überwinden, der so groß war, als hätte ich jemandem meine Liebe gestehen wollen. Ich fürchte mich vor dem, sagte ich, was sie wirklich ist. Ich traue den Menschen in nichts mehr über den Weg. Alles, was sie tun, sagte ich im *Café Porsche*, könnte immer genauso gut darauf hinauslaufen, dass sich plötzlich ihr Gesicht verändert und dass sie ein Messer hervorholen, um es mir in den Bauch zu stoßen. Ich habe Angst davor, dass dieses Misstrauen auf mich selbst zurückfällt oder längst gefallen ist. Dass ich mir selbst nicht mehr ausreichend traue, um zu glauben, die Liebe, die ich für jemanden empfinden könnte, wäre verdient oder wäre überhaupt nur etwas anderes als ein maskierter Überfall mit ganz anderen Motiven. Mir macht das wirklich große Angst, sagte ich, wenn ich mir vorstelle, dass das uns alle betrifft und nicht nur mich. Und dass es auch nichts Neues ist, wie gesagt, weil das ja bedeuten würde, dass es längst schon Normalität ist und vielleicht schon immer war und dass es nie etwas anderes gegeben hat als die Täuschung und das geheime Manöver, die Taktik dahinter. Dass man sich auf niemanden mehr wirklich einlassen kann, ist davon ja wirklich nur ein Nebeneffekt. Der Teil, der oben aus dem Wasser ragt. Das Misstrauen gegen die anderen führt, fürchte ich, dazu, dass mir ihr Leiden gleichgültig wird, dass ich vielleicht sogar finde, dass sie es verdient haben, ein bisschen zu leiden, als Strafe für ihr doppeltes Spiel und ihre heimtückische Art. Und dass ich deshalb auch finde, weil ich ja selbst einer von ihnen bin, also von uns, dass auch ich das verdient hätte, ein wenig zu leiden für meine eigene Falschheit, mein Dasein in diesen Verhältnissen, die voller Schuld sind und feigem Egoismus. Ich sagte nochmals, vor allen Zuhörern im *Café Porsche*, dass ich mir von der Produktion des Schrecklichen Grauens erhoffte, einen möglichst grausamen Tod vor der Kamera zu sterben, und ich hatte das erste Mal das Gefühl, dass ich dafür eine Rechtfertigung abgegeben hatte, eine echte Empfehlung und einen Grund, der es schwermachen würde, mir diesen Wunsch auszuschlagen. Ich hätte nicht gesagt, dass ich meiner Bestrafung als Zuschauer beiwohnen wollte, wenn sie passierte, aber wenn das ein anderer so gesagt hätte, ich hätte auch nicht widersprochen.

Markus fing als Erster an zu klatschen. So, wie er die letzten Wochen immer geklatscht hatte: mit seiner gesunden Hand auf den Oberschenkel. Dann setzten die anderen ein. Ich schaute zu Christoph, der sekundenlang völlig neutral zurückschaute, dann ein Lächeln aufsetzte und mitklatschte. Ich kann nicht einschätzen, ob der Applaus länger oder kürzer war als gewöhnlich. Mir wurde jedenfalls ganz warm, und beinah hätte ich mich verneigt oder die Arme hochgerissen. Mir war noch immer nicht klar, ob ich jetzt fertig war. Ob ich an einem Punkt angekommen war, an dem ich wirklich von der Bühne gehen konnte und wissen, dass mein Auftritt seinen Sinn gehabt hatte – und wenn es nur der war zu erkennen, dass es nicht ging. Der Applaus hatte aber auch die Funktion, mich von dort oben herunterzuklatschen, mir eine Brücke zu sein und mir die Möglichkeit zum Gehen zu geben. Ich konnte gehen, musste sogar gehen, solange das Klatschen andauerte. Also ging ich, setzte mich unten auf einen Stuhl, jemand legte mir die Hand auf die Schulter, und ich legte meine Hand auf seine. Ich fühlte mich beschützt und umfriedet und hatte völlig vergessen, wovon ich gerade noch gesprochen hatte, von der Angst vor der Liebe und ihrer Unmöglichkeit. Oder vielleicht hatte ich es auch nicht vergessen, war aber zu einhundert Prozent willens und bereit, mich der Täuschung zu überlassen und zu glauben, dass hier ein Kollektiv seine liebende Umarmung um mich geschlossen hatte und mich behütend aufnahm. Christoph kam zurück auf die Bühne, er sagte: Vielen Dank, Moritz. Und: Ich denke, das wars für heute.

Er wollte offensichtlich keine weiteren Geschichten mehr hören an diesem Abend, was ich als ein Kompliment auffasste. Stattdessen kündigte er den Film an, den wir uns im Anschluss ansehen würden, und nannte das Datum für unser nächstes Treffen. Es gab ausreichend Zeit, zu bleiben, den Film vielleicht sogar bis zum Ende zu schauen und trotzdem noch einen Zug nach München zu bekommen.

Wir sahen ein südkoreanisches Liebesdrama, dessen Titel ich vergessen habe zu notieren. Ich war noch so neben mir von meinem Auftritt, dass ich überhaupt nichts mehr notierte und den restlichen Abend nur noch aus meinem Gedächtnis wiedergeben kann. Der Film war jedenfalls unglaublich brutal. Es ging um eine verbotene Liebe, eine Art Romeo und Julia Nacherzählung. Eine sehr junge Koreanerin und ein ebenfalls sehr junger Koreaner, die von ihren rivalisierenden Familien (in mafiöse Geschäfte verstrickte Clans mit reichlich Geschwistern und Onkeln und Tanten und Cousins und Cousinen) den Umgang mit dem jeweils anderen verboten bekommen, sich aber so heftig lieben, dass sie beginnen, ihre eigenen Familienmitglieder aus dem Weg zu räumen, um sich trotzdem treffen zu können. Anfangs bringen sie nur jeder für sich die Leute aus ihren eigenen Familien um, am Ende aber (ich blieb diesmal, bis der Abspann begann, und bekam dann noch den letzten Zug nach München) fesseln sie gemeinsam ihre beiden Väter auf je ein Hinterrad eines großen Traktors und fahren damit aus der Stadt und in den Abendhimmel einer sehr malerischen Landschaft hinein. Für eine Weile hört man noch das Knirschen und Krachen der Knochen der Väter, während man in der letzten Einstellung die beiden verliebt ineinander verschlungenen Liebenden im Führerhaus des Traktors sitzen und zufrieden seufzen sieht. Im Verlauf der Handlung gibt es verschiedene Enthauptungen, explodierende Autos, Treppenstürze und Genickbrüche, die beiden lassen ihre Morde jeweils so aussehen, als wären sie von Mitgliedern der anderen Familie verübt worden, was dazu führt, dass sich die Onkel und Tanten und Cousins und Cousinen aneinander rächen und sich gegenseitig noch weiter dezimieren. Es gibt auch einige verstörende Sexszenen in dem Film. Die vom gerade Gemordethaben völlig berauschten beiden fangen an, sich gegenseitig zu bedrohen und Schmerzen zuzufügen, sie spielen in einer Art Rollenspiel die Fehde ihrer Familien nach, bis sie einander dann doch plötzlich in die Arme fallen und lauten, exzessiven Sex haben.

Auf dem Weg zurück saß ich im Zug an einem Vierertisch mit Manuel und Bianca, einem Paar aus München, das seit ein paar Wochen ebenfalls regelmäßig an den Sitzungen teilnahm und das mir allein aufgrund seiner Paarhaftigkeit suspekt war. Ich konnte mir nicht vorstellen, dass man das zusammen als Paar machte und dabei nicht immer die Tatsache, dass man etwas, egal, was es war, als Paar zusammen machte, über die Sache selbst stellte. Dass es nicht zwangsläufig immer den Punkt geben musste, an dem es zu persönlich und privat wird und auf dem Rücken der Sache, die ja eigentlich eine übergeordnete Sache sein sollte, die Probleme der Beziehung ausgetragen werden. Melanie Warga beschreibt in ihrem Buch, dass die Soldatin Ähnliches denkt über Paarbildungen innerhalb der Armee, vor allem im Auslandseinsatz. Die Soldatin hält die Paare unter den Kameradinnen und Kameraden für hochgefährlich und ihr gemeinsames In-den-Einsatz-Gehen für fahrlässig. Das alles natürlich noch bevor sie selbst zu einer Gefahr für ihre Kameradinnen und Kameraden wird.

Ich saß Manuel und Bianca gegenüber, und ich dachte, sie würden mir sicherlich gleich etwas erzählen wollen über die Liebe oder zumindest nochmal genauer nachfragen, was ich damit gemeint hatte oder wie es zu dieser traurigen Haltung hatte kommen können. Obwohl es ja, wie gesagt, eine stille Vereinbarung gab, dass man sich außerhalb der Sitzungen nicht über die Inhalte der Sitzungen unterhielt, in der Öffentlichkeit, in einem Zugabteil, in dem zugegebenermaßen so gut wie niemand saß außer uns.

Sie sprachen mich aber nicht auf meinen Vortrag an, sie kommentierten ihn auch nicht, sodass ich mich fragen musste, ob sie das aus Höflichkeit nicht machten und weil sie sich doch an den Kodex hielten oder weil es ihnen peinlich gewesen wäre, mit mir über den Unfug zu sprechen, den ich von mir gegeben hatte. Aber es hat ja einen Applaus gegeben, dachte ich und wusste natürlich, dass das überhaupt nichts bedeutete.

Die Idee hinter den Schmerzsitzungen war das Thema, das die beiden an diesem Abend im Zug tatsächlich interessierte. Sie sprachen vorsichtig, mit gedämpften Stimmen und mit vielen Auslassungen und vielsagenden Pausen. Draußen vor den Fenstern war eine schwarze Nacht, man konnte überhaupt nichts von der Landschaft erkennen. Manuel meinte, ihn erinnere das alles an eine Geschichte aus seiner Schulzeit, als er in der fünften oder sechsten Klasse neben einem Jungen namens Benjamin Sauter gesessen hatte. Sie hätten damals viel Zeit miteinander verbracht, seien gemeinsam an einem eher ereignislosen Ort aufgewachsen, einer Kleinstadt irgendwo zwischen Regensburg und Landshut. Die Versorgung unserer grundlegenden Bedürfnisse, sagte Manuel, war gesichert, unsere Eltern waren berufstätig, und wir verbrachten oft die Nachmittage gemeinsam im Haus des jeweils anderen.

Der Benjamin, erzählte Manuel mir wahrscheinlich mehr als seiner Freundin, hatte offensichtlich ein komisches Verhältnis zu sich und seinem Körper. Jedenfalls hat er oft davon gesprochen, dass er nicht ohne Narben leben wolle und dass es ihn störe, dass das Leben an ihm vorbeiziehe in unserem unbedeutenden Ort. Dass es auf seinem Körper und in seiner Seele keine Spuren hinterlasse. Dass er das Gefühl habe, alles entlade sich immer an einem anderen Ort. Wie ein fernes Gewitter, von dem man lediglich den Donner grollen hört. Er hatte daraufhin, das hat er mir an einem Nachmittag demonstriert, erzählte Manuel, eine Strategie entwickelt, sich ohne Hilfsmittel, größere Schmerzen und Gefahr selbst Narben zuzufügen. Vor Rasierklingen hatte er, glaube ich, großen Respekt, wenn nicht sogar Angst. Seine Technik bestand jedenfalls darin, mit dem Fingernagel an der betreffenden Hautstelle so lange hin- und herzureiben, bis die Haut sich schließlich öffnete. Wenn man bis in die unteren Schichten vordrang, würde für immer eine Narbe zurückbleiben. Ich habe ihm nicht geglaubt und habe es sofort auf meinem eigenen Handrücken ausprobiert. Manuel legte seine Hand so zwischen uns auf den Tisch, dass wir seinen Handrücken anschauen konnten. Eine längliche, etwa zwei Zentimeter lange Narbe war darauf zu sehen.

Es hat sehr lange gedauert, sagte Manuel, und es war wirklich anstrengend. Die Narbe ist aber bis heute deutlich sichtbar. Der Benjamin war auf seine Entdeckung sehr stolz. Mir aber war diese Narbe schnell peinlich. Wahrscheinlich, weil sie keine echte Geschichte hatte, die man erzählen konnte. Sie hat mich sehr gestört. So lange, bis ich schließlich die richtige Bezeichnung für sie gefunden habe. Ich habe sie meine *Fleißnarbe* genannt, und sie war mir von da an ein Zeichen für all die sinnlosen Tätigkeiten, die ich permanent verrichte und deren an mir angerichteter Schaden für alle Zeit deutlich sichtbare Spuren hinterlässt.

In der Geschichte der Soldatin gibt es einen Sprung nach der Passage, in der sie dem Kameraden ins Bein schießt und mit ihm eine endlos lange Zeit in dem Zwischenlager auf ihren Weitertransport warten muss. Die Passage endet mit der Beschreibung des schwitzenden, im Fieber murmelnden Soldaten und dem Versuch der Soldatin, nirgendwo zu lange hinzusehen, um nicht wieder eine Halluzination hervorzurufen. Ihre Wahrnehmung wird chaotisch, eine viel zu schnell ablaufende Diashow, aufblitzende Eindrücke, die nicht miteinander in Verbindung stehen und die entgegen aller Hoffnung der Soldatin weiterhin durchsetzt sind von Bildern, die unmöglich zur Realität des Zwischenlagers gehören können. Sie sieht zum Beispiel eine riesige Sanduhr, die mit Kakerlaken gefüllt ist, einen großen Christbaum, der mit Rinderherzen und Därmen behängt wurde, eine Frau, in der Uniform eines amerikanischen Fastfoodrestaurants, die salutierend in der Ecke steht, einen Kugelfisch, der mit geöffnetem Mund vor dem Durchgang nach draußen im Staub liegt, und an der Decke des Raumes eine überdimensionale runzlige Brustwarze, von der die Soldatin denkt, man sollte besser nicht direkt unter ihr sich aufhalten.

Dann gibt es einen harten Schnitt, und Melanie Warga beschreibt die Soldatin, wie sie im Flugzeug auf dem Weg nach Hause aus dem Fenster sieht. Sie hat ein Beruhigungsmittel bekommen, und sie sieht nichts als Wolken. Eine endlos vor ihr ausgebreitete Wolkendecke, mit ein paar Verwerfungen und aufgetürmten Bänken, darüber hellblaue Stratosphäre, und kein Gedanke. Das Menü wird beschrieben, das ein Steward im olivgrünen Overall der Luftwaffe serviert, ein Hähnchengericht mit Gemüse, salzige Kekse, Schmelzkäse, ein Stück Marmorkuchen und ein Plastikbecher mit Orangensaft. Die Maschine landet auf einem Militärflughafen in Deutschland, wo die Soldatin auf der Toilette nochmal etwas von dem Beruhigungsmittel nimmt, wie man es ihr verordnet hat. Sie steigt in einen Zug in Richtung der Stadt, in der sie lebt, vor dem Fenster sieht sie Bäume und Felder, grüne und braune, die Wolken von unten und manchmal etwas von dem Blau dazwischen. Sie sieht Häuser und Autos, und sie hört Gespräche.

Man hat ihr noch im Kriegsgebiet einen Zettel ausgestellt, mit dem sie sich in ihrer Kaserne melden muss. Für die Behandlung und Nachbetreuung muss sie bei einem Militärarzt vorstellig werden und sich dort eine Überweisung zu einer psychotherapeutischen Praxis holen. Als Erstes aber fährt die Soldatin nach Hause in ihre Wohnung, packt dort ihr Marschgepäck aus, ihre Uniform, ihre Stiefel, den Helm, die sandfarbene Unterwäsche, duscht sich etwa eine Stunde lang und sitzt dann am Tisch in ihrer Küche, so wird es von Melanie Warga beschrieben, hört auf das Ticken der Wanduhr, auf den Verkehr vor dem Fenster und wartet darauf, dass das Beruhigungsmittel zu wirken aufhört, gespannt und ein wenig ängstlich, ob die Trugbilder auch hier zu ihr zurückfinden werden. Zunächst passiert aber nichts Außergewöhnliches. Die Soldatin lauscht und beobachtet, die Wohnung und sich selbst, bis sie müde wird und sich schlafen legt. Sie träumt einen sehr langsamen, schwer greifbaren Traum, der von der Oberfläche des Ozeans handelt, die sich unnatürlich stark gegen den Horizont krümmt und doch ganz ruhig bleibt dabei, als wäre sie aus bewegtem Glas.

Sie wacht in ihrer Wohnung auf mit großem Durst und starken Kopfschmerzen, und als sie aus ihrem Bett heraussteigen will, sieht sie, wie im Schlafzimmer die Familie aus dem Dorf auf dem Teppichboden verteilt liegt. Wieder sieht es so aus, als würden sie alle dort schlafen, obwohl die Soldatin tief in ihrem Herzen oder ihrer Seele oder der elektrischen Spannung in ihrem Gehirn weiß, dass sie tot sind und dass es ihre Schuld ist.

Die Soldatin sitzt eine Weile auf ihrer Bettkante und schaut sich die Familienmitglieder an, die auf dieser Seite des Bettes auf dem Teppich liegen. Sie fängt zu weinen an, ihr Blick verschwimmt, sie schließt die Augen, und als sie sie nach einer Weile wieder öffnet, ist die Familie aus dem schlierigen, immer noch nicht ganz scharf zu stellenden Schlafzimmer verschwunden. Die Soldatin geht in die Küche und kocht sich Kaffee. Das Geräusch der Maschine, denkt sie, klingt, als würde jemand einen Toten hinter sich herschleifen, über den vertrockneten Boden einer Salzwüste. Sie geht raus auf die Straße, läuft durch die Fußgängerzone in der Innenstadt, schaut sich die Leute und die Läden an und denkt dabei die erwähnten Gedanken, dass das alles Verschwendung ist und nutzlos, was sie sieht, die Waren in den Geschäften, die Dringlichkeit, mit der die Leute unterwegs sind, um völlig unwichtige Dinge zu verrichten oder zu besorgen. Die Kleidung und die Körper der Menschen, ihre Schwäche und Fettleibigkeit und ihre offensichtliche Lebensunfähigkeit, ihre Abhängigkeit von all dem Unsinn und ihr panisches Festklammern an Geld und Geräten, das Gebimmel, die schamlos unverstellten Werbebotschaften überall, die billigen Fassaden. Sie sieht noch mehrmals, hinter sich, in einer Spiegelung im Schaufenster, vor einer Parkbank auf dem Boden, unter einer Rolltreppe in einem Einkaufszentrum, auf dem mittleren Grünstreifen einer Hauptverkehrsstraße, oben auf dem Balkon über der italienischen Eisdiele, die Körper der Familie daliegen, als würden sie schlafen. Die Soldatin, oder ihr rational denkender Teil, weiß, dass sie nicht da sind, dass sie nie da waren, auch in dem Dorf im Kriegsgebiet nicht, dass sie weder schlafen noch tot sind und dass sie an ihrem Tod keine Schuld haben kann. Und trotzdem fühlt sie ihnen gegenüber ein schwer niederdrückendes schlechtes Gewissen, viel mehr noch als im Kriegsgebiet beim Laufen durch die Fußgängerzone, wo alles, was sie sieht, so denkt sie, eine Rechtfertigung sein sollte für ihren Einsatz.

Am Tag nach meiner Angstsitzung im *Café Porsche* lief ich durch München und schaute mich um und den Leuten zu, wie die Soldatin, nachdem sie aus dem Kriegsgebiet zurückgekehrt ist. Ich hatte meinen Beitrag geleistet, meine Geschichte erzählt, hatte meine Schmerzsitzung absolviert und verfügte über ein umfangreiches Archiv der vorangegangenen Angstgeschichten und Ereignisse in Ulm. Es gab nichts weiter für mich zu tun, als weiterhin regelmäßig zu den Treffen zu fahren, zuzuschauen, aufzunehmen, alles zuhause in die Datei zum Schrecklichen Grauen zu übertragen und zu warten, wie es weitergehen würde. Ich hatte kein Gefühl dafür, wie lange die Sitzungen schon dauerten und wie lange sie noch dauern würden. Ich war neugierig, was als Nächstes passieren würde, aber machte mir auch Sorgen, um die Routine und den Halt, den sie mir gab. Ich hatte noch etwas Geld, das mir bald ausgehen würde, und ich versuchte, so lange wie möglich nicht daran zu denken, wo ich neues auftreiben könnte, was ich dafür tun würde und wie sich das mit der Arbeit am Schrecklichen Grauen in Einklang bringen ließe.

Ich dachte daran zurück, was ich am letzten Tag gesagt hatte und wie es von den anderen aufgenommen worden war. Dass es einen guten Applaus gegeben hatte, obwohl das ja nichts bedeutete. Ich spürte auch so etwas wie ein schlechtes Gewissen, das sich sehr schwer nur beschreiben lässt. Vielleicht gegenüber der Sache, die nie wirklich gesagt werden kann. Dem unteilbaren Inneren. Wie es im Versuch, darüber zu sprechen, verdreht und verbogen wird. Vielleicht, dachte ich, ist das ja auch eine Art Schatz. Etwas sehr Privates und deshalb gar nicht verkehrt, dass man nicht wirklich darüber sprechen kann, oder zumindest nie so, dass man merkt, ein anderer hat es jetzt verstanden, komplett, jemand hat gerade gefühlt und begriffen, was es bedeutet, ich zu sein, in mir als ich zu leben. Ich trug dieses Gefühl mit mir herum durch die Straßen und dachte mir auch, dass dort im Grunde alles, worum es immer geht, von allen anderen eingeschlossen in ihren Köpfen und in ihrer Brust herumgetragen wird und dass der ganze Rest nur hohle Choreografie ist, aus Verlegenheit, weil es nicht ausgesprochen werden kann. Weil es vielleicht, dachte ich, überhaupt nichts ist. Also das Nichts ist. Jeder Versuch, dachte ich, wie meiner gestern auf der Bühne im *Café Porsche*, ist eitles Gefasel. Und dann musste ich wieder an eine Stelle aus einem Buch denken, an dessen Titel ich mich nicht mehr erinnern konnte, wo es heißt, die Person, von der die Geschichte handelt, fühle sich, als hinge ihr Leben davon ab, eine genaue Beschreibung der Sonne abzugeben, aber alles, was sie tun kann oder darf, ist, auf die Schatten am Boden zu zeigen.

Zum nächsten Termin in Ulm kam ich etwas später als gewöhnlich. Nicht viel, ein paar Minuten – ich war nicht der Letzte, der an diesem Abend im *Café Porsche* eintraf, aber ich war auch nicht wie sonst schon zehn Minuten früher da, um auch sicher nichts zu verpassen. Ich nahm einen späteren Zug aus München, weil ich mir dachte: Das wird schon reichen. Schließlich hatte ich meine Geschichte erzählt und meine Begegnung mit der *Wahl der Waffen* gehabt. Dadurch war ich, allen Zweifeln zum Trotz, einer Art Elite angehörig, einem Waisenrat der Alten, einer höheren Schicht der Hierarchie. Ich öffnete die Stahltür mit dem *Zutritt STRENG verboten* Schild, betrat das Hinterzimmer und sah einen Halbkreis vor der Bühne, in dem die Stühle entfernt worden waren. Sie standen ineinandergestapelt am Rand des Raumes oder zusammengerückt am Rand des Halbkreises. Hubi stand vor der Theke mit einem großen Sack voller Holzscheite, wie man sie im Baumarkt kaufen kann, um einen Ofen oder einen Kamin damit anzuheizen. Er griff in den Sack und verteilte das Holz an alle Ankommenden. Diejenigen, die vor mir gekommen waren, sah ich in dem Halbkreis zusammenstehen, mit den Holzscheiten in ihren Händen und mit fragenden Gesichtern. Markus war auch schon da, er saß etwas abseits auf einem Stuhl in den hinteren Reihen. Ich ging an Hubi vorüber und begrüßte ihn, er griff in seinen Sack und holte zwei schmale Scheite hervor, die er mir in die Hand drückte. Kannst du nachher wieder bei mir abgeben, sagte er. Ich schaute auf die Scheite, die vielleicht so dick waren wie der Griff von einem Tennisschläger, auf die anderen im Halbkreis und rüber zu Markus, der seine Gipshand hob zum Gruß. Ich beschloss, mich nicht in den Kreis der anderen zu stellen, sondern ging nach hinten zu Markus, setzte mich neben ihn und beobachtete mit ihm gemeinsam aus der Distanz, was passierte.

Christoph betrat die Bühne, selbst zwei schmale Scheite in der Hand, und begrüßte alle Anwesenden. Markus und ich und zwei andere, die sich hingesetzt hatten, anstatt sich vorne im Halbkreis zu versammeln, wurden überhaupt nicht angeschaut. Es gab nicht viele Worte diesmal. Christoph sagte lediglich, dass er uns alle einladen möchte, gemeinsam eine Erfahrung zu machen, die normalerweise nur allein gemacht werden kann. Deren Kern und wichtigste Eigenschaft ist, dass man darin Gewissheit nur über sich selbst hat. Wenn wir jemanden sehen, sagte er, der leidet, egal ob auf der Leinwand, in den Nachrichten oder in der Wirklichkeit, gibt es immer einen Teil von uns, der zweifelt. Was ist das, was in dem anderen passiert? Ich kann es nicht sehen. Und der andere kann es nicht sagen. Wir sind hier aber zusammen, und wir sind gemeinsam auf der Suche nach demselben Ort in uns. Das ist eine spirituelle Angelegenheit. Ich habe mich schon lange auf diesen Abend gefreut. Natürlich muss jeder selbst entscheiden, ob er dabei ist oder nicht – Christoph deutete mit seinen Holzscheiten in unsere Richtung, schaute uns dabei aber nicht an, ein paar Leute drehten sich um mit unterschiedlich auffordernden oder angewiderten oder gleichmütigen Gesichtern –, aber ich sage euch, das ist eine der Hauptsachen, der wichtigsten Erfahrungen, die man hier gemeinsam mit allen anderen machen kann.

Für einen Moment wollte ich sofort aufspringen und vorlaufen mit meinen Holzscheiten und mich zwischen die anderen in die vorderste Reihe drängen. Ich spürte aber auch Markus' prüfenden Blick von der Seite, er wollte sicher, dass ich ihn anschaute und mit ihm eine Allianz bildete. Oder zumindest eine Interessengemeinschaft, ein Bündnis gegen die aktuell dort vorn feierlich vorgebrachte Idee. Aktiv, soviel hatte Christoph mit seinen wenigen Worten klargemacht, konnte man nur dort vorne sein. Wir auf den Stühlen waren die, die es nicht machten, die also grundsätzlich nichts machten und nicht aktiv waren, nicht dabei, nicht Teil des Ganzen und der spirituellen Angelegenheit, wie Christoph es genannt hatte (und dabei war es auch ganz egal, dass Markus und ich bereits auf der Bühne gestanden und unseren Beitrag geleistet hatten). Wir waren die Passiven und damit nicht nur aus der Gruppe ausgeschlossen, sondern gleichzeitig auch instrumentalisiert als die Negativität, an der sich der positive Pol der Gruppe aufladen und gemeinschaftlich selbst bejahen konnte. Ich wurde wütend, weil ich auf keiner Seite stehen wollte. Ich wollte nicht Markus anschauen und mit ihm ein Bündnis eingehen gegen Christoph und seine Idee von dieser Sitzung. Aber ich saß eben schon auf meinem Stuhl, und die Unterwürfigkeit der Geste, jetzt noch aufzustehen und vorzugehen, war ebenso unerträglich, wie sitzen zu bleiben. Ich war gelähmt von diesen gegenläufigen Optionen, also blieb ich, wo ich war, unzufrieden mit mir und der Situation, und beobachtete, wie Christoph eine CD in die Anlage einlegte, ein langsamer, elegisch schwebender Song wurde abgespielt, vielleicht fünf Töne auf einer Gitarre und lang singende Synthesizergeigen, ein Rauschen und Knistern, Ambientmusik, wahrscheinlich aus den Neunzigern. Ich fand das sehr befremdlich. Christoph ging zurück auf die Bühne und machte es vor: Er legte die beiden Scheite nebeneinander auf den Bühnenboden, beugte sich nach vorn, bis seine Hände den Boden neben den Scheiten berührten, platzierte seine Knie auf dem Holz und richtete sich auf, sodass er mit seinem vollen Gewicht auf den Scheiten kniete. Er schloss die Augen, atmete und machte eine Handbewegung, die die anderen animierte, das Gleiche zu tun. Es gab ein kurzes Gewusel, bis jeder ausreichend Platz auf dem Boden fand, um seine Scheite nebeneinander hinzulegen, dann sahen wir von unseren hinteren Plätzen, wie die vor uns sich niederließen und auf ihre Hölzer knieten. Die Ambientmusik schwebte durch den Raum, die fünf Töne der Gitarre und die Geigen, hin und wieder hörte man jemanden stöhnen, es fügte sich ganz wunderbar. Die Geräusche der Knienden kamen unrhythmisch, manchmal war es ein Zischen zwischen den Zähnen, manchmal ein tiefer Laut aus einer Brust. Es klang ein wenig wie in einer öffentlichen Sauna, wenn aufgegossen wird.

Christophs Augen öffneten sich wieder, er schaute herum im *Café Porsche*, auf die vor ihm auf den Holzscheiten Knienden und auch einmal kurz und eindringlich nach hinten zu uns. Ihm war nicht viel anzumerken. Sein Mund war geschlossen, aber man konnte erkennen, dass er die Zähne zusammenbiss. In das Lied, das wir alle hörten, mischte sich noch ein weiteres, schwebendes Soundelement, eine gedämpfte Trompete, die ebenfalls langgezogene Töne in den vorhandenen Klangteppich einfließen ließ. Christoph öffnete seinen Mund, und ein lauter, aber sehr klarer und melodisch zur laufenden Musik passender Ton kam aus ihm heraus, ein *Aaaah*, auf das noch mehr Töne aus den Mündern der anderen folgten. Für einen Augenblick waren sie wie ein Chor. Der Chor der Schmerzen. Oder der leidvolle Chor der Knienden. Der Chor der Einsamkeit. Ich versuchte noch, einen Namen zu finden, der die Schönheit der Situation hätte einfangen können, wurde aber abgelenkt, weil sich die Tür zum *Café Porsche* öffnete, eher stürmisch aufgerissen wurde, und eine Frau den Raum betrat, von der ich mich nicht erinnern konnte, sie jemals bei einer der Sitzungen gesehen zu haben, was mich im Nachhinein immer wieder verblüfft hat und heute noch verblüfft, weil ich mir nicht vorstellen konnte und kann, dass sie mir zuvor nicht aufgefallen war, und weil sie aber, wie sich später herausstellte, so viel über die Sitzungen und die Dynamik unter uns zu wissen schien, als wäre sie von Anfang an aufmerksam dabei gewesen. Die einzige Erklärung, die ich mir recht bald zurechtlegte, war, dass sie von Christoph und Sarah Kopien der Protokolle bekommen haben musste. Alles andere ergibt einfach keinen Sinn.

Sie trug einen hellbraunen Wildledermantel mit abgesetztem Fellkragen, hatte die Haare kurz, ein wenig Make-up um die Augen, Lippenstift, laut klopfende Schuhe an den Füßen, insgesamt war sie unmöglich zu übersehen, unmöglich nicht wahrzunehmen, sie zog auch augenblicklich die Aufmerksamkeit der Knienden auf sich durch ihren Auftritt. Ich habe mich wahrscheinlich sofort in diesem Moment in Katja verliebt, auch wenn es sich an dem Abend, an dem sie ins *Café Porsche* gestürmt ist und man gleich spüren konnte, dass sie keinen Stein auf dem anderen lassen würde (was mir Angst machte), eher wie eine instinktive, heftig aufwallende Ablehnung angefühlt hat.

Der chorische Gesang brach jedenfalls ab, die Knienden fühlten sich sichtlich unwohl und beobachtet. Die Ersten fielen nach vorne um und auf ihre Hände oder versuchten aufzustehen, was von einem Stöhnen begleitet wurde und einem Halten der schmerzenden Stellen. Hinkend bewegten sie sich auf die Stuhlstapel zu und fingen an, die Sitzreihen wieder aufzubauen. Christoph beobachtete alles und blieb auf seinen Scheiten knien, schaute rüber zu Katja, und die schaute zu ihm zurück, auf eine so spezielle und geheimnisvolle Art, dass ich sofort eifersüchtig wurde, ohne zu dem Zeitpunkt eindeutig sagen zu können, auf wen. Eine Handvoll Leute hielt das Knien noch so lange aus, bis Christoph ein Zeichen gab und sich selbst langsam und mit verkniffenem Gesicht erhob. Die Musik war längst in der aufgekommenen Unruhe untergegangen, sie war nahezu verschwunden, nur hin und wieder hörte man, wie die Trompete auf einen anderen Ton wechselte oder an der Gitarre eine Saite angeschlagen wurde. Christoph hinkte zur Anlage und stoppte die Wiedergabe. Er nahm das Mikrofon auf und ließ bei alldem Katja keinen Moment aus den Augen. Es war wie ein stilles Duell über das Geschäftige und die Geräusche des Stühleaufbauens und Murmelns hinweg.

Katja warf ihren Mantel über einen Stuhl, der gerade von jemandem aufgestellt worden war, rollte die Ärmel an ihrem Hemd nach oben und stemmte die Hände am Hosenbund in die Hüfte. Ihr ganzer Körper war die Frage danach, wo sie denn bitte schön damit anfangen soll, hier mal aufzuräumen und auszumisten und die Sache in die Hand zu nehmen, die offensichtlich viel zu lang schon aufgrund mangelnder Ordnung oder mangelnder Führung dahingedümpelt ist. Sie kam mir vor wie jemand, der gerufen und daraufhin gesandt worden war. Eine Art Eingreiftruppe, die aber nur aus dieser einen Person bestand, die eine Spur der Weisung und Richtigstellung hinter sich herzog, eine lange Liste an Leuten, die vorher sinnlos im Dunkeln herumgeirrt waren, denen dann aber durch ein paar wenige einfache Handgriffe und Justierungen von Katja Licht ans Fahrrad gemacht worden war. Mir ist auch hier völlig unklar, was genau diese ganzen Assoziationen unmittelbar in mir ausgelöst haben. Sie hatte ja zu dem Zeitpunkt noch kein einziges Wort gesagt.

Christoph nannte zuerst ihren Namen. Er sagte Hallo Katja ins Mikrofon, und Katja deutete eine Verbeugung an und lächelte ein extrem selbstbewusstes Lächeln.

Ich dachte mir, dass zwischen den beiden etwas am Laufen sein musste oder zumindest einmal in der Vergangenheit am Laufen gewesen war. Ich malte mir das sofort alles aus und bemerkte, wie ich davon ganz bitter wurde und wie ich Christoph zu meinem Konkurrenten und Gegner machte. Ich schaute ihn an und suchte nach Fehlern, seine Haltung, der Körper, das Gesicht, was er sagte und wie, seine Stimme. Aber es war etwas Elektrisches in der Luft im *Café Porsche*, ein Gewitter, das zwischen den beiden sich zusammenbraute. Ein ständiges Herausfordern, Angreifen und Parieren, ein Spiel mit ausgefahrenen Krallen und mit scharfer Munition, Prüfen, Austesten, sich von hinten in die Hacken treten, Besserseinwollen oder schneller, schlauer, lustiger, bissiger, es hatte etwas urwaldmäßig Fundamentales, was ich mir zwischen den beiden ausmalte, das Menschliche, das zwischen zwei Menschen ablaufen kann, das nicht Routine und Zwang, Angst und Kontrolle ist, nicht Ernst, sondern scharfsinniges, aufmerksames, schnelles Denken und Handeln und Reagieren, Fechten und Schachboxen, zwei Gehirne, die sich gegenseitig stimulieren und hochschaukeln und dabei hochradikale, radioaktive Abfallprodukte abwerfen, kreative Masse, neues Denken, freies Leben ohne Grenzen. So stellte ich mir das vor, als Katja vor der Bühne stand und Christoph oben und die beiden sich anschauten, während es langsam wieder ruhiger wurde im *Café Porsche*, die Leute ihre Plätze einnahmen und bereit waren für das Nächste oder vielleicht sogar das Neue.

Katja kam gleich an diesem Abend auf die Bühne. Die beiden hatten das entweder wortlos mit ihren Blicken verhandelt oder schon vorher irgendwann besprochen. Ihre ganze Interaktion hatte etwas Choreografiertes. Kann schon sein, dachte ich, dass die das vorher abgemacht haben und dass Christoph uns etwas vorspielt, mit seinen Holzscheiten und der spontanen Reaktion auf Katjas Eintreten. Es wurde kein Wort mehr über die spirituelle Erfahrung verloren, die sie gerade alle kniend mit ihren Schmerzen gemacht hatten. Christoph sammelte sich, und dann lud er Katja dazu ein, zu uns zu sprechen. Das heißt, er lud sie nicht wirklich dazu ein, er schnitt ihr eher jeden anderen Weg als den auf die Bühne ab, indem er sie fragte, ob sie sich nicht gleich mal hier einbringen wolle, in einem Ton und auf eine Weise, die ihr keine Wahl ließ, als sich sofort voll reinzuwerfen, wenn sie sich nicht unterordnen wollte. Es war eine Herausforderung, die sie annehmen musste.

Katja brachte sich einen Stuhl mit auf die Bühne, bekam von Christoph das Mikrofon in die Hand gedrückt, setzte sich, schaute uns eine Weile an, ohne ein Wort zu sagen und ohne den Eindruck zu erwecken, als würden sie die vielen zurückschauenden Gesichter auch nur ein bisschen nervös machen.

Sie sagte: Hallo. Ihre Stimme war klar und furchtlos, ohne Zittern, und Katja konnte noch eine lange Pause machen und uns beobachten, als wären wir diejenigen, die vor ihr auf der Bühne saßen.

Sie lächelte wieder so selbstbewusst, und dann erzählte sie uns, ihre größte Angst sei es, einer kleinen Gruppe Überlebender anzugehören, die nach einer Atomexplosion von riesigen Spinnen durch eine verstrahlte Landschaft gejagt werden, wobei allen Mitgliedern der Gruppe nach und nach die Haare ausfallen und die Zähne und immer wieder jemand aus dem Hinterhalt überfallen wird, eingesponnen und aufgefressen, bis sie schließlich ganz auf sich allein gestellt ist und in eine Höhle flüchtet, in der Männer in weißen Roben andere, nackte Männer an die Höhlenwände geschmiedet haben und sie dort mit rostigen Schwertern foltern, bis sie verblutet sind. Meine Angst ist, sagte sie, dass ich aus dieser Höhle dann nur herauskomme, indem ich durch einen langen Gang voller Würmer hindurchkrieche, die sich wie windendes Gedärm über mich hermachen und mir in die Ohren kriechen und dort ihre Eier ablegen, aus denen dann kleinere Würmer schlüpfen, die mein Gehirn angreifen und mich zu einer willfährigen Marionette des Bösen machen. Dass ich danach durch die wenigen verbliebenen Siedlungen der Menschen laufen muss und den Überlebenden der Katastrophe auflauern, um sie hinzurichten und aufzuessen. Meine Angst ist, dass ich dabei feststellen muss, dass die meisten Menschen durch den atomaren Unfall zu Zombies geworden sind, die mit halbverfaulten Gesichtern durch die Straßen schlurfen und die mich, zusätzlich zu meinem Befall durch die kleinen Würmer, beißen könnten und mich dann ebenfalls in einen Zombie verwandeln.

Es gab ein paar Lacher, während Katja sprach. Ich schaute mir Christoph an, dessen Fäuste im Schoß geballt waren und der ein sehr finsteres Gesicht machte. Er griff aber nicht ein. Er ließ sie weitermachen.

Ich fürchte mich also davor, sagte Katja, wie ich dann in einem kleinen Dorf auf Zombiejagd gehen muss und gleichzeitig die wenigen verbliebenen Menschen ebenfalls töten und aufessen, bis ich wirklich ganz allein mit den Riesenspinnen und den Würmern in meinem Kopf auf dem verseuchten Planeten leben muss. Dass es ein unfassbar brutales Blutbad wird, diese ganze Angelegenheit, und dass an einem Punkt die verbliebenen Menschen eine Elitekampftruppe zusammenstellen, aus Männern in schwarzen Mänteln, mit verbrannten Gesichtern, die statt ihrer Unterarme scharfe Klingen an den Gelenken haben und die extrem ausdauernd und schnell rennen können und dabei fast kein Geräusch machen. Ich habe also Angst davor, wie ich von dieser Spezialeinheit gejagt werde, durch die Ruinen unserer Städte, die schon voll sind vom modrigen Gestank der Toten und der Zombies, und dass ich mich nur von Eingeweiden ernähren kann, manchmal auch nur von solchen, über die sich schon die Maden hergemacht haben und die ganz aufgebläht sind von den Gasen der Verwesung. Ich fürchte mich davor, wie ich, nachdem ich den Messermännern gerade so entkommen bin, aus dem Hinterhalt von einem Zombie in den Arm gebissen werde und wie ich dann, nachdem ich den Zombie eine Hochhausbrüstung hinuntergestoßen habe, meinen rechten Arm mit einer Kettensäge abtrennen muss, damit ich nicht infiziert werde und mich nicht selbst in einen solchen Zombie verwandle. In meiner größten Angst muss ich meinen Arm dafür an einem Heizkörper festketten und dann mit der freien Hand die Säge kurz unterhalb der Schulter durch ihn hindurchführen, bis er abfällt und auf den Teppich, wo es noch ein bisschen aus ihm herausspritzt, er dann aber sehr schnell verfault und zerfällt, grau wird und die Hand wild zuckt und sich verkrampft, man könnte sehen, wie sie sich verwandelt und wie sie sich etwas wünscht, das sie erwürgen kann.

Ich würde meinen Armstumpf nur schlecht versorgen können, und er würde sich entzünden, und ich würde davon in ein wirres Fieber fallen und irgendwann phantasieren, dass aus dem eitrigen, krustigen Stumpf ein fettiges, weiß glänzendes, madenartiges Wesen herauswächst, mit transparenten Augenlidern und einem kleinen Mund, aus dem klagende, fordernde Laute herauskommen, die ich nicht verstehen kann, die mir aber den Schlaf und den letzten Verstand rauben. Ich fürchte mich davor, sagte Katja, wie ich mit dem kleinen Wesen in meinem Armstumpf über den verseuchten Planeten laufen muss, auf der Flucht vor den Riesenspinnen und den Zombies und den Männern mit den Klingen an den Armen, ständig hungrig und ständig auf der Suche nach dem einen, was das klagende Wesen, das in meiner Wunde lebt, zufriedenstellen könnte.

Ich fürchte mich davor, dass ich irgendwann, in meiner Verzweiflung, während ich zum Beispiel auf dem Teppichboden in einem verwüsteten Bürogebäude sitze, etwas von dem eitrigen Schorf abkratze, der sich um meinen Armstumpf herum gebildet hat, und ihn dem Wesen zu fressen gebe und dass es ihn gierig verschlingt und danach für eine Weile ganz ruhig und selig wird. Dass ich dadurch herausfinde, dass sich das Wesen von mir ernährt und dass ich meine Wunde ständig offen halten muss, um ihm zu fressen zu geben. Ich versuche, das Wesen auszuhungern, aber ich halte es nicht durch, weil sein Klagen und Wimmern immer schrecklicher wird und ich Angst habe, dass ich vorher komplett verrückt werden muss. Ich kratze also ständig an dem Fleisch an meinem Armstumpf herum oder, wenn es noch nicht ausreichend verkrustet ist, an anderen kleinen Wunden an meinem Körper. Ich lasse mir dafür die Fingernägel wachsen, die von dem Kratzen und Aufpulen ganz dunkel werden an den Rändern. Wenn ich dem Wesen zu fressen gebe, schläft es manchmal für eine Weile ein, und dann überlege ich, ob ich es erschlagen und abschneiden kann, aber ich bringe es nicht übers Herz, weil es so etwas wie meine letzte Gesellschaft auf der Welt geworden ist. Insgeheim weiß ich aber auch, dass das Wesen immer größer werden wird und immer hungriger und dass es mich irgendwann komplett verschlingt, dass ich irgendwann nur noch die Hülle bin, aus der es geschlüpft ist und die es auffrisst, wenn es sie nicht mehr braucht.

Katja schaute von der Bühne herunter auf Sarah, die Protokoll führte, und wartete ab, bis die ihren Satz zu Ende geschrieben hatte, dann sagte sie, ihr wären an dem Punkt natürlich schon alle Haare ausgefallen und fast alle Zähne, weshalb sie auch die Gedärme der Menschen in deren Küchen in einem Mixer verarbeiten müsse, um sie überhaupt noch zu sich nehmen zu können. Es macht mir auch Angst, sagte sie dann, nicht genau zu wissen, ob an diesem Punkt der blutige Durchfall, den ich bekomme, von der Strahlenbelastung herrührt oder von den rohen Innereien der Dorfbewohner, die ja ebenfalls verstrahlt sind. Mir würden große Tumorbeulen wachsen, in den Achselhöhlen und zwischen den Beinen und am Rücken. Dort, wo ich sie erreiche, würde ich auch versuchen, sie abzuschneiden oder auszuschaben, mit einem Esslöffel, den ich dafür an den Rändern scharf geschliffen habe, aber sie würden jedes Mal noch größer und noch deformierter nachwachsen und mich beim Gehen und beim Bewegen meines verbliebenen Armes behindern. In meiner Vorstellung wird mir jedenfalls irgendwann klar, dass mir nicht mehr viel Zeit bleibt und dass es wohl das Beste ist für mich und die verbliebenen Menschen und wahrscheinlich auch für die Männer mit den verbrannten Gesichtern, die mich jagen, wenn ich mir irgendwo ein schnelles Ende bereite. Und ich fürchte mich davor, dass mir dafür einfällt, ich könnte mich auf einer rostigen Metallstange aufpfählen, indem ich von einer Brücke runterspringe und auf einen Frachter voller Schrott, der darunter vor Anker liegt.

Was würde ich dann fühlen, sagte Katja, in dem Augenblick, in dem ich abspringe und falle und das rostige Zeug auf mich zurasen sehe, das panische Schreien des Wesens in meinem Armstumpf in den Ohren?

Katja machte eine Pause und schien zu überlegen, wie es noch weitergehen könnte. Ich würde sagen, sagte sie, ich hätte große Angst davor, dass es nichts wäre.

Sie schaute wieder ins Publikum mit dieser großen Ruhe. Es hatte ihr überhaupt nichts abverlangt, da oben zu sitzen und zu sprechen. Sie hätte genau den gleichen Auftritt jeden Abend vor verschiedenem Publikum hinlegen können. Unsere Blicke trafen sich kurz, und sie zwinkerte mir zu. Vielleicht musste sie auch nur blinzeln in dem Moment, aber ich denke schon, dass ich ihr aufgefallen bin. Ich oder mein Blick, mit dem ich sie angeschaut habe. Sicher war ich genau die Art Publikum, die sie sich wünschte. Mir hätte sie wirklich alles erzählen können. Ich bekam noch nicht mal mit, dass sich die anderen, wenn sie nicht amüsiert waren, verarscht fühlten von ihr. Und auch Christoph war mir egal, was er dachte, was er von Katja und ihrer Geschichte hielt. Ich wünschte mir, dass sie noch nicht fertig wäre und ewig so weitersprechen würde. Inhaltlich hatte ich nicht besonders viel mitbekommen von dem, was sie erzählt hatte. Mir war entgangen, dass für sie in ihrer Geschichte, aufgepfählt auf einer rostigen Metallstange, nicht mehr viel zu tun übrigblieb.

Ich nehme an, sagte Christoph, dass du dir das alles schon sehr bildlich vorstellst.

Katja drehte ihren Kopf sehr schnell in seine Richtung und sagte: Ich könnte einen Film darüber machen.

Später habe ich erfahren, dass Christoph die Dreharbeiten und die Vorbereitung zum Schrecklichen Grauen von seinen Ersparnissen finanziert hat. Er hat sich auch ein paar Kreditkarten von verschiedenen Anbietern besorgt und sie bis an ihr Limit ausgereizt, aber in der Hauptsache hat er sein eigenes Geld verwendet und keinerlei Förderung bekommen. Soweit ich das verstanden habe, hat er auch nie irgendwo um Förderung gebeten. Es wäre sicher auch schwer gewesen, das Projekt jemandem zu vermitteln, der nicht mit uns im *Café Porsche* sitzen würde. Für Christoph, das denke ich mir jetzt, im Nachhinein, war es einfach nicht möglich, mit seiner Idee bei jemandem vorstellig zu werden und um Hilfe zu bitten. Ich glaube, er hat das ganze System der Filmförderung von vornherein verachtet und war der Überzeugung, dass ein unabhängiger Film auch von diesen Institutionen unabhängig sein muss und nicht nur von den großen Produktionsfirmen und Verleihern und anderen Kartellen. Inwiefern er sich überlegt hat, welche Art von Abhängigkeit dort nur noch verstärkt wird, wo einer mit seinem eigenen, aus im Zweifel durch untragbare Ausbeutungsarbeitsverhältnisse erwirtschafteten Geld eine Produktion finanziert, kann ich nicht sagen. Wir haben nie darüber gesprochen.

An dem Abend, an dem Katja ihren Auftritt hatte im *Café Porsche*, in unserer Gruppe, in meinem Leben (wie es sich vor allem anfühlte), wäre es vielleicht naheliegend gewesen für ihn zu sagen: Du bezahlst aber nicht für diesen Film. Ich mache das. Wir arbeiten mit meinem Geld. Mit allem, was ich habe. Ich bin der, der sich verschuldet und für den das alles hier richtig teuer wird, im wahrscheinlichen Fall, dass der Film nichts einspielt am Ende, weil niemand je von ihm erfahren wird. Weil er nicht in den Kinos laufen wird, wenn sich kein Verleih dafür interessiert, weil er auf keinem Festival von keiner Jury ausgewählt und ausgezeichnet werden wird, weil seine einzige Chance die virale Verbreitung im Internet und unter Nerds in Spezialforen oder auf Messen, auf Horrorfilmconventions und durch das sogenannte Wort auf der Straße ist, die Mundpropaganda. Aber er sagte es nicht. Es wäre gegen die Regeln gewesen, die zwischen den beiden am Werk waren. Christoph hätte sich in eine Falle begeben mit einem so einfachen Manöver. Katja wäre einen Schritt zur Seite getreten und hätte ihm den Degen in den Hals gestoßen, und er wäre geschlagen gewesen als der Spießer und Erbsenzähler, den sie aus ihm machen würde. Ich sah es vor mir, und ich hatte großen Spaß daran. Es freute mich, dass ich so schnell durchschaut hatte, wie die Dynamik zwischen den beiden funktionierte, und dass alles, was sie machten und sagten, immer nur wieder eine weitere Bestätigung meiner Erwartungen war.

Christoph brachte also nicht das Argument seiner finanziellen Risikobereitschaft, seiner Eingebundenheit durch die eigene Verschuldung, die ihn ja tatsächlich von uns allen unterschied (neben der Tatsache, dass ihn seine Rolle als Regisseur und Initiator sowieso schon ganz grundsätzlich von uns anderen unterschied – zumindest von denen unter uns, die diese Rollenverteilung sofort akzeptiert hatten, was bis zu diesem Abend nach meiner Wahrnehmung eigentlich alle gewesen sind), sondern fragte Katja, wie lange sie diese sehr spezifische Angst denn schon habe in ihrer sehr bildhaften und detailreichen Form. Und als Katja sagte, oh, ganz lange schon, solange sie sich erinnern könne, das sei eine tiefsitzende Sache und ihr deshalb wirklich ein Anliegen, eine Herzensangelegenheit, damit aus sich selbst herauszukommen und vielleicht sogar mithilfe der Gruppe darüber hinweg, meinte er, es sei sehr mutig von ihr gewesen, diese fürchterlichen Ängste mit uns zu teilen, dass er aber trotz allem dazu raten würde, einen Abgleich mit der Gegenwart vorzunehmen. Wenn diese tiefsitzende Sache wirklich schon so alt sei, könne es ja sein, dass sie sich an ihrem Ursprung längst verändert habe und Katja sich nur immer wieder auf diese Bilder beziehe, die ja höchstens Symptome sein könnten. So plastisch, wie sie von ihr dargestellt wurden, würde er doch stark annehmen, dass sie einer Art albtraumhafter Logik folgten, die von ihr unterbewusst dazu eingesetzt werde, sie vom Wesentlichen abzulenken.

Jemand, der mir früher schon durch solche Aktionen unangenehm aufgefallen war, meldete sich aus der ersten Reihe und meinte, Katja könne es ja einmal mit der *Wahl der Waffen* versuchen. Und Christoph nickte dazu, ohne Katja aus den Augen zu lassen, die auf der Bühne stand und für einen Moment tatsächlich etwas ratlos aussah, bevor sie verstand, dass sie schon wieder in eine Situation ohne wirkliche Alternativen gebracht worden war, und schließlich einwilligte, als man ihr den Koffer auf die Bühne bringen wollte.

Die Wahl der Waffen wurde vor Katja hingestellt und geöffnet. Sie schaute hinein und versuchte ein möglichst alltägliches Gesicht zu machen, nahm ein paar Sachen in die Hand und betrachtete sie aus der Nähe, legte sie wieder zurück. Sie hielt eine Rasierklinge so gegen das Licht, dass sie kurz aufblitzte, und ich dachte schon, dass das ihre Wahl sein würde. Dann legte sie aber auch die Klinge zurück, schaute den erwartungsvoll dastehenden Christoph an und zeigte vor ihm auf den Bühnenboden, wo noch die beiden Holzscheite der kollektiven Schmerzsitzung vom Beginn des Abends herumlagen. Sie fragte ihn, ob die denn auch zum Arsenal gehörten. Sie wolle sich schließlich nicht entgehen lassen, was die anderen bereits mitgemacht und erfahren hätten. Christoph sah ein wenig enttäuscht aus, aber nur für eine Sekunde, dann lächelte er und sagte: sicherlich. Ob sie denn wünsche, dass man die Musik noch einmal laufen lasse. Gern, ja. Vom Anfang? Ja, vom Anfang.

Christoph ging zur Anlage, drückte die Wiedergabetaste, und der Song begann von vorn. Die Ambientmusik schwebte durch den Raum, Katja kniete sich vor uns allen auf die Scheite am Bühnenboden, richtete ihren Oberkörper auf und schloss für einen Moment ihre Augen. Es war ein sehr erhabener Anblick. Wenn man Christoph betrachtete, der oben am seitlichen Rand der Bühne stehen geblieben war, seine Genugtuung, dann konnte man es für eine Strafe halten. Aber das Bild von Katja allein war eher das eines Martyriums. Sie atmete lange ein, und dann konnte man an vielen verschiedenen Stellen in ihrem Gesicht und an den angespannten Muskeln sehen, dass der Schmerz anfing, sich über alles auszubreiten, was oder wer sie war. Ich schaute mich um, die Leute neben mir strahlten, es war allen ein großer Genuss. Christoph vor allem sah so aus, als schaute er auf eine weite Landschaft, die er nach langer Schlacht erobert und seinem Reich angegliedert hatte. Katjas Gesicht fing an sich zu verzerren, und Christophs Macht über die Gruppe, seine Idee, sein Projekt begann im gleichen Maß zu strahlen und den ganzen Raum auszufüllen. Es war so, als würde uns ein Brandmal in die Haut gedrückt, um klarzustellen, welcher Herde wir angehörten. Ich verstand die Schönheit der Situation. Katja war mit ihrer unheimlichen Präsenz in den Raum gekommen, und jetzt schaffte sie für uns alle, die wir um sie herumsaßen und standen, eine noch viel größere Präsenz, eine Wirklichkeit, die von ihren Knien ausging, die nichts mit der Realität zu tun hatte, wie wir alle sie jeden Tag erlebten, sie aber dennoch vollständig enthielt. Ihre Knie gehörten einer größeren Sache an, die unsere Sache war. Das war der Moment, als ich das Schreckliche Grauen verstanden habe, wie Christoph es sich vorgestellt haben muss.

Man konnte Katja anmerken, dass sie gern bis zum Ende des Ambientsongs auf den Scheiten knien geblieben wäre, aber sie fiel irgendwann vorn über auf ihre Hände, und als sie dann versuchte, sich aufzurichten, fingen ihre Beine so zu zittern an, dass sie sofort wieder einknickte und sich hinsetzen musste. Christoph griff ihr unter die Arme und hob sie hoch, und zusammen mit Jonas trug er sie dann die Stufen runter von der Bühne. Er nahm das Mikrofon auf und bedankte sich bei ihr, gab ihr aber keine Gelegenheit, selbst noch etwas zu sagen. Sie wurde nicht gefragt, ob sie eine Erfahrung gemacht hatte, die sie mit uns teilen mochte. Vielmehr war sie ruhiggestellt worden auf eine sehr effektive Art, und Christoph riskierte nicht, seine Autorität an diesem Abend noch einmal aufs Spiel zu setzen. Wir applaudierten, und er sprach noch ein paar Sätze, Allgemeines, den Film und die Arbeit daran betreffend, wobei ich aber das Gefühl hatte, dass er sich wiederholte, dass wir das schon mal so gehört hatten und von ihm damit nur Zeit überbrückt wurde. Vielleicht ging es auch darum, seine Ideologie durch die Wiederholung und die Verknüpfung mit dem, was wir gerade gesehen hatten, tiefer in uns zu verankern. Mir jedenfalls ging endgültig das Gefühl für echte Alternativen zum Schrecklichen Grauen verloren. *What else is there for us to do?*, hörte ich jemanden in meinem Kopf singen, ein Lied, das ich einmal gekannt hatte, aber nicht mehr zuordnen konnte. Für Katja wäre es vielleicht der beste Zeitpunkt gewesen, sofort wieder aus dem Projekt auszusteigen. Für mich aber war es längst zu spät.

Christoph dozierte für einige Zeit, dann gab es noch ein paar Kommentare aus den Reihen vor der Bühne, Leute, die gerne über ihre Schmerzerfahrung sprechen wollten, nichts wirklich Interessantes, Verletztheiten, ein Sich-eigentümlich-Fühlen, Ratlosigkeit. Christoph hörte sich alles an und nickte, dankbar für die Beiträge und doch auch gleichzeitig so, dass man sehen konnte, was davon er wirklich als Äußerung interessant fand, nämlich so gut wie nichts. Die Wortmeldungen, die versuchten, eine eigene Theorie an die Schmerzsitzungen anzugliedern, kamen mir eher wie Höreranrufe bei einer Radiodebatte vor, hilflos, selbstvergessen, unqualifiziert, wortreicher Nebel, ein schwafelndes Tasten nach dem, was man eigentlich sagen will.

Katja hatte ihre Haltung wiedergefunden, sie saß aufrecht auf ihrem Stuhl, meldete sich aber nicht zu Wort für einen eigenen Beitrag. Vielleicht war auch ihr klar, dass hier einfach ein Ventil geöffnet wurde für eine Weile, aus dem das Abwasser unserer Produktion in den Ozean abgeführt werden konnte.

Ich habe Katja an diesem Abend und an allen folgenden Abenden im *Café Porsche* aufmerksam beobachtet, und ich habe ein eigenes Protokoll erstellt von allem, was sie gesagt hat, was sie kommentiert hat, was sie anhatte und wie sie reagiert hat auf verschiedene Aussagen, selbst wenn sie nichts sagte, nur ihren Kopf auf eine bestimmte Art bewegte, oder ihre Hände, die Augenbrauen. Ich musste vor den Sitzungen immer ein wenig warten, bis ich sicher war, dass sie kam und wo sie sich hinsetzen würde, damit ich selbst einen entsprechend günstigen Platz einnehmen konnte. Sie saß oft vorn, also saß ich meistens in der ersten oder zweiten Reihe, ganz außen, und konnte sie so von der Seite beobachten, was zwar nicht ideal war, aber insofern praktisch, als ich mich nicht zu ihr umdrehen musste, was sie irgendwann sicherlich bemerkt hätte.

An dem Abend, als sie uns ihre Geschichte erzählt und vor uns auf den Scheiten gekniet hatte, blieb ich so lange wie möglich. Christoph hatte für diesen Abend einen entsetzlichen Film ausgesucht. Es handelte sich um einen Gore-Horrorfilm aus den späten Achtzigern. Der Titel war auf Italienisch (der Film lief mit englischen Untertiteln), Christoph übersetzte ihn für uns mit *Erntezeit im Garten des Todes*, wobei er zugab, dass die Übersetzung etwas holprig sei, da es sich im italienischen Original um ein Wortspiel handle.

Die Handlung des Films spielt zu Beginn auf einer Olivenplantage in Süditalien, in einer wunderschönen orangebraunen Landschaft mit milden Hügeln, die von einem schmierig aussehenden Italiener geführt wird. Man erfährt in den ersten Minuten der Exposition, dass der Italiener ein global operierendes Olivenimperium besitzt und dass die Leute von überall her auf seine Plantagen kommen, um die Oliven und das Öl, das aus ihnen gewonnen wird, zu testen und zu kaufen. Der Italiener ist durch seine Oliven zu einem sehr reichen Mann geworden.

Der Film liefert diese Informationen mithilfe einer Touristenführung, die auf der Olivenplantage stattfindet. Eine Reisegruppe aus Deutschland ist auf ihrem Weg an der Plantage vorbeigekommen und hat die Tour gebucht. Es handelt sich um einen älteren und einen jüngeren Mann, eine schwangere Frau, zwei Kinder und zwei Mädchen zwischen sechzehn und achtzehn. Zwischendurch sagen sie immer wieder deutsche Sätze wie *Das ist aber interessant!* oder *Schau mal!* mit einem wirklich total idiotisch klingenden Akzent. Der Italiener führt sie über seine Plantage und in einen großen Schuppen, wo auf einer riesigen Tafel Brot und verschiedene Schälchen mit Öl angerichtet sind. Die Gruppe setzt sich an den Tisch und beginnt gierig zu essen, es folgt eine lange Sequenz mit Nahaufnahmen ihrer Münder, wie ihnen das Öl aus den Mundwinkeln läuft und sie sich mit fettglänzenden Zungen über die Lippen lecken. Der Italiener steht am Kopf der Tafel und freut sich teuflisch. Nach und nach fallen den deutschen Touristen dann die Köpfe auf die Tischplatte oder sie kippen seitlich von ihren Stühlen. Der Italiener legt eine Schallplatte mit klassischer Musik auf, summt und singt mit den Instrumenten mit und schleift die leblosen Körper der Reisegruppe nacheinander in einen Nebenraum, wo er sie mit einer lächerlich großen Säge in kleine Stücke sägt. Die Stücke trägt er in Eimern hinters Haus und leert sie über einen Holzzaun in eine schlammige Koppel, in der sich fette, laut grunzende Schweine sofort darüber hermachen. Die einzige Person, mit der er nicht auf diese Weise verfährt, ist die schwangere Frau. In einem entweder sehr schlecht geschriebenen oder sehr schlecht übersetzten Monolog erzählt der Italiener weiter (als wäre das alles noch Teil der Führung durch seine Olivenplantage), dass die schwangere Frau die wichtigste Zutat für die geheime Mixtur sei, die er zum Düngen seiner Olivenbäume verwende. Es ist offenbar ganz wichtig für das Rezept, dass es sich dabei um eine schwangere Frau handelt und nicht nur um irgendeine Frau oder einen anderen Menschen, sonst hätte er ja die gesamte Gruppe auf diese Weise verarbeiten können. Der Körper der Frau wird in eine Olivenpresse geworfen, es gibt ein übertriebenes Geräusch, bei dem ich mir vorstellen musste, wie die Sounddesigner dafür in einem Tonstudio auf trockenen Ästen herumgestiegen sind und gleichzeitig in Möhren gebissen und Porree auseinandergebrochen haben, man sieht eine hellrote Flüssigkeit aus der Presse in einen großen Plastikbehälter fließen und nach einem Schnitt, in der nächsten Szene, wie der Italiener mit dem Plastikbehälter auf dem Rücken durch die Reihen seiner Olivenbäume läuft und mit einem Zerstäuber die Flüssigkeit in die Kronen sprüht. Die klassische Musik ist nicht mehr zu hören, aber der Italiener summt und singt noch immer dieselbe Melodie, während er seine geheime Zutat über die Bäume ausbringt. Danach gibt es ein paar Szenen, die suggerieren sollen, dass der Italiener für viele Jahre auf diese Weise verfährt (immer neue Reisegruppen werden gezeigt, wie sie in der Plantage ankommen und vom Italiener begrüßt werden – den Prozess der Verarbeitung sieht man nicht mehr, aber einen vielsagenden Schnitt von der Ansicht einer schwangeren Frau in der jeweiligen Gruppe auf das Augenpaar des Italieners, in dem für einen kurzen Moment ein wahnsinniges Funkeln funkelt). Nach dem letzten Zeitsprung ist er grauhaarig geworden und sein Lächeln etwas weiser und liebevoller und dadurch noch teuflischer und grusliger. Der Film zeigt ihn, wie er sich abends im Bad das Hemd auszieht und mit einem Waschlappen unter den Armen wäscht. Er summt wieder die Melodie von der Schallplatte, dann geht er ins Bett mit einem sehr selbstzufriedenen Gesichtsausdruck, macht das Licht aus, seufzt und schläft ein, ohne ein schlechtes Gewissen, wie uns die Szene, dachte ich, sagen will.

In der Nacht zieht eine tiefdunkle Wolkenfront über der Landschaft auf. Der Film arbeitet hier mit verschiedenen Filtern und Effekten, sodass es aussieht, als würde sich eine Wolke aus Blut in einem Wasserbad ausbreiten. Die Kamera fährt nah an die Olivenbäume der Plantage heran, an die Äste und Blätter, immer näher, bis sie in eine mikroskopische Aufnahme eintaucht, die die Prozesse der Bäume in ihrem Inneren darstellen soll, ein schnelles Flitzen von kleinen Körperchen durch enge Bahnen, der ganze lebende Organismus, ein Pumpen und Arbeiten. Dann bewegt sich die Kamera wieder aus der Nahaufnahme heraus, ein Wind geht durch die Blätter, und ein dramatisches Flüstern breitet sich über der Plantage aus. Man sieht das schlafende Gesicht des Italieners und hört die Olivenbäume vor dem Fenster flüstern, zu Tausenden. Der Italiener macht eine Grimasse im Schlaf, wahrscheinlich hat er schlechte Träume. Man sieht, wie sich die Wolkenfront über der Plantage ausbreitet, tiefer und dunkler noch als im letzten Bild. Der Wind zerrt an den Bäumen, das Flüstern wird immer lauter und vielstimmiger, dann zuckt ein Blitz über die Plantage, ein Donner folgt, und es beginnt zu regnen. Die Schweine in ihrer schlammigen Koppel schreien, als würden sie geschlachtet. Der Regen fällt auf die Erde um die Olivenbäume und wirft dort Blasen, der Italiener wälzt sich in seinem Bett und murmelt im Schlaf.

Ich beobachtete Katja, während wir den Film schauten. Sie saß auf ihrem Stuhl und lachte hin und wieder auf, meistens bei den besonders grausamen Szenen. Nach außen hin wirkte es, als hätte sie die Schmerzsitzung bereits vollständig überwunden und verarbeitet. Aber ich konnte nicht mit Sicherheit sagen, ob nicht ihr Lachen und ihr Dasitzen etwas Gebrochenes hatten.

Nach der dramatischen Nacht auf der Olivenplantage nimmt der Film eine seltsame Wendung. Es scheint, als würde jetzt die Rache der Toten beginnen, die von dem Italiener mit seinem Zerstäuber über den Bäumen ausgebracht worden sind. Es gibt einige lange Einstellungen der Oliven, wie sie am nächsten Tag in der Sonne am Baum hängen, dazu beunruhigende Cellomusik. Der Verwertungsprozess der Oliven wird gezeigt, wie sie gepflückt und eingelegt, verpackt, etikettiert und verschifft werden, und dann sieht man, auf sehr billige Weise realisiert, wie Menschen überall auf der Welt die Oliven kaufen, zuhause öffnen und essen (eine Wohnung in Paris wird zum Beispiel durch eine Tapete mit dem Eiffelturm vor dem Fenster dargestellt). Nachdem die Menschen die Oliven gegessen haben, blähen sich ihre Bäuche auf, sie fangen zu schreien an, und dann brechen überall aus ihren Körpern Äste hervor. Wenn jemand in ihrer Nähe steht, lässt der Film es sich nicht nehmen zu zeigen, wie die Äste den Umstehenden in die Augen und durch die Köpfe gebohrt werden. Die Menschen verwandeln sich in wenigen Sekunden in knorrige, hässliche Bäume, die dann in ihren Wohnungen am Esstisch stehen oder draußen auf der Terrasse, es gibt auch eine Szene von jemandem, der im Auto die Oliven isst und während seiner Verwandlung einen schweren Unfall verursacht. Ein anderer sitzt bei einem Bewerbungsgespräch vor einem Schreibtisch in einem Hochhaus, als sich der, bei dem er das Bewerbungsgespräch hat, in einen Baum verwandelt. Die Äste reichen über den Schreibtisch hinweg, und der Bewerber kann ihnen gerade noch ausweichen, springt dann aber vor lauter Panik aus dem Fenster. Die Spezialeffekte, die für die Darstellung der Verwandlungen verwendet wurden, sind nicht besonders überzeugend, aber man kann schon sehen, dass jemand sehr viel Liebe und Aufwand in sie investiert hat.

Die Figur eines alten, grimmigen, ständig entweder Wein oder Espresso trinkenden und unzählige Zigaretten rauchenden Ermittlers wird an diesem Punkt in den Film eingeführt. Der Ermittler hasst Oliven und ist dadurch sozusagen immun gegen die Verwandlung. Er sieht ein paar Leute sich verwandeln und geht der Sache dann auf eigene Faust nach. Er trägt eine Axt bei sich, um sich gegen die mutierenden Menschen zur Wehr zu setzen. Es gibt auch eine Szene, in der er einem der Menschenbäume im Prozess der Verwandlung die Äste abschlägt. Aus den Stümpfen sprudelt und spritzt dann natürlich Blut durch den Raum, das ganze Zimmer wird davon eingesaut, die Wände, Fenster, Möbel und der Ermittler.

Bei seinen Nachforschungen fällt dem Ermittler irgendwann auf, dass in der Nähe all der verwandelten Bäume die Dosen derselben Olivenmarke zu finden sind. Er fährt also zu der Plantage des schmierigen Italieners, und dort gibt es dann einen nicht besonders höhepunkthaften Showdown, bei dem der Italiener gestellt wird (es findet ein Kampf zwischen den beiden statt, an der Olivenpresse, man denkt die ganze Zeit, einer von beiden wird gleich dort reingeworfen, dann aber verlagert sich der Kampf nach draußen, der Ermittler wirft den Italiener zu Boden, verdreht ihm den Arm, der Italiener schreit auf, und der Baum, unter dem sie ihren Kampf austragen, lässt eine seiner Oliven so vom Ast fallen, dass sie im Mund des Italieners landet. Der Italiener verschluckt sich an der Olive und verwandelt sich noch im Kampf mit dem Ermittler in einen Baum, wobei er all seine Äste durch den Ermittler bohrt und ihn auf sich aufspießt). In der letzten langen Einstellung des Films sieht man den Baum, in den sich der Italiener verwandelt hat, mit dem aufgespießten Ermittler in seiner Krone friedlich in den Reihen der Olivenbäume stehen. Ein leichter Wind geht durch die Blätter, man hört Vögel, ein sanftes Rauschen von irgendwoher. Nach etwa drei Minuten wird dann in dieses Bild der Abspann eingeblendet.

Ich hatte die ganze Zeit über sehr aufmerksam Katja und ihre Reaktionen auf den Film beobachtet und mir entsprechende Notizen gemacht. Erst als die Namen der Schauspieler und der anderen Beteiligten zwischen den Olivenbäumen eingeblendet wurden, begriff ich, dass ich sehr viel länger geblieben war als sonst und dass ich keinen Zug mehr nach München bekommen würde. Ich wollte aber auch noch gar nicht weg. Katja war schließlich noch da.

Die Leute standen auf und fingen an, ihre Jacken anzuziehen und die Stühle zusammenzuräumen. Hubi spülte Gläser, sammelte Aschenbecher ein. Die Anlage und die Leinwand wurden abgebaut, ein paar Gespräche geführt. Ich blieb auf meinem Stuhl sitzen und schaute mir alles an. Schon sehr lange war ich nicht mehr bis zum absoluten Ende geblieben. Es waren vielleicht zwanzig Leute, die jetzt noch im *Café Porsche* herumstanden, sich unterhielten oder aufräumten. Die meisten kannte ich bereits, sie waren mir vertraut, wie die Mitglieder eines Vereins oder Kollegen aus einer Mannschaft, von der man schon jahrelang selbst ein Teil ist.

Katja und Christoph verschwanden ziemlich schnell zusammen aus dem Raum. Ich wollte ihnen nicht gleich nachlaufen, aber es gefiel mir auch überhaupt nicht, dass ich sie nicht mehr sehen konnte und sie zusammen etwas machten, was mir entging. Für ein paar Minuten blieb ich noch auf meinem Stuhl und schaute und sah, wie die Tür zum *Café Porsche* einige Male geöffnet und wieder geschlossen wurde, wie Leute sich verabschiedeten, rausgingen, sah aber auch, wie manche, die offenbar nur kurz an ihrem Auto gewesen waren, wieder zurückkamen und wie sie für sich Isomatten und Schlafsäcke mitbrachten. Ich hatte das davor noch nie gesehen. Es musste eine relativ junge Entwicklung sein, die bislang völlig an mir vorbeigegangen war. Es waren nicht viele, vielleicht fünf oder sechs Leute, die sich zwischen den Tischen und den zusammengestapelten Stühlen ihre Matten und Schlafsäcke ausrollten, in der schlechten Luft der gerade vergangenen Sitzung, dem bald kalten Zigarettenrauch, dem Schweiß und dem Atem der anderen. Sie kamen mir sofort wie der harte Kern unserer Unternehmung vor, die Elite, die Investierten, die der Sache ganz und gar Verschriebenen. Ich war damit nicht einverstanden, dass hier eine Parallelgesellschaft aufgezogen wurde ohne mein Wissen, von Leuten, die vor Christoph und Sarah noch sehr viel engagierter wirken mussten als ich, der ich zwar zuhause über ein umfassendes Archiv der Sitzungen verfügte und mittlerweile nichts anderes mehr machte, als mich auf die Abende vorzubereiten oder die Abende nachzubereiten und über alles nachzudenken, und von jedem, der hier mit dabei war, genau zu wissen, was seine Ängste sind und wann er oder sie uns davon erzählt hat, auf welche Weise, mithilfe welcher Anekdoten und Geschichten, der aber an nahezu jedem Abend noch vor dem Ende des Films aufgebrochen war, um seinen Zug nach Hause zu erreichen, anstatt sich einfach hier auf den Boden zu legen und mit den anderen bis zum Schluss und bis zum nächsten Morgen zu bleiben. Ich fühlte mich um meinen Rang betrogen durch die Ausgerollten auf dem Kneipenfußboden. Dabei gehört schon etwas mehr dazu, fand ich, sich hervorzutun, als da im *Café Porsche* zu übernachten. Aber ich konnte mir eben nicht sicher sein, dass die anderen das auch so sahen. Vielleicht war Christoph ja genau davon, von so einer Art Einsatz, total beeindruckt. Vielleicht entsprach das genau dem Typus, der ihm vorschwebte, als er sich die Leute für sein Filmteam ausgesucht und eingeladen hat.

Ich ging raus aus dem *Café Porsche*, durch das *Nach(t)schub* hindurch auf die Straße, und sah dort Katja und Christoph am geöffneten Kofferraum eines Autos zusammenstehen und sich unterhalten. Es war nicht genau auszumachen, ob es ein angenehmes Gespräch war, ihre Augen waren immer noch angriffslustig am Leuchten und ihre Gesten seltsam distanziert, wobei mir diese seltsame Distanziertheit auf die eigentliche Nähe zwischen ihnen zu verweisen schien. Sie berührten sich nicht, aber sie waren von einer Art Schild umgeben, von dieser Spannung zwischen ihnen, dem elektrischen Aufgeladensein ihrer Interaktion.

Ich ging zu den beiden hin, obwohl ich spürte, dass ich sie

eigentlich nur stören konnte. Als ich nah genug war, um verstehen zu können, was sie sprachen, schaute mich Christoph an und nickte mir zu, was Katja dazu veranlasste, ihren Satz mitten im Sprechen abzubrechen und sich zu mir umzudrehen. Ich stellte mich zu den beiden und sagte hallo und spürte, wie mein Herz heftig zu schlagen anfing. Christoph schaute mich sehr skeptisch an, und Katja sagte selbst hallo, aber eher in einem fragenden Tonfall. Ich reichte ihr meine Hand und sagte: Ich heiße Moritz. Und Katja sagte: Moritz. Ich werds mir merken.

Danach gab es einen schrecklichen Moment der Stille, ich konnte an nichts anderes denken als an einen Scharfschützen, der hoffentlich auf einem der umliegenden Dächer stand und mir in der nächsten Sekunde in den Kopf schießen würde. In meinen Ohren kam ein Rauschen auf, dann machte ich noch eine sehr blöde Bewegung mit der Hand, die mir im Nachhinein so vieldeutig vorgekommen ist, dass sie mit Sicherheit extrem peinlich ausgesehen hat, drehte mich um und ging die Gasse hinunter bis zum Münster, wo ich den Nachtportier vom Hotel *Ulmer Spatz* herausklingelte und noch ein Bett in einem freien Zimmer bekam.

Ich lag bis zum Morgen wach, dachte mir, dass ich leider ein Idiot sei, unleugbar und ganz objektiv betrachtet, und dass es sehr unwahrscheinlich war, dass jemals jemand wie Katja einem Idioten wie mir an einen solchen Ort wie in dieses Zimmer im *Ulmer Spatz* folgen würde, auch wenn ich mir nichts sehnlicher zu wünschen glaubte in dem Moment. Ich fühlte mich unmündig und gefangen, und der Gang zum Bahnhof am nächsten Tag kam mir bereits wie eine Niederlage vor.

Ich wünschte mir, dass Katja meine Sitzungen gesehen hätte. Dass sie gesehen hätte, dass ich der Erste gewesen war, der sich auf der Bühne aus der *Wahl der Waffen* etwas ausgesucht hatte. Und wie ich später meine Geschichte erzählt hatte. Wo war sie gewesen und warum? Ich hätte sie angeschaut, und sie wäre mein Publikum gewesen, und ich hätte zu ihr sprechen können, in langen Sätzen. Ich malte mir das aus, wie sie von unten hochschaute auf die Bühne und wie sie mir gern zuhörte, so gern, wie ich ihr zugehört hatte, als sie dort oben gesessen hatte. Vielleicht hätte sie sich auch gemeldet, um das Protokoll zu führen an dem Abend, und wir hätten später vergleichen können, was wir vom jeweils anderen festgehalten hatten, und wir hätten darüber herausfinden können, was wir eigentlich für Leute waren – was uns auffiel, wie unsere Aufmerksamkeit beschaffen war, die Filter unserer Wahrnehmung. Wir wären an einem so unheimlich intimen Punkt in unsere Konversation eingestiegen, dass es uns extrem schnell so vorkommen musste, als würden wir uns schon ewig kennen, so vertraut wie wir einander waren und so offen wie wir über unser Innerstes bereits voreinander gesprochen hatten. Aber es hätte natürlich auch noch ausreichend Understatement zwischen uns gegeben. Das Unausgesprochene, die magische nonverbale Kommunikation. Unsere Offenheit wäre nie in dieses therapeutische Totreden des flirrend Assoziativen zwischen uns übergegangen – wir hätten uns in der Luft gehalten, im Flug des Schmetterlings, auf chaotischer Bahn, auf Umwegen, wo bei jedem Schlag mit den Flügeln die Schönheit aufblitzt, die dazwischen aufgezeichnet ist. Jeder von uns wäre so ein Flügel gewesen. Das hätte ich mich niemals zu sagen getraut. Ich konnte es ja kaum vor mir selbst rechtfertigen, dass ich so etwas dachte. Und es blieb auch weiterhin wahr, dass ich mich vor der Liebe fürchtete, wie ich es den anderen im *Café Porsche* zu erklären versucht hatte. Aber ich wünschte mir eben, dass Katja diese Rede gehört hätte und dass sie gewusst hätte, was ich meinte. Dass sie es selbst nicht besser hätte sagen können und dass wir dann zusammen, ich weiß es nicht, aber ich dachte, glaube ich, zu der Zeit, ich hätte es gewusst.

An den folgenden Tagen in München war ich unruhig. Ich dachte ständig an Katja und an Christoph, an ihre Ansprüche an mich, die ich mir wohl größtenteils eingebildet habe. Wirkliche Anhaltspunkte, an denen ich mich hätte orientieren können, gab es schließlich nicht.

Ich dachte an die ausgerollten Schlafsäcke auf dem Boden im *Café Porsche*, an die unbedingte Zugehörigkeit, das Brennen für die Sache, das Commitment und den Wettstreit, der darin verborgen lag. Vielleicht spielte sich auch das wieder nur in meinem Kopf ab, und die anderen waren einfach nur dabei und bei der Sache, gaben ihr Bestes und hielten ihre Hoffnungen hoch in Richtung des gemeinsamen Ziels, das größer war als der Einzelne und sich erst durch sein Erreichen für jeden auszahlen würde, dann aber noch wahrhaftiger, noch besser und teurer, als es die kleine eitle Befriedigung je könnte, die einer vielleicht daraus zog, dass er etwas fleißiger war als die anderen, früher auftauchte, besser Bescheid wusste oder eben auf dem Fußboden in der Kneipe übernachtete, während die anderen im Zug nach Hause fuhren und sich dort, in diesem Zuhause, in ihre Betten legten und in aller Bequemlichkeit einschliefen, ohne sich wirklich vom Schrecklichen Grauen und der Arbeit daran aus der eigenen Welt und dem komfortablen Bereich herausreißen zu lassen.

Ich war an einem Punkt angelangt, an dem ich mir selbst nichts mehr anzubieten wusste. Ich hätte auch gar nicht sagen können, was das war, was ich wollte oder noch hätte wollen können, abgesehen vom Schrecklichen Grauen. Ob ich mit mir selbst zufrieden war, machte ich davon abhängig, ob ich mich für Christoph – und jetzt eben auch für Katja – ausreichend einbrachte in die Produktion, ob ich in ihren Augen bestehen konnte und bleiben durfte. Ich fragte mich also auch in ihrer Abwesenheit, was sie sagen würden, wenn ich jetzt das machte oder das, vor allem, wenn ich, was nicht besonders häufig vorkam, mich mit jemandem unterhielt und meine eigenen Sätze anhörte, die von mir gesagten Sachen. Ich habe das damals nicht so deutlich bemerkt, aber ich war vollständig zu einer Art Verhandlungsmasse geworden. Ich hatte kein spürbares Bedürfnis danach, etwas, von dem ich glaubte, es würde mich ausmachen als Person, vor diesem Prozess zu bewahren. Alles sollte investiert werden in die neue Sache. Alles, was oder wer ich war. Und dann, dachte ich, kann man mir auch keine Vorhaltungen mehr machen. Man kann mir nicht mehr vorwerfen, wer ich bin und was ich aus mir mache. Wenn alles, was ich war, zur Verfügung stand und zur Debatte, blieb nichts mehr übrig, woran sich ein anderer hätte stoßen können, ohne auch gleichzeitig selbst dafür verantwortlich zu sein. Wem ich nicht gefiel, der musste ja nur mitmachen dabei, mich zu verändern.

Wenn ich in dieser Zeit daran dachte, mich mit Josi zu treffen oder mich mit ihr zu unterhalten, überflutete mich eine übermäßige Scham von allen Seiten. Ich stellte mir vor, wie Katja und Christoph mich auslachen würden oder ihre Köpfe schütteln, wenn sie sich den rückgratlosen Hanswurst ansehen mussten, zu dem ich in ihrer Gesellschaft wurde. Und von Josi würde ich mich auf eine hochpeinliche Weise dafür bemitleidet fühlen, wie sehr ich aus mir herausgetreten war und zu einer schlaffen Fahne geworden, die sich nach Wind sehnte. Ich hörte ihre Vorwürfe an mich aus den letzten Jahren, die alle noch lauter geworden wären, noch dringlicher und deutlicher, hätte sie gesehen, wer ich jetzt ganz offensichtlich war ohne sie.

Es war nicht so einfach, meine Zeit allein mit mir zu verbringen und gleichzeitig etwas zu tun, von dem ich glaubte, es wäre ein Beitrag zur Arbeit an der Produktion. Die Abschriften der Aufnahmen und das Lesen der Aufzeichnungen füllten die Tage zwischen den Sitzungen nicht aus. Ich fing an, mir Filme auszuleihen und sie gewissenhaft zu studieren. Ich ging in die Videothek, holte, was ich irgendwie wesentlich fand, und schaute zuhause die Filme inklusive des gesamten Bonusmaterials, der herausgeschnittenen Szenen, aber vor allem auch der Making-ofs und Interviews mit den Beteiligten. Ich erwartete vielleicht, auf diese Weise einen Rückstand aufholen zu können, den ich vor allen anderen zu haben glaubte, die bereits Filme gemacht hatten. Die wussten, wie es dort lief und wie sie sich in bestimmten Situationen zu verhalten hatten.

Ich lieh den Film *Idioten* von Lars von Trier aus und sah ihn mir zuhause an. Ich wusste nichts über den Film und erwartete auch nichts. Christoph hatte ihn einmal erwähnt, in einer seiner einleitenden Reden, allerdings so weit am Rand in einem Nebensatz, dass ich mir nicht mal sicher war, ob er ihn gut fand und uns zum Schauen empfahl oder nicht. Er handelt von einer Gruppe von Leuten, die mit ihrem geistigen Führer in einem Haus zusammenleben und dort auf die Suche nach ihren *inneren Idioten* gehen, wobei sie das Verhalten geistig Behinderter nachspielen. Es geht dabei darum, sich zu befreien, wenn ich das richtig verstanden habe, von den Zwängen der Welt und der Gesellschaft, und eine Schönheit zu erfahren, die nicht an Bedingungen geknüpft ist. Die Mitglieder der Gruppe unternehmen in ihren Rollen als Behinderte auch Ausflüge in die Öffentlichkeit, wofür immer eine Person aus ihrer Mitte als nichtbehinderter Aufseher oder als Aufseherin bestimmt wird.

Die schönste Szene im ganzen Film, fand ich beim Schauen, ist die, in der die Gruppe einen Ausflug in einen Wald in der Nähe des Hauses macht, wo niemand den Aufseher oder die Aufseherin spielen muss und alle gleichermaßen ihren inneren Idioten freien Lauf lassen können. Das Wetter ist schön an dem Tag, sie turnen zwischen den Bäumen herum und lachen und schmeißen sich hin und wirkten dabei wie sehr glückliche Kinder auf mich. Es wird sich auch geküsst und angefasst und herumgetragen, sie rollen einen Hügel runter, und es sieht so aus, als würde etwas entfesselt, was auch wirklich entfesselt gehört, weil es einfach nur gut ist und für niemanden eine Bedrohung.

Alle Szenen im Film wurden mit Handkameras und ohne künstliches Licht gedreht, weshalb sich ihre Ästhetik kaum oder gar nicht von dem Making-of unterscheidet, das ich mir gleich im Anschluss noch anschaute. Man sieht darin oft die Schauspieler und den Regisseur im Haus zusammensitzen auf die gleiche Weise, wie im Film auch die Gruppe manchmal zusammensitzt, wenn sie nicht gerade im Modus ihrer inneren Idioten sind. Sie diskutieren über ihre Rollen, über die Philosophie hinter der Idee des Films, die Glaubwürdigkeit ihrer Figuren, wobei sich jeder einbringen kann mit seinen eigenen Gedanken über seine Figur und ihren Platz in der Gesellschaft (also auch mit seinen Gedanken über die Gesellschaft selbst). Ich schaute mir das Making-of an, und ich dachte, genau so hatte ich mir das vorgestellt, als ich anfing, mir die gemeinsame Arbeit am Schrecklichen Grauen vorzustellen. Wie Kommunarden saßen die Schauspieler und der Regisseur da auf meinem Bildschirm zusammen, es gab darüber hinaus nicht viel Personal, jemanden für den Ton und jemanden für die Ausstattung, hinter der Kamera stand sicher auch wer, aber es war eine sehr intime Situation, sehr viel intimer jedenfalls als die Bühne im *Café Porsche*. Es wirkte so, als filmte die Person hinter der Kamera einfach weiter, wenn gerade nicht gespielt wurde, als gäbe es vielleicht auch gar keine klare Grenze zwischen dem Spiel und der Zeit dazwischen. Die Schauspieler lebten schließlich während der Dreharbeiten wirklich mit dem Regisseur zusammen in diesem Haus, und viele der Szenen wurden erst dort entwickelt und entsprechend improvisiert.

Das Besondere am Making-of der *Idioten* war, dass diese Bilder, die sich gar nicht von den Filmszenen, die ich davor gesehen hatte, unterschieden, mit der Tonspur eines Produktionstagebuchs unterlegt waren, das der Regisseur Lars von Trier während der Dreharbeiten in ein Diktiergerät gesprochen hatte. Man sieht die Bilder, und man hört ihn reden, und er spricht dabei immer wieder davon, wie er ehrlich sein muss und sich nicht zensieren darf, nichts beschönigen oder weglassen. Und als ich die Szene im Wald noch einmal sah, die mich vorher beim Schauen des Films so berührt hatte, hörte ich dazu auf dieser Tonspur Lars von Trier, wahrscheinlich in der Nacht danach auf seinem Bett liegend, in das Diktiergerät sprechen, dass er weinen musste, als er diese Szene filmte. Da das hier ein Tagebuch sei, sagte er, müsse er ehrlich sein. Er habe sich das sehr zu Herzen genommen. Und plötzlich habe er Angst gehabt. Vor seinem Talent. Er wisse, dass sich das schlimm anhöre, aber nach dieser Szene habe er Angst gehabt, ihn würde der Schlag treffen und er wäre ausgelöscht. Wie eine Mücke im Wald. Und dann habe er gedacht: *Jetzt bekomme ich Krebs!* – aber so fühle er sich nach einem Tag wie heute. Einem Tag, wie ich seine Stimme sagen hörte, in *Triers Puppentheater*.

Ich hörte mir die Worte des Regisseurs an, während in dem Making-of auch immer wieder Bilder aus dem Film gezeigt wurden, und es war so, als würde jede Selbstauskunft Lars von Triers zu seiner Arbeit die Arbeit selbst, wie ich sie vorher gesehen hatte, auslöschen. Die Szene im Wald wurde ausgelöscht, und es blieb nur noch der Satz *Und plötzlich hatte ich Angst vor meinem Talent* übrig.

Die Stimme des Regisseurs sagte, es sei unglaublich, dass er so große Angst habe, bei etwas mitzumachen, das er sich selbst ausgedacht habe, aber das sage eben etwas über *Triers Hysterie* aus, und in dem Moment kam es mir vor, als hätte er sein Produktionstagebuch nicht auf ein Diktiergerät aufgesprochen, sondern – aus Versehen oder mit Absicht – auf die Originalkopie seines Films, sodass der Film dabei gleichsam überspielt und gelöscht wurde.

Ich musste mich fragen, ob die Leute, die an den Dreharbeiten der *Idioten* beteiligt waren, wussten, wem sie sich da anvertraut hatten. Und ob sie das Gleiche fühlen würden, wenn sie das Bonusmaterial mit dem Produktionstagebuch später anschauten. Ob sie sich dann selbst von diesen Sätzen ausgelöscht fühlten.

Ich dachte mir, dass ich einmal mit Christoph darüber sprechen sollte. Ob das ganz grundsätzlich etwas war, über das er sich Gedanken machte. Ob er das überhaupt nachvollziehen konnte, ob es ihm egal war oder ob er sich vielleicht sogar im Produktionstagebuch von Lars von Trier erkennen würde, als eine verwandte Seele.

Auf meine nächste Fahrt nach Ulm nahm ich einen Schlafsack und eine Isomatte mit. Ich kam mir schon auf dem Weg zum Bahnhof und im Zug nach Ulm idiotisch vor, aber ich wusste, dass ich bis zum Ende der Sitzung und auch über Nacht bleiben würde, weil ich nicht gehen wollte, solange Katja noch im Raum war, und weil ich auch nicht den anderen, die dort im *Café Porsche* übernachteten, einfach so das Feld überlassen wollte. Ich weiß nicht, wann ich davor zuletzt in einem Schlafsack geschlafen hatte, wahrscheinlich auf einem grauenvollen Campingausflug mit Josi, den ich ihr bestimmt komplett verhagelt habe mit meiner Art, mich ständig zu beschweren und am Zelt und an der Natur herumzunörgeln. Ich konnte den Schlafsack und die Isomatte nicht, wie ich das zuletzt bei den anderen beobachtet hatte, im Auto lassen und nach der Sitzung holen gehen, sondern musste sie erst durch die Ulmer Innenstadt tragen und dann durch das grässliche *Nach(t)schub* und auch bei mir haben, als ich durch die Stahltür ins *Café Porsche* eintrat. Ich versuchte zwar, sie gleich ganz beiläufig neben der Tür irgendwo zu deponieren, wurde aber trotzdem sehr überheblich angelächelt von den paar Leuten, die bei meinem Auftritt zur Tür schauten. Katja konnte ich noch nirgends sehen, ich dachte mir damals schon, dass sie wohl zu denen gehört, die immer gerade so in letzter Sekunde auftauchen, eigentlich schon zu spät, aber doch noch irgendwie im Rahmen, die sich im Zweifel darauf berufen, dass Pünktlichkeit eine total verspießte Schweinerei ist, die den freien, frei denkenden Menschen gefälligst nicht aufzuzwingen ist, von den traurigen anderen, die sich nie emanzipiert haben, die nie aufbegehrt haben für sich, für ihre Zeit, für ihre Selbstbestimmtheit, sondern sich knechtisch buckelnd über ihre Uhren beugen, sobald die erste Minute der Verspätung angebrochen ist.

Ich sah, dass es ein gutgefüllter Abend werden würde, die bekannten Gesichter waren alle da, kaum neue Leute, zwei oder drei vielleicht, die sich im Hintergrund herumdrückten und vorsichtig beobachteten. Christoph stand an der Bar mit der *Wahl der Waffen*, die geöffnet auf dem Tresen lag. Hubi stand neben ihm, sie schauten gemeinsam in den Koffer und nahmen jeder immer mal wieder ein Teil heraus und hielten es eine Weile in der Hand. Christoph schien dabei jedes Mal etwas zu erklären, und Hubi schaute sich nur an, was er oder Christoph in der Hand hielten, und sagte, soweit ich das aus der Entfernung beurteilen konnte, nichts.

Ich half Sarah dabei, die Stühle in ordentliche Reihen zu bringen, wobei wir ein etwas verklemmtes Gespräch über unsere gerade vergangenen Tage führten. Bei ihr war offenbar auch nicht besonders viel passiert. Sie erzählte etwas von einer Katze, die krank geworden war. Ich hatte aus Unaufmerksamkeit den Anfang der Geschichte verpasst und wusste deshalb nicht, ob es um ihre Katze ging, um die von jemand anderem oder ob sie ihr vielleicht gerade zugelaufen war, weshalb ich nichts Sinnvolles nachfragen konnte und am Ende einfach nickte, als Sarah mich anschaute, fragend vielleicht oder selbst in der Hoffnung, dass unser Gespräch damit beendet wäre. Ich setzte mich erstmal an einen der Tische und schaute mich um, schaute kurz mit einem Blick, von dem ich annahm, er würde selbstgewiss aussehen, in Richtung der Neuen, holte mein Notizbuch raus und blätterte darin herum, als wäre ich eine Art offizieller Protokollant, der bereits jetzt, vor den Dreharbeiten, eine wichtige Funktion bekleidete und sich vorbereiten musste, während die anderen noch bei Hubi ein Bier bestellten und Nüsschen aßen. Ich konnte nicht sehen, ob die Neuen diesen Stunt überhaupt mitbekamen, da ich ja nicht zu häufig zu ihnen rüberschauen und gleichzeitig geschäftig wirken konnte, aber mir reichte auch schon die Möglichkeit, dass sie dastanden und mich für eine sehr wichtige Figur im Gefüge dieser Produktion hielten, um mich etwas von meinem unangenehmen Auftritt mit dem Schlafsack und der Isomatte zu erholen.

Als es losging und alle sich einen Platz suchten, wartete ich so lange wie möglich, ob Katja nicht vielleicht doch noch auftauchen würde, um mich dann auf einen Stuhl in ihrer Nähe zu setzen. Ich wartete, bis ich der Letzte war, der noch nicht auf einem der Plätze vor der Bühne saß, und nahm mir dann einen Stuhl direkt hinter Christoph in der zweiten Reihe. Als ich mich setzte, fragte er mich, ob ich noch bei ihnen sei, ich mache so einen fahrigen, abwesenden Eindruck auf ihn. Ich musste sofort an meine beiden Chefs aus der Schwabinger Agentur denken, an unser Gespräch im Fußballstadion, und sagte, nein, ich sei voll dabei, er könne sich auf mich verlassen. Christoph sagte, gut, und wiegte seinen Kopf auf und ab, schaute aber nicht in meine Richtung. Ich verfolgte nicht seinen Blick, sondern sah mir an, was er für ein Gesicht machte, nämlich selbst ein abwesendes oder zumindest eines, das mir ganz eindeutig klarmachte, dass er schon nicht mehr bei mir war, sondern nach der nächsten kleinen Schwierigkeit Ausschau hielt, die ebenso leicht von ihm zu beheben wäre wie mein vermeintliches Tanzen aus der Reihe. Spätestens da ist mir aufgefallen, dass Christoph und ich schon lange keine Freunde mehr waren.

Es war der Abend, an dem Hubi auf die Bühne kam, um uns seine Geschichte zu erzählen. Christoph kündigte ihn nach einer knappen Einleitung als den nächsten Sprecher an, und da verstand ich auch Hubis Gesichtsausdruck von vorhin, als ich in den Raum gekommen war und die beiden vor der *Wahl der Waffen* gestanden hatten. Er hatte sich da schon gesammelt für diesen Auftritt. Man sah Hubi nicht besonders häufig hinter seiner Bar hervorkommen. Ich glaube, ihm war das grundsätzlich ganz sympathisch, dass es eine Art Schutzwall zwischen ihm und uns gab. Und einen Ort, an dem seiner Person eine klare Funktion zugewiesen war. Zumindest sah er beim Gehen auf die Bühne so nackt und verletzlich aus, wie ich ihn vorher nie gesehen hatte. Er konnte sich nirgends aufstützen, und er hatte auch kein Geschirrtuch über der Schulter, keine Zapfanlage zu bedienen, es gab kein Fass auszuwechseln und keinen Kühlschrank zu befüllen, keine Aschenbecher auszuleeren und sauberzupinseln, mit diesem kleinen Pinsel, der an einer Schnur am Abfalleimer befestigt war.

Hubi sagte, als er oben auf der Bühne angekommen war, er sei kein Mensch für viele Worte, das sei ja dem einen oder anderen hier sicherlich schon aufgefallen.

Die Leute im Zuschauerraum waren voll sympathischer Zuwendung. Ich kann nicht genau sagen, wie damals das Verhältnis gewesen ist zwischen denen, die noch nie oben auf der Bühne gestanden hatten, und denen, die entweder ihre Geschichte oder ihre Schmerzsitzung bereits absolviert hatten, oder, wie ich und Katja, Jonas und ein paar andere, die sich auf die Scheite gekniet hatten, bereits beides. Sicher aber wurde aus all diesen Lagern heraus ein Wohlwollen nach oben auf die Bühne gesendet, das Hubi Mut zusprechen sollte. Und gleichzeitig waren auch alle sehr neugierig darauf, was er zu erzählen hatte, wenn er einmal ausnahmsweise im Mittelpunkt stand.

Hubi sagte, ihm sei von Anfang an klar gewesen, worum es bei ihm würde gehen müssen, sobald er an der Reihe wäre zu sprechen. Aber es werde ihm nicht leichtfallen, weil er eben kein

Redner sei und weil ihn das alles nach wie vor sehr stark berühre und das Reden über diese Dinge auch unter anderen Voraussetzungen nicht gerade einfach sei. Er habe deshalb lange gewartet, aber irgendwann müsse ja jeder einmal hier oben sprechen, und es sei auch so, dass mit jedem Mal, wenn ein anderer nach oben komme und seinen Mut beweise und seine Geschichte erzähle, was ihn übrigens sehr beeindruckt habe, ausnahmslos, die Hürde, das selbst zu tun, noch etwas höher gehängt werde.

Ich habe mir früher, erzählte Hubi, nie besonders viele Sorgen um die Welt gemacht. Es gab so eine Zeit, in der ich dachte, es wird schon alles irgendwie werden, und für jeden wird es einen Platz geben irgendwo, und wenn es ihn nicht gibt, dann muss man ihn sich eben schaffen. Ich bin ja schon ein bisschen älter als die meisten von euch. Als ich aufgewachsen bin, ging durch das ganze Land noch die Gewissheit, dass in der Zukunft einfach alles einfach immer besser werden würde. Und zwar für alle. Ich habe einen schlechten Schulabschluss gemacht, aber ich habe mir damals schon gedacht: Das ist egal, das wirst du nie wieder brauchen. Ich wollte ja kein Student werden. Ich wollte arbeiten, was Richtiges, und ich wollte eine eigene Wohnung haben und ein eigenes Auto und wenn möglich auch ein eigenes Motorrad. Und es fühlte sich zu keinem Zeitpunkt so an, als wäre das etwas Unerreichbares, als könnte ich das nicht in wenigen Monaten alles bekommen und haben, ich musste nur anfangen zu arbeiten, musste mich nur für eine Arbeit entscheiden und die dann machen und das Geld, das ich verdiente, ausgeben. Viel weiter habe ich damals nicht gedacht. Ich glaube auch, dass das relativ normal war, zumindest hatte ich nicht das Gefühl, dass um mich herum die Leute viel weiter gedacht haben.

Hubi kratzte sich in seinem Bart. Das Geräusch wurde vom Mikrofon aufgenommen und als ein leichtes Rauschen und Knistern von den Lautsprechern übertragen. Ein paar Leute mussten lachen, als sie das hörten, was bei Hubi eine noch größere Verunsicherung bewirkte. Ich glaube nicht, dass er in dem Moment begriffen hat, weshalb da gelacht wurde.

Und es war ja auch so, sagte er, dass ich dann eine Arbeit bekommen und mir eine eigene Wohnung genommen und ein Auto gekauft habe und nach einer Weile auch ein Motorrad. Es gab also die Bestätigung, dass ich damit schon irgendwie richtiglag, mir keine Sorgen zu machen und an den Fortschritt zu glauben. Ich hatte damals auch überhaupt keine Ambitionen, aus Ulm wegzugehen. Bis auf ein paar längere Reisen, die ich früher noch unternommen habe, habe ich mein gesamtes Leben hier gelebt. Das ist mittlerweile ja schon was Besonderes, wenn die Leute einfach dort bleiben, wo sie aufgewachsen sind. Ich konnte mir das nie erklären, wie man einfach woanders hinziehen kann, wo die Familie nicht ist und wo man niemanden kennt. Ein paar meiner Freunde haben das schon auch gemacht, aber auch da würde ich sagen, war das früher eine andere Zeit. Die meisten sind dageblieben und haben sich was aufgebaut und haben irgendwann eine Frau kennengelernt und eine Familie gegründet. Ich habe mir damit viel Zeit gelassen, weil ich damals eben dachte, dass ich ganz viel davon habe, von dieser Zeit. Ich dachte zwar nicht, ich würde ewig leben oder jung bleiben, aber es war mir einfach wie gesagt völlig fremd, mir über die Zukunft Sorgen zu machen – auf die Art, dass ich gedacht hätte, ich könnte nicht rechtzeitig jemanden zum Heiraten finden.

In dem Moment, als Hubi das sagte, dass er nicht gedacht hätte, er könnte nicht rechtzeitig jemanden zum Heiraten finden, öffnete sich die Tür zum *Café Porsche*, und Katja kam rein, etwas vorsichtiger als beim letzten Mal, aber trotzdem so, dass Hubi und alle Leute unten im Zuschauerraum ihre Köpfe nach ihr umdrehten, was sie dazu veranlasste, nach einer langen Pause, einmal kurz mit abgewinkeltem Arm vor der Brust zu winken und mit leicht weggeneigtem Kopf, aber weiterhin auf uns gerichteten Augen langsam und zögerlich hallo zu sagen. So ein fragendes Hallo, dessen Frage sich wahrscheinlich darauf bezog, weshalb sie denn jetzt so angeschaut werde, schließlich war sie doch nicht die, die auf der Bühne stand. Sie setzte sich in die erste Reihe, neben Christoph, und Hubi wartete, bis sie vorn an der Bühne vorbeigelaufen war, ihren Mantel ausgezogen, sich hingesetzt und Christoph einmal auf den Oberschenkel geschlagen hatte mit der flachen Hand, bevor er den Faden wiederaufnahm.

Er sagte Hallo Katja, und dass sie nicht viel verpasst habe, er sei gerade dabei, seine Geschichte zu erzählen, aber man könne bestimmt auch hier einfach einsteigen, das sei sicher kein Problem. Ich freute mich, dass ich mich vorhin hinter Christoph gesetzt hatte. Katja saß jetzt genau vor mir, und ich sah sie zwar nur von hinten, war ihr dafür aber, wenn ich mich etwas nach vorn lehnte, sehr nah, sodass ich ihren Geruch wahrnehmen konnte und, wie ich da zu spüren glaubte, das Spannungsfeld, das sie umgab.

Hubi sagte, er habe etwas später geheiratet als seine Freunde, er habe immer mal eine Freundin gehabt, aber sein Glaube an eine bessere Zukunft habe eben damals auch bewirkt, dass er sich dachte, die Frau, die er dann heiraten wollte, würde ihm schon noch begegnen und er müsse sich da keinen Stress machen.

Inzwischen, sagte er, bin ich wieder geschieden, das gehört auch alles noch zu meiner Geschichte, die aber erstmal damit anfängt, dass ich meine Frau dann irgendwann eben doch kennengelernt habe, dass wir ziemlich schnell geheiratet haben und dann natürlich auch zusammengezogen sind und dass sie dann auch recht bald schwanger wurde. Wir hatten das beide gewollt und schon seit ein paar Monaten nichts mehr dagegen unternommen. Und obwohl bis dahin eigentlich alles ziemlich gut gelaufen ist für mich und mein Leben ja ständig dieses Versprechen auch eingelöst hat, dass es einfach immer besser wird und weitergeht und ich mir keine Sorgen zu machen brauche, habe ich an dem Tag, an dem meine Frau mir gesagt hat, dass sie schwanger ist, zum ersten Mal diese Angst gehabt, die dann am Ende irgendwie alles total kaputtgemacht hat. Ich weiß noch, dass sie richtig froh war, als sie es mir gesagt hat, und dass ich selbst auch erst richtig froh war, in der ersten Sekunde, und dass ich mich freute und ihr auch gesagt habe, dass ich mich freue, und dass ich dann aber schon, während ich es gesagt habe, einen Druck gespürt habe, auf den Ohren, wie im Flugzeug. Meine Stimme hat dabei ganz komisch geklungen. Und ich hatte mich zwar die ganze Zeit darauf gefreut, mit ihr ein Kind zu bekommen, in dem Moment aber, in dem ich es von ihr erfahren habe, hat sich etwas ganz grundsätzlich verändert, ist dunkler geworden, richtig bedrohlich düster, als wäre es noch nie richtig Nacht gewesen und plötzlich wird es dann Nacht, und man bemerkt, dass man vorher noch nie die Dunkelheit gesehen hat.

Ich habe meiner Frau erst nichts davon erzählt, weil ich sie nicht beunruhigen wollte, aber ich fing an, sehr schlecht zu träumen. Ich wurde diese Träume auch tagsüber nicht mehr los, und langsam hat sich alles irgendwie gedreht und seine hässlichsten Seiten gezeigt. Wie wenn man einen Stein auf einer Wiese hochhebt, und unter dem Stein ist dann ein brauner Fleck, auf dem Asseln und Maden ganz hektisch durcheinanderkriechen. Das ganze Leben, eigentlich die ganze Welt, die Leute auf der Straße, meine Arbeit, meine Frau und vor allem die Zukunft, alles war plötzlich wie infiziert, wie aus heiterem Himmel unheilbar krank geworden. Ich bildete mir ein, dass mit einem Mal auch die Nachrichten immer grässlicher und unerträglicher wurden. Als hätte die Welt sich gegen dieses junge Leben verschworen, das da in meiner Frau gerade am Entstehen war. Und als hätte es einen geheimen Plan gegeben, diese Welt, auf die unser Kind bald kommen würde, zu einem fürchterlichen Ort zu machen, in dem zu leben nur noch quälend und gefährlich wäre und ein ständiger Kampf ums Überleben.

So sicher, wie ich mir vorher gewesen bin, dass einfach alles einfach immer besser werden würde, je mehr Zeit vergeht, so sicher war ich mir auf einmal, dass der Frieden, in dem wir jetzt noch leben, nicht lang genug anhalten würde, auf dass auch unser Kind in ihm aufwachsen und erwachsen werden und selbst Kinder kriegen könnte. Ich dachte mir auch, wie naiv das von mir gewesen ist, dass ich vorher geglaubt habe, zwei komplette Generationen könnten einfach auf dieser friedlichen kleinen Insel in der Welt, die Ulm ja immer für mich gewesen ist, dahinleben, ohne vom großen Zusammenbruch, von dem ganzen groben Elend eingeholt und überrollt zu werden. In dieser Zeit ist es auch passiert, dass in New York die Flugzeuge in die Hochhaustürme geflogen sind und dass überall bekanntgemacht wurde, dass man sich jetzt im Kriegszustand befindet, und dass die Bedrohung eine ganz neue, die Welt umspannende Dimension angenommen hat. Damals hat das angefangen, dass ich in allen Menschen ständig nur das Böse gesehen habe.

Ich habe natürlich mit meiner Frau über diese Ereignisse gesprochen, aber ich habe damals noch versucht, die Angst, die ich plötzlich hatte, vor ihr geheim zu halten. Ich konnte das alles ja selbst noch nicht so richtig einordnen. Es war nur so unheimlich schade, und es hat mir wirklich sehr leidgetan, dass ich einfach nicht mehr angemessen reagieren konnte, wenn sie irgendwelche fröhlichen Visionen hatte davon, wie unser Leben zu dritt aussehen würde. Wahrscheinlich hätte ich ihr damals gleich schon sagen sollen, was mit mir los war. Wir hätten ja darüber sprechen können. Aber ich wollte sie eben nicht enttäuschen, und ich dachte mir wohl damals noch, dass es ja eine vorübergehende Sache sein könnte und dass ich bald wieder anders auf die Welt schauen könnte und mich dann auch wieder auf das Kind freuen und nicht nur ein schlechtes Gewissen haben würde, weil ich die Verantwortung für sein ganzes Leben und sein Dasein auf der Welt mittragen muss. Ich dachte, wenn sie noch nicht angesteckt ist von diesen Sorgen und dieser Angst, dann ist es vielleicht besser, ich behalte sie erstmal für mich. Vielleicht, dachte ich, behält sie dann ihre Zuversicht, und vielleicht kann ich mich dann meinerseits wieder von ihrer Zuversicht anstecken lassen. Ich glaube, dass mir das damals ganz plausibel vorgekommen ist.

Während Hubi das sagte, neigte sich Christoph ganz nah an Katjas Ohr und flüsterte etwas, das ich nicht verstehen konnte. Katja flüsterte zurück, etwas lauter, aber auch kaum verständlich. Ich glaube, sie sagte entweder *augenblicklich* oder aber *im Augenblick nicht*.

Damals, sagte Hubi, habe ich den Versuch unternommen, mir das Schauen der Nachrichten und das Zeitunglesen zu verbieten, um vielleicht so auf andere Gedanken zu kommen. Aber es war wie eine Sucht. Wenn ich an einem Kiosk vorbeikam, musste ich reingehen und dort in den Zeitungen blättern, und ich glaube heute, ich habe absichtlich nach den schrecklichsten Meldungen gesucht und war erst zufrieden, wenn sie in mir die Gewissheit wieder neu bestärkt hatten, dass die Welt immer noch schlecht war und immer noch schlechter wurde und es immer noch völlig unverantwortlich sein würde, jemandem, der nie danach gefragt hatte, ein Leben auf dieser Welt zuzumuten. Ich war erst zufrieden, wenn ich von diesen Meldungen so taub geworden war, dass ich auch gar nichts Schönes mehr hätte wahrnehmen können – wenn ich mich wieder versichert hatte, dass ich richtiglag damit, in den Blicken und den Äußerungen der Menschen auf der Straße und in der Politik das Bösartige zu erkennen, das in allen angelegt war und das schließlich auch verhinderte, dass man auf dieser Welt irgendwann wirklich friedlich würde zusammenleben können.

Ich habe dann noch intensiver Nachrichten geschaut und Zeitung gelesen als jemals zuvor, und ich habe angefangen, meiner Frau diese Sachen vorzulesen und auf die Bilder im Fernsehen zu zeigen und ihr Artikel auszuschneiden und auf den Esstisch zu legen, als wären sie Beweise in einer Gerichtsverhandlung. Spätestens da habe ich wohl auch damit begonnen, ihr wegen ihrer Sorglosigkeit Vorwürfe zu machen. Und sie hatte natürlich längst gemerkt, dass etwas mit mir nicht stimmte. Ich fürchte, sie dachte damals, dass ich eigentlich nie ein Kind wollte, dass ich das nur ihretwegen vorher immer gesagt hatte und mir jetzt Sorgen um meine Freiheit machte. Aber das war es nicht. Wirklich nicht. Ich wollte ursprünglich wirklich gern ein Kind mit ihr haben.

Ich sah, wie Christoph und Katja sich wieder einander zuneigten, für ein geflüstertes Gespräch. Ich hörte die Wörter *ausgezogen* und *breiter* und *nicht mit dem Kopf*, konnte mir aber keinen Reim darauf machen.

Das war eine fürchterliche Zeit für mich, sagte Hubi. Und sicher war es bald auch eine fürchterliche Zeit für meine Frau. Wahrscheinlich dachte sie sich schon ganz früh, dass sie sich dann eben alleine freuen würde, wenn ich das nicht könnte, um sich nicht alles von mir verderben zu lassen. Aber wir haben auch oft gestritten in der Zeit, sehr dumme Streits, die ich natürlich alle verloren habe, wenn man das überhaupt so sagen kann. Ich bin dann in die Kneipe gegangen, in die ich damals immer gegangen bin – ich hatte da noch keine eigene –, und habe mich betrunken. Und je betrunkener ich geworden bin, umso dunkler und böser ist mir die Welt und sind mir die Leute um mich herum vorgekommen, sodass ich mich auch nicht selten mit irgendeinem anderen Betrunkenen in der Kneipe geprügelt habe, immer dann eigentlich, wenn sich jemand darauf eingelassen hat, von mir beleidigt zu werden. Man hat mir das eine ganze Weile durchgehen lassen, weil ich ganz lang schon in diese Kneipe gegangen bin und jeden dort kannte. Und dann kam ich völlig zerschossen und verprügelt wieder nach Hause, und meine Frau, das hat sie mir erst viel später erzählt, als sie sich von mir getrennt hat, hat damals angefangen, sich vor mir zu fürchten. Davor, dass ich ihr oder dem Kind was antun könnte, was ich niemals, zu keinem Zeitpunkt in meinem Leben, je gemacht hätte. Inzwischen verstehe ich das, dass man sich vor dem, der ich da geworden bin, gefürchtet hat. Es war aber nicht so, dass wir uns jeden Tag gestritten haben und ich jeden Abend zum Saufen in die Kneipe gegangen bin und mich da total weggestellt habe. Es gab damals wohl doch auch noch genug Gründe für sie, daran zu glauben, dass sich alles einrenken wird, sobald das Kind auf der Welt ist.

Ich sah, wie Katja Christoph an die Schulter fasste und wie er sie dann anschaute, als könnte er mit dieser Geste überhaupt nichts anfangen.

Als sie schon einige Wochen schwanger war, erzählte Hubi weiter, bin ich mit meiner Frau gemeinsam zu einem Ultraschalltermin zum Arzt gegangen. Ich wollte das eigentlich nicht sehen, wie es wächst in ihr, aber sie hatte mich dazu aufgefordert, ich denke, weil sie es entweder schon wusste oder gespürt hat, was los ist. Jedenfalls haben wir da die Diagnose bekommen, dass es sich bei der Schwangerschaft meiner Frau definitiv um eine Zwillingsschwangerschaft handelte, dass wir also nicht nur eines, sondern zwei Kinder kriegen würden, zwei Jungs, was mir damals, als der Arzt uns das erzählte und mit seinem Finger auf eine pulsierende Stelle auf dem Bildschirm deutete, da, hat er gesagt, sehen Sie ganz deutlich zwei schlagende Herzen, so sehr die Beine weggerissen hat, dass ich mich erstmal hinsetzen und auf meinen Atem konzentrieren musste, um mich nicht gleich zu übergeben.

Für euch klingt das sicherlich komisch oder verrückt, aber ich habe in dem Moment, in dem ich da auf dem Stuhl saß und meine Frau und der Arzt ohne Ton auf mich eingeredet haben, ein sehr lautes Fiepen in den Ohren gehabt, und es sind Bilder vor mir aufgezogen, so deutlich und real, dass ich wirklich gedacht habe, ich könnte in die Zukunft sehen.

Hubi erzählte uns, er habe riesige Zeltlager gesehen, unter einem giftigen Himmel, die sich in Ringen um die Städte legten, bewohnt von Bettlern und Geflüchteten aus allen möglichen Krisen- und Kriegsgebieten der Erde. Er habe gesehen, wie die Wasserversorgung zusammenbrach und aus den aufgedrehten Hähnen nur noch ein tiefes Poltern kam. Die Straßen – er sagte, er habe die Straßen von Ulm gesehen, aber er war sich sicher, dass das für alle Straßen im Land, vielleicht auch auf der Welt gelten würde – waren voller Müll, und in diesem Müll lebten Kinder mit gelben Augen und einem schweren Husten. Hubi sagte, er habe gesehen, dass die Menschen auf der ganzen Welt immer wieder weglaufen mussten, dass es aber keinen Ort mehr gab, an den man fliehen konnte, aus dem die Menschen nicht auch schon flüchteten. Dass es höchstens noch ein paar stark befestigte Siedlungen gab, an deren Mauern und Zäunen die Verzweifelten aber schon einander auf den Schultern standen und versuchten, ihre Kinder oben durch den Stacheldraht zu schieben. Und vor allem, sagte er, habe er gesehen, dass das alles nicht mehr besser, sondern immer nur noch schlimmer würde, bis der letzte Mensch auf der Welt verhungert war oder sich an einer verseuchten Frucht vergiftet hatte.

Ich hörte wieder ein paar Fragmente aus einem Gespräch zwischen Christoph und Katja. Diesmal waren es die Wörter *rausfahren*, *beim zweiten Mal* und *sicher nicht*. Ich nahm an, dass ihr Gespräch nichts mit dem zu tun hatte, was Hubi gerade auf der Bühne erzählte.

Der einzige Trost oder die einzige Hoffnung, die ich damals hatte, sagte Hubi, war der Gedanke daran, dass die beiden vielleicht gemeinsam auf die Welt kommen würden, um aufeinander aufzupassen. Dass sie zusammen vielleicht noch eine Chance haben würden in dieser Welt, die so deutlich vor mir aufgezogen war, auf dem Stuhl im Behandlungsraum des Frauenarztes nach dem Ultraschall.

Ich habe es nicht übers Herz gebracht, bei der Geburt dabei zu sein. Als es losging, habe ich meiner Frau einen Krankenwagen bestellt und bin alleine in der Wohnung geblieben. Wir hatten ein Zimmer hergerichtet, in dem zwei kleine Betten standen und ein Wickeltisch und der ganze Kram, den uns unsere Familien und unsere Freunde schon vor der Geburt der Kinder geschenkt hatten, Bauklötze und Mobiles und ein bunter Teppich, auf dem ein Wimmelbild aufgedruckt war. Ich dachte bei dem Anblick an die unfassbare Unausweichlichkeit dieser beiden Leben. Ich habe keinen Moment daran gezweifelt, dass die zwei Jungs gesund auf die Welt kommen würden. Mir war das absolut klar. Das einzige bisschen Hoffnung, das ich in dem Moment hatte, war, dass die beiden vielleicht gemeinsam auf die Welt kamen, um aufeinander aufzupassen.

Hubi machte eine lange Pause, in der er auf einen Punkt am Boden, irgendwo abseits im Raum, schaute. Und dann sagte er, meine beiden Söhne kommen jetzt gerade in die Pubertät. Sie leben nicht zusammen. Das ist vor allem meine Schuld.

Sobald sie verstehen konnten, was man zu ihnen gesagt hat, habe ich angefangen, den beiden zu erklären, dass es für sie nichts Wichtigeres gibt und nie etwas Wichtigeres geben wird als den jeweils anderen. Keiner wird euch jemals so nah sein wie der eigene Bruder, das habe ich ihnen mehrfach gesagt. Wir waren keine von diesen Prepperfamilien. Also wir hatten keinen Luftschutzbunker im Garten, weil wir auch gar keinen Garten hatten, aber ich habe meinen Söhnen erklärt, dass es auf der Welt sehr bald schon sehr ungemütlich werden kann und dass es wichtig ist, dass sie beieinanderbleiben und füreinander da sind und dass sie lernen, wie man überlebt. Und zwar richtig und nicht nur so, dass man lernt, wie man Rührei macht oder wann man im Supermarkt gemütlich einkaufen kann, weil nicht so viel Betrieb ist. Meiner Frau hat das alles überhaupt nicht gefallen. Sie hat mich damals schon eher nur noch ertragen und sicher nicht mehr daran geglaubt, dass wir irgendwann nochmal eine Ehe führen und wirklich zusammen sein würden wie zwei verheiratete Leute.

Ich habe meine beiden Söhne zum Zelten in den Wald mitgenommen, und nachdem sie eingeschlafen waren, bin ich mitten in der Nacht aufgestanden und mit dem Auto weggefahren. Ich habe sie die ganze Nacht und den nächsten Morgen allein gelassen, damit sie lernen, wie sie sich verhalten müssen in einer solchen Situation. Ich habe ihnen verboten, ihrer Mutter davon zu erzählen. Ob sie sich daran gehalten haben, weiß ich nicht. Ich habe ihnen schon sehr früh sehr viel Arbeit aufgetragen und sie teilweise sehr weite Strecken durch die Stadt laufen lassen, um Dinge zu besorgen, die ich genauso gut mit dem Auto hätte holen können, die vielleicht auch schwer waren und die sie dann zusammen nach Hause schleppen mussten. Ich habe dabei keinen Unterschied gemacht, ob es Sommer war oder Winter oder ob es vielleicht geregnet hat. Sie haben sich darüber nie wirklich beklagt. Wahrscheinlich haben sie das alles einfach früh als einen Teil ihres Lebens akzeptiert. Meine Frau war viel freundlicher zu ihnen und hat, glaube ich, immer versucht, ihnen heimlich die Arbeit abzunehmen oder ihnen Sachen zu schenken, die sie nach meiner Vorstellung nicht haben sollten. Aber ich habe damals wohl wirklich sehr zornig und gewaltbereit gewirkt. Oder vielleicht war ich es auch tatsächlich, weshalb sie irgendwann angefangen hat, sich vor mir zu fürchten. Obwohl ich wirklich niemals ihr oder den Kindern etwas angetan hätte.

Hubi erzählte uns, seine beiden Söhne hätten infolge dieser Behandlung ein wirklich sehr enges Verhältnis zueinander entwickelt. Vielleicht wäre das eh passiert, sagte er, das kann man ja nicht wissen. Es heißt doch, Zwillinge hätten eine besonders starke Verbindung. Seine Söhne aber wären nach einer Weile nahezu untrennbar gewesen. Sie verbrachten den ganzen Tag miteinander, sie kamen in dieselbe Klasse, als sie eingeschult wurden, das habe ich, sagte Hubi, bei der Schulleitung so eingefordert, und sie sind immer gemeinsam dorthin aufgebrochen und gemeinsam zurückgekommen. Sie sind ja keine eineiigen Zwillinge, die man verwechseln könnte, aber die anderen Kinder in der Schule haben sie von Anfang an nur als eine Einheit erlebt und nicht als zwei einzelne Personen. Sie haben keine Freunde mit nach Hause gebracht und, soweit ich weiß, auch nie davon erzählt, dass sie in der Schule Freunde gefunden hätten. In unserer Wohnung haben sie sich die ganze Zeit über ein Zimmer geteilt. Es hätte auch gar nicht mehr Platz gegeben. Irgendwann ist mir aber aufgefallen, dass sie auch im selben Bett geschlafen haben. Sie hatten schon jeder ein eigenes, und wir haben darauf geachtet, dass sie abends beide in ihrem eigenen Bett lagen und dort auch eingeschlafen sind, aber wenn ich morgens in ihr Zimmer gegangen bin, bevor sie aufgewacht sind, dann lagen sie jedes Mal gemeinsam in einem Bett. Entweder sie haben am Abend nur so getan, als wären sie schon eingeschlafen, oder sie haben das nachts gemacht, wenn einer von beiden aufgewacht ist. Vielleicht ja auch ganz automatisch, im Schlaf. Morgens waren sie jedenfalls immer ein festes Knäuel, und es war sehr aufwendig und hat auch sehr lange gedauert, sie aufzuwecken. Wenn man an ihnen gerüttelt hat, dann haben sie zwar die Augen aufgemacht, aber man merkte gleich, dass sie noch gar nicht da waren. Ich habe mich manchmal gefragt, ob sie vielleicht sogar die gleichen Sachen träumten. Ob sie im Traum dann wirklich so fest ineinandergeflochten waren mit ihren Seelen, dass es eine Weile gebraucht hat am Morgen, bis jeder wieder in seinem eigenen Körper war. Wir haben ihnen gesagt, dass sie das nicht machen sollen. Sie mussten uns versprechen, dass sie in der nächsten Nacht nicht mehr zusammen schlafen. Beim Aufwecken am Morgen waren sie aber so abwesend, dass sie es gar nicht begriffen, wenn wir sie darauf angesprochen haben. Und wenn sie dann später wirklich wach waren, konnten sie sich an nichts mehr erinnern.

Drei Jahre nachdem die beiden eingeschult worden sind, hat sich meine Frau von mir getrennt. Sie sagte, ich würde ihr Angst machen und dass ich ein bösartiger Mensch geworden sei. Dass ihr unsere Kinder manchmal unheimlich seien – wir wurden öfter von den Lehrern in die Schule bestellt, weil sie sich manchmal vom Unterricht entfernten oder ein paar Mal auch andere Mitschüler gequält und dabei ernsthaft verletzt hatten – und dass sie mich dafür verantwortlich mache. Dass es unmöglich geworden sei, sich mit mir eine Zukunft vorzustellen, seit ich die Zukunft nur noch als Bedrohung empfand. Sie sagte, sie habe sich in mir getäuscht und es habe Jahre gedauert, sich das einzugestehen. Sie habe am Anfang noch geglaubt, dass der Mann, den sie einmal kennengelernt hatte, noch irgendwo in mir verborgen sein musste und dass es möglich wäre, ihn wieder hervorzuholen, dass sie aber aufgeben müsse, weil sie keine Kraft mehr habe, und dass diese Familie für das Wohl der Kinder in Zukunft nicht mehr unter einem Dach leben würde. Sie sagte, sie hoffe, dass es noch nicht zu spät sei, und sie werde sich für immer Vorwürfe machen, falls sich herausstellen sollte, dass sie nicht rechtzeitig gehandelt hat, weil sie so egoistisch war, an ihrem Wunsch festzuhalten, irgendwann mit mir und den Kindern so zusammenzuleben, wie wir uns das immer ausgemalt hatten, bevor sie schwanger wurde.

Meine Frau, erzählte Hubi, ist mit den Kindern ausgezogen, und ich habe im gleichen Jahr das *Café Porsche* übernommen, um einen Ort zu haben, an dem ich sein konnte, wo ich alles unter Kontrolle hatte und trotzdem unter Leuten war. Mir hat das sehr geholfen, sicherlich mehr als irgendeine Therapie, die ich ja vielleicht auch hätte machen können. Ich habe meiner Frau von diesen Fortschritten erzählt, aber sie hat mir immer wieder gesagt, dass es zu spät sei. Die Lehrer unserer Söhne und ein Familienpsychologe, zu dem die drei über ein Jahr hingegangen sind, haben meiner Frau dazu geraten, die Jungs regelmäßig immer wieder und dann für immer längere Zeit voneinander zu trennen, damit sie lernen können, ein eigenes Leben zu führen. Am Anfang durften sie mich noch nicht besuchen. Inzwischen darf ich sie einmal in der Woche sehen, das hat ein Gericht entschieden. Es war wohl unglaublich schwer, die beiden auseinanderzukriegen. Ich habe das damals ja nicht direkt mitbekommen, aber ich habe immer wieder nachgefragt, und vor dem Gericht musste meine Frau die ganze Geschichte erzählen, da habe ich dann alles einmal komplett an einem Stück gehört und mich unheimlich geschämt.

Katja lehnte sich wieder rüber zu Christoph und flüsterte in sein Ohr. Christoph schüttelte den Kopf, und dann stand Katja mitten in Hubis nächstem Satz auf und ging gebeugt an der ersten Reihe vorbei Richtung Ausgang, wie man das in einem Kino oder einem Theater machen würde, um die Vorführung nicht zu stören und niemandem durchs Bild zu laufen. Sie hatte ihren Mantel über dem Arm. Ich verstand überhaupt nicht, was passierte. Ich wurde nervös und wäre ihr gern direkt hinterhergelaufen. Aber ich wusste auch nicht, was ich dann zu ihr hätte sagen sollen, und ich dachte mir, dass sie das ja wahrscheinlich auch gar nicht wollte, dass ich ihr hinterherlief. Hubi hat bestimmt registriert, dass Katja unter ihm an der Bühne entlanggelaufen ist und den Raum verlassen hat, noch bevor er mit seiner Geschichte fertig war, aber er reagierte überhaupt nicht darauf. Ich glaube, er war sehr gefangen in seiner Erinnerung.

Meine Söhne, sagte er, haben sich gewaltsam gegen den Versuch gewehrt, sie auseinanderzubringen und zumindest ein bisschen vom jeweils anderen zu entwöhnen. Am Anfang wurde es so geregelt, dass immer einer zu den Eltern meiner Frau gehen musste, nach der Schule oder für ein Wochenende. Und von dem, was ich im Gericht gehört habe, war es wohl so, dass sie dort dann regelmäßig randaliert haben. Es war zur selben Zeit, dass jemand den Hund meiner Schwiegereltern mit einem Stein erschlagen hat. Es ist nie geklärt worden, wer das war, und die Zwillinge haben es abgestritten, aber einer von beiden war im Haus und hatte einen Tobsuchtsanfall, und ein paar Stunden nachdem man ihm Hausarrest verordnet hatte, fand man den toten Hund im Garten.

Inzwischen, sagte Hubi, geht einer meiner Söhne auf ein Internat in Eichstätt. Der andere geht hier aufs Gymnasium. Ich finde das nicht richtig, dass man sie getrennt hat, und ich glaube, sie leiden immer noch sehr darunter. Aber es ist wohl meine Schuld. Ich weiß, dass ich nichts dafürkann, wenn ich Angst habe. Oder zumindest glaube ich das. Aber vielleicht darf man einfach keine Angst haben, wenn man Kinder bekommt. Oder man darf keine Kinder bekommen, wenn man Angst hat. Ich weiß es nicht. Ich kann mir nicht vorstellen, dass nicht alle Eltern Angst haben, ehrlich gesagt. Vielleicht habe ich einfach überreagiert. Ich hatte mich da nicht wirklich unter Kontrolle. Ich wollte ihnen jedenfalls nicht schaden. Und ich konnte diesen Hund zwar nie leiden, aber es tut mir auch für ihn sehr leid.

Hubi sah lange runter zu Christoph, der gerade auf den Boden schaute, und wartete, bis er seinen Blick hob und ihm zunickte. Dann sagte er: Das jedenfalls ist meine Geschichte, die sich jahrelang wie richtiger Horror angefühlt hat. Und die vor euch hier zu erzählen auch ein ziemlicher Horror für mich gewesen ist.

Hubi ging von der Bühne ab unter einem kräftigen, lang anhaltenden Applaus, an dem sich anfangs sogar Christoph laut vernehmlich beteiligte. Wir klatschten so lange, bis er die Stufen runtergegangen war und sich wieder hinter seine Bar gestellt hatte, von wo aus er noch ein paar abwehrende Gesten machte und ein ganz schüchternes Gesicht aufsetzte. Als der Applaus dann noch immer nicht vorbei war, fing er wie automatisch an, ein paar Gläser zu spülen und so zu tun, als hätte das schon gar nichts mehr mit ihm zu tun, sondern wäre eben der übliche abendliche Turnus aus Bekenntnis und beklatschtem Bekenner auf der Bühne, der sich außerhalb seiner Thekengrenzen abspielte und den er als Außenstehender mehr oder weniger aufmerksam verfolgen konnte. Das wiederum nahmen sich die meisten dann wirklich zum Anlass, das Klatschen einzustellen und ihn in Ruhe zu lassen.

Ein paar von uns fingen an, sich über das gerade Gehörte zu unterhalten, aber es ging sofort weiter, Christoph kam mit der *Wahl der Waffen* und zwei der Neuen, die ich beim Reinkommen an der hinteren Wand hatte herumstehen sehen, auf die Bühne. Er legte den Koffer auf einem Barhocker ab und stellte die beiden als Mirko und Julia aus Ulm vor. Ich konnte nicht sagen, ob es sich bei ihnen um Geschwister oder vielleicht um ein Paar handelte. Jedenfalls sahen sie so blutjung aus, als wären sie von Christoph auf dem Schulhof eines Ulmer Gymnasiums für den Film angeworben worden. Ich war mir nicht mal sicher, ob sie schon volljährig waren.

Julia und Mirko stellten sich ihrerseits nochmal mit ihren Namen vor, als gäbe es darüber hinaus nichts über sie zu sagen, und bedankten sich bei Hubi für die Geschichte, die sie sehr eindrücklich gefunden hätten, wie sie sagten. Hubi schaute nicht von seinem Spülbecken auf, er wollte wirklich nicht mehr weiter beachtet werden. Vielleicht war er auch noch so gefangen in den Gedanken an seine Söhne, dass er es gar nicht mitbekam.

Ich sah mir die beiden an, wie sie auf der Bühne den Folterkoffer öffneten und gemeinsam hineinschauten, und ich dachte mir, ihr seid doch viel zu jung. Ihr müsstet doch etwas ganz anderes machen. Was soll denn dabei rauskommen. Mirko vor allem sah so aus, als würde er noch zuhause wohnen und hätte noch niemals selbst seine Wäsche gewaschen. Ich musste an ein Lied denken, das zu dieser Zeit in vielen Kneipen in München rauf und runter gespielt wurde. Es war so ein bayrischer Partyhit, der für ein paar Monate abends alle paar Minuten im Radio kam. Ich weiß nicht, wer das gesungen hat, aber als ich Mirko in den Koffer greifen sah, hatte ich diese eine Zeile aus dem Refrain im Kopf, in dem es immer wieder hieß: *Halt, halt, du semmelblonder Schönling*!

Mirko holte ein kleines kunstledernes Etui aus dem Koffer und reichte es Julia, die den Reißverschluss am Rand öffnete. Die beiden nahmen sich jeder eine Stecknadel aus dem Etui, und dann stachen sie sich die Nadeln nacheinander unter den Fingernagel einer ausgestreckten Hand. Aus der Ferne sah das aus wie das Aufstecken von Eheringen bei einer Hochzeit, nur dass die beiden beim andern den entsprechenden Finger fest anpacken mussten, um ein reflexhaftes Wegreißen der Hand zu verhindern.

Sie schafften jeder zwei Nadeln unter zwei verschiedene Nägel, standen so für eine kurze Zeit auf der Bühne, öffneten und schlossen die betroffenen Hände, was offenbar noch extra schmerzhaft war, bevor sie sich die Nadeln dann unter wilden Grimassen gegenseitig wieder herauszogen.

Anders als die anderen davor unternahmen Mirko und Julia sofort einen Versuch, über ihre gerade gemachte Schmerzerfahrung zu sprechen. Julia sagte, sie habe sich sowohl beim Stechen als auch beim Gestochenwerden vollkommen allein gefühlt, obwohl sie doch beschlossen hatten, das gemeinsam zu machen. Mirko sagte, ja, ihm sei das ganz genauso gegangen, und Christoph fasste das Ganze dann für die beiden nochmal in eine etwas ausgefeiltere Form, die seinen früher schon vor uns vorgebrachten Theorien entsprach. Dann standen die zwei noch für ein paar stille Augenblicke auf der Bühne, jeder mit einem blutigen Taschentuch um die Fingerkuppen, bis wir auch sie freundlich wohlwollend von dort oben herunterklatschten. Ich fragte mich, wie sie diese Art der Verletzung ihren Eltern erklären würden.

Nach Christophs abschließenden Worten, die an diesem Abend seltsam kurz ausfielen (ich sah ihn immer wieder zur Tür schauen), und der Verkündung des nächsten Termins gab es eine kurze Umbaupause, in der Sarah und Marlies den Beamer in Position brachten und die entsprechenden Geräte verkabelten. Ich ging zur Bar, wo gerade Mirko, dessen Finger immer noch von einem blutigen Taschentuch umwickelt waren, auf Hubi einredete. Er erzählte von einem Film, den er gesehen hatte. Ich kam zu spät, um den Titel mitzubekommen, aber in Mirkos Erzählung ging es um eine Zombieinvasion und um die Stadt Jerusalem, die aufgrund der Mauern, die man um sie herum errichtet hatte, eine Art letzter Rückzugsort geworden war. Die Zombies, von denen Mirko erzählte, waren aber sehr geräuschempfindlich, und als im Inneren der Stadtmauern laut gerufen und gesungen wurde, was Mirko zufolge irgendeinen religiösen Hintergrund hatte, fingen die Zombies draußen an, gegen die Stadtmauern anzurennen und sich gegenseitig auf die Schultern und die Köpfe zu steigen, bis sie einen Haufen bildeten, der hoch genug war, auf dass der Erste oben über die Mauer in die Stadt fallen konnte. Von da an hat sich die Seuche dann rasend schnell auch innerhalb der Stadtgrenzen ausgebreitet, erzählte Mirko.

Hubi hörte sich das alles wieder mit der professionellen Distanz des Wirtes hinterm Tresen an. Die Geschichte machte offensichtlich überhaupt keinen Eindruck auf ihn und erinnerte ihn auch nicht an seine eigene düstere Vision der Zukunft. Zumindest hat er sich einen solchen Eindruck äußerlich nicht anmerken lassen.

Ich weiß, wie gesagt, nicht, inwiefern irgendetwas, was im *Café Porsche* passiert ist, zufällig passiert ist, falls es in dieser Zeit überhaupt einen einzigen Zufall gegeben hat. Aber nachdem ich mir diese kurze Erzählung von Mirko angehört und bei Hubi noch ein Bier geholt hatte, mit dem ich mich zurück in die Reihen vor der Bühne setzte, und nachdem auch die anderen zurückgekommen waren auf ihre Plätze, wurde ein Film mit dem Titel *Night of the Living Dead* gestartet, der zwar nicht der Film war, von dem Mirko an der Bar erzählt hatte, in dem es aber auch um eine Invasion der Zombies ging. Es war ein sicherlich sehr viel bescheidenerer Film als der, den Mirko gesehen hatte. Er war irgendwann in den Sechzigern produziert worden, schwarzweiß, und handelte von zwei Geschwistern, die auf einem abgelegenen Friedhof Blumen für ihren Vater niederlegen (wofür sie offenbar einmal im Jahr an diesen Ort kommen) und dann mitten am Tag von einem Zombie angegriffen werden. Die Schwester kann mit dem Auto zu einem einsam in der Landschaft stehenden Holzhaus fliehen, während der Bruder von dem Zombie gebissen und infiziert wird.

Der Rest des Films spielt im Inneren dieses einsam in der Landschaft stehenden Holzhauses, eine kleine Schicksalsgemeinschaft von noch nicht gebissenen und noch nicht infizierten Menschen findet sich dort ein, verbarrikadiert sich und überlegt, was als Nächstes zu tun ist. Sie finden einen Fernseher und schauen Nachrichten über die Lage im Land und erfahren, dass die Regierung Notaufnahmestellen für nichtinfizierte Menschen an verschiedenen Orten eingerichtet hat, von wo aus geordnete Evakuierungen erfolgen sollen.

Die Menschen im Haus sind sich uneins darüber, wie sie in ihrer Lage verfahren sollen. Inzwischen ist das Haus umstellt von Zombies, die in ein lethargisches Stehen und Hin-und-her-Schunkeln verfallen, sobald sich keine Beute direkt vor ihren Augen befindet. Auch finden die Menschen heraus, dass sich die Zombies vor Feuer fürchten und zurückweichen, wenn man zum Beispiel ein brennendes Möbelteil oder einen Molotowcocktail in den Vorgarten wirft. Ein Teil der im Haus Verbarrikadierten ist der Überzeugung, dass es das Beste wäre, man würde sich einfach in den Keller zurückziehen und dort ausharren, bis Hilfe einträfe. Der andere Teil, der von einem jungen Schwarzen (der einzige schwarze Schauspieler im Film) angeführt wird, spricht sich dafür aus, zu versuchen, mit einem Auto, das vor dem Haus abgestellt ist, zur nahen Zapfanlage zu fahren, Benzin zu tanken, die anderen am Haus abzuholen und gemeinsam zu einer der Notaufnahmestellen zu fahren.

Etwa bei der Hälfte des Films sah ich (und ich glaube, den anderen ist nichts aufgefallen, es hat sich alles sehr leise und diskret abgespielt), wie sich die Tür zum *Café Porsche* öffnete und Katja eine Weile im Eingang stehen blieb, nur vom weiß flackernden Widerschein des Films beleuchtet. Ich sah, wie Christoph aufstand und zu ihr hinging und wie sie dann gemeinsam raus sind und die Tür hinter sich zugezogen haben. Ich überlegte, was meine Optionen waren. Mir gefiel das nicht, dass die beiden zusammen das Lokal verlassen hatten und ich nicht wusste, wofür oder weshalb oder was sie machten, wo sie waren und ob sie nochmal wiederkommen würden.

Der Plan, das Auto zu betanken, geht jedenfalls schrecklich schief. Am Ende verbrennen alle an der Aktion beteiligten Personen (außer dem Anführer) nach einem Unfall mit einer Fackel, die sie mitgebracht hatten, um sich die Zombies vom Leib zu halten, und dem hektisch verkleckerten Benzin an der Zapfstation im Auto (ihre gebratenen Reste werden später von den Zombies in den Garten gebracht und dort aufgegessen). Der Anführer kann sich zurück ins Haus retten, wo er aber infolge gewaltsamer Auseinandersetzungen und dem Ausbruch der Zombieseuche bei einem verletzten Kind im Keller schließlich ganz allein zurückbleibt. Alle anderen werden entweder von ihm erschossen oder von den Zombies vors Haus gezerrt und dort gebissen.

Der Film endet damit, dass sich eine sehr lässige Sondereinheit von Zombiejägern am nächsten Morgen dem Haus nähert (man hat herausgefunden, dass man die Zombies durch einen Schuss in den Kopf töten kann) und die im Garten hin und her schunkelnden Zombies erschießt. Von diesen Geräuschen aus seiner Deckung geholt, begibt sich der junge Schwarze an einen Sichtschlitz an den vernagelten Fenstern, um zu sehen, was da draußen passiert. Die lässigen Zombiejäger sehen sein Gesicht im Fenster. Einer der Jäger legt sein Gewehr an und schießt dem jungen Schwarzen in den Kopf, vermutlich in der Annahme, es handle sich auch bei ihm um einen Infizierten.

In der folgenden Nacht rollten ich und sechs andere Teilnehmer der vorangegangenen Sitzung unsere Isomatten auf dem Fußboden des *Café Porsche* aus. Hubi ging als Letzter nach Hause, er meinte, wir wüssten ja mittlerweile, wie es laufe. Ich wusste es nicht, aber man erklärte es mir. Die Tür zum *Nach(t)schub* musste abgeschlossen werden, man konnte noch aufs Klo, aber aus dem Haus kam man erst wieder am nächsten Morgen, wenn der Putzdienst, der einen Schlüssel hatte, vorn am Eingang aufschloss und die Alarmanlage deaktivierte. Ein paar von uns holten ihre Reisezahnbürsten heraus und putzten sich auf den Kneipentoiletten die Zähne. Daran hatte ich natürlich nicht gedacht. Ich legte mich in meinen Schlafsack, der muffig war, und fand die Luft schlecht und den Boden zu hart und überhaupt meine Idee, dort zu übernachten, ganz blödsinnig, weil ich dadurch ja nicht mal Katja länger gesehen hatte als sonst. Weder sie noch Christoph waren nach ihrem Verschwinden während des Films nochmal zurückgekommen. Die Luft wurde noch schlechter im Verlauf der Nacht, in der diejenigen, die viel getrunken hatten am Abend, ihren Alkohol ausschwitzten und der Rauch der Zigaretten kalt wurde und von der Decke herabgesunken kam.

Was mir aber am Übernachten im *Café Porsche* gut gefiel, war, dass wir uns vor dem Einschlafen noch lange über die vergangene Sitzung unterhielten. Es wurde nie ganz ruhig im Raum. Die Kühlschränke an der Bar brummten, und manchmal fuhr an den vernagelten Fenstern hinter der Bühne ein Lkw vorü ber. Wir lagen im Dunkeln auf unseren Rücken und schauten hoch an die Decke, die sich erst nach einigen Minuten aus den schwarzbunten Flecken herausbildete und dann auch nur sehr verkrisselt und unruhig wie eine grobkörnige Fotografie. Wir redeten über Hubi und seine Söhne, darüber, dass niemand von uns das gewusst hatte. Christoph hatte es vielleicht gewusst. Wir malten uns aus, wie man einen Film drehen könnte über diese Kinder. Entweder darüber, wie sie in dem Horror, den Hubi sich ausgemalt hatte, überleben mussten, oder darüber, wie sie, selbst vom Bösen besessen, zu satanischen Mörderzwillingskinder werden. Ich stellte mir mich selbst dabei in der Nebenrolle eines Grundschullehrers vor, der zu den frühen Opfern gehört.

Wir redeten auch über den Film, über die Verbindungen zu Hubis Geschichte, die Frage danach, ob es etwas wie das Gute überhaupt gab, das beim Ausbruch des Bösen zusammenhalten konnte, oder ob es immer darauf rauslaufen würde, dass sich alle Eingeschlossenen in dem einsam in der Landschaft stehenden Holzhaus gegenseitig um die Ecke brachten. Es wurde die Theorie geäußert, dass der junge Schwarze am Ende erschossen wird, um auf den Rassismus in Nordamerika zu verweisen. Ein anderer meinte, er hätte ja etwas rufen können. Er hätte ja irgendwie auf seine Menschlichkeit aufmerksam machen können. Er habe aber nur durch das Fenster geschaut und wahrscheinlich gewollt, dass man ihn für einen Zombie halten und erschießen würde. Weil er nach den Erfahrungen dieser Nacht den Lebenswillen schon völlig verloren hatte.

Ich sagte selbst nicht viel, auf dem Fußboden im *Café Porsche*, aber es tat mir sehr gut, den anderen zuzuhören und hin und wieder einfach nur ja zu sagen oder nein oder nachzufragen, wie genau etwas gemeint war. Ich war durstig, und ich hatte einen widerlichen Geschmack im Mund, und ich wusste, ich würde sehr früh aufwachen, lange bevor die Putzleute vorn das *Nach(t) schub* aufschließen würden, und dass ich mich dabei ganz jämmerlich fühlen würde, wie es dann ja auch wirklich war. Aber während der letzten Gespräche der Nacht fühlte ich mich sehr gut aufgehoben in unserer gemeinsamen Sache und glaubte ohne Zweifel, dass wir uns auf dem richtigen Weg befanden.

Die Liebesgeschichte in Melanie Wargas Roman über die Soldatin, von der Josi gesprochen hatte, beginnt erst sehr spät im Verlauf der Handlung, als die Soldatin längst schon von ihrem Einsatz nach Hause zurückgekehrt ist. Sie findet sich ein paar Tage nach ihrer Landung in der Kaserne ein, um sich vorschriftsmäßig zurückzumelden, erhält einen Termin beim Militärarzt und dort eine Überweisung in eine psychotherapeutische Praxis mit entsprechender Spezialisierung. Die Soldatin nimmt ihren Termin in der psychotherapeutischen Praxis zur Behandlung der Posttraumatischen Belastungsstörung allerdings nicht wahr. Melanie Warga beschreibt, wie sie ein paar Mal das Haus verlässt mit dem Vorsatz, die Praxis aufzusuchen, wie sie sich aber jedes Mal auf langen Spaziergängen durch die Stadt verliert, die sie am Ende wieder zurück in ihre Wohnung führen und auf denen sie noch häufig den Mitgliedern der Familie aus dem kleinen Dorf im Kriegsgebiet begegnet, die weiterhin an unmöglichen Orten einfach daliegen, als würden sie schlafen. Die Soldatin geht und schaut, immer noch mit ihrem übergenauen Detailblick, der sich jetzt aber an die Details des zivilen Lebens und der Stadt, in der sie lebt, heftet. Sie entwickelt eine Faszination für abseitige Orte, Gassen und Höfe und Kellerkneipen, wo sie ruhig dasteht oder sitzt und sich alles ansieht. Die Beschreibungen im Buch werden dabei so endlos lang und hypergenau, dass sich ein extrem absurdes Gefühl einstellt, obwohl nichts Absurdes beschrieben wird. Oder vielleicht ist es eher so, dass alles, was beschrieben wird, hochgradig absurd ist, was nur niemandem sonst auffällt, weil es als normal gilt und nicht weiter beachtet wird.

Die Soldatin geht auch in ein Pornokino und beobachtet dort die Vorgänge auf der Leinwand und im Zuschauerraum sehr ausführlich. Im Buch sind diese Szenen in einer Technik verfasst, die das Maschinenhafte der Pornoszenen und der onanierenden Männer im Publikum herausstellt – aber nicht als Wertung, sondern wieder als ein Wundern darüber, dass offenbar alles, wenn man es nur lang genug anschaut, so absurd wird wie ein einzelnes Wort, das man endlos wiederholt (bei der Beschreibung der Szene im Pornokino wird immer wieder das Wort *Ja* – wahrscheinlich als Zitat der Tonspur des Pornofilms – in Anführungszeichen einmontiert, zwischen die einzelnen Sätze und mittenrein, bis es irgendwann selbst wie ein Satzzeichen wirkt und dann im nächsten Schritt jede Funktion und jeden Sinn verliert).

Ich dachte mir beim Lesen: Wenn sie doch nur in die psychotherapeutische Praxis gehen würde, man würde ihr doch helfen. Mir war schon klar, dass man ihr dann dabei helfen würde, in eine Form der Wahrnehmung zurückzufinden, die durch einen gesellschaftlichen Konsens definiert ist und deshalb als gesund gilt und am Ende vielleicht nichts mit ihrem eigenen, soldatisch hypergenauen Blick zu tun hatte. Aber es war ihr ja schließlich verordnet worden, und ich hätte auch nicht gewusst, was man sonst noch hätte tun können.

Statt also zur psychotherapeutischen Praxis zu gehen, geht die Soldatin im Roman immer weiter spazieren durch die Stadt und lernt schließlich auf diesen Spaziergängen einen anderen ziellos Umherwandernden kennen. Ich war ein bisschen enttäuscht, als ich das gelesen habe, weil ich mir dachte: Wie oft passiert das schon im Leben? Passiert so was überhaupt in der wirklichen Welt, oder passiert es nur in Büchern, die dann ihrerseits dafür verantwortlich sind, dass man als echter Mensch in der echten Welt ständig darauf wartet und hofft, dass es einmal so passiert, dass man beim Herumlaufen auf den eigenen verwirrten Wegen einem anderen Verwirrten wirklich *begegnet*, anstatt immer wieder aneinander vorbeizulaufen? Ich weiß schon, gerade weil Josi mir das immer wieder gesagt hat, dass man diese Frage an ein Buch eigentlich gar nicht stellen darf. Aber es hat mich trotzdem enttäuscht beim Lesen, vielleicht, weil ich schon nicht mehr gewillt war, mir von der Literatur irgendetwas versprechen zu lassen, was sich eh nicht einstellen würde in der Wirklichkeit.

Im Roman von Melanie Warga jedenfalls kommt es zu einem tagelangen gegenseitigen Beschatten durch die Soldatin und durch einen jungen Schauspieler, der zu dieser Zeit gerade sein Engagement im Stadttheater aufgekündigt hat, weil er es dort nicht mehr ausgehalten habe, wie er später erzählt, als sie sich dann endlich angesprochen haben. Der junge Schauspieler hat selbst so einige Probleme mit der Wahrnehmung der Welt. Er spricht zuerst ganz nachvollziehbar davon, wie er nicht mehr im Theater arbeiten wolle, weil das Theater ein fieser Apparat sei, der die Sehnsucht aller ausbeute, die sich in ihn hineinbegeben. Es wird dann aber schnell klar, dass es noch andere Apparate gibt, vor denen sich der junge Schauspieler zu schützen versucht. Er glaubt, dass er überwacht wird, seit er beim Theater gekündigt hat, dass man ihn nicht einfach so davonkommen lassen werde, dass man seine Sehnsucht bereits als das Eigentum des Theaters betrachte, das seinerseits ja an den Staat angebunden und ihm unterstellt sei, und dass es also am Ende der Staat sei, der es auf seine Sehnsucht abgesehen habe und unter Einsatz diverser Agenten und Institutionen zu verhindern versuche, dass er jemals wieder selbst entscheiden könne, was er sich wünsche vom Leben (er ist außerdem der Überzeugung, dass man versucht, ihm eine geheimnisvolle Substanz einzuflößen, entweder indem man sie untermischt unter seine Nahrung oder indem ihm jemand einmal nah genug kommt, um die Substanz mit einer Spritze zu injizieren – welchen Effekt diese Substanz genau haben würde, führt der Schauspieler nicht aus, er ist allerdings überzeugt, dass ihre Einbringung in seinen Kreislauf eine Erleichterung bedeuten würde für die staatlichen Apparate und Agenten in ihrem Bestreben, seinen Willen zu brechen). Zuerst habe er auch geglaubt, die Soldatin sei eine solche Agentin im Staatsdienst, die auf seine Überwachung und Demoralisierung und letztlich vielleicht auch auf die Injektion der Substanz angesetzt war. Dann aber sei ihm aufgefallen, wie sie durch die Stadt lief und wie sie die anderen Bewohner beobachtete, und er habe nicht anders gekonnt, als in ihr eine Verbündete zu sehen. Sollte er sich täuschen, meint der junge Schauspieler, wäre das wahrscheinlich sein Untergang. Es sei ein großes Risiko für ihn, sich auf sie einzulassen.

Mir fiel gleich auf, dass es doch für die Soldatin in ihrem Zustand ein ebenso großes Risiko sein musste, sich auf jemanden wie den Schauspieler einzulassen, der ja offensichtlich einen Schaden hatte und noch weniger stabil war als sie selbst. Davon aber war im Buch überhaupt nicht die Rede.

Die Soldatin und der Schauspieler treffen sich immer häufiger und hören schon sehr bald gar nicht mehr auf damit, sich zu treffen, bleiben einfach ständig beieinander, wobei die Soldatin ihr soldatisches Verhalten auf die neue Situation überträgt und ihr hypergenauer Blick jetzt die sie umgebende Welt nach den Agenten absucht und nach Gefahren für den Schauspieler und seine Sehnsucht. Sie bewacht und beschützt den Schauspieler (und man bekommt den Eindruck, dass sie sich dadurch wieder etwas beruhigt – oder vielleicht weniger gefährdet ist, in ihren alltäglichen Beobachtungen verlorenzugehen –, weil ihre spezielle Disposition nicht mehr Störung und Krankheit ist, sondern wieder einem Zweck dient, so wie sie ursprünglich in der Ausbildung und im Kampfeinsatz einem Zweck gedient und zum schnellen Aufstieg der Soldatin in der Rangordnung der Armee geführt hat), er zieht bei ihr ein, und nach vielen Seiten, in denen diese neue Beziehung ausufernd beschrieben wird, gibt es sogar eine Sexszene in der Wohnung der Soldatin, in der aber das eigentliche Aufeinanderliegen der beiden im Bett der Soldatin nur kurz erwähnt wird, der Blick der erzählenden Instanz stattdessen wieder der Wahrnehmung der Soldatin folgt, die aus dem Fenster schaut und sieht, wie dort die Häuser und Türme der Stadt in sich zusammenfallen, sie sieht Lichtgarben am Himmel und Hubschrauberschwadrone mit tastenden Suchscheinwerfern, und sie hört ein fernes Grollen und Panzerkettenrasseln wie von einer nahenden Invasion. Ich fragte mich, was das sollte. Und ich war kurz davor, Josi anzurufen oder ihr eine Nachricht zu schreiben. Ich hätte gern gehabt, dass sie mir das alles erklärt. Auch weshalb sie mir ein Buch gegeben hat mit einer Liebesgeschichte, die kein gutes Ende findet.

Am Ende können die Soldatin und der Schauspieler schließlich nicht zusammenbleiben. Nachdem ich das Buch ausgelesen hatte, fing ich gleich nochmal von vorn an, in der Hoffnung, dass ich auf dem Weg noch ein paar Hinweise übersehen hatte. Mir wurde aber schnell klar, dass ich mir nicht allein aus dem Buch heraus die Frage beantworten konnte, weshalb Josi mit einer solchen Begeisterung von dieser Liebesgeschichte gesprochen und mir das Buch zum Lesen geschenkt hatte, obwohl es am Ende für diese Liebe zwischen der Soldatin und dem Schauspieler keine Chance gibt.

Zwei Soldaten aus der Kaserne, in der sich die Soldatin zurückgemeldet hat, tauchen schließlich nach ein paar Wochen an ihrer Wohnungstür auf, als gerade nur der Schauspieler zuhause ist (sie lässt ihn nicht oft allein und wenn, dann nur im Schutzraum der Wohnung). Die Soldaten kommen, um sich nach ihrem Befinden zu erkundigen und um zu fragen, weshalb sie nicht mehr in der Kaserne aufgetaucht ist, schließlich war sie noch immer Teil der Armee und verpflichtet, sich regelmäßig einzufinden oder im verlängerten Krankheitsfall die entsprechenden Papiere einzureichen. Die Nachforschungen der Soldatenkollegen haben aber sicherlich schon ergeben, dass die Soldatin nie einen Termin in der psychotherapeutischen Praxis wahrgenommen hat, weshalb sie angewiesen wurden, persönlich nachzusehen, wie es um sie steht. Der junge Schauspieler sieht die an der Wohnungstür klingelnden uniformierten Soldaten durch den Türspion und ist sich sofort sicher, dass sie gekommen sind, um ihn abzuholen und einer Behandlung mit der Substanz zu unterziehen, nach der er nie wieder einen freien Willen haben und für sich selbst würde entscheiden können. Er glaubt, dass die Soldatin doch eine Agentin ist und ihn in den vergangenen Wochen sorgsam in diese Falle gelockt hat. Er schließt sich im Badezimmer ein, während die Soldaten noch zweimal klingeln und einmal fest gegen die Wohnungstür klopfen. Als er sich sicher sein kann, dass die Soldaten wieder abgezogen sind, zerstört der Schauspieler aus Wut einige Gegenstände in der Wohnung, von denen er weiß, dass sie der Soldatin viel bedeuten, nimmt sich das gesamte Geld, das die Soldatin in der Wohnung deponiert hat, alle Wertgegenstände, die in einen Rucksack passen und bei einem Pfandleiher veräußert werden können, und flüchtet aus der Wohnung der Soldatin, die, als sie wiederkommt und die Zerstörungen entdeckt und das Fehlen von Geld und Wertgegenständen (ich nehme an, es handelt sich um Schmuck, auch wenn ich mir die ganze Zeit über nicht vorstellen konnte, dass die Soldatin Schmuck besitzt), sofort in einen tranceartigen Zustand fällt, aus dem sie, so zumindest legen es die letzten Seiten des Romans nahe, nie mehr ganz erwachen wird.

Sie tritt vollständig über in ihren Modus des Aushaltens und Weitermarschierens, ist ganz in sich hineingefallen und äußert von dieser letzten, innerlichen Stellung gar nichts mehr nach draußen. Zwar dringen noch die Bilder und Wahrnehmungen zu ihr durch, werden dort aber nicht mehr gewertet und gedeutet im Hinblick auf eine Mission oder den Schutz einer nahen

Person – und können sich nun ungestört und untrennbar mit den Angstbildern aus ihren Träumen vermischen. Das Buch erzählt einem am Ende nicht mehr, wie es für die Soldatin in dieser Verfassung weitergeht. Man kann sich denken, dass die beiden Soldaten, die an ihrer Wohnungstür geklingelt haben, wiederkommen. Dass irgendwem auffallen wird, wie sehr sich ihr Zustand verschlechtert hat. Und dass man sich also um sie kümmern wird. Auch wenn sie das vielleicht gar nicht möchte.

Nachdem ich die letzten Seiten der Soldatin zum zweiten Mal gelesen hatte und zum zweiten Mal ratlos zurückgeblieben war, spürte ich eine irrsinnige Sehnsucht in mir aufkommen. Nach menschlicher Zuwendung, in der Art, wie ich sie einmal von Josi erhalten hatte und von ihr wohl nie wieder erhalten würde. Ich dachte an Katja und wünschte, sie wäre verfügbar oder überhaupt nur erreichbar für mich. Ich ging aus. An mehreren aufeinanderfolgenden Abenden, an Orte, an denen ich ein paar Leute kannte und nicht komplett verloren herumstehen musste, und an Orte, an denen ich niemanden kannte und dann komplett verloren herumstand. Ich stellte mich auch in Schlangen vor Clubs, wenn es dort Schlangen gab, obwohl das Wetter mies war und die Wahrscheinlichkeit, dass man mich reinlassen würde, nicht besonders hoch. Ich dachte mir, vielleicht könnte ich in der Schlange dann einen anderen abgewiesenen Menschen kennenlernen, und dann hätten wir schon etwas, was uns verband und worauf man aufbauen könnte. Vielleicht war das sogar immer schon meine Idealvorstellung von Verbundenheit gewesen: die gemeinsame Ablehnung von allem, was einen ablehnt.

Ich habe mir diese Sexszene im Roman von Melanie Warga so erklärt, dass die ständige überpräzise Aufmerksamkeit der Soldatin, ihr Abscannen der Umgebung, ihr Spürsinn und ihre Intuition, also ihr gesamter professionell ausgebildeter Gefahren-Frühwarnapparat, Alarm geschlagen hat in dem Moment, in dem ihr Fokus einmal auf eine einzige Person gerichtet war. Sie hat sozusagen ihr Festsitzen in dieser unkomplexen Einfachheit einfach nicht ausgehalten.

Nach ein paar Tagen habe ich Elli dann ausgerechnet in einer dieser Münchner Kneipen kennengelernt, die mich sehr an das *Nach(t)schub* in Ulm erinnern und die einem immer wieder vor Augen führen, dass man in München eben doch in einer Kleinstadt oder in einem pompös aufgeblähten Dorf lebt, in dem die Menschen an ihren kleinstädtischen und dörfischen Ritualen festhalten und also auch an ihrer Provinzialität, was ja wirklich keine neue Erkenntnis ist und oft genug auch etwas Schönes oder etwas, was Besucher hier immer sehr wertschätzen, wenn sie zu Besuch sind aus Frankfurt oder Hamburg oder Berlin (als Elli und ich unsere Jacken angezogen haben, um gemeinsam rauszugehen, lief wieder dieses Lied extralaut über die Anlage, ich hoffte, wir würden es rechtzeitig vor dem Refrain aus der Kneipe schaffen, aber Elli nickte mit dem Kopf und ließ sich Zeit beim Anziehen, weil sie das Lied offensichtlich auch toll oder total lustig fand, und wir schafften es nicht nach draußen, bevor die ganze Kneipe und auch Elli beim Refrain laut mitsangen, als es wieder hieß *Halt, halt, du semmelblonder Schönling!*, wobei ich natürlich nicht mitgemacht habe und mich gerade deshalb irgendwie angesprochen fühlte, als würden sie alle nochmal warnend auf mich einsingen, Elli inklusive). Und entsprechend ist mir Elli von Anfang an auch wie eine Repräsentantin dieser Münchner Provinzialität vorgekommen. Auch gut irgendwie, lustig, *ehrlich* vielleicht oder wie man eben von außen sagen würde: ein Original. Noch in der Kneipe hatte sie Meinungen und eine Selbstsicherheit gehabt, die mir gefallen hatten, aber schon auf dem Weg von der Kneipe zu ihr nach Hause schien uns dann irgendwie die Bühne zu fehlen, obwohl die Stadt nachts im Winter doch immer etwas sehr Bühnen- oder Kulissenhaftes ausstrahlt.

Noch schlimmer wurde es dann, als wir in Ellis Wohnung ankamen. Sie war graduell immer unsicherer und unfreier geworden, je näher wir ihrer Wohnung gekommen waren, und als wir schließlich im Flur hinter ihrer Wohnungstür standen und es darum ging, ob man sich gleich hier die Schuhe ausziehen sollte oder ob das vielleicht ausnahmsweise einmal egal sei, war von dieser Selbstsicherheit, die sie auf der Bühne der *Nach(t)-schub*-haften Kneipe noch gehabt hatte, nichts mehr übriggeblieben.

Vor der Wohnung lag eine Fußmatte aus Bast mit einem Katzengesicht darauf, und an der Wohnungstür selbst hing ein geflochtener Weidenkranz an einem rosafarbenen Band. Den Flur beleuchtete ein weißer Papierlampion von Ikea, es gab eine weißfurnierte Pressspangarderobe mit entsprechendem Schuhschrank und ein Schlüsselbrett, das aus dem metallenen Schriftzug *Home Sweet Home* bestand, wobei unten an jedem Buchstaben ein Haken angebracht war. Elli hängte ihren Schlüssel an das S von *Sweet*. Ich sah, dass an dem Brett außerdem noch ein Fahrrad- und ein Kellerschlüssel hingen (der Kellerschlüssel hatte einen Anhänger, auf dem das Wort *Keller* eingestickt war), die restlichen Haken waren leer. Es gab ein winziges Bad ohne Fenster, in dem eine Orchidee in einem pastellfarbenen Topf auf einem gefliesten Sims stand, neben sauber aufgereihten Parfümflakons, einem Raumdeozerstäuber in der Duftrichtung *Gardens of Ithaka* und einer Dekorkugel, die ebenfalls aus Weidenzweigen geflochten war, wie der Kranz an der Wohnungstür. In der Dusche befand sich ein Duschkabinenabzieher mit Gummilippe für die Glastür, der zusammen mit einem Peelinghandschuh und einem grobporigen Schwamm von der Halterung des Duschkopfes hing.

In der Küche hatte Elli ein Bild an die Wand gehängt, auf dem ein umgekippter Sack Kaffeebohnen abgebildet war, neben einer dampfenden Kaffeetasse und einer in verschiedenen Größen halbtransparent über das Bild verlaufenden Schrift, die mehrmals die Worte *Coffee* und *Good Morning* wiederholte. Die Küche war ebenfalls sehr klein, unter dem Bild ragte ein Brett aus der Wand, an dem zwei ungemütliche Barhocker standen, der restliche Raum wurde von einer grauen Küchenzeile ausgefüllt, deren Arbeitsfläche das Aussehen einer Marmorplatte imitierte. Das schmale Küchenfenster war in der unteren Hälfte von einer gehäkelten Gardine abgehängt, auf der zwei gehäkelte Katzen sich von links und rechts an ein gehäkeltes Herz schmiegten. Als ich die Gardine in die Hand nahm und betrachtete, sagte Elli, die sei schon drin gewesen, aber sie stehe auch total auf Katzen, sie habe bis vor kurzem auch selbst noch eine gehabt, die habe sie aber einschläfern lassen müssen, wegen eines Tumors in der Gebärmutter. Sie befinde sich gerade noch in der Trauerphase, aber sie werde sich sicher bald wieder eine Katze holen, sie könne gar nicht verstehen, wie das gehen soll, dass einer auf Dauer ohne Katze lebt.

Die obere Hälfte des Fensters war ausgefüllt von einem Mobile aus kleinen runden Pappestücken, auf die jeweils Traumfänger, Schriftzeichen und andere Symbole aus dem Bereich der Esoterik aufgedruckt waren.

Elli hatte zwei schlauchförmige Zimmer in ihrer Wohnung. Eines, das von ihrem Bett, einer weißen Ikea-Kommode mit Spiegel und herumliegenden Kleiderhaufen komplett ausgefüllt war, und ein anderes, das von ihr als das Wohnzimmer bezeichnet wurde, in dem wir uns auf die Couch setzten und ein paar Minuten lang unbeholfen küssten, in einer Stille, die so absolut war, dass abgesehen vom Schmatzen der Küsse und dem Knarzen der Couch, wenn wir uns bewegten, nur das statische Rauschen des Nichts den Raum erfüllte. Ich stellte mir vor, wie diese gesamte Wohnung als ein riesiger Fahrstuhl hinabglitt in die untersten Schichten der Erde. Uns gegenüber stand ein ziemlich großer Flachbildfernseher auf einem niedrigen Schränkchen als schwarzes Rechteck irgendwie monolithisch da und schaute uns an. Über dem Fernseher war ein Brett an die Wand montiert, auf dem ein paar Bücher aufgereiht waren, Vampirbücher und *Harry Potter* Ausgaben, eine Handvoll CDs, Charthit-Sampler, die ich mich gar nicht näher anzuschauen traute, und eine DVD-Box mit den ersten drei Staffeln von *Sex and the City.* Vor der Couch stand ein niedriger Glastisch, auf dem die Fernbedienungen nebeneinanderlagen, und über unseren Köpfen an der Wand befand sich ein gerahmter Druck dieser Fotografie, auf der eine Reihe von Bauarbeitern bei der Mittagspause auf einem Stahlträger im Rohbau eines Wolkenkratzers sitzen, mit ihren Lunchboxen auf dem Schoß, hoch oben über einem Panorama Manhattans, das unscharf den Hintergrund hinter den Essenden ausfüllt.

Zwischen den Küssen gab es immer wieder Pausen, in denen Elli kommentierte, was wir da gerade machten. Sie bewegte sich dabei auf eine Art, die wohl katzenhaft gedacht war, und wenn ich sie anfasste, schob sie sich mir erst total wild entgegen, wobei jedes Mal die Couch knarzte und manchmal unsere Zähne zusammenschlugen, und dann entzog sie sich sofort wieder und kommentierte und sagte Dinge, die darauf abzielten, mir die Rolle der willenlos geilen Beute anzutragen, die von ihr durch dieses Machtspiel immer noch weiter gereizt und gefoltert wurde, so lange, bis man davon so heiß geworden ist, dass man es nicht mehr aushält. Als ich ihr dann aber sagte, dass ich Durst hätte, stand sie auf und holte mir ein Glas Wasser aus der Küche und unterbrach die katzenhafte Vorspielfolter, um kurz mal aufs Klo zu gehen. Ich blieb allein zurück in ihrem schlauchförmigen Wohnzimmer, vor dem schwarzen leeren Rechteck des Flachbildfernsehers, und trank mein Wasser und fragte mich, ob ich jetzt gleich nach Hause gehen sollte oder vielleicht doch noch versuchen, mit Elli zu schlafen. Ob sich dabei vielleicht etwas lösen würde in mir, wenn auch nur eine neue, frischere

Version der Sehnsucht, die mich überhaupt erst auf die Couch in Ellis Wohnung gebracht hatte und die im Augenblick stark davon bedroht war, zu einer sehr traurigen Traurigkeit zu werden. Neben mir, über dem Esstisch mit den vier sauber hingestellten Kunstlederstühlen, hing ein Foto-Stecksystem an der Wand, in das Elli verschiedene Aufnahmen von sich und anderen Menschen eingesteckt hatte, Gruppenbilder von Skiurlauben, Elli im Dirndl zwischen rotgesichtigen Männern, die mit Maßkrügen der Kamera entgegenprosten, Elli in Trekkingkleidung, in einer unglaubwürdigen Versonnenheit auf einem Stein sitzend inszeniert, grinsende Leute, hochgereckte Daumen, Grimassen, die auf eine komplett abgesicherte Weise völlig ungefährlichen Irrsinn darstellten. Natürlich gab es auch Bilder von Ellis inzwischen eingeschläferter Katze, auf einem Kissen auf der Couch liegend, mit zugekniffenen Augen und einem weißen Fleck auf dem schwarzen Kopf. Es waren auch ein paar Kinder- und Babyfotos darunter und ein weißhaariger Mann, der voller Stolz einen alten Sportwagen streichelte. Ich hörte die Klospülung, und ich fragte mich, ob es möglich wäre, Elli zu fragen, ob sie denn nicht wusste, dass man ist, was man mag.

Dinge, die meinen Aufzeichnungen zufolge außerdem noch auf der Bühne des *Café Porsche* geäußert wurden:

Der Terror. Dass er uns trifft, unsere Städte, die Züge und öffentlichen Plätze, eine Erschütterung im Innersten der Gesellschaft, da, wo sie vielleicht noch zusammenhält. Manchmal stelle ich mir vor, sagte Maurice, der das erzählte, ich könnte da unfreiwillig hineingeraten, unschuldig verhaftet und eingesperrt werden und dass es allen dann an den Kragen geht, die für mich noch einstehen könnten und meine Unschuld beweisen. Dass sich durch den Terror im Innern der Gesellschaft alles so verändert, dass man irgendwann im Gefängnis sitzt und immer schuldiger wird, obwohl man es am Anfang gar nicht gewesen ist. Da gibt es ja in der Geschichte sehr viele Beispiele von Leuten, denen das so ergangen ist.

Das Rausschwimmen nachts im Meer, von dem Judith erzählte, sie habe es nur ein einziges Mal in ihrem Leben gemacht, weil sie dachte, das wäre schön. Nach ein paar Metern glaubte sie aber, dass diese unheimliche Schwärze, diese tiefe Dunkelheit sie einsaugen würde, und sie wurde panisch und musste von einem Jungen, der am Strand gesessen hatte, gerettet und zurückgebracht werden. Sie behauptete, das Meer habe *geknarrt* wie eine Luke.

Die Folgen eines Reaktorunfalls, eine atomare Katastrophe, die alles um einen herum langsam und sehr grauenvoll um die Ecke bringen würde. Der körperliche Verfall, das Ausfallen aller Haare, der Augenblick, in dem sich die Gewissheit darüber einstellen würde, dass das ganze einen umgebende Leben, die Menschen und die Haustiere, die Freunde und die Familie genauso wie man selbst, nach der sogenannten *Walking-Ghost-Phase* des inneren Verfaulens und Zersetzens einfach ausgelöscht würde. Hiervon wurde mit einem verärgerten Verweis auf Katjas Angsterzählung berichtet (mit dem Vorwurf, sie habe sich darüber lustig gemacht, aber es gebe durchaus Leute, die eine solche Angst tatsächlich empfänden), was Katja schweigend zur Kenntnis nahm, lächelnd, ein Lächeln, das den Eindruck machte, als genieße sie noch einmal rückblickend ihren eigenen Auftritt auf der Bühne.

Eine ganz generelle Angst vor dem Nichts, auch in einem.

Auf einmal nicht mehr erkannt zu werden von denen, die man liebt und die einen doch eigentlich auch lieben sollten.

Hässlichsein.

Nach einer Abtreibung die einzige Chance verspielt zu haben, jemals Mutter zu werden.

Bianca erzählte von ihrer Angst, sich irgendwann gar nicht mehr aus diesen Geldgeschäftsverhältnissen herausbegeben zu können. Sie sagte, sie habe einen Theaterregisseur einmal in einem Interview sagen gehört: Meine Erfahrungen habe ich mir alle gekauft. Je länger die Geschichte der Menschen geht, sagte sie, umso mehr ist es doch eine Geschichte davon, was wir in den Markt eingebracht haben, um es zu verkaufen. Ich weiß schon, dass das Wort *unschuldig* ein schwieriges Wort ist, sagte Bianca, aber wenn man sich mal vorstellt, dass es ein Wort ist für alle Sachen, die keinen Preis haben, und für alles, mit dem oder für das man sich also auch nicht ver*schulden* kann, was wäre das denn noch?

Bianca erzählte, dass sie oft beim Bezahlen irgendwo, im Supermarkt oder im Kino, wenn sie die Münzen aus ihrem Portemonnaie hole, so eine Vision habe, die manchmal so stark sei, dass man sie wahrscheinlich eher schon als Halluzination bezeichnen müsse, bei der sich auf den Rückseiten der Münzen statt der Adler und Köpfe und der anderen Symbole Einprägungen von Menschen befänden, die ihr etwas bedeuteten, oder von Gefühlen, die sie einmal empfunden hatte, oder von den großen Begriffen wie der Liebe oder der Sehnsucht, und dass sie die dann einfach über den Tresen reiche und anders geprägte Münzen von anderen Leuten bekomme. Und sie glaube inzwischen, dass das einen Ursprung tief in ihrem eigenen Innersten habe, wo ihre Angst davor sitze, dass all diese Dinge nur Währungen sind oder zu Währungen werden, sobald man sie in die Sphäre der Öffentlichkeit überführt. Dass man seine Gefühle also gar nicht teilen kann, wie es immer heißt, sagte Bianca, sondern höchstens tauschen.

Es wurde auch die Möglichkeit in den Raum gestellt, dass die Angst vielleicht eine Art Implantat sein könnte. Etwas, das erst von außen in die Menschen eingebracht wird, um sie zu steuern.

Aber auch, dass etwas noch tief in einem verborgen und verdrängt ist, was man einmal gemacht hat oder was mit einem gemacht wurde, und dass das vielleicht nie von selbst ausbricht, einen aber beeinflusst in allem, was man tut.

Als Juri auf der Bühne stand, sagte er, er sei noch nie beim Zahnarzt gewesen und habe sich auch noch nie stationär irgendwo behandeln lassen. Er sei da sein Leben lang sehr vorsichtig gewesen und es sei seine größte Angst, dass irgendwann doch etwas so gravierend nicht stimme mit ihm, dass man ihn in ein Krankenhaus bringen würde, vielleicht auch nur für eine Routineoperation, und dass er dann aufwache nach der Narkose und die Nachricht erhalte, dass man ihm leider aufgrund von Komplikationen die Beine habe abnehmen müssen. Oder dass man beim Aufschneiden etwas sehr Besorgniserregendes gefunden habe, das sich in einem fortgeschrittenen Stadium befinde und eigentlich keinerlei Hoffnungen mehr lasse auf Heilung oder ein mittelfristiges Überleben.

Der Hass und die Wut der Ausgesperrten, die am Wohlstand keinen Anteil haben.

Die Angst, dass das Herz aufhören könnte zu schlagen, wenn man sich zu sehr darauf konzentriert – wie sollte man es dann wieder animieren können?

Der Verlust meiner magischen Wahrnehmung, sagte Marie, dass ich irgendwann nur noch Dinge sehen kann, die ganz gewöhnlich oder bekannt sind. Dass ich nicht mehr aus dem Haus gehe und von irgendetwas wirklich überrascht werde, eine Erfahrung machen kann, von der ich nicht schon beim Verlassen der Wohnung wusste, dass sie möglich wäre. Dass ich mir nicht mehr nur Musik in die Ohren machen muss und laufen und schauen, auf dass etwas mit der Welt und den Dingen, die ich sehe, passiert – dass sie sich verändern, irgendwie lebendig werden, und dass ich das auch bemerke, wenn etwas Besonderes passiert. Mir ist schon länger nichts Besonderes mehr passiert. Und ich mache mir Sorgen, oder besser gesagt, ich habe wirklich Angst davor, dass das an mir liegt, dass ich meine magische Wahrnehmung verloren habe oder sie mich vielleicht verlassen hat oder vertrocknet ist. Wegen der Art, wie ich mein Leben führe. Das ist auch meine Hoffnung in diesen Film, dass er mir hilft, die Welt und die Dinge wieder so zu sehen, als wären sie verzaubert.

Mario erzählte von seiner Angst, sich in den anderen zu verlieren und zu verwischen – ich will ja, sagte er, von allen aufgenommen und geliebt werden, aber was, wenn ich dabei den Bezug dazu verliere, wer ich bin?

Das Böse in den Augen der Tiere und das gleichgültige Programm in der Natur, das Töten und Verfaulen, dass man irgendwo von einem kleinen Insekt gestochen werden könnte, und dann fault einem der Arm ab. Man geht in einen Sumpf hinein, etwas tiefer, als die befestigten Wege einen führen, und wird dort dann einfach in kürzester Zeit verdaut.

Das verletzte Kind im erwachsenen Menschen, das immer dann hervorkommt, wenn man richtig betrunken ist. Dass man selbst so ein Mensch sein könnte, der sich im Rausch komplett verändert. Aber auch bei jeder neuen Person, die man kennenlernt, vor allem bei solchen, in die man sich verliebt: die Angst, dass sie sich in das verletzte Kind verwandeln, sobald sie zu viel getrunken haben. Diese Persönlichkeitsveränderung, hin zum quengeligen, unmündigen, aufmerksamkeits- und liebebedürftigen Kind, das Fallenlassen jeder Deckung, die Erkenntnis, dass der Mensch, den man dachte vor sich zu haben, nur eine schlechte Fassade ist, um das verletzte Kind zu verstecken.

Aber auch die Angst, dass es wirklich etwas Dämonisches in der Welt geben könnte, eine dunkle Macht, und dass man nie ganz sicher sein kann, ob man mit dem, was man tut, nicht doch am Ende das Dämonische unterstützt und es am Leben hält.

Wenzel sagte, seit Michael Schumacher diesen Skiunfall hatte und nur sehr spärliche Informationen über seinen tatsächlichen Zustand an das sogenannte Licht der Öffentlichkeit geraten, müsse er ständig daran denken, wie das wohl wäre, wenn man im einen Moment noch fit ist und berühmt und reich und eine

Familie hat und an einem sonnigen Tag eine Piste runterfährt und dann haut man sich auf einem Stein den Kopf auf und wenn man wieder aufwacht, ist alles kaputt. Man stellt fest, dass man sich überhaupt nicht mehr bewegen kann. Man sieht den Leuten aus der eigenen Familie dabei zu, wie sie ans Bett kommen und weinen und wieder gehen. Draußen vor dem Fenster wird es Nacht und wieder Tag und wieder Nacht, und man sieht, wie einen die Pflegekräfte füttern und wickeln und den Urinbeutel austauschen, der neben einem am Bett hängt, und wie sie einen in regelmäßigen Abständen drehen und umbetten, damit man sich keine Löcher in die Haut liegt. Man würde doch sicher etwas sagen wollen. Selbst wenn man nicht mehr komplett fit wäre im Kopf, würde man doch mit jemandem sprechen wollen. Und man würde doch vielleicht sagen wollen, dass es das nicht braucht, dass die ruhig die Maschinen ausmachen können, dass einem das unangenehm ist, jeden Tag zu sehen, wie einem ein junger Pfleger mit einem Waschlappen zwischen die Beine fährt. Und wahrscheinlich würde man ja auch von der Familie ständig Sachen gefragt, vielleicht sogar, ob man das denn überhaupt wolle, dass man hier am Leben gehalten werde, aber man könnte nicht antworten, und solange man nicht in den Augen völlig trüb und weggetreten wäre, würde es keiner übers Herz bringen, einem den Stecker zu ziehen. Das ist, glaube ich, sagte Wenzel, meine größte Angst, dass ich in einem solchen Zustand wäre, und dann müsste ich auch noch ein schlechtes Gewissen haben gegenüber allen, die mich mögen und ständig am Krankenbett in Tränen ausbrechen, weil ich nicht in der Lage bin zu sagen, dass ich so nicht leben will.

In einem Keller eingesperrt zu sein über viele Jahre ohne Kontakt zur Außenwelt. Die Angst vor Mülleimern in öffentlichen Parkanlagen. Die Angst vor Tauben. Vor tiefen Gewässern. Vor Entmündigung und Zwangslobotomie.

Die Angst, alles, wovor ich mich fürchte, immer auf andere zu projizieren und dort zu bekämpfen, sodass ich am Ende jeden, der mir nahekommt, wegstoßen und verletzen muss.

Das Weltall. Sobald man länger darüber nachdenkt, sich vorzustellen versucht, was das ist, die kalte Unendlichkeit, Milliarden Lichtjahre Ödnis, Stille, Dunkelheit, Vakuum. Dass man nur auf dieser Erde leben kann. Dass so wenig Leben von so viel Tod umgeben ist. Mich tröstet das auch nicht, dass das oft sehr schön aussieht, wenn man von der Erde aus ins All schaut. Ich finde das alles so tragisch. Wenn man sich überlegt, dass das alles hier nur funktioniert, weil man sich durch einen sehr unwahrscheinlichen Zufall im richtigen Abstand zu einem verendenden und im Verenden heiß glühenden Stern befindet. Das ist doch tragisch. (Paula, die nach ihrem Monolog auf der Bühne im *Café Porsche* noch für den Film *La belle captive* anwesend war, ist bei keiner späteren Sitzung mehr aufgetaucht.)

Entstellt sein nach einem Unfall mit kochendem Wasser.

Rückfällig werden.

Ein Kind überfahren und daran ausschließlich selbst Schuld haben, weil man etwas im Handschuhfach gesucht hat oder am Handy telefoniert.

Ganz einfach völlig unbedeutend sein und unbedeutend bleiben.

Schmerzen, die nicht mehr weggehen.

Blind aufwachen.

Keine Luft mehr kriegen.

Spinnen.

Natürlich, antwortete Christoph, bei der letzten Sitzung im *Café Porsche*, auf eine Frage aus dem Zuschauerraum, können wir damit etwas anfangen.

Er war auf die Bühne gekommen und hatte das Ende der Angstsitzungen verkündet. Mir war es so vorgekommen, als hätte er das spontan entschieden, auf dem Weg zum *Café Por-*

sche vielleicht oder noch später, auf dem Weg auf die Bühne. Unten im Zuschauerraum war Unruhe aufgekommen, Raunen, Sich-fragend-Anschauen und Schulterzucken, die meisten von uns hatte es wohl ebenso überraschend getroffen wie mich, und ich war bestimmt nicht allein damit, dass ich mich in den letzten Wochen in meiner Abhängigkeit von den Sitzungen eingerichtet hatte. Ich war mir nicht sicher, ob wirklich schon jeder seine Geschichte vorgebracht hatte, ob es nicht immer noch neue Leute gab, die man einladen und denen man zuhören könnte. Wie viele sind wir eigentlich aktuell, dachte ich, weiß das überhaupt jemand? Kann man das wissen?

Sarah, sagte Christoph, habe ein sehr umfassendes Archiv angelegt von allem, was hier erzählt wurde, und sie würden sich nun zurückziehen, alles auswerten und sich bei uns melden, sobald es weitergeht.

Wer natürlich noch fehle, sagte er, und auf jeden Fall noch hier oben seine Geschichte erzählen müsse, damit die Sitzungen ein Ende finden könnten, sei er, Christoph, selbst. Er habe in den letzten Wochen sehr aufmerksam zugehört, und es habe ihn nicht selten gewundert, was gesagt wurde, was nicht gesagt wurde, wie die Leute generell drauf seien und was es ist, sagte er, wovor wir uns fürchten. Wir dürfen alle gespannt sein, wohin wir uns damit noch führen werden. Ich bin mir sicher, wir sind noch nicht angekommen am letzten Ort, an dem unsere Handlung tatsächlich verhandelt werden kann, aber wir sind sicherlich auf dem Weg dahin, unausweichlich jetzt, ohne Rückweg. Wäre das hier ein Western, dann würde ich sagen, im Morgengrauen reiten wir los, denn so fühlt es sich an. Wie der Vorabend vor einem weiten Ritt. Das Feuer, um das wir sitzen, beleuchtet nur noch die Gesichter. Hinter uns liegt die Dunkelheit. Die Nacht soll unser Rahmen sein, aber wir vergessen nicht, woher wir kommen.

Ich wurde hier geboren, in dieser Stadt, in Ulm an der Donau, und ich glaube daran, dass das etwas bedeutet. Deshalb sind wir hier. Dank an dieser Stelle nochmals an Hubi für die Bereitstellung dieses fabelhaften Ortes, es hätte keinen besseren geben können, wirklich. Und danke an euch alle, die ihr herausgekommen seid, aus euren Höhlen, und uns etwas mitgebracht habt, aus den Stollen eures Bewusstseins, etwas, das im Tageslicht sicher Farben und Formen angenommen hat, die ihr selbst so nicht erwartet hättet.

Ich sah mir Christoph an, und ich wurde das Gefühl nicht los, dass er einen Text vortrug. Seine Sätze hatten etwas Einstudiertes, so als wäre es wirklich völlig egal gewesen, was wir ihm auf der Bühne erzählt haben, als hätte er diese Rede in jedem Fall gehalten, als wäre sie von ihm schon fertig verfasst gewesen, bevor es überhaupt losgegangen war. Ich schaute rüber zu Katja, die ein paar Stühle neben mir saß und gelangweilt wirkte. Mit ihr könnte man vielleicht darüber sprechen, dachte ich. Und dass sie sicherlich mehr wusste als ich. Wenn es jemanden gibt, der von Christoph eingeweiht wurde, dachte ich, dann muss es Katja sein. Ich könnte über sie also auch näher an das herankommen, was wirklich in Christoph vorging. Und natürlich dachte ich auch immer noch, dass ich über sie ebenfalls näher an das herankommen könnte, was wirklich in mir selbst vorging. Sie könnte ein Schlüssel für so vieles sein, da war ich mir ganz sicher.

Ich habe eine große Verwandtschaft, sagte Christoph. Meine Eltern haben reichlich Geschwister, und die haben ihrerseits ebenfalls zahlreiche Kinder in die Welt gesetzt, die sich nun vermehrt auch selbst fortpflanzen. Es ist fast schon schwer, den Überblick zu behalten. Viele sind hiergeblieben, in Ulm. Für mich bedeutet hier in Ulm zu sein, mich der Unausweichlichkeit meiner Familie zu stellen. In ihrer ganzen tragischen Fehlerhaftigkeit und Unvollkommenheit. Mit ihren Ansprüchen und ihren über Generationen hinweg vererbten Neurosen und Wahnvorstellungen, dem Irrglauben, den Ängsten und der Faulheit, dem gemütlichen Einrichten in ein einfaches Weltbild, in Dummheiten und Widersprüche, mit dem ganzen konservativen Traditionalismus, auf den sich die Energie aller immer bündeln muss, weil es keinen anderen Konsens geben kann, weil eine Familie, vor allem eine große wie meine, nicht gemeinsam sagen kann, wir stehen jetzt auf und gehen wohin, wir bewegen uns, alle zusammen, genauso wenig, wie die Gesellschaft sich gemeinschaftlich erheben kann und wirklich woanders hingehen.

Ich habe, sagte Christoph, einen Onkel mit einer geistigen Behinderung. Er kam mit dem sogenannten Downsyndrom auf die Welt. Die Ärzte haben meinen Großeltern gesagt, dass er wahrscheinlich nie über den Entwicklungsstand eines Kleinkindes hinauskommen würde und dass seine Lebenserwartung entsprechend gering wäre. Er kam zu einer Zeit auf die Welt, als es für geistig behinderte Kinder noch kaum Frühförderprogramme oder spezielle Lerngruppen gab. Es gab aber schon Tageswohnheime, und in so ein Wohnheim ist mein Onkel auch bald eingezogen und hat dort sein Leben verbracht. Er hat in einer Behindertenwerkstatt gearbeitet, hat keine Schule besucht und ist tatsächlich nie wirklich über den Entwicklungsstand eines Kleinkindes hinausgekommen.

Wenn meine große Familie zum Feiern zusammenkommt, wenn jemand heiratet oder einen runden Geburtstag hat, wird oft eine riesige Tafel in einem Landgasthof reserviert, wo dann alle aufgereiht sitzen, mit den Familienoberhäuptern am Kopfende, und essen und reden, und mein geistig behinderter Onkel war bei diesen Feiern auch immer dabei und hat sein persönliches Programm aufgeführt. Er hatte ein paar Lieblingsfilme und Zeichentrickserien, King Kong und Karate Kid, die Ninja Turtles und Lucky Luke, die er dann auf diesen Familienfeiern nachgestellt hat. Alle fanden das lustig, wie er meistens zwischen dem Hauptgang und dem Kaffee seine Show aufgefahren hat. Er hat die Dialoge mit verstellten Stimmen nachgesprochen, man konnte eigentlich nichts verstehen, nur etwa ausmachen, ob es eine dramatische Szene war und ob der Sprecher, den er gerade imitierte, zu den Guten oder zu den Bösen gehörte, es wurde geschossen und gekämpft, er hat sich auf den Boden geworfen und geschrien, wenn er von einer Kugel getroffen wurde oder von einem Schlag, und er saß als Riesenaffe auf dem Hochhaus und hat die Helikopter angebrüllt und nach ihnen geschlagen. Ich glaube, er hat die Bühne dieser Familienfeiern sehr genossen. Sicher hat er seine Show auch im Behindertenwohnheim aufgefahren, aber es war natürlich viel aufregender für ihn, wenn eine ganze Gesellschaft, die nicht – oder zumindest nicht offensichtlich – selbst gerade mit dem Auffahren einer Show beschäftigt war, ihm zuschaute und lachte und versuchte zu erraten, um welchen Film es sich handelte.

Ich habe meinen geistig behinderten Onkel immer sehr gern gemocht. Gerade auf diesen Feiern wünschte ich mir, dass alle einfach ihre Servietten von den Schößen nehmen und die Stühle zurückschieben würden und ein bisschen mehr wie mein Onkel an die Sache herangehen. Es wäre sicher ein irre dämonisches Theater gewesen, wenn alle gleichzeitig so eine Show aufgefahren hätten, aber das hätte ja auch gar nicht unbedingt sein müssen, wenn nur alle ein bisschen weniger auf ihre eigene, versteifte, ordentlich aufgeräumte Art im Zusammensein behindert gewesen wären.

Kurz nachdem wir seinen achtzigsten Geburtstag im Landgasthof an einer langen Tafel gefeiert haben, ist mein Großvater, der der Vater meines geistig behinderten Onkels gewesen ist, an einem Herzinfarkt gestorben, als er gerade im Garten hinterm Haus Radieschen aus der Erde zog. Mein Opa ist zwischen den Radieschen zusammengesackt und dort liegen geblieben, und mein geistig behinderter Onkel, der meistens übers Wochenende bei meinen Großeltern war, hat ihn als Erster gefunden. Meine Großmutter meinte, er habe neben dem Opa auf dem Weg gestanden, zwischen den Radieschen und dem Eisbergsalat, und habe laut gezischt und mit den Fäusten in die Luft geschlagen, wie immer, wenn er die Kampfszenen aus Karate Kid nachgespielt hat. Vielleicht dachte er, sagte meine Oma, der Opa würde wieder aufwachen, wenn er ihm etwas vorspielt.

Mein Großvater wurde eine Woche später auf dem Neuen Friedhof in der Stuttgarter Straße beerdigt. Es gab eine Trauerfeier in der Aussegnungshalle, vor der mich meine Großmutter zur Seite genommen und gebeten hat, ich möchte mich doch neben meinen geistig behinderten Onkel setzen während der Zeremonie und ein bisschen auf ihn aufpassen. Sie hat das gar nicht weiter ausgeführt. Sie hat nur gesagt, setz dich doch bei der Zeremonie neben ihn und pass ein bisschen auf ihn auf. Die Trauerfeier war sehr konventionell. Es gab einen Gottesdienst, der von einem Pfarrer abgehalten wurde, den mein Opa gut gekannt hatte. Man hatte im Voraus ein paar Lieder ausgewählt, die er gemocht hatte, klassische Stücke, ich glaube Schubert und Chopin, aber ich weiß es nicht mehr genau. Und nach der Musik gab es noch einen Programmpunkt, der vorsah, dass die Angehörigen, sofern sie danach ein Bedürfnis verspürten, nach vorne kamen, um ein paar Abschiedsworte zu sprechen.

Meine Oma ging nach vorne und las eine kurze Rede vor, die an meinen Opa adressiert war und die verschiedenen Stationen ihres gemeinsamen Lebens nachzeichnete. Ich konnte nicht anders, als mir zu denken, dass sie sich zum Schreiben dieser Rede Rat geholt hatte, entweder bei dem Bestattungsunternehmer, der sich um alles gekümmert hat, oder bei dem Pfarrer, den auch sie gut kannte. Die Rede wirkte jedenfalls sehr bemüht, dem Rahmen angemessen zu sein und dabei, dachte ich, den Weisungen zu folgen, die für eine solche Zeremonie von Leuten ausgegeben werden, die darin eine gewisse Professionalität entwickelt haben, während die Angehörigen, also die wirklich unmittelbar vom Tod Betroffenen, immer überfordert und hilflos in die Sache reinstolpern und dankbar sind, wenn man sie da etwas an die Hand nimmt.

Ein alter Kollege meines Großvaters, der vor seiner Verrentung bei den Stadtwerken gearbeitet hatte, kam auch noch nach vorne und sprach sehr routiniert sein kollegiales Beileid aus, ich dachte, vielleicht schickt das Unternehmen den jedes Mal los, wenn ein Angestellter oder ein Ehemaliger abtritt, weil er das so gut kann.

Nach dem alten Kollegen trat der Pfarrer nochmal ans Rednerpult und fragte, ob es denn noch jemanden gebe, der hier gern etwas vorbringen möchte, bevor wir in der Zeremonie fortfahren und den Sarg zu seiner letzten Ruhestätte bringen würden.

Mein geistig behinderter Onkel, der neben mir saß, bekam mit, dass eine Frage gestellt wurde, auf die sich davor Menschen gemeldet hatten, die dann nach vorne gekommen waren. Er lächelte und hob seinen Arm. Ich legte ihm sofort meine Hand auf den Oberschenkel und sagte, ganz leise, *nein*. Ich hatte die Zeremonie bis dahin nicht gemocht, dachte mir aber in dem Augenblick, dass es das war, wofür man mich abbestellt hatte, als es hieß, ich solle auf meinen Onkel aufpassen. Als er den Arm hob, stellte ich mir vor, wie er nach vorne gehen würde, auf die Bühne vor der Verwandtschaft, die er von den Familienfeiern im Landgasthof schon so gut kannte, und dass er dort dann wieder eine Szene aus King Kong oder Karate Kid vorspielen würde und sich auf den Boden werfen, mit einer imaginären Kugel in der Brust. Ich dachte, dass das doch mein Auftrag war, während der Zeremonie, genau das zu verhindern. Mein Onkel nahm seinen Arm gleich wieder runter, schob den Unterkiefer vor und nickte und schaute auf seine Schuhe.

Zum Glück hatte der alte Kollege meines Großvaters gesehen, wie mein Onkel seinen Arm gehoben hatte. Er stand auf und sagte: Ich glaube, da hinten möchte noch jemand etwas sagen. Dann machte er eine einladende Geste zu meinem Onkel, der strahlte, aufstand, nach vorne kam und sich neben den Pfarrer an das Rednerpult stellte.

Mein Onkel, erzählte Christoph, faltete seine Hände auf dem Rednerpult, schaute nach oben in den Himmel und hielt eine sehr bewegende Ansprache, von der zwar kein Wort zu verstehen war, weil er, glaube ich, nur das gedämpfte Gemurmel der anderen Sprecher imitierte, die aber dadurch, dass er so ernst da vorn stand und eben nicht den Affen machte, so unglaublich ergreifend war, dass allen in dem Moment die Tränen gekommen sind. Wer nicht eh schon geweint hatte, saß jetzt in den Reihen vor meinem murmelnden geistig behinderten Onkel und heulte. Es war der einzige wahrhaftige, der einzig ehrliche Moment der gesamten Trauerfeier. Und ich hätte ihn fast verhindert, weil ich ihm nicht zugetraut hatte, dass er in der Situation das richtige Gespür haben würde. Oder weil ich nicht begriffen hatte, dass die Situation selbst genau das brauchte, dass mein Onkel die fehlende Stimme war, ohne die die Trauerfeier wirklich nur traurig und total beliebig gewesen wäre.

Nach der Ansprache meines Onkels sind wir alle gemeinsam aus der Aussegnungshalle raus und dem Sarg nachgelaufen, der auf einem Wagen unheimlich langsam über die Wege des Friedhofs gezogen wurde, bis zu einem frisch ausgehobenen Loch. Ich dachte an meinen eigenen Tod. An den Moment, wenn ich bemerke, dass es zu Ende geht, und ich zurückschaue auf mein Leben, und ich dachte daran, wie ich gerade meinem Onkel die Hand auf den Oberschenkel gelegt hatte, und ich bekam eine eiskalte Angst davor, dass ich am Ende meines eigenen Lebens feststellen muss, dass ich so gelebt habe wie in dieser Situation in der Aussegnungshalle. Dass ich vom Leben, von der Gesellschaft, von meiner Familie zu einem Menschen gemacht worden bin, der andere unterdrückt, wenn sie aus der Reihe tanzen, der Angst hat vor dem Besonderen, vor der Show des eigenen geistig behinderten Onkels auf einer Trauerfeier, der sich fügt und duckt und buckelt und dabei alles akzeptiert, was uns klein macht und zurückhält. Ich stand vor dem Grab meines Großvaters und sah, wie man seinen Sarg in das Loch hinabgleiten ließ, aber ich dachte nicht an meinen Großvater, ich hatte fast schon vergessen, wessen Sarg das war. Ich sah nur meinen eigenen Tod – oder besser: den Moment vor meinem eigenen Tod und die Möglichkeit, dass ich so ein Leben führen würde, dass ich eben nicht so ein Mensch wäre wie der alte Kollege meines Großvaters von den Stadtwerken, der aufstand und sagte: Halt! Da will noch einer sprechen, den hören wir uns an. Sondern dass ich weiterleben würde wie einer, der immer sagt: Aber jetzt darf man nicht, jetzt passt es nicht, jetzt gerade geben die anderen vor, was richtig ist und was falsch, da lehnt man sich besser nicht aus dem Fenster, da folgt man dem Programm und den Regeln und erstickt die Stimme des anderen, die ja vielleicht nur ein unverständliches Gemurmel ist, vielleicht auch ein nachgespielter Kampf, Riesenaffe gegen Hubschrauber, jedenfalls aber etwas Unvorhersehbares, etwas Ungezähmtes vielleicht. Ich bemerkte, dass die Angst, die ich hatte, eine Angst vor meiner Angst war. Davor, dass ich am Ende einsehen würde, dass ich im Leben nie über meine Angst hinausgewachsen bin und deshalb nicht gelebt habe. Und dass ich nicht nur selbst nicht gelebt haben würde, sondern andere am Leben gehindert hätte, indem ich ihnen meine Hand auf den Oberschenkel legte, sobald sie im Begriff waren, die Grenzen, in die ich durch meine Angst verwiesen war, zu übertreten.

In dem Moment wurde mir klar, sagte Christoph, dass ich einen Horrorfilm drehen muss. Mir wurde auch klar, dass ich damit nicht alleine bin. Und dass ich also einen Horrorfilm drehen muss, bei dem es nicht nur darum geht, wovor ich mich fürchte, um meine Angst vor meiner Angst, sondern auch darum, wovor ihr euch fürchtet. Am Ende müsst ihr ja auch auf euer Leben zurückschauen. Und ich glaube, dass dieser Film, den wir drehen werden, in jedem einzelnen Leben der Leute, die an ihm beteiligt sind, in meinem und in euren, eine solche Ansprache sein kann wie die meines geistig behinderten Onkels auf der Trauerfeier meines Großvaters. Wir werden uns gegenseitig davon abhalten, uns abzuhalten.

Christoph erklärte die Sitzungen im *Café Porsche* für beendet. Er gab keinen neuen Termin aus für das nächste Mal, sagte lediglich, dass wir Geduld haben sollten, man werde sich bei uns melden und mitteilen, wie es weitergehen würde. Wir schauten an diesem Abend auch keinen Film mehr. Hubi gab einige Biere aus, und wir betranken uns, viele schliefen in dieser Nacht auf dem Fußboden, in Schlafsäcken auf Isomatten oder unter ihren Jacken, weil sie eigentlich gar nicht geplant hatten, so lange zu bleiben und so unheimlich viel zu trinken.

Ich traute mich an diesem Abend, auf Katja zuzugehen und sie zu fragen, ob sie denn dabeibleiben würde, ich würde mich freuen, sagte ich, wenn wir vielleicht zusammen in einer Szene spielen würden, ich für meinen Teil würde mir ja wünschen, einen möglichst grausamen Tod vor der Kamera zu sterben, deshalb interessiere ich mich überhaupt dafür, in einem Horrorfilm mitzuspielen, sagte ich, normalerweise mache ich mir nämlich nichts aus Horrorfilmen.

Katja sagte: Natürlich bleibe ich dabei, Moritz. Ist doch auch mein Film.

ZWEITES BUCH

THÜRINGEN

DER WINTER zog sich hin, und mir ging das Geld aus. Ich hatte all meine Rücklagen für Fahrscheine nach Ulm ausgegeben, für die Miete und für das wenige Essen, das ich jeden Tag aß, seit Wochen schon die immer selben Sachen, ohne wirklich darüber nachzudenken oder es überhaupt zu bemerken.

Ich suchte mir einen Job und fing in einer Kneipe in der Nymphenburger Straße zu arbeiten an. Es war ein kleiner Laden, in dem man unter der Woche alleine arbeitete, was ich sehr angenehm fand. Es wurde viel an mich hingesprochen, von einsam an der Bar sitzenden Männern und Frauen. Es durfte nicht geraucht werden, aber am hinteren Ende der Kneipe gab es eine Tür in den Raucherhof. Der Hof war nicht groß genug für einen Biergarten, eher ein Schacht mit einem Aschenbecher, wurde aber gern genutzt, weil man dann nicht nach vorne auf die Straße gehen musste. Die Rauchenden standen meistens im Türstock und bliesen den Rauch nur so alibimäßig nach draußen in den Hof, in dem manchmal die Schneeflocken in der warmen Abluft der Kneipe tanzten. Irgendwann setzten sie sich dann einfach an die Tische und rauchten dort weiter. Ich ging einmal am Abend hin und forderte alle auf, draußen zu rauchen, woraufhin die meisten aufstanden und das Spiel von vorne losging. Ein paar blieben aber auch einfach sitzen, rauchten weiter und unterhielten sich, und ich brachte selten die nötige Energie auf, sie nochmal anzusprechen und gesondert aufzufordern. Mir war gesagt worden, dass es empfindliche Strafen gebe für die Nichteinhaltung des Nichtrauchergesetzes. Wie man das Nichtrauchergesetz aber bei den Gästen umsetzen sollte, wurde mir nicht gesagt.

Ich stand hinter der Theke und dachte dabei nicht selten an Hubi und daran, wie natürlich das bei ihm immer ausgesehen hatte. Ich dachte an seine Geschichte, an die Geschichten der anderen, dachte an Katja und wartete auf meinen Anruf. Ich redete selbst nicht besonders viel und versuchte zu ignorieren, was die Gäste erzählten. Es waren austauschbare Geschichten. Sie sagten nichts aus über das Innenleben der Personen, sondern nur über Wahrnehmungen äußerer Phänomene, Artikel aus der Zeitung, es ging um die Teilnehmer irgendwelcher Realityshows, die ich nicht gesehen hatte, und um die weltpolitische Lage und ihren Einfluss auf den Freistaat Bayern. Über mich wurde irgendwann gesagt: *Da Moritz is hoid eha so a Ruiga*, und es wurde angenommen, dass ich durch meinen Charakter und vielleicht sogar durch meine genetische Disposition eher zum Zuhören bestimmt war, wodurch ich mich grundsätzlich für die Arbeit am Tresen einer Kneipe sehr gut eignete. Ich erzählte niemandem vom Schrecklichen Grauen und davon, dass ich hier nur Zeit überbrückte, bis die Dreharbeiten beginnen würden.

Zuhause ging ich wieder und wieder durch die Aufzeichnungen, während die Tage um mich herum vergingen ohne Mitschrift. Ich führte kein Tagebuch. Nicht nur, weil mir mein Leben zu dieser Zeit wie ein ereignisloser Leerlauf vorgekommen ist, sondern auch, weil ich immer schon Probleme mit dem Schreiben von Tagebüchern gehabt habe. Ich kam einfach nie an den Punkt, an dem ich mich und mein Leben als bedeutsam genug empfand, um festgehalten zu werden. Deshalb waren mir die Aufzeichnungen zum Schrecklichen Grauen auch so wichtig. Sie waren wie eine Chronik des Lebens der anderen.

Es hatte ein paar Mal geschneit, allerdings selten genug, um lange liegen zu bleiben. Es war nass und kalt und zugig und grau, und wenn ich in den Englischen Garten ging, dachte ich mir, hier und jetzt könnte man sehr gut mit den Dreharbeiten zu einem Horrorfilm beginnen. Der Eisbach hatte einen irgendwie verseucht aussehenden Schimmer (ich dachte: wie Quecksilber, obwohl ich gar keine Vorstellung davon hatte, wie ein Bach aus Quecksilber aussehen würde), die Bäume waren schwarz und kahl, und jeder Schritt schmatzte auf dem verwelkten modrigen Laub und den aufgeweichten Wiesen.

Ich hielt mich gern in den Untergrundpassagen im Ostbahnhof auf, wobei ich nur hin und her lief und es angenehm fand, der einzige Mensch zu sein, der keine Eile hatte, nicht in einem der Läden als Verkäufer gefangen war und auch kein zwielichtiges Geschäft abwickeln musste. Die anderen Laufenden wuschen an mir vorbei wie an einem Stück Holz, oft blieben sie mit ihren Schultern oder ihren Taschen an mir hängen, wenn sie mich überholten, weil ich ihnen zu langsam ging. Immer wieder lief ich ein paar Meter mit jemandem mit und hörte dem Gespräch zu, das die Person am Handy führte, bis ich das Interesse verlor und abdrehte oder stehen blieb. Ich lief durch die grauen kalten Straßen der Stadt, manchmal stand auf einem Platz ein Obststand in einem Plastikzelt als bunte Insel, mit einer frierenden Verkäuferin hinter den ausgestellten Früchten, die meistens eine Schürze trug und überhaupt so wochenmarktmäßig hergerichtet war, dass man wohl glauben sollte, die Bananen und die Orangen kämen aus ihrem Garten oder von einem Bauernhof aus der Region.

Die Brunnen in der Stadt waren sämtlich von feuchten Holzkonstruktionen eingefasst, um sie vor der Kälte zu schützen. Mir fiel in diesem Winter erst auf, wie unterschiedlich diese Schutzhüllen auf die verschiedenen Formen der Brunnen zugeschnitten waren. Vom Glaspalast-Brunnen am Weißenburger Platz waren die einzelnen Etagen noch deutlich zu erkennen, am Rindermarkt ragten die Köpfe der stoischen Rinderstatuen aus einem weit ausgefächerten Latz aus Holzlatten, oft war aber auch einfach nur eine Art hölzerner Obelisk über den Brunnen errichtet worden. Ein paar der Verkleidungen erinnerten mich in der Form stark an das Krematorium im Ostfriedhof, auf das man einen guten Blick hat, wenn man mit der S-Bahn zur St.-Martin-Straße fährt.

Bevor ich in die Kneipe zum Arbeiten ging, fuhr ich oft noch in den Park am Nymphenburger Schloss, wo zu dieser Jahreszeit überhaupt niemand außer mir auf den Wegen unterwegs war, ein paar traurige Schneehaufen auf den Rasenflächen lagen und vom kalten Regen langsam aufgeweicht wurden und wo die Statuen im großen Parterre hinter dem Schloss ebenfalls mit Holzlatten eingefasst waren, wie die Brunnen in der Stadt. Es tat mir gut, vor der Arbeit nochmal in dieser Weite allein zu sein. Hin und wieder sah ich einen der Landschaftsgärtner auf einem Traktor den Weg entlangfahren, meistens aber waren da außer mir nur noch die Wiesen und die kahlen Bäume, der feine Regen und die feuchten Wege, und ich konnte gehen und nichts denken und in einen gleichmütigen Zustand übertreten, der es mir später ermöglichen würde, in der Kneipe hinter dem Tresen zu stehen, an dem die Leute saßen und ihre austauschbaren Geschichten erzählten. Das Seltsame an diesen Geschichten war, dass sie (im Gegensatz zu den Geschichten im *Café Porsche*) alle Energie aus mir aussaugten, sobald ich sie nicht völlig ignorierte. Und ich glaube auch, dass es, wenn auch nicht unbedingt absichtlich oder bewusst, eine grundlegende Funktion dieser Geschichten war, dem Zuhörer all seine Energie auszusaugen. Dabei schien es aber nicht darum zu gehen, diese Energie oder ihr Fehlen dann für den Sprecher nutzbar zu machen, sondern einfach nur darum, einen anderen so lange zu belabern, bis der selbst nur noch eine schlaffe Hülle war. Bei manchen der Leute, die regelmäßig am Tresen saßen, kam es mir so vor, als wäre ihre Arbeit dort für sie erst dann erledigt, wenn sie bemerkten, dass ich kaum mehr eine Bierflasche öffnen konnte, weil sie mich so schwachgeredet hatten. Ich konnte mir dabei leider nicht erklären, wie genau sie das machten und wohin eigentlich meine Energie verschwand, wenn sie mich verließ. Ob sie wirklich einfach nur beim Zuhören verrauchte oder bei der Anstrengung, diese Arbeit zu machen und sich dabei von niemandem und für nichts vereinnahmen zu lassen. Damals erst ist mir so richtig aufgegangen, auf wie viele verschiedene Arten ein zuhörender Mensch missbraucht werden kann von einem redenden anderen.

An einem dieser Tage saß ich in der Straßenbahn, auf dem Weg zum Schlosspark, als irgendwo im Neuhausener Villenviertel, wahrscheinlich auf der Romanstraße in der Nähe vom Romanplatz, ein hektisch um sich schauender Mann einstieg, der ein bisschen dick war und große Augen hatte und ein speckiges Gesicht und dadurch wie ein kleiner Junge wirkte. Er trug einen Bundeswehrrucksack, der nach Auslandseinsatz aussah, Tarnfarben für die Wüste, und einen soldatischen Haarschnitt. Er war in allem anders als die Leute, die gewöhnlich in dieser Gegend in die Straßenbahn einstiegen. Nachdem er ein paar Mal nervös in der nicht besonders vollen Straßenbahn auf und ab gelaufen war, setzte sich der Mann, den mein Kopf ohne mein eigenes Zutun als den Kindersoldaten bezeichnete, auf den freien Platz neben mich und schaute eine Weile stur geradeaus, bis er sich schließlich zu mir hindrehte, irgendwie theatralisch, wie ich fand, jedenfalls so, dass mir gleich klar war, dass etwas Einstudiertes im Begriff war, abgerufen zu werden, und sagte, ich solle jetzt bitte nicht erschrecken, er werde mir gleich etwas zeigen. Der Kindersoldat schob den Ärmel seiner Jacke hoch, unter dem ich zuerst die Tätowierung einer Maschinengewehrsilhouette erkannte, bevor ich eine lange Narbe sah, die in der Mitte aufgeplatzt war und so wirkte, als würde sie schon seit Tagen absichtlich offen gehalten. An den Rändern war der aufgeplatzte Teil gelb verkrustet, innen gab es eine Art Krater, der rosa schimmerte. Der Krater oder das Loch im Arm des Kindersoldaten ging bis unter die letzten Schichten der Haut ins Fleisch seines Unterarms, wo ich bei meinem kurzen Hinschauen auch ein paar weiße Fettkörperchen gesehen oder mir vielleicht auch eingebildet habe. Der Kindersoldat sagte, er habe sich verletzt, er habe aber auch schon mit einer Apotheke telefoniert, die Notdienst habe, wo man ihm eine Wundspüllösung zusammenmischen würde, die ihn allerdings 36,89 Euro kosten werde, wofür ihm jetzt noch genau 3,65 Euro fehlten, ihm sei das sehr unangenehm, er habe an der Haltestelle schon verschiedene Leute angesprochen, ob ich ihm denn vielleicht helfen könnte, ich könne ihm auch meine Handynummer geben, er würde mich dann gleich morgen anrufen und mir das Geld zurückzahlen.

Ich fasste in meine Hosentasche und gab dem Kindersoldaten all mein Kleingeld, ohne zu schauen, wie viel es eigentlich war. Er sah mir in die Augen und fragte: Ist das wirklich okay? Ich nickte, der Kindersoldat bedankte sich und stieg an der nächsten Haltestelle aus.

Ich verbrachte die ganze nächste Stunde im Schlosspark und den Abend in der Kneipe damit, über die Geschichte des Kindersoldaten nachzudenken, und ebenso unfreiwillig, wie ich ihn sofort den Kindersoldaten genannt hatte, musste ich zwanghaft endlos viele verschiedene Variationen der Situation in meinem Kopf durchspielen, in denen ich ihm nicht einfach so all mein Kleingeld ausgehändigt hätte, sondern ihn in ein Gespräch verwickelt und gefragt, was es denn wirklich mit diesem Loch in seinem Arm auf sich habe und mit der Tätowierung der Silhouette eines Maschinengewehrs und dem Bundeswehrrucksack und der Apotheke und seiner Krankenkasse und dem ganzen Rest der Geschichte, die für eine endlos lange Zeit zu einem Irrläufer in meinem Kopf wurde und sich so lange drehte, bis ich das Gefühl hatte, der Mensch, der ich in meiner Vorstellung war, reagierte so geistesgegenwärtig und unverarschbar auf den Kindersoldaten, dass ihm auch noch die letzte kleine Ungereimtheit direkt unter die Nase gerieben und öffentlich als Lüge vorgeführt wurde.

Nachdem es wieder einmal geschneit hatte, sah ich auf der weißen Fläche der Theresienwiese zwei Frauen ein rotes Frisbee hin- und herwerfen. Das Frisbee war aus der Entfernung nur ein roter Strich, der zwischen den beiden durch die Luft wanderte. Der Strich sah so unrealistisch aus, dass ich mir sicher war, jemand habe ihn nachträglich am Computer in das Bild einmontiert.

Ich stieg auf den Olympiaberg, um einen Überblick zu bekommen, und machte mir beim Aufstieg Sorgen, dass ähnliche, nachträglich einmontierte Phänomene über der Stadt sichtbar werden könnten. Aber ich sah nur die zeltartigen Dachkonstruktionen des Olympiageländes, den Olympiaturm, die Schwimmhalle und den See, den kahlen Grund des Stadions und dahinter die graue Stadt. Ich trank ein Helles und einen Birnenschnaps in der Bergschänke *Olympia-Alm*, deren Biergarten selbst im Winter geöffnet hat, unter einem Vordach, von dem der schmelzende Schnee tropfte, und schaute den Leuten zu, die mit ihren Hunden spazieren gingen oder ihre Kameras hoch zum Ausblick trugen.

In meinem Briefkasten fand ich die Infobroschüre einer adventistischen Splittergemeinde, auf der unter der Überschrift *Fakten der Zukunft* die Wörter Panik, Ozonloch, Zukunftsangst, Massenflucht, Ausländerfeindlichkeit, Trümmer, Feuer, AIDS, Terror, Waldsterben, Klimaschock, Erdbeben, Umweltkatastrophen, hungernde Kinder, Überschwemmungen, Gewalt, Bürgerkrieg, Welt am Ende und Elend um eine Weltkugel herum aufgelistet waren. Der Broschüre lag ein Programmblatt für die kommenden Sitzungen der Gemeinde bei, die jeweils unter einem Themenschwerpunkt abgehalten wurden. In den folgenden Tagen wurden *Gottes Gemeinde in der Prophetie*, *Der Traum, der die Weltgeschichte vorhersagte* und *Die Tiere aus dem Meer* angeboten. Ich überlegte, ob mir diese Treffen ein Ersatz für die Sitzungen zum Schrecklichen Grauen im *Café Porsche* sein könnten und ob sich ein Besuch vielleicht sogar lohnen würde, entschied mich aber dagegen.

Nach ein paar Wochen wurde ich unruhig. Ich rief Christoph auf dem Handy an, erreichte aber nur seinen Anrufbeantworter. Ich dachte mir: Vielleicht wurde ich vergessen. Oder vielleicht war bei der Durchsicht der Aufzeichnungen herausgekommen, dass ich eben nicht interessant genug war für die Produktion, dass man mit meiner Geschichte nichts würde anfangen können und außerdem feststellte, dass ich über kein Talent und keine Begabung verfügte, die ich in den Film hätte einbringen können zum Nutzen aller. Je länger ich darüber nachdachte, umso sicherer wurde ich, dass die Arbeit am Schrecklichen Grauen längst wiederaufgenommen worden war und nur ich und ein paar andere Aussortierte, Beat, Focky, Inger vielleicht, ein paar der Feiglinge, die sich nie auf die Bühne getraut hatten oder nur sehr unregelmäßig zu den Sitzungen gekommen waren, einfach nicht benachrichtigt wurden, dass es weiterging und der eigentlich spannende Teil begann. Dass es wirklich viel Information war, die ausgewertet werden musste, und dass das Verfassen eines zumindest vorläufigen Drehbuchs einige Zeit beanspruchen würde, kam mir damals überhaupt nicht in den Sinn. Ich hatte Angst, abgehängt und zurückgelassen zu werden und dann nichts mehr zu haben außer meiner Arbeit in der Kneipe. Und diese Angst war ihrem Wesen nach nicht interessiert an rationalen Überlegungen.

Ich dachte mir eine Art Plädoyer für meine Person aus und rief noch ein paar Mal bei Christoph an, um es vorzubringen und ihn und Sarah (und vielleicht sogar Katja, die in meiner Vorstellung bei den geheimen Zusammenkünften ebenfalls immer anwesend war und hinter Christoph stand und ihm mit den

Fingern durchs Haar fuhr) davon zu überzeugen, dass man mich behalten musste. Ich konnte Christoph aber auf seinem Handy nicht erreichen, und er rief mich auch nicht zurück.

Noch ein paar Tage vergingen, bis ich es nicht mehr aushielt und mir von meinem Kneipengehalt einen Fahrschein nach Ulm kaufte, um persönlich nachzusehen, ob die Sitzungen wirklich beendet waren oder ob sie vielleicht doch noch dort zusammensaßen und mir Auskunft darüber geben konnten, wann mit einem Anruf zu rechnen wäre, wie es voranging, wie man meine Chancen auf eine Rolle im Film einschätzte und ob es nicht vielleicht jetzt schon etwas gäbe, was ich tun könnte für die Entwicklung des Drehbuchs, ich habe schließlich, könnte ich dann sagen, eine sehr umfangreiche Datei angelegt, die man ja einmal mit den Aufzeichnungen Sarahs und den Protokollen der anderen Beteiligten vergleichen könnte, vielleicht würde dabei noch etwas abfallen, wer weiß.

Ich lief durch die Innenstadt wie durch einen dumpf polternden Tunnel und ging im *Nach(t)schub* sofort in den Flur bei den Toiletten, wo ich die Stahltür mit dem *Zutritt STRENG verboten* Schild verschlossen vorfand. Das Schild kam mir gar nicht mehr wie eine geheime Einladung vor. Eher wie ein Schild, auf dem stand, dass der Zutritt streng verboten sei. Im Gastraum des *Nach(t)schub* fragte ich die Kellnerin mit dem pinken Plüschhaargummi, ob sich Hubi irgendwo hier befinde und ob ich ihn vielleicht einmal sprechen könnte, ich sei extra aus München hergekommen. Ich wurde von der Kellnerin mit dem pinken Plüschhaargummi gefragt, ob ich denn einen Termin hätte, und als ich nein sagte, meinte sie, es tue ihr leid, aber da sei nichts zu machen.

Ich fuhr zurück nach München. Ich lieh mir weiterhin viele Filme aus, die ich allein zuhause schaute, und ich machte mir weiterhin Sorgen um die nächste Zukunft und den Verlauf des

Schrecklichen Grauens. Ich begann zu recherchieren – im Internet und in der Bibliothek – nach Filmen, die im Verlauf der Filmgeschichte einmal begonnen, aber niemals beendet und veröffentlicht wurden. Die Anzahl dieser Filme war so beunruhigend hoch, dass ich mir bald dachte, es ist fast schon ein unwahrscheinlicher Zufall, oder vielleicht sogar ein Wunder, wenn einmal ein Film wirklich abgedreht und in die Kinos gebracht wird. Die meisten Filme verbleiben wohl im Stadium der Idee. Und ein weiterer, nicht unerheblicher Teil bleibt als halbgefilmter, geschriebener, aber nie gedrehter, gedrehter, aber nie abschließend produzierter oder fertiggeschnittener und gerenderter, aber niemals gezeigter und also auch niemals gesehener, letztlich unfertig zurückgebliebener Krüppel auf der Strecke.

Ich las von dem Film *El Gringo Negro*, dessen Regisseur Arturo Minero Cristobál während der Dreharbeiten in der mexikanisch-amerikanischen Grenzregion, bei den Aufnahmen einer nächtlichen Fahrszene, Opfer eines nie aufgeklärten Verbrechens wurde. Die Schauspieler, die in der Szene eingesetzt wurden, der Regisseur sowie die gesamte Crew am Set wurden morgens tot in ihren Kleinbussen aufgefunden. Ein Teil des Filmmaterials wurde aus den Kameras gerissen und den Toten wie Stirnbänder um die Köpfe gebunden. Cristobál selbst hatte man außerdem eine Apfelsine in die leichenstarre Hand gedrückt, auf der die Worte *Ojos que no ven, corazón que no siente* mit Filzstift geschrieben standen.

Die Busse wurden am frühen Morgen von einem Maisbauern nahe der Siedlung Cuchillo Parado in Chihuahua entdeckt. Von den Beteiligten an der Produktion von *El Gringo Negro* überlebte nur eine Handvoll Schauspieler, die in einem Motel im nahen Ojinaga zurückgeblieben waren und auf den nächsten Drehtag gewartet hatten. Das Filmmaterial, das in den Kameras verblieben war, sowie die Streifen, die man den Toten um die Köpfe gewickelt hatte, wurden von der Polizei konfisziert und trotz jahrelanger Bemühungen der Überlebenden und der Angehörigen der Opfer nie zur Ansicht herausgegeben.

Ich las außerdem von dem amerikanischen Regisseur David Lean, der zum Ende seines Lebens an einer Adaption von Joseph Conrads Roman *Nostromo* arbeitete, einer Geschichte über die fiktive südamerikanische Republik Costaguana und einen italienischen Seemann namens Giovanni Battista Fidanza, genannt Nostromo, der in der Hafenstadt Sulaco zu einer Art Vorarbeiter der hiesigen Silbermine aufsteigt und gleichsam zu einer Marionette der korrupten europäischen Investoren wird, die ihn benutzen, um die Erzeugnisse der Silbermine vor den revolutionären Kräften der Region aus der Stadt zu schmuggeln, wonach ihm allerdings der Aufstieg in die Oberschicht der Gesellschaft und das Ablegen seiner Marionettenrolle weiterhin verwehrt bleiben. Lean hatte für den Film bereits eine Auswahl sehr berühmter Schauspieler engagiert, darunter Marlon Brando, Isabella Rossellini, Dennis Quaid, Peter O'Toole, Christopher Lambert und Anthony Quinn, Steven Spielberg sollte den Film produzieren, es gab ein Budget von sechsundvierzig Millionen Dollar. Sechs Wochen vor Drehbeginn starb David Lean an Kehlkopfkrebs. Er hatte zuvor ausreichende Vorkehrungen getroffen, sich unersetzbar zu machen, weshalb die gesamte Produktion schließlich abgesagt wurde.

Die nigerianische Filmemacherin Catherine Osinbajo verließ noch während der Dreharbeiten zu ihrem ersten Langspielfilm *The Film That Changed My Life* das Set, um ihrer eigenen Aussage zufolge *in die Politik zu gehen*. Sie wurde nie wiedergesehen und tauchte auch niemals auf irgendwelchen Wahllisten auf. *The Film That Changed My Life* wurde nicht fertiggestellt.

Der österreichische Unternehmer Klaus Feinmann, der noch nie zuvor mit einem Film in Erscheinung getreten war, investierte sein gesamtes Privatvermögen und einen wahnwitzigen Anteil des Kapitals seiner gutlaufenden Feinstrumpfhosenfabrik in die Realisation des epischen Ozeandramas *Die große Kreuzfahrt*, für das er sowohl als Produzent als auch als Regisseur und Drehbuchautor verantwortlich war. Der Film wurde monatelang auf einem gecharterten Kreuzfahrtschiff im Pazifik gedreht, bis Feinmann schließlich durch eine Meuterei der Crew zum Abbruch gezwungen wurde.

In der Handlung des Films stellt sich im Verlauf der Kreuzfahrt heraus, dass alles Land verschwunden ist und man nun ewig auf der Suche nach einer irgendwo vielleicht doch noch aufzufindenden Küste um die Welt reisen muss. Es sollte ein kammerspielartiges Drama werden, auf mehreren Ebenen des riesigen Schiffs, mit einem unheimlichen Aufgebot an Schauspielern und Komparsen. Feinmann versuchte, seine Schauspieler gegeneinander aufzubringen, um eine authentische Klaustrophobie- und Lagerkollersituation zu erschaffen. Es gab verschiedene sehr hinterhältige und sadistische Einfälle, wie ihnen das Leben untereinander unerträglich zu machen wäre. Vieles wurde offenbar inszeniert, ohne den Schauspielern vorher Bescheid zu sagen oder sie in den Plot einzuweihen. Feinmann stellte sich sein riesiges Kreuzfahrtschiff als eine einzige eng gewordene Brust vor, durch die er nur mehr hindurchgehen musste mit seinem Kameramann und aufnehmen, was sich in ihr abspielte, um Material für seinen Film zu bekommen. Nach drei Monaten auf See wurde er von einer Gruppe separatistischer Schauspieler, die sich schon wochenlang heimlich im Maschinenraum getroffen hatten, gefangen genommen und gefoltert, um die Umkehr des Schiffes zu erzwingen. Die über eintausend Stunden Filmmaterial, die Feinmann in diesen drei Monaten angehäuft hatte, reichten nicht aus, um *Die große Kreuzfahrt* seinen Vorstellungen entsprechend zu verwirklichen. Das Projekt wurde eingestellt, Feinmanns Feinstrumpfhosenfabrik ging bankrott, und der Unternehmer nahm sich in einem Berghotel in Charmonix-Mont-Blanc das Leben, indem er sich mit einem Austernmesser die Pulsadern öffnete.

Die indische Bollywood-Regisseurin Putri Deshpande wurde von der Produktionsfirma suspendiert, als sie für den Film *Priy Bhaiyon* transsexuelle Männer und Frauen von einem Straßenstrich in Neu-Delhi als Ersatz für die bereits gesetzten Bollywood-Stars castete, um dem Film, wie sie sagte, die Wirklichkeit zurückzugeben. Nach Deshpandes Suspendierung waren die ursprünglich engagierten Schauspieler allerdings noch immer zu gekränkt, um wieder für die Produktion gewonnen werden zu können. Deshpande versuchte ihrerseits, den Film auf eigene Faust fertigzustellen. Die Produktionsfirma aber drohte mit rechtlichen Schritten, und außerdem war niemand bereit, ohne Gehalt mit der Regisseurin zusammenzuarbeiten. Das Drehbuch zu *Priy Bhaiyon* wurde eingefroren und ist nach der einige Jahre später erfolgten Insolvenz der Produktionsfirma mit Hunderten anderen Skripten in der Konkursmasse untergegangen.

Ich las außerdem von Alejandro Jodorowskys Versuch einer Verfilmung des Science-Fiction Romans *Dune*, für den bereits in der Vorbereitung der Dreharbeiten viele Millionen Dollar ausgegeben wurden und der in seiner Endfassung über vierzehn Stunden gedauert hätte. Die Hauptrollen wären durch Salvador Dalí, Mick Jagger, Orson Welles, Gloria Swanson und Amanda Lear besetzt gewesen, Pink Floyd hätten den Soundtrack eingespielt, und überhaupt wäre alles, wie inzwischen eben nur noch nachzulesen ist, großartiger und wegweisender geworden als irgendetwas jemals zuvor. Die Gage, die man Salvador Dalí versprochen hatte, betrug 100 000 Dollar pro angebrochene Stunde am Set, für Orson Welles hätte man eigens einen Leibkoch eingeflogen, der für den Zeitraum sein sehr gut laufendes Restaurant zurücklassen sollte, es wurden Kostüme und Raumschiffe und Planetensysteme entworfen, und Alejandro Jodorowskys zwölfjähriger Sohn Brontis Jodorowsky wurde – in Vorbereitung seiner Rolle des Paul Atreides – zwei Jahre lang in verschiedenen Kampfsportarten unterrichtet. Das alles war zu Beginn der siebziger Jahre, weshalb im Nachhinein alle, deren Kommentare heute noch nachgelesen werden können, davon sprechen, wie dieser nichtrealisierte Film allein durch seine Großartigkeit und die Großartigkeit seiner Ideen Generationen von späteren Filmemachern beeinflusst hat, obwohl, wie ich mir dachte, als ich all das las, er insgesamt einfach zu größenwahnsinnig gewesen ist, um jemals Wirklichkeit werden zu können.

Ich dachte an all die Menschen, die für diese Produktionen bereits engagiert und bereit gewesen waren, sich wochen- und monatelang richtig Mühe zu geben für die Sache, um danach für einen kurzen Augenblick in der langen Liste von Namen aufzutauchen, die am Ende über die Leinwand läuft. Ich dachte an Christoph und an das Schreckliche Grauen und daran, ob es vielleicht doch wieder an der Zeit wäre zu denken, ich *hätte* gerne einmal in einem Horrorfilm mitgespielt. Ich dachte an die Geschichten, die wir uns erzählt hatten und die wir uns ja sicherlich nicht einfach so erzählt hätten, wenn wir nicht alle daran geglaubt hätten, dass es sich bei diesem Erzählen um unseren Beitrag zur Sache handeln würde, um etwas, das größer war als wir selbst. Und ich dachte, dass Christoph, sollte es nie zu diesem Film und vielleicht noch nicht mal zu Dreharbeiten für diesen Film kommen, uns um diese Geschichten betrogen hätte. Er hätte sie sich erschlichen, dachte ich, und er hätte uns hinters Licht geführt und nicht in den hellen Glanz der Scheinwerfer, wie er es doch versprochen hat, dachte ich, oder nicht?

Der Winter wurde mir, wie gesagt, sehr lang, und ich wusste nicht, was ich tun sollte. Ich fühlte mich wie ein Kind, das nichts mit seiner Zeit anzufangen wusste und dem langweilig wurde. Es fiel mir aber niemand ein, an den ich den Umgang mit dieser Langeweile hätte delegieren können. Dann erinnerte ich mich daran, wie Christoph zu mir gesagt hatte, ihm sei während des Studiums aufgegangen, dass er sich als Filmemacher seiner Heimat stellen müsse und dass er deshalb zurück nach Ulm gezogen sei. Ich dachte an meine Eltern, die in Olching in ihrem Haus saßen, an mein altes Zimmer in diesem Haus, das es noch immer gab und das für immer so bleiben würde, wie ich es verlassen hatte, wenn ich nicht selbst etwas daran veränderte oder meine Eltern ihr Haus irgendwann doch noch an jemanden verkauften, der tatsächlich so viel Platz brauchte, und sich selbst etwas Kleineres suchten oder in ein Altenheim zögen.

Ich konnte aus München mit der S-Bahn zu meinen Eltern fahren. Etwa eine dreiviertel Stunde Fußweg und Bahnfahrt lagen zwischen meiner Haustür und ihrer, und trotzdem konnte ich mich nicht erinnern, wann ich zuletzt dort gewesen war. Meine Eltern lebten ein Leben in Olching, das sie sich bewusst rausgesucht hatten, und ich hatte mich ebenso bewusst gegen ein Leben in Olching entschieden und war in die Stadt nach München gezogen. Mir war der Ort als Kind schon zuwider, selbst als ich kaum andere Orte als Olching kannte. Ich empfand es sogar als peinlich, Leuten zu erzählen, woher ich kam. Ich fand den Namen hässlich, er klang wie eine Mischung aus *oll* und *Ochsen* und *unterjochen*, und so fühlte sich auch der Ort für mich an. Wie ein Joch. Besiedelt von lauter stumpfsinnig vor sich hin grasenden, antriebslosen Rindern, die kastriert worden waren, um sie leichter für die Arbeit abrichten zu können. Eigentlich, dachte ich, müsste es *Unterjoching* heißen.

Meine Eltern waren freiwillig nach Olching gezogen, um sich dort *etwas aufzubauen*. Ich war der Einzige von uns dreien, der dort geboren wurde, was mein Ungerechtigkeitsgefühl nur noch verstärkte. Mein Vater arbeitete in einer Softwarefirma, in einem Gewerbepark am Ortsrand, und bekleidete dort eine Funktion, die ich nie wirklich verstanden habe. Es gab seinerseits ein paar Versuche, mir zu erklären, was er machte, wenn er in die Arbeit ging, und ich war bei mindestens einem dieser Versuche auch wirklich interessiert daran, zu erfahren, worum genau es dabei ging. Aber nach ein paar Sätzen wurde mir alles irgendwie unklar, und es kam mir auch sehr sinnlos vor, weshalb ich aus einer Art Höflichkeit heraus nicht mehr wirklich zuhörte und deshalb auch nie ganz verstand, womit er seine Arbeitszeit zubrachte. Meine Mutter hatte ein Bekleidungsgeschäft an der Hauptstraße, in dem hauptsächlich Frauen ab vierzig einkaufen gingen, die dann meistens im Laden standen und schnatterten und sich erst ganz am Ende von meiner Mutter einen Seidenkaftan oder einen Kaschmirpullover empfehlen ließen. Ich bin oft nach der Schule im Laden meiner Mutter vorbeigegangen, um mit ihr mittagessen zu gehen oder mir Geld geben zu lassen, für einen Döner oder eine Pizza oder ein halbes Hähnchen mit Pommes (oft hatte meine Mutter auch Reste des Abendessens vom Vortag in einer Tupperdose mit in den Laden gebracht, wo wir es dann in einer kleinen Küche in der Mikrowelle aufwärmten und auf Stühlen hinter dem Verkaufstresen aßen). Und jedes Mal, wenn ich in den Laden meiner Mutter gekommen bin, stand eine schnatternde Kundin darin, und ich musste warten, bis das Gespräch der Erwachsenen beendet war, weshalb ich schon sehr früh zu der Erkenntnis gelangte, dass die Leute in Olching ganz offensichtlich nicht alle Kerzen auf der Torte hatten. Ich glaube, ich habe damals auch von Olching her abstrahiert und abgeleitet, dass dieses ganze Land, in dem ich lebte, irgendwie fundamental läppisch und uncool war.

Im Nachhinein würde ich sagen, dass es gar keine bewusste Entscheidung war, meine Eltern in Olching zu besuchen. Es ergab sich einfach ganz selbstverständlich aus dem Nachdenken über sie und uns und unsere gemeinsame Vergangenheit im Ort. Sicherlich spielte auch eine Rolle, dass mir lange schon das Gefühl von Vertrautheit im Umgang mit Menschen abhandengekommen war, dass ich mich danach sehnte und dachte, es könnte sich in Gesellschaft meiner Eltern einstellen, obwohl wir uns ja wirklich schon sehr lange nicht mehr gesehen hatten.

Die Wiesen und Wäldchen, die Siedlungen und dörflichen Wohngebiete, die man mit der S-Bahn auf dem Weg nach Olching durchquert, sobald man den letzten Rest Münchens hinter sich gelassen hat, markieren eine klare Grenze zur Stadt. Mit dem ersten Acker, der vor dem Fenster auftaucht, ist klar: Hier fängt dieses elendig große und irgendwie ewig dunkle Bundesland an, das die Stadt an allen Seiten umgibt. Wer in dieser S-Bahn sitzt und nach Hause fährt, der lebt *auf dem Land*, und egal wie nah das Land auf einem Liniennetzplan der MVG an der Stadt zu liegen scheint, zum Leben ist es eben doch eine andere Welt. Eine Maibaum- und Doppelhaushälftenwelt, dachte ich, als ich mir die Gesichter in der S-Bahn anschaute, übellaunige Jugendliche, die Musik hörten und die Fahrt übers Land ganz offensichtlich als eine riesige Zumutung empfanden.

Der Bahnhof in Olching besteht aus einem einzigen Bahnsteig. Man geht eine Unterführung unter den Gleisen entlang, in eine Passage mit kleinen Schaukästen örtlicher Betriebe, und durch einen roten Backsteinbau, der so unspektakulär und beiläufig am Straßenrand steht, dass man ihn auch für einen Supermarkt oder eine Lagerhalle halten könnte, wäre nicht das große, grün hinterlegte *S* auf das Flachdach montiert worden. Das Bahnhofsgebäude steht außerdem wie versteckt in einer Nebenstraße, die an den Gleisen entlangführt und die einem fremden Ankommenden (falls jemals Fremde an diesem Bahnhof aussteigen) keinen Hinweis oder Anhaltspunkt gibt, in welcher Richtung sich der Ortskern befinden könnte. Ein wirkliches Zentrum oder eine Innenstadt existiert in Olching ohnehin nicht. Es gibt die langgezogene Hauptstraße, die einzige Geschäftsstraße im Ort, an der sich in einem leicht zurückversetzten Gewerbehof auch das Bekleidungsgeschäft meiner Mutter befindet und auf die man vom Bahnhof aus über die Nebenstraße auch nur dann gelangt, wenn man weiß, in welche Richtung man an den Gleisen entlanggehen muss.

Ich bog in die Hauptstraße ein, es war Sonntag, die Geschäfte hatten geschlossen, und es gab nicht besonders viel Verkehr. Kurz dachte ich, dass ich mich vielleicht hätte ankündigen sollen und dass es ja möglich war, dass meine Eltern auf einem Ausflug unterwegs waren oder im Urlaub. Ich hatte noch einen Schlüssel zu ihrem Haus und überlegte, dass ich vielleicht ein paar Sachen verrücken und Dinge verändern könnte, wenn sie nicht da wären, um dann ohne eine Nachricht wieder zurück nach München zu fahren. Die Vorstellung machte mich auf meinem Gang so heiter, dass ich anfing zu grinsen. Es müssten sehr subtile Veränderungen sein, die nicht sofort auffallen würden, wenn man von einem Ausflug zurück nach Hause kommt.

Beim Laufen auf der Hauptstraße sah ich einen weißen Kleinwagen, der am Straßenrand im Halteverbot abgestellt war und den Schriftzug eines örtlichen Pflegedienstleisters für häusliche Kranken- und Seniorenpflege auf der Seite trug. Unter dem Namen der Firma stand, in Anführungszeichen, der Satz: *Persönliche Pflege seit 1996!*

Ich lief an dem Pflegedienstfahrzeug vorbei und dachte an die Worte *seit 1996*. Daran, dass es dort in Olching vielleicht jemanden gab, der schon seit der Gründung des Pflegedienstunternehmens diese persönliche Pflege in Anspruch nahm, dass die damals Geborenen bereits volljährig waren, und daran, dass ich selbst 1996 etwa vierzehn Jahre alt gewesen war und gerade damit angefangen hatte auszugehen, mit Freunden, zu rauchen und mehr Alkohol zu trinken, als mein Körper verarbeiten konnte, weshalb ich mich regelmäßig nachts auf dem Weg nach Hause, hinter dem Kletterturm auf einem Spielplatz oder möglichst heimlich in das Klo im Haus meiner Eltern übergeben musste. Ab einem bestimmten Punkt hatte dieses Übergeben eine gewisse Kontinuität angenommen und gehörte zur Initiation in das frühabendliche Nachtleben, zum gemeinsamen Saufen und Rauchen irgendwie ganz selbstverständlich dazu. Es war die Zeit, dachte ich dann, auf dem Weg zum Haus meiner Eltern, in der ich mit einer großen Heilserwartung auf die anderen Menschen zugegangen bin. Und in der ich mir von ihrer Gesellschaft mehr versprochen habe als von irgendetwas anderem.

Josi hat in den Jahren unserer Beziehung immer wieder darauf gedrängt, meine Eltern in Olching zu besuchen. Nicht weil sie sie besonders mochte oder außergewöhnlich gut mit ihnen ausgekommen wäre, sondern weil sie fand, dass das zu einem Leben dazugehört, von dem man sich wünscht, dass es halbwegs gesund verläuft. Wir sind dann gemeinsam mit der S-Bahn gefahren und am Bahnhof ausgestiegen und über die Hauptstraße bis in das Wohngebiet meiner Eltern gelaufen, in dem mittlerweile so viele nichtssagende Neubauten stehen, dass das Haus meiner Eltern fast schon klassisch aussieht im Vergleich, obwohl es ein ganz gewöhnlicher Einfamilienbau aus den siebziger Jahren ist, mit einer Garage und einem kleinen Gärtchen vor dem Haus. Von allen Gebäuden im Ort hat mir eh das Rathaus immer am besten gefallen – rechtwinkliger Brutalismus, grau, massig und völlig fremd und deplatziert zwischen der üblichen bayrisch vorörtlichen Mittelstandstristesse. Man läuft am Rathaus vorbei auf dem Weg zu meinen Eltern. Es steht wie aus Versehen in einer schmalen Seitenstraße, die zunächst so aussieht, als würde sie sehr bald schon auslaufen und in einen Feldweg münden.

Dass ich meine Eltern antreffen würde, erkannte ich daran, dass ihre beiden Autos auf die übliche Weise am Haus geparkt waren: eines in der offenen Garage und das andere direkt dahinter in der Einfahrt. Im Fall, dass der in der Garage parkende Teil meiner Eltern irgendwo hinfahren muss, derjenige in der Einfahrt aber zuhause bleibt, wird regelmäßig eine Umparkaktion durchgeführt, nicht selten auch mehrmals täglich, wenn die Person, die für den Garagenparker Platz gemacht hat, zum Beispiel selbst in die Garage gefahren ist, dann aber wegmuss, nachdem die andere schon wieder zurückgekommen ist und sich in die Einfahrt gestellt hat. Ich glaube, dass meinen Eltern das gar nicht komisch vorkommt, wenn sie mehrfach täglich zusammen das Haus verlassen, um ihre Autos zu bewegen. Es kommt dabei auch irgendwie gar nicht infrage, dass man einfach als die Person, die das Haus als Erste verlässt, das Auto nimmt, das gerade in der Einfahrt steht. Schließlich hat jeder der beiden sein eigenes Auto, das sowohl meine Mutter als auch mein Vater nach ihren jeweils eigenen, individuellen Vorlieben ausgewählt haben.

Ich beschloss, dass es höflicher wäre, an der Haustür zu klingeln, anstatt meinen Schlüssel zu benutzen, und trauerte kurz noch der Idee hinterher, meinen Eltern in ihrer Abwesenheit den Haushalt durcheinanderzubringen.

Mir wurde von meinem Vater geöffnet, der mich anschaute und bis auf ein kurzes Leuchten in den Augen zu verbergen versuchte, dass er auch nur ein bisschen überrascht war davon, mich hier zu sehen. Er sagte hallo und fröhliche Weihnachten und ein gutes neues Jahr, was natürlich nur dazu diente, mir klarzumachen, wie lange ich schon nicht mehr bei ihnen gewesen war und auch nichts von mir hatte hören lassen. Dann haute er mir seitlich auf die Schulter, drehte sich um und rief zu meiner Mutter ins Wohnzimmer, dass ihr Sohn da sei.

Was ich am Haus meiner Eltern immer mochte, war, dass man sich nicht gleich am Eingang die Schuhe ausziehen musste. Sie behielten ihre Schuhe selbst auch ganz oft einfach an, wenn sie nach Hause kamen. Wahrscheinlich, um ständig in der Lage zu sein, nach draußen zu gehen und eines der Autos zu bewegen.

Ich ging ins Wohnzimmer, wo meine Mutter auf der Couch saß und mir zuwinkte, als ich den Raum betrat. Es gab einen seltsamen Moment, in dem mein Vater und ich im Raum standen und meine Mutter auf der Couch saß und niemand etwas sagte, bevor ich dann als Erster die Stille nicht mehr aushielt und sie fragte, wie es ihnen denn gehe. Sie machten beide dieses Gesicht, bei dem man die Unterlippe vorschiebt und die Mundwinkel nach unten zieht und dabei aussieht wie jemand, der einen zerzausten Hundewelpen im Tierheim anschaut, oder eben, in Verbindung mit einem leichten Nicken, wie jemand, der damit zum Ausdruck bringen will, dass es eigentlich ziemlich gut läuft, dass man nicht klagen kann, man hat ja schließlich auch weiß Gott genug dafür gearbeitet.

Dann fragten sie mich, wie es mir gehe, und ich sagte, ja, es würde schon passen. Meine Mutter fragte, wie es Josi gehe, und ich dachte, Mann, ihr wisst ja überhaupt nichts, und sagte: gut. Ich wurde zum Essen eingeladen, es würde gleich eine Brotzeit geben, schade, dass Josi nicht mitgekommen sei, ja, sagte ich, schade, sie habe einfach viel um die Ohren. Mein Vater meinte, dass er noch kurz etwas abholen müsse von einem Kollegen, er sei aber gleich wieder da, und meine Mutter sagte zu ihm, sie glaube, ihr Auto stehe hinter seinem in der Einfahrt. Zu mir sagte sie dann, ich könne ja schon mal anfangen den Tisch zu decken, sie komme dann gleich dazu, um mir zu helfen. Dann gingen beide raus, um die Autos umzuparken, und ich ging in die Küche, wo alles noch genau so war, wie ich es kannte und wie es immer schon gewesen ist. Ich wusste ganz genau, welche Teller wo standen, wo das Besteck sein würde, in welche Fächer des Kühlschranks welche Lebensmittel gehörten, ich wusste, dass in dem Tontopf neben der Spüle ein Laib Brot zu finden sein würde, in einer Papiertüte der Bäckerei Meilinger, und wo sich die elektrische Brotschneidemaschine befand, die bereits auf die perfekte Breite eingestellt war, sodass sich damit perfekt dicke Brotscheiben schneiden ließen, auf die mein Vater sehr großen Wert legte.

Wie schon im Zug vor einiger Zeit, auf dem Weg von Ulm nach München, dachte ich beim Anblick der Küche meiner Eltern, dass ich über ein Geheimwissen verfügte, dadurch, dass ich am Schrecklichen Grauen teilnahm oder teilgenommen hatte. Ein Wissen um die Veränderungen, die bevorstanden. Und dass alle, die von der Produktion nichts wussten, fundamental ahnungslos waren und in einer Art Scheinwelt lebten, den Blick abgeschirmt und auf die banalsten alltäglichen Verrichtungen geheftet, aus Angst, dachte ich, ohne dabei aber Angst zu denken oder sich Angst wirklich einzugestehen.

Ich hörte, wie draußen die Motoren gestartet wurden, und sah durch das Küchenfenster den ersten Wagen langsam rückwärts auf die Straße rollen. Ich hatte überhaupt keine Lust, den Tisch für eine Brotzeit mit meinen Eltern zu decken. Stattdessen bemerkte ich, dass es in dieser Situation noch ein sehr kleines Zeitfenster gab, in dem ich einfach raus aus der Küche und hoch in mein altes Zimmer gehen könnte, bevor meine Mutter vom Umparken ihres Autos zurück ins Haus kommen würde. Als ich oben die Tür hinter mir zuzog, hörte ich meine Mutter noch etwas rufen, das vielleicht an mich adressiert war, vielleicht aber auch meinem losfahrenden Vater galt.

Mein Zimmer war aufgeräumt und wurde auch regelmäßig von der Putzkraft, die meine Eltern eingestellt hatten, gesaugt und abgestaubt, sodass es zwar eine große Unbelebtheit ausstrahlte, aber eher wie ein Herbergs- oder Gästezimmer. Es hatte auch nicht die unantastbare Heiligkeit des Zimmers eines Vermissten, dessen Rückkehr auch nach Jahren und gegen alle Wahrscheinlichkeit weiter erwartet wird. Mein Vater hatte auf meinem alten Schreibtisch begonnen, einen Computermonitor zu reparieren, der jetzt mit abgeschraubter Rückwand und sichtbarem Innenleben auf der Tischplatte stand. Er hatte auch eine Werkstatt im Keller, in die er den Monitor sicher bringen würde, sobald kompliziertere Arbeitsschritte nötig würden, aber hier oben gab es wohl einfach ein besseres Licht. Ich schaute aus dem Fenster in den Garten meiner Eltern, in dem auch noch vereinzelt ein paar traurige Schneehaufen herumlagen, in dem feuchten Grün der Wiese, und dessen Bäume alle dunkel und knorrig aussahen, ich dachte: wie die skelettierten Hände von Untoten, die sich aus ihren Gräbern herauswühlen, aber das stimmte gar nicht, so sah es ja nicht wirklich aus. Der Himmel hatte bereits seine Farbe verändert, das Licht nahm ab, und hinter der Hecke, die den Garten meiner Eltern einfasst, ragten Teile der Nachbarhäuser hervor. Spitze Dächer, ein paar dunkle Fenster waren sichtbar, Antennen, moosige Dachziegel, ein würfelförmiger Neubau mit runden Metallstäben vor den hohen Fenstern, die den Eigentümern wahrscheinlich als französische Balkone verkauft worden waren. Ich musste an die Geschichte denken, die Hannah uns im *Café Porsche* erzählt hatte. Als sie mit Jessica auf der Kiste am Weiher saß und nach dem Wegfliegen der Enten dachte, sie beide seien die einzigen Lebewesen in einem weiten Umkreis.

Aus der Daunendecke auf meinem gemachten Bett puffte sich etwas Luft frei, die sowohl nach Staub als auch nach Waschmittel roch, als ich mich daraufsetzte. Ich legte mich hin, und mein Blick rastete sofort in diesen bekannten Anblick meines Zimmers ein, der sich liegend vom Bett aus bot, an dem ich mich schon stundenlang musikhörend festgestarrt hatte, in einer Zeit, als ich hier noch lebte und etwas älter geworden war und mich nicht mehr so oft auf Spielplätzen übergab, dafür aber regelmäßig am Fenster stand und kiffte, oft allein und manchmal in Gesellschaft, und danach bewegungsunfähig auf dem Bett beim Anblick meines Zimmers wartete, bis ich wieder nüchtern genug war, um weiterzukiffen.

Ich erinnerte mich bei meinem Besuch in Olching daran, wie das war damals, als Kiffer unter Kiffern, in einer kleinen Subkultur, die glaubte, sich kiffend und musikhörend aus ihrem Umfeld abzuheben, die aber in Wirklichkeit das ganze Wertesystem von Leistung und Belohnung, das dieses Umfeld verkörperte, schon so weit verinnerlicht hatte, dass selbst im Kiffen und vermeintlichen Abgrenzen eine wettkampfartige Atmosphäre spürbar wurde, es also darum ging, wer mehr vertragen konnte, wer die größere Bong hatte und diese auch komplett vollrauchen und leersaugen konnte, wer wann noch krasser bekifft war und sich dabei irgendeiner öffentlichen Instanz oder sozialen Interaktion gestellt hat, wer das potenteste Gras auftreiben oder selbst anbauen konnte. Auf überregionaler Ebene bestand der Wettkampf darin, dass die Kiffer jedes kleinen Ortes und jeder Kleinstadt von ihren jeweiligen Orten und Kleinstädten behaupteten, es handle sich bei ihnen um den Hauptumschlagplatz für Drogen im gesamten Bundesland. Zusammen mit den Ritualen, die rund um das Kiffen aufgeführt wurden, dachte ich mir auf meinem Bett, war da ein mikroskopischer Mikrokosmos entstanden, dessen einziges tatsächlich subversives Potential in der ständigen Bedrohung lag, vollständig in seinen mikroskopischen Implikationen verlorenzugehen und dann wirklich nicht mehr zur Verfügung zu stehen für die Gesellschaft, deren Leistungs- und Belohnungsprinzipien von allen verinnerlicht und akzeptiert wurden. Davor, vor dem berühmten Hängenbleiben, gab es ja auch eine große Angst in dieser Subkultur. Ich erinnerte mich an die geraunten Anekdoten über Leute, die mit mir zur Schule gegangen waren und die irgendwann ihre Zimmer in den Häusern ihrer Eltern nicht mehr verlassen konnten, weil eine Psychose ausgebrochen war. Es habe auch schon einen Olchinger gegeben, der mit psychoaktiven Pilzen experimentiert hatte und seither in einer Psychiatrie in München quasi inhaftiert sei in der Wahnvorstellung, es handle sich bei ihm um einen Apfel, in dem ein Wurm sitze.

Mir hat später einmal jemand gesagt, der einzige Grund, dass überhaupt jemand unbeschadet aus dieser Zeit hervorgehen könne, sei der, dass sich schon vorher eine Persönlichkeit in ausreichendem Maß herausgebildet habe, die sich irgendwann gegen die Einfuhr von noch mehr Taubheit zur Wehr setze, um das Bewusstsein, das dabei ja nicht erweitert werde, sondern verwirrt, verzweigt, verästelt und ewig zerfasert, in Schutz zu nehmen. Das sei der Punkt, an dem die Leute anfingen, paranoid zu werden, und es dann irgendwann einfach seinließen. Vorausgesetzt natürlich, dass ausreichend Persönlichkeit von irgendwoher bereits vorhanden ist, in dem Moment, in dem man in den mikroskopischen Mikrokosmos abtaucht.

Was mir nur klarwurde, als ich im Haus meiner Eltern in meinem alten Zimmer auf dem Bett lag und mich wieder festgestarrt hatte in dieselbe Anordnung von Linien und Flächen wie früher, war, dass es in der Vergangenheit auch andere Dinge gegeben hatte, die mein Leben strukturierten. Und dass es sich bei diesen anderen Dingen fast immer um Abhängigkeiten gehandelt hat.

Nach einer Weile hörte ich die Stimme meines Vaters die Treppe raufrufen, dass man jetzt so weit sei, mich zum Essen zu empfangen, falls ich hungrig genug wäre, um aus der Beletage zu ihnen hinabzusteigen, und falls es mir nichts ausmache, die Tafel mit dem Pöbel zu teilen, der das Essen angerichtet habe.

Josi meinte ganz am Anfang unserer Beziehung einmal zu mir, ich bräuchte ihr eigentlich gar nichts über meine Eltern erzählen, bevor sie sie nicht selbst kennengelernt habe. Das sei ganz einfach die Erfahrung, die sie mit Männern gemacht habe, dass selbst die, die von den nettesten und liebevollsten Menschen der Welt großgezogen wurden, sich im Nachhinein irgendein Trauma zurechtstrickten, etwas unüberwindbar Dunkles, das seinen langen Schatten aus der Vergangenheit werfe, einen Schatten, in dessen Dunkel man sich als ein solcher Mann dann regelmäßig zurückziehe, sobald eine Situation emotional fordernd würde oder Verbindlichkeit von einem verlange. Und sie meinte, dass die Art, wie ich über meinen Ort gesprochen hatte, bereits den Verdacht aufkommen lasse, dass es sich auch bei mir in dieser Hinsicht um ein ganz gemeines Exemplar meiner Spezies handle.

Ich setzte mich zu meinen Eltern an den gedeckten Esstisch. Das Brot lag in den perfekt geschnittenen Scheiben in einem Korb in der Mitte, es gab Wurst und Käse, verschiedene Aufstriche, Senf, Meerrettich, Kohlrabi, Oliven, Silberzwiebeln, Minimaiskölbchen, Presssack, Leberkäse, Fleischpflanzerl, Weißbier, Wasser und Birnensaft. Wir aßen. Meine Mutter erzählte ein paar Anekdoten, die sie in ihrem Bekleidungsgeschäft aufgeschnappt hatte, und mein Vater berichtete mir von den Schicksalen verschiedener Leute, die mit mir zur Schule gegangen waren oder im örtlichen Fußballverein in der Jugendmannschaft gespielt hatten. Es ging auch darum, in welcher Liga sich dieser örtliche Verein gerade befand, auf welchem Tabellenplatz und wie er an diesem Wochenende gespielt hatte, gegen eine andere Mannschaft aus einem anderen Kaff in der Nähe. Ich erzählte von dem Spiel des FC Bayern gegen den SC Paderborn 07, das ich mit meinen Chefs und den Kollegen aus der Agentur in der Allianz Arena gesehen hatte. Mir fiel auf, dass ich jedes Mal, wenn ich etwas sagte, zuerst gähnte und dann noch in mein Gähnen hineinsprach oder den Satz mit einem Gähnen beendete, obwohl ich überhaupt nicht müde war oder wirklich gähnen musste. Es war eher so, dass ich keinen Satz sagen konnte, ohne noch etwas extra zu machen. An meiner Mutter fiel mir auf, dass sie hustete, nachdem sie gelacht hatte. Und ich fragte mich, ob sie das immer schon gemacht hatte. Es war auch eindeutig kein richtiges Husten, sondern ein Verlegenheitshusten. Wahrscheinlich, um diesen komischen Moment nach dem Lachen zu umgehen, wenn sich das Gesicht wieder normalisiert (oder eben nicht). Vielleicht ging es auch um das Geräusch, das sie beim Lachen machte, also ihr Lachen selbst, das sie dann hörte und sich dafür vielleicht schämte und dann lieber schnell loshustete, weil für ein Husten braucht man sich ja nicht zu schämen, das macht doch jeder ungefähr auf die gleiche Art. Ich wusste nicht, was das alles sollte und ob wir immer schon so gegähnt und gehustet hatten, wenn wir zusammen am Tisch beim Essen saßen, aber es muss von außen wirklich sehr lächerlich gewirkt haben. Meinem Vater ist davon, soweit ich das beurteilen kann, überhaupt nichts aufgefallen.

Nach dem Essen fragte meine Mutter, ob wir jetzt noch etwas spielen wollten. Meine Eltern schauten mich an, als müsste alles, was in ihrem Haus passiert, erstmal von mir abgesegnet werden. Ich sagte: Ich spiele nicht. Und ich dachte daran, dass ich bis vor ein paar Wochen noch unangefochtener Erster in der ewigen Bestenliste bei *Bomberman* in der Agentur gewesen war und dass diese zwei Leute, die da vor mir saßen, aus erster Hand wussten, dass ich jahrelang auf dem Teppichboden gesessen und Matchboxautos hin und her geschoben hatte. Meine Eltern standen auf und fingen an, den Tisch abzuräumen, wobei ich ihnen ein wenig half, was mich aber aus irgendeinem Grund sehr anstrengte. Dann setzte sich mein Vater auf die Couch und machte den Fernseher an. Heute kommt ja auch der Tatort, sagte er, sicherlich im Wissen, dass ich den Tatort hasse und auf keinen Fall schauen wollte.

Ich sagte zu meinen Eltern, dass ich bald wieder nach München zurückfahren müsse, ich hätte noch eine Verabredung, und außerdem müsse ich ja am nächsten Morgen wieder früh raus und in die Agentur. Mein Vater sagte etwas wie, dass er auch gern einmal wüsste, wie sich das anfühle, als werktätiger Mensch an einem Montagmorgen, wenn man nicht einfach so ausschlafen könne, wie es einem gerade passt, und meine Mutter fragte, ob wir nicht vielleicht noch einen Schnaps zusammen trinken wollten, sie hätten da einen sehr guten und es sei doch gerade so schön. Es gebe auch noch einen Nachtisch, ein Experiment, sagte sie, sie könne nicht versprechen, dass es gleich beim ersten Versuch schon etwas geworden sei. Ich sagte, dass ich erstmal auf die Toilette müsse, und ging raus auf den Flur, wo ich mich dann mit einem Mal so müde und schlapp fühlte, dass ich überlegte, mich vielleicht nochmal für ein paar Minuten oben in meinem Zimmer aufs Bett zu legen und etwas auszuruhen.

Ich stieg die Stufen hoch wie ein ganz alter Mensch, gähnte – auch ohne etwas zu sagen –, und als ich mich oben, ohne Licht gemacht zu haben, auf mein Bett legte, bemerkte ich erst, dass draußen vor dem Fenster schon die Nacht über den Ort gekommen war.

Als ich wieder aufwachte, lag bereits das fahle Tageslicht des nächsten Morgens auf den Wänden in meinem Zimmer. Ich hatte starke Zweifel, ob das wirklich sein konnte. Ich wachte in einer so vollständigen Verwirrung auf, dass ich einige Sekunden brauchte, um zu begreifen, dass der Lauf der Erde ein Aufgehen der Sonne jeden Morgen unweigerlich mit sich brachte und dass es das ist, was passiert war, und nicht ein grober Fehler im Ablauf der Zeit oder in meiner Wahrnehmung der Welt.

Unten im Wohnzimmer fand ich einen Zettel, der mich dazu einlud, mir ruhig noch ein Frühstück zu machen, und der von meinen beiden Eltern unterschrieben war. Die Tatsache, dass ich nicht geweckt worden war, fasste ich als einen Hinweis auf, dass sie mich in allem komplett durchschaut hatten und sowohl von meiner Trennung von Josi als auch von meiner Arbeitslosigkeit wussten. Vielleicht sogar von meinen regelmäßigen Fahrten nach Ulm. Ich fragte mich, ob die Möglichkeit bestand, dass Christoph Kontakt zu ihnen aufgenommen hatte, um ihnen alles zu erzählen und seinerseits noch mehr über mich in Erfahrung zu bringen. Und ob mir das schließlich helfen würde oder meine Chancen auf eine Teilnahme an der Produktion des Schrecklichen Grauens doch eher verringern.

Als ich das Haus verließ, sah ich, dass kein Auto mehr in der Garage oder der Einfahrt stand. Ich rechnete mir aus, dass ich weit über zwölf Stunden geschlafen haben musste, ohne auch nur ein einziges Mal aufzuwachen. Ich fühlte mich erbärmlich.

Zum Bahnhof zurück ging ich wieder denselben Weg, den ich am Tag zuvor gekommen war, durch das Wohngebiet, am Rathaus vorbei und die Hauptstraße entlang. Auf Höhe des Geschäftes meiner Mutter blieb ich kurz stehen und sah, über die Straße und den Gewerbehof hinweg, in der gläsernen Eingangstür, klein und verzerrt, mein Spiegelbild auf dem Gehweg. Es war nicht möglich zu erkennen, ob meine Mutter vielleicht auch gerade aus dem Fenster schaute oder an der Tür stand und nach draußen sah. Ich sah nur meine kleine verzerrte Spiegelung und spürte zwar einen Blick von dort drüben, meinte aber, dass das genauso gut auch mein eigener sein könnte.

Ein Film, den wir im *Café Porsche* schauten, den ich dort aber wieder nur zur Hälfte sah, weil ich aufbrechen musste, um meinen Zug zu kriegen, den ich mir aber später in München zuerst auszuleihen versuchte und dann nach einigen Stunden der Suche schließlich im Internet fand, um ihn nochmal und in voller Länge zu schauen, trug den Titel *My Rotten Roommates And My Rotten Self*. Es handelte sich um eine amerikanische Produktion und den friedlichsten und ruhigsten Horrorfilm, den ich jemals gesehen habe in meinem Leben. Der Film spielt in einem verfallenen Anwesen auf den Hamptons im Bundesstaat New York und handelt von einer Wohngemeinschaft aus Zombies, die nach ihrer Zombiewerdung eben nicht durch die Straßen ziehen, um andere Menschen zu beißen und ebenfalls in Zombies zu verwandeln, sondern zurückgezogen und abgeschottet von der Außenwelt in ihrem modrigen Anwesen zusammenleben und dort langsam verfaulen. Die Spezialeffekte und das Make-up in *My Rotten Roommates And My Rotten Self* sind unfassbar gut gemacht, und der Film wird, wie Hannah uns damals im *Café Porsche* erzählte, in Maskenbildnerkreisen verehrt wie die Heilige Schrift.

Die Zombies, die dort in dem Anwesen zusammenleben, werden allesamt als zu kultiviert und wohlerzogen dargestellt, um selbst als nächtliche Schlurfer auf die Jagd nach Menschen gehen zu können, was ihnen ihr moralisches Empfinden ebenso verbietet wie ihr ehemaliger Stand und ihr Ansehen in der Gesellschaft. Jeder Einzelne von ihnen gilt als vermisst, sie heben sich Zeitungsartikel auf, die von ihrem Verschwinden berichten, und der Film erzählt in kurzen Rückblenden ihre jeweiligen Lebensgeschichten (was den Effekt des Make-ups nur noch verstärkt, da man kurz eine Idee davon bekommt, wie die Zombies vor ihrer fortschreitenden Verwesung ausgesehen haben), Geschichten von reichen, schönen Menschen, die Erfolg entweder in der Wirtschaft oder der Kunst oder als Models gehabt hatten, bis sie eines Nachts angefallen und gebissen wurden. Die Zombies erzählen sich auch gegenseitig Anekdoten aus ihren Leben, singen einander Chansons vor und ernähren sich von Kakerlaken, Hunden und Katzen, die sich auf das Anwesen verirren. Es geht in den Gesprächen der Zombiemitbewohner häufig um die Träume, die sie einmal vom Leben gehabt haben, die sie heute aber als sehr oberflächlich, eitel und bedeutungslos empfinden, wo sie durch ihren Verfallsprozess sozusagen geläutert und an eine größere Wahrheit herangeführt wurden. Der Film ist dabei manchmal etwas zu moralisch, wie ich beim zweiten Schauen fand, und seine Protagonisten fügen sich allzu leicht in ihr Schicksal, selbst wenn ihnen mitten im Gespräch ein Augapfel aus dem Gesicht fällt oder beim Drehen eines Türknaufs der Unterarm aus dem Ellbogengelenk herausbricht. Interessant fand ich aber, dass es sich bei *My Rotten Roommates And My Rotten Self* nicht um eine Komödie handelt, sondern um einen sehr ernsten Film, in dem durchaus auch Momente der Traurigkeit aufkommen dürfen, vor allem während der Songs, die sich die Zombies gegenseitig vorsingen, in den immer nur von Kerzen und Kaminfeuern erleuchteten Räumen, hinter vernagelten Fenstern und auf staubigen, von Flüssigkeiten aus plötzlich aufreißenden Körperstellen stark verunreinigten Polstermöbeln.

Der Lebensraum der untoten Mitbewohner erstreckt sich über das gesamte Haus und seinen Keller und einen verwilderten und überwucherten Garten, in dem sie kleine Spaziergänge unternehmen können, an der frischen Luft, durch dichtes Ranken- und Blattwerk von äußeren Blicken abgeschirmt. Der Film hat keinen wirklichen Spannungsbogen und ist auch nicht besonders dramatisch. Am Ende gibt es ein wenig Aufregung, als sich eine kleine Gruppe, bestehend aus einem Anwalt, einer Sachbearbeiterin der Baubehörde und einem Investor, Zutritt zum Grundstück verschafft und sich einen Weg durch die Ranken und Hecken und das Dickicht bis ans Haus heran bahnt, um es in Augenschein zu nehmen. Die Zombiewohngemeinschaft versteckt sich in ihrem Keller, während oben die Leute durchs Haus gehen, ein paar Dinge mit spitzen Fingern anheben, sich insgesamt aber schnell einig werden, dass es das Beste für diesen Ort sei, man mache ihn möglichst bald platt, um Platz zu schaffen für etwas Neues. Eine Sanierung des Anwesens sei hoffnungslos und könne ausgeschlossen werden.

Die Zombies im Keller bekommen jedes Wort der Gespräche in ihrem Haus mit, und obwohl ich meinte, zwischen den Zeilen und in einigen Blicken die Frage erkannt zu haben, ob man nicht vielleicht eine Ausnahme machen sollte und diese drei Leute doch überfallen und beißen, man könnte sie dann ja aufnehmen in die Gemeinschaft, unternehmen sie zunächst nichts, warten, bis die drei das Haus verlassen haben, um es dann in einer letzten langen Szene sorgfältig in Brand zu stecken und sich im unteren Salon auf ihre Möbel zu setzen und ein letztes Mal gemeinsam, während sie langsam von den Flammen erfasst werden, ein Lied anzustimmen, dessen Refrain mir tagelang als Ohrwurm im Kopf rumgegangen ist und aus den Zeilen *Of our lives / and our home / we're bereft / but together / we're united / in death* besteht.

Wie bei allem, was ich in diesen Tagen sah oder tat, musste ich auch hier wieder an Katja denken. Ich malte mir aus, wie wir in einer Situation, die zunächst nur eine Szene im Schrecklichen Grauen war, dann aber auf fürchterliche Weise Wirklichkeit wurde, von Zombies angefallen und gebissen würden, dass wir uns danach aber, genauso wie die Wohngemeinschaft aus *My Rotten Roommates And My Rotten Self*, zurückzögen in ein eremitisches Zombiedasein zu zweit, abseits von allen, um uns in einem verfallenen Anwesen eine untote Ewigkeit lang Geschichten zu erzählen und vielleicht sogar etwas vorzusingen.

Die Ankunft des Frühlings war in diesem Jahr ein schmerzhafter Prozess für mich. Ich wartete und hielt mich wie an einem letzten Halm an den Sitzungen zum Schrecklichen Grauen fest, die für mich den Herbst und den Winter ausgefüllt hatten. Die sich umwälzende Jahreszeit drohte mir diese letzte Verbindung aus den Fingern zu reißen und den Film und den Glauben daran, dass noch etwas aus ihm werden könnte, zu etwas Vergangenem zu machen, etwas, das einer anderen Zeit angehörte, in der Schnee in den Straßen und im Nymphenburger Schlosspark gelegen hatte und nicht überall die Knospen aufsprangen und das Grün sich durchdrückte an die Oberfläche. Ich ging durch die Stadt und wollte alles beschwichtigen und aufhalten und bitten, noch etwas zu warten, ich wollte sagen: Ich bin noch nicht so weit, man wird sich aber bald bei mir melden, dann kann es weitergehen, nur so lange bitte (bitte!) noch etwas Geduld, nicht einfach weitermachen, nur ein einziges Mal nicht gleichgültig sein. Ich wollte nicht, dass das Gras zu wachsen anfing und die Tiere aus dem Winterschlaf erwachten, dass die Insekten aus ihren Eiern schlüpften und durch die Luft flogen, dass diese Luft wieder anfangen würde, nach allem Möglichen zu riechen. Und ich sah mich kurz davor, während ich durch die Stadt lief, das auch herauszuschreien, um vielleicht wirklich ein Einhalten zu bewirken. Ich denke mir heute, dass ich dem Verrücktwerden vielleicht nie wieder so nah gekommen bin wie in diesem aufkommenden Frühling in München. Und dass ich zwar nicht sagen kann, weshalb ich am Ende nicht geschrien habe, dass dieses Schreien aber sicherlich meine Entsprechung zu dem Peitschenhieb gewesen ist, von dem Marlies uns auf der Bühne im *Café Porsche* erzählt hatte.

Ich sah die Märzenbecher und Krokusse aufblühen und empfand ihre Buntheit als Hohn, dieses schwer gesättigte Leben, das klarmachte, dass es die ganze Zeit über da gewesen war und nur gewartet hatte, um alles, was besonders gewesen war an diesem gerade vergangenen Winter, wieder gelb und grün und blau und rosa zu übermalen. Was sollte das denn für ein Horrorfilm sein, fragte ich mich, der sich vor dem Hintergrund von so viel Lebendigkeit abspielt. Wenn erst der Sommer voll ausgebrochen sein würde, dachte ich mir, würde sich wieder dieser Effekt einstellen, wie jedes Jahr, dass aus der speziellen, sehr gegenwärtigen und eindeutigen Zeit des Winters eine unendlich tief in die Tiefen aller vergangenen Sommer zurückreichende Gleichzeitigkeit wird, mit der gerade aktuellen Gegenwart als Möglichkeit und Verheißung untrennbar verschmolzen, was vielleicht ein Grund dafür ist, dass die Leute immer wieder frische Hoffnung schöpfen im Frühling, für mich aber im Hinblick auf das Schreckliche Grauen eher einer Folter gleichkam.

Die Tage wurden länger, der nächtliche Frost auf den Fahrzeugen schmolz innerhalb von Minuten, nachdem die Sonne aufgegangen war, in der wieder Menschen in kurzen Hosen durch die Parks joggten und deren täglicher Bogen über den nun sehr häufig sehr blauen Himmel wieder so hoch war, dass Licht in die Winkel meiner Wohnung drang, die monatelang im Dunkeln gelegen hatten. Anfang April klatschte mir ein Regen gegen die Fenster, der schon nur noch das Versprechen von noch mehr Wachstum war. Die Leute fingen an, ihre Mäntel in die Schränke zu hängen und sich anders zu kleiden, anders zu bewegen, aufeinander zuzugehen, die Köpfe aus den Schultern zu heben und geradeaus zu schauen, anstatt auf ihre Schuhe und die vereisten Wege vor ihren Füßen.

Christoph rief mich an. Ich erschrak, als mein Telefon klingelte, und ich hielt es eine ganze Weile in der Hand, in der es vibrierte und blinkte und klingelte, bevor ich abnahm und mich mit einer belegten Stimme meldete. Einer Stimme, die ich gar nicht erst so zu verstellen versuchte, dass Christoph glauben könnte, ich hätte schon fast wieder vergessen, dass er mich ja anrufen wollte, da ich in der Zwischenzeit mit anderen Dingen beschäftigt gewesen war. Ich würde sagen, ich war relativ schutzlos, und ich war glücklich, wie jemand, der über alle rationalen Einwände hinweg die Hoffnung hochgehalten hatte und dem nun schließlich sein gutes Recht widerfuhr.

Christoph sagte, die Auswertungen seien abgeschlossen, das Konzept erstellt und ein Plan sei gefasst worden. Ich solle mir, sofern ich noch dabei sei, in den Wochen ab Anfang Mai nichts mehr vornehmen, es werde gedreht.

Ich sagte toll und ja und natürlich sei ich noch dabei, klar, gar keine Frage, und fragte ihn dann, ob ich das Drehbuch per Post zugeschickt bekommen würde, ich könnte es mir auch in Ulm abholen, wenn das günstiger für ihn wäre. Christoph sagte, nein, das sei nicht nötig, an diesem Punkt gebe es für mich noch keinen Grund, Einsicht in ein Drehbuch zu nehmen. Aber was ist mit meinem Text, sagte ich, ich muss doch meinen Text lernen, oder nicht? Moritz, sagte Christoph, ich glaube, du verstehst das noch nicht so richtig, das hier ist kein gewöhnlicher Film. Ich sagte, ja, klar, so viel hätte ich schon mitbekommen in den letzten Monaten, wobei ich natürlich zugeben musste, dass ich generell sehr wenig Ahnung von der Arbeit an einem Film hatte und ein gewöhnliches von einem ungewöhnlichen Vorgehen vielleicht gar nicht unterscheiden konnte. Das aber, dachte ich, wäre doch im aktuellen Fall eher ein Argument zu meinen Gunsten. Ich erwartete schließlich nicht, dass alles so laufen würde wie immer. Ich dachte ja nur, sagte ich, dass ich doch die Zeit, bis es losgeht, zum Lernen nutzen könnte.

Christoph nannte mir ein Datum, an dem ich mich in Ulm einzufinden hatte, von wo aus wir gemeinsam starten würden. Außerdem gab er mir eine Liste an Dingen durch, die ich mitbringen sollte. Ich schrieb mit: Schlafsack, Regenkleidung, Wanderschuhe, Campingausrüstung (soweit vorhanden), Brandbeschleuniger und oder Gaskartuschen, Sonnenschutz, Insektenschutz, idealerweise ein Zelt, Hygieneartikel und Unterwäsche nach Bedarf, Nachweis der Krankenversicherung, Bedarfsartikel für die medizinische Erstversorgung (Verbandszeug, Schmerztabletten, bei Allergien, Diabetes oder Depressionen entsprechende Medikation in ausreichender Menge), Handys, sagte Christoph, auch internetfähige, sind erlaubt und werden empfohlen, Laptops, Kameras, Tablets in jedem Fall zuhause lassen, ebenso wie Wertgegenstände aller Art (außer Bargeld, Kreditkarten und Ermäßigungsnachweise). Ich fragte Christoph, ob er denn schon absehen könne, wie lange wir unterwegs sein werden, und er sagte, nein, das könne er leider nicht sagen, es sei in jedem Fall ratsam, eine lange Abwesenheit beim Arbeitgeber anzumelden oder unter Umständen sogar, falls einem nicht besonders viel an der Arbeit liege, direkt zu kündigen beziehungsweise einen arbeitsunfähigen Krankenstand zu simulieren. Ob er denn bemerkt habe, wollte ich noch wissen, wie überall schon die Knospen aufsprängen und alles zu blühen beginne und der Frühling mit fröhlichem Vollgas das Land umkremple. Christoph schwieg dazu in die Leitung, es rauschte nur an meinem Ohr. Ich meine ja bloß, sagte ich, also ich habe mich gefragt, ob es nicht viel passender gewesen wäre, den Film im Winter zu drehen. Es sei doch schließlich ein Horrorfilm. Christoph fragte mich, ob ich mich an den Film *Mulholland Drive* erinnern könne, den wir zusammen im *Café Porsche* geschaut hatten. Ich sagte, ja, das war nach Ann-Sophies Geschichte von ihrem Ausflug nach Schweden und der Begegnung mit Lasse, der sie seither verfolgt hatte wie ein böser Traum. Es hatte diese schreckliche Szene gegeben, in der die Gestalt hinter der Mauer hervorgekommen war, auf dem Hinterhof des amerikanischen Diners. Genau darum geht es, sagte Christoph, dass man den Schrecken und das Grauen in den Tag hineinholt und dass man sich in Zukunft auch unter blühenden Bäumen nicht mehr sicher fühlen kann. Das sei der Anspruch.

Christoph verabschiedete sich, und ich fragte ihn noch in sein Auflegen hinein, ob ich denn nun eine Rolle bekäme, die es mir erlauben würde, einen grausamen Tod vor der Kamera zu sterben, bekam aber keine Antwort mehr.

Ich musste an Beats Geschichte denken (wie er am Bahnhof in Sankt Gallen angekommen war, für den Ausflug mit Nico nach Berlin, mit einem Rucksack auf dem Rücken, den er ungefähr zweihundertmal gepackt hatte, bis so ziemlich alles, was er besaß, mindestens einmal darin gewesen und wieder rausgeflogen war), als ich selbst schon am zweiten Tag nach dem Telefonat mit Christoph einen Rucksack auf mein Bett stellte und zu überlegen anfing, was in welcher Reihenfolge einzupacken sei. Es vergingen ein paar Wochen, in denen ich verschiedene Sachen prüfend in die Hand nahm, um abzuwägen, ob sie ausreichend nützlich und bedeutsam waren, um mitgenommen zu werden. Ich überlegte, ob ich *Die Soldatin* einpacken sollte, weil sie mir doch während der gesamten Zeit der Sitzungen in Ulm eine treue Begleiterin gewesen war, entschied mich aber dagegen. Ich hatte überhaupt keine Lust darauf, das Buch ein drittes Mal zu lesen. Vielleicht hätte ich es Katja mitbringen und schenken können, was aber wohl doch etwas seltsam gewesen wäre, schließlich hatte ich es ja von Josi bekommen.

Ich dachte mir, dass ich aber doch auch noch etwas anderes

einpacken müsste, was sich nicht auf der Liste befand, die mir Christoph am Telefon durchgegeben hatte, etwas, das der seelischen Erbauung dienen würde und mir außerdem ein Profil geben könnte unter den anderen Beteiligten. Der Moritz, sollten sie denken, schleppt also neben den überlebensnotwendigen Dingen auch noch das hier mit sich herum, weil er ohne das hier offensichtlich keine paar Tage aushalten kann, was in meiner Vorstellung gerade jemand wie Katja als Beweis meiner Leidenschaftlichkeit interpretieren müsste, meiner Fähigkeit zur Einlassung, meiner Vielschichtigkeit und meiner diversen Interessen für alles mögliche Abwegige – leider aber fiel mir nichts anderes ein, als im Copyshop an der Ecke einen Ausdruck der Aufzeichnungen zum Schrecklichen Grauen ausdrucken und binden zu lassen, was ein sehr klobiges, schweres Konvolut ergab, das sich an keiner Stelle sinnvoll in meinen bereits gepackten Rucksack integrieren ließ.

Ich besaß kein Zelt, und ich entschied mich dagegen, eines zu kaufen. Überhaupt wollte ich nur Dinge mitnehmen, die ich nicht noch extra besorgen musste. Es war schwierig genug, unter ihnen eine sinnvolle Auswahl zu treffen, und ich dachte mir, dass es doch Aufgabe derjenigen sei, die für den Film verantwortlich waren, die Versorgung der grundlegenden Bedürfnisse aller Beteiligten zu sichern. Mir war damals schon klar, dass ich mir da etwas vormachte und dass es längst keinen Anlass mehr gab, zu glauben, die Produktion des Schrecklichen Grauens hielte sich zumindest in diesem Bereich an irgendwelche Regeln oder allgemeingültige Auffassungen davon, wie es zu laufen hat, was sich gehört und was nicht. Trotzdem wollte ich mich nicht ausrüsten, als wäre damit zu rechnen, dass ich am Ende auf mich allein gestellt sein würde. Schließlich begaben wir uns doch alle zusammen auf dieses Abenteuer, und es gab einen Initiator, einen Anführer, und der musste also auch, ganz egal wie die Struktur dieser speziellen Produktion nun beschaffen war,

Verantwortung dafür tragen, dass niemand auf dem Weg verhungert.

Ich befragte mich selbst in den letzten Tagen und Wochen vor unserem gemeinsamen Aufbruch aus Ulm, wovor ich wohl die größte Angst hatte. Nicht generell, wie wir uns auf der Bühne im *Café Porsche* zu befragen hatten, sondern konkret im Hinblick auf die kommende Zeit, den Film und meine Rolle darin. Ich bekam keine konkrete Antwort, sah eher verschiedene, sehr schmerzhafte Szenen davon, wie ich von Christoph und Katja und den anderen ausgelacht wurde oder wie sie mich anschauten, mit einer Enttäuschung im Blick, die so fundamental war, dass ihr Ursprung nur darin liegen konnte, wer ich war als Mensch und was ganz grundsätzlich in meiner Macht stand und was nicht. Ich sah auch Szenen, die nur Christoph und Katja zum Inhalt hatten und die man vielleicht als Sexszenen beschreiben könnte. Im Nachhinein könnte man wohl fragen, weshalb ich mir keine Sexszenen ausmalte, die mich selbst und Katja zum Inhalt hatten, noch nicht mal in einer fürchterlichen oder furchteinflößenden Form. In meiner Vorstellung, die mir kein bisschen gefallen hat, waren Christoph und Katja jedenfalls allein und unbekleidet und beschäftigt auf so viele verschiedene, einander immer weiter hochschaukelnde und im anderen verlorengehende, verschlungene Weisen, für die es wohl wirklich keine Worte gibt, oder wenn, dann nur die des außenstehend Zurückgelassenen, die dann voll Bitterkeit sind, technisch und ohne jede Magie.

Sorgen über die Dreharbeiten selbst machte ich mir keine. Ich hatte auch keine Angst davor, was sich Christoph und Sarah (und wer auch immer sonst noch am Entwicklungsprozess beteiligt gewesen war) ausgedacht hatten für uns. Ich dachte schon darüber nach, dass wir uns in ein Horrorfilmszenario hineinbegaben, das sich aus den elementarsten Ängsten aller Beteiligten speisen und die Beteiligten also auch mit diesen elementarsten Ängsten konfrontieren würde. Das war ja schließlich von Anfang an der Plan gewesen. Dass es sich bei dieser Konfrontation um etwas sehr Unangenehmes oder vielleicht auch Schmerzhaftes handeln könnte, kam mir aber entweder nicht in den Sinn oder schien mir kein Grund zur Sorge zu sein.

Und natürlich musste ich an meine erste Fahrt nach Ulm im bereits zurückliegenden Jahr denken, als ich wieder im Zug saß, der selbst auch voller Gerüche war, wie draußen der Frühling, und aus dem Fenster sah und fand, dass das alles unheimlich lang her war, als ich angefangen hatte, *Die Soldatin* zu lesen, und mich mit einer großen Euphorie auf den Weg gemacht hatte. Wieder nahm ich das kleine Faltblatt der Bahn in die Hand, in dem die Ankunftszeiten und Anschlusszüge aufgelistet waren, und empfand diesmal beim Lesen der Ortsnamen ein triumphales Gefühl, als hätten wir uns bereits in all diese Richtungen aufgemacht und ausgebreitet, wären von überall her gekommen und überallhin gegangen und als strahlte der Aufbruch, der nun anstand, weit in alle Winkel des Landes voraus. Es war noch sehr früh am Morgen, draußen war gerade die Sonne aufgegangen und hing hell und gelb über einer taufeuchten Landschaft. Zum ersten Mal dachte ich mir bei all diesem Licht: Vielleicht passt es ja doch ganz gut. Schließlich geht es uns doch darum, etwas sichtbar zu machen, was vorher im Dunkeln gelegen hatte.

Ich war noch nie so früh am Bahnhof in Ulm angekommen. Als ich ausstieg, standen am Bahnsteig die Pendler mit ihren Kaffeebechern und Aktentaschen, den Kopfhörern in den Ohren und den gesenkten Blicken auf den morgendlichen Newsfeed am Smartphone. Ich hatte Wanderschuhe an den Füßen und einen Rucksack auf dem Rücken. Man schaute mich nicht an. Entweder weil man mich für einen Obdachlosen oder einen Verwirrten oder sonst einen Randständigen hielt, der hier in dieser Montur mitten in der Stadt ausstieg, oder weil es den Leuten einfach egal war, wer sich da außer ihnen noch auf dem Bahnsteig bewegte und in welcher Aufmachung. Das Wetter über Ulm war schön, und ich konnte spüren, als ich aus dem Bahnhof heraustrat, dass die Stadt gerade erst angefangen hatte, ihre morgendlichen Geräusche zu entfalten. Von einer Baustelle war ein metallenes Hämmern zu hören, das durch die Gassen hallte. Das Anfahren der Autos, das hohe Fiepen eines Lkws im Rückwärtsgang, der ganze Verkehrslärm wirkte frisch und irgendwie ausgeschlafen auf mich, und auch die Luft, in die hinein dieser Verkehr seinen Treibstoff verbrannte und in die sich auch die Abluft der Backstuben mischte und die der ersten Dönerbuden, deren Fleischspieße sich noch mächtig und halb gefroren in den Halterungen drehten, war noch nicht ganz gesättigt, sondern hatte sich einen unverbrauchten, kühlen Rest von frühmorgendlicher Frische bewahrt.

Ich stand auf dem Bahnhofsvorplatz und schaute über die Friedrich-Ebert-Straße hinweg in die Fußgängerzone. Und obwohl ich die ganze Zeit auf diesen Moment gewartet hatte, ging ich wieder los wie neu. Ich ging mit der Sicherheit dessen, der seinen Weg kennt, auf das Unbekannte zu. Das, dachte ich, ist gemeint, wenn davon die Rede ist, dass jemand seiner Bestimmung folgt. So fühlt sich das an, ganz konkret beim Gehen durch zum Beispiel die Ulmer Fußgängerzone, an den Geschäften und Cafés vorbei, die bis auf ein paar Backshops und Lottoannahmestellen noch nicht geöffnet hatten. Der sichere Schritt ins Ungewisse. Ich war ruhig auf eine Art, wie sie mir bis dahin entweder unbekannt gewesen war oder längst abhandengekommen. Der Anblick der anderen Fußgänger erheiterte mich. Ich dachte: Wer seid ihr, wo wollt ihr hin, ist mir egal! Und ging an ihnen vorüber.

Ich sah schon aus einiger Entfernung, dass die Tür zum *Nach(t)schub* offen stand und dass verschiedene Gepäckstücke zwischen den Freisitzmöbeln aufgestapelt waren. Es standen Kisten vor dem Haus in der Sonne, auf denen Leute saßen und rauchten und sich unterhielten. Ich sah Sarah mit einem

Klemmbrett durch die Reihen gehen, jemanden ansprechen, etwas notieren und dann wieder im Eingang zum *Nach(t)schub* verschwinden. Jemand, den ich nicht erkennen konnte, weil ich ihn nur von hinten sah, eine hockende Gestalt, der durch das Hocken die Hose am Ansatz eines behaarten Arsches unvorteilhaft weit heruntergezogen wurde, beschriftete die Kisten, indem er Klebebandstreifen mit den Zähnen von einer Rolle abriss und dann auf die Deckel oder die Seiten klebte und mit einem dicken Filzstift darauf schrieb. Erwartungsgemäß waren mir nicht alle Gesichter vertraut, die meisten aber schon. Ich grüßte beim Näherkommen und wurde gegrüßt, von vereinzelt Aufschauenden, im Halbdunkel des *Nach(t)schub* erkannte ich Hubi, der diesmal tatsächlich hinter der Theke im vorderen Gastraum stand und Kaffee in Pappbecher abfüllte, die er auf ein Tablett stellte, von dem sich immer mal wieder ein Vorbeigehender bediente. Auf den Tischen war die Deko zur Seite geräumt worden, um Platz zu machen für Ausrüstungsgegenstände und Technik. Ich sah eine große Ladestation, in der Funkgeräte steckten, die in unterschiedlichem Rhythmus grün aufblinkten. Daneben stand ein mit grauem Schaumstoff weich ausgekleideter Koffer voller Kopfhörer und Headsets und verschiedener Kabelsorten in sauberen Bündeln.

Sarah kam auf mich zu mit ihrem Klemmbrett in der Hand, wünschte mir einen guten Morgen und suchte, mit einem Kugelschreiber, den sie seitlich an ihrem Klemmbrett entlangwandern ließ, meinen Namen auf einer langen Liste. Sie musste mehrfach umblättern, dann machte sie ein Häkchen oder ein Kreuz und fragte mich, was ich dabeihätte. Ich zählte die Dinge auf, die ich im Rucksack und in den Taschen hatte. Sarah fragte mich nach Campingausrüstung, und ich sagte, ich habe einen Dosenöffner mitgebracht. Konserven, Geschirr? – Nein. Ein Zelt? – Negativ. Sarah schaute kurz auf von ihrem Zettel, auf dem sie weitere Häkchen oder Kreuze gemacht hatte, und etwas in ihrem Blick erinnerte mich bereits an die Vorstellung, die ich mir von den Blicken der anderen gemacht hatte beim Nachdenken darüber, wovor ich mich wohl am meisten fürchtete. Sie fragte mich, ob mir Christoph denn keine Liste durchgegeben habe, und ich sagte, doch, ich habe ja auch vieles davon mitgebracht beziehungsweise zuhause gelassen, aber ich sei eben noch nie ein sehr gut ausgerüsteter Camper oder Survivalist gewesen, woraufhin Sarah etwas in meine Spalte notierte und sich dann von mir abwandte und zur nächsten Ankommenden weiterging.

Ich begrüßte Hubi mit einer erhobenen Hand und wurde meinerseits mit einem Nicken des Kopfes begrüßt. Hubi machte eine servierende Bewegung zu den Pappbechern auf dem Tablett, ich nahm mir einen Kaffee, bedankte mich und ging, auf meinen Wanderschuhen, mit meinem Rucksack auf dem Rücken, in Richtung der Toiletten, in den schmalen Gang, in dem auch die Stahltür zum *Café Porsche* weit offen stand und mit einem Holzkeil am Boden festgeklemmt war. Der schmale Gang war unbeleuchtet, aus der Tür zum *Café Porsche* fiel ein seltsam graublaues Licht, wie ein Nebel, und als ich davorstand und im Begriff war, über die Schwelle zu treten, sah ich, dass etwas in dem Gastraum ganz anders war als all die Male zuvor. Hinter der Bühne waren die Bretter abmontiert und ein großes Fenster geöffnet worden. Tageslicht fiel in den Raum, und ich erkannte die geöffneten Hecktüren von zwei weißen Transportern, die offenbar in einer Gasse hinter dem Haus geparkt waren und von hier aus beladen wurden. Auf der Bühne selbst standen noch ein paar Kisten und Rucksäcke, ich sah ein Stativ mit breiten Beinen, verschiedene Koffer und einen Stapel Kleidersäcke, aus denen oben die Haken von Kleiderbügeln herausragten. Christoph erschien immer mal wieder in der Öffnung des Fensters, deutete auf einen Gegenstand oder eine Kiste auf der Bühne, die ihm dann gereicht wurde und von ihm und noch einem anderen draußen in die Transporter verladen.

Ich stellte meinen Rucksack auf einem der Stühle ab und schaute für eine Weile einfach nur zu. Alle hatten entweder einen Auftrag bekommen oder selbstständig eine sinnvolle Tätigkeit aufgenommen. Eine ameisenhafte Geschäftigkeit, die erstaunlich ruhig ablief und bis auf das Schaben der Kisten auf dem Bühnenboden oder einem Aufstöhnen beim Hochheben oder Entgegennehmen eines schweren Teils kaum ein Geräusch verursachte. Die Luft im *Café Porsche* war frisch und kühl. Mir wurde wuchtig von hinten auf den Rücken gehauen, was mich sehr unvorbereitet traf und fast von den Füßen geholt hätte. Markus lachte mich im Vorbeigehen an und wünschte mir einen guten Morgen. Seine Hand war in der Zwischenzeit offensichtlich verheilt, jedenfalls trug er seine Schiene nicht mehr. Katja konnte ich nirgendwo entdecken.

Christoph stellte sich ein letztes Mal vor uns auf die Bühne im *Café Porsche*, ohne Mikrofon, mit dem geöffneten Fenster im Rücken, durch das das Licht und die Geräusche der Stadt in den Raum eindrangen und vor dem er von einem seltsamen Schein umgeben war, der es manchmal schwierig machte, seinen Gesichtsausdruck zu erkennen. Wir hatten uns im Gastraum versammelt und auf die Stühle gesetzt wie immer. In Gedanken machte ich mir ganz selbstverständlich Notizen, als könnte ich meine Mitschrift hier einfach wiederaufnehmen und weiterschreiben, obwohl doch niemand mehr einen Nutzen davon haben würde, schließlich befanden wir uns bereits in Phase zwei.

Es ist nicht allen gleichermaßen klar, sagte Christoph, wie die kommende Zeit verlaufen wird. Das ist aber auch Absicht. Für das, was wir hier vorhaben, für unseren Film, das haben wir alle in den letzten Wochen deutlich sehen können, spielt das Ungewisse eine tragende Rolle. Ich habe gesagt, ihr werdet der Plot sein, die Protagonisten und der Ort des Geschehens. Ihr habt euch hier oben hingestellt, und ihr hattet den Mut, uns zu erzählen, was euch Angst macht. Das aber war erst der Anfang der Reise. Und wir bitten euch, uns zu vertrauen, wenn ich sage, dass es wichtig ist, in dieser Phase nicht jeden in jedes Detail des Plans einzuweihen, den wir für die nächsten Tage entwickelt haben. Die Natur der Sache, um die wir uns hier drehen, seit Monaten, und die wir zum Zentrum dieses Films erklärt haben, der Horror, die Angst, das Andere in uns, ist Dunkelheit, Finsternis, Vagheit, verhüllt und verschleiert, versteckt, verdrängt, verleugnet und streng bewacht. Das alles konnten wir in den vergangenen Monaten in diesem Raum sehr gut beobachten. Die Art und Weise, wie wir nun an unseren Film herangehen werden, wird auch dieser Tatsache Rechnung tragen. Es gilt weiterhin: Wir interessieren uns nicht für das erwartbare Abenteuer. Wir interessieren uns für die Schwelle, das Andere, das Fremde, und wir glauben, dass die Konfrontation mit dem Unbekannten hierfür unverzichtbar ist.

Ich musste, als ich Christoph da stehen sah und reden hörte, an Klaus Feinmann und seinen Kreuzfahrtfilm denken. Und an die Meuterei, die ihn schließlich zum Abbruch der Reise gezwungen hat.

Was ich euch aber sagen kann, sagte Christoph, und es freut mich sehr, das heute zu tun, ist, dass wir nun aufbrechen. Ich kann euch auch die Richtung nennen, in die wir gehen werden. Wir laufen hier los, in Ulm, im *Café Porsche*, und unsere Richtung lautet Berlin. Wir werden Deutschland durchqueren, wobei es unerheblich ist, ob wir jemals in Berlin ankommen oder wie viel Distanz wir tatsächlich zurücklegen. Wichtig ist das Gehen durch dieses Land, das unser Hintergrund ist. Ich habe gesagt, sagte Christoph, uns gehört das Geheimnis. Wir sind die Ungewissen. Es reicht aber nicht, dass wir nur auf uns selbst schauen und uns auf unsere eigenen Erfahrungen beziehen. Wir brauchen die anderen. Wir brauchen das ganze Land und seine Bewohner. Ihre Geschichten, ihre Angst und ihren Horror. Ich habe euch eingeladen, die Augen aufzumachen. Jetzt möchte ich euch einladen, mit diesen geöffneten Augen durch dieses Land zu gehen und in die Vorgärten und die Fenster zu schauen, in die Festungen der Normalität, und diesen Rest aufzuspüren, der immer übrig bleibt, egal, wie gründlich einer sich verschanzt – der schwarze Winkel, das Wissen über das Dunkle. Wir haben das Fremde in uns aufgespürt, durch die *Wahl der Waffen* und durch die Sitzungen hier auf dieser Bühne. Wir waren an einem Ort, von dem niemand ohne ein deutlich sichtbares Zeichen zurückkehrt. Die Menschen, die uns begegnen, werden dieses Zeichen erkennen. Wahrscheinlich werden sie sich dagegen zur Wehr setzen wollen. Vielleicht sogar mit Gewalt. Wir aber werden sie uns aussetzen, sie mit uns konfrontieren, mit unseren gezeichneten Gesichtern, immer wieder und immer wieder aufs Neue, und genau hinsehen, was dabei passiert. Und während wir das machen und während wir durchs Land gehen auf unseren Füßen – wobei einige von uns natürlich nicht gehen werden, sondern die Ausrüstung in den Fahrzeugen transportieren –, werden wir einen Film drehen. Ihr werdet in diesem Film vorkommen, wie ihr noch nirgends vorgekommen seid in eurem Leben. Es wird ein Zeugnis sein. Es ist mit unheimlicher Brutalität zu rechnen. Was sonst ist zu erwarten, wenn einer sein Innerstes hervorholt und in die Welt trägt? Was gibt uns die Welt zur Antwort? Und inwiefern ist das, was da längst schon giftig gärt in uns, selbst eine Antwort auf die Verletzungen, die uns das Leben in dieser Welt zugefügt hat?

Christoph machte eine Pause, die so lang war, dass ich zu zweifeln anfing, ob es sich bei diesen eben gerade von ihm gestellten Fragen wirklich um rhetorische Fragen gehandelt hatte. Dann aber machte er einen Schritt zurück und sagte:

Was heute hier beginnt, das sind die Tage des Schrecklichen Grauens.

Dann brachen wir auf.

Ich wurde eingeteilt in die Gruppe der Gehenden, was mich nicht überraschte. Ich passte Christoph nach seiner Rede ab und fragte ihn, was es für mich an diesem Punkt noch zu wissen gebe, über meine Rolle und die nächste Zeit, und er sagte mir, ich solle mich gedulden, es werde sich sehr bald schon alles vor mir entfalten.

Wir, die sich an diesem Tag vom *Café Porsche* aus zu Fuß in Bewegung setzten, waren etwa zwanzig Leute. Alle mehr oder weniger ahnungslos, wie ich vermutete. Ein Bauernhof im angrenzenden Alb-Donau-Kreis, irgendwo zwischen Altheim und Dettingen am Albuch, der einem Bekannten von Hubi gehörte, wurde als Ziel ausgegeben. Es gab Ortskundige unter den Gehenden, die die Richtung vorgaben.

Diejenigen, die nicht gingen, waren Markus, der in einem Wohnmobil mit seiner Kameraausrüstung unterwegs war, Sarah und Hubi, die jeweils einen der weißen Transporter fuhren (in Hubis Transporter befand sich die Verpflegung, in dem von Sarah Technik und Ausstattung). Hubis Fahrerkabine war vollgeräumt mit Kisten und Paketen, Tetrapaks verschiedener Säfte und Wasser in Plastikflaschen. Bei Sarah fuhren in den nächsten Tagen Hannah und Marlies abwechselnd auf dem Beifahrersitz mit – ihre Ausrüstung für Maske und Kostüm befand sich ebenfalls im Laderaum. Christoph stieg nach seiner Ansprache in einen schwarzen Mercedes-Kombi, ein älteres Modell, an dem ein Wohnanhänger angehängt war. Und als dieser Fuhrpark aus der Gasse auf der Rückseite des *Café Porsche* heraus auf die Straße rollte, sah ich Katja hinter dem Beifahrerfenster von Christophs Mercedes sitzen und irgendwie traurig oder sorgenvoll oder vielleicht auch widerwillig in den Seitenspiegel schauen.

Unsere Gruppe setzte sich langsam in Bewegung. Anfangs blieben wir alle zusammen, wie eine Schulklasse auf Exkursion, umsichtig und sehr bedacht darauf, niemanden zu verlieren. Gerade an den ersten Ampeln und Übergängen wurde sich häufig umgeschaut und durchgezählt. Ich wunderte mich darüber, dass wir offenbar gar nicht weiter auffielen. Niemand machte einen Kommentar oder zeigte mit dem Finger auf uns. Es fühlte sich auch nicht besonders feierlich oder subversiv oder revolutionär an, wie wir da unterwegs waren, Platz machten, wenn uns auf dem Gehweg eine Frau mit Kinderwagen entgegenkam, ein paar zurückhaltende Gespräche führten, uns vorstellten, sofern wir einander noch nicht bekannt waren, und uns insgeheim, so dachte ich mir sofort, fragten, was der andere denn eigentlich für sich erwartete, von der eigenen Teilnahme am Projekt, welcher Versprechung man gefolgt war und – vor allem – wie viel man über den weiteren Verlauf wusste und wie viel von diesem Wissen man unter Umständen von Christoph instruiert war, für sich zu behalten.

Erst als wir die Grenzen der Stadt hinter uns gelassen hatten, riss der Zusammenhalt auf, es bildete sich eine Art Kette aus Gehenden, die sich alle langsam im Rhythmus einer für sie angenehmen Schrittfolge einfanden. Ich sortierte mich durch mein eigenes Gehen irgendwo im vorderen Mittelfeld ein und empfand das als angenehm, dass wir nicht mehr versuchten, eng zusammenzubleiben, was ja bedeutet hätte, dass alle sich an die Geschwindigkeit des langsamsten Läufers hätten anpassen müssen. Es wurde weiterhin gewartet, sobald in einen anderen Weg abgebogen oder eine Bundesstraße überquert werden musste, auf dass alle aufschließen konnten. Ich dachte mir, dass das Christoph vielleicht gar nicht gefallen würde, wie wir da liefen, nicht als Pulk und kritische Masse, sondern als friedlich hintereinander hertrottende Wanderer, zuvorkommend und zueinander sehr höflich. Aber er ist ja nicht mitgekommen, dachte ich dann, und kann sich also auch nicht darüber beklagen, dass wir hier eine eigene Dynamik entwickeln. Ich musste daran denken, was er gesagt hatte, als er uns die Geschichte seines Onkels und seiner Angst vor der Angst erzählt hatte, auf der Bühne im *Café Porsche*, dass eine Familie, vor allem eine große wie seine, nicht einfach gemeinsam sagen könne: Wir stehen jetzt auf und gehen woandershin.

Es wurde nicht gefilmt auf diesem ersten Weg aus Ulm ins Umland, was ich nicht verstand. Schließlich handelte es sich doch um unseren Aufbruch, Tag eins der neuen Zeit. Wieso wurde das nicht dokumentiert? Wurde anderswo etwas anderes gefilmt? Wurden Vorbereitungen getroffen? Wir liefen den ganzen Tag, an Bundesstraßen entlang, die manchmal einen Fahrradweg an ihren Seiten führten, manchmal aber auch nur einen schmalen Streifen hinter den Leitplanken, in dem sich all der Müll angesammelt hatte, den die Leute aus ihren Autofenstern werfen. Überwiegend waren das Zigarettenschachteln, Getränkedosen, Chipstüten und Schokoriegelverpackungen. Es fanden sich aber auch ein paar Magazine, der Rest eines geplatzten Autoreifens, ein toter Fuchs und kurz nach der Unterführung unter die A8 bei Jungingen eine zerbrochene Ukulele ohne Saiten. Lange Zeit war am Horizont noch der Turm des Münsters zu sehen gewesen, wenn man sich umdrehte. Wir gingen auf Feldwegen durch Felder und auf Waldwegen durch Wälder, das Wetter war stabil und der Geruch von Wiesenblumen, Odel, Harz, Tannennadeln und frischer Erde mischte sich mit dem der Rapspflanzen, die große Teile der Felder grellgelb blühend überdeckten. Es gab zwei längere Pausen, in denen wir tranken und mitgebrachte Brote und Würste teilten und aßen. Als wir nach einer dieser Pausen wieder weitergingen, als ich uns anschaute aus einer gewissen Distanz, in die ich mich in den Stunden davor schon fast meditativ hineingelatscht hatte, dachte ich, nicht ohne eine gewisse Heiterkeit:

Der Wanderzirkus des Grauens.

Die Sonne ging bereits unter, als wir am Abend den Bauernhof erreichten, der unser Tagesziel markierte. Es handelte sich um einen sehr schönen Sonnenuntergang, von dem erst die Felder und Forste und Siedlungen und dann die rissigen, rau verputzten, gräulich gelben Hauswände des Bauernhofs golden angeschienen wurden. Es war nicht besonders warm, aber angenehm hell, ein paar rosafarbene Wolken am Himmel, lange Schatten, sicher saßen sie in München gerade vor den Cafés und bestellten sich Eisbecher und kühle Biere und genossen das leichte Leben. Ich war durch das lange Laufen in eine gleichmütige Stimmung gekommen, hatte das Gefühl eines gesunden Hungers im Bauch und war müde auf eine Weise, die einen tiefen Schlaf versprach.

Von der Straße aus gelangte man über eine Tordurchfahrt in den Hof, der von allen Seiten von Gebäuden eingefasst war. Ich sah beim Reingehen, dass Christoph seinen Mercedes mit dem Wohnanhänger seitlich auf einem Feldweg neben einem der Außengebäude abgestellt hatte. Die anderen Fahrzeuge waren in den Hof gefahren und so angeordnet worden, dass sie selbst einen kleineren Innenhof bildeten, in dessen Mitte ein Lagerfeuer vorbereitet wurde, Bierbänke und Getränkekisten und Hocker aus Baumstrünken waren im Kreis um diese Feuerstelle arrangiert worden, an Hubis Transporter standen die Hecktüren offen, und davor, auf einem Tapeziertisch, war ein kleines Buffet aufgebaut. Es gab Salzkartoffeln und Chili con Carne, Säfte, Wasser und Bier, einen Stapel Plastikschalen und Plastikbecher und einen Eimer voller Plastikbesteck. Hinter dem großen Holztor an der Stirnseite des Hofes hörte ich metallisches Klimpern und hin und wieder ein tiefes, irgendwie empört klingendes Muhen. Der Boden zwischen den Gebäuden bestand teilweise aus Schotter und aus trockener Erde, die von Traktorspuren durchzogen war und aus der sich überall kleine grüne Büschel hochdrückten. Am Rand der Gebäude verlief ein Weg aus Betonplatten, die mehrfach gebrochen waren und ebenfalls bewachsen von Moos und kurzen Gräsern. Zwischen der Wagenburg, wie ich die Anordnung der Fahrzeuge für mich nannte, und den Gebäuden gab es genug Platz, um Zelte aufzubauen, was von einigen nach einer kurzen Rast auch sofort in Angriff genommen wurde, mit dem Argument, dass man das besser hinter sich bringe, bevor das Licht weg sei.

Der Hof gehörte einem grauhaarigen Schwaben namens Mike, der sich jedem Ankommenden mit Handschlag vorstellte, ich bin der Mike sagte, mit starkem Akzent, und dessen Auftreten, Aussehen und Händedruck keinen Zweifel daran ließen, dass er hier der Gastgeber war. Wer kein Zelt dabeihatte, wurde von Mike in eines der Seitengebäude geführt, in einen unmöblierten Raum im ersten Stock, wo wir unsere Isomatten auf dem groben Dielenboden ausrollten. Es gebe auch die Möglichkeit, sagte Mike, im Heu zu übernachten, wenn man da nicht zimperlich oder allergisch sei. Für manche, sagte er, die aus der Stadt kämen, sei das ja vielleicht sogar ein romantisches Ideal, er könne aber nicht ausschließen, dass man dort dann Bekanntschaft auch mit den Ratten mache, für die es zwar überall Fallen und Köder gebe, die sich aber nie ganz ausrotten ließen. Die wohnen hier schon sehr viel länger als ich, sagte er, und ich wohne hier schon mein ganzes Leben.

Die anderen gingen gleich wieder nach unten in den Hof, nachdem sie ihre Schlafplätze belegt hatten. Ich blieb noch oben, saß eine Weile auf meinem ausgebreiteten Schlafsack und starrte vor mich hin, während draußen die Nacht aufzog und das Feuer entfacht wurde.

Es wurde erst immer dunkler in dem Zimmer, bis schließlich ein orangefarbenes Flackern die Schatten der Fensterkreuze an die kahle Wand gegenüber warf. Zu hören war das Krachen der verbrennenden Äste und ein paar leise geführte Gespräche am Feuer, die aber oben im Zimmer nur als unverständlicher Teppich aus Gemurmel ankamen. Ich war allein in unserem provisorischen Schlafsaal und glücklich darüber, mit niemandem interagieren zu müssen. Es war auch schön zu wissen, dass sie dort unten zusammenhockten und dass ich nur runterzugehen brauchte, um wieder in Gesellschaft zu sein.

Beim Anblick der unbehausten Schlafsäcke der anderen, die wie Kokons aussahen, aus denen die Insekten schon geschlüpft und davongeflogen waren, mich aber auch ein wenig an sorgsam vorbereitete Leichensäcke erinnerten, in diesem wenigen Licht, musste ich an die Szenen aus der Soldatin denken, als nach dem Hinterhalt im Wüstendorf die Toten zusammengetragen werden und auf dem zentralen Platz zum Abtransport vorbereitet. Ich schaute lange in eine dunkle Ecke und versuchte mir die Familie vorzustellen, die vor den Augen der *Soldatin* immer wieder erschienen war, an den unmöglichsten Orten, und für einen Moment fing mein Herz richtig schnell zu schlagen an, und ich saß ängstlich und aufgeregt zumindest der Möglichkeit gegenüber, dass sie dort zwischen den Schlafsäcken tatsächlich auftauchen würden.

Als ich runterging, um mich wieder am sozialen Leben der anderen zu beteiligen und meine Ration des Abendessens abzuholen, traf ich unten am Fuß der Treppe auf Markus, der gemeinsam mit Mike und Kröchi (der eigentlich Martin hieß, von uns aber Kröchi genannt wurde, weil es im Verlauf der Sitzungen im *Café Porsche* mehrere Martins gegeben hatte, die jeweils mit Verniedlichungsformen ihres Nachnamens angesprochen wurden) vor einer geöffneten Kellertür stand, einem gähnend schwarzen Loch, das sich seitlich der Treppe auftat wie der Eingang in die Unterwelt. Mike hatte offensichtlich gerade die Tür mit einem alten Schlüssel geöffnet und stand etwas verlegen und ratlos neben Markus, der eine Kamera auf der Schulter trug, auf die ein Mikrofon mit grauem Puschel montiert war, und der außerdem eine Taschenlampe in der genesenen Hand hielt, mit der er erwartungsfroh in den dunklen Abgang hineinleuchtete, an Kröchi vorbei, der seinerseits ein vom Schweiß ganz feucht gewordenes Gesicht hatte und dem auch, wie ich vom Fuß der Treppe aus sehen konnte, die Unterlippe bebte. Ich blieb stehen und sah, wie Markus Kröchi ganz leicht von hinten mit der Taschenlampe zwischen die Schulterblätter stupste und wie dieser dann einmal noch durchschnaufte und schließlich ein paar Schritte nach vorne machte, über die Schwelle der Kellertür und in das Dunkle des Abgangs hinein, während ihm Markus ein sicherlich sehr unbrauchbares Licht hinterherleuchtete und mit der Kamera folgte. Ein Licht, dachte ich mir, das doch nur ständig den eigenen Schatten des Vorderen auf die Dunkelheit des Kellers werfen und also zur Verunsicherung eher noch beitragen würde.

Mike blieb oben am Kellereingang stehen und schaute den beiden hinterher. Und gerade als ich selbst auch zu ihm hingehen wollte, schob sich Christoph an mir vorbei, schleichend, mit einer kleinen Kiste unter dem Arm, in deren Deckel ein paar Löcher gebohrt waren. Ich fragte ihn, ob ich mitkommen könne, aber er sagte mir, ich solle doch schon mal ans Feuer gehen, sie kämen gleich nach. Dann stieg er selbst die Treppe hinunter und den beiden hinterher. Mike beobachtete das Ganze mit einem sehr skeptischen Ausdruck im Gesicht und rieb sich dabei irgendwie geistesabwesend am Oberarm, als würde es ihn dort jucken.

Draußen am Feuer saßen sie alle im Kreis beisammen, die Gesichter leuchtend in dem gleichen Orange, das ich schon oben im Schlafsaal gesehen hatte. Ich holte mir eine Portion Salzkartoffeln mit Chili con Carne und ging damit zum Feuer zurück. Katja sah ich auf einer der Bierbänke sitzen, sie war aber so eingekeilt zwischen anderen, dass ich mich nur ihr gegenüber auf einen Holzstrunk setzen und sie durch die hochleckenden Flammen und die herumfliegenden Funken beobachten konnte. Sie sah sehr viel ausgelassener aus als bei der Abfahrt aus Ulm. Ich dachte: fast so, als wäre sie in der Zwischenzeit zurechtgewiesen worden oder von Christoph instruiert, hier für etwas Frohsinn zu sorgen, wofür sie ja zweifellos ein großes Talent hatte. Die

Leute jedenfalls, die um sie herum auf den Bänken saßen, hingen ihr an den Lippen und lachten sofort los, sobald sie beim Sprechen auch nur ein Lächeln aufblitzen ließ.

Hannah hatte einen würfelförmigen Koffer aus einem der Transporter zum Feuer gebracht und begonnen, ein paar Leuten mit verschiedenen Stiften und Pinseln und Schwämmchen probeweise Make-up aufzutragen. Eingefallene Wangen, tiefe Schatten um die Augen, bleiche Haut. Es sah schon gut aus, wie sich da langsam die Gesellschaft um das Lagerfeuer veränderte, zum Teil nun durchmischt war von gespenstischen Beisitzern, aber ohne eine konkrete Szene, in der diese Gesichter, die sie da bemalte, zur Anwendung kommen würden, kam es mir eher wie Kinderschminken auf einem Volksfest vor (wobei ich nicht genau sagen kann, was es ist, was ich an diesen geschminkten Kindern, wenn sie mit ihren Tiger- oder Mäuse- oder Igelgesichtern von den Volksfesten nach Hause gehen, an den Händen ihrer Eltern an einer Ampel warten oder in ein Auto einsteigen, so unheimlich traurig finde).

Unterhalten wurde sich weiterhin in einer dezenten Lautstärke, die vielleicht auch ein Zeugnis ablegte davon, wie weit die meisten von uns an diesem Tag schon gelaufen waren. Ich bin mir relativ sicher, dass alle, die da am Feuer zusammensaßen, die Schreie von Kröchi gehört haben, die aus dem Haus und vielleicht auch von einer Kellerluke her auf den Hof drangen. Manche mussten lachen, andere schauten eher betreten zur Seite oder auf ihre Schuhe. Diejenigen, die betreten schauten und vorher von Hannah geschminkt worden waren, erinnerten mich an den Film *My Rotten Roommates And My Rotten Self*, in dem die Angehörigen der Zombiewohngemeinschaft mit ihren Zombiegesichtern auch jedes Mal aus Anstand den Blick zur Seite abgewendet haben, wenn jemandem ein Körperteil weggebrochen ist. Es vergingen auf diese Weise nur wenige Augenblicke, bis Kröchi im Hauseingang auftauchte und sehr hektisch über den Hof gelaufen kam, schnaufend, die Knie und die Ärmel mit schwarzem Staub bedeckt, mit eingezogenem Kopf und den Oberarmen und Schultern in einer seltsam nach hinten wegdrehenden Kreisbewegung. Er lief an uns vorbei, ohne einen der Kommentare oder überhaupt eine Person wahrzunehmen, und fing an, am Rand des Hofes, immer noch gut sichtbar vom Lagerfeuer aus, sein Zelt aufzubauen. Wir beobachteten ihn dabei eine Weile, wie er sich immer wieder zwischen den einzelnen Handgriffen in den Nacken fasste und in den Kragen und dort etwas wegwischte, was gar nicht da war oder nur so klein, dass man es bei dem Licht und aus der Entfernung nicht erkennen konnte.

Markus und Christoph waren ihm mit laufender Kamera aus dem Haus gefolgt und filmten seinen Gang über den Hof und den Aufbau des Zeltes aus einigem Abstand. Niemand ging hin und bot Kröchi seine Hilfe an. Ich denke, weil keiner so recht einordnen konnte, ob man dadurch vielleicht die Szene ruinieren würde. Davon abgesehen schien mir Kröchi auch wirklich nicht empfänglich zu sein für ein menschliches Wort. Als er mit dem Aufbau fertig war, verschwand er umgehend im Innern seines Zeltes und zog den Reißverschluss zu. Für eine Weile war von außen noch der Lichtkegel einer Taschenlampe zu sehen, der mehrfach jeden Winkel und jedes Eck absuchte, nach einiger Zeit erlosch, um dann Minuten später wieder sichtbar zu werden und durch das Zelt zu wandern. Es sah so aus, als stünde Kröchi eine sehr unruhige Nacht bevor.

Christoph stellte sich vor uns in den Schein des Feuers für eine Ansprache. Ich konnte kaum glauben, dass er seine letzte Rede in Ulm erst an diesem Morgen gehalten hatte. Die Zeit war durch das lange Gehen völlig aus den Fugen geraten. Als jemand, der Filme macht, sagte Christoph, muss man sich immer wieder aufs Neue die Frage stellen, was der Film kann und welche Einflussmöglichkeiten der Filmemacher auf die Welt und die Gesellschaft, in der er lebt, hat. Man muss sich diese Frage allein deshalb stellen, weil sie ständig von außen, also vonseiten dieser Gesellschaft, an einen herangetragen wird. Die Gesellschaft fordert ein, dass man sich mit ihr befasst. Selbst wenn man zu dem Schluss kommen sollte, dass es nichts ist, was einem möglich ist an Einflussnahme, muss man sich diese Frage mindestens einmal, mindestens intensiv gestellt haben. Und wenn man zu einem anderen Schluss kommt, wenn man also erkennt für sich, dass es nicht nichts ist, was möglich ist, und zwar niemals, dann muss man sich eben immer wieder fragen, wie das gehen soll, in der aktuell vorherrschenden Zeit, mit dem aktuell vorhandenen Personal und der hinter uns aufgetürmten Geschichte, die ja bekanntermaßen ein wachsender Berg aus Trümmern und Ruinen ist, dass man wirklich teilnimmt und wirklich durch das, was man tut, eine andere Welt hinterlässt als die, die man vorgefunden hat. Diese Frage geht aber darüber hinaus, was Kunst kann, im Rahmen der Gesellschaft, die den Künstler oder die Künstlerin hervorgebracht hat, weil der Film, auch wenn er als ein Kunstwerk angesehen wird, noch mehr ist als das. Er ist immer auch ein Produkt gemeinschaftlicher Anstrengung und ein Zeugnis dessen, was möglich ist, wenn Menschen zusammenarbeiten und ein gemeinsames Ziel verfolgen. Er zeigt, was wir gemeinsam hervorbringen können. Das ist die gesellschaftliche Komponente jenseits des Selbstverständnisses des Filmemachers als Künstler. Und weil das so wichtig ist, machen wir diesen Film alle zusammen. Das heißt natürlich nicht, sagte Christoph, dass hier ein demokratisches Prinzip wirksam wird. Aber es ist kein Werk einer einzelnen Person und kann das auch niemals sein.

Christoph gab außerdem noch das Programm für den kommenden Tag bekannt. Wir werden weiterlaufen, sagte er, wie gehabt, allerdings treffen wir uns am frühen Nachmittag in einem kleinen Ort auf unserem Weg für eine gemeinsame Aktion. Die nächste Nacht werden wir nicht so komfortabel untergebracht sein wie hier, sagte er, genießt es also noch, solange ihr könnt.

Ich hatte den Eindruck, dass nicht nur ich diesen letzten Auftritt Christophs etwas lahm und unbefriedigend gefunden hatte. Wenn ich mich umschaute am Feuer, sahen die meisten Gesichter – egal, ob geschminkt oder nicht – sehr müde und auch ein wenig verzagt aus. Mein Blick traf den von Katja, als sie selbst offenbar die Runde abscannte und auszumachen versuchte, wie es mit der Moral beschaffen war. Nach einigen Augenblicken des Schweigens stand Katja schließlich auf, stellte sich auf die Bierbank, auf der sie gerade noch gesessen hatte, und erzählte einen Witz.

Sie sagte: Vor ein paar Wochen ist Markus zu mir gekommen und hat gesagt, du, Katja, ich glaube meine Frau ist gestorben. Was soll das heißen, du *glaubst*, habe ich ihn gefragt. Und er meinte: Na ja, der Sex ist noch der Gleiche, aber der Abwasch stapelt sich. Ein paar Leute fingen sofort zu lachen an, die anderen brauchten ein bisschen, bis sie verstanden, was los war.

Katja sagte: Ein Elefant bricht aus dem Nürnberger Zoo aus und flieht vor den Zoowärtern, die ihn wieder einfangen wollen. Er läuft aus der Stadt raus und sucht einen Ort, an dem er sich verstecken kann, was aber gar nicht so leicht ist für einen Elefanten. Schließlich entdeckt er am Stadtrand einen Badesee mit FKK-Strand. Der Elefant steigt über den Zaun, geht vorsichtig zwischen den nackten Leuten durch, bis ans Ufer, und schaut raus auf den See. Irgendwann stellt sich ein nackter Mann neben ihn, der seufzt und auch auf den See rausschaut. Er stemmt die Hände in die Hüften und fragt den Elefanten: Na, was denkst du? Der Elefant schaut sich den nackten Mann von oben bis unten an und sagt: Finde ich süß, aber kannst du mit dem Ding auch wirklich atmen?

Die Leute lachten, wobei die geschminkten Lachenden aussahen, als hätten sie starke Schmerzen. Christoph lachte auch, Sarah sah ich völlig unbeeindruckt neben einer Holzkiste sitzen und Zweige auseinanderbrechen. Ich selbst ging nach oben zu meinen Sachen, weil ich entschieden hatte, dass ich wohl doch weiterhin mitschreiben musste, was hier passierte. Im Gehen hörte ich Katja noch fragen: Was ist der Unterschied zwischen einem Amokläufer, einer Stewardess und Wolfgang Schäuble?

Ich fing eine neue Mitschrift an, auf den Rückseiten des Ausdrucks zum Schrecklichen Grauen, notierte, was bisher passiert war, während ich von unten immer wieder Gelächter hörte. Und auch als ich dann ans Feuer zurückkam, stand Katja noch immer auf der Bank und erzählte. Es war offensichtlich, dass sie so lange weitermachen würde, bis sie auch noch den letzten fürchterlichen Witz erzählt hatte, den sie kannte. Sie war gerade mitten in einem längeren und offenbar sehr umständlichen Witz, in dem es um die Tiere des Waldes ging, als ich mich wieder dazusetzte. Sie sagte: Und dann am nächsten Tag geht der Fuchs durch den Wald und macht eine Kontrollrunde. Die Tiere des Waldes sind alle noch ganz schön schlapp. Der Bär hat seine Stirn auf einen kühlen Stein gelegt und döst vor sich hin, die Eichhörnchen kratzen sich am Kopf und fragen sich, wo sie eigentlich ihre Nüsse versteckt haben, die Eulen hocken auf ihrem Ast und seufzen, aber ihre Augen werden langsam wieder klarer und sind nicht mehr so blutunterlaufen wie in den letzten Wochen. Als der Fuchs aber zum Hasen kommt, ist er echt entsetzt. Der Hase sitzt nämlich vor seinem Bau und hat sich vorn aufs Fell gekotzt und ist offensichtlich total besoffen, er muss sich sogar ein Auge zuhalten, um den Fuchs überhaupt scharf zu sehen, als der vor ihm steht und sagt: Hey, Hase, wir haben doch ausgemacht, dass wir uns nicht mehr betrinken, bis wir den Wald wieder in Ordnung gebracht haben! – Worauf der Hase lallt: Ja ja, Fuchs, es tut mir leid, aber da war noch eine Flasche Fernet-Branca in meinem Bau, die konnte ich doch nicht einfach so verkommen lassen. Und ich dachte mir, besser ich vernichte sie gleich an Ort und Stelle, damit die anderen Tiere des Waldes nicht auf dumme Gedanken kommen.

Katja erzählte uns, der Fuchs habe daraufhin gesagt: Okay, Hase, du bekommst noch eine letzte Chance, wenn ich morgen wiederkomme, bist du nüchtern wie alle anderen auch und hilfst mit, den Wald aufzuräumen, sonst reiß ich dir die Ohren ab.

Am nächsten Tag, erzählte Katja, macht der Fuchs wieder eine Runde durch den Wald. Er sieht den Bären Baumstämme durch die Gegend tragen und wie die Eichhörnchen Nüsse sammeln und vergraben und durch die Bäume hüpfen, und die Eulen spähen in die Ferne und rufen den Tieren des Waldes zu, was sie sehen. Der Fuchs ist stolz, sagte Katja, weil der Wald langsam wieder zu seiner gewohnten Ordnung zurückfindet. Nur als er beim Hasen vorbeischaut, sieht er, wie der Hase völlig straff aus seinem Bau getorkelt kommt und Kneipenlieder singt. Als er den Fuchs sieht, singt der Hase: *Halt, halt, du semmelblonder Schönling!*, fällt vor dem Fuchs ins Laub und fängt an zu weinen. Er sagt, es tue ihm wirklich sehr leid, aber er habe eben heute Morgen noch eine Flasche Ron Pampero Aniversario gefunden, und da habe er sich gedacht, den könne man ja nicht schlecht werden lassen, der sei doch eh schon so alt.

Der Fuchs ist richtig sauer auf den Hasen, erzählte uns Katja, er packt ihn an den Löffeln, hebt den schlaffen Körper aus dem Laub, schaut dem Hasen in die halb weggedrehten Augen und sagt: Hase, wenn du nicht wie alle anderen Tiere des Waldes morgen mit dem Saufen aufhörst und zu arbeiten anfängst, dann reiß ich dir die Ohren ab, ich meins ernst. Letzte Chance, sagte Katja, sagt der Fuchs, lässt den Hasen fallen und geht weg.

Am nächsten Morgen geht der Fuchs direkt zum Bau des Hasen, um zu sehen, ob er sich an die Abmachung gehalten hat. Aber der Hase ist nicht da. Der Fuchs schaut im Bau nach, das Bett des Hasen ist leer. Er schaut im Badezimmer nach, aber auch da ist niemand. Der Fuchs geht durch den Wald und sieht sich um, sieht die anderen Tiere des Waldes arbeiten und ganz elastisch und fröhlich und ausgeschlafen herumspringen – alle grüßen sich, und alle packen an dabei, den Wald wieder in Ordnung zu bringen. Nach einer Weile kommt der Fuchs an einem Teich vorbei, wo er am Ufer stehen bleibt und seine Spiegelung in der Wasseroberfläche anschaut. Er findet, dass er auch selbst schon viel besser aussieht, sein Fell ist nicht mehr so stumpf und seine ganze Haltung aufrecht und herrschaftlich. Und auf einmal hört der Fuchs, erzählte Katja, ein leises Stöhnen, das komisch klingt, wie aus einem Tunnel. Und dann sieht er, wie ein Schilfrohr sich vom Ufer ablöst und langsam übers Wasser wandert. Der Fuchs sieht dem Rohr dabei zu, wie es seine wirre Bahn an der Wasseroberfläche zieht, und als es nah genug an ihn herankommt, greift er danach und zieht es heraus und unten am Schilfrohr hängt der Hase, komplett durchnässt und hackedicht, erzählte Katja, so voll, dass er sich kaum festhalten kann, während der Fuchs ihn anschreit, dass er ihm jetzt gleich die Ohren abreißen wird, denn schließlich hätten die Tiere des Waldes vereinbart, dass sie mit dem Saufen aufhören, zumindest, bis der Wald wieder in Ordnung ist. Der Hase aber hebt den Finger, sagte Katja, und hob dabei selbst ihren Finger, für diese Geste, die einen Irrtum beim Gegenüber andeutet, und sagt: Was ihr Tiere des Waldes macht, ist uns Fischen doch scheißegal.

Es gab wieder ein großes Gelächter, an dem ich mich aber nicht beteiligen konnte. Wahrscheinlich wollte ich Katja nicht mit den anderen teilen oder einer der Austauschbaren sein, der Statisten, aus denen sich ihr Publikum rekrutierte. Ich wollte aber auch nicht so miesepetrig danebenhocken wie Sarah, die für Katjas Witze offensichtlich überhaupt nichts übrighatte und die mit jeder neuen Pointe tiefer in sich zusammensackte und noch ein paar mehr Falten auf der Stirn bekam. Es gab einen kurzen Blickkontakt zwischen mir und Sarah, bei dem ich ihr die

Solidarität ganz bewusst verweigerte, bevor ich aufstand, meine Aufzeichnungen unter den Arm nahm und vom Hof raus auf die Straße ging, als wollte ich noch etwas spazieren, mir in der kühlen Luft der Nacht die Beine vertreten, obwohl diese Beine so furchtbar müde waren, dass ich mich am liebsten sofort hingelegt hätte.

Katjas Witz erinnerte mich an eine Stelle aus einem Buch, das ich von Josi bekommen habe, in dem ein amerikanischer Soldat bei einem Spaziergang sagt, dass er nicht gerne bei der Marine sei. Aber es sei eben ein Job, sagt er und erzählt, dass er einmal im seichten Wasser ein Schilfrohr habe herausragen sehen. Es seien noch ein paar andere Schilfrohre in der Nähe gewesen, die hätten sich aber alle bewegt. Dieses eine habe sich nicht bewegt. Ab und zu habe man eben jemanden umbringen müssen, sagte der Marinesoldat, sonst wäre man selber umgebracht worden.

Im selben Buch fällt auch der Satz: *Soweit ich mich erinnern kann, bin ich wie geboren für Entsetzen und Erschrecken gewesen.*

Draußen vor dem Hoftor glomm das Lagerfeuer als schwacher Schimmer auf dem Schotter der Einfahrt, und das Gelächter war schon kaum mehr hörbar, es hätte auch einfach nur ein kräftiger Windstoß in den Blättern der Bäume sein können. Am Himmel gab es die üblichen Sterne und einen kalten Halbmond, der von einer unscharf in den Nachthimmel ausdunkelnden weißen Aura umgeben war. Menschen oder Autos sah ich keine. Ich stand da eine Weile, dann setzte ich mich auf einen Stein an der Einfahrt zum Hof und spürte meinen Kopf ganz leer werden. Hätte mich jemand in diesem Moment angesprochen und befragt, ich hätte Zugriff zu absolut nichts anderem als der unmittelbaren Gegenwart gehabt. Ich glaube, dass ich dort in dieser Nacht für eine sehr kurze Zeit mit nichts und niemandem verbunden und von gar nichts abhängig war. Dass es keine Bedeutung mehr gab, dass ein Ton hätte erklingen können, wie von einem Fahrstuhl, der das gewünschte Stockwerk erreicht hat, und dass ich in diesem

Moment durch eine einfache Willensentscheidung die Welt hätte auseinanderbrechen können oder so belassen, wie sie war. Der Stein unter mir war ganz weich und fügte sich wie ein Kissen in die passende Form, die meinem Arsch entsprach.

Ich kann nicht sagen, wie viel Zeit auf diese Weise vergangen ist, bis ich irgendwann Katja gesehen habe, die an mir vorbeiging, mich grüßte mit einer salutierenden Hand an der Stirn, und sagte: Schlaf gut, Moritz, und dann in den Feldweg einbog, die Tür zu Christophs Wohnanhänger öffnete und darin verschwand. Das Gefühl, das sich daran anschloss, war so, als hätte hinter mir jemand eine der verwunschenen Oliven aus dem Film *Erntezeit im Garten des Todes* gegessen und mir im Zuge seiner Verwandlung einen Ast durch die Brust gebohrt.

In der Nacht lag ich zwischen schwer schnaufenden und schnarchenden Schläfern auf dem unebenen Dielenboden, der immer wieder quietschte und knarzte, wenn einer auf dem kleinen Rechteck seiner Isomatte eine bequemere Position zu finden versuchte. Die Gesichter der Schlafenden sahen in dem nachtfahlen Licht wächsern und leblos aus. Draußen war das Lagerfeuer gelöscht worden, niemand saß mehr im Innenhof, und es war ganz still. Es dauerte etwa zwei Stunden, bis ich selbst einschlafen konnte. Geweckt wurde ich dann wieder von einigen laut krachenden Geräuschen und einem wilden Geschrei der Kühe im Stall, das auf eine unbeschreibliche Art melodisch war. Ich machte die Augen auf und sah wieder die Schatten der Fensterkreuze an die Wand geworfen, von einem orangefarbenen Licht, das aber wesentlich intensiver war als der Schimmer des Lagerfeuers am Abend. Mir war augenblicklich bewusst, dass der Hof überfallen wurde und dass man unten bereits alles in Brand gesteckt hatte, die Transporter und Wohnwagen, Christoph, Katja, Markus, Sarah, die Zelte, und dass das Feuer sich auf die Gebäude ausgebreitet hatte. Ich wusste, ich musste die anderen wecken, selbst laut schreien und rufen, weil wir sonst in unserem provisorischen Schlafsaal verbrennen würden. Es kam aber nicht der leiseste Ton aus meiner Brust. Die Luft blieb irgendwo in meinem Hals stecken, und als ich versuchte, mich aufzurichten, lag mein Schlafsack so schwer auf mir, als hätte ihn einer am Dielenboden festgenagelt, während ich geschlafen hatte.

Als ich dann wirklich aufwachte, war wieder Dunkelheit im Zimmer. Die Kühe waren verstummt, und die Schlafenden schnarchten und drehten sich quietschend auf ihren Matten herum. Jemand furzte. Niemand muss gerettet werden, sagte eine Stimme in meinem Kopf, und ich dachte mir, bevor ich wieder einschlief, dass das so wohl auch nicht ganz richtig war.

Die meisten Zelte waren bereits abgebaut, auf dem Tapeziertisch vor Hubis Transporter standen ein paar Thermoskannen Kaffee, Orangensaft und in Frischhaltefolie eingewickelte Sandwiches aus bleichen Brothälften, mit einem Salatblatt, Remoulade und wahlweise Wurst oder Käse, als ich am nächsten Morgen runter in den Hof kam. Kröchi sah ich etwas abseits von den anderen stehen und nervös in sein Sandwich beißen, mit hochgezogenen Schultern und unruhig umherwandernden Augen, wodurch er genauso aussah, wie ich mir Lasse vorgestellt hatte, in der Erzählung von Ann-Sophie, als er auf der Jubiläumsfeier in der Papierfabrik der Familie Fröding seine Steaksemmel gegessen hatte. Ich fragte mich an diesem Morgen, während ich mir den Kaffee aus einer der Kannen in einen Plastikbecher laufen ließ, was außer einem solchen Unfall, wie Lasse ihn wohl gehabt hatte, passieren musste, um einen Menschen so weit rauszudrängen, über den Rand der Gesellschaft hinaus, bis man sich bei seinem Anblick zu fürchten anfängt. Oder sich vielleicht sogar sicher fühlt bei dem Gedanken, dass da eine unüberbrückbare Kluft ist, von deren anderer Seite es keinen Weg zurück mehr gibt. Und ich musste mich auch fragen, ob es wirklich ein Unfall war, also wirklich eine mechanische Einwirkung auf seinen Schädel, was Nils gemeint hatte, als er gesagt hatte: He cracked his head.

Ich dachte, dass ich darüber vielleicht mit Ann-Sophie sprechen könnte, wenn wir uns nachher beim Gehen in einer ähnlichen Geschwindigkeit wiederfinden würden. Aber vielleicht würde sie das auch nicht wollen. Schließlich hatte es sie auf der Bühne im *Café Porsche* sehr viel Energie gekostet, uns von diesen Dingen zu erzählen, und sie war danach ja auch lange noch sehr aufgewühlt gewesen.

Bevor wir aufbrachen, erinnerte Christoph uns noch einmal daran, dass es zwar grundsätzlich erlaubt sei, Telefone mitzuführen und auch zu benutzen, in jedem Fall aber ein striktes Verbot herrsche, im Detail über die Produktion mit Außenstehenden zu sprechen, vor allem natürlich mit Vertretern der Presse oder Figuren aus dem Filmbetrieb. Die Kameras an den Telefonen für Foto- oder Videoaufnahmen zu benutzen sei selbstverständlich ebenso strengstens untersagt wie dieses Foto- oder Filmmaterial, das man ja eh nicht aufnehmen dürfe, im Internet zu posten, auf Facebook oder sonstwo. Er hoffe, sagte Christoph, das sei allen klar, wolle aber vorsichtshalber nochmal darauf hinweisen.

Unser nächstes Ziel, das ja ein Zwischenziel war und voraussichtlich am frühen Nachmittag erreicht werden sollte, befand sich noch innerhalb eines gewissen Radius um Ulm herum, der den ortskundigen Gehenden, die uns auch am Vortag schon geführt hatten, vertraut war. Eine kleinere Gruppe stand für ein paar Minuten in einem Halbkreis um Christoph und klärte konkrete Details die Wegstrecke betreffend, während wir anderen aufräumten und zusammenpackten und uns von Mike verabschiedeten, der meinte, er würde ja auch gern mitkommen, aber er habe hier einfach eine Verantwortung, die Viecher müssten ja schließlich auch was fressen, sagte er, und er habe sie auch noch nicht so weit dressiert bekommen, dass sie sich selbst den Stall ausmisten.

Mir fiel auf, dass der Grad des Eingeweihtseins der Beteiligten offensichtlich überhaupt nichts damit zu tun hatte, was man zuvor bei den Sitzungen gesagt oder ob man sich überhaupt auf die Bühne getraut hatte. Sarah zum Beispiel, das wurde mir dann erst so richtig bewusst, hatte weder vor uns gesprochen, noch hatte sie sich einen Gegenstand aus der *Wahl der Waffen* ausgesucht. Ich fand das nicht richtig. In welcher Form konnte man sich denn sonst noch das nötige Vertrauen verdienen? Auf welcher Grundlage wurde entschieden, dass zum Beispiel Sarah sich für dieses Eingeweihtsein qualifizierte und ich dagegen nicht?

Der Tross der Gehenden verließ den Hof an diesem Morgen lange vor den Fahrzeugen. Hubi hatte das Frühstücksbuffet noch gar nicht abgebaut, als wir losgingen. Schließlich blieben den anderen noch mehrere Stunden Zeit, bis sie aufbrechen mussten, um rechtzeitig am vereinbarten Treffpunkt zu uns zu stoßen.

Wir liefen durch die weitestgehend erschlossene und kultivierte Landschaft Baden-Württembergs, die langsam jedoch ein wenig ihre Form veränderte und hügliger wurde. Mir gingen beim Gehen wieder die Gedanken aus, und ich vergaß, worüber ich nachgedacht hatte oder ob ich überhaupt je nachgedacht hatte, wobei ich mir relativ sicher war, dass das der Fall war. Es schien nur wieder so unendlich weit weg, als hätte es auch zu einem anderen Leben gehören können. Unser Weg führte uns an den Orten Herbrechtingen und Heidenheim an der Brenz vorbei, wobei wir sie jeweils nur streiften, ihre Möbelmärkte und Kirchtürme aus der Ferne sahen, als wir das Flusstal durchquerten, in das sie hineingebaut waren, und es mir so vorkam, als würden urbane Strukturen seit unserem Aufbruch aus Ulm ganz bewusst gemieden.

Das Zwischenziel des Tages, das wir nach einigen Stunden stillen Wanderns durch einen sehr schönen Wald erreichten, stellte sich als ein eher gesichtsloses Dorf zwischen Feldern heraus. Es trug den Namen Nattheim und lag zwischen der Autobahn A7 und der Ländergrenze zu Bayern, wie ich anhand einer dicken orangefarbenen und einer gestrichelten weißen Linie sehen konnte, als ich einem Vorbeigehenden, der gerade die Umgebungskarte geöffnet hatte, auf das Smartphone schaute. Am Ortseingang befand sich ein kleiner Gewerbepark – eine Tankstelle, drei Supermärkte (Lidl, Netto und Rewe), eine Rossmann Drogerie, ein McDonald's Restaurant und ein Textildiscounter. Auf einem großen Parkplatz in diesem Gewerbepark standen die Transporter, das Wohnmobil von Markus, Christophs Mercedes und zwei Kleinwagen, ein Opel Corsa und ein rostiger Twingo, wieder wie eine Wagenburg beisammen. Die Leute aus den Kleinwagen lehnten an ihren Türen und Motorhauben, und ich konnte nicht ausmachen, ob es sich bei ihnen einfach nur um ortsansässige Neugierige handelte oder um Komplizen Christophs, die an diesem Punkt zur Produktion des Schrecklichen Grauens dazugestoßen waren. Sie wurden uns jedenfalls nicht offiziell vorgestellt, als wir die Fahrzeuge erreichten, gingen aber ganz selbstverständlich in dieselbe Geschäftigkeit über wie alle anderen auch. Hubi verteilte Wasserflaschen und stellte zwei große Plastikkörbe zwischen die Autos, die mit Käsebrezen gefüllt waren. Hannah holte wieder ihren würfelförmigen Koffer hervor, setzte sich an einem der Kleinwagen auf den Rand des geöffneten Kofferraums und forderte nacheinander verschiedene Leute auf, zu ihr zu kommen, um sich dort schminken zu lassen. Markus hatte an diesem Punkt schon seine Kamera auf der Schulter und dokumentierte die Reaktionen der wenigen Ortsbewohner, die sich außer uns noch auf dem Parkplatz befanden. Überwiegend waren das alte Leute, die Einkaufswägen oder Rollatoren vor sich herschoben und grimmig schauten oder ihre Köpfe schüttelten. Einige waren sicher einfach vom Gehen überfordert oder von chronischen Schmerzen in den Gelenken.

Man hätte diese Gesichter aber genauso gut auch anders deuten können, als Ablehnung oder vielleicht sogar als Angst. Ein kleines Mädchen kam auf uns zugelaufen, wurde aber von seiner Mutter eingefangen und weggetragen. Es gab auch zwei Jungs in vorsätzlich ausgewaschenen und sorgfältig aufgeschlitzten hellblauen Jeanshosen und mit schief aufgesetzten Baseballkappen, die eine Weile neben einem tiefergelegten VW-Polo standen und uns mit verschränkten Armen beobachteten. Als sie schließlich abfuhren, wurde innen im Auto ein Subwoofer so laut aufgedreht, dass davon die Karosserie schepperte. Ich schaute Markus eine Weile dabei zu, wie er die Kamera über den Parkplatz schwenkte und an den Rädchen für Fokus und Brennweite herumdrehte, und fragte mich, welche Regelung wohl in Bezug auf die Persönlichkeitsrechte dieser Leute hier galt, die ja schließlich nie darin eingewilligt hatten, sich am Schrecklichen Grauen zu beteiligen.

Ich sah, wie sich nacheinander verschiedene Personen unter die Heckklappe zu Hannah setzten und geschminkt wurden, Marlies, Ann-Sophie, Jonas, Wenzel, Mario, Juri, all diese mir bekannten Gesichter wurden bemalt und standen dann beisammen auf dem Parkplatz, wieder veränderte sich dadurch unsere kleine Gesellschaft, wie schon am Lagerfeuer am Abend davor, und wieder kam es mir irgendwie besonders affig und unnötig vor. Ich hatte selbst auch gar kein Bedürfnis danach, mich beschminken zu lassen, um weiterhin der Gruppe anzugehören. Die Vorstellung, geschminkt unter den anderen Geschminkten auf dem Parkplatz zu stehen, war mir wesentlich unangenehmer als mein vermeintliches Ausgeschlossensein aus dieser Gemeinschaft. Ich ging zu Christoph hin, der sich gerade im Gespräch mit einem der Neuen aus den Kleinwagen befand, dem er erklärte, wie man die Tonangel zu halten habe, die zwischen ihnen auf dem Boden stand und von beiden mit jeweils einer Hand am ausgestreckten Arm gehalten wurde, als handelte es sich bei ihr um einen Zauberstab oder einen anderen magisch-rituellen Gegenstand, auf den sie einen Schwur leisteten oder von dem sie Kraft bezogen für ihre paranormalen Fähigkeiten.

Ich fragte Christoph, was es mit dieser Aktion auf sich habe. Und Christoph sagte mir, man könne es vielleicht als eine Art kleinen Flashmob des Grauens bezeichnen. Ein Versuch zu sehen, wie wir gesehen werden. Was wir ansprechen können in den anderen. Was sie vielleicht gern verstecken würden. Wie sich das anfühlt, als ein Spiegel aufzutreten für das Verdrängte und das Unaussprechliche in diesen Leuten, die sich hier in einer Gemütlichkeit verschanzt halten, die ja wohl offensichtlich eine Fassade ist, um etwas Tieferliegendes, Dunkles zu verstecken.

Ich sagte Christoph, dass ich das peinlich fände, sich hier mit geschminkten Gesichtern den Ortsbewohnern auszusetzen. Dass mich das sofort an diese Leute erinnere, die im Auftrag von Umweltorganisationen oder Kreditkartenunternehmen in Fußgängerzonen unterwegs sind, mit einer eingefrästen Freundlichkeit im Gesicht, die ja auch nur eine Maske sei, die sie einem ungefragt vorhalten, wobei aber doch nichts anderes ausgelöst werde, als dass man sich für diese Leute schäme oder dass sie einem im besten Fall vielleicht noch leidtäten. Auf welche der Ängste, die wir ihm und uns auf der Bühne im *Café Porsche* geschildert hatten, er sich denn mit dieser Aktion konkret beziehen wolle. Oder wie sich das vielleicht durch das Drehbuch rechtfertige, um das hier ja so ein großes Geheimnis gemacht wurde, wolle ich einmal von ihm wissen, sagte ich zu Christoph, während er und der Neue noch immer die Tonangel festhielten und mich mit wachsender Ungeduld anschauten.

Christoph fragte mich, ob das denn, wenn er mich einmal so direkt fragen dürfe, meine Vorstellung von einem professionellen Verhalten sei. Und ob ich wirklich dächte, wir würden hier jede einzelne Geschichte eins zu eins übersetzen in diesem Film. Es sei mir natürlich freigestellt, ob ich an der Aktion teilnehmen wolle oder nicht. Er würde mich sicherlich auch nicht dazu zwingen, jemals vor der Kamera aufzutauchen. Ich könne mich auch mal an Markus wenden, vielleicht, sagte Christoph, kann der ja noch einen Assistenten gebrauchen.

Die beiden nahmen ihr Gespräch wieder auf, und ich drehte mich weg, schaute die wachsende Gruppe der Bemalten an und bemerkte, dass Katja nirgendwo zu sehen war. Ich drückte mich etwas ziellos auf dem Parkplatz herum, aß eine Käsebreze und ging dann auf Markus zu, der noch immer filmte, fragte ihn, ob er denn vielleicht meine Hilfe gebrauchen könne, Christoph habe gesagt, ich solle mich da einmal bei ihm erkundigen. Markus reagierte erst mit einiger Verzögerung auf mich und sagte dann, ich solle zusehen und lernen, mehr könne er mir gerade auch nicht anbieten.

Die Gruppe kam wieder in Bewegung. Vom Parkplatz aus ging es über die Hauptstraße in ein angrenzendes Wohngebiet. Den Geschminkten war anzusehen, dass ihr Geschminktsein Auswirkungen hatte auf die Art und Weise, wie sie sich bewegten. Ich hatte früher schon von Schauspielern gehört, dass ihnen oft erst die Kostüme wirklich nahelegten, wie sich ihre Figuren zu bewegen hätten, und dass sie entsprechend auch erst durch das Anlegen der Kostüme zu diesen Figuren werden konnten (und sich selbst, dachte ich dabei immer, in der Umkleide zurücklassen).

Die Geschminkten gingen jedenfalls voraus, und es ging tatsächlich etwas Bedrohliches von ihnen aus. Manche zogen ein Bein nach oder hatten den Kopf auf einer hochgezogenen Schulter abgelegt. Es gab ganz originelle Ideen, wie das stoische Laufen gegen Verkehrsschilder oder das Aufheben und Beschnuppern von Müll, der auf dem Gehsteig lag. Christoph machten diese Improvisationen ganz glücklich, er lachte jedes Mal laut auf, wobei er sicherlich darauf achtete, sich immer hinter dem Träger der Tonangel in entsprechendem Abstand aufzuhalten. Die Geschminkten wurden sehr schnell zu einer homogenen Masse, aus der kaum mehr einzelne Personen hervortraten oder auch nur als die zu erkennen waren, an deren Anblick ich mich in den Wochen davor gewöhnt hatte. Vielleicht lag das auch daran, dass kaum jemand je aus der Rolle fiel und lachen musste oder auf eine andere Weise die Aufmerksamkeit auf die Tatsache richtete, dass hier gespielt wurde.

Bei unserer Ankunft in Nattheim hatte es noch einige Wolken am Himmel gegeben, die nun aber größtenteils von einem leichten Wind davongetragen wurden, was immer häufiger dazu führte, dass der Ort und seine Häuser in einem satten nachmittäglichen Frühjahrssonnenlicht aufstrahlten – für Markus sicherlich eine Herausforderung, was die Einstellungen an seiner Kamera betraf. Allerdings eine, von der ich mir vorstellen konnte, dass sie ihm Freude machte.

Von außen sah unser Auftritt in Nattheim sicherlich sehr seltsam aus, die Geschminkten gingen vorneweg und wir anderen in einem gewissen Abstand hinterher, teilweise mit der entsprechenden Technik in der Hand oder mit den Händen in den Hosentaschen, wie ich, oder gewissenhaft Dinge notierend, wie Sarah. Katja war weiterhin nirgendwo zu sehen. Es waren nicht sehr viele Menschen auf der Straße. Einmal fuhr ein tannengrüner Passat an uns vorbei, aus dem zwei alte Frauen auf eine sehr souveräne Art herausschauten, als hätten sie auf der Welt schon wirklich alles gesehen und nichts davon gemocht.

Die Geschminkten stellten sich immer mal wieder vor einem Gartenzaun auf, schaukelten leicht hin und her und schauten lange in die Fenster. Manchmal wurde eine Gardine zurückgeschoben, und ein halber Kopf war kurz zu sehen, die Geschminkten am Zaun gerieten dann in eine Art Aufruhr und zuckten ein wenig in den Gliedern, manche machten auch ein heulendes oder grunzendes Geräusch. Sie arrangierten sich außerdem um geparkte Autos in Einfahrten oder freistehende Mülltonnenhäuschen aus Waschbeton, blieben jeweils immer für ein paar Minuten so stehen, dass Markus alles gut ins Bild bekommen konnte und sich ihr untotes Herumstehen mit der toten Ereignislosigkeit des Ortes auf eine so fabelhafte Art vermischte, dass ich den Anblick wirklich extrem toll fand. Ich wollte zu Christoph hingehen und ihm sagen, wie gut mir diese Sache jetzt doch gefiel, obwohl ich ja meine Zweifel daran gehabt hatte. Christoph befand sich aber gerade im Gespräch mit einem neben ihm Stehenden und sagte den Satz: Das ist ja das Gute an diesen kleinen Orten, dass es eine Weile dauert, bis die Polizei kommt, wenn man sie ruft. Dann sah ich ihn einen Zettel aus der Tasche holen, ein Megafon vor seinen Mund halten und in diesem nasal trötenden Ton des Megafons einen Teil der Ansprache aus dem fiesen Film vortragen, was die ganze schöne Einheit, über die ich mich kurz davor noch gefreut hatte – das untote Herumlungern im toten Ort – brutal zerstörte.

Christoph las von seinem Zettel:

Ihr seid der singende Wohlstand, ihr seid das vollsanierte Dorf in Baden-Württemberg, die Seifenblase der Spekulation, ihr seid die Autobahn zwischen München und Berlin, ihr seid unsere tiefste Angst und unser größter Wunsch, wir fordern euer Lied, singt jetzt, ihr hässlichen Vögel, singt!

Als Christoph fertiggesprochen hatte und seine Megafonstimme im Wohngebiet verhallt war, kehrte für eine lange Zeit eine sehr angenehme Stille ein. Man hörte das Rauschen der Blätter in den Bäumen, ein Windspiel irgendwo und aus einiger Entfernung das gleichmäßige Brummen eines elektrischen Rasenmähers. Es war früher Nachmittag, und ich dachte mir, dass es doch um diese Tageszeit eh sehr unwahrscheinlich war, dass die Leute zuhause hinter ihren Fenstern saßen oder standen und diesen Flashmob des Grauens draußen auf der Straße überhaupt mitbekamen. Außer den Rentnern und Ruheständlern waren die meisten von ihnen doch sicherlich in der Arbeit oder in der Schule.

Es gab auch noch eine Szene mit den Geschminkten auf einem Spielplatz, bei der sie eher traurig herumsaßen, in einem Holzkarussell und auf den Schaukeln, ein paar von ihnen taten so, als würden sie unter der Rutsche oder im Kletterturm nach Kindern suchen, die man fressen könnte. Außer uns war dort aber niemand unterwegs.

Zurück auf dem Parkplatz kam beim Abschminken eine sehr ausgelassene Stimmung auf. Ich hielt mich eher im Hintergrund, freute mich aber zu sehen, wie alle wieder in ihre eigene Haut zurückkehrten und sich dabei unterhielten und lachten und sich gegenseitig Komplimente machten für verschiedene Einfälle, die man beim Spielen vorhin gehabt hatte. Ich musste wieder an die Passage aus der *Soldatin* denken, in der sie mit ihren Kameradinnen und Kameraden im Flugzeug sitzt, auf dem Weg zum Auslandseinsatz, und deren Transformation beobachtet, von den Subjekten einer friedlichen Kultur in die Objekte der Schlacht, die keine individuellen Persönlichkeiten mehr haben, sondern nur noch Uniform und Auftrag sind und sich auflösen in der Sache, die größer ist als sie selbst. Auf dem Parkplatz in Nattheim hatte ich das Gefühl, diesen Vorgang in umgekehrter Reihenfolge beobachten zu können. Mit jedem Gesicht, das wieder freigelegt wurde hinter der Maskierung, kam eine Persönlichkeit zurück und bereicherte unsere Gruppe mit ihren ganz eigenen Eigenschaften, ihrer Biografie und ihrer Sehnsucht.

Die Neuen aus den Kleinwagen integrierten sich in die Gruppe, stellten sich vor und machten Witze oder beschrieben selbst nochmal, was sie gerade gesehen hatten, wie sie die Szenen fanden und welche Einzelheiten ihnen als besonders schön in Erinnerung geblieben waren. Einer von ihnen, der sich James nannte, schien mir auf eine besonders intime Art mit Christoph verbunden zu sein. Jedenfalls steckten sie immer wieder die

Köpfe zusammen, um etwas zu besprechen, und der, der sich James nannte, konnte Christoph widersprechen oder ihm Dinge vorschlagen auf eine Weise, die mir ebenbürtig erschien und auf gleicher Augenhöhe.

Beim Aufbruch aus Nattheim boten die Fahrer der Kleinwagen an, noch ein paar Leute bis zum nächsten Treffpunkt mitnehmen zu können. Auch hier hielt ich mich wieder zurück und wartete, bis die Plätze vergeben waren, weil ich nicht das Gefühl hatte, dass ich mir ein bequemes Mitfahren verdient hatte an diesem Tag. Schließlich hatte ich ja nicht mitgemacht, mich nicht schminken lassen, hatte die Transformation nicht durchlaufen und dementsprechend auch keinen Anspruch auf einen Sitzplatz im Auto.

Den Rest des Tages gingen wir nahezu ausnahmslos durch Wald, so als müssten wir uns verstecken oder möglichst unauffällig vorankommen, was mir aber ganz angenehm war. Schon ein paar hundert Meter nach dem Ortsausgang führte die Straße vom offenen Feld in ein Waldstück hinein, wir gingen ab und tiefer zwischen die Bäume, während die Fahrzeuge an uns vorbeifuhren in Richtung des nächsten Treffpunkts. Ich dachte, dass es eine gute Entscheidung gewesen war zu gehen. Und dass ich die Leute in den Autos kein bisschen beneidete. Die Luft im Wald war harzig und kühl, wir gingen an feuchten Moosflächen vorüber und an morschen Strünken und umgestürzten Baumstämmen. Ich dachte an die Tiere des Waldes aus Katjas Witz und lachte im Nachhinein dann doch noch ein bisschen in mich hinein, während ich so dahinging, mit den Daumen in den Trägern meines Rucksacks eingehakt und dem Blick vor mir auf den Weg gerichtet.

Es ergab sich, dass Juri und ich beim Laufen durch diesen Wald irgendwann nebeneinander hergingen und uns auf die gleiche Geschwindigkeit eingependelt hatten. Für eine Weile hörten wir nur auf unsere Schritte und die Schritte der anderen und auf den leisen Nachhall der Geräusche unserer Gruppe zwischen den Bäumen. Im Unterholz am Wegrand war natürlich auch reichlich Bewegung. Ich war mir nicht sicher, wann die Vögel anfingen, ihre Nester zu bauen, aber es hätte mir eingeleuchtet, wenn es zu dieser Zeit gewesen wäre und wenn es sich bei dem Rascheln zwischen dem Laub des Vorjahres um ein Suchen verschiedener Vögel nach den richtigen Baustoffen gehandelt hätte.

Als Juri das Schweigen schließlich brach, erzählte er mir, dass ihn das Gehen hier durch diesen Wald daran erinnere, wie er sich früher als Kind immer vor dem *Mann im Wald* gefürchtet habe, der sicherlich nicht seine eigene Erfindung gewesen sei, sagte er, sondern wohl eher einer Art Mythologie seiner Kindheit entstamme, und dass er aber, wenn er ganz ehrlich sei, die Furcht vor diesem *Mann im Wald* niemals ganz abgelegt habe. Juri machte mit den Fingern Anführungszeichen um die Wörter *Mann im Wald* – als wollte er sich und uns vergewissern, dass wir uns hier nicht mehr im Rahmen der Wirklichkeit bewegten. Oder zumindest in einer Sphäre dieser Wirklichkeit, die man nicht wirklich ernst nehmen konnte und sollte.

Ich glaube, sagte Juri, dass uns diese Geschichten damals erzählt wurden, um uns zu schützen. Vielleicht auch, um uns ein bisschen Angst zu machen. Aber sicher doch in dem Anliegen, dass wir nicht einfach so alleine in den Wald gehen und uns dort entführen und umbringen lassen würden. Ich habe immer viel draußen gespielt, und meine Eltern waren da selten dabei. Das war in meiner Generation auch ganz normal. Die Eltern sind nicht mit rausgegangen, aber sie haben einem diese Geschichten mit auf den Weg gegeben, die einen dazu bringen sollten, vorsichtig und misstrauisch zu sein. Und das waren ja auch nicht nur erfundene Geschichten. Es gab diese Leute ja wirklich – auch bei uns im Ort gab es so einen Fall –, die kleine Kinder irgendwo in eine abgelegene Hütte oder einen alten Luftschutzbunker lockten und dort dann in Stücke sägten. Von den meisten Fällen hörte man dann eher im Fernsehen oder auf dem Schulhof, aber in meinem Kopf vermischten sie sich natürlich mit den vagen, gesichtslosen Figuren aus den Geschichten meiner Eltern. Wenn sie im Fernsehen oder auf der Titelseite einer Zeitung im Kiosk so einen Triebtäter-Gewaltverbrecher zeigten, dachte ich jedenfalls immer sofort an den *Mann im Wald*. Und dass er wieder zugeschlagen hatte.

Wir kamen an einem Baumstamm vorbei, in den jemand die Worte *Kilroy wasn't here* geritzt hatte. Ich hätte gern einen Kommentar dazu gemacht oder zumindest darauf hingewiesen, aber Juri war mitten in seiner Erzählung, und ich wollte ihn nicht unterbrechen.

Ich glaube, erzählte er, ich habe diese Leute damals gar nicht als verschiedene Täter wahrgenommen. Für mich war das alles der eine *Mann im Wald*, der so übernatürlich böse war, dass man ihn immer wieder fassen, aber nie festhalten konnte. Selbst wenn sie ihn einsperren, dachte ich damals, begeht er doch ein paar Monate oder Jahre später wieder eine solche Tat im Wald, in einer etwas anderen Aufmachung und mit etwas anderem Werkzeug, aber am Ende eben doch in der Tradition der vorangegangenen Verbrechen.

Juri erzählte, es habe bei ihm im Ort natürlich auch mehrere dieser Häuser gegeben, an denen man vorbeiläuft und die einen sofort misstrauisch machen, von denen etwas Dunkles ausgeht, ein kalter Hauch, sagte Juri, weil man nie wirklich jemanden im Garten sieht, weil die Fensterläden oft geschlossen sind oder die Fenster selbst ganz blind vor Staub und weil sich deshalb verschiedene Gerüchte im Ort ausbreiten über die Leute, die in diesen Häusern wohnen. Und es ist ja auch sehr viel wahrscheinlicher, dass da hinter den blinden Fenstern in diesen Häusern wirklich etwas passiert, was geheim gehalten werden soll, als dass irgendwo im Wald einer wartet, um dort Kindern und anderen

Wehrlosen aufzulauern. Aber an diesen Häusern kann man eben einfach schnell vorbeifahren mit dem Fahrrad, während man von einem Wald ja umgeben und verschlungen wird, sobald man ihn betritt. Der Wald ist ja nicht wie das Haus im Ort vom Ort umgeben, von der Zivilisation und den wachsamen Blicken der anderen Ortsbewohner. Genau das finden ja die meisten auch so schön am Wald. Es macht ihn nur für mich so endlos viel grusliger als das grusligste Haus im Ort, sagte Juri, während wir durch den Wald gingen, der mir immer noch sehr gut gefiel, mit seinem Geruch und seinen Geräuschen, wobei ich mich nun schon zu fragen begann, ob es damit zu tun hatte, dass wir hier als Gruppe unterwegs waren, als eine langgezogene Reihe von Wandernden in unterschiedlicher Geschwindigkeit, dass vor und hinter uns Leute waren und dass keiner von uns hier für sich und auf sich allein gestellt war. Ich glaubte aber schon, dass ich das alles hier alleine ebenso genießen würde. Ich wäre ja vielleicht ohne Juri gar nicht erst auf den Gedanken gekommen, dass es neben all dem Angenehmen auch einen bedrohlichen oder schreckenerregenden Aspekt an diesem Wald geben könnte.

Juri sagte, vielleicht liege es auch daran, dass es in seinem Ort nie einen solchen Fall gegeben habe, in dem jemand in einem dieser Häuser gefangen gehalten und gequält und getötet wurde. Unser Fall – übrigens ein sehr berühmter Fall –, sagte Juri, war eben eher ein ganz klassischer Mann-im-Wald-Fall.

Als ich ein Kind war, sagte er, lag der Fall schon einige Jahre zurück, aber meine Eltern und auch die Eltern meiner Freunde waren davon natürlich noch stark traumatisiert, und die Geschichte lebte noch lange weiter – sehr wahrscheinlich erzählt man sie auch heute noch, es ist ansonsten nur wenig Erwähnenswertes passiert in diesem Ort. Es gibt auch verschiedene Dokumentationen und sogar einen Spielfilm, der aber leider gar nicht gut ist. Ich habe mich immer gefragt, ob so ein Trauma, wenn es nicht von einem selbsterlebten Grauen herrührt, sondern von dem Schrecken, den einem ein Grauen in unmittelbarer Nähe eingejagt hat, ob so ein Trauma vererbbar ist. Das ist ja gerade in unserem Land hier, sagte Juri, keine unbedeutende Frage, finde ich. Was meinen Ort angeht, denke ich jedenfalls, dass seine Bewohner durch diese Ereignisse kollektiv traumatisiert wurden, und natürlich hat es da nie wirklich eine Aufarbeitung gegeben. Die Angehörigen der Opfer und der Täter selbst wurden psychologisch betreut, aber der ganze Ort, der ja durch solche Ereignisse mit einer feinen und ganz empfindlichen Haut überzogen wird, musste das Trauma entweder selbst verarbeiten oder eben verdrängen, um weiter die ganz normale örtliche Alltagsnormalität aufrechterhalten zu können, sagte Juri. Deshalb habe ihm die Aktion in Nattheim gerade besonders gut gefallen – er habe da zum ersten Mal das Gefühl gehabt, Christoph verstehe wirklich, worum es ging (er sei sich da vorher, sagte Juri, wenn er ehrlich sei, nie so ganz sicher gewesen) –, und er hätte das natürlich am liebsten in seinem Ort gemacht, mit all den Leuten hier, aber er könne sich auch gut vorstellen, dass es den anderen ebenso gegangen ist, dass also jeder gerne in seinem eigenen Ort gewesen wäre für diese Aktion, und daher, sagte er, ist es ja vielleicht ganz gut, dass wir es an einem neutralen Ort gemacht haben, aus dem niemand herkommt, der hier mit dabei ist.

In dem Wald, der an unseren Ort angrenzt, erzählte Juri, während wir nebeneinanderher gingen und ich hoffte, dass wir bald eine Pause machen würden, in der ich meine Aufzeichnungen aus dem Rucksack holen und alles aufschreiben könnte, gab es einen alten Luftschutzbunker, der nur im Eingangsbereich wirklich ausgebaut war und sich in eine Höhle verwandelte, je weiter man in ihn hineinging. Eine dunkle, feuchte Höhle, sagte Juri, aus der, wenn man nur tief genug nach hinten durchging, auch kein Geräusch mehr nach draußen in den Wald dringen konnte. Der Täter in unserem Fall hat das erste Jahr seines Lebens in einem Krankenhaus verbracht, nachdem seine Mutter bei der Geburt gestorben war. Er wurde von den Krankenschwestern großgezogen und später von einem kinderlosen Ehepaar adoptiert. Der Vater war Metzgermeister, und die Mutter war eine Zwangsneurotikerin mit einem ausgeprägten Waschzwang. Der Täter durfte, als er noch ein Kind war, nie raus und mit anderen Kindern spielen – es hieß, die Mutter habe es ihm verboten, weil er einerseits sich dabei schmutzig machen könnte und andererseits, weil er dann vielleicht herausfinden würde, dass er nicht das leibliche Kind seiner Eltern war, eine Wahrheit, vor der die Mutter sich und ihn ganz offensichtlich abschotten wollte. Im Gefängnis – im Rahmen seiner psychologischen Betreuung – hat der Täter später ausgesagt, dass er von seiner Mutter bis zuletzt gebadet wurde. Er war immerhin neunzehn Jahre alt, sagte Juri, als man ihn verhaftet hat. Zur Schule ging der Täter auf ein katholisches Internat, wo er verprügelt und missbraucht wurde und wo er langsam Rachephantasien entwickelte, die sich aber nicht gegen seine Peiniger richteten, sondern gegen andere Kinder. Er malte sich nicht aus, wie er es den Lehrern und Pfarrern aus seiner Schule heimzahlen würde, sondern fing an, sich vorzustellen, wie er jüngere Kinder genauso quälte und misshandelte, wie er gequält und misshandelt worden war. Es gab Psychologen, die sagten, er habe dieses Machtverhältnis so verinnerlicht, dass er es nicht durchbrechen wollte, sondern lediglich im Lauf der Zeit auf die andere Seite der Macht geraten, also die Seite, auf der die Macht ausgeübt wurde über einen anderen. Und der Täter war erst fünfzehn, erzählte Juri, also noch ein Kindertäter, als er zum ersten Mal ein jüngeres Kind in den Wald und in diesen ehemaligen Luftschutzbunker gelockt und dort unten dann missbraucht und umgebracht hat.

Mir wurde etwas flau, während wir gingen und Juri erzählte, und ich hätte mich an diesem Punkt gern nur noch auf die Geräusche und die Gerüche des Waldes konzentriert, von denen ich fürchten musste, dass sie mir im Fortgang von Juris Geschichte erstmal vollständig verleidet würden.

Der Täter, erzählte Juri, konnte sich daraufhin ein paar Jahre lang unter Kontrolle halten, volljährig werden und bei seinem Adoptivvater in unserem Ort eine Metzgerlehre beginnen, bevor er wieder losziehen musste, um seine nächsten Taten zu begehen. Die Frequenz erhöhte sich dramatisch, es vergingen nur noch wenige Wochen zwischen den einzelnen Fällen, und recht bald ist er dann auch aufgeflogen, als sich eines seiner Opfer aus der Höhle befreien und davonlaufen konnte. Unser Mann-im-Wald-Täter, sagte Juri, auf eine Art, dass ich kurz dachte, es klingt vielleicht auch ein bisschen Stolz mit in seiner Beschreibung, so als würde er über den Fußballverein seines Ortes sprechen, der gegen alle Erwartungen in eine professionelle Liga aufgestiegen war, war sofort geständig und hat den Psychologen im Gefängnis alles im Detail erzählt, seine ganze Geschichte, die Taten, wie er sich dabei gefühlt und was er gedacht hatte. Es gibt Aufnahmen von diesen Gesprächen, die man sich anhören kann, wenn man das gerne möchte, sagte Juri. Und der Mensch, den man da sprechen hört, ist sicherlich kein Unmensch, sondern sogar eher sympathisch. Es ist alles nachvollziehbar, so wie er es beschreibt, und man denkt sich: Na klar, wer so nachhaltig verkorkst wurde, weil man ihm so übel mitgespielt und ihn so niederträchtig behandelt hat, der kann vielleicht ab einem gewissen Punkt wirklich nichts mehr dafür.

Der Täter wurde aus dem Gefängnis in eine geschlossene Heilanstalt verlegt, wo er sogar noch eine junge Schwesternhelferin geheiratet hat, die ihm jahrelang Briefe geschrieben hatte, obwohl man wohl davon ausgehen kann, dass ihm ganz grundsätzlich an den Frauen nicht so viel gelegen war. Aber der Täter wollte eben wirklich gesund werden, das ist auch aus den Aufnahmen der Gespräche herauszuhören. Er wollte nur noch der nachvollziehbare sympathische Mensch sein, ohne die dunkle

Seite, ohne den *Mann im Wald*. Er hat sich schließlich freiwillig einer Kastration unterzogen, erzählte Juri, bei der dann das Narkosemittel falsch zusammengemischt wurde, was ihn schließlich umgebracht hat.

Juri erzählte, dass sogar dieser Fall, bei dem am Ende der Täter durch seinen Wunsch, wieder zurück in die Gesellschaft der Normalen integriert zu werden, umkommt – eigentlich von diesem Normalitätswunsch im Grunde genommen umgebracht wurde –, nichts an seiner Überzeugung geändert habe, dass es sich bei dem *Mann im Wald*, vor dem ihm seine Eltern und sein Ort ganz früh schon eine fundamentale Angst eingejagt hatten, irgendwie um die immer selbe Gestalt handle, einen Wiedergänger des Bösen, der nicht auszurotten war, nicht durch lebenslange Haftstrafen und auch nicht durch Kastrationen mit tödlichem Ausgang. Wahrscheinlich, sagte er, liege das an seiner Überzeugung, dass es diesen einen immer geben werde, der früh schon durch die ganze grässliche Ungerechtigkeit, die sich im Leben auftürmen kann, zu einem ewig Ausgestoßenen wird, und dass der Weg für so einen Menschen vielleicht logischerweise in den Wald und in die Gewalt führt. Und deshalb sei sogar heute noch seine größte Angst, wenn er einen Wald betrete, nicht das Verlaufen oder tollwütiges Wild oder Zecken oder Geister oder Wilddruden, sondern dass es sich bei diesem Wald um den Wald eines der Ausgestoßenen handelt, den die Gesellschaft nicht mehr in sich halten kann, der sich unfreiwillig oder absichtlich von ihr entfernt hat, auch von ihren Werten, und jetzt in diesem Wald haust oder in ihm auf die Jagd geht.

Ich sagte zu Juri, dass ich das jetzt sehr schwierig fände, schließlich hätte ich meine Aufzeichnungen im Rucksack und könne gerade nicht mitschreiben und Sarah sei irgendwo auf einer Landstraße in einem der Transporter unterwegs und ich wisse jetzt wirklich nicht, wie wir damit umgehen sollten (ich bemerkte erst beim Sprechen, wie aufgebracht ich plötzlich war), er habe uns doch auf der Bühne im *Café Porsche* erzählt, seine größte Angst sei, dass irgendwann etwas so gravierend nicht stimme mit ihm, dass man ihn in ein Krankenhaus bringen würde, vielleicht auch nur für eine Routineoperation, und dass er dann aufwache nach der Narkose und die Nachricht erhalte, dass man ihm leider aufgrund von Komplikationen die Beine habe abnehmen müssen oder dass man beim Aufschneiden etwas sehr Besorgniserregendes gefunden habe, das sich in einem fortgeschrittenen Stadium befinde und eigentlich keinerlei Hoffnungen mehr lasse auf Heilung oder ein mittelfristiges Überleben. Vom *Mann im Wald* und von den wiederkehrenden Ausgestoßenen und dem Bösen und der Ungerechtigkeit sei da überhaupt keine Rede gewesen, aber das sei doch relevant, sagte ich, für unsere Arbeit hier, und Juri meinte, ich sei aber sehr streng, er habe sich doch nur mit mir unterhalten wollen.

Dann drehte er sich um und deutete hinter uns auf Jonas, der in ein paar Meter Entfernung lief, die Hosenbeine in die Socken gesteckt hatte, mit einem sorgenvollen Blick den Boden absuchte und sich beim Gehen sehr umständlich bewegte, um keines der Gräser und Farne zu streifen, die in den Weg hingen. Der da, sagte Juri, hat zum Beispiel panische Angst vor Zecken. Das hat er uns auch nicht erzählt, bevor wir losgegangen sind.

Ich ging etwas langsamer, fiel hinter Juri zurück und bald auch hinter Jonas, der mich aber gar nicht bemerkte, als er mit hängendem Kopf an mir vorbeilief. Ich fragte mich, ob ich ihm vielleicht sagen sollte, dass er die Zecken doch eh nicht sehen würde, egal, wie sehr er sich auf die Gräser am Wegrand konzentrierte, ließ es aber sein, weil ich vermutete, dass ich ihm damit wahrscheinlich keinen Gefallen tun würde.

Es gingen noch ein paar andere Leute an mir vorbei, während wir so durch den Wald liefen. Ich hörte Fetzen ihrer Gespräche, jemand sagte: Aber warum kann ich dann nicht einfach zufrieden sein mit dem, was ich habe?, und ein anderer: Wir sind ja alle hilflos und hoffen doch noch Teil von etwas Großem sein zu können. Aber ich überhörte auch Gespräche über Winterreifen, über Wanderschuhe und solche, die ich überhaupt nicht einordnen konnte. Ich fiel fast bis ganz ans Ende zurück, bevor ich mit meinem langsamen Gang wieder einen Platz in der Reihe fand, an dem ich nicht mehr überholt wurde und alleine laufen konnte.

Bald danach wurde es dunkel, und ich meinte spüren zu können, wie unter den Gehenden eine Unruhe aufkam. Vielleicht habe ich es mir auch nur eingebildet, oder vielleicht habe ich meine eigene Sorge, dass diejenigen, die uns führen sollten zum nächsten Treffpunkt, die Gegend am Ende doch nicht so gut kannten, wie sie behauptet hatten, auf die Gruppe projiziert. Zwischen den Blättern der Bäume veränderte sich jedenfalls die Farbe des Himmels in ein immer dunkler werdendes Blau, und zwischen den Stämmen verschwanden einzelne Details in unruhig krisselnden Schatten, die dem Blick folgten, wohin man schaute, und nicht nur alles immer unschärfer werden ließen, sondern auch dazu führten, dass einem der Raum und die Distanzen zwischen den Dingen irgendwie unheimlich wurden. Ich bemerkte, dass sich die Leute jetzt häufiger zueinander umdrehten, um sicherzugehen, dass die anderen noch da waren, dass man zusammenblieb und sich nicht gegenseitig in diesem dunkler werdenden Wald verlieren würde. Ich dachte: Hier müsste doch jetzt gefilmt werden. Und fragte mich, ob es Markus wohl möglich wäre, diese Übernahme des Waldes durch die Schatten mit der Kamera einzufangen, oder ob es dafür Augen brauchte, die in einem sorgenvollen Kopf saßen.

Es wurde schließlich so dunkel im Wald, dass ich das Nachtlager, bevor wir es erreichten, schon aus der Entfernung an dem orangefarbenen Leuchten des Feuers erkennen konnte. Noch bevor wir zwischen den Bäumen heraus auf die Lichtung traten, wo Christoph und Markus und Sarah und Hubi und die beiden Neuen die Fahrzeuge abgestellt und ein Lagerfeuer entfacht hatten, war dieses Feuer als ein schwach glühender Ball zwischen den Baumstämmen aufgetaucht. Erst dachte ich, es sei so dunkel geworden, dass nun der bunte Nachglanz des Tageslichts im Blickfeld herumzutanzen begann, dann aber wurde mir klar, dass es sich um ein richtiges Licht handelte, das uns führte, wie ein Leuchtturm oder wie der Stern der Weisen, der an den Rändern in einem unruhigen Rhythmus pulsierte, was wahrscheinlich auf das Flackern der Flammen zurückzuführen war.

An Hubis Transporter war wieder ein Buffet aufgebaut. Es gab Gemüseeintopf und Tomatenreis, verschiedene Getränke, Schokoriegel und Obst. Unsere Gruppe löste sich auf, einige gingen gleich ans Feuer, ins Warme und Helle, zu den anderen, die gejubelt hatten, als die Ersten von uns aus dem Wald herausgetreten waren (ihr Jubeln war bis in den Wald hinein zu hören gewesen). Andere waren sehr hungrig und stellten sich in einer Reihe am Buffet auf, mit Plastikschalen in den Händen und ohne ein Bedürfnis nach weiteren Gesprächen. Es wurden auch wieder umgehend Zelte aufgestellt, was mich daran erinnerte, dass ich selbst keines besaß. Soweit ich das in dem wenigen Licht beurteilen konnte, gab es auf dieser Lichtung kein Haus, in dem ich meinen Schlafsack hätte ausrollen können.

Ich entdeckte Katja zwischen den Leuten, die am Feuer saßen. Sie hörte jemandem zu und lachte immer wieder laut auf.

Das Gras auf der Lichtung war hoch und feucht, um die Feuerstelle herum war es plattgetreten worden. Hinter den Fahrzeugen waren noch die Reifenspuren zu erkennen, wobei sich die einzelnen Halme schon wieder aufrichteten und man davon ausgehen konnte, dass spätestens am nächsten Morgen alles so aussehen würde, als stünde unser Lager hier seit Wochen und wäre langsam in die Landschaft eingewachsen. Für Jonas, dachte ich, ist das wohl sehr schwieriges Terrain.

Ich ging zu den anderen am Feuer, stellte mich erst in Katjas Nähe und setzte mich dann auf einen frei gewordenen Campingstuhl und hörte zu, was so gesprochen wurde, ohne einen eigenen Gedanken zu haben. Ich hatte seit dem Gespräch mit Juri nichts mehr gesagt, und es kam mir wieder einmal so vor, als müsste ein Wort, wenn ich es denn tatsächlich aussprechen wollte, unheimlich weite Wege zurücklegen, voller Hürden und Schranken, bis es meinen Mund verlassen könnte. Ich versuchte, Blickkontakt zu Katja aufzubauen, was mir aber nicht gelang. Sie war ganz gefangen von dem, was an Geschichten und Gesprächen von der Runde aus ins Feuer geworfen wurde. Eine fremde Stimme in meinem Kopf, die auf ironische Art feierlich klang, sagte: Jetzt wird aufgetextet.

Ich lehnte mich zurück, starrte eine Weile in die Flammen und hoffte, dass die Person nicht mehr wiederkommen würde, der dieser Campingstuhl gehörte. Ich öffnete die Schnürsenkel an meinen Schuhen und spürte, wie meine Füße aufquollen und den neugewonnenen Platz gleich wieder voll ausfüllten. Ich hätte die Schuhe gern ganz ausgezogen, wusste aber, dass ich sie danach nicht mehr anbekommen würde. Markus hatte seine Kamera mit ans Feuer gebracht und filmte in die Runde. Wenn die Linse in meine Richtung zeigte, versuchte ich, möglichst finster und diabolisch auszusehen. Ich stellte mir ein Lächeln blutverschmierter Zähne vor und malte mir aus, wie einem von uns von hinten so gegen den Stuhl getreten wurde, dass er kopfüber ins Feuer fiel. Vielleicht, dachte ich mir, wird man das alles später in meinem Gesicht sehen können, wenn man sich die Aufnahme anschaut. Und vielleicht kann ich mich damit auch für entsprechende Szenen im Schrecklichen Grauen empfehlen.

Am Rand des Lagerfeuers lagen Stümpfe und Stummel von Ästen, die durchgebrannt und dann seitlich aus dem Feuer gefallen waren. An einem Ende waren sie weiß von der Asche, mit einem schwarzverkohlten Rand, und am anderen Ende sah das Holz ganz unberührt aus. Ich kann nicht mehr sagen, was ich mir davon versprach, aber ich stellte mir vor, dass es schön wäre, diese Aststummel zurück in den Wald zu tragen und dort irgendwo niederzulegen, wo sie sich über die Jahre unauffindbar mit dem Unterholz vermischen würden. Und ich musste an eine Szene aus der *Soldatin* denken, als sie noch im Basislager auf ihren ersten Einsatz wartet und dort irgendwann hinter dem Feldlazarett den Ofen entdeckt, in dem die amputierten Gliedmaßen der Soldatinnen und Soldaten verbrannt werden. Es gibt ein Gespräch zwischen ihr und dem verantwortlichen Kremator, in dem ihr erklärt wird, dass es für die amputierten Gliedmaßen ja eh keine Verwendung mehr gebe – allein aus hygienischen Gründen sei es schon ausgeschlossen, den Leuten ihre Arme und Beine auszuhändigen, selbst wenn sie das wollen würden, und aus den gleichen Gründen könne man diese Arme und Beine auch nicht ins Heimatland zurückfliegen und dort entsprechend entsorgen. Einen Körperteil, sagte der Kremator zur Soldatin, den Sie hier verlieren, der bleibt auch hier. Die Asche werde in regelmäßigen Abständen in der Wüste ausgebracht. Staub zu Staub, schreibt Melanie Warga, sagt der Kremator zur Soldatin und beendet damit gleichsam das Gespräch.

Ich fragte mich wieder, ob sich Katja vielleicht für die Geschichte der Soldatin interessieren könnte und ob ich einen Weg finden sollte, um auf mich aufmerksam zu machen und ihr von dem Buch zu erzählen. Ich beobachtete sie eine Weile und sah es deshalb zuerst an ihr, als es passierte – als die Gespräche am Feuer plötzlich eines nach dem anderen versandeten und nur noch ein einziger Sprecher übrig blieb, dem alle zuhörten. Mir war nicht ganz klar, wie das passierte, aber ich erinnerte mich, dass ich das früher schon in anderen Runden beobachtet hatte. Immer wieder hatte es diesen Moment gegeben, in dem ein Erzähler oder eine Erzählerin die Runde oder den ganzen Raum in ihre Geschichte hineinziehen konnte, vielleicht noch nicht mal mit Absicht, alle anderen Gespräche abbrachen und die Aufmerksamkeit sich konzentrierte. Als ich am Lagerfeuer bemerkte, wie Katja erst nur noch mit einem halben Ohr und schließlich ganz offensichtlich überhaupt nicht mehr bei der Sache war, die ihr gerade von einem neben ihr Sitzenden erzählt wurde (auf eine Weise, dass ich annehmen musste, sie wurde erzählt, um Katja zu beeindrucken), sondern sich ganz einer anderen Geschichte zuwandte, die schließlich die Aufmerksamkeit aller am Feuer Sitzenden für sich beanspruchte, dachte ich, dass damit wohl auch immer ein gewisses Erlösungsgefühl verbunden ist, wenn sich eine durcheinanderredende und völlig verzettelte Gruppe plötzlich einschwören lässt auf den Erzähler mit der größten erzählerischen Kompetenz. Das muss es doch am Ende sein, dachte ich, dass eben die Geschichte übrig bleibt aus dem ganzen Geplapper eines Abends, die am besten erzählt wird oder den aufregendsten Inhalt hat. Aus meiner eigenen Erfahrung kannte ich nur das Gefühl, gerade noch geredet zu haben und dann zu schweigen, weil ich bemerkte, dass mir nicht mehr zugehört wurde.

Der, der sich James nannte und neben einem an diesem Abend überraschend wortkargen Christoph saß, erzählte eine Geschichte, die mir schon recht weit fortgeschritten schien, als sich schließlich die Aufmerksamkeit der gesamten Lagerfeuergesellschaft auf sie konzentrierte.

Auf der Fähre, erzählte der, der sich James nannte, kam ich dann mit einem alten Iren ins Gespräch. Wir waren die Einzigen, die auf dem Oberdeck im Freien standen. Es ging ein sehr kalter Wind. Die Scheiben der Fähre waren von innen beschlagen. An manchen Stellen hatten die Leute mit ihren Ärmeln Sichtfenster freigewischt, in denen dann ein Gesicht zu sehen war, ein Augenpaar, das raus aufs Meer schaute. Der Ire und ich redeten englisch miteinander. Ich hatte die ganzen letzten Tage ausschließlich englisch geredet, aber es war gut, mal wieder mit jemandem englisch zu reden, der wirklich gut englisch reden konnte. Ich hatte schon befürchtet, dass mir mein Englisch durch dieses gebrochene, falsche Englisch der Türken verdorben würde, weil ich anfing, so zu reden wie sie.

Der Ire erzählte mir, sagte der, der sich James nannte, er sei in Istanbul geboren, als Kind irischer Eltern, und hier aufgewachsen, habe in der Stadt gelebt bis in die Siebziger und sei dann wegen einer Frau nach Irland. Er sagte: *I have been a family man ever since*, und dass er regelmäßig zu Besuch komme in die Stadt, auch wenn seine Eltern mittlerweile schon nicht mehr lebten und er hier weder Verwandtschaft noch Freunde habe.

Ich spürte eine große Müdigkeit, nicht nur in meinen Füßen, und dachte, dass ich wahrscheinlich auf diesem Campingstuhl die Nacht verbringen würde, wenn nicht irgendwann jemand kommen und mich in ein gemachtes Bett tragen würde. Die Geschichte hörte ich mir nicht so sehr aus Interesse an, sondern weil sie eben gerade erzählt wurde, während ich am Feuer saß. Ich hätte es, glaube ich, da schon gut gefunden, wenn alle einfach nur geschwiegen hätten für eine Weile.

Er komme meistens im Winter, erzählte der Ire, sagte der, der sich James nannte, im Sommer sei ihm die Stadt zu krass. Sein Vater sei früher oft mit ihm raus auf die Inseln gefahren – vielleicht sei dem damals Istanbul im Sommer auch schon zu krass gewesen. Obwohl es ja zu der Zeit höchstens ein Zehntel von dem war, was es heute ist. Das sei erst in den letzten dreißig Jahren passiert, dass die Stadt so explodiert ist.

Der Ire fragte mich, auf welcher Insel ich an Land gehen wolle. Ich nannte ihm den Namen, und der Ire nickte und lächelte raus aufs Meer, und ich sah ihm an, dass er sich daran erinnerte, wie er mit seinem Vater auf dieser Insel ein Eis gegessen oder sein erstes Bier getrunken hatte. Der Ire erzählte mir, dass es dort so gut wie keine Autos gebe. Privatpersonen sei es ganz verboten, mit Autos über die Insel zu fahren. Der ganze Verkehr werde mit Pferdekutschen abgewickelt. Er sei noch nie im Winter auf der Insel gewesen, aber im Sommer sei es dort magisch, sagte der Ire, erzählte der, der sich James nannte, ein verzauberter Ort, ob ich denn wisse, dass Leo Trotzki dort einige Jahre im Exil gelebt habe. Das Haus sei mittlerweile nur noch eine Ruine, man könne es aber besichtigen, ich solle einfach einen der Kutscher fragen, die wüssten Bescheid und könnten mich hinbringen.

Dann fragte mich der Ire, ob mir denn der Umgang aufgefallen sei, den die Leute in der Stadt mit den streunenden Hunden pflegen. Dass sie die Tiere mit großem Respekt behandeln, ihnen immer zu fressen geben und sie eigentlich nirgends verscheucht werden. Das liegt daran, erzählte mir der Ire, sagte der, der sich James nannte, dass es in den Anfangsjahren des 20. Jahrhunderts einmal eine Säuberungsaktion der Stadtverwaltung gegeben hat, in deren Verlauf alle herrenlosen Hunde Istanbuls markiert und eingefangen wurden. Man hat sie nach Sivriada gebracht, erzählte der Ire, ein unbewohntes Felsriff bei den Prinzeninseln, wo sie verhungern sollten. Einige der Hunde haben es aber schwimmend zurück nach Istanbul geschafft. Oder auf die benachbarten Inseln. Und seither gibt es einen großen Respekt gegenüber diesen Tieren, deren Vorfahren einmal so zäh gewesen sind.

Ich bemerkte, wie mich der, der sich James nannte, durch sein Erzählen gegen sich aufbrachte. Christoph saß weiterhin einfach nur neben ihm und hörte zu. Ich aber dachte mir: Die Zeit des Erzählens ist doch vorbei! Wir haben so lange zusammengesessen im *Café Porsche*, wo war dieser James denn damals? Was hatte er zu tun, was so viel wichtiger war? Weshalb sollten wir uns jetzt, wo wir müde waren vom Laufen und uns mit unserer ganzen Kraft und Aufmerksamkeit dem Schrecklichen Grauen widmen wollten, anhören, was er irgendwann einmal erlebt hatte? Ich wollte, dass Christoph etwas sagte zum weiteren Verlauf. Dass er den Plan für den nächsten Tag ausgeben würde, wann wir aufstehen, was wir dann machen würden, was er sich da so überlegt hatte.

Den Rest der Überfahrt, erzählte der, der sich James nannte, standen der Ire und ich still nebeneinander auf dem Oberdeck und schauten auf das Meer und die langsam näher kommende Insel, an der ich von Bord gehen würde. Als wir anlegten und ich mich verabschiedete, um runter zum Ausgang zu gehen, fragte ich den Iren, auf welcher Insel er denn aussteigen wolle. Er sagte: *none of them*. Er mache nur eine kleine Rundfahrt und bleibe auf der Fähre, bis sie wieder in Istanbul anlege. Ich solle ihm aber die Hunde grüßen. Wir gaben uns die Hand, und dann ging ich durch die Holztür mit der hohen Schwelle zurück ins Innere der Fähre, wo es irrsinnig warm und feucht war und wo die anderen Passagiere in ihren Daunenjacken sehr lethargisch auf den Bänken hockten und dösten.

Mit mir stiegen an diesem Hafen ungefähr acht bis zehn andere Passagiere aus. Drei junge Spanierinnen, die ständig kicherten und sich so aneinanderdrückten, dass ihre langen Locken vom Wind zu einer einzigen Frisur zusammengeweht wurden, schienen außer mir die einzigen Touristen zu sein. Aber auch sie gingen, wie die Einheimischen, sehr zielstrebig aus dem Hafengebäude hinaus und in eine breite Straße, die auf einen Marktplatz mit kleinem Uhrenturm führte. Die Uhr in dem Turm zeigte eine völlig unmögliche Zeit an. Rings um den Platz standen niedrige Gebäude, die meisten mit Bretterfassaden in schlechtem Zustand. Es war unheimlich ruhig.

Der, der sich James nannte, hatte natürlich längst bemerkt, dass außer ihm keiner mehr erzählte und dass ihm alle, die am Feuer saßen, aufmerksam zuhörten. Er schien das auch zu genießen. Jedenfalls hatte ich nicht den Eindruck, als würde es ihn nervös machen. Er wirkte eher zufrieden und so, als würde er sich darauf einstellen, noch eine ganze Weile sehr ausführlich weiterzuerzählen, während er sich in der warmen Badewanne unserer ungebrochenen Aufmerksamkeit zurücklehnte, wo es wirklich überhaupt keinen ersichtlichen Grund mehr für ihn gab, mit seiner Geschichte bald zum Punkt zu kommen. Ich konnte nicht verstehen, dass weder Christoph noch Katja etwas dagegen unternehmen wollten, dass es nun einfach so weiterging mit dieser Geschichte, dass sogar Markus mit seiner Kamera dieses Erzählen filmte und sich gar nicht mehr für die Gesichter der anderen interessierte. Und ich fand, dass ich ein Zeichen setzen musste, auch wenn ich dafür eigentlich viel zu müde war.

Ich stand auf, während der, der sich James nannte, erzählte, dass auf dem Marktplatz der Insel nahezu alle Geschäfte geschlossen hatten, vor der Tür eines kleinen Eckladens stand ein Metallaufsteller voller Chipstüten, die raschelten, wenn der Wind dagegenfuhr, sagte er, ansonsten aber waren überall die Läden heruntergelassen und Gittertüren vor die Eingänge gezogen. Ich stöhnte beim Aufstehen, was aber niemand zu bemerken schien, und mir taten die Füße weh, als sie wieder mein ganzes Gewicht tragen mussten. In die Hauswand eines leerstehenden Gebäudes war eine Art Schaukasten eingelassen, erzählte der, der sich James nannte, während ich sehr umständlich zwischen dem Feuer und den Beinen der Umsitzenden hindurch auf die andere Seite ging, um meinen Abgang aufmerksamkeitswirksam zu inszenieren. Hinter einer dreckigen Glasscheibe hing das ausgeblichene Portrait Mustafa Kemal Atatürks, der einen Pelzmantel trug und seitlich in die Kamera blickte. Seine Augenbrauen sahen seltsam verwildert aus, hörte ich den, der sich James nannte, noch sagen, als ich mich vom Feuer entfernte, er erinnerte mich an Bela Lugosi in *Die Insel der verlorenen Seelen*.

Ich drehte mich um und sah nach Katja, die meinen Abgang aber überhaupt nicht bemerkt zu haben schien. Es hatte sich auch kein anderer von meinem umständlichen Aufstehen anstecken lassen, um mir zu folgen. Alle saßen noch da und hörten zu, im Licht des Feuers, von dem auch die umstehenden

Fahrzeuge schwach beleuchtet wurden. Die Flammen spiegelten sich seltsam verfremdet im Lack der Autos und in den Seitenfenstern, als Abglanz an der geriffelten Plastikaußenwand von Markus' Wohnmobil und als Reflexion in den Scheinwerfern und der lichtempfindlichen Beschichtung auf den Nummernschildern. Ich ging ein Stück weit durch das feuchte Gras bis an den Rand des Waldes, der als schwarze Wand die Lichtung begrenzte und aus dem verschiedene Geräusche zu hören waren. Der Ruf eines Kauzes und noch mehr Rascheln und Knacksen. Irgendwo musste ein Weiher oder ein Tümpel sein – aus einiger Entfernung hörte ich das rhythmisch aufstoßende Brüllen der Frösche. Abseits des Feuers war es inzwischen sehr kühl. Meine Schuhe waren noch offen, und vom Gehen durch das feuchte Gras waren die Socken nass geworden. Ich stand für eine Weile so am Waldrand, in meinen nassen Socken, hörte den Tieren zu und den Geräuschen der Nacht und schloss, glaube ich, auch für einige Zeit die Augen. Vielleicht habe ich sogar kurz geschlafen, wenn das überhaupt möglich ist, dass man im Stehen einschläft.

Als ich nicht mehr sagen konnte, wie viel Zeit ich dort am Waldrand stehend verbracht hatte, ging ich zurück ans Feuer, wo ein anderer inzwischen meinen Campingstuhl besetzt hatte und wo ich mich dann in die zweite Reihe hinter die Sitzenden stellte. Bis auf ein stetes Pochen in meinen Füßen und Beinen fühlte sich mein ganzer Körper völlig taub an.

Der, der sich James nannte, war immer noch am Erzählen und sagte, dass er beim Aufstieg auf den Hügel in die Gärten hineingeschaut habe, dass die Fensterläden an den Villen sämtlich geschlossen gewesen seien und er ganz lange keinem Menschen auf der Straße begegnet sei, bis in einiger Entfernung ein Kutschwagen mit eingespanntem Pferd quer auf der Straße in der Sonne stand, daneben ein Kutscher, sagte er, der mich ganz ausdruckslos anschaute, während ich die Straße hinaufkam, und erst, als ich ganz nahe gekommen war, ein geschäftsmäßiges Lächeln aufsetzte, einen zerknitterten Zettel aus der Hosentasche holte und rief: *My friend, wait, my friend, I show you!* – und mir seinen Zettel entgegenhielt, auf dem die Insel aufgezeichnet war und ein krakeliger Kreis, der rings um die beiden Berge führte. An manchen Stellen hatte jemand Pfeile aufgemalt und Symbole und türkische Wörter danebengeschrieben. Es sah fast so aus, als hätte ein Kind eine Schatzkarte gezeichnet. Der Kutscher trug ein weißes Hemd, an dem der Kragen schon ganz dunkel eingefärbt war, ein Jackett mit zerschlissenen Schulternähten, hatte eine Mütze auf dem Kopf und einen gelben Schnurrbart im Gesicht. Er nannte mir einen Preis für die Rundfahrt, der sich sofort dramatisch reduzierte, als ich meinen Kopf schüttelte und eine entsprechende Geste mit der Hand machte, erzählte der, der sich James nannte. Ich sagte, *walk, walk!* und dachte an den Iren, mit dem ich auf der Fähre noch ein richtiges Englisch hatte sprechen können, in ganzen Sätzen. Als ich an ihm vorbeigelaufen war, schimpfte mir der Kutscher noch etwas auf Türkisch hinterher. Es klang merkwürdig unpersönlich und doch sehr aggressiv. Wie das Schimpfen der Köche in Großküchen.

Ich stützte mich mit der Hand auf die Schulter eines vor mir Sitzenden. Der bemerkte mich aber gar nicht, oder zumindest zeigte er keine Reaktion. Auch als jemand von der Seite einen frischen Ast ins Feuer legte und es knallte und Funken stoben, schien das niemanden weiter zu interessieren. Den Leuten müssen doch die Ärsche weh tun, dachte ich, die Knie und die Rücken, das lässt sich doch ab einem gewissen Punkt nicht mehr ignorieren.

Das Brüllen hörte nach kurzer Zeit auf, und für eine Sekunde war es nur still auf der gesamten Insel. Ich wartete auf den nächsten Windstoß, der durch die Blätter in den Gärten fahren würde, oder ein Möwenkreischen vom Hafen her, stattdessen aber war das nächste Geräusch, das ich hörte, erzählte der, der sich James nannte, das Klicken von Krallen auf dem Asphalt der Straße. Ich schaute auf meine Schuhe, als es einsetzte, und hob den Kopf erst, als etwas Feuchtes gegen mein linkes Knie stieß. Ein Rudel aus acht oder neun sandfarbenen, hochbeinigen Hunden mit dunklen, hängenden Ohren war plötzlich um mich, zu allen Seiten. Erst hatte ich ein wenig Angst, die sich aber bald schon legte, weil von den Hunden nichts Bedrohliches ausging. Sie erkannten mich sofort als Touristen und schienen erstmal nur neugierig zu sein. Hin und wieder hörte ich einen von ihnen knurren und wurde etwas nervös, manchmal fingen sie auch zu bellen an, rannten an eines der Gartentore und beschnupperten einen anderen Hund, der dahinter eingesperrt war, ich gewöhnte mich aber schnell an ihre Gesellschaft und wurde durch sie auch nicht im Gehen behindert.

Im Abstand von ungefähr dreißig Metern, erzählte der, der sich James nannte, standen hüfthohe Müllcontainer am Straßenrand, aus denen kleine Katzenköpfe herauslugten und mir nachsahen, wenn ich an ihnen vorbeilief. Die meisten hatten Fäden oder Staubflusen an den Schnurrhaaren hängen. Über die Gitter und Mauern der Villengärten ragten Palmblätter auf den Gehweg.

Die Straße bog um eine Kurve, hinter der ein alter Mann auftauchte, der vornübergebeugt vor einem der Gartentore stand. Er wischte mit der Hand durch die Luft und murmelte, griff in eine Plastiktüte, die an seinem Handgelenk hing, und warf ein paar Brocken Hundetrockenfutter durch die Stäbe. Dann richtete er sich auf und lief in meine Richtung, wobei er sich beim Gehen an den Gartenzäunen entlangtastete. Er trug eine Sonnenbrille, und ich glaube, dass er blind war. Die Hunde bellten, sagte der, der sich James nannte, nachdem er sich kurz an der Wange gekratzt hatte, und rannten auf den alten Mann zu, der wieder mit der Hand durch die Luft wischte und murmelte und Hundetrockenfutter auf die Straße warf. Ich grüßte ihn nicht, als ich an ihm vorbeilief, und er sah nicht in meine Richtung.

Ich ging dann etwas schneller, um Distanz zwischen mich und die Hunde zu bringen, die sich noch um die letzten Trockenfutterbrocken stritten oder dem Blinden hinterherliefen und an seiner Plastiktüte schnupperten. Das Ende der Siedlung kam in Sichtweite. Eine dicke Frau, die Kanister und Eimer und zusammengeschnürte Stoffbündel auf eine Kutsche lud, schien die Grenze zu markieren. Hinter ihr ging die Straße in einen Feldweg über, der Bordstein verlief nur bis zum Tor der letzten Villa, und die Gartenmauern und Zäune wurden zu Büschen oder rostigen Wellblechplatten. Die dicke Frau trug eine hellblaue Schürze, die wie eine Plastiktischdecke glänzte, und ein schlichtes Kopftuch, das unterm Kinn festgeknotet war. Ihre Kutsche stand vor einem sehr schäbig aussehenden Bauernhof. Etwas abseits fraß ein Pferd aus einem Beutel, der ihm vor den Kopf geschnallt war. Auch die dicke Frau murmelte, während sie die Kutsche belud. Als ich an ihr vorbeilief, folgte sie mir mit ihrem Blick, ihr Murmeln ging dabei aber in der gleichen Lautstärke weiter wie ein ganz selbstständiges Programm.

Ein Hund aus dem Rudel war bei mir geblieben. Nachdem ich die dicke Frau und den schäbig aussehenden Bauernhof hinter mir gelassen und der Zaun aus rostigen Wellblechplatten irgendwann einfach aufgehört hatte, verschwand auch der Feldweg, ging in Moosboden über, aus dem vereinzelt Stämme von Pinien ragten, die bald dichter und zu einem Wald wurden, in dem es ganz phantastisch roch. Als schließlich die Steigung, die ich die ganze Zeit hochgestiegen war, zu einer ebenen Fläche wurde, sagte der, der sich James nannte, wusste ich, dass ich auf dem Gipfel angekommen war. Ich blieb stehen. Der Hund, den ich nicht weiter zu beachten versucht hatte, hockte sich neben mich auf den weichen Moosboden und schaute mich an.

Ich wandte mich ab und ging weg, weil der, der sich James nannte, an dieser Stelle eine dramatische Pause machte, die ich nicht aushalten konnte. Ich ging zur Rückseite der Wagenburg, hinter den Fahrzeugen entlang, wo ich das Licht des Feuers durch die Scheiben und durch die Zwischenräume hindurchleuchten sah. Auf der anderen Seite waren Zelte aufgestellt, und ich musste vorsichtig gehen und mich eng an den Fahrzeugen halten, um nicht in der Dunkelheit über die gespannten Zeltschnüre zu stolpern. Sehr gerne hätte ich einfach einen der Reißverschlüsse aufgezogen und mich dazugelegt, aber es gab niemanden in unserer Gruppe, bei dem ich mich auch wirklich getraut hätte. Ich kam an Christophs Wohnanhänger vorbei und versuchte, die Tür zu öffnen, die aber verschlossen war und auch nicht nachgab, als ich an der Klinke zog und einen Fuß gegen die Anhängerwand stemmte. Ich war sehr müde und stand für eine Weile zwischen den Zelten im Schatten der Fahrzeuge, von wo aus ich den erzählenden James am Feuer zwar hörte, aber nicht verstehen konnte. Nur einzelne Wörter meinte ich manchmal ausmachen zu können, die mir vorkamen wie Zeitungsschnipsel auf dem Schreibtisch eines Erpressers, der ein entsprechendes Schreiben aufsetzt. Ich hörte die Wörter *stürzte, Fell, Schotter, freiwillig, Waisenhaus, deportiert, Vorderreifen, warnte, Uhr, Berg, Hafen* und *Hoffnung*, schlug dazu mit der Faust gegen die Wand des Wohnanhängers und stellte mir eine Reihe Galeerensklaven vor, die zum Rhythmus meiner Schläge die Ruder ins Wasser tauchten. Niemand, der dort vorbeigekommen wäre, hätte mich gesehen. Aber das Pochen war sicher zu hören gewesen.

Ich überlegte, einfach dort im Gras zu schlafen, wusste aber, dass es zu kalt und zu nass war. Mein Rucksack stand noch am Feuer. Also ging ich einmal um die Rückseite der Wagenburg herum, lehnte mich dabei an den Fahrzeugen an und streifte so an ihnen entlang, dass davon ein großer brauner Fleck auf meiner Jacke zurückblieb, den ich erst am nächsten Morgen bemerkte, wobei ich einige Mühe hatte, seine Herkunft zu rekonstruieren. Am Heck von Hubis Transporter war der Buffettisch noch aufgebaut. Ich hob die Deckel der Töpfe an, die fast vollständig leergegessen waren, und schaufelte mir die letzten Reste direkt mit der Hand in den Mund, bemerkte aber bald, dass mein Magen schon ganz zusammengekrampft war und keine Nahrung mehr aufnehmen wollte.

Am Feuer ging ich hinter den Sitzenden entlang und versuchte, meinen Rucksack zu finden, der irgendwo unter einem Stuhl liegen musste. Katja und Christoph saßen auf einmal nebeneinander, das ist doch vorhin, dachte ich, noch nicht so gewesen. Vor einer Treppe, die zu einem kleinen Bungalow hinunterführte, vor dem Plastikmöbel unordentlich herumstanden oder lagen, erzählte der, der sich James nannte, sah ich ein Schild mit der Aufschrift *Sunset Café*. Ein vollbärtiger Türke in schmutziger Kleidung stand in der Tür des Bungalows, und als er mich kommen sah, drehte er sich um, ging ins Haus und schlug die Tür hinter sich zu. Als wir uns schon einige Meter entfernt hatten und ich noch einmal zurückschaute, sah ich, wie er wieder aus dem Bungalow herauskam und sich zurück an seinen Platz in der Tür stellte.

Jemand hatte meinen Rucksack wie einen Hocker vor sich hingestellt und die Beine darauf abgelegt. Sogar die Schuhe hatte die Person ausgezogen. Ich war beim Anblick dieser besockten Füße, die dem Feuer entgegengestreckt waren, und des Rucksacks, der vom Gewicht der Beine schrecklich deformiert wurde, so erschüttert, dass ich lange Zeit überhaupt nicht daran dachte, diese Beine bis zu ihrem Ursprung zu verfolgen und zu schauen, wem sie gehörten. Ich hätte ihn gern nach etwas Fleisch für den Hund gefragt, sagte der, der sich James nannte.

Für eine Weile war dann nichts als Ausblick auf unserem Weg. Links von uns stieg der Berg an, und rechts blickte man über das Meer, das im Sonnenlicht funkelte bis zum Horizont. Die anderen Inseln, erzählte der, der sich James nannte, hoben sich als grüne Hügel aus dem Wasser, und alles, bis auf die Temperatur, wirkte wie zu einer ganz anderen Jahreszeit. Immer wenn ich auf einen Vorsprung hinaustrat, der ein Stück weit von der Straße auf die Steilküste hinausführte, mich hinsetzte und schaute, setzte sich auch der Hund neben mich und schaute ebenfalls, abwechselnd zu mir und raus aufs Meer.

Der, der sich James nannte, erzählte, er habe dem Hund den Namen *Comrade* gegeben und auch angefangen, ganz leise mit ihm zu sprechen. Es fühlte sich aber auch dann noch wie ein Selbstgespräch an, wenn ich seinen neuen Namen voranstellte, sagte er. Und ich musste mich auch fragen, wie viele Namen er schon von Fremden bekommen hatte, die dort auf dieser Insel gewesen waren für einen Tag. Inzwischen wollte ich gar nicht mehr ohne Comrade unterwegs sein. Es war zu meinem Hauptziel geworden, zusammen mit ihm in das Küstendorf zurückzukommen und ihm dort einen Sack Hundefutter zu kaufen für die viele Energie, die es ihn gekostet haben muss, so weit mit mir zu laufen, anstatt sich dem Blinden mit der Plastiktüte an den Hals zu werfen oder den Kutschern auf dem Platz im Tal. Ich schaute ihn ganz genau an, damit ich ihn später im Dorf von den anderen Hunden unterscheiden könnte. Ich prägte mir zwei schwarze Leberflecke ein, die sich rechts unterhalb der Augen an seinem Kopf befanden, und hoffte, dass das ausreichen würde, um ihn unter den anderen zu erkennen.

Wir kamen an leerstehenden Häusern vorbei, vor denen alte Kutschwagen verrotteten. Im Innern eines Hauses, in das ich ging, während Comrade davor wartete, wie einer, der Wache hält, stand auf eine Wand mit schwarzer Farbe der Satz *you are everything and everything is you* geschrieben. Ich weiß noch, dass ich in dem Moment dachte, dass dieser Satz von irgendjemandem als eine Liebeserklärung an jemand anderen dort hingeschrieben worden war. So wie man das manchmal auf öffentlichen Toiletten findet oder in Baumrinden. Erst viel später, als ich schon wieder zurück in Deutschland war und mir der Satz wieder in den Sinn kam, fiel mir auf, dass es um etwas ganz anderes ging.

Ich beschloss, mich zumindest kurz einmal hinzusetzen, in das plattgetretene Gras hinter den Stühlen, und eine Strategie zu entwickeln, wie ich möglichst souverän an meinen Rucksack herankommen könnte, während der, der sich James nannte, erzählte, dass hin und wieder junge Türken auf Fahrrädern an ihnen vorbeifuhren, während er mit Comrade die Straße entlanglief. Einmal habe er einen von ihnen angehalten und nach Feuer für die Zigarette gefragt, die er in seiner Tasche gefunden hatte, ansonsten aber sprach er nichts, erzählte er, als die gepressten, halb geflüsterten Sätze zu Comrade, die so wenig Wirkung bei ihm zeigten, wie sie wirkliche Sätze waren. Ich bemerkte, dass ich mehr in Gedanken mit dem Hund sprach, sagte er. Oder besser: dass ich alle Gedanken, die ich ohnehin gedacht hätte, in meinem Kopf so formulierte, als würde ich sie dem Hund erzählen.

Es ist im Nachhinein schwer abzuschätzen, wie lange ich mit Comrade einfach so an der Küste entlanglief, hin und wieder stehen blieb und ein Foto machte, von dem Ausblick oder einer alten Kutsche oder einem abgelegenen Haus in einiger Entfernung, vor dem Wäsche an einer Leine flatterte. Es waren wohl einige Stunden. An der Sonne konnte ich mich nicht wirklich orientieren, weil ich das noch nie konnte. Sie stand jetzt tiefer über dem Meer, und wenn man in ihre Richtung sah, musste man die Augen mit der Hand abschirmen. Irgendwann aber erreichten wir den Scheitelpunkt der Insel: Ich sah eine langgezogene Kurve vor uns und meinte zu erkennen, dass von dort an die Straße auf die Ostseite der Insel führte.

Comrade blieb mit einem Mal stehen. Ich lief noch ein paar Schritte, erzählte der, der sich James nannte, dann blieb ich auch stehen und sah ihn an und machte eine auffordernde Handbewegung. Comrade klemmte den Schwanz zwischen die Hinterläufe und begann zu winseln und bewegte sich nur sehr langsam und vorsichtig vorwärts. Er sah mich überhaupt nicht mehr an, sondern nur noch auf die Kurve. Sein Winseln wurde lauter, mit jedem Stück, das ich ihn zum Weiterlaufen überredete, und seine Schritte wurden noch langsamer. Ich fragte ihn, fast in normaler Gesprächslautstärke, was er denn habe, versuchte ihn zu beschwichtigen, aber Comrade machte nur noch einen Schritt, und dann sprang er ins Gebüsch neben der Straße und verschwand im Dickicht.

Ich konnte ihn noch eine Weile den Berg hinaufrascheln hören, dann aber wurde es still, und ich hörte bloß noch den Wind an meinen Ohren und ganz entfernt die Brandung, die unten gegen die Insel rollte. Der, der sich James nannte, sagte, er wurde mit einem Mal sagenhaft traurig. Ich fühlte mich alleingelassen und kam mir gleichzeitig lächerlich vor, weil ich mich so schnell an diesen streunenden Hund gewöhnt hatte, den ich ja eh nicht hätte mitnehmen können, und weil ich jetzt dastand und traurig war und mich alleingelassen fühlte und plötzlich auch gar keinen Antrieb mehr hatte, in den Ort zurückzulaufen. Jeder Schritt wurde mir unheimlich anstrengend. Meine Gedanken waren weiterhin an Comrade adressiert, während ich um die Kurve bog, vielleicht habe ich sogar laut gesprochen und ihn gefragt, warum er denn nicht mitgekommen ist, was hier schon sein soll, an dieser Straße, nach dieser blöden Kurve.

Am Straßenrand sah ich zunächst nur einen Verschlag aus Wellblech, an dem ein rostiges Fahrrad ohne Reifen lehnte. Etwas Stoff flatterte ausgefranst an einer Leine, und ein alter Bürostuhl lag umgekippt vor einem Baum. Wenn hier jemand wohnt, sagte der, der sich James nannte, dachte ich noch, dann ein Verstoßener. Neben der Wellblechhütte standen einige Futternäpfe im Staub. Vier oder fünf große, kräftige Hunde erhoben sich, als sie mich bemerkten, und fingen zu bellen an. Ich sah in Richtung des Verschlags, dessen Tür einen Spaltbreit offen stand, und glaubte, ein Bein dort zu erkennen, das auf einem niedrigen Tisch abgestellt war.

Diese Hunde, erzählte der, der sich James nannte, unterschieden sich deutlich von denen, die mir im Dorf nachgelaufen waren. Sie waren kräftiger und hatten struppiges, graues Fell. Ich kann nicht sagen, was für eine Rasse das war, aber sie sahen aus wie eine Mischung aus Wölfen und Hyänen, mit einem fürchterlichen Gebiss. Ich musste an den alten Iren auf der Fähre denken, der mir gesagt hatte, ich solle ihm die Hunde grüßen. Ich stellte ihn mir vor, wie er jetzt in einem Café in Istanbul saß, mit einer englischen Tageszeitung, und so zu lachen anfing, dass er mit der Faust auf den Tisch hauen musste, wo das Kaffeegeschirr klirrte wie die Ketten, die den Hunden um die Hälse hingen.

Ich wurde eingekreist. Die Hunde bauten sich rings um mich auf, in Angriffsstellung, auf die Vorderbeine gestützt, als wollten sie jeden Moment abspringen. Wenn ich angefallen werde, dachte ich noch, dann halte ich am besten eine Hand vors Gesicht und die andere zwischen die Beine. Einem der Hunde rann ein dicker Speichelfaden aus der Schnauze, der auf den Asphalt tropfte und dort das Sonnenlicht reflektierte. Das Bellen ging in ein tiefes Knurren über, und der Kreis um mich wurde enger. Ich sah auf die Hundefutterschüsseln im Staub. In manchen befand sich Wasser und in anderen Knochen und Fleischfetzen. Am Straßenrand lag eine zerdrückte Orangensaftpackung und ein Bällchen aus Alufolie. Dann schlug mir etwas so fest in den Rücken, dass ich das Gleichgewicht verlor und auf die Straße fiel. Der Schlag fühlte sich seltsam knochig und doch weich an und war mit einem hellen Ton verbunden, der aus meiner Lunge durch den Mund gepresst wurde. Ich hörte wieder dieses Krallenklicken auf dem Asphalt, direkt an meinem Kopf, und spürte das Gewicht von Beinen, die auf meinen Körper gestellt wurden. Ich wusste, dass ich gleich gebissen würde, und dann erst begriff ich, dass ich das war, und nicht der, der sich James nannte, der dort auf der Straße lag, auf dieser Insel, und spürte, wie der erste Hund seine Zähne in meinen Oberschenkel schlug und ein anderer oben in die Schulter. Ich empfand ganz kurz so etwas wie ein Ungerechtigkeitsgefühl, dann Schmerzen und eine Angst, die, ganz anders als die Angst sonst, völlige Gewissheit war, ruhig fast, und etwas schwermütig. Ich war überall in meinem Körper vollumfänglich anwesend wie bei einer Meditation. Und ich spürte, wie mir durch das Reißen der Kiefer die Muskeln von den Knochen abgezogen wurden und wie ich die entsprechenden Gliedmaßen nicht mehr bewegen konnte. Es gab ein paar entsetzliche Geräusche, alles wurde schlaff und ergeben, und für einen Moment dachte ich, ich könnte mich jetzt fügen in dieses Schicksal und abtreten. Ich könnte vielleicht sogar aus mir heraustreten, dachte ich, und das ganze Schauspiel meiner Zerfleischung aus einer gewissen Distanz betrachten, schwebend über der Szene oder neben der Wellblechhütte am Straßenrand stehend.

Einer der Hunde biss mir in den Kopf, und der Schmerz wurde zu einem weißen Ball in meinem Schädel, der alles überstrahlte, sekundenlang, zu hören war nur noch der Lärm von Flugzeugturbinen und das anhaltende Geräusch unendlich langer Papierbahnen, die in der Mitte durchgerissen werden. Ich bemerkte, dass ich wohl doch schreien musste, obwohl ich zunächst überhaupt nichts davon mitbekommen hatte. Meine rechte Hand war in das feuchte Gras eingekrallt, und mit der linken hatte ich nach einem Stuhlbein gegriffen. Ich lag zwischen den Stühlen, und ich schrie, das spürte ich jetzt auch in meinem Hals, und ich sah es, als ich aufschaute, an den abschätzigen Blicken der anderen, die ums Feuer saßen und sich zu mir umgedreht hatten. Der, der sich James nannte, hatte eine Pause gemacht und lächelte. Katja und Christoph schauten irgendwie beschämt zur Seite.

Ich musste an die Passage aus der *Soldatin* denken, in der sie ihrem Kameraden ins Knie schießt beim Versuch, den großen struppigen Hund zu erlegen, der hinter dem Stein hervorgekommen und auf den Kameraden zugesprungen war.

Dann setzte ich mich auf und entschuldigte mich, und der,

der sich James nannte, nickte mir zu, mit seinem Lächeln im Gesicht, und erzählte, er und Comrade seien die Straße hinabgegangen, am Maschendrahtzaun des Güterhafens entlang, und in der Ferne meinte er schon die Ausläufer der Siedlung erkennen zu können, die die ganze Zeit über ihr Ziel gewesen war.

Ich sprach kein Wort mehr, sagte der, der sich James nannte. Nicht mit mir selbst und nicht mit dem Hund. Wir waren wirklich auf der Ostseite der Insel angekommen, die Sonne war verschwunden, zwischen ihr und uns ragte der Berg auf und warf einen langen Schatten bis aufs Meer. Es war kälter geworden, der Wind rauer, er heulte über den Stacheldrahtrollen, die oben auf dem Zaun entlangliefen. Dahinter sah ich Container und Kräne und fragte mich, ob das alles hier zur Versorgung der Insel abgeladen wurde oder ob es sich um einen Umschlaghafen handelte, von dem aus die Sachen auf anderen Schiffen weitertransportiert wurden. Ganz weit entfernt strahlten die Häuser Istanbuls das Sonnenuntergangslicht zurück. Dazwischen befand sich aber so viel graues Meer, dass nichts von der Wärme dieses Lichts auf der Insel ankam.

Die Straße verbreiterte sich, erzählte der, der sich James nannte, während ich aufstand und mich wieder hinter die Reihe der Sitzenden stellte und diesmal ganz eindeutig den Eigentümer der Beine auf meinem Rucksack als Manuel identifizierte, an den Seiten führten nun wieder schmale Bürgersteige entlang, mit unebenen Platten, die von der Vegetation hochgedrückt waren. Es kam uns ein schmächtiger Junge entgegen, der zwar schmutzige Arbeitskleidung trug, aber nicht so aussah, als hätte er wirklich eine Arbeit irgendwo. Er kam mir betrunken vor oder high, zuerst schaute er nur den Hund an, nickte ihm zu, und erst als ich ihn grüßte, hob er den Blick und schaute mit seinen wässrigen und irgendwie auch schon sehr toten Augen direkt durch mich hindurch. Kurz hatte ich Angst, er könnte vielleicht Comrades richtigen Namen kennen und ihn rufen.

Die Straße verlief noch eine Weile am Güterhafen entlang, erzählte der, der sich James nannte, der Maschendrahtzaun wurde irgendwann zu einem Wellblechzaun, dann zu einem Stahlgitter und dann wieder zu Maschendraht. Hin und wieder ging eine andere geteerte Straße ab, und an diesen Kreuzungen blieb ich dann stehen und versuchte, in alle Richtungen so weit wie möglich zu schauen. Menschen sah ich erstmal gar keine mehr, bis wir irgendwann an einer langen Reihe Kutschwagen vorbeikamen, die am Straßenrand sauber hintereinander aufgereiht standen, als wären sie Autos an einer ganz normalen Straße und rückwärts eingeparkt worden. Es waren keine Pferde davorgespannt. Über die Kutschen hinweg sah ich eine Lichtung, die übersät war mit weißen Plastiktüten, Getränkedosen, Windeln und anderem Müll. In ihrer Mitte brannte ein tiefschwarz qualmendes Feuer, um das drei oder vier Kutscher saßen, die Hände in den Jackentaschen, und schwiegen. Um das Feuer und die Männer herum erkannte ich dann einige Baracken, die aus Plastikplanen und Holzlatten errichtet waren, vor einer davon hing Wäsche an einer Leine, die schräg zum Boden hin gespannt war wie bei einem Zelt. Die ganze Szene sah, sagte der, der sich James nannte, glaube ich, ungefähr so aus wie die Vorstellungen, die sich Hubi gemacht hatte, als ihm plötzlich der Glauben an die Zukunft abhandengekommen war, was mich sehr irritierte, weil der, der sich James nannte, doch bei Hubis Sitzung im *Café Porsche* gar nicht anwesend gewesen war, als der uns seine Geschichte erzählt und gemeint hatte, die Geschichte selbst und sie vor uns zu erzählen sei jeweils ein ziemlicher Horror für ihn gewesen.

Comrade war nicht stehen geblieben, erzählte der, der sich James nannte, sondern weiter in die Richtung gelaufen, in der nun schon die ersten Villen des Küstendorfs zu sehen waren. Am Ortseingang holte ich den Hund aber wieder ein – er hatte dort auf mich gewartet.

Ich hatte gehofft, dass sich mit den Villen, die sich nun wieder zu beiden Seiten der Straße aufreihten, ein vertrautes Gefühl einstellen würde. Aber die Fensterläden und Gartentore waren auch hier überall verschlossen, und der Ort machte jetzt, wo der Schatten des Berges auf ihm lag und der Wind kälter war, einen noch viel abweisenderen Eindruck als bei meiner Ankunft. Aus den Seitenstraßen trotteten wieder Hunde, die Comrade sehr ähnlich waren. Ich sah ihn mir nochmal genau an, die Leberflecke an seinem Kopf, und hoffte, dass es genügen würde. Ein Mann stand am Straßenrand, erzählte der, der sich James nannte, er hatte einen Vollbart im Gesicht und trug eine graue Trainingsjacke, die mir gut gefiel. Er lächelte mich an und lief neben mir her, wippend und ein bisschen hektisch wie ein Hyperaktiver oder jemand, der sehr unsicher ist und permanent seine eigenen Bewegungen beobachtet. Er zeigte auf Comrade und fragte, ob das mein Hund sei. Ich nickte und sagte die Wörter *Hund* und *Essen* auf Türkisch und ließ sie wie eine Frage klingen. Der Mann lachte und nickte ebenfalls. Wir schwiegen für einige Meter, und dann fragte er mich, wo ich herkomme, und ich sagte, ich müsse die Fähre zurück nach Istanbul nehmen. Es war schwer, sich mit ihm zu unterhalten, sein Englisch war miserabel. Der Mann schaute auf seine Armbanduhr und sagte, die nächste Fähre würde erst in einigen Stunden auslaufen. Und dann fragte er mich, ob ich nicht ein Bier mit ihm trinken wolle. Er sagte: *many hour next boat* und *you want drink Bira*, immer im Wechsel, und ich fragte mich, worüber wir uns wohl bei diesem Bier unterhalten sollten. Comrade war wieder ein Stück vorausgelaufen, und ich bekam den Eindruck, als wollte er nichts mit mir zu tun haben, solange ich mich in Gesellschaft des Vollbärtigen befand. Wenn wir für ein paar Meter nicht sprachen, zog der Vollbärtige ein Handy aus der Tasche, ließ sich ein paar Schritte zurückfallen und versuchte, jemanden anzurufen. Am anderen Ende wurde aber offensichtlich nicht abgenommen. Wenn ich mich nach ihm umdrehte, sah ich, dass sein Lächeln immer dann verschwand, wenn er das Telefon ans Ohr hielt, und wieder zurückkehrte, sobald er mich eingeholt hatte und erneut fragte, ob ich nicht ein Bier mit ihm trinken wolle. Er versuchte vielleicht drei- bis viermal wen auch immer anzurufen, dann legte er mir eine Hand auf die Schulter, hielt mich an, zeigte in eine Seitenstraße und sagte: *Bira*. Die Straße führte bergab auf eine hohe Mauer zu und mündete dort in einen Trampelpfad, der auf die Rückseite der Mauer führte. An den Straßenseiten waren nur verschlossene Gartentore zu sehen. Ich war mir in dem Augenblick, als ich dort hinunterschaute, einhundertprozentig sicher, dass ich ausgeraubt und erschlagen würde, wenn ich dem lächelnden Mann mit dem Vollbart folgte. Ich ging also weiter und schüttelte den Kopf und drehte mich nicht mehr um. Der Vollbärtige mit der schönen Trainingsjacke war stehen geblieben und brüllte mir etwas hinterher, das klang wie das Brüllen des Kutschers, der mich viele Stunden zuvor um die Insel hatte fahren wollen.

Der, der sich James nannte, erzählte, er habe nach Comrade Ausschau gehalten und ihn nirgends entdeckt, bis er ihn hinter einer Biegung Hundetrockenfutterbrocken von der Straße fressen sah. Ein alter Mann, erzählte er, dem Plastiktüten an den Handgelenken baumelten, lief dort den Gehweg entlang und warf den Hunden das Fressen zu. Nachdem Comrade aufgefressen hatte, was auf der Straße lag, lief er dem alten Mann hinterher und verschwand, sagte der, der sich James nannte, ohne sich noch einmal nach mir umzudrehen.

Nachdem man sich erhoben hatte, um das Feuer zu löschen, wodurch auch mein Rucksack wieder freigegeben wurde, fingen die Leute an, einander eine gute Nacht zu wünschen und sich bis zum nächsten Morgen zu verabschieden. Ich ging, sicher etwas angeschlagen und bestimmt auch äußerlich schon ganz schattenhaft, unwach und sackartig schleppend zu Katja hin und fragte sie, ob sie denn jetzt auch schon schlafen gehen wolle, in der vagen und völlig irrationalen Hoffnung, sie könnte ja vielleicht noch Lust haben, mit mir etwas Zeit zu verbringen oder gemeinsam nach einem Schlafplatz zu suchen, der nicht Christophs Anhänger sein würde und überhaupt rein gar nichts mit Christoph zu tun haben. Katja sagte mir, dass sie vom Drehen sehr müde geworden sei und dass wir alle ja morgen noch einiges vorhätten. Mir war nicht klar, von welchen Dreharbeiten sie da konkret sprach. Beim Flashmob des Grauens in Nattheim war sie schließlich nicht dabei gewesen. Christoph war schon vorgegangen in Richtung des Wohnanhängers, und er hatte, soweit ich mich erinnern konnte, kein Wort über den folgenden Tag verloren. Es schien mir also eher so zu sein, dass nicht wir alle morgen einiges vorhatten, sondern nur einige von uns, und dass ich zu diesen einigen wieder nicht dazugehörte, aus Gründen, die mir weiterhin unbekannt blieben. Katja sagte: Gute Nacht, Moritz, und ging. Und ich sah am erloschenen Lagerfeuer Wenzel stehen, der als Letzter und so langsam und dabei eben gleichzeitig irgendwie ungeschützt, sozusagen mit offener Flanke, seinen Campingstuhl zusammenfaltete, dass ich auf ihn zuging und ihn fragte, ob es in seinem Zelt vielleicht noch Platz gebe für einen Zweiten, genau genommen für mich, der bislang noch nicht wirklich wisse, wo er die Nacht verbringen sollte. Wenzel schaute mich an und sagte, ja, natürlich, fast so etwas wie Erstaunen darüber in der Stimme, dass ich es überhaupt notwendig fand zu fragen.

Wir lagen dann ausgestreckt in Wenzels blauem Igluzelt, das nach Kunststoff und Mückenspray roch und nach unseren Socken, und Wenzel, mit dem ich mich nie wirklich befasst hatte und von dem ich nicht mehr wusste, als dass er, seit er von Michael Schumachers tragischem Skiunfall gehört hatte, sich davor fürchtete, in ein Wachkoma zu fallen und sich nicht äußern zu können und dann ein schlechtes Gewissen haben zu müssen gegenüber allen, die ihn mögen und ständig am Krankenbett in Tränen ausbrechen, weil er nicht in der Lage wäre zu sagen, dass er so nicht leben will, war noch ganz wach und redete, bis ich einschlief, von der Geschichte dessen, der sich James nannte, wie er sie aufgefasst hatte und was das alles für ihn bedeutete. Ich glaube, er war sehr beeindruckt. Weil ich wirklich sehr müde war, ist mir von diesem Reden Wenzels nicht mehr viel in Erinnerung geblieben. Ich weiß aber noch, dass er an einem bestimmten Punkt einen Satz sagte, der sich wie ein Fazit anhörte oder die Moral, die er aus der Geschichte gewonnen hatte, und dass ich mit diesem Satz, vor allem im Zusammenhang mit der Geschichte dessen, der sich James nannte, überhaupt nichts anfangen konnte. Ich glaube, mich sogar noch an den genauen Wortlaut erinnern zu können, weil dieser Satz in mir noch eine Weile nachhallte, bis in den Schlaf, der mein Bewusstsein sehr bald aus dem Zelt heraus und in einen tintigen Ozean hineinspülte.

Wir sind alle hilflos und hoffen doch noch Teil von etwas Großem sein zu können, sagte er, glaube ich.

Am Morgen war das Zelt voller Licht, vom Zeltwandstoff blau eingefärbt und doch ganz hell. Die Luft war dick und irgendwie stumpf. Ich lag direkt am dünnen Stoff der Wand, als ich aufwachte, und mein Schlafsack war nass an den Stellen, an denen er in der Nacht mit dem Zelt in Berührung gewesen war. Auch meine Haare waren nass. Wenzel schlief noch, als ich mich aufrichtete, sein Gesicht lag zerknautscht auf dem Kopfteil seines Schlafsacks, wo sich an seinem offenen Mund ein Speichelfleck gebildet hatte. Durch den dünnen Stoff der Außenwand war ein Gemenge verschiedenartiger Geräusche zu hören, das Knarzen und Rufen und Rascheln des Waldes, Gespräche, das Klappern von Campinggeschirr (im Aufwachen glaubte ich auch, das Starten von Motoren gehört zu haben), keines aber war eindeutig als nah oder entfernt einzuordnen. Es war nur gleich wieder klar, wie dünn und unzureichend diese Wände waren, was ich am Zelten immer schon gehasst hatte. Ich öffnete meinen

Schlafsack, und von seinen Innenseiten und meinen muffig feuchten Kleidern stieg ein Geruch von Lagerfeuer und Schweiß und Ungewaschenheit auf und stellte sich zur schlechten Zeltluft dazu, unbeweglich und verbraucht und keine Freude für die Nase. Ich dachte, dass ich in allernächster Zukunft mir entweder die Zähne putzen müsste oder jemanden mit einer Holzlatte bis zur Bewusstlosigkeit verprügeln. Ich weiß auch nicht, wie ich diese beiden Sachen zusammenbrachte und weshalb ich dachte, das eine könnte irgendwie das Bedürfnis nach dem anderen beseitigen oder befriedigen.

Ich zog den Reißverschluss am Zelteingang auf und schlüpfte durch das taufeuchte Vordach, das in der Nacht eingestürzt war (wahrscheinlich war jemand über die Schnüre gestolpert) und als großer Lappen vor dem Eingang hing. Meine Schuhe, die unter diesem Vordach gestanden hatten, schmatzten, als ich sie anzog.

Es war ein goldener Morgen. Über der Lichtung war eine Kuppel aus Klarheit und Frische und Licht, und alles, was in der vergangenen Nacht noch dunkel und bedrohlich gewesen war, war jetzt sattes, lebendiges Grün. Ich fühlte mich, als wäre ich durch den nassen Vordachlappen und aus dem stickigen Zelt heraus noch einmal auf die Welt gekommen, und das war ein phantastisches Gefühl. Nichts wäre mir unmöglich an diesem Morgen, dachte ich. Mein Magen war leer, aber ruhig, ich schaute mich in einer seltenen Gelassenheit um und sah die anderen entweder ebenso gelassen irgendwo sitzen und Kaffee trinken oder bereits geschäftig herumlaufen und Dinge tragen oder Gespräche führen. Ein paar von ihnen hatten Funkgeräte in der Hand, in die sie sprachen. Es war mir egal, dass ich selbst kein Funkgerät erhalten hatte und nicht wusste, was aktuell auf dieser Frequenz besprochen wurde. Mir fiel auf, dass die beiden Kleinwagen fehlten.

In einem geöffneten Zelt sah ich Jonas sitzen, der nur eine Unterhose und ein T-Shirt trug und weinte, während Marlies vor seinem Oberschenkel kniete, mit einer Pinzette und zusammengekniffenen Augen. Kröchi saß etwas abseits vom Lager auf einem Stein. Er trug einen Rollkragenpullover und redete ohne Funkgerät, wahrscheinlich mit dem Wald.

Die Lichtung war etwas kleiner, als ich in der Nacht vermutet hatte, und war durch die Feuerstelle, die Fahrzeuge und die Zelte fast vollständig ausgefüllt. Sie war an allen Seiten von Bäumen eingefasst – nur an einer Stelle öffnete sich eine Art Tunnel zwischen den Bäumen, der oben von Ästen und Laub überwölbt war und aus dem ein Feldweg auf die Lichtung führte. Es schien mir der einzige Weg zu sein, von dem aus die Fahrzeuge auf die Lichtung gelangen konnten. Jemand musste diese Stelle und diesen Ort im Vorfeld gesucht und gefunden haben. Es ist unmöglich, dachte ich, einfach so zufällig über ihn zu stolpern. Dafür war es ein viel zu gutes Versteck.

Christoph, Katja und Markus waren nirgendwo zu sehen. Sie mussten unterwegs sein, beim Drehen irgendwo, dem Plan folgend, den sie für die Produktion ausgearbeitet hatten und in den ich nie Einsicht erhalten habe. Ich war offensichtlich nicht allein damit, ohne konkrete Anweisungen für diesen Drehtag zu sein (auch unter den anderen war zielloses Streunen und untätiges Herumsitzen zu beobachten), und ich nahm an, dass von uns Unbeschäftigten erwartet wurde, dass wir uns nicht zu weit vom Basislager entfernen und sozusagen auf Standby bleiben würden, auf Abruf, falls sich eine Szene ergab, die unser Mitwirken erlaubte.

Ich ging von der Lichtung ab und in die Richtung, aus der ich in der letzten Nacht die Frösche gehört hatte. Verschiedene Pfade führten zwischen den Stämmen der Bäume hindurch. Ich nahm einen Weg, der an einem dicken, moosigen Felsbrocken vorbei bergab führte, er war serpentinenartig im Waldboden festgetreten worden und trotzdem so steil, dass man die Schuhe seitlich in die Erde stemmen musste. Ich hielt mich an Ästen und kleineren Bäumen fest beim Abstieg und traf schließlich auf einen anderen Weg, der etwas breiter angelegt war und auf dem Wurzeln und Steine eine natürliche Treppe bildeten, die hinunter ans Ufer eines an den Rändern dicht von Bäumen und Schilfpflanzen umwachsenen Weihers führte. Es schien die einzige Stelle zu sein, an der man so nah ans Wasser kommen konnte. Ein sandiger Uferstreifen, der in grünlich braunen Schlamm überging und schließlich in die ruhig daliegende Spiegelfläche des Wassers, in der sich das Grün und der Ausschnitt des Himmels verdoppelten. Zwischen den Schilfrohren schwebten grauschwarze Wolken kleiner Insekten. Ein paar Meter entfernt sah ich Ann-Sophie auf diesem Uferstreifen stehen. Sie trug ein Paar Wandersandalen in der Hand und hatte ihre Zehen in den Sand eingegraben. Für mich sah es so aus, als wäre sie hier gern schwimmen gegangen, hätte aber einsehen müssen, dass dieser Weiher voller Froschlaich und schleimigen Algenteppichen war, und hätte sich dann etwas enttäuscht an den Sprüngen der Wasserläufer festgestarrt, die über die Oberfläche zuckten. Als sie mich sah, grüßte sie mit einer Handbewegung, zog sich ihre Wandersandalen an und verschwand hinter Bäumen und Gebüsch, von wo vermutlich ein weiterer Weg den Hügel hinauf zur Lichtung führte.

Ich blieb allein zurück auf dem Uferstreifen, der Weiher schmatzte irgendwo hinter dem Schilf, eine Mücke stach mich in den Hals, und ich hörte ein paar Mal Geräusche in meinem Rücken, die klangen, als würden noch andere Leute den Weg durch den Wald herunterkommen. Wenn ich mich dann aber umdrehte, war niemand zu sehen, und nichts bewegte sich.

Ich musste an den Film *O Território* von Raúl Ruiz denken, den wir im *Café Porsche* zusammen angeschaut hatten und in dem eine verirrte Wandergruppe aus Frauen, Männern und Kindern immer wieder an einem solchen Weiher vorbeikommt und daran erkennt, dass sie sich ständig im Kreis bewegt. Sie werden schon früh auf ihrer Wanderung von ihrem ortskundigen Führer zurückgelassen, nach einem Streit, der durch die gesteigerte Aggressivität ausgelöst wird, die sich unter den Wandernden in dem fremden Gebiet ausgebreitet hat. Es wird nicht ganz klar, ob das Gebiet verflucht oder verwunschen ist und die Wandernden deshalb im Verlauf des Films immer aggressiver und immer verrückter werden oder ob es mit ihrer Entfremdung von der Natur, ihrer urbanen Degeneriertheit zu tun hat, dass sie sich unwohl fühlen in dieser Umgebung, an sich selbst verzweifeln und im jeweils anderen auch nur so einen läppischen Städter sehen, auf den im Ernstfall nicht zu zählen ist, und darüber in Streit geraten. Der ortskundige Führer jedenfalls lässt die Gruppe zurück und wird dann von einer der Frauen, als sie nach tagelangem Laufen wieder an dem Weiher vorbeikommen, tot zwischen den Steinen am Ufer aufgefunden. Weil sie sich wirklich gar nicht zu helfen wissen und keiner eine Ahnung davon hat, was sich im Wald sonst noch an Essbarem auftreiben ließe, beschließt die Gruppe, den toten Führer aufzuessen. Es wird dafür eine Art christlicher Kommuniongottesdienst eingeführt, um das Essen des Fremdenführers zu legitimieren. Einmal am Tag empfangen die Wanderer die Kommunion, das Fleisch trocknen sie an einer Wäscheleine, die sie zwischen Bäumen aufgespannt haben, und braten es danach über einem offenen Feuer. Nur eine Frau aus der Wandergruppe weigert sich von Anfang an, das Fleisch zu essen und an der Zeremonie teilzunehmen. Als sie schließlich stirbt, wird sie ebenfalls verzehrt, wodurch die anderen etwas mehr Zeit gewinnen, um weiter durch das Gebiet zu irren und immer wieder an dem Weiher anzukommen, ihr Lager aufzuschlagen und die Zeremonie abzuhalten. Die Körper der Toten ziehen sie beim Gehen in einem großen Plastiksack hinter sich her. Die beiden Kinder freunden sich am schnellsten mit der neuen Situation an. In einer der Szenen sind sie dabei zu sehen, wie sie zum Spielen in den Plastiksack zu den Leichenteilen steigen. An das Ende des

Films konnte ich mich nicht mehr erinnern. Nur dass lediglich eine Frau und ein Junge übrig bleiben, aus dem Gebiet gerettet werden und nach einem Sprung durch die Zeit dabei gezeigt werden, wie sie sehr aufgeräumt in einem Wohnzimmer sitzen und die vergangenen Geschehnisse in einem Gespräch rekapitulieren. Was genau sie da sagen, habe ich mir nicht gemerkt, aber ich erinnerte mich, dass der Junge nach draußen geht und dort in den Nachthimmel schaut, wo sich aus dem Glitzern der Sterne ein Totenschädel formiert.

Während ihrer tagelangen Wanderungen scheint die Gruppe nie wirklich weit weg von der rettenden Zivilisation zu sein. Sie treffen einmal sogar auf zwei Männer, die auf einer Brücke sitzen und picknicken, werden aber ungeduldig, weil sie nicht dieselbe Sprache sprechen. Sie bezeichnen die Männer als Verrückte und ziehen weiter. Manchmal sind sie morgens, wenn sie aus ihren Zelten schlüpfen, von Schnee umgeben, der nicht besonders authentisch aussieht. An den Bäumen hängen auch die ganze Zeit über grüne Blätter. Seltsame Gemütsverfassungen werden durch farbige Filter auf der Kamera erzeugt. Insgesamt fand ich den Film nicht gerade überzeugend, aber zumindest das Gefühl, dass die Zeit mehr und mehr aus den Fugen gerät, je länger man in dem Gebiet unterwegs ist, war mir dort am Ufer des Weihers sehr vertraut, und ich konnte mir vorstellen, selbst ein Teil dieser Gruppe zu sein. Ich fragte mich, ob ich an der Kommunion teilnehmen würde und ob ich auch im Wahn jemandem einen Stein über den Kopf schlagen könnte. Es war zumindest nicht auszuschließen.

Ich holte mein Handy aus der Tasche und sah auf dem Display einen einzelnen Empfangsbalken immer wieder verschwinden und dann wieder auftauchen. Es wird sicher keine besonders gute Verbindung werden, dachte ich mir, wollte es aber trotzdem versuchen. Ich wählte Josis Namen im Telefonbuch aus, rief sie an und ließ es etwa achtmal klingeln, bevor sie abnahm. Sie wird ja meinen Namen auf ihrem Display sehen, dachte ich. Und dass das doch ein Grund sein müsste ranzugehen. Ich hätte nicht sagen können, was für ein Wochentag gerade war, ob sie in der Bibliothek saß oder zuhause oder vielleicht auch noch im Bett lag und schlief. Sie nahm ab, und ihre Stimme war die Stimme aus einer sehr weit entfernten Zeit, die eine unfassbare Distanz überbrückte im Moment ihrer ersten Worte und sich mit allem Vergangenen wie das riesenhafte Raumschiff aus einem Katastrophenfilm durch die Atmosphäre stieß, den Himmel über meinem Weiher im Wald verdunkelte und meine Beine ganz weich machte und das Herz unheimlich schnell.

Wir begrüßten uns, es gab eine sehr lange Pause, und dann erzählte ich Josi, dass ich *Die Soldatin* gelesen habe. Sie sagte, dass sie das schön finde, und wollte wissen, ob es mir gefallen habe. Ich sagte, ich sei mir nicht so sicher, was sie mir damit sagen wollte.

Ich habe das Buch nicht geschrieben, Moritz, ich wollte dir überhaupt nichts damit sagen. Ich fand nur, dass du es einmal lesen solltest, weil es ein großartiges Buch ist und weil es auch in meiner Arbeit vorkommt. Ich habe erst vor ein paar Tagen dazu einen kleinen Vortrag gehalten auf einer Tagung, da hättest du ja sogar vorbeikommen können, jetzt, wo du weißt, worum es geht. Josis Stimme wurde immer wieder verfremdet und unterbrochen, weil die Verbindung so schlecht war. Es klang, als würde sie sich am anderen Ende der Leitung in einen Spielautomaten verwandeln. Ich stellte mir auch vor, wie ihre Worte oder vielleicht sogar sie selbst in quadratische Pixel auseinanderbrachen und sich verkehrt wieder zusammensetzten. Ich weiß überhaupt nicht, worum es geht, sagte ich, und Josi sagte, dass das jetzt ja auch nichts Neues sei, und danach gab es ein blechernes Geräusch, von dem ich nicht sagen konnte, ob es ein Lachen oder ein Husten war oder vielleicht sogar ein weiterer Satz. Dann erzählte sie mir von den Fortschritten, die sie in den letzten Monaten mit ihrer Doktorarbeit gemacht hatte. Ihre Sätze wurden immer wieder unterbrochen an verschiedenen Stellen, als sie ausführte, welche neuen Ideen sie gehabt und eingearbeitet hatte, ich verstand davon so gut wie gar nichts, hatte aber eh das Gefühl, dass es hier nicht darum ging, mich auf den neuesten Stand ihrer Forschung zu bringen, sondern in unserem Gespräch eine Position zu behaupten. Sie fragte ganz demonstrativ nicht danach, wie es mir ging.

In eine längere Pause hinein, von der ich annahm, dass es sich um ein Schweigen handelte und nicht einfach nur um ein Abreißen der Verbindung, erzählte ich Josi, dass ich an einem Filmprojekt des Regisseurs Christoph Raub beteiligt sei und gerade mit der Crew quer durch Deutschland unterwegs. Dass es sich um die Produktion eines Horrorfilms handle und dass ich wahrscheinlich auch vor der Kamera eine Rolle spielen würde. Der Zeitplan habe mir gerade etwas Luft zum Telefonieren gelassen, und ich hätte mir gedacht, ich könnte sie anrufen und ihr davon erzählen, schließlich hätten wir ja schon sehr lange nichts mehr voneinander hören lassen. Ich erzählte Josi auch davon, wie ich gern einen brutalen Tod sterben würde, vor der Kamera und später auf der Leinwand, dass wir aber noch nicht so weit seien, dass mir das auch nicht garantiert werden könne, da es sich bei dieser Produktion um eine sehr spezielle Produktion handle. Ich erinnerte mich daran, wie Christoph uns ausdrücklich verboten hatte, am Telefon mit anderen über die Produktion und ihren Verlauf zu sprechen, als ich Josi erzählte, wie wir uns im *Café Porsche* getroffen hatten zu den Angst- und Schmerzsitzungen und dass ich dort auf der Bühne gestanden hatte für beides und dass daraus ein Drehbuch entwickelt worden war und dass wir nun seit ein paar Tagen schon daran waren, es umzusetzen. Ich beschrieb ihr den Flashmob in Nattheim, die rätselhafte Szene mit Kröchi im Keller des Bauernhofs und die Erzählung dessen, der sich James nannte. Noch könne ich ihr keinen konkreten Termin für den Kinostart nennen, sagte ich, aber sie werde beizeiten sicher in den einschlägigen Medien davon erfahren, und ich könne sie auch auf dem Laufenden halten, wenn sie das wolle, vielleicht wäre auch eine Einladung zur Premierenfeier denkbar. Im Augenblick liege aber noch eine Menge Arbeit vor uns. Josi sagte, du, Moritz, ich versteh dich nicht, mit einem Mal so klar und deutlich, dass ich mir nicht sicher war, ob sie damit die Verbindung meinte.

Ich sagte zu Josi, dass leider der Empfang hier am Set so schlecht sei, dass ihr Sprechen bei mir nur verfremdet und schwer verständlich ankomme, eigentlich sei es eh untersagt, hier während der Dreharbeiten zu telefonieren, und ich hätte ihr wahrscheinlich schon viel zu viel erzählt, sie müsse versprechen, für sich zu behalten, was ich ihr gerade anvertraut hatte, sofern sie mich überhaupt verstehen konnte. Bei mir gibt es kein Problem, sagte sie dann, und ob ich nicht fände, dass das sehr bezeichnend sei.

Obwohl ich wusste, dass sie es wusste, weil ich ihr ja eine SMS geschrieben hatte, erzählte ich Josi, dass ich in der Agentur gekündigt hatte. Wenn wirklich nur ich es war, der bei unserem Telefonat problemlos verstanden werden konnte, dann war es ja auch an mir zu sprechen, dachte ich, und dass ich vielleicht durch meine Abkehr von dem jahrelang von Josi als Totalblockade des persönlichen Vorankommens bezeichneten Job bei ihr in einem besseren Licht dastehen würde. Vielleicht fand ich auch einfach, dass dieser große Schritt in meinem Leben von ihr noch nicht ausreichend gewürdigt worden war beim letzten Mal. Ich erzählte ausführlich vom Ausflug ins Stadion und davon, dass ein Mensch namens Jason von mir unbemerkt meine Arbeit hatte übernehmen können. Ich sagte, ich hätte ihr damals geschrieben, weil ich mich nach dem Kündigen wie neu gefühlt hatte und dass sie wahrscheinlich all die Jahre im Recht gewesen war, das wollte ich dir noch sagen, sagte ich, weil du das doch sicherlich gern hörst, ich habe halt zugegebenermaßen etwas länger gebraucht, um das alles wirklich zu begreifen.

Josi fragte mich, ob ich schon einmal vom Schiff des Theseus gehört habe.

Ich sagte, nein, habe ich nicht, und sie erklärte mir, ohne ein nennenswertes Abreißen der Verbindung, sodass ich alles gut erfassen konnte, dass der Seefahrer Theseus sein Schiff in eine Werft gebracht habe, weil er überzeugt war davon, dass es erneuert werden müsse. Der Werfteigentümer nahm den Auftrag von Theseus an, alle Planken, die Masten, Segel und jedes Verschleißteil am Schiff auszuwechseln, kam aber, als er am Abend das Schiff nochmal genau untersuchte, zu dem Schluss, dass die Planken, Masten, Segel und Verschleißteile eigentlich noch völlig in Ordnung waren. Er erfüllte den Auftrag trotzdem und präsentierte Theseus schließlich ein komplett runderneuertes Schiff. Gleichzeitig hatte er aber die ausgebauten Teile dazu benutzt, auf einem anderen Liegeplatz seiner Werft ein neues Schiff zusammenzubauen, von dem er befand, dass es ebenfalls seetüchtig war. Die Frage, die sich stellt, sagte Josi, lautet: Welches ist Theseus' Schiff?

Ich fragte Josi, was sie meine, das sei doch klar, und sie sagte, ja?, und wirklich erst dann bemerkte ich, dass es eben nicht klar war und dass es keine Antwort gab. Ich fühlte mich vorgeführt, wie ein Tier in einem Labor, das zur Belustigung der Forscher durch ein Labyrinth irrt, um seinen Fressnapf zu finden. Hör mal, Moritz, sagte Josi, ich muss jetzt wieder an die Arbeit. Ich wünsche euch alles Gute für euren Film, pass auf dich auf. Nachdem ich eine Weile überhaupt nichts gesagt hatte, klickte es im Lautsprecher an meinem Ohr, und das Rauschen, das die ganze Zeit über unser Gespräch begleitet hatte, verschwand. Es blieb nur noch das Rauschen der Blätter in den Bäumen um mich herum.

Ich nahm einen faustgroßen Stein auf, der vor mir im Sand

lag, warf ihn, so weit ich konnte, raus auf den Weiher und wünschte mir, die Oberfläche wäre wirklich aus Glas und könnte zerbrechen. Es gab aber nur ein plump glucksendes Geräusch, und die Ruhe war bald wiederhergestellt. Für eine Weile redete Josi, deren Stimme in meinem Kopf jetzt ganz frisch präsent war, dort noch weiter, erzählte verschiedene Dinge, machte Anschuldigungen, bewertete die ganze Situation, in der ich mich hier befand, als lächerlich und zitierte passende Stellen aus Büchern, die ich nicht gelesen habe oder an denen ich verzweifelt bin. Ich weine ohne Grund, den ich euch nennen könnte, hörte ich sie sagen. Es ist wie ein Kummer, der durch mich hindurchgeht. Es muss ja doch wohl jemand weinen. Es ist, als wäre ich es.

Zurück auf der Lichtung, nachdem ich den Hügel wieder hochgestiegen war, beim Beobachten der Anderen, die noch immer in ganz unterschiedlichen Graden von Geschäftigkeit oder Leerlauf unterwegs waren, saßen oder gingen, sprachen oder schwiegen, dachte ich zum ersten Mal, seit wir losgelaufen waren, an meine Wohnung in München. Daran, dass sie dort jetzt tagelang leerstand. Ich sah das Spülbecken in der Küche vor mir und wie sich dort am Wasserhahn ein einzelner Tropfen gebildet hatte, der Stunden oder Tage brauchte, bis er schwer genug war, um schließlich abzufallen und beim Aufprallen im Becken ein Geräusch zu erzeugen, das niemand hören würde. Ich dachte auch an die Schuhe, die ich zurückgelassen hatte und die im Flur aufgereiht nebeneinanderstanden. Und dass Schuhe ohne Menschen, vor allem Männerschuhe, und vor allem Männerschuhe von Männern, die Frauen besuchen, wenn sie alleine irgendwo stehen, etwas Lächerliches und Trauriges haben. Vielleicht, weil sie da so stehen, meistens müde, meistens schiefgelatscht, und auf jemanden verweisen, der nun in Socken irgendwo sitzt und sich fragt, ob seine Füße stinken. Schon wieder dachte ich an Josi und daran, dass ich darüber mit ihr hätte sprechen sollen, anstatt ihr vom Schrecklichen Grauen zu erzählen. Über Schuhe ohne Menschen. Und über Menschen auf Socken. Für so was war sie eigentlich immer zu haben.

Und zu jedem anderen, der da auf der Lichtung unterwegs war, dachte ich, gehört auch so eine Wohnung irgendwo, in München oder Ulm oder Ingolstadt oder Augsburg, in der die Gegenstände geduldig stehen und die Abwesenden repräsentieren (oder sie repräsentieren niemanden, nur das Material, aus dem sie gemacht sind, und die Leblosigkeit). In den Steckdosen wartet der Strom, und nichts bewegt sich, vielleicht fällt irgendwo ein Handtuch runter, und ein Insekt fliegt so lange gegen eine Fensterscheibe, bis es stirbt. Langsam verändert sich die Luft, wieso eigentlich, dachte ich, wenn niemand da ist, der sie atmet?

Die beiden Kleinwagen waren noch nicht zurück. Christoph und Katja und Markus und Hannah, die ich ebenfalls noch nicht gesehen hatte an diesem Morgen, waren wohl unterwegs mit den beiden, denen die Kleinwagen gehörten – mit dem, der sich James nannte, und dem anderen, den alle nur den Chinesen nannten, weshalb, wusste ich nicht, er sprach ein breites Bayrisch und sah kein bisschen asiatisch aus.

Auf zwei Campingstühlen, die sie nebeneinander aufgestellt hatten, saßen Julia und Bianca mit ausgestreckten Beinen in der Sonne. Sie trugen kurze Hosen, ihre Haare waren nass, und sie sahen ganz frisch geduscht aus. Ich fragte mich, wie sie das hinbekommen hatten. Ihr Gespräch, an dem ich teilnahm, indem ich mich eine Weile neben sie stellte und zuhörte, was sie aber nicht zu stören schien, handelte von Personen, die aus irgendeinem Grund von einem selbst in der Vergangenheit aufgespürt und aus ihr herausgehoben wurden (Julia sagte: aus der Geschichte, und Bianca sagte: aus der Vergangenheit) oder vielleicht sogar geborgen, wie ein Schatz, und was es damit auf sich hatte, mit diesem Bedürfnis, in der vergangenen Zeit Repräsentanten der eigenen Art zu finden. Oder solche, die nicht einen selbst repräsentierten, wie man bereits war, sondern einen selbst, wie man selbst gerne wäre – unter anderen Umständen oder einfach durch eine andere Konsequenz im Leben. Vorbilder im ganz wörtlichen Sinn, sagte Julia. Sie redeten von der Schönheit solcher Privatwissenschaften, die mit einer unheimlichen Energie und Versenkung betrieben wurden und ja nicht nur dem Erkenntnisgewinn über die eigene Person dienten, sondern auch ein Beitrag waren zum ewigen Kampf gegen das Vergessen. Die Frage kam auf, ob diese Art Privatwissenschaftler und Privatwissenschaftlerinnen, zu denen sie sich selbst zählten, wirklich das Vergessen einer Person verhindern konnten oder ihrerseits nur wieder eine Ikonisierung betrieben, die am Ende dazu führe, dass die Person eben doch, und zwar endgültig vergessen würde, weil man an ihrer Stelle in Zukunft nur noch ein Idealbild erinnere, für das sie nun stellvertretend eingesetzt sei. Also wieder nur eine Sehnsucht, sagte ich, nach einem Anderen. Ja, genau, meinten die beiden, sozusagen ein Fortschreiben der Erzählungen, denen man eh schon immer auf den Leim gegangen ist. Die Toten können sich eben gegen ihre Instrumentalisierung nicht mehr wehren. Vielleicht macht es ja gerade deshalb so viel Spaß, in den Archiven nach ihnen zu forschen. Bianca meinte, da sei auf jeden Fall für jeden genug Personal vorhanden, um sich eine ordentliche Mannschaft zusammenzustellen. Für die eigene Expedition. Ich fragte sie, ob sie schon einmal vom Schiff des Theseus gehört habe, und sie sagte, ja, schon, aber wer gibt hier den Auftrag zum Umbau?

Ich bemerkte, dass es mir ein bisschen zu kompliziert wurde, und fragte die beiden, wie sie denn überhaupt darauf gekommen waren. Sie schauten sich an, ein bisschen verschämt fast, und dann sagte Julia, sie hätten sich gefragt, ob Christoph irgendwann mal so jemand sein könnte für eine nachfolgende Generation von Privatwissenschaftlern. Und Bianca sagte: Museologen des Todes, worüber beide lachen mussten, ich aber nicht.

Das Gespräch der beiden ging damit weiter, dass sie über Verfilmungen von Lebensgeschichten prominenter Menschen sprachen, explizit solcher, die noch am Leben waren, wenn die Filme in die Kinos kamen. Bianca meinte, dass sie das immer schon als unheimlich brutalen Akt empfunden habe, bei dem die Schauspieler eine Persönlichkeit an sich rissen und die wirklichen Eigentümer dieser Persönlichkeiten dann ins Vergessen oder in eine Art vorweggenommenen Tod hinabgestoßen werden, wobei ihnen doch vordergründig ein Denkmal errichtet wurde. Man erinnert sich dann ja nicht mehr an eine Gestalt aus der Zeitgeschichte, eine Zeitgenossin, sondern an reiche Amerikaner aus Kalifornien, die beim Nachspielen der Biografien der anderen einfach unschlagbar gut aussehen, wofür auch das Gedächtnis, wie es scheint, eine Schwäche hat. Julia erzählte, dass sie im vergangenen Jahr eine Reise unternommen habe, um die große David Bowie Ausstellung anzusehen, die auf ihrer Tournee in Deutschland Station gemacht hatte, und dass sie sich beim Gehen durch diese Ausstellung die ganze Zeit über dachte, David Bowie sei tot, obwohl sie doch wusste, dass er noch am Leben war.

Ich fragte die beiden, ob sie vielleicht etwas mehr wüssten darüber, wie es weitergehen sollte mit uns, und ob sie nicht fänden, dass wir doch sehr stark unterversorgt seien mit den nötigen Informationen. Aber sie hoben nur ihre Schultern und sagten etwas wie: Es wird sich schon fügen.

Ich ließ die beiden allein und ging zu Hubis Transporter, wo das Frühstück allerdings schon weggeräumt war. Aus dem Inneren des Transporters waren Geräusche zu hören, also klopfte ich ein paar Mal gegen die Hecktüren, bis Hubi öffnete und mich in einer Genervtheit, die ich bis dahin nicht von ihm gekannt hatte, fragte, was ich wolle. Ich sagte, dass ich Hunger hätte, aber irgendwie das Frühstück versäumt, und ob es nicht noch etwas gebe für mich. Hubi kramte in einer Plastiktüte und reichte mir eine einzelne Semmel aus dem Transporter nach draußen. Meine Frage, ob es vielleicht auch noch etwas Kaffee gebe, bekam ich schon nicht mehr ganz gestellt, bevor die Hecktür vor mir geschlossen wurde.

Die Semmel war schon ein bisschen trocken und klebte beim Kauen oben am Gaumen fest. Ich setzte mich mit ihr an die erloschene Feuerstelle – im Tageslicht nur mehr ein schwarzer Fleck, der von Steinen eingefasst war. Am Rand lagen die abgebrannten Stummel der Äste im Gras. Ich überhörte ein Gespräch zwischen Mirko und Maurice, die ganz in der Nähe am Kotflügel von Christophs Mercedes lehnten und sich über Sportarten unterhielten, die sie als Kinder regelmäßig verfolgt hatten, dann aber aus ihrem Interesse dafür herausgewachsen waren. Maurice erzählte, er sei früher ein großer Wrestlingfan gewesen. Er habe sich entsprechende Zeitschriften und Stickeralben besorgt und habe lebensgroße Starschnittposter von Bret Hitman Hart und dem Undertaker an seiner Zimmerwand hängen gehabt. Er erinnere sich noch sehr gut daran, dass er zu jedem Wrestling-Großereignis lange aufgeblieben sei und sich die Kämpfe angeschaut habe, bis ich irgendwann so müde wurde, sagte er, dass ich zwischen dem ganzen Stöhnen und Klatschen und Krachen und Schreien eingeschlafen bin, was sich sicherlich auch auf meine Träume ausgewirkt hat, an die ich mich aber ganz grundsätzlich nicht erinnern kann. Maurice sagte, dass ihm erst später aufgefallen sei, wie traurig das eigentlich war, dass all diese Wrestlingstars über Jahrzehnte in den Ring steigen und ganze Generationen ihrer Fans und Unterstützer schon nach kürzester Zeit – das sind ja höchstens ein paar Jahre, die man sich dafür interessiert – aus dem entsprechenden Alter herauswachsen und nicht selten sogar eine Scham entwickeln und das peinlich finden, dass sie einmal Bret Hitman Hart Starschnittposter an ihren Wänden hängen hatten und extra lange aufgeblieben sind, um sich einen Titelkampf oder ein Leitermatch oder eine *Survivor-*

Series anzuschauen, und dabei richtig aufgeregt waren, als wäre es eine wichtige Sache, sagte Maurice, die es in dem Moment ja auch wirklich war.

Mirko sagte, bei ihm sei das früher ganz ähnlich gewesen, er habe sich als Kind und auch noch als Jugendlicher für American Football interessiert, regelmäßig Spiele der NFL in nächtlichen Live-Übertragungen geschaut und sei dabei ein Fan der Green Bay Packers gewesen, insbesondere natürlich ein Fan des damaligen Packers Quarterbacks Brett Favre, von dem er ebenfalls ein Poster im Zimmer hängen hatte, was ihm im Nachhinein völlig wahllos und zufällig erscheine, zumal ihn ja gar nichts mit der Stadt Green Bay, dem Staat Wisconsin oder den USA generell verbinde. Wahrscheinlich, sagte er, habe ich mir die Mannschaft damals nach der Trikotfarbe ausgewählt. Es war auch völlig uninteressant, was Brett Favre eigentlich für ein Mensch war, wie er sich verhalten und geäußert hat. Ich habe das nie überprüft, sagte Mirko. Gut möglich, dass ich jahrelang das Poster eines totalen Arschlochs an meiner Wand hängen hatte. Aber das gilt ja wahrscheinlich für jedes Poster, gerade von Sportlern.

Ich dachte mir, während ich meine Semmel aß und den beiden zuhörte, dass Mirko doch noch so jung war und es also nicht sehr lange her sein konnte, dass er dieses Brett Favre Poster von seiner Zimmerwand abgenommen oder ihm den Rücken gekehrt hatte.

Inzwischen weiß ich, sagte Mirko, dass Footballspieler und Wrestler gleichermaßen gefährdet sind, an einer chronisch-traumatischen Enzephalopathie zu erkranken. Man nennt die Krankheit auch Dementia pugilistica, was in etwa *Wahnsinn der Faustkämpfer* bedeutet. Ich habe mich eine Weile damit befasst, als mir irgendwann aufgefallen ist, dass ich keinen Spaß mehr daran hatte, Footballspiele anzuschauen. Mir ist aufgefallen, dass ich total verkrampft war, wenn ich ein Footballspiel angeschaut habe, im ganzen Körper und auch im Gesicht. Ich habe das erst bemerkt, wenn das Spiel vorbei war, dass ich offenbar stundenlang so dagesessen bin und dass mich das jedes Mal selbst erschüttert hat, wenn wieder zwei riesige Typen mit voller Wucht ineinandergerannt sind. Noch bevor ich angefangen habe, darüber nachzulesen, fand ich, dass man doch über so vielen Schlägen irgendwann den Verstand verlieren müsste. Und dann hörte ich irgendwann auf, mich für den Sport zu interessieren, und interessierte mich stattdessen eine Zeitlang obsessiv für seine Folgeschäden. Vielleicht habe ich mir gedacht, dass das in einem Verhältnis zueinander stehen müsste. Weil ich doch vorher ein Fan war. Brett Favre ist meines Wissens noch nicht am Wahnsinn der Faustkämpfer erkrankt. Man kann das aber auch erst sehr spät diagnostizieren. Meistens stellen die Ärzte die tatsächlichen Schäden erst bei einer Obduktion des Gehirns fest. Die Hirne der Footballspieler, aber auch die der Wrestler, schrumpfen im Verlauf ihrer Karrieren infolge der vielen kleinen und großen Erschütterungen in sich zusammen, Gewebe und Hirnzellen sterben ab, es kommt zu Gedächtnisschwund, erzählte Mirko, zu auffälligen Persönlichkeitsveränderungen, Parkinsonismus, Sprachstörungen, Depressionen, Aggressivität und Demenz. Viele kommen ins Gefängnis oder werden von ihren Nächsten verlassen, weil sie nicht mehr auszuhalten sind, noch bevor jemand eine Diagnose gestellt hat und klar ist, woher der ganze Ärger eigentlich kommt. Dass er nicht selten eine Wut ist auf das eigene Gehirn, das sich unter all den Schlägen weggeduckt hat und klein zusammengerollt und den Gehorsam verweigert. Ich fand den Gedanken interessant, dass ein Interessenverband, wenn er sich um die Interessen der Sportler und ihre Gesundheit sorgen würde, für die Abschaffung der Sportart eintreten müsste, also für die Abschaffung der Existenzgrundlage der Menschen, deren Interessen man vertritt. Und dass das der Preis ist, den sie für ihr kurzfristiges prominentes Hervortreten aus der Masse bezahlen.

Maurice sagte, dass das die ganze Angelegenheit eigentlich nur noch trauriger mache. Während sich Generationen von Fans abwenden, sobald sie erwachsen geworden sind, verkümmert den Wrestlern das Gehirn. Mirko nickte dazu, und sie schwiegen eine Weile, in der ich damit befasst war, den Rest meiner Semmel mit der Zunge vom Gaumen zu lösen und mir die Feuerstelle vor mir nicht als rußigen Fleck, sondern als Loch in die Unterwelt vorzustellen (ich musste die Augen etwas zusammenkneifen, bis die Details unscharf wurden, dann ging es). Ich frage mich schon, sagte Maurice nach einiger Zeit, wie man diese Leute später einmal erinnern wird, wenn die Sportarten vielleicht wirklich abgeschafft sind. Ob es für sie noch eine Chance gibt, für jemanden zum Helden zu werden, oder ob man sie nur als Repräsentanten dieser traurigen Zeit, in der wir uns an ihrem ständigen Verprügeltwerden amüsiert haben, im Gedächtnis behält.

Ich stand auf und ging zu Wenzels Zelt, wo ich meinen Rucksack gelassen hatte, um ein paar Dinge zu notieren, und fragte die beiden im Vorbeigehen, ob sie denn vielleicht eine Ahnung hätten, wie es hier weitergehen soll. Mirko schaute mich an und sagte, er habe in den letzten Wochen eher das Gefühl gehabt, dass ich ein enger Vertrauter Christophs sei und dass man sich vielleicht an mich wenden könnte, wenn man sich weitere Informationen erhoffte. Wir sind hier die kleinsten Krümel im Kuchen, sagte Maurice, uns brauchst du da nicht zu fragen.

Ich setzte mich vor den Zelteingang auf meinen Rucksack und schrieb Notizen zu Gesprächen und Ereignissen der jüngsten Vergangenheit auf die Rückseiten des Ausdrucks zum Schrecklichen Grauen. Immer wieder schaute ich von den Blättern auf, und mein Blick blieb an irgendeinem Detail des Zeltlagers hängen. Metallenes Campinggeschirr, das zum Trocknen in der Sonne stand und dort das Licht reflektierte, T-Shirts, die über die hochgestellten Scheibenwischer eines Autos gehängt waren, um auszulüften, eine umgestülpte Bierkiste, auf der eine Regenjacke als Tischdecke ausgebreitet war (jemand hatte auf diesem kleinen Tisch eine Partie Magnetschach begonnen). Überall wird Häuslichkeit improvisiert, dachte ich. So muss das aussehen, in der allerfrühsten Phase, wenn eine Stadt entsteht. Eine junge Siedlung auf unerschlossenem Land. Zuerst das nomadenhafte Umherziehen, das Finden des richtigen Ortes, dann werden die ersten Pflöcke in den Boden getrieben, Bäume gefällt, Bäche umgeleitet, Zäune ausgerollt, Fallen gestellt, bald gibt es eine Kneipe und damit eine Öffentlichkeit, also auch ein Rathaus, Politik, Beschlüsse, Gesetze, ein Gericht und ein Gefängnis. Wir sind die Pioniere, dachte ich, mit unserer Sache, der Produktion, die doch zumindest im übertragenen Sinn ein solches Neuland war. Für einen Augenblick bekam die ganze Szene etwas sehr Feierliches, Einsatz der Geigen, dachte ich, als plötzlich dort auf unserer Lichtung eine große Nervosität aufkam. Diejenigen, die mit Funkgeräten ausgestattet waren, veränderten ihren Modus, sprachen lauter, gingen schneller und verbreiteten einen Ernst, der zum ersten Mal, seit wir losgelaufen waren, wie der echte Ernst eines Filmsets auf mich wirkte. Passend zu dieser Veränderung kam auch am Himmel eine gewisse Dramatik auf. Wolken zogen vorüber, die immer wieder ihre Schatten auf die Lichtung warfen, ein Wind fuhr in heftigen Stößen durch die Blätter der umstehenden Bäume, eine Spannung baute sich auf, in der Luft und in der Brust, ein Gewitter vielleicht, dachte ich, oder etwas, das gleich hier auf dem Boden stattfinden würde, aber einem Gewitter nicht unähnlich war.

Schon bevor man es wirklich hören konnte, waren unsere Ohren in Erwartung dieses hohen Heulens von Motoren, die in niedrigen Gängen Waldwege hochgejagt werden. Erst war das Geräusch gar nicht da, oder nur als Ankündigung, als etwas, das diese Spannung vor sich hertrieb. Dann war es wie ein Tinnitus oder ein fernes Staubsaugen als subtil in der Luft stehender Ton vernehmbar und wurde schließlich graduell immer lauter, bis die beiden Kleinwagen durch die Öffnung zwischen den Bäumen auf die Lichtung rasten, mit heftig federnden Stoßdämpfern, über das Gras schlingerten, in einem Bogen um die Zelte fuhren und an der Feuerstelle zum Stehen kamen. Türen wurden aufgerissen, und sofort bildete sich eine Menschentraube um eine einzelne Person, die von der Rückbank des Corsa hervorgezogen wurde und die ich schließlich als den Chinesen erkannte, dem das Auto ja eigentlich gehörte. Er hatte seinen rechten Arm vor der Brust abgewinkelt, die Hand, die in einen blutigen Fetzen gewickelt war, drückte er sich mit dem linken Unterarm gegen die Brust. Er wurde an den Schultern angefasst und zu Markus' Wohnmobil geführt, wo Christoph und ein paar andere mit ihm einstiegen und die Tür hinter sich zuzogen. Der, der sich James nannte, blieb mit Katja und Hannah bei den Autos stehen, verteilte Zigaretten und kratzte sich an der Stirn. Ich fand, er sah so aus, als mache er sich Vorwürfe.

Ich sah, wie Markus als Einziger wieder aus seinem Wohnmobil herauskam und die Tür hinter sich schloss. Für den kurzen Moment, den er brauchte, um nach draußen zu gehen, war aus dem Innern des Wohnmobils lautes Streiten zu hören.

Ich ging zu Markus hin, der im Gras vor seiner Wohnmobiltür stehen geblieben war wie ein Wachmann, und fragte ihn, was passiert sei. Markus sagte, es habe einen kleinen Unfall gegeben mit einem Zaun. Der Chinese habe sich aber auch wirklich sehr blöd angestellt. Die Aktion sei trotzdem erfolgreich gewesen. Aus dem Innern des Wohnmobils drangen dumpfe Streitgeräusche, ich konnte nicht ausmachen, ob der Chinese dort in Markus' Wohnmobil laienhaft verarztet wurde und sich dagegen wehrte oder ob man sich noch darüber uneinig war, wie man mit der blutenden Hand verfahren sollte. Welche Aktion, fragte ich. Markus schaute mich kurz an, etwas unsicher, als wüsste er selbst nicht so genau, inwieweit ich in den großen Plan eingeweiht war, und sagte dann, dass er letzte Nacht geträumt habe, er befinde sich in einem Raum mit lauter nackten Frauen und Männern, die alle unverwundbar waren und sich gegenseitig folterten, zum Vergnügen, erzählte er, weil es ganz folgenlos war. Sie schlugen sich in die Gesichter, auch mit Gegenständen, und es gab verschiedene Instrumente, wie man sie im Mittelalter verwendet hat. Ich war mitten unter ihnen, und ich war auch nackt, aber ich bemerkte, dass ich der Einzige war, dem die Schläge und Peitschenhiebe und Streckbänke etwas anhaben konnten. Ich war als Einziger nicht unverwundbar. Ich fragte Markus, ob sich der Chinese schwer verletzt habe und ob es nicht besser wäre, man würde einen Krankenwagen rufen oder ihn zu einem richtigen Arzt bringen. Ich hatte diesen Traum früher schon mal gehabt, sagte Markus, damals war ich aber auch selbst unverwundbar gewesen.

Ich fragte Markus, wie es denn jetzt weitergehen soll, und bemerkte, dass so, wie ich die Frage gestellt hatte, nicht klar war, ob ich damit den Verlauf der Produktion oder die Behandlung des Chinesen meinte. Ich dachte mir aber, es wäre vielleicht besser, das erstmal nicht zu spezifizieren und abzuwarten, worauf Markus schließlich antworten würde. Für eine endlos lange Zeit, in der sich der Streit im Innern des Wohnmobils schließlich legte und nur noch ab und an Wimmern und Stöhnen und noch seltener ein Bellen in hartem Befehlston zu hören waren, standen wir einander gegenüber und schauten vor uns ins Gras, das dadurch mit fortschreitender Zeit immer absurder wurde. Es war mir nicht mehr möglich, eine Idee davon zu entwickeln, was das sollte. All diese Halme. Irgendwann hob Markus seinen Kopf und sagte: Weißt du, ich hätte wirklich gern zum ersten Mal mit einer Frau geschlafen, bevor ich zum ersten Mal einen Pornofilm gesehen habe. Manchmal denke ich mir, dass die Nacktheit und der Sex dann vielleicht eine Chance gehabt hätten, zu etwas Privatem zu werden, und nicht nur wieder ein Teil dieser ewigen

Parade der Bilder, die an mir vorbeizieht, während ich in meinem Sessel sitze und immer fetter werde.

Markus sagte, bitte erzähl Christoph nicht, dass ich das gesagt habe. Dann schwieg er wieder und schaute vor sich ins Gras. Ich hatte nicht das Gefühl, von ihm noch mehr über die nächste Zeit oder das Schicksal des Chinesen erfahren zu können, also ging ich rüber zu den beiden Kleinwagen, wo inzwischen nur noch Katja und der, der sich James nannte, zusammenstanden. Die Türen der Autos waren noch geöffnet vom hastigen Aussteigen vorhin. Niemand hatte daran gedacht, sie zu schließen. Die Innenraumbeleuchtung an den Rückspiegeln leuchtete schwach, und ich dachte mir, dass die Batterien bestimmt bald leer sein würden, wenn sich niemand darum kümmerte. Als er mich sah, setzte der, der sich James nannte, ein Gesicht auf, das zwar irgendwie freundlich war, durchaus aber auch eine gewisse Überheblichkeit oder Überlegenheit ausstrahlte. Er lächelte. Und dieses Lächeln, dachte ich, soll mich daran erinnern, dass ich gestern am Lagerfeuer unangenehm aufgefallen bin, während er seine Geschichte von den Hunden und der türkischen Insel erzählt hatte. Der, der sich James nannte, rauchte eine Zigarette, und Katja stand daneben mit den Händen in den Hosentaschen. Sie hatten sich offenbar gerade über das Rauchen an sich unterhalten. Der, der sich James nannte, sagte: Und deshalb wird sich die E-Zigarette auch niemals durchsetzen. Weil sie durch ihr Vorbeimogeln am tödlichen Aspekt des Rauchens, also auch an der Todesverachtung, die das Rauchen immer schon ausgezeichnet hat, durch dieses mehrheitsfähige, ungefährliche, unaufdringliche, ständig verfügbare Nebenbeirauchen, den einen Aspekt des Rauchens ins Zentrum rückt, der maximal unattraktiv ist. Das Rauchen von E-Zigaretten, sagte der, der sich James nannte, kehrt das Schnullerhafte am Rauchen hervor. Diese orale Fixierung, die man befriedigt, indem man regelmäßig seinen Akku auflädt, die Fläschchen mit den Flüssigkeiten dabeihat und den Knopf gedrückt hält, der den Apparat in Betrieb nimmt. Du musst dir ja nur mal vorstellen, dass jemand eine E-Zigarette nach dem Sex raucht. Ich weiß schon, dass das Rauchen nach dem Sex eh total altmodisch ist, das macht ja keiner mehr. Aber stell dir einfach mal so einen Schnullerraucher vor, der nach dem Sex seine E-Zigarette aufheizt und ungefährlichen Dampf in die Luft bläst. Geht nicht, finde ich. Kann man sich zwar vorstellen, geht aber gar nicht.

Ich sah mit einiger Genugtuung, dass Katja dazu nicht viel beizutragen hatte. Sie hob die Schultern und lächelte ihrerseits ein sehr selbstbewusstes Lächeln, durch das der ganze Monolog dessen, der sich James nannte, Gerede wurde, das man sich anhören oder sparen konnte, ganz egal. Dem, der sich James nannte, erschlaften die Segel, er zog noch ein paar Mal an seiner Zigarette, niemand sagte etwas, Katja lächelte unbeirrt, dann machte der, der sich James nannte, eine Geste und ging in Richtung der Zelte davon, ohne die Türen an seinem Auto zu schließen, ließ mich und Katja allein und schnipste seine abgebrannte Zigarette auf eine sehr einstudierte Weise vor sich ins Gras.

Katja zwinkerte mir mit beiden Augen zu und war im Begriff, auch selbst wegzugehen, woandershin, was ich in jedem Fall verhindern wollte. Ich dachte, in meinem Kopf müssten doch unendlich viele Fragen vorhanden sein, die ich ihr genau jetzt in diesem Moment stellen könnte und die sie davon abhalten würden, mich hier zwischen den Kleinwagen zurückzulassen. Aber natürlich war da nur Finsternis, Nichts, jeder mögliche Gedanke wurde durch den nächsten heftigen Herzschlag meines heftig schlagenden Herzens ausgelöscht. Ich war kurz davor, einfach meinen Arm auszustrecken und sie festzuhalten, bis mir etwas einfallen würde, als ich mich fragen hörte, was denn mit dem Chinesen passiert sei. Katja erzählte, er sei beim Drübersteigen an einem Industriezaun hängen geblieben und habe sich einen

Finger abgerissen. Es war erstaunlich, sagte sie, weil er zuerst weder geschrien noch besonders stark geblutet hat. Er hat sich ein paar Mal um sich selbst gedreht und den Boden nach seinem Finger abgesucht. Der lag aber auf der anderen Seite, und es war auch ganz klar, dass wir ihn dort zurücklassen mussten. Wir konnten nicht nochmal rüber. Wir mussten ja auch weg. Jetzt kann man nur hoffen, sagte Katja, dass niemand den Finger findet, bevor er so weit verwest ist, dass man ihn nicht mehr identifizieren kann. Oder dass ein Tier ihn findet und mit in seinen Bau nimmt. Katja lachte wie über einen Witz, und ich gab mir Mühe, selbst auch ein bisschen mitzulachen, obwohl ich mir nicht sicher war, worüber. Er hat erst im Auto so richtig zu bluten angefangen, sagte sie. Und er hat sich immer wieder umgeschaut, als könnte sein Finger doch noch irgendwo auftauchen, auf der Fußmatte oder hinten auf der Hutablage.

Weil mir nichts anderes einfiel, sagte ich zu Katja, dass ich von Anfang an gefunden hätte, dass sie eine prominente Rolle in unserem Film einnehmen sollte. Von mir aus auch die Hauptrolle, sagte ich, falls es eine Hauptrolle gibt. Und dass mir ihre Sitzung im *Café Porsche* besonders gut gefallen habe, gerade weil sie so kontrovers gewesen sei und sich die Leute danach in verschiedene Lager aufgespaltet hätten. Katja konnte mit diesen Aussagen von mir nicht sehr viel anfangen. Sie stand da und lächelte wieder souverän, vielleicht sogar ein wenig ungeduldig, fand ich, während ich sagte, dass es für einen besonderen Film auch besondere Menschen brauche, die ihn vor der Kamera repräsentierten, mit ihren Gesichtern und ihren Körpern, aber natürlich auch mit ihrem Charakter und dem, was so an tiefen Empfindungen in ihnen stecke. Und sie sagte, dass es immer ratsam sei, nicht daran zu denken, dass man gerne mit jemandem schlafen würde, wenn man sich mit jemandem unterhält, mit dem man gerne schlafen würde. Weil man sich dabei, sagte sie, noch bevor man die Gelegenheit bekomme, sich kennenzulernen auf

Augenhöhe, in ein Ungleichverhältnis begebe von Träumendem und Gegenstand des Traumes, was der Letztere meistens riechen könne wie ein Raubtier die Angst.

Ich sagte zu Katja, dass sie mich da jetzt wohl sehr falsch verstanden habe, mir sei es um den Film gegangen. Wenn ich so was hätte sagen wollen, hätte ich ja auch etwas anderes sagen können. Aber mir wäre eh, also, das könne sie ja nicht wissen, weil wir uns ja nicht kennen würden, aber ich hätte sowieso an diesen Dingen eigentlich schon seit einer ganzen Weile kein Interesse mehr.

Ich erinnerte mich an die Geschichte von Beat, der uns erzählt hatte, dass Nico ihm gegenüber in einem Buchladen in Berlin behauptet habe, wirklich frei sei er erst durch die Abkehr vom Sex geworden. Und ich dachte mir, ich könnte das ja auch für mich ausprobieren, diese Haltung, und sagte zu Katja, ich sei eigentlich sozusagen grundsätzlich postsexuell, mich würden diese Dinge so wenig interessieren, dass ich gar nicht mal sicher sagen könnte, ob es überhaupt noch ginge, würde es dazu kommen, also, ob ich überhaupt noch dazu fähig wäre, so fern läge mir diese ganze Sache inzwischen. Katja legte den Kopf ein bisschen schief, und ich bemerkte, dass es wirklich nicht sehr gut lief für mich. Ich hätte mich sehr gern von mir selbst abgewandt und fragte mich, ob ich stattdessen vielleicht einfach Katja dort so stehenlassen und schnell irgendwo hinlaufen sollte, vielleicht in den Wald, und dort eine Weile ausharren, bis man mich vergessen hätte.

Katja sagte, ihr falle dazu eigentlich nur ein, wie sie vor einer Weile einmal von Ulm nach München per Anhalter gefahren sei und von drei Männern mitgenommen wurde, die gerade von einem Treffen der Anonymen Alkoholiker im Gemeindehaus Sankt Georg in der Beethovenstraße zurück nach München fuhren. Es war schon ziemlich spät, erzählte Katja, ich hatte auch schon fast aufgegeben, als ein brauner Audi 80 neben mir anhielt, zwei uralte Männer mit roten Gesichtern vorn und ein junger nervöser Typ hinten auf der Rückbank. Sie erzählten mir auf der Fahrt, dass das zu ihrem Programm dazugehöre, dass die Ortsgruppen der Anonymen Alkoholiker immer Gastredner aus anderen Ortsgruppen einladen, auch aus anderen Landkreisen, und man sich da gegenseitig unterstützt. Der junge Typ, neben dem ich auf der Rückbank saß, bezeichnete die beiden vorne nur als *die Krokodile* und sagte mir, dass sie schon ewig dabei seien, seit Jahrzehnten, und er erst seit ein paar Wochen und dass das sein erster Ausflug zu einer anderen Ortsgruppe gewesen sei, was sehr aufregend war, weil man bei solchen Ortsgruppenbesuchen grundsätzlich vor der Gruppe spricht, während man zuhause bei den Sitzungen auch einfach nur dasitzen kann und zuhören. Viel mehr hatte der junge Typ aber auch nicht zu sagen, die Krokodile hatten das Kommando in dem Audi, das war sofort klar, und sie ließen dem jungen Typen nur so viel Raum, wie ihm im Verhältnis zu ihrem gigantischen Erfahrungsüberschuss zustand. Die Krokodile drehten vorn den Rückspiegel so zurecht, dass der, der gerade sprach, zu mir nach hinten schauen konnte, ohne seinen alten, knittrigen Hals umzudrehen. Ich sah im Spiegel, dass sie beide zusammengezählt vielleicht noch fünf bis zehn schwarze Zahnstummel im Mund hatten und dass selbst die Nasenhaare, die ihnen lang bis auf die Oberlippen wuchsen, vom Nikotin gelb eingefärbt waren. Das Krokodil auf dem Beifahrersitz hatte einen riesigen Klumpen Schmalz im linken Ohr hängen, zwischen weißem Flaum und ein paar sehr ungesund aussehenden Muttermalen. Die Poren der alten Männer wären so weit gewesen, erzählte Katja, dass man ihnen Zahnstocher oder Streichhölzer hätte hineinstecken können, und sie hätten ausgesehen wie Pinhead aus der *Hellraiser*-Serie, falls mir das etwas sage, und sie hätten fast die gesamte Fahrt nach München von nichts anderem gesprochen als von ihrer Erfahrung und davon, wie wenig Ahnung der junge Typ hinten auf der Rückbank doch habe von der Zeit, die noch auf ihn zukommen würde, was es bedeute, jahrzehntelang Mitglied zu sein und dabeizubleiben und regelmäßig zu diesen Treffen zu fahren, und wie viele junge Typen sie schon auf ihrer Rückbank mit nach Ulm oder Rosenheim oder Straubing genommen hätten und wie viele davon nach ein paar Monaten gedacht hätten, sie hätten es jetzt begriffen und wären *geheilt*, nur weil sie eine Weile lang nüchtern gewesen seien, und wie diese jungen Typen dann regelmäßig ihren Hunger wiederentdeckten nach den jungen Dingern und nach den Titten und Ärschen (die alten Männer sagten wirklich Titten und Ärsche, sagte Katja), die unerreichbar für sie gewesen seien, als sie noch mittendrin waren in der Scheiße, aus der sie nur die regelmäßigen Treffen herausgeholt hätten, und dann ist wieder Oktoberfest, sagten die Alten, erzählte Katja, und die Neuen gehen ins Bierzelt – nur mal schauen –, und, dann stellt ihnen jemand einen Krug hin, den haben sie vielleicht noch nicht mal selbst bestellt, und sie denken, was kann so eine Maß schon schaden, nach all diesen Monaten, und sie brauchen schließlich auch ein bisschen Mut, weil sie so aus der Übung sind, sich ranzumachen an die jungen Dinger, die da überall im Bierzelt auf den Bänken sitzen. Katja erzählte, dass die beiden Krokodile vorn in dem Audi von dem wiederentdeckten Hunger auf eine Art gesprochen hatten, die völlig klarmachte, dass sie von dieser Form der Versuchung wirklich endgültig geheilt und darüber hinweg waren, für immer und ohne Zweifel, und ihr wäre das, was ich gerade gesagt hätte, so vorgekommen, als wäre ich der junge Typ auf der Rückbank, der sich wünschte, er wäre schon ein Krokodil.

Ich habe erst sehr viel später herausgefunden, dass Katja diese Situation nicht erlebt hat, sondern aus einem Buch zitiert. Als wir zusammen auf der Lichtung standen, hatte ich davon keine Ahnung. Ich wusste keine Antwort, schaute sie so lange wie möglich an (vier Sekunden) und dann seitlich irgendwo anders hin, hörte ihre Schritte, die sich entfernten, und wurde sehr ruhig. Aber es war eine vergiftete Ruhe, wie die Ruhe eines Kranken vor dem nächsten Fieberschub. Ich sank zurück in meine nassgeschwitzten Kissen, und in mir breitete sich eine Kälte aus, die ihre kalten Finger innen auf meine Brust legte, wie zur Beruhigung, auf die Lunge und das Herz, das davon immer langsamer wurde, bis ich es schließlich nicht mehr spürte.

Christoph hielt am frühen Abend desselben Tages noch eine Ansprache. Wir versammelten uns zwischen den Fahrzeugen (die Kleinwagen waren in der Zwischenzeit ordentlich geparkt worden, auch die Türen hatte man geschlossen), die Funkgeräte wurden ausgeschaltet, alle freizeitlichen Aktivitäten abgebrochen und die Gespräche eingestellt. Am Nachmittag war der Chinese aus Markus' Wohnmobil herausgekommen, noch etwas bleich und auf weichen Beinen. Er hatte einen Verband um die rechte Hand, der sehr dick gewickelt war. Es war nicht zu erkennen, dass ein Finger fehlte oder welcher es war.

Viel mehr als jemals zuvor – oder vielleicht sogar zum ersten Mal überhaupt – hatte ich das Gefühl, als verfertigte Christoph seine Gedanken erst beim Sprechen, wie er da vor uns stand auf der Lichtung und redete, während wir ihm zuhörten. Es kam mir so vor, als wäre diese Ansprache eine außerplanmäßige. Als hätte er die Notwendigkeit gespürt, mehr nach der Geste als nach dem Sprechen selbst, und versuchte jetzt, wie ein Politiker, der gerade aus einer laufenden Verhandlung heraustritt, um vor den Mikrofonen der Journalisten einige Sätze zu sagen, die möglichst wenig verraten sollen und doch der Informationspflicht nachkommen, die sein Mandat ihm auferlegt, seine Rolle in unserer Produktion (die des Anführers) entsprechend auszufüllen. Ein Ritual, dachte ich, als Christoph sagte, er sei sehr zufrieden mit der bisherigen Entwicklung. Sie hätten bereits einige durchaus brauchbare Einstellungen gedreht, heute und in den letzten beiden Tagen, und dass es seinetwegen so weitergehen könne, dann werde aus der Vision irgendwann ein wirkliches Werk. Ich bedanke mich bei euch allen, sagte er, für eure Geduld. Und ich hoffe, dass ihr weiter geduldig bei mir bleibt und dass aus dieser Geduld nicht die Zurückhaltung wird, der wir doch mit allem hier entgegentreten wollen. Die Angst verschwindet nicht mehr, auch nicht, wenn wir uns wegdrehen oder ablenken lassen. Im Schrecklichen Grauen gibt es einen Platz für jeden hier, auch wenn es natürlich für niemanden eine Garantie geben kann, am Ende auf der Leinwand aufzutauchen. Das wollte ich nochmal sagen. Und eines wollte ich auch nochmal sagen, weil ich meine, etwas in der Richtung hier schon gehört zu haben. Was dieses Projekt hier und eure Teilnahme daran nämlich auf keinen Fall ist. Es ist nicht *riskant*. Ich weiß jetzt nicht mehr, wer das gesagt hat, ich will hier auch niemanden bloßstellen, darum geht es nicht. Aber es ist mir wichtig zu betonen, dass das grundverkehrt ist, hier von einem Risiko zu sprechen. Ihr, ich, wir, wir gehen hier kein Risiko ein. Würden wir das wirklich glauben, wären wir noch lange nicht so weit, wie wir doch hoffentlich schon sind. Ich hätte mich dann sehr getäuscht, in euch, in uns, und wir müssten wohl direkt zurück nach Ulm laufen und zurück ins *Café Porsche* und auf die Bühne und da weitermachen, mit der *Wahl der Waffen* und den Sitzungen, bis jeder Einzelne davon überzeugt wäre, dass es sich hierbei eben nicht um ein Risiko handelt und dass das Schreckliche Grauen eben gerade nicht *riskant* ist. Und wenn ihr jetzt denkt, dass das doch egal ist oder *nur ein Wort* und man sich daran doch nicht aufzuhängen braucht, dann sage ich euch, dass ihr euch irrt, und bitte euch, nochmal nachzudenken, so lange, bis es eben nicht mehr egal ist, bis kein einziges Wort mehr egal ist, im Hinblick auf dieses Projekt hier.

Das Risiko, sagte Christoph, ist der letzte draufgängerische Rest in einer ansonsten völlig beherrschten Situation. Riskant sein oder riskant handeln heißt doch nur, sich für einen Schritt oder eine Fußspitze oder einen kleinen Augenblick aus dem absolut abgesicherten Bereich herauszubegeben. Das Risiko ist der Wunsch, die Welt der Sicherheit und des Bekannten über ihre Grenzen hinaus auszuweiten. Es ist unvernünftig nur so lange, bis das Riskante vollständig erschlossen und eingemeindet ist. Danach ist alles Vernunft. Das wird hier nicht gemacht, und ein solcher Wunsch wird hier auch nicht bedient. Wer bis jetzt dachte, dass es hier darum geht, und deshalb mit dabei ist, der kann eigentlich gleich nach Hause gehen. Das Schreckliche Grauen ist kein Fallschirmsprung. Es geht hier nicht um die schlaue Berechnung, sondern um das ewig Unberechenbare, das nicht und niemals auf einen Begriff zu bringen ist und das alles auffrisst, uns, unseren Schmerz, seine Bedeutung und seine Funktion. Es geht hier nicht darum, zu zeigen, dass das alles einen Sinn hat. Unser Film wird am Ende nicht einstimmen in die ewige Lüge, die sagt: So ist das Leben, so hart, aber darum auch so wundervoll, so gesund, wenn man nur listig ist und lernt zu überleben.

Manche von uns wünschen sich, ihren eigenen Tod auf der Leinwand sehen zu können und dabei ganz ruhig und unbehelligt im Sessel sitzen zu bleiben. Wenn hier aber nicht auch ein Teil von euch stirbt, der Teil, der unter Umständen bereit ist, ein Risiko einzugehen, dann wird daraus nichts, dann ist hier für euch nichts zu holen. Das beruhigende Gefühl, dass das nicht ich bin, den es getroffen hat: falsch. Die Heilbarkeit jedes Einzelnen in der friedlichen Umarmung der Gemeinschaft: Lüge. Das falsch gelebte Leben, das ist der Zuschauer, der am Ende ein bisschen was riskiert hat, aber nur so viel, wie eben gerade nötig, um doch noch mitspielen zu dürfen, nicht ausgestoßen zu werden, nicht allein sein zu müssen, nicht entschieden alle Übersicht endlich sein zu lassen. Und am Ende erzählt man sich gegenseitig, dass das schon okay war, was hätte man sonst auch tun sollen, man hat sich das alles schließlich mehrfach ausgerechnet.

Schönheit, sagte Christoph nach eine kurzen Pause, in der er die Luft über der Lichtung nach einem Stichwort abzusuchen schien, Schönheit auf dem Grund der Dinge. Zugrunde gehen. Die Schönheit in zum Beispiel einer Schlägerei zwischen Fußballhooligans. Natürlich sind die jeweils unerträglich, so hässlich, so stumpf, und nie ohne diesen jämmerlichen Sport im Rücken, aber wenn sie sich dann finden, vor dem Stadion, in der Innenstadt, an den öffentlichen Plätzen, und sich die Fäuste ins Gesicht schlagen, Zähne verlieren, sich die Rippen brechen, ich denke, das muss sichtbar werden für uns, wie schön das ist, diese unheimlich intime Angelegenheit, diese direkte fröhliche Gewalt so öffentlich hinzuschmieren in eine Fußgängerzone in Hannover oder auf einen Marktplatz in Freiburg, dieser angstfreie Abgrund, rein und runter, mit dem Gesicht voran, auf das Kopfsteinpflaster, beim ersten Schlag bricht ein Nasenbein, beim zweiten ein Finger der eigenen Faust. Ich weiß nicht, ob ihr mich versteht, sagte Christoph. Ich zum Beispiel wurde in den Achtzigern geboren, als sich alle vor der Atombombe gefürchtet haben. Meine erste Erfahrung mit der Welt ist die, umgeben zu sein von Leuten, die eine diffuse Riesenangst vor der Vernichtung und Verseuchung der Welt haben. Keine fröhliche Selbstzerstörung, sondern Rückzug, Bunkerbau, Angst als Ohnmacht. Das große schöne Ende der Welt, und keiner schaut hin. Wie traurig, wie unendlich armselig und schwach.

Morgen laufen wir weiter, sagte Christoph. Und weil wir daraufhin nicht jubelten oder applaudierten, weil wir überhaupt nichts sagten oder machten, sondern einfach nur dastanden und ihn anschauten, ich glaube wirklich nur deshalb, sagte er nach einem Moment, in dem es sehr still gewesen war auf der Lichtung: Ich möchte einen eurer Zähne haben. Einen Tribut. Für unsere Sache hier. Welchen könnt ihr euch aussuchen. Bis morgen Abend habt ihr Zeit. Und ging dann an uns Dastehenden und an den Zelten vorbei in den Wald, weil es der einzig mögliche Abgang war.

Die Gruppe lockerte sich ein wenig auf, Gespräche wurden

begonnen, Unbehagen geäußert. Mir war nicht klar, ob Christoph damit gemeint hatte, dass ihm jeder Einzelne einen Zahn geben musste, oder ob wir einen auswählen sollten, dem dann stellvertretend für uns alle ein Zahn herausgebrochen wurde. Ich fand, dass das einen großen Unterschied machte, wurde mit meiner Frage aber nicht ernst genommen.

Etwas später beobachtete ich aus der Entfernung, wie Christoph und Markus und Kröchi am Rand des Zeltlagers zusammenstanden und sich unterhielten. Christoph und Markus hatten Kröchi in ihre Mitte genommen und von beiden Seiten je eine Hand auf die Schultern gelegt. Markus hatte außerdem noch seine Kamera dabei. Sie sprachen miteinander, ich konnte aus der Distanz nicht ausmachen, worum es ging, aber Kröchi schien mir etwas widerwillig zu sein. Markus und Christoph lächelten auf eine beschwichtigende Weise. In regelmäßigen Abständen klapste eine der Hände auf Kröchis Schultern einen aufmunternden Klaps. Nach einer Weile sah ich Kröchi nur noch nicken zu dem, was von den Seiten auf ihn eingesprochen wurde, allerdings mit gesenktem Blick, wie jemand, der schließlich ein Einsehen hat in die Unvermeidbarkeit einer Maßnahme, die nicht länger aufgeschoben werden kann. Ein paar Mal noch nickte Kröchi, und Christoph und Markus sprachen und klapsten und lächelten, bevor die drei sich schließlich aufmachten und im Wald verschwanden.

An diesem Abend gab es kein gemeinsames Sitzen am Lagerfeuer, da sich der Himmel noch weiter zugezogen hatte und es schließlich zu regnen anfing. Ein durchgehender, gleichmütiger Regen, dem man sofort anmerken konnte, dass es sich bei ihm nicht um einen Schauer handelte, der bald vorbei sein würde, sondern um ein Wetter, das gekommen war, um zu bleiben.

Die Ausgabe des Abendessens empfand ich als eine sehr triste Angelegenheit. Wir stellten uns mit Regenjacken und Schirmen in einer Reihe an Hubis Transporter an, wo uns von innen das Essen herausgereicht wurde. Es gab panierte Putenschnitzel mit Ketchup und Kartoffelpüree. Ich sah ein paar Vegetarier mit ungläubigen oder enttäuschten Gesichtern ihre Plastikteller, auf die nur Kartoffelpüree und ein großer Klecks Ketchup aufgetan war, durch den Regen zu den Zelten tragen. Ich hatte auf ein stillschweigendes Einverständnis vertraut, dass ich einfach weiterhin in Wenzels Zelt übernachten könnte, und fand ihn auch freundlich lächelnd auf seiner Isomatte vor, den Plastikteller mit dem Putenschnitzel auf dem Schoß, als ich etwas umständlich versuchte, ins Zelt zu kommen, mit meinem Essen und ohne die schlammigen Schuhe, die ich im Vorzeltbereich abstreifen wollte, während ich mit den Knien schon innen auf dem Zeltboden kniete und mit einer Hand meinen eigenen Teller festhielt.

Wenzel und ich saßen zusammen und aßen und schauten durch die Öffnung nach draußen auf den Regen, der auf den anderen Zelten und auf unserem eigenen ein durchaus angenehmes Geräusch erzeugte, ein hartes Plokken, tausendfach, wie unter einem aufgespannten Regenschirm, den man nicht selbst zu halten brauchte. Im Nachbarzelt spielte jemand auf einem mitgebrachten Kofferradio oder einem Smartphone den Song *This Bitter Earth* in der Version von Dinah Washington, was mir unheimlich gut gefiel. Insgesamt, fand ich, war dieser Moment, mit dem Lied und dem Regen und Wenzel und dem Putenschnitzel, doch sehr gemütlich. Ich war mir nicht sicher, ob Christoph das gefallen hätte, der Gedanke, dass wir hier saßen und zelteten und aßen und es uns dabei gemütlich wurde, als wären wir doch nur ein paar Camper auf einer Lichtung an einem Waldsee im Regen, die eben das Beste daraus machten, was ja meines Wissens der ganze Sinn und Reiz des Campens ist, für Leute, die das freiwillig in ihrer Freizeit machen.

Wenzel schlief sehr unruhig in dieser Nacht, und ich selbst schlief so gut wie überhaupt nicht. Der Regen hielt an, das Zelt war von den Rändern her feucht, und irgendwo am Fußende tropfte es auf den Zeltboden in einem Rhythmus, an den man sich unmöglich gewöhnen konnte. Wenzel drehte sich immer wieder raschelnd in seinem Schlafsack herum und murmelte, und manchmal schreckte er auch auf, schaute sich ein paar Sekunden im Zelt um und sank dann zurück in seine Träume. Mir war nach einigen Stunden alles Liegen unangenehm geworden, und ich kontrollierte in Abständen von wenigen Minuten die Uhrzeit in der Hoffnung, dass es endlich Morgen werden würde.

Irgendwann im Verlauf dieser Nacht stützte Wenzel sich auf seinen Ellbogen und erzählte mir, ohne eine Frage oder Einleitung, als wüsste er mit Sicherheit, dass ich wach lag, dass er gerade von einer Fahrt in einem Auto geträumt habe, das plötzlich die Kontrolle übernahm und sich selbst fuhr, dabei aber wie besessen war von einer bösen Macht, die ihn vernichten wollte. Er konnte eine Weile am Lenkrad gegen den Eigenwillen des Autos dagegenhalten und auch die Geschwindigkeit mit der Handbremse etwas drosseln, am Ende steuerte das Auto aber doch von der Straße ab und auf einen großen Baum zu. Der Augenblick, erzählte Wenzel, bevor das Auto auf den Baum aufprallte, war im Traum unendlich lang. Er lief nicht in Zeitlupe ab, sagte er, aber ich konnte mir noch eine Menge Gedanken machen. Den Aufprall selber habe ich auch nicht mehr geträumt, ich bin vorher aufgewacht. Aber als das Auto auf den Baum zugefahren ist und ich auf einmal sicher wusste, dass es nicht abbremsen oder ausweichen und wahrscheinlich auch die Airbags zurückhalten würde, weil es ja darauf aus war, mich umzubringen, dachte ich mir: Oh Mann. Wenn jetzt Schluss ist, habe ich dann mein ganzes Leben vergeudet und falsch gelebt? Ich dachte, dass ich ja nicht alt genug werden konnte, um wie die alten Menschen am Ende des Lebens irgendwie ganz gütig und mild zu werden, weil ich nicht in all diesen Jahren im Wissen um den Tod so ein Lügengerüst aufbauen konnte, das alles rechtfertigt und einen von der eigenen Verantwortung enthebt, ein richtiges Leben zu führen. Und ich dachte, sagte Wenzel, ich kann das doch unmöglich wissen, ob mein Leben stimmt oder nicht. Immer muss ich mir das von außen sagen lassen. Immer muss ich den anderen glauben, die mein Leben anschauen und mir sagen, ja, das passt, oder, nein, das geht überhaupt nicht, so passt das nicht, so ist das Leben falsch. Und dann fand ich, wie ich in dem Auto saß, über das ich keine Kontrolle mehr hatte, dass ich ja mein ganzes Leben auf diese Art gesteuert worden bin, von anderen. Und wer weiß, was die im Sinn gehabt haben, sagte Wenzel, ob die meine Vernichtung gewollt haben oder mein Bestes. Ich weiß nicht, ob es da wirklich eine Wirklichkeit gibt, an der man sich orientieren kann. Irgendwann rastet halt das Lenkrad ein. In dem Traum hatte ich jedenfalls keine Ahnung, was ich falsch gemacht habe, weshalb das Auto oder die böse Macht, von der das Auto besessen war, mich gegen den Baum fahren wollte. Vielleicht war sie einfach nur grausam, diese Macht, und es war gar nicht meine Schuld.

Ich sagte dazu nichts, hatte aber auch nicht das Gefühl, dass ein Kommentar von mir erwartet wurde. Wenzel legte sich wieder hin, schlief ein und träumte einen neuen Traum, der ihn offenbar nicht weniger beschäftigte als der Traum vom besessenen Auto, jedenfalls wälzte er sich weiter herum, raschelte und stöhnte und sprach unverständliche Sätze. Ich lag eine Weile mit offenen Augen da und hörte auf das Rascheln, das Tropfen am Fußende, das Geräusch des Regens draußen und meinen eigenen Atem, der pfiff, wenn ich durch die Nase atmete.

Nach einiger Zeit entschied ich, dass vielleicht jetzt eine gute Gelegenheit wäre, mir die Klopapierrolle zu nehmen, die ich am Nachmittag in Wenzels offenem Rucksack entdeckt hatte, und damit in den Wald zu gehen, während alle schliefen und man dort niemandem über den Weg laufen würde oder eben von niemandem gesehen werden konnte, wenn man sich zwischen die Bäume hockte. Ich versuchte, meinen Schlafsack so leise wie möglich zu öffnen, nahm die Rolle aus Wenzels Rucksack, zog auch den Reißverschluss am Zelteingang möglichst langsam und leise auf und schlüpfte nach draußen, barfuß, weil ich fand, dass das einfacher wäre und schneller gehen würde. Es regnete noch relativ stark, ich ging über das nasse Gras der Lichtung, die Erde war aufgeweicht, und ich musste mir die Klopapierrolle unters T-Shirt stecken, damit sie nicht sofort den Regen aufsog und zu einem nassen Klumpen wurde. Aber auch das T-Shirt wurde schnell nass, und ich sah ein, dass es keine gute Idee gewesen war, gerade jetzt in den Wald zu gehen mit diesem Vorhaben. Ich war aber schon das größte Stück über die Lichtung gelaufen und wollte nicht mehr umdrehen. Im Wald selbst war es sehr dunkel, hier war der Boden schlammig und drückte sich beim Gehen zwischen den Zehen hervor. Es hatte schon so lange geregnet, dass die Bäume keinen Schutz mehr boten, die Blätter waren längst nass, hingen schwer vom Wasser herab und ließen den Regen ungehindert durch. Erst fand ich das ganz angenehm, auf meinen nackten Füßen über diesen weichen Boden zu gehen (nur hin und wieder trat ich auf einen Stein oder einen Tannenzapfen, was sehr schmerzhaft war), bis ich daran dachte, dass es ja grundsätzlich keine Toiletten gab in unserem Zeltlager, ich also nicht der Einzige war, der hierfür in den Wald ging, und bei diesem Zustand des Bodens nicht mehr unterscheiden konnte, wo hinein ich aktuell meinen Fuß setzte. Wenzels Klopapierrolle war inzwischen so feucht geworden, dass ich erst einige Schichten abwickeln musste, die völlig unbrauchbar waren. Beim Abwickeln sogen sich dann aber auch die darunterliegenden Schichten schnell mit Regenwasser voll, weshalb es insgesamt eine sehr frustrierende Angelegenheit wurde und ich ohne Klopapierrolle wieder aus dem Wald hinaustrat, auf die Lichtung, wo ich beobachten konnte, wie Christoph und Markus zu zweit in Richtung der Fahrzeuge über die Wiese gelaufen kamen und sich dort mit einer Umarmung verabschiedeten. Kröchi war nirgends zu sehen.

Am Ende habe ich wohl doch ein wenig geschlafen in dieser Nacht. Es gab ein Aufwachen, ein Öffnen der Augen und die erlösende Helligkeit des Morgens im Zelt, wenngleich auch wesentlich weniger hell als beim Aufwachen am Morgen zuvor, ein grau durchsickerndes Licht, von draußen und von der dünnen Außenhaut her, die uns von diesem Draußen trennte, weiterhin Geräusche des Regens, etwas zarter jetzt, nicht mehr so hart wie in der Nacht, aber weiterhin gleichmütig, stetig und keine Einladung, das Zelt zu verlassen. Ich war in der Nacht mit meinen schlammigen Füßen durch die Öffnung zurückgekrochen, hatte ein paar Spuren am Eingang hinterlassen und war nass und dreckig in meinen Schlafsack geschlüpft, der nun selbst nass und dreckig war, innen und außen, an manchen Stellen schon ein bisschen angetrocknet und verkrustet, insgesamt aber unerträglich, ein harter Schlag auf die Moral, dachte ich mir, noch bevor ich draußen gewesen war und die anderen gesehen hatte.

Wenzel lag neben mir, mit geöffneten Augen auf dem Rücken wie ein Toter. Ich dachte pragmatisch: Wenn er wirklich tot wäre, wie würden wir mit seinem Leichnam verfahren? Ich erinnerte mich und war mir in dem Moment nicht mehr sicher, ob es passiert war oder ob ich es vielleicht doch während meines kurzen Schlafens geträumt hatte, wie Wenzel und ich in der vergangenen Nacht nebeneinandergelegen und den Schrei eines Menschen gehört hatten. Nicht sehr weit entfernt, vom Waldrand her oder vielleicht sogar von irgendwo auf der Lichtung. Wir hatten uns darauf geeinigt, dass es das Beste wäre, liegen zu bleiben. Vielleicht war es ja nur jemand, der einen Albtraum gehabt hatte.

Wenzel sagte, aus seiner Totenhaltung heraus, ohne sich dabei im Geringsten zu bewegen, dass er gerne seine Zähne behalten würde. Und ich sagte, ja, das könne ich verstehen.

Meine Schuhe, die in der Nacht nur unzureichend unterm Vorzelt gelegen hatten, waren nicht mehr nur feucht, sondern komplett durchweicht. Sie hingen mir wie kalte schwere Steine an den Füßen, und ich glaubte, diese Tatsache einen ganzen Tag lang zu ignorieren würde mich alle verfügbare Energie kosten. Der Regen fiel jetzt in feinen Schnüren vom Himmel und schien eher in der Luft zu stehen, als wirklich irgendwo aufzukommen. Vielleicht, weil eh alles schon völlig durchnässt war und es keinen Unterschied mehr machte. Ich sah ein paar Leute in Regenjacken herumgehen und Dinge aufräumen. Die ersten Zelte wurden abgebaut und so feucht und schlammig, wie sie waren, auf der nassen Wiese aufgerollt und als nass triefende, dreckige Würste in Hüllen gestopft und eingepackt. Manche rieben ihre Sachen über das Gras oder versuchten, sie im Regen sauber zu waschen, was aber nicht besonders gut zu funktionieren schien. Überall sah ich hängende Gesichter, hörte Seufzen und Fluchen, Stöhnen beim Strecken steifer Rücken, kalte, bläulich rotmarmorierte Hände zogen Heringe aus dem Boden und falteten Campingstühle zusammen. Sarah ging in Regenmontur durch die Reihen und schien mir eine Art Inventur zu machen. Christoph, Katja, Markus, der, der sich James nannte, der Chinese, Hubi, Marlies, Hannah, sie alle saßen wohl in den Autos und warteten, bis man endlich losfahren und diesen traurigen Haufen hinter sich lassen konnte. Die Sonne war ein heller, weißgrauer Fleck in der Wolkendecke. Auf einer Bierkiste sah ich Jonas im Regen sitzen und mit einer kleinen Gripzange einen Zahn in seinem Mund greifen. Es war aber sofort ersichtlich, dass das ein versuchsweises Greifen war und Jonas noch lange nicht entschlossen genug, es wirklich durchzuziehen.

Ich half Wenzel dabei, das Zelt abzubauen. Es dauerte unverhältnismäßig lange, wir hatten keine Lust, keine Kraft und keinen Antrieb. Der nasse Zeltsack, in den wir schließlich auch noch die dreckigen Heringe gestopft hatten, fühlte sich sehr schwer an. Ich war froh, dass Wenzel ihn tragen würde, und erwähnte meinerseits nicht, dass ich das ja vielleicht zum Dank für den Schlafplatz auf der kommenden Etappe übernehmen könnte (einen Moment habe ich darüber nachgedacht, etwas zu sagen, dann aber auf die generelle Sprachlosigkeit an diesem Morgen vertraut).

Als schließlich alles verladen und verstaut war und der Großteil der Gruppe mit geschulterten Rucksäcken im Regen auf weitere Instruktionen wartete, bemerkte ich, dass Kröchis Zelt das einzige war, das noch aufgebaut auf der Lichtung stand. Ich hatte ihn auch an diesem Morgen noch nicht gesehen. Woher ich die Gewissheit nahm, kann ich nicht sagen, aber ich konnte ausschließen, dass er einfach noch in seinem Zelt lag und schlief. Er war in der letzten Nacht nicht mehr aus dem Wald zurückgekommen. Ich fragte Sarah, die in meiner Nähe stand, was mit Kröchi sei und mit seinem Zelt, und sie sagte, der weiß Bescheid, wo es als Nächstes hingeht. Er kommt dann nach.

Und als Christoph kurz vor unserem Aufbruch aus seinem Wohnanhänger herauskam, mit einem großen schwarzen Regenschirm, den er gleich über sich aufspannte, traten Wenzel und Maurice auf ihn zu und teilten mit, dass sie an dieser Stelle abbrechen und nach Hause gehen würden. Ich dachte zuerst, ich wäre davon überrascht, in Wahrheit war ich aber gar nicht überrascht, sondern konnte die beiden sehr gut verstehen. Für mich selbst, das war mir sofort klar, bestand diese Möglichkeit nicht. Ich hätte mich den beiden nicht anschließen, umkehren und an diesem Punkt aus dem Schrecklichen Grauen aussteigen können. Christoph nahm das Ausscheiden von Wenzel und Maurice sehr gefasst zur Kenntnis und wünschte ihnen alles Gute. Er bot sogar an, sich von Hubi noch etwas Wegzehrung ausgeben zu lassen, auch zum nächsten Bahnhof sei man sicher einen Tag lang unterwegs. Die beiden bedankten sich und gingen über die Lichtung davon. Ich versuchte noch einen Blickkontakt zu Wenzel aufzubauen, um ihm irgendwie zu signalisieren, dass ich zwar enttäuscht davon war, dass er mich mit keinem Wort in seine Überlegungen einbezogen hatte, aber auch bereit, ihm dafür zu vergeben. Wenzel schaute nicht zurück und schien an dieser Art Blick von mir überhaupt nicht interessiert zu sein.

Ich drehte mich um und erschrak ein bisschen über Christoph, der sehr nah bei mir stand, unter seinem Regenschirm, mit einem fragenden Gesicht. Vielleicht, dachte ich, will er jetzt wissen, ob ich auch gehen möchte. Schließlich hatte ich ja mit Wenzel in einem Zelt geschlafen. Ich fragte Christoph (oder besser gesagt rutschte mir die Frage so heraus, wahrscheinlich, um ein Zeichen zu setzen, dass ich noch dabei war), ob man jetzt nicht etwas dagegen unternehmen müsste, dass die beiden über die Produktion sprechen mit Leuten, die das nichts angeht. Christophs Blick hellte sich auf, als er das hörte. Er fragte mich, ob ich nicht vielleicht in einem der Autos mitfahren wollte zum nächsten Ziel. Und ich sagte, ja, das würde ich sehr gerne machen.

Ich saß auf der Rückbank im Auto des Chinesen, vorne saß der Chinese und fuhr, die einbandagierte rechte Hand im Schoß, und neben ihm auf dem Beifahrersitz saß Hannah, die für den Chinesen das Schalten übernahm. Ich wäre gern bei Katja und Christoph im Mercedes mitgefahren, wurde aber nicht vor die Wahl gestellt. Man bot mir nur einen Platz auf der Rückbank im Corsa des Chinesen an, und ich fühlte mich nicht in der Position, Präferenzen zu haben und diese auch auszusprechen. Wir fuhren ein gutes Stück durch den Wald über verschiedene Straßen, der Chinese sagte Hannah den jeweiligen Gang an, in den sie schalten sollte, was von hinten ein bisschen so wirkte wie die Innenraumaufnahmen aus Rallyefahrzeugen, wenn die Beifahrer in knappen Codes die jeweils nächste Kurve ankündigen. Es war dadurch vorne eine sehr konzentrierte Stimmung, und ich konnte das von hinten entweder beobachten oder aus dem Fenster schauen, an dem das nasse Laub des Waldes vorüberzog und wo die Regentropfen vom Fahrtwind waagrecht über die Scheibe getrieben wurden. Es lief keine Musik im Auto des Chinesen, aber die Lüftung war voll aufgedreht, da unsere nasse Kleidung zu einem ständigen Beschlagen der Scheiben führte. Die Motorengeräusche, das stete Blasen der Lüftung auf höchster Stufe und die kurzen Kommandos des Chinesen, wenn geschaltet werden musste, lullten mich für eine Weile so ein, dass ich dachte: jetzt vielleicht. Vielleicht könnte ich jetzt ein wenig schlafen. Die Lüftungsluft wehte mir warm um meine vollgesogenen Schuhe, und es fühlte sich an, als stünde ich mit den Füßen in einer lauwarmen Pfütze. Von mir aus hätten wir endlos so fahren können. Ich hoffte jedenfalls, dass der Wald sich noch lang hinziehen würde und niemand, nicht der Chinese und Hannah nicht und auch sonst keiner, ein Gespräch beginnen würde. Ich dachte an die Geschichte, die mir Katja am Vortag erzählt hatte, und ihre Aussage, es komme ihr so vor, als wäre ich der junge Typ auf der Rückbank, der sich wünschte, er wäre schon ein Krokodil. Dabei wollte ich wirklich gar nichts anderes sein in diesem Moment als der Typ auf der Rückbank, möglichst für immer.

Wir fuhren an einigen Feldern vorbei und durch kleine Dörfer, in denen kein Mensch zu sehen war. Ein paar Kühe standen mit gesenkten Köpfen im Regen und grasten. Hin und wieder wischte ein anderes Auto auf der Gegenfahrbahn an uns vorbei. Wenn die Straße geradeaus führte, konnte ich vor uns, zwischen dem Auf und Ab der Scheibenwischer, Markus' Wohnmobil erkennen, das halb von einer Gischtwolke verdeckt war. Ich hätte unmöglich sagen können, in welchem Teil der Republik wir uns befanden. Es gab dafür keine Anhaltspunkte. Hannah führte ein Gespräch am Handy, bei dem sie selbst so gut wie gar nichts sagte. Sie bestätigte nur immer wieder, dass sie verstanden hatte, sagte ja und okay und gut und alles klar und machen wir und legte irgendwann auf, ohne sich von der Person am anderen Ende zu verabschieden. Ich vermutete, dass das Christoph gewesen war, der ihr Anweisungen gegeben hatte, aber Hannah sagte nichts, nachdem sie aufgelegt hatte, und wir fragten auch nicht nach. Der Chinese schien Schmerzen in seiner Hand zu haben. Jedenfalls sah der Teil seines Gesichts, den ich im Rückspiegel beobachten konnte, sehr verbissen aus. Ich erinnerte mich daran, wie ich während des Studiums ein paar Monate für eine Münchner Gartenbaufirma gearbeitet und häufig morgens mit mürrischen, wortkargen Männern im Auto gesessen hatte, auf dem Weg zum Kunden, wie ich dort dann meistens Schubkarren voller Erde über ein großes Grundstück geschoben habe und nachmittags mit denselben mürrischen Männern wieder zurück zum Betrieb gefahren bin. Damals hatte ich mir gewünscht, diese Autofahrten wären die eigentliche Arbeit. Dass der Kunde irgendwo in Köln oder Hamburg wohnen würde und wir dort nur ein paar Nesseln und Löwenzahn ausreißen müssten, um danach wieder zurück nach München zu fahren. Wenn mich jemand dafür bezahlt hätte, schweigend in einem Auto zu sitzen, ruhig zu sein und umgeben von Bewegung, ich hätte für dieses Angebot wahrscheinlich auch mein Studium abgebrochen.

Markus' Wohnmobil bog vor uns von der Bundesstraße ab in eine kleinere Straße ohne Mittelstreifen, und wir folgten ihm. Die Straße führte in einen Wald, in dem es wesentlich dunkler war als draußen auf offenem Feld. Wir fuhren dem Wohnmobil langsam hinterher, bis Hannah dem Chinesen die Anweisung gab, in einer Bucht am Straßenrand anzuhalten. Markus' Wohnmobil verschwand vor uns in einer Kurve, der Chinese parkte den Corsa neben der Fahrbahn und machte den Motor aus, wodurch es mit einem Mal vollständig still wurde. Das Rauschen der Lüftung, die Fahrtgeräusche, das alles hallte nur eine Sekunde in meinen Ohren nach, und dann war da für einige Augenblicke überhaupt nichts, bevor schließlich von draußen der Wald und die Tiere des Waldes hörbar wurden. Hannah drehte sich zu mir um und sagte, ich solle aussteigen und an der Straße entlanglaufen, bis rechts ein Waldweg abgeht. Auf dem läufst du dann, bis du die anderen triffst. Wir bleiben hier und passen auf, sagte sie. Und ich nahm die Informationen von vorne zwar auf, begriff aber für eine Weile gar nicht, dass ich aufgefordert war, mich zu bewegen, und dass für mich die Zeit im Innern des Corsa bereits abgelaufen war, nur für mich, dass ausgerechnet ich eben nicht einfach sitzen bleiben konnte, wie Hannah und der Chinese, sondern aussteigen musste, und ich verstand auch überhaupt nicht, worauf die beiden aufpassen wollten oder auf wen.

Draußen hatte der Regen etwas nachgelassen, die Luft war tatsächlich sehr angenehm, wie saubergewaschen und doch noch voller Waldgeruch, harzig, aber frisch, genau diese Art Luft, die sich Raumdeodesigner vorstellen, dachte ich, wenn sie ein entsprechendes Waldluft-Raumdeo entwickeln. Ich warf die Tür des Corsa nur sehr halbherzig ins Schloss, weil ich noch immer nicht einsehen wollte, dass ich nicht einfach im Auto bleiben durfte. Sie rastete nicht ganz ein, sondern sprang wieder ein Stück aus dem Schloss heraus und ragte einen halben Zentimeter aus der Karosserie hervor. Ich unternahm aber keinen zweiten Versuch und drückte auch nicht dagegen. Wenn es sie stört, kann sich ja einer der beiden darum kümmern, dachte ich. Schließlich haben sie jetzt Zeit.

Nach ein paar Metern, die ich die regennasse Straße, auf der noch einiges Laub vom Vorjahr braun und matschig herumlag (und wo es aus den Bäumen zu regnen schien), langsam entlanggegangen war, drehte ich mich nach dem Corsa des Chinesen um und sah die beiden schweigend nebeneinandersitzen und mir nachsehen. Hannah hatte das Fenster heruntergekurbelt und machte mit ihrer Hand eine Bewegung, die mich anwies weiterzugehen. Dann verschwand das Auto hinter der Kurve, und ich war allein mit mir und dem Wald und den schmatzenden Geräuschen meiner Schritte. Die Straße nahm einen geraden Verlauf, ich konnte aber trotzdem nicht besonders weit sehen, die Luft war dunstig und der Wald so dicht, dass kaum etwas von dem grauen Tageslicht durch die Blätter bis auf die Straße drang. Ich fand, dass der Wald bei diesem Wetter etwas Prähistorisches an sich hatte. Ich stellte mir vor, alleine und ungeschützt im Jagdrevier flinker fleischfressender Dinosaurier unterwegs zu sein, und wurde davon tatsächlich etwas nervös. Es gingen verschiedene mehr oder weniger ausgetretene Pfade rechts von der Straße ab. Ich blieb ein paar Mal stehen und fragte mich, ob das jetzt schon mein Weg wäre, lief dann aber weiter, bis ich auf einen breiteren Waldweg stieß, der mir irgendwie einladend und auch durch die Fahrzeuge befahrbar erschien. Er bestand aus zwei matschigen Spurrillen und einem weichen, moosigen Kamm in der Mitte, auf dem ich ging und meine Fußspuren hinterließ. Die Reifenprofile, die links und rechts von mir entlangliefen, sahen noch sehr frisch aus.

Ich ging diesen Waldweg lange genug entlang, um ein wenig abzudriften und nachzudenken. Worüber, kann ich heute nicht mehr so genau sagen, ob ich mich gefragt habe, weshalb nun genau ich für diesen Gang ausgewählt worden war, und ob ich eine Vermutung gehabt habe. Wahrscheinlicher ist aber, dass ich über etwas komplett anderes nachgedacht habe, weil mich das plötzliche Auftauchen von Christoph, Markus und Marlies am Ende des Weges seltsam überraschte, obwohl ich doch wusste, dass ich sie dort irgendwo treffen würde. Auch dachte ich zuerst, Markus halte einen Geigenkoffer in der Hand, und war mir doch im Klaren darüber, dass es sich dabei um seine Kamera handelte, über die ein schwarzer Regenschutz gezogen war. Marlies trug ein Bündel im Arm, das ich nicht identifizieren konnte, auch nicht, als ich näher kam. So wie sie es hält, kann es sich eigentlich nicht um ein Kind handeln, dachte ich, obwohl es genau die richtige Größe hat. Die drei standen schweigend nebeneinander, jeder unter einem aufgespannten Regenschirm, und wirkten etwas ungeduldig. Erst auf den letzten Metern setzte Christoph ein Lächeln auf, an dem ich mich orientieren konnte. Er würde mir sagen, was als Nächstes passieren sollte, mit mir und dem Schrecklichen Grauen.

An dem Ort, an dem die drei auf mich gewartet hatten, lagen ein paar Baumstämme aufgestapelt am Wegrand. Auf ihre Rinden waren neongrüne Markierungen aufgesprüht worden. Der Waldweg mündete in einen quer verlaufenden breiteren Weg, der am Waldrand entlangzuführen schien. Jedenfalls konnte man von ihm durch die letzten Bäume hindurch auf ein Feld schauen. Christoph legte mir eine Hand auf die Schulter – wie er es auch schon bei Kröchi gemacht hatte, am Abend zuvor – und führte mich einen Pfad entlang zwischen diesen letzten Bäumen hindurch. Marlies und Markus folgten uns. Ich konnte sehen, dass Markus' Wohnmobil am Rand des breiteren Weges geparkt war. Andere Autos oder Menschen sah ich keine. Der Regen war inzwischen in ein leichtes Nieseln übergegangen, das ich kaum mehr spürte, das aber auf den Schirmen, die Christoph, Marlies und Markus hinter mir trugen, als feines Prizzeln zu hören war. Wir erreichten eine Stelle, an der sich der Wald auf einen Acker hin öffnete, der frisch umgegraben war. Sehr gerade Furchen durchzogen einen dunkelbraunen Boden, der erdig und ein bisschen auch nach Stallmist roch. Die Spuren breiter Traktorreifen führten von diesem Feld in ein Halbrund aus Bäumen. Am Rand, wo das Feld in den Grasboden überging, lagen grobe Erdbrocken, ein paar Steine und, wie ich meinte, auch hin und wieder eine kleine, sehr runde Kartoffel. Ich fragte mich, ob es möglich war, dass hier schon Frühkartoffeln geerntet worden waren, bemerkte aber, dass ich zwar offensichtlich den Begriff *Frühkartoffeln* kannte, gleichzeitig aber keine Ahnung davon hatte, wann sie geerntet wurden und ob sich ihr Name auf eine

Zeit im Jahr bezog oder auf ihr Alter. In einiger Entfernung verlief eine Straße, auf der vereinzelt Autos als kleine Rechtecke den Horizont entlangwanderten. Niemand sagte etwas. Warum sagt niemand etwas, dachte ich und fing an, mich zu fühlen, als wäre ich gerade verhaftet worden oder würde zum Ort der Vollstreckung meines Todesurteils begleitet.

In dem Halbrund aus Bäumen, auf der Wiese am Rand des Ackers, im feinen Regen, der fast nur noch ein Nebel war (im Wald regnet es sicher noch aus den Bäumen heraus, dachte ich), stand eine alte Scheune aus dunklen Holzlatten, zu der Christoph mich unmissverständlich führte. Das Tor der Scheune war halb geöffnet, von außen aber war der Eingang nur ein schwarzes Loch, man konnte nicht erkennen, was sich im Innern befand. Markus und Marlies blieben stehen, während ich von Christophs Arm an meinen Schultern weiter vorwärtsgeschoben wurde. Wir traten durch das halbgeöffnete Tor hindurch, und es dauerte eine Weile, bis sich die Augen an das Dunkel im Innern der Scheune gewöhnt hatten. An manchen Stellen gab es graue Lichtspalten zwischen den Holzlatten und am Eingang einen Hof aus Helligkeit, die von draußen durch die Öffnung des Scheunentors fiel. Insgesamt aber war die Scheune sehr dunkel, und ich dachte noch, wenn wir hier drehen wollen, wird das sicher schwierig für Markus.

Nach ein paar Sekunden erkannte ich einige Heuballen, die mit weißer Plastikfolie umwickelt waren, und im hinteren Bereich, kaum mehr sichtbar in der fensterlosen Konstruktion, eine schwarze Abdeckplane über etwas Aufgehäuftem, die mit alten Autoreifen beschwert war. Es roch nach gar nichts, obwohl das Holz der Außenwände sehr feucht war und auf dem erdigen, plattgetretenen Fußboden auch einiger Müll herumlag. Leergetrunkene Bierdosen vor allem, Wurstverpackungen, ein zerknüllter Sack Hundetrockenfutter. Mir kam der ganze Anblick extrem bekannt vor, ich konnte mich aber nicht erinnern, woher. Nah am Eingang standen zwei Benzinkanister nebeneinander auf eine irgendwie erwartungsfrohe Art, und ich dachte, noch bevor Christoph etwas sagte, dass das alles hier bestimmt unangenehm zu stinken anfängt, wenn man es in Brand setzt.

Christoph forderte mich auf, einen der Kanister zu nehmen und das Benzin in der Scheune zu vergießen. Er sagte, ich solle am Rand an den Wänden anfangen und dann Richtung Scheunentor eine Spur legen. Und als ich mich nicht gleich rührte, sondern ihn eine Weile anschaute und versuchte, im Halbdunkel der Scheune seinen Gesichtsausdruck zu lesen, meinte er: Es ist alles abgeklärt, Moritz, mach dir keine Sorgen.

Ich ging nach rechts mit meinem Kanister und er mit seinem nach links. Es war so dunkel im hinteren Teil der Scheune, dass ich nur am Glucksen und Plätschern des Benzins erkennen konnte, ob ich den Kanister schräg genug hielt. Er wurde schnell leichter, und ich ging breitbeinig rückwärts und hoffte, dass ich mir das Benzin nicht auf die Schuhe schütten würde. Der scharfe Geruch, der sich jetzt ausbreitete, machte mich ein wenig benommen, aber auf eine sehr angenehme Art. Ich dachte, das wäre jetzt genau der richtige Grad an Taubheit, um in einen Boxkampf zu gehen. Ich fühlte mich stark und unverwundbar und sogar ein bisschen euphorisch, als ich mit Christoph am Eingang der Scheune zusammentraf, wo er mir ein Feuerzeug reichte und danach ein großes Stück Grillanzünder von einer weißen Tafel abbrach, die er aus der Jackentasche hervorgeholt hatte.

Meine Hände rochen nach Benzin, und ich war ein wenig ängstlich, als ich die Flamme des Feuerzeugs unter den Grillanzünder hielt. Christoph hatte schon ein zweites Stück abgebrochen und sagte, ich solle ihn erst ein wenig anbrennen lassen. Damit er nicht gleich wieder ausgeht, wenn du ihn wirfst. Es gab eine kurze Verzögerung von etwa einer Sekunde, bis nach dem

Auftreffen auf die Benzinpfütze dieses sehr bestimmte Geräusch entstand, das nicht so sehr wie das Fauchen klang, das ich erwartet hatte, sondern vielmehr so, als würde jemand einmal ein sehr großes Laken ausschütteln. Ich warf den zweiten Grillanzünderbrocken in die andere Richtung, da war es schon sehr hell geworden in der Scheune, und ging dann mit Christoph zurück zu Marlies und Markus, die uns ein Stück entgegengekommen waren. Markus filmte bereits, und Marlies hatte das Bündel, das sie im Arm getragen hatte, vor sich ausgerollt. Sie hielt jetzt eine Art Umhang in der Hand, den sie mir reichte und den ich anlegen sollte. Außerdem noch eine Fackel, die sie sich von Christoph anzünden ließ. Hinter uns begann das Wasser im Holz der Scheune leise zu zischeln. Ich fragte mich, ob man beim Drehen einer solchen Szene nicht verpflichtet war, die Feuerwehr zu verständigen und vor Ort einsatzbereit zu halten. Der Umhang hatte am Kragen noch eine lange, nach hinten spitz zulaufende Kapuze, die ich aufsetzen sollte. Ich kam mir etwas lächerlich vor und fragte mich, ob das nicht sehr peinlich aussehen würde und ob man mich überhaupt als mich erkennen konnte in dieser Aufmachung. Marlies gab mir die brennende Fackel in die Hand, und ich wurde angewiesen, ein paar Schritte in Richtung der Scheune zu gehen und mich dort aufzustellen. Ich fragte Christoph, ob ich irgendetwas sagen sollte oder machen, aber er meinte, nein, nichts sagen, sieht sehr gut aus.

Markus lief hinter mir mit seiner Kamera entlang und filmte mich und die brennende Scheune. Ich fragte Christoph, ob man nicht vielleicht auch mit Katja drehen könnte, wir könnten hier gemeinsam stehen, das würde doch vielleicht auch ganz gut aussehen, bekam aber keine Antwort, also blieb ich einfach, wie ich war, mit meiner Fackel in der Hand und der Kapuze auf dem Kopf, und schaute auf die Scheune, die bald vollständig vom Feuer erfasst wurde. Ich wunderte mich, wie schnell das ging, dass das feuchte Holz Feuer fing. Auf Christophs Seite noch schneller als auf meiner, er war wohl etwas geschickter darin gewesen, das Benzin zu verteilen.

Der Rucksack, den ich die ganze Zeit auf dem Rücken behalten hatte, muss unter dem Umhang so ausgesehen haben, als hätte der Mensch, der diesen Umhang trug, einen riesigen Buckel. Ich glich meine Haltung dieser Vorstellung an und stellte mich so hin, wie ich dachte, dass jemand dastehen müsste, der am Rücken einen solchen riesigen Buckel hat. Was diese Szene mit meiner Angstsitzung oder den Angstsitzungen der anderen zu tun haben sollte, war mir nicht ersichtlich. Ich versuchte aber, diese Frage und auch die Zweifel, die mit ihr gemeinsam aufkamen, zumindest für den Moment zu ignorieren und mich ganz auf die Situation zu konzentrieren, in der ich mich befand. Meine Rolle einzunehmen, über die ich nur leider überhaupt nichts wusste. Wer war ich? Warum hatte ich eine Fackel in der Hand und eine Kapuze auf dem Kopf? Hatte ich die Scheune auch im Film angezündet? War jemand darin, der jetzt vor meinen Augen verbrannte? Ich schaute mir das Feuer sehr genau an, als wäre in ihm eine Antwort auf diese Fragen versteckt, und hoffte, dadurch nach außen so auszusehen, wie sich Christoph die Figur in dieser Szene vorstellte. Es gab ein Ächzen im Dachstuhl der Scheune, der daraufhin ein Stück weit einsackte, aber noch nicht vollständig einstürzte. Wenn man sie jetzt löschen würde, dachte ich, könnte man die Scheune vielleicht noch retten. Aus dem Augenwinkel sah ich weiterhin Autos auf der weit entfernten Straße entlangziehen. Von dort musste man nun mindestens eine Rauchsäule erkennen können.

Ich schaute in die Flammen, und das brennende Buch *Eibon* aus dem Film *L'aldilá* kam mir in den Sinn. Die Molotowcocktails aus *Night of the Living Dead* und wie die Gruppe beim Versuch, Benzin zu besorgen, verbrannte. Aber auch der Brand aus *My Rotten Roommates And My Rotten Self*, den die Zombiewohngemeinschaft in ihrem Haus gelegt hatte, nachdem sie im Keller das Gespräch zwischen dem Anwalt, der Sachbearbeiterin der Baubehörde und dem Investor überhört hatten. Der Traum auch, den ich in der ersten Nacht auf Mikes Bauernhof gehabt hatte, und das orangefarbene Leuchten des Lagerfeuers, dem wir durch den dunklen Wald auf die Lichtung gefolgt waren. Ich musste an das Lagerfeuer aus der Geschichte dessen, der sich James nannte, denken – das er am Ende seiner Wanderung über die Insel gesehen hatte, mit den darum sitzenden Kutschern, die alte Reifen und anderen Müll verbrannten, um sich warm zu halten. Ich dachte an die toten Gefährten im Film *O Território*, die über einem offenen Feuer gebraten wurden, bevor sich die Überlebenden bei der improvisierten Kommunion das Fleisch teilten. Und ich dachte an die Soldatin, an die Stelle, als vor ihrem Schlafzimmerfenster die Stadt in Flammen aufgeht und einstürzt, während sie zum ersten Mal mit dem Schauspieler schläft, aber auch an die Familie aus dem Dorf – wäre ich nicht ich, sondern die Soldatin, dachte ich, ich wäre mir sicher, sie würden in der Scheune auf dem Boden liegen und verbrennen. Dass ich sie vorher im Halbdunkel nicht gesehen hatte oder eben doch gesehen hatte, aber verdrängt, dass sie da waren, weil es ja nicht sein konnte, weil es unmöglich war, dass sie hier in dieser Scheune plötzlich alle auf dem Boden lagen, als würden sie schlafen.

Die Seitenwand, an der Christoph das Benzin verteilt hatte, gab zuerst nach. Die Scheune stürzte mit einem unheimlichen Knarren (wie die Luke, dachte ich, die Judith beim Rausschwimmen aufs nächtliche Meer gehört hat) seitlich in sich zusammen, Funken flogen auf, und ein großer Teil des Feuers wurde durch das Zusammensacken der Seitenwände und des Dachstuhls begraben und erstickt, wobei ich meinte, dass es unter den Holztrümmern doch noch weiterschwelen müsste, was ich gerade durch die nächste Nähe zum Wald als eine hochgefährliche Angelegenheit empfand. Es gab eine kurze, gut eingespielte Konversation zwischen Christoph und Markus, in der Christoph sagte: Markus? Und Markus sagte: Passt!, woraufhin Christoph sagte: Danke!, und: Alle zurück zum Auto bitte. Ich drehte mich um und sah schon nur noch ihre Rücken, Christoph schaute einmal zu mir zurück und machte eine schaufelnde Bewegung mit dem Arm, die mich auffordern sollte mitzukommen.

Ich lief den dreien hinterher, zwischen den Bäumen hindurch auf den Weg, auf dem Markus' Wohnmobil geparkt war, mit dem Umhang um die Schultern und der Fackel in der Hand. Die Kapuze hatte ich abgestreift, weil sie mir beim Gehen die Sicht behindert hatte. Von hinten knackte es in dem qualmenden Haufen, der vorher die Scheune gewesen war. Ich versuchte, nicht zurückzuschauen.

Wir stiegen alle zusammen in Markus' Wohnmobil ein. Markus vorne auf den Fahrersitz, Christoph daneben als Beifahrer und Marlies und ich hinten durch die Tür in den Wohnbereich. Beim Einsteigen maulte mich Markus durch das geöffnete Fahrerfenster an, weil ich die Fackel noch in der Hand trug und völlig vergessen hatte. Ich warf sie auf den Weg, wo sie am Rand einer Pfütze im Wasser landete. Es zischte, aber ein Teil der Fackel brannte noch weiter. Die Flammen spiegelten sich im Wasser der Pfütze und brannten jetzt in beide Richtungen. Ich fand, dass das schön aussah, merkte aber auch, dass außer mir niemand ein Auge für diese Schönheit haben würde, weil sie wirklich alle so schnell wie möglich wegwollten. Markus fuhr an, noch bevor ich die Tür richtig geschlossen hatte, ich fiel gegen einen Einbauschrank und dann auf den Teppichboden, bevor ich mich neben Marlies auf die Bank setzen konnte, die gegenüber der Küchenzeile an der Wohnmobilwand entlanglief. Man sah von diesem Platz aus durch das Heckfenster nach draußen, wo sich die kleine Flamme der Fackel sehr schnell entfernte. Den Scheunenbrand konnte man von hier aus überhaupt nicht mehr sehen.

Marlies bat mich, den Umhang abzunehmen und ihr zurückzugeben. Kostüme bitte sofort nach Drehschluss an mich, sagte sie, rollte den Umhang zusammen und behielt ihn für den Rest der Fahrt auf dem Schoß. Ich nahm endlich auch meinen Rucksack ab und stellte ihn zwischen die Füße. Alles, was ich am Körper trug, war feucht und muffig, die Luft in Markus' Wohnmobil war nicht besonders gut. Ich saß neben Marlies, und mir fiel nichts ein, was ich zu ihr hätte sagen können. Ich war noch sehr in den Eindrücken der brennenden Scheune verhaftet.

Unterhalb des Heckfensters, in dem nach einigen scharfen Kurven der graue Streifen einer Bundesstraße aufgetaucht war, befand sich Markus' ungemachtes Bett – eine zerwühlte Decke und ein Kopfkissen, beides in orangefarbenem Bezug mit gelbem Blumenmuster, auf einem Frottee-Spannbetttuch, das wahrscheinlich einmal weiß gewesen war, vom falschen Waschen aber einen rosa Stich bekommen hatte. Vor dem Bett und vor den Schränken auf dem Fußboden standen Kisten, Taschen und Stative, wie ich sie beim Verladen im *Café Porsche* am Tag unseres Aufbruchs gesehen hatte. Wie unfassbar lange ist das her, dachte ich, dieses Packen und Aufbrechen, mein nervöses Warten in München, der Winter, die Sitzungen im letzten Jahr.

Vorn aus der Fahrerkabine, wo Christoph und Markus auf zwei freistehenden Sesseln nebeneinandersaßen, zwischen ihnen am Boden derselbe beigebraune Teppich wie bei uns im hinteren Bereich, hörte ich Christophs Stimme zuerst am Telefon sagen, dass wir losgefahren seien und uns bei den anderen treffen würden – worin ich einen Anruf bei Hannah und dem Chinesen vermutete –, und danach das Geräusch eines Funkgeräts, die Worte *Sarah für Christoph*, Rauschen und schließlich eine von hinten nicht verständliche Antwort. Christoph sagte, wir seien fertig, sie könnten sich jetzt auf den Weg machen. Und auf eine abermals unverständliche Frage von Sarah sagte Christoph nur noch: *Nein* und *Ende*. Vom Verständigen der örtlichen Feuerwehr war, soweit ich das beurteilen konnte, in diesem Gespräch nicht die Rede gewesen.

Der Produzent saß hinten auf der Bank im Wohnmobil (das aber sehr viel größer war als das von Markus), als er mit dem Regisseur durch die Straßen von Los Angeles fuhr, in dem Film *Der Stand der Dinge*, den wir uns gemeinsam im *Café Porsche* angeschaut haben. In den Panoramafenstern war die nächtliche Stadt zu sehen, breite Boulevards, niedrige Gebäude, Leuchtreklamen, Palmensilhouetten, Straßenlaternen, Autoscheinwerfer, insgesamt aber eher wenig Verkehr. Obwohl der Film in Schwarzweiß gedreht war, bekam man den Eindruck einer schwülen Nacht, durch die der Produzent und der Regisseur vom Fahrer des Wohnmobils hindurchgefahren wurden, bis zum Morgen, einem diesigen, nebligen Morgen, der in einem kurzen Kameraschwenk über die Stadt eingefangen war – eine Mischung aus Smog und einem Nebelfeld, das vom Pazifischen Ozean ins Land wanderte.

Der Regisseur war aus Portugal nach Kalifornien geflogen, um den Produzenten, der sich wochenlang nicht gemeldet und auch kein Geld mehr geschickt hatte, zur Rede zu stellen. Er befand sich gerade in den Dreharbeiten zu einem Science-Fiction Film *(The Survivors)*, der an der portugiesischen Küste spielte und für den er und sein Team in einem verlassenen Hotelkomplex am Meer untergebracht waren. Inmitten dieser Dreharbeiten waren dem Team Filmmaterial und Geldmittel ausgegangen. Sie hatten tagelang gestrandet in dem verlassenen Hotelkomplex auf die nächste Überweisung des Produzenten, seine Rückkehr nach Portugal oder die Zusendung zusätzlichen Filmmaterials gewartet und waren dabei mit ihrer Langeweile, der Machtlosigkeit und den sozialen Komplikationen, die sich daraus ergaben, konfrontiert.

Der Produzent sagte, das Problem sei, dass der Regisseur darauf bestanden habe, in Schwarzweiß zu drehen. Ein Science-Fiction Film in Schwarzweiß, das sei einfach hoffnungslos. Überhaupt, sagte der Produzent, sei das ganze Format hoffnungslos veraltet. Niemand wolle mehr Schwarzweißfilme sehen. Egal, ob

Science-Fiction oder nicht. Es war aber in dieser Szene schon klar, dass sich der Produzent in mafiöse Geschäfte verstrickt hatte und deshalb kein Geld mehr schicken konnte und auch sein Telefon nicht mehr beantworten, weil er sich in diesem Wohnmobil auf einer permanenten Flucht vor den Gläubigern befand. Er wurde von seinem Fahrer Herbert (dem das Wohnmobil gehörte) kontinuierlich durch die Stadt gefahren, in der Hoffnung, dass sie beide überleben würden, wenn sie nur in Bewegung blieben, hielt dabei einen schwarzen Dackel auf dem Schoß und ernährte sich von Burgermenüs aus Drive-through-Fastfoodrestaurants.

Der Regisseur war den gesamten Tag in einem Cabriolet durch die Stadt gefahren, hatte an verschiedenen Orten nach dem Produzenten gesucht, einen anderen, verdächtig wirkenden Wagen, der ihn verfolgte, abgeschüttelt und hatte schließlich, auf einem Parkplatz unter der Reklame für *Ali Baba's Bellydancers* das Wohnmobil entdeckt, in das er den Fahrer Herbert mit dem Hund und einigen Styroporverpackungen eines Fastfoodrestaurants einsteigen sah. Vor dieser Suche spielte der Film ausschließlich an der portugiesischen Küste in dem verlassenen Hotelkomplex – einem schönen, bogenförmigen Brutalismusbau, der direkt in die Brandung des Atlantischen Ozeans hineingebaut war. Die Zimmer waren eingerichtet und bewohnbar geblieben, obwohl sich äußerlich alles in einem fortgeschrittenen Stadium des Zerfalls befand. Man sah die Schauspieler tagelang ihre Zeit totschlagen, schreiben, lesen, malen, fotografieren, Geige spielen, Sport treiben (der Drehbuchautor, der die Produktion begleitete, rannte in dem riesigen Swimmingpool auf der Terrasse, in dem längst kein Wasser mehr war, hin und her), rauchen, Wein trinken an weißen Tischdecken im ehemaligen Hotelrestaurant und ausgiebige Bäder nehmen in den Badewannen ihrer Hotelzimmer. Ein paar von ihnen hatten ihre Kinder mitgebracht.

You got to have a story, sagt der Produzent zum Regisseur im

Wohnmobil, als Erklärung oder Rechtfertigung, without a story you are dead.

Dann (die Sonne ist inzwischen schon aufgegangen) stimmt der Produzent ein Lied an über Hollywood, in dem es heißt: *What did you do to your head my friend / what did you do to your head? / When did you learn you were dead my friend, in Hollywood?*, während der Regisseur aus dem Fenster sieht und eher zu sich selbst als zum Produzenten sagt, er habe doch bislang zehn Filme gemacht und dabei mehrmals dieselbe Geschichte erzählt. Ich drehte eine Einstellung nach der anderen, sagt der Regisseur auf der hinteren Bank des Wohnmobils, mit einer Handkamera im Schoß und dem linken Arm auf einem Stapel Filmrollen, aber jetzt habe ich morgens Angst. Jetzt weiß ich, wie das Erzählen geht, und unweigerlich läuft den Geschichten das Leben aus. Er überlegt eine Weile, und dann sagt der Regisseur zum Produzenten, der inzwischen fertig ist mit seinem Lied, dass es doch in allen Geschichten immer um den Tod gehe. Death, Friedrich, antwortet der Produzent, that's what it's all about. Second best only to love stories.

Der Film endet damit, dass Herbert wieder auf den Parkplatz einbiegt, auf dem der Regisseur in der Nacht sein Cabrio geparkt hat und zu den beiden ins Wohnmobil gestiegen ist. Der Regisseur und der Produzent treten beide aus dem Wohnmobil heraus, um sich zu verabschieden. Sie umarmen sich lange, und schon bei dieser Umarmung sieht man am Rücken des Schauspielers, der den Produzenten spielt, unter seinem Hemd, eine Erhebung, ein kleines Kunstblutpäckchen (das Hemd ist an dieser Stelle auch leicht aufgeschlitzt), das in dem Moment aufplatzen wird, in dem der Produzent im Film von hinten erschossen wird. Ein paar Augenblicke später wird auch der Regisseur erschossen, auf dem Parkplatz vor *Ali Baba's Bellydancers*, seine Einschusswunde ist aber vorne auf der Brust und war vorher nicht zu erkennen.

Als Hintergrundinformation zu *Der Stand der Dinge* erfuhren wir von Christoph, dass der Regisseur Wim Wenders für diesen Film fast die gesamte Crew von Raúl Ruiz' Film *O Território* verwendet hat und dass die Geschichte des Filmteams in dem verlassenen Hotelkomplex in Portugal, das gezwungen ist, die Zeit totzuschlagen, da ihnen das Filmmaterial ausgegangen ist, nicht nur gespielt wurde von denselben Schauspielern, die auch in *O Território* tagelang ausharren mussten, weil sie sich ohne Fremdenführer verirrt hatten, sondern dass diese Schauspieler und das gesamte Team bei ebenden Dreharbeiten zu *O Território* selbst in der Situation gewesen waren, aufgrund aufgebrauchten Filmmaterials tagelang tatenlos herumzusitzen und auf bessere Zeiten warten zu müssen. Wim Wenders hatte Ruiz in Portugal besucht, mit ein paar alten, unbelichteten Filmrollen im Gepäck, und sich von den wartenden, gelangweilten Schauspielern zu seinem eigenen Film inspirieren lassen, in dem diese Schauspieler dann also die gleiche hoffnungslose Lagerkollersituation zum wiederholten Mal durchlebten, in der Inszenierung von Wim Wenders allerdings, da waren wir uns im *Café Porsche* nach Ansicht beider Filme durchaus einig, kam die Qualität dieser Schauspieler sehr viel deutlicher zum Vorschein, was wohl an der Direktion des Regisseurs lag oder am Drehbuch, jedenfalls als eine Art doppelter Hinweis von Christoph interpretiert werden konnte: dass wir uns einerseits einstellen sollten auf die Eventualität solcher Verhältnisse und ihrer Implikationen und uns andererseits die Tatsache im Bewusstsein halten, dass derselbe Mensch, schauspielend, unter entsprechender Anleitung entweder eine Rolle glaubhaft verkörpern oder eben durch sein hilfloses Gehampel Scham beim Betrachter auslösen konnte.

Markus steuerte das Wohnmobil zwischen die Zapfsäulen einer Tankstelle, zog den Zündschlüssel ab und stieg aus. Durch die Fenster konnte ich sehen, dass der Boden unter dem Tankstellendach nass war vom Regenwasser, das an den Reifen und Unterböden der Autos von der Straße mitgebracht worden war. Es hatte aufgehört zu regnen, vereinzelt brachen jetzt Sonnenstrahlen durch die grauen Wolkenbänke. Auf dem nassen Boden vor den Zapfsäulen waren schimmernde Flecke aus verkleckertem Benzin zu erkennen. Christoph schnallte sich ab und kam nach hinten zu uns in den Wohnbereich. Ich hörte, wie außen eine Abdeckung an der Wohnmobilwand abgeschraubt wurde und ein Zapfhahn in den Einfüllstutzen gesteckt. Christoph fragte Marlies, ob sie uns beide vielleicht einmal für einen Moment alleine lassen könnte. Marlies legte den Umhang, den sie auf dem Schoß hatte, neben sich auf die Bank, stand auf und ging raus. Beim Öffnen der Wohnmobiltür hörte ich das Surren der Benzinpumpen. Ich war mir nicht sicher, ob der Benzingeruch, den ich in der Nase hatte, von draußen kam oder von Christophs und meinen Händen oder aus der Erinnerung an das Ausgießen der Kanister in der Scheune.

Christoph sagte: Eigentlich können wir hier gleich weiterdrehen. Und er fragte mich, ob ich bereit wäre, für ihn, also für die Produktion, den Tankwart an der Kasse mit einer Schreckschusspistole zu bedrohen oder ihm vielleicht auch ein bisschen weh zu tun, ihm jedenfalls einen Schrecken einzujagen, sagte Christoph, den er nicht mehr vergisst. Und als ich sagte, nein, dazu wäre ich nicht bereit, machte Christoph ein Gesicht, als hätte er auch nichts anderes von mir erwartet, sagte, gut, dann müssen wir uns dafür einen anderen suchen, und fragte mich, ob ich etwas Bargeld oder eine Kreditkarte bei mir habe, um das Benzin dann eben zu bezahlen. Jeder übernehme hier einen Teil und leiste seinen Beitrag. Ich könne mir natürlich auch die Option des Überfalls noch durch den Kopf gehen lassen. Noch sei der Tank nicht voll.

Auf jeden Fall aber, sagte Christoph, solltest du, wenn du reingehst, auf den richtigen Augenblick achten. Wann sind keine anderen Leute im Laden, wann ist der Tankwart an der Kasse unaufmerksam, was sind die kürzesten Wege, gibt es Hindernisse oder vielleicht noch andere Mitarbeiter, die irgendwo im hinteren Bereich Brötchen backen oder eine Pause machen, wo sind die Kameras, und wo versteckst du deine Waffe, dass sie unsichtbar bleibt und trotzdem schnell gezogen werden kann. Christoph ging nach vorne zum Beifahrersitz und kam mit der Replik einer automatischen Pistole zurück, die er mir überreichte wie ein Diplom. Ich konnte nicht sagen, was für ein Modell das war, weil ich mich noch nie für Waffen und am wenigsten für Pistolen interessiert habe. Sie war schwarz und eckig und sehr leicht, sah aber so aus, als könnte man sie auf den ersten Blick durchaus für eine richtige Pistole halten. Überlegs dir, sagte Christoph, Markus wird dich filmen.

Der Verkaufsraum der Tankstelle war vom weißen Licht der Neonröhren an der Decke ausgeleuchtet. Eine Klimaanlage war in Betrieb, die Luft kühl und sauber, ich fühlte mich sofort wie ein Fremdkörper, mit meinen feuchten, muffigen Kleidern, meinen Händen, die nach Benzin rochen, meiner Unrasiertheit und meinem Ungewaschensein, den feuchten Fußspuren, die ich auf den hellen Fliesen hinterließ, dem Dreck an meinen Fingernägeln und der Pistole, die innen in meiner Jacke steckte und so gegen meine Brust drückte, dass ich befürchtete, ihre Form könnte sich außen an der Jacke abzeichnen, deutlich sichtbar für den Tankwart, der doch bestimmt einen geschulten Blick hatte für solche Details an auffälligen Gestalten. Markus hatte sich nach dem Tanken wieder auf den Fahrersitz gesetzt und das Fenster heruntergelassen. Er hielt seine Kamera auf dem Schoß und filmte über die Kante der Fahrertür, auf eine sehr geschickte Art so, dass ich nur sehen konnte, dass da eine Linse war, weil ich es wusste.

Im Eingangsbereich hingen verschiedene Scheibenwischerblätter in gelben Pappverpackungen an der Wand, daneben gab es ein niedriges Regal mit Ölflaschen. Eine Tiefkühltruhe von Langnese stand mitten im Raum, unterhalb der Fenster waren die Tages- und Wochenzeitungen aufgestapelt. An der gegenüberliegenden Wand verlief ein Kühlregal für Getränke. Beim Ansehen der Titelseiten der verschiedenen Zeitungen war es mir nicht möglich, irgendeine Überschrift zu behalten oder überhaupt nur ihren Sinn zu erfassen. Alles, was mir diese Zeitungen sagten, war, dass ich mich schon ganz lange nicht mehr mit den Zeitungen und dem Geschehen in der Welt befasst hatte.

Neben der Kasse befand sich eine Glasvitrine, in der verschiedene Backwaren auslagen, belegte Brötchen, Croissants, Apfeltaschen, Waffeln, Muffins, Plunder, Mini-Pizza und Wiener im Blätterteig. Oben auf der Vitrine stand ein zylindrischer Wärmebehälter, in dem ein paar schwitzige Bockwürste warm gehalten wurden. An der Kasse selbst gab es Schokoriegel und Kaugummis und Schlüsselanhänger aus kleinen, schwarz-weiß karierten Plastikfußbällen. Draußen standen zwar noch andere Autos, außer mir befand sich aber nur noch der Tankwart im Verkaufsraum, der an der Kasse stand und freundliche Bereitschaft signalisierte, mich abzukassieren, sobald ich so weit sei. Oben im Eck, an der Decke hinter dem Tankwart, zeigte eine Kamera in den Verkaufsraum und filmte mich dabei, wie ich an den Tresen mit den Schokoriegeln und Kaugummis und Schlüsselanhängern herantrat, mit der Pistole in der Jackentasche, und sagte, dass ich gern das Benzin bezahlen möchte. Der Tankwart fragte, welche Nummer, und ich sagte, das Wohnmobil da. Ah, die drei, sonst noch was? Und ich sagte, ja, noch ein Päckchen Zigaretten, obwohl ich gar nicht rauche, weil ich mir dachte, wenn er sich umdreht, um die Packung aus dem Regal zu nehmen, könnte ich die Pistole rausholen und ihm vors Gesicht halten. Er hätte dann etwas in der Hand und wäre zu weit von seiner Kasse entfernt, um sofort auf den Alarmknopf zu drücken, falls es einen solchen Alarmknopf überhaupt gab.

Der Tankwart fragte mich, welche Marke ich gerne hätte, und machte dabei einen öffnenden Schritt zur Seite, blieb mit einem Bein und einer Hand bei der Kasse stehen und reichte mit der anderen Hand zum Regal. Er musste sich gar nicht umdrehen. Ich schaute mir die ganzen Packungen an, die da in vielen Reihen hintereinandergestapelt steckten, und hatte keine Ahnung, welche die am wenigsten verdächtige Marke wäre für einen Menschen wie mich. Ich sagte, nein, vielleicht doch besser keine Zigaretten, bezahlte das Benzin mit meiner EC-Karte (auf der mein Name steht, dachte ich), ließ mir den Kassenzettel geben, ging raus zu den Zapfsäulen und stieg über die hintere Tür in Markus' Wohnmobil ein, in dem auch Marlies wieder auf der Bank saß, den Umhang auf dem Schoß.

Markus startete den Motor, und wir fuhren los. Niemand sagte etwas. Obwohl ich nicht mehr im Verkaufsraum der Tankstelle stand, drückte mir die Pistole in meiner Jackentasche noch intensiver gegen die Brust. Vielleicht war mir aber auch nur das Herz sehr schwer geworden. Und wahrscheinlich, denke ich jetzt, ging es Christoph von Anfang an um nichts anderes, als mich dabei zu filmen, wie ich meiner Angst unterlag. Er wusste, dass ich bezahlen würde, und hatte keinen Moment damit gerechnet, dass ich die Pistole tatsächlich herausholen und dem Tankwart vors Gesicht halten könnte.

Der Wunsch kam auf, Christoph in diesem Punkt zu überraschen und einmal sehr viel weiter zu gehen, als er es mir zutraute.

Wir fuhren zum nächsten Treffpunkt. Als wir ankamen, waren die anderen Autos schon da. Wir parkten nebeneinander auf einem breiten Rastplatz, der wie eine Pferdekoppel von einem Zaun aus dicken, dunkelbraun lackierten Rundhölzern eingefasst war. Nahe der Straße stand eine Reihe betonierter Bänke und Tische neben einem Müllcontainer. An einem hölzernen Wegweiser waren Wanderwege mit farbigen Markierungen und Kilometerzahlen ausgewiesen. Es gab einen kleinen Bachlauf, der an dem Rastplatz entlangplätscherte, eine Hecke voller Spatzen und nur hin und wieder Geräusche von der Straße her. Am Himmel funkelte der Rumpf einer Passagiermaschine sehr hoch oben im Sonnenlicht. Dahinter ein endlos langer Kondensstreifen, der nicht so aussah, als würde er sich jemals wieder auflösen.

Wir warteten auf die Ankunft der anderen, die zu Fuß unterwegs waren, und außer mir schien allen eine Aufgabe zuzufallen, mit der sie diese Wartezeit sinnvoll überbrücken konnten. Ich ging ein wenig auf und ab und dachte nach und machte Notizen auf den Rückseiten meiner Aufzeichnungen zum Schrecklichen Grauen, las noch einmal ein paar der Geschichten der anderen, obwohl ich sie alle längst schon so gut kannte, dass es sich bei diesem Lesen nicht wirklich um ein Lesen, sondern eher um ein geführtes Erinnern gehandelt hat, an den Inhalt der Erzählungen, aber auch an das Schriftbild, die einzelnen Wörter und Buchstaben, in die die Erzählungen von mir gefasst und geordnet waren und die auf eine Weise ja auch ihre Gefängnisse wurden, dachte ich, vor allem dann, wenn die Erinnerung an das wirkliche Erzählen von der Phantasie mehrfach überschrieben und verfremdet wurde und der Text der letzte Zeuge ist.

Da niemand mehr in dieser Gegend ortskundig genug war, um die Gruppe der Gehenden anzuführen, standen sie mit Sarah in Funkkontakt und wurden über unseren genauen Aufenthaltsort informiert. Nach zwei Stunden etwa tauchten die Ersten auf dem Parkplatz auf. Ich fand, dass sie sehr ausgezehrt aussahen. Ihre Kleider schienen beim Gehen getrocknet zu sein, manche hatten ihre transparenten Regenponchos anbehalten, die nun von innen beschlagen waren.

Hubi gab das Mittagessen einzeln in Rationen aus (eine Schale

Dosenmais mit Toastbrot, ein Apfel, zwei kleine Chipstüten und eine Flasche Mineralwasser mit Kohlensäure, was ich insgesamt etwas mager fand, vor allem für die, die schon den halben Tag gewandert waren) und machte dabei einen sehr frustrierten Eindruck auf mich. Ich konnte nicht sagen, ob ihn die Qualität seines eigenen Angebots enttäuschte, weil er uns gern besser versorgt hätte, dafür aber nicht die nötigen Mittel hatte, ob ihm die ganze Produktion oder spezielle an ihr beteiligte Leute bereits auf die Nerven gingen oder ob er vielleicht seine Kneipe und die Stadt vermisste und jetzt schon keine Lust mehr hatte, in diesem Transporter durchs Land zu fahren, als mobile Produktionskantine, was ja von allen möglichen Aufgaben, die man im Schrecklichen Grauen bekleiden konnte, die eindeutigste Dienstleistung war und die geringste Strahlkraft besaß.

Ich stand ein wenig herum zwischen den Essenden und den Gesprächen, die geführt wurden. Einige setzten sich auf die Bänke am Rand des Parkplatzes und aßen, ohne aufzusehen, ihre Rationen, vielleicht in der Hoffnung, dass sie durch ein langsames, konzentriertes Essen auch davon satt werden könnten. Das Gefühl, das ich hatte, war ein ähnliches wie nach meinem Auftritt auf der Bühne im *Café Porsche*. Ich war jetzt, wenngleich auch nur kurz und noch nicht in der Form, die ich mir vorgestellt hatte, im Schrecklichen Grauen vorgekommen. Ich war auf den Filmrollen (die natürlich digitale Speicherkarten waren) verewigt und ein Teil des Materials, aus dem sie den fertigen Film schneiden würden. Ich war nicht gegangen. Ich war dabeigeblieben und hatte durchgehalten, und ich würde weiter dabeibleiben und durchhalten, es liegt ja schließlich auch, dachte ich, der größte Teil der Produktion, ihre Vorbereitung, Planung und Konzeption, bereits hinter uns. Vielleicht würden am Ende nicht alle übrig bleiben, die jetzt noch hier auf dem Parkplatz versammelt waren. Weitere Rückschläge, höhere Hürden und größere Strapazen waren zu erwarten. Mit Konflikten musste gerechnet werden. Wie schön war das. So klar. Wir waren wirklich unterwegs, in vollem Bewusstsein und mit weit geöffneten Augen.

Zum nächsten Treffpunkt wurde ich nicht mehr im Auto mitgenommen, sondern war wieder den Wandernden zugeteilt. Ich hatte weder Karte noch Funkgerät erhalten, diejenigen, die die Gruppe bis hierher geführt hatten, behielten ihre leitenden Funktionen und wurden von Christoph und Sarah mit neuen Instruktionen versorgt. Und doch gab es einen gewissen Wechsel im Personal. Eine kleine Auswahl an Leuten, die bis hierhin gelaufen waren, durfte sich in die Autos setzen. Sarah ging durch die Reihen und teilte allen einzeln mit, wie es für sie weiterging. Ich hatte keinen Zweifel daran, dass anderswo ohne mich weitergedreht wurde. Ich hätte wirklich sehr gerne gewusst, was da passierte und ob es schon jemanden gab, der ausgewählt worden war, um an Katjas Seite zu spielen. Als Antagonist, Freund, Feind, Vaterfigur, Verbündeter, Verräter, Angebeteter, Wegbegleiter, Sidekick oder Wingman. Ob all diese Positionen schon besetzt waren von anderen oder ob es da vielleicht noch eine Chance gab für mich.

Nach wie vor war mir nicht ganz klar, wo genau wir uns befanden. Die Ortsnamen, die ich beim Gehen auf Wegweisern und Straßenschildern las (Weilermerkingen, Trochtelfingen, Riesbürg, Härtsfeldhausen, Bopfingen, Ohmenheim, Großkuchen, Dischingen, Dunstelkingen, Unterwilfingen, Reimlingen, Fremdingen, Wassertrüdingen, Bissingen, Abtsgmünd), legten die Vermutung nahe, dass wir uns weiterhin entlang der bayrisch-baden-württembergischen Grenze bewegten.

Das Wetter war sehr freundlich geworden, und ich hatte beim Warten auf dem Parkplatz meine Schuhe ausgezogen und zum Trocknen in die Sonne gestellt, was zwar nicht ganz ausgereicht hatte, das Gehen aber dennoch sehr viel angenehmer machte. Auch spürte ich, dass es gut für mich gewesen war, diese anderthalb Tage vom Wandern eine Pause zu machen. Ich war wieder bereit für ein paar Kilometer. Wie viele es noch nach Berlin waren, konnte ich nicht abschätzen, aber ich ging von einer Zahl aus, die eh nur eine Zahl wäre und unvorstellbar als Distanz.

Ich war frisch genug in den Beinen, um mich in die Reihen der anderen einzusortieren, wie ich gerade Lust hatte. Vorzugehen, mich zurückfallen zu lassen, dabei auf die Gespräche zu hören und für eine Weile mitzulaufen, wenn sie mir interessant erschienen oder so, dass ich mich vielleicht sogar beteiligen könnte.

Judith hörte ich erzählen, dass das Laufen durch diese Landschaften hier bei ihr die Erinnerung an eine Zeit auslöste, in der sie ein manisches Interesse für die sogenannten Roten Zonen in Frankreich entwickelt hatte und regelmäßig an den ehemaligen Frontverlauf der Abnutzungsschlachten des Ersten Weltkriegs reiste, wo sich inzwischen auch eine touristische Infrastruktur für Leute wie sie herausgebildet habe.

Zuerst sei sie bei einer Sprachreise in die Champagne zufällig auf diese Gegenden gestoßen, die von Zäunen und Warnschildern eingefasst sind und wo sich heute noch viele tausend Tonnen Munition im Boden befinden, darunter auch Giftgasgranaten, die seit einhundert Jahren Arsen, Blei und Quecksilber in die Erde und das Grundwasser abgeben und große Landstriche für unbestimmbare Zeit verseucht haben. Nicht nur die seltsamen Buckelwiesen von Verdun und die Wälder von Douaumont habe sie daraufhin besucht, erzählte Judith, sondern auch die Gegenden um Ypres, Woëvre, Cambrai, Arras und Lens, wo zum Teil eben auch abenteuerliche Erkundungstouren durch nachgebaute Schützengräben und Verhaue angeboten werden und bei vielen Anwohnern in den Gärten und Hobbykellern Privatsammlungen verschiedener Granaten-, Bomben- und Patronentypen lagern, die auf Nachfrage gern vorgezeigt werden. Es hat mich ganz seltsam bewegt, an diese Orte zu reisen, erzählte Judith beim Gehen durch ein kleines Waldstück, die bis auf wenige wirklich verwüstete Landstriche ja für das bloße Auge einfach nur Wälder und Wiesen sind und in ihrer Unberührtheit eher sehr schön und einladend aussehen. Ich dachte mir, wenn das Vergessen ein Ort wäre, an den man reisen kann, dann wäre er in diesen Roten Zonen in Frankreich, wo das Wasser ungenießbar ist und auch nach hundert Jahren ein einzelner Schritt zur Explosion führen kann.

Interessant sei dabei nun aber die Frage, sagte Judith, was genau in dieser Landschaft weiterlebe und weshalb es sie so sehr beschäftige. Warum diese überwachsenen Schlachtfelder in ihr – erst durch das Wissen, dass dort die Überreste des Krieges unsichtbar fortwirkten – ein Heimatgefühl auslösten. Nirgends in Deutschland hatte ich dieses Gefühl, sagte sie. Oder vielleicht überall, aber eben nie an einem konkreten Ort. Heimat ist vielleicht auch wirklich ein sehr schwieriger Begriff in diesem Zusammenhang. Zuhause. Eine Vertrautheit. Eine innere Verwandtschaft vielleicht. Ich hatte jedenfalls das Gefühl, dass sich in mir etwas anstaute, in der Zwischenzeit zwischen meinen Besuchen in Frankreich, für das es kein anderes Ventil gab, als an die Ränder der Roten Zonen zu reisen. In Deutschland gibt es solche Orte ja nur in einem weitaus kleineren Umfang und Maßstab. Das sind dann alte Militärübungsgelände, die auch meistens abgesperrt sind. Aber das war eben nicht das Gleiche. Für mich wurde nur dort in Frankreich deutlich spürbar und erfahrbar, dass sich die Geschichte nicht nur in den Städten und der Kultur niederschlägt, sondern auch in der Landschaft, die von diesen Schlägen der Geschichte zwar keine äußerlichen Verletzungen mehr zeigt, trotzdem aber, und das ist, denke ich, für jeden Besucher wahrnehmbar und der Grund für den Tourismus in dieser Region, über Jahrhunderte oder vielleicht sogar Jahrtausende hinweg unheilbar traumatisiert ist.

Ich weiß auch, dass man da vorsichtig sein muss, was man

sagt. Andererseits ist ja genau das das Problem. Mir leuchtet das zum Beispiel völlig ein, dass Menschen mit Tourettesyndrom in Deutschland immer *Heil Hitler* rufen müssen. Das muss doch in dem Moment – selbst wenn es ein Zwang ist, den man bekämpft –, im Augenblick des Ausrufens, ein sehr gutes Gefühl sein. So als wäre man in einer Gruppe, in der es allen sehr schlechtgeht, und man wäre der eine, dem plötzlich einfällt, woran sie sich vergiftet haben. Im *Café Porsche* hatte ich übrigens ein paar Mal den Eindruck, an einen ähnlichen Ort wie diese Roten Zonen in Frankreich gekommen zu sein. Und ich glaube, dass es mit dem Sprechen zusammenhängt. Dass in der Sprache, die wir benutzen müssen, auch noch all diese Giftgasgranaten verborgen sind, unter einem *forêt de guerre*, was aber an der Oberfläche des ganz normalen oberflächlichen Sprechens schon unsichtbar geworden ist. Wahrscheinlich musste ich deswegen immer wieder nach Frankreich fahren. Weil diese Wälder als begehbare Landschaften der Sprache entsprechen, die uns kaputtgemacht wurde und die wir trotzdem behalten haben. Vielleicht stimmt das Bild so auch gar nicht, sagte Judith. Vielleicht sind die Worte nicht der Wald, sondern die Granaten. Mir kommt es aber immer wieder so vor, als gäbe es im Sprechen ganz viele dieser Roten Zonen, die total vergiftet und unbewohnbar geworden sind.

Das ist doch, sagte Judith und klang dabei, als würde sie zitieren, das wirkliche Erbe der Kriegstreiber, Brandstifter und Nazis. Dass das, was sie verbrochen haben, einfach nicht aufhört, über ihr eigenes Ableben hinauszuwirken.

Etwas weiter hinten in der Schlange, schon fast an ihrem Ende, sagte jemand: *Dieses Gehen*, als wäre das schon ein Satz, auf den man etwas erwidern könnte.

Und weiter vorne, nahe der Spitze, kurz vor denen, die sehr ernst mit ihren Karten und Funkgeräten vorangingen, hörte ich eine Weile Manuel und Mirko bei einem Gespräch zu, in dem Mirko erzählte, dass er gerade erst Theben eingenommen hatte, als die Probleme anfingen. Ich beherrschte mein Land seit siebenundneunzig Jahren, sagte er, und hatte auch schon viele heilige Stätten errichten lassen für die verschiedenen Götter, es lief eigentlich sehr gut. Aber dann brach ein Vulkan aus, und Lava floss ins Tal und zerstörte die heilige Opferstätte für die Fruchtbarkeitsgöttin Demeter. Ich hatte nicht genug Marmor im Speicher, um all die Statuen und Säulen wiederaufzubauen. Ich hatte schon Anlegestellen in Caldon und Argos und führte Handel mit zwölf verschiedenen Städten. Ich hatte auch sehr gute Streitkräfte und gerade erst ein zweites Ausbildungslager für meine Soldaten gebaut. Aber dann ist auch noch der Fluss über die Ufer getreten, damit habe ich nicht gerechnet, sagte Mirko, und meine Docks standen unter Wasser, und ich konnte keinen Marmor importieren, um die heilige Opferstätte wiederaufzubauen, die von der Lava zerstört worden war, und Demeter ist sehr wütend geworden und hat meine Felder unfruchtbar gemacht. Ich konnte keinen Weizen mehr anbauen und keinen Hafer, um neue Pferde zu züchten, es wuchs kein Gras mehr für die Schafe und Ziegen, das Volk begann zu hungern und wurde unruhig, und weil ich keinen Handel treiben konnte und schwach war, hat sich Knossos, das bis dahin einer meiner Vasallenstaaten gewesen war, gegen mich erhoben und hat mich angegriffen. Sie haben mich einfach überfallen. Ich wollte meine Streitkräfte aussenden, um die Stadt zu verteidigen, man muss aber mindestens zwölf Pferde haben, um die Streitkräfte aussenden zu können. Ich hatte nur elf und konnte keine neuen Pferde züchten, weil ich keinen Hafer mehr hatte und Demeter meine Felder unfruchtbar gemacht hat, und ich konnte auch weiterhin keinen Handel treiben wegen des Hochwassers. Mir hat nur ein Pferd gefehlt, um die Stadt zu verteidigen. Davor hatte ich eben erst Theben eingenommen. Ohne die Verluste in Theben wäre ich wahrscheinlich weitergekommen.

Vom Treffpunkt auf dem Rastplatz liefen wir ohne Pause weiter bis zum Abend. Die Tage wurden länger, das war jetzt deutlich zu spüren. Als ich das Gefühl hatte, genug gehört zu haben von den Gesprächen der anderen, sortierte ich mich ganz vorne an der Spitze ein, wo kaum etwas gesagt wurde, nur hin und wieder das Funkgerät rauschte und man sich an einer Weggabelung gemeinsam über die Wanderkarten beugte. Wir streiften ländliche Industriegebiete, die im Sonnenuntergangslicht eine große Erhabenheit ausstrahlten, eine Müllverbrennungsanlage mit qualmenden Schloten, die golden das goldene Licht der untergehenden Sonne reflektierenden Tanks einer Molkerei, die hohen Förderbänder eines Kieswerks, die über die Spitzen ordentlicher Abraumhaufen hinausragten, einen Großmastbetrieb, Silos und Fernleitungsmasten, deren Stromkabel den Abendhimmel mehrfach durchteilten. Immer wieder war am Horizont die Spitze eines Kirchturms zu sehen. Wir vermieden weiterhin das Gehen durch Ortschaften oder Städte, es war aber ganz deutlich zu sehen, dass wir uns nie sehr weit von der Zivilisation entfernten, was vielleicht auch gar nicht möglich gewesen wäre, dafür war das Land doch insgesamt zu dicht besiedelt.

Dass es sich bei unserem nächsten Nachtlager um ein schlechtes Versteck handeln würde, war schon aus der Ferne zu erkennen. Die Dächer der Transporter und des Wohnmobils ragten als weiße Streifen über den Rand eines blühenden Rapsfelds hinaus. Sie waren wohl bei der Suche nach einem geeigneten Ort mit den Fahrzeugen einfach in einen Feldweg eingebogen und so weit wie möglich von der Straße weggefahren.

Wir gingen diesen Feldweg entlang, links von uns das gelb blühende Rapsfeld und rechts ein Entwässerungsgraben, über dem Mücken schwirrten und aus dem ein kloakiger Geruch aufstieg. Jenseits des Entwässerungsgrabens befand sich eine dichte Wiese aus hüfthohen, beigefarbenen Halmen und dahinter ein kleines Waldstück, von dem nur die dunkelgrünen Baumkronen zu sehen waren. Die Fahrzeuge waren an einer Stelle geparkt worden, an der sich der Feldweg etwas verbreiterte, auf ein kleines Plateau zwischen Feld und Entwässerungsgraben, und wo gerade genug Platz war, um noch ein paar Zelte aufzubauen. Feuer war keines gemacht worden, wahrscheinlich, weil es zu deutlich sichtbar gewesen wäre von der Straße aus und weil man eh schon den Einbruch der Dunkelheit herbeigesehnt hatte, um sich in ihr zu verstecken. Als wir ankamen, wurden bereits die ersten Taschenlampen eingeschaltet. Ich sah jemanden mit einer Stirnlampe auf einem Stein sitzen, mit einer zerlesenen Taschenbuchausgabe von A. F. Morlands *Yeti, der Bote des Grauens*. Wer das war, konnte ich aber nicht sagen, weil das Gesicht unter dem Leuchten der Stirnlampe nicht zu erkennen war. Wieder wurden Zelte aufgestellt und Luftmatratzen aufgeblasen. Bei denen, die keinen Blasebalg mitgebracht hatten, sondern die Luft aus ihren Lungen holten, dachte ich wie immer, dass ihre Köpfe bald zerplatzen müssten, spätestens dann, wenn sich jemand auf die Matratze wirft, bevor sie das Ventil vom Mund absetzen können. Die am Morgen nass aufgerollten Zelte waren in ihren Hüllen nur unzureichend getrocknet, sie waren noch immer schmutzig und verbreiteten den schimmligen Geruch feuchter Keller. Ich sah Marie, die am Mittag in eines der Autos gestiegen und nicht mit uns gelaufen war, auf Krücken ihren Weg zwischen den Zelten suchen. Ein Lichtkegel streifte ihren linken Fuß, an dem sie weder Schuh noch Socken trug. Ihr Knöchel war stark angeschwollen und hatte eine unnatürliche Färbung angenommen.

Inmitten dieser Enge und der Geschäftigkeit des Aufbauens öffnete Hubi die Hecktüren seines Transporters und klappte den Buffettisch auf, in einer schmalen Variante, die gerade so zwischen das Heck und die Zelte passte, die davor bereits aufgestellt worden waren. Das Abendessen bestand aus Currywürsten und

Blattspinat mit Fetakäse. An den Gesichtern der anderen war deutlich zu erkennen, dass es bei diesem Menüplan bald zu einer Meuterei kommen würde.

Die Mücken aus dem Entwässerungsgraben hatten uns sehr schnell gewittert und waren in plagenartigem Ausmaß in das Abendlager eingefallen. Es war fast unmöglich, sich zwischen den Zelten aufzuhalten. Die meisten holten sich nur noch hastig eine Portion Essen an Hubis Transporter und verschwanden dann hinter den Moskitonetzen ihrer Zelteingänge (auch der Leser von A.F. Morlands Yeti-Roman war mit einem Mal verschwunden). Ich stand mit meiner Plastikschale (ich hatte Spinat mit Fetakäse genommen und mir obendrauf eine Currywurst legen lassen) am Buffettisch, wurde gestochen an allen Stellen, die nicht von Kleidung verdeckt waren, schaute mich um und bemerkte, dass Kröchis Zelt nicht unter den aufgebauten war und dass ich ihn auch den ganzen Tag über nicht gesehen hatte – nicht beim Treffpunkt auf dem Rastplatz, beim Laufen danach oder hier zwischen den Fahrzeugen am Rand des Rapsfelds. Inzwischen war die Sonne vollständig untergegangen und nur noch der westliche Horizont in türkisblauen Farbtönen eingefärbt. Ich sah Sarah mit einer leuchtenden Stirnlampe auf dem Kopf durch die Reihen gehen, um, wie ich vermutete, Anwesenheiten zu kontrollieren. Als sie an mir vorbeigehen wollte, streckte ich den Arm aus und fragte sie, wo denn Kröchi abgeblieben sei, sie habe doch gesagt, er wisse, wohin wir gehen würden, und käme nach. Sarah schaute mich an, ohne ihre Stirnlampe auszuschalten oder abzunehmen. Es handelte sich um eine Ausführung mit weißen, sehr grellen LED-Leuchten, die sofort bunte Flecke in mein Sichtfeld einbrannten. Ich hob die Hand gegen das Licht und sah, wie sie auf meine Frage nach Kröchi nur mit den Schultern zuckte, als würde sie einen Themenkomplex berühren, mit dem sich Sarah noch nie befasst und für den sie sich auch noch nie interessiert hatte. Sie wollte auch gleich weitergehen, aber ich fand, dass sie es sich damit zu leichtmachte. Also fragte ich sie, weshalb sie eigentlich nicht vor uns gesprochen hat im *Café Porsche*, weshalb wir nie erfahren haben, worum es sich bei ihrer elementarsten Angst handelt und ob sie vielleicht etwas vor uns zu verbergen hat.

Sarah sagte (und als sie zu sprechen ansetzte, flog ein sehr großer schwarzer Vogel direkt an unseren Köpfen vorbei, was mich stark irritierte, Sarah dagegen überhaupt nicht), als wäre das eine Erklärung oder eine Antwort auf meine Frage:

Weißt du, Moritz, ich habe meine Kindheit in einem Ort an der Küste verbracht, der auf einer Seite vom Meer und auf der anderen Seite von einem ehemaligen militärischen Übungsgelände eingeschlossen ist. Und vor allem im Winter, wenn es manchmal so kalt wird, dass das Meer zu Schollen gefriert oder sogar zu einer einzigen festen Eisfläche, und im ehemaligen militärischen Übungsgelände so viel Schnee liegt, dass man die roten Warnmarkierungen nicht mehr erkennen kann, die an den Seiten der wenigen zum Gehen durch das munitionsverseuchte Gebiet freigegebenen Wege in den Boden gesteckt wurden, kommt es einem da sehr oft so vor, als wäre man wirklich von allem abgeschnitten, als gehe überhaupt nichts mehr rein oder raus und als müsste man das ganze Leben verhandeln mit dem ungenügenden Personal, das dort in den Häusern sitzt und auf bessere Zeiten wartet, wobei sie sich fast ausschließlich zu verlassen scheinen auf die Botschaften und Zeichen aus ihren Fernsehgeräten, wahrscheinlich, weil sie das Vertrauen in alle anderen Institutionen längst verloren haben.

Ich sagte zu Sarah, das sei ja lustig, Judith habe uns gerade erst heute auf dem Weg hierher erzählt, dass, und Sarah sagte, ich weiß, Moritz, und wandte sich ab, sodass es auf einmal sehr schwarz wurde vor meinen Augen, die sich erst wieder an das Fehlen des hellen Scheins ihrer Stirnlampe gewöhnen mussten.

Ich nahm die Hand runter, aber sie blieb als bunt flimmerndes Negativ noch eine Weile in meinem Sichtfeld, auch wenn ich den Kopf drehte und woanders hinschaute.

Ich hatte die ganze Zeit, als ich mit Hannah und dem Chinesen im Auto unterwegs gewesen war, beim Niederbrennen der Scheune, in Markus' Wohnmobil, in der Tankstelle oder beim Gehen auf dem Weg hierher, nicht mehr über das Zahnopfer nachgedacht, das Christoph am Vortag von uns eingefordert hatte. Ich dachte, dass ich das wohl spontan entscheiden würde, am Abend, dass ich vielleicht ein Bauchgefühl haben würde oder einmal mit der Zunge die Reihen abwandern könnte und dann entscheiden, welchen ich am wenigsten brauchte oder welcher bereits die größte Abnutzung aufwies. Ich kann mir vorstellen, dass auch einige der anderen dieselbe Taktik verfolgt haben und dass es vielleicht deshalb überhaupt nicht mehr zur Sprache kam. Für einen Augenblick überlegte ich, ob ich vielleicht darauf hinweisen sollte, entschied mich aber dagegen. Christoph war eh überhaupt nicht mehr zu sehen gewesen, den ganzen Abend nicht. Er hatte sich wahrscheinlich schon früh vor den Mücken in Sicherheit gebracht, und vielleicht war ja diese gesamte Zahngeschichte auch nur ein Test gewesen, wer trotzdem bei ihm bleiben würde. Ein Test, durch den Maurice und Wenzel durchgefallen sind, dachte ich, als sie sich am Morgen verabschiedet und auf den Heimweg gemacht haben.

Eine Weile stand ich einfach nur so da, aß und befühlte meine Zähne mit der Zunge und war doch sehr angetan davon, dass sie alle lückenlos nebeneinanderstanden, bis mir irgendwann auffiel, dass die Bewegungen zwischen den Zelten und den Fahrzeugen vollständig zum Erliegen gekommen waren, dass nur noch gedämpfte Gespräche und wandernde Lichtkegel hinter den dünnen Zeltwandstoffen von der Anwesenheit der anderen zeugten und dass ich selbst keinen Ort hatte, an dem ich die Nacht verbringen könnte, ohne von den Mücken vollständig aufgefressen zu werden.

Ich ging zu Christophs Wohnanhänger, in dem hinter vorgezogenen, beige-braun karierten Baumwollgardinen noch Licht zu sehen war, und schlug mehrmals mit der Faust gegen die Tür. Sobald mir geöffnet würde, dachte ich, würde ich sagen: Ich habe keinen Ort zum Schlafen. Und Christoph oder Katja müssten mich zumindest reinbitten, könnten mir einen Platz auf dem Fußboden, der Sitzbank oder auch im Bett anbieten. Mir wurde aber nicht geöffnet. Ich schlug noch ein paar Mal gegen die Tür, auch gegen die Wand um die Fenster und rief je einmal halblaut die Namen von Christoph und Katja. Ich habe nie erfahren, was sie in dem Moment in dem Wohnanhänger gemacht haben und weshalb sie überhaupt nicht auf mein Klopfen und Rufen reagierten.

Es kam eine gewisse Verzweiflung in mir auf, und ich überlegte, ob ich mich vielleicht unter den Wohnanhänger ins Gras legen könnte, ob ich dort wohl vor den Mücken geschützt wäre und ob ich vielleicht von dort aus auch hören könnte, was sich im Innern des Wohnanhängers abspielte. Dann aber fiel mir auf, dass Christoph den Mercedes, an den der Wohnanhänger angekoppelt war, nicht abgeschlossen hatte (ich sah die Knöpfe hinter den Fenstern aus der Verkleidung herausragen), was ich als Einladung interpretierte, hinten links die Tür zu öffnen, auf die lederne Rückbank zu schlüpfen und dort vielleicht die Nacht zu verbringen.

Ich zog die Tür sehr schnell wieder zu, um zu verhindern, dass die Mücken mir ins Innere des Autos folgten, und für ein paar Minuten lag ich nicht besonders bequem eingefaltet hinten auf der Bank und lauschte, ob sich das schreckliche Summen einstellen würde oder ob ich in Sicherheit war. Christoph und Katja hatten einiges Gepäck im Kofferraum, der an die Rückenlehne der Rückbank angrenzte. Ich erkannte auch noch die eine oder andere schwarze Kiste wieder, die im *Café Porsche* beschriftet und verladen worden war. In den Fußraum hinter den Vordersitzen waren ebenfalls Taschen und Tüten und auch diverser Müll gestopft worden, sodass hinten eigentlich niemand mehr sitzen konnte. Ich probierte unterschiedliche Varianten aus, wie ich auf der Rückbank liegen und vielleicht sogar schlafen könnte, aber sie war einfach viel zu kurz für mich und durch die Erhebung in der Mitte auch sehr unbequem. Ich kletterte zwischen den Sitzen nach vorne, wobei meine Schuhe auf dem Leder der Sitzpolster einigen Dreck hinterließen. Es war gar nicht so einfach, von hinten nach vorne zu kommen, obwohl das Auto relativ geräumig war. Auf keinen Fall wollte ich aussteigen und riskieren, beim Öffnen der Türen doch noch ein paar Mücken reinzulassen. Ich versuchte, den Beifahrersitz zurückzuschieben, aber obwohl es sich bei dem Mercedes um ein älteres Modell handelte, gab es statt einem Hebel unter der Sitzfläche nur einen Knopf an der Seite, der nichts bewirkte, solange kein Zündschlüssel im Schloss war. Die Rückenlehne immerhin war per Hand verstellbar, ich rollte sie so weit wie möglich zurück, bis es im Fußraum hinter mir knirschte und ein Gegenstand zerbrach, der entweder dort gelagert war oder zur Mechanik des Beifahrersitzes gehörte. Es war keine horizontale Fläche herzustellen, sodass ich auch auf dem Beifahrersitz nicht wirklich liegen, sondern nur weit zurückgelehnt sitzen konnte, mit angewinkelten Beinen, die ich auf verschiedene Arten im Fußraum zu verstauen versuchte. Es gab aber keine Variante, die nicht nach wenigen Minuten schon unbequem wurde. Ich versuchte, die Füße oben aufs Armaturenbrett zu legen, quer rüber in Richtung des Lenkrads und gegen die Frontscheibe, was aber auch nicht sehr lang funktionierte. Ich verstand nicht, weshalb man in einem fahrenden Auto ganz oft einfach im Sitzen einschlafen kann, weil es so gemütlich ist, obwohl man dabei in ständiger Lebensgefahr schwebt, ein parkendes Auto sich aber mit fortschreitender Zeit in ein Folterwerkzeug verwandelt. Auch musste ich daran denken, was sich wohl gerade hinter mir in Christophs Wohnanhänger abspielte und weshalb sie nicht auf mein Klopfen und Rufen reagiert hatten. Die Bilder, die ich mir schon vor unserem Aufbruch aus Ulm ausgemalt hatte, bewegte Bilder von Christoph und Katja ohne Kleidung, kamen mir wieder ins Bewusstsein, und es gab dort in dieser Nacht in Christophs Mercedes auch noch eine sehr konkrete Kulisse, einen Ort der Handlung, dessen unmittelbare Nähe sehr schmerzhaft für mich war. Ich bildete mir ein, Stöße und Schwankungen wahrzunehmen, die durch die Anhängerkupplung vom Wohnmobil aus in den Wagen weitergegeben wurden, wobei es sehr viel wahrscheinlicher war, dass sie von meinem eigenen unruhigen Herumwerfen herrührten. Es war die zweite Nacht in Folge, in der ich nicht schlief. Ein verzweifeltes Fertigsein hatte mich vollständig umfangen. Meine Muskeln zuckten, ich drehte mich und schlug wütend gegen die Scheiben und die Innenverkleidung der Beifahrertür, trat gegen das Handschuhfach, in einer Erschöpfung, die doch nicht ausreichte, um endlich einzuschlafen.

Trotzdem träumte ich (oder phantasierte) bei geschlossenen Augen, das Unbewusste hatte längst übernommen und war rings um den Mercedes aufgezogen. Ich war mir sicher, dass er nicht mehr zwischen den Zelten und anderen Fahrzeugen stand, sondern am Fallen war, durch die Dunkelheit einer unterseeischen Ödnis. Ich sah mich gehen, auf einem Schotterweg, durch einen lose bepflanzten Fichtenforst, auf einem deichartigen Wall. Vor mir in einiger Entfernung eine einzelne, wankende Gestalt. Ich hatte die Gruppe irgendwie verloren und musste sie wiederfinden, die Landschaft war mir sehr fremd, und ich wusste nicht, ob ich in die richtige Richtung unterwegs war. Zuerst war die Gestalt noch so weit weg, dass ich nicht sagen konnte, ob sie auf mich zu- oder von mir wegging. Sie kam aber immer näher, und irgendwann erkannte ich, dass ich sie von hinten einholte, weil sie sehr langsam war und beim Gehen ein Bein steif nachzog. Ich sah auch im Schotter entsprechende Spuren. Immer mehr Details wurden sichtbar: eine rhythmisch krampfende, weiße Hand an einem schlaff an der Schulter baumelnden Arm, unkontrolliertes Drehen und Zucken des Kopfes auf einem bläulich grau gefärbten Hals, verklebte, graue Haare auf einer schorfigen, von dunkelrotem Grind überzogenen Kopfhaut. Die Gestalt machte Geräusche wie jemand, der beim Weinen durch den Mund einatmet. Noch bevor ich sie von vorne sehen konnte, war mir klar, dass es sich bei ihr um einen Untoten handelte, den ich hier im Wald aufgespürt hatte. Ich hatte aber die Gruppe verloren, und es war niemand da, mit dem ich diese Begegnung teilen konnte. Sie konnte nicht gefilmt werden und somit auch nicht für unsere Produktion verwendet.

Irgendwann, als ich schon glaubte, den Verstand längst verloren zu haben, traten aus den dunklen Schemen des Rapsfelds vor der Windschutzscheibe einzelne Pflanzen deutlich erkennbar hervor. Ich sah nun auch wieder die Kuppeln der Igluzelte, und am Himmel darüber zog langsam das Blau des Morgens auf. Es war eine große Erleichterung für mich. Mit diesem ersten Licht, das den Sonnenaufgang ankündigte, begannen auch die Vögel um unser Nachtlager herum wild zu pfeifen. Es schien erstmal gar kein anderes Geräusch mehr zu geben. Als gehörte diese Stunde ganz ihnen und alles andere wäre einen Schritt zurückgetreten, um schweigend dem Tagesanbruch beizuwohnen. Weil auch die Scheiben nur elektrisch heruntergelassen werden konnten, öffnete ich die Tür einen Spalt und stellte ein Bein nach draußen ins taufeuchte Gras. Ein kühler Hauch wehte mir entgegen und machte mir erst deutlich, wie verbraucht die Luft im Auto bereits war. Ich fühlte mich, als wäre ich nach einer schweren Erschütterung hier abgelegt worden, um mich zu erholen. Wie die Gehirne der Footballspieler und Wrestler, über die sich

Maurice und Mirko unterhalten hatten, schien mir auch mein eigenes durch diese Erschütterung den Rückzug angetreten und den Dienst verweigert zu haben. Ich murmelte ein wenig vor mich hin, und es belustigte mich, dass es klang, als wäre ich besoffen.

Nur die laut pfeifenden Vögel und mein besoffenes Murmeln, für eine lange Zeit, bis dann tatsächlich die Sonne auftauchte und die ersten Reißverschlüsse an den Zelten aufgezogen wurden.

Bei Licht betrachtet sah der Innenraum von Christophs Mercedes reichlich verwüstet aus. Ich hatte mit meinen Schuhen braune Schlieren über die Windschutzscheibe und das Armaturenbrett verteilt. Die Klappe des Handschuhfachs hatte einen tiefen Riss und war nach innen eingedrückt. Die Polster und die Mittelkonsole waren ebenfalls dreckig beschmiert, und am Seitenfenster der Beifahrertür hatte ich mit meinen Händen und meinen Haaren viele fettige Flecke hinterlassen, durch die man nur noch unscharf nach draußen sehen konnte. Der ganze vordere Bereich sah aus, als hätte ein Kampf in ihm stattgefunden oder als hätten sehr schmutzige Menschen auf dem Beifahrersitz miteinander geschlafen.

Ich nahm meinen Rucksack von der Rückbank, stieg aus und versuchte, die Beifahrertür möglichst leise und beiläufig zu schließen, in der Hoffnung, dass niemand sehen würde, dass ich es war, der die Nacht dort im Auto verbracht und die Verwüstung angerichtet hatte. Außer mir waren da eh erst ein paar müde Gestalten aus den Zelten herausgekrochen, die für ihre Umwelt noch kaum Aufmerksamkeit aufbrachten.

Hubi stand an diesem Morgen schon sehr früh auf und stellte das Frühstück bereit. Es gab Reiswaffeln mit Marmelade und zwei große Thermoskannen Filterkaffee. Bald sah ich auch Sarah zwischen den Zelten hindurchgehen und die Leute auffordern, heute zügig abzubauen und einzupacken. Man wolle diesen Ort so bald wie möglich verlassen und sich auf den Weg machen.

Markus blieb bis zur Abfahrt in seinem Wohnmobil. Ich vermute, dass er sich dort sein Frühstück selbst bereitete.

Für mich gab es nichts zu tun, außer meine Reiswaffeln zu essen, Kaffee zu trinken und zu warten, bis die anderen aufgestanden waren und ihre Zelte abgebaut hatten. Ich war durch die Übermüdung so stumpf in meinem Kopf, dass ich auf die Szene schaute wie auf einen Film und mir dabei auch oft das räumliche Sehen abhandenkam. Ich streckte ein paar Mal meinen Arm aus, weil ich glaubte, eine Person oder ein Gegenstand aus einiger Entfernung wäre so nah, dass ich sie oder ihn berühren könnte. Beim Ausstrecken kribbelte es in den Fingerspitzen, wovon ich kichern musste. Ich stand so mit dem Arm ausgreifend und kichernd eine Weile herum, bis mir jemand mit der flachen Hand auf den Hinterkopf schlug und sagte: Reiß dich mal zusammen, Moritz. Ich vermute, dass es sich dabei um Christoph gehandelt hat. In dem Moment kam es mir aber vor wie eine Stimme aus dem Off, wie der große Erzähler unserer Geschichte oder eine göttliche Instanz, die allem seinen Lauf ließ und nur dann eingriff, wenn es ihr zu blöd wurde.

Ich stellte das Ausgreifen und Kichern also ein, schaute nur noch und sah vielleicht als einer der Ersten, dass auf dem Feldweg zwischen Rapsfeld und Entwässerungsgraben, den wir am Vorabend entlanggekommen waren, ein Streifenwagen langsam in unsere Richtung fuhr. Ich sah Christoph, der sich vor unserem Lager auf diesen Feldweg stellte, sah den Streifenwagen vor ihm anhalten und zwei Polizisten aussteigen, die sich dann ein paar Minuten mit Christoph unterhielten, auf die Fahrzeuge und Zelte deuteten und auf das Feld und hinter sich auf die Straße. Christoph sah ich nicken und seinerseits über die Schulter zu uns hindeuten, auf die Straße und mit seinem Unterarm und der flachen Hand vor sich eine kreisende Bewegung machen, wie Leute sie oft zur Untermalung beim Sprechen einbauen, wenn sie *und so weiter* sagen oder *schneller* oder *und nochmal und nochmal und nochmal.* Die Polizisten machten ernste Gesichter, zeigten vor sich auf den Boden, umkreisten die Szene hinter Christoph (die Wagenburg und die Zelte) mit einer Bewegung der Finger in der Luft, einer der beiden zeigte wieder hinter sich in Richtung der Straße, mit einer geraden Hand, die dann während des Zeigens an den Fingern im rechten Winkel einknickte, was ich als eine Wegbeschreibung interpretierte, bei der abgebogen werden sollte. Dann stiegen die Polizisten zurück in ihren Streifenwagen und fuhren mit einem hoch aufheulenden Getriebe rückwärts den Feldweg zurück zur Straße.

Ich stand da mit meinem müden Kopf einige Meter entfernt und dachte:

Dieses eine Mal noch nehmen sie niemanden mit.

Wir brachen auf und gingen weiter. Für eine lange Zeit wurde ich nicht mehr im Auto mitgenommen, sondern blieb unter den Gehenden. Hin und wieder wurde ich in Szenen eingesetzt, die wir an mittäglichen Treffpunkten drehten oder abends am Nachtlager. Dann schien alles wieder tagelang ohne mein Beisein und hinter meinem Rücken stattzufinden. Wenn ich die Dreharbeiten beobachtete oder in sie eingebunden war, wurde in den Szenen eigentlich nie wirklich gesprochen. Zumindest gab es keine richtigen Dialoge. Ich wurde nie aufgefordert, Text zu lernen, und habe auch nie jemanden dabei gesehen, wie er oder sie ihre Passagen übten. Ein paar Mal war ich mir nicht sicher, überhörte Gespräche, die mir so künstlich und herbeigeholt vorkamen, dass ich dachte: Das ist jetzt vielleicht ein Dialog aus dem Film, der nochmal durchgesprochen wird. Das kann eigentlich kein richtiges Gespräch sein. Dann aber erinnerte ich mich, dass ich oft auch in München oder anderswo, wenn ganz sicher keine Dreharbeiten in der Nähe stattgefunden haben, in der Agentur zum Beispiel oder auch auf der Straße, dieses Gefühl gehabt hatte und dass es also nichts bedeuten musste.

Wann in der Nähe der Gruppe mit einzelnen Teilnehmern gedreht wurde, ließ sich leicht ausmachen, indem man Christoph und Markus beobachtete, wohin sie sich bewegten und ob sie einzelne Personen aus der Gruppe herausgriffen und ihnen etwas abseits Instruktionen gaben. Wenn man ihnen folgte, verpasste man unter Umständen die Ausgabe des Essens an Hubis Transporter, konnte aber den Dreharbeiten beiwohnen. Es störte sich niemand weiter daran, wenn man als Beobachter anwesend war, solange man sich ruhig verhielt und im Hintergrund blieb. Ich war auch nicht der Einzige, der sich auf diese Weise ein Bild machte.

Ich sah, wie Hannah während der Mittagspause auf einer nahe gelegenen Autobahnbrücke dabei gefilmt wurde, wie sie Kunstblut mit einem Aspergill aus einem silbernen Weihwasserkessel heraus über die unter ihr durchfahrenden Fahrzeuge verteilte. Ich war zu weit entfernt, und das Rauschen der Autobahn war zu laut, aber ich meinte, sehen zu können, dass sich ihre Lippen bewegten. Vielleicht hat sie beim Besprengen der Autos einen Segen gesprochen.

Obwohl Hannah auch noch über diese Szene hinaus einen Verband am Unterarm trug, der mir vorher nicht an ihr aufgefallen war (das hätte dann auch sehr gut zu der Geschichte gepasst, die sie uns im *Café Porsche* erzählt hat), war ich mir relativ sicher, dass es sich bei dem Blut aus dem Weihwasserkessel um Kunstblut handeln musste und nicht um ihr eigenes. Der Kessel schien mir doch sehr gut gefüllt zu sein, und ich ging davon aus, dass man ihr eine solche Menge nicht ohne entsprechende Gerätschaften einfach so hätte abnehmen können. Unterhalb der Autobahnbrücke wurde gehupt. Soweit ich das erkennen konnte, gab es aber keine Unfälle.

Selbst auch vor der Kamera anwesend war ich bei einer Szene, in der Bianca in einem Wald zwischen den Bäumen lebendig begraben wurde. Ein paar von uns standen im Halbkreis um ein

Loch herum, in dem sie lag und sich auf eine nicht gerade überzeugende Art dagegen wehrte, dass sie von der Seite mit Erde zugeschaufelt wurde. Mir und den anderen war wieder so ein Umhang ausgeteilt worden, wie ich ihn schon beim Anzünden der Scheune getragen hatte. Als ich Christoph fragte, wo im Verlauf der Handlung die beiden Szenen einzuordnen seien, ob das Feuer vor der Lebendbestattung kam oder andersrum und ob ich dieselbe Person verkörperte, bekam ich keine Antwort.

Bianca wurde komplett mit Erde zugedeckt. Bevor sie sich wieder herauswühlte, gab es einen Moment irrsinniger Stille. Danach wurde ihr Make-up aufgetragen, und sie wurde ein zweites Mal vergraben, um dann entsprechend geschminkt nochmals vor der Kamera aus ihrem Grab wiederauferstehen zu können. Ich beneidete sie ein wenig um die Erfahrung und die Chance, das dann später auf der Leinwand sehen zu können, wie sie als Untote zurück an die Oberfläche kam, schöpfte aber gleichzeitig auch Hoffnung, dass mir oder meiner rätselhaften Figur mit dem Umhang etwas Ähnliches zustoßen könnte im weiteren Verlauf des Films. Auch war es interessant zu erfahren, dass sich unser Film also offensichtlich in seinem Handlungsverlauf des klassischen Zombiemotivs bediente.

Bianca wirkte nicht besonders glücklich darüber, dass sie für diese Szene zweimal unter die Erde gebracht wurde. Es schien ihr sehr unangenehm zu sein, und ich halte es durchaus für möglich, dass sie gerade deshalb von Christoph ausgewählt wurde, der mit fortschreitender Zeit doch deutlich spürbar die Geduld mit unseren individuellen Befindlichkeiten verlor. Es war ihm vielleicht nicht klar gewesen, als er sich die ganze Sache ausgedacht hatte, dass er mit diesen Sitzungen und der Aufforderung, so weit wie möglich in das jeweils eigene Innerste vorzudringen, eine Stimmung schaffen würde, in der die Leute eben gerade nicht zur Aktion tendierten, sondern zum Beobachten, zum Erzählen, zur Weinerlichkeit auch und zur Selbstversenkung, generell zum

Nachdenken und Hinterfragen auch der kleinsten Kleinigkeiten, sodass es fast schon ein Wunder war, dass wir täglich zusammen liefen und drehten, was ja nicht nur entbehrungsreich gewesen ist, sondern auch sehr anstrengend. Genial war in diesem Zusammenhang sicherlich Christophs Einfall, uns auf unseren Füßen durch Deutschland gehen zu lassen, weil dabei eben für jeden reichlich Zeit blieb, sich Gedanken zu machen, in sich hineinzuhorchen und sich mit dem zu beschäftigen, was dort gerade aufgespreizt auf dem Seziertisch lag. Manche sprachen beim Gehen und erzählten von ihren aktuellen Entdeckungen, ohne dabei wirklich einen Gesprächspartner neben sich zu haben oder überhaupt nur jemanden in ausreichender Nähe, der vielleicht nicht hinhörte, aber theoretisch hätte hinhören können. Für mich stellte sich die Sache insofern schwierig dar, als es in mir nichts weiter zu entdecken gab. Ich hätte das schon gerne gewollt und behielt die Tatsache auch erstmal für mich, die Wahrheit aber war, dass in mir außer dem Wunsch, in der Produktion eine gute Figur abzugeben, vielleicht doch noch einen grausamen Tod vor der Kamera zu sterben und Katja dabei möglichst nahezukommen, nur ein rauschendes Nichts war, das rauschte wie die Muschel am Ohr, in der ja auch kein Meer ist, sondern nur in sich selbst verschlungene Dunkelheit.

Gerade weil mir eben in dieser Zeit eine gewisse Ungeduld mit unseren Befindlichkeiten bei Christoph aufgefallen ist, bin ich mir nicht sicher, ob der Faustkampf, den er gemeinsam mit dem, der sich James nannte, vor laufender Kamera und der Kulisse einer im Morgennebel versinkenden Landschaft ausgetragen hat, Teil des Drehbuchs gewesen ist oder eher eine Art spontan improvisierter Zurschaustellung des eigenen Anspruchs, des Investiertseins und des Willens zur Grenzüberschreitung. Sie hatten lange genug gewartet, um sichergehen zu können, dass alle aufgestanden waren, sich ihren Kaffee an Hubis Transporter geholt hatten und sich aufstellen konnten als Publikum, bevor Markus die Kamera auf die Schulter hob und die beiden anfingen, sich ihre Fäuste ins Gesicht zu schlagen. Es war offensichtlich kein Faustkampf, bei dem versucht wurde, den Schlägen des anderen möglichst auszuweichen. Und es schien auch von Anfang an klar, dass es nicht darum ging, nach einer gewissen Zeit einen Sieger zu ermitteln. Wie sie sich bewegten und wann sie ihre Schläge setzten, hatte nichts Taktisches. Sie wechselten sich ab. Mit ernsten Gesichtern und ohne Deckung erwarteten sie den Schlag des anderen, ließen sich treffen, schlugen selbst. Es schien auch so, als würden sie gezielt auf die Stellen im Gesicht schlagen, an denen die Schläge die sichtbarsten Spuren hinterließen. Sie schlugen sich auf die Lippen, auf die Nasen und die Augenbrauen. Dem, der sich James nannte, riss zuerst die linke Augenbraue auf und blutete so stark, dass er sich immer wieder das darunterliegende Auge freiwischen musste. Christoph platzte die Oberlippe und schwoll zu einer dicken Wulst auf. Er musste regelmäßig Blut ausspucken, das sich in seinem Mund sammelte, konnte es aber durch die Schwellung und den Riss in der Oberlippe nur nach unten abtropfen lassen. Der, der sich James nannte, schnitt sich bei einem der Schläge die Knöchel seiner Faust an Christophs Schneidezähnen auf und verteilte das Blut aus diesem Schnitt mit jedem weiteren Schlag in Christophs Gesicht. Nach einem Volltreffer auf die Nase dessen, der sich James nannte, taumelte der ein paar Schritte zurück und knickte in den Knien ein. Für einige Sekunden hatte er Schwierigkeiten, das Gleichgewicht zu halten, wie jemand, der auf einem Bein steht. Seine Nase machte von da an ein schnarrendes Geräusch, wenn er Luft durch sie einsog. Das frische Blut der beiden Faustkämpfer hatte vor dem Grau des Morgennebels eine sehr intensive Farbe. So, wie das aussah, musste sich Markus sicher freuen. In der Luft lag ein angenehm unverbrauchter Geruch, und das Klatschen der Fäuste auf den Gesichtern war wie ein ganz natürliches morgendliches Geräusch, wie das Ausklopfen eines Teppichs auf einem Balkon oder das Ausschütteln von Bettwäsche oder das Röcheln einer Kaffeemaschine oder das Klopfen der Absätze von Leuten, die unterm Fenster entlang zur nächsten Haltestelle gehen, um zur Arbeit zu fahren.

Christoph und der, der sich James nannte, gingen nach einer Weile auseinander, ohne noch etwas zu uns zu sagen. Christoph nutzte unsere sehr konzentrierte Aufmerksamkeit nicht mehr für eine Ansprache aus. Er hatte dem, was uns gerade vorgeführt worden war, anscheinend nichts mehr hinzuzufügen. Sarah brachte eine Küchenrolle, von der sich Christoph und der, der sich James nannte, lange Bahnen abrissen und gegen ihre Gesichter pressten. Die Schwellungen und Veilchen und verkrusteten Risse waren tagelang noch deutlich sichtbar. Ich fand es interessant, an den beiden die verschiedenen Stadien des Heilungsprozesses zu beobachten.

An einem anderen Ort hatte der Chinese beim mittäglichen Beinevertreten (er hatte wohl den ganzen Vormittag im Auto gesessen, während wir anderen wanderten oder mit Dreharbeiten beschäftigt waren) einen sterbenden Vogel auf einem Waldweg gefunden und war daraufhin zu uns zurückgekommen, um Markus und Hannah aufzufordern, ihm entsprechend ausgerüstet zu folgen. Weil ich wie immer während der Mittagspausen Markus und Christoph beobachtet hatte, bekam ich ihren Aufbruch mit und schloss mich an, was auch in diesem Fall niemanden störte. Der Chinese führte uns den Waldweg entlang zu dem sterbenden Vogel (es handelte sich um eine Amsel, die seltsam verdreht mit zuckenden Flügeln auf dem Rücken lag), wies Markus an, das Tier aus der Nähe zu filmen (was der nach ein paar Einstellungen an seiner Kamera auch machte – er kniete sich auf eine sehr vorsichtige Art vor dem Vogel auf den Weg), um ihm dann vor laufender Kamera mit großer Wucht auf den Kopf zu treten. Das Geräusch, das dabei entstand, war tatsächlich nur das eines Wanderschuhs, der mit Wucht auf einen Waldweg aufgestampft wird. Dass sich dazwischen noch der Kopf des sterbenden Vogels befunden hatte, war zumindest nicht zu hören gewesen.

Der Chinese ließ sich von Hannah etwas Kunstblut in den Mund geben, das er sich über das Kinn auf die Brust sabberte, und hob sich dann den Vogelkörper, dessen zertretener Kopf auf dem Waldweg zurückblieb, so vors Gesicht, dass es aussah, als hätte er gerade oben von dem Vogel abgebissen. Zur Verdeutlichung machte der Chinese mahlende Bewegungen mit dem Kiefer, versenkte seinen eigenen Kopf zwischen den Schultern und ließ die Augen hin und her wandern, was mich gleich an Kröchi erinnerte, als der am Morgen auf Mikes Bauernhof in sein Sandwich gebissen hatte, auf die gleiche Art, wie ich mir Lasse mit seiner Steaksemmel auf der Jubiläumsfeier der Familie Fröding in Ann-Sophies Geschichte vorgestellt hatte.

Mir war bis dahin nicht klar gewesen, dass man auch auf eigene Initiative Szenen in den Drehtag einbringen konnte. Und ich weiß nicht, ob ich diese Meinung vielleicht schon vorher gehabt hatte, aber als ich dem Chinesen dabei zuschaute, wie er dem Vogel erst auf den Kopf trat und ihn sich dann vors Gesicht hielt (wobei sich der Verband an seiner Hand vom Kunstblut und dem Blut der Amsel rot einfärbte), wurde mir klar, dass es sich bei ihm um einen überaus unsympathischen Streber handelte.

In der folgenden Nacht, die ich bei Manuel und Bianca im Zelt verbrachte (bei den Paaren im Zelt zu übernachten war mir die am wenigsten angenehme Variante, obwohl sie meistens sehr großzügig zusammenrückten und Platz machten und ich höchstens ein paar dezent schmatzende Gutenachtküsse hörte, wenn wir die Taschenlampen ausschalteten, und man mir nie das Gefühl vermittelte, eine Intimsituation zu stören oder durch meine ungewaschene Anwesenheit den Schlaf der anderen zu gefährden), wurde plötzlich der Zelteingang von außen aufgerissen, Schreie und ein sehr helles Licht brachen oder stürzten zu uns herein, wir wurden geblendet und konnten nichts erkennen. Später hörte ich, dass sie ein paar der Zelte der anderen auch umgeschmissen haben, noch während die Leute darin lagen und schliefen. Es wurden Aufnahmen gemacht. Wir sollten wohl denken, dass man gekommen war, um uns zu holen, oder dass wir gerade eine Nahtoderfahrung machten, ohne zu wissen, was genau unser Leben bedrohte. Auf den Aufnahmen, dachte ich mir, wäre dann aber nur unser Erschrecken beim Aufwachen zu sehen und wie wir unsere Gesichter gegen das grelle Licht mit den Händen abschirmten.

Die mit Abstand schönste Station auf unserem Weg erreichten wir an einem frühen Nachmittag nach langem Wandern, als wir uns von der baden-württembergischen Landesgrenze immer weiter entfernt hatten und nach Franken vorgedrungen waren, was deutlich an den Dialekten der wenigen Menschen zu hören war, mit denen wir in Kontakt und ins Gespräch kamen (diese wenigen Menschen waren überwiegend – soweit ich das beurteilen konnte – sehr nette, hilfsbereite Leute, die unser Auftauchen eher belustigte als verschreckte). Wir durchwanderten eine Gegend, die von den Kartenträgern verwirrenderweise abwechselnd als Keuper-Lias-Land, Frankenhöhe und Steigerwald bezeichnet wurde, was in mir den Verdacht aufkommen ließ, dass sie sich an historischem Kartenmaterial orientierten, aus dem die gegenwärtige Besiedlung und Wegführung nicht herauszulesen waren. Ich hatte aber auch nicht den Eindruck, dass wir uns besonders häufig verliefen. Mit den vorausfahrenden Fahrzeugen waren wir über Funk und Handy verbunden, und es gab schließlich auch die Onlinekarten auf den Smartphones, deren Akkus allerdings selten ausreichend aufgeladen waren, um uns einen Tag lang durch die Wälder zu navigieren. Die Landschaft war von sanften Hügeln durchzogen, es wurde Wein angebaut, und es schien in einem sehr weiten Umkreis keine richtige Stadt zu geben.

Das letzte Stück wurden wir per Funk gelotst, die Vordersten beschrieben beständig, was sie sahen, was um sie herum als Wegmarkierung oder Orientierungspunkt dienen könnte, und erhielten von der anderen Seite ähnliche Beschreibungen, aus dem Gedächtnis oder von Aufzeichnungen, die beim Erkunden der Gegend und Finden des Treffpunkts gemacht worden waren. Sarah kam uns auch noch ein Stück entgegen, allerdings erst, als wir schon fast da waren und diesen letzten Rest des Weges auch selbst gefunden hätten. Wahrscheinlich war sie etwas stolz darauf, dass man einen so guten Ort für uns aufgetan hatte, und wollte beim Einzug der Gruppe vorneweg gehen, wie eine Gastgeberin, unsere Zeremonienmeisterin oder Tambourmajorin, obwohl das ja überhaupt nicht ihrem Wesen entsprach. Möglich ist auch, dass sie ganz einfach von Christoph angewiesen worden war und sich selber gar nichts von diesem Augenblick versprach. Jedenfalls führte sie uns sozusagen über die Schwelle, die ein aufgebrochenes Eisentor gewesen ist, auf das Grundstück einer Industrieruine – ein weiter Hof, auf dem die Fahrzeuge geparkt waren, zwei niedrige Produktionshallen mit eingeschmissenen Fenstern, verwitterte Holztore, Scherben, zertretene Möbel, verkohltes Holz, Metallschrott, umgestürzte Eisentonnen, junge Birken und Essigbäume und Löwenzahn in den Regenrinnen und Ritzen und Mauerspalten und ein hoch aufragender Schornstein, an dem seitlich rostige Metallsprossen vom Boden bis oben an die Öffnung hinaufführten und wo sich gerade eine kleine Menschentraube versammelt hatte, Markus mit seiner Kamera unter ihnen, und ganz offensichtlich eine Szene vorbereitet wurde. Was hier einmal produziert worden war und zu welcher Zeit, konnte ich aus den Resten nicht mehr herauslesen. Beim Betreten des Grundstücks fand ich gleich, dass der Ort etwas wunderbar Abgeschlossenes hatte. Irgendeine Dorfjugend kam hier sicher regelmäßig an den Wochenenden mit Bierkästen und Spraydosen vorbei. Für den Moment aber hatten wir den Laden übernommen, und bis wir weiterzogen, war er unser Labor und Studio, ein Ort wie das *Café Porsche* in Ulm, mit einer klaren Grenze zum Außen, nur für uns.

Die Szene, die bei unserer Ankunft bereits vorbereitet wurde, sah vor, dass Jonas die rostigen Sprossen am Schornstein hochsteigen sollte, alleine und ohne Sicherung hoch bis zum Rand, wobei ich bald schon den Verdacht hatte, dass es sich nicht wirklich um eine Szene für den Film handelte (obwohl Markus die ganze Zeit über die Kamera laufen ließ), sondern um eine Prüfung. Es wurde eine Weile darüber debattiert, ob man rings um den Schornstein ein Feuer legen sollte, das Jonas den Rückweg abschneiden würde, dann aber kam jemand auf die Idee, dass es vielleicht noch besser aussehen könnte, wenn sich wieder ein paar Leute diese Umhänge umlegen würden und sich am Ende der Leiter aufstellen. Man könnte auch etwas rufen oder einen unheimlichen Gesang anstimmen. Es würde so aussehen, als wäre Jonas auf der Flucht vor den Bemäntelten keine andere Wahl geblieben, als diese Sprossen hochzusteigen, und natürlich bliebe ihm dann, oben angekommen, auch keine andere Option mehr, als sich in die Dunkelheit des Schornsteins zu stürzen, um sich das Leben wenigstens noch selbst zu nehmen. Jonas wurde mit einer kleinen GoPro-Kamera ausgestattet, mit der er den Weg und sein Festsitzen dort oben aus der Perspektive des Flüchtenden filmen sollte. Wenn es geht, sagte Markus, dann auch möglichst tief in den Schornstein reinfilmen, als würdest du da wirklich runterspringen.

Etwas oberhalb des ersten Drittels, auf einer Höhe, ab der im Fall eines Absturzes mit lebensgefährlichen Verletzungen durchaus gerechnet werden musste, krampfte sich Jonas in die Sprossen, fing zu schreien und zu weinen an und bewegte sich kein Stück mehr, weder weiter hoch noch zurück nach unten. Die Bemäntelten hatten unten einen chorischen Gesang angestimmt, den sie noch eine Weile weitersangen, bis man ihnen irgendwann auf die Schultern klopfte und sie bat aufzuhören. Wieder wurde diskutiert. Diesmal darüber, wie Jonas nun von dort oben wieder heruntergeholt werden könnte. Jemand brachte noch einmal die Idee des Feuers ins Spiel, fand dafür aber keine mehrheitliche Unterstützung. Christoph hatte die ganze Sache von Anfang an aus einiger Distanz betrachtet und überhaupt nichts dazu gesagt. Ich war nah genug an den Kreis der Diskutierenden herangetreten, um ihre Gespräche mithören zu können, hatte mich aber nicht selbst mit einer Meinung eingebracht. Ich schaute hoch zu Jonas und sah, was mir in dem Moment wie ein wirkliches Wunder vorkam, obwohl es ja an sich eine sehr normale Sache gewesen ist, wie sich aus seinem Gesicht eine einzelne Träne löste und zwischen seinen Beinen hindurchfiel, wie sich in dieser Träne einmal kurz das Sonnenlicht in einem sternförmigen Reflex spiegelte und wie sie dann ein paar Zentimeter vor den Füßen der Diskutierenden auf dem Boden aufschlug, zerplatzte und zu einem kleinen, dunkelgrauen Fleck wurde. Die anderen haben davon sicherlich nichts mitbekommen. Ich empfand die Tatsache, dass ich als Einziger diese Träne und ihren Fall bemerkt hatte, als Belohnung dafür, dass ich mich herausgehalten hatte und nicht an den Gesprächen beteiligt, die in dem Moment über Jonas und die möglichen Wege, ihn auf den Boden zurückzuholen, geführt wurden. Irgendwann schob sich Katja zwischen den Diskutierenden hindurch und stieg an den Sprossen hoch zu Jonas, wo sie ihn so lange auf eine beruhigende Art berührte und auf ihn einsprach, bis er sichtbar weicher wurde in allen Gliedern und mit ihr langsam wieder hinabsteigen konnte. Jonas' Bewegungen waren sehr zittrig, zweimal fand er die Sprosse nicht mit seinem Fuß, der dann über Katjas Kopf kreiste, bis sie ihn an der Ferse nahm und dorthin führte, wo es einen festen Stand gab. Er hätte sie bestimmt mitgerissen, wenn er gefallen wäre.

Markus hatte seit einiger Zeit aufgehört zu filmen. Die Rettungsaktion schien ihm den Platz auf seinen Speicherkarten nicht wirklich wert zu sein. Christoph sah ich sich abwenden mit einem sehr enttäuschten Ausdruck im Gesicht und in seinem Wohnanhänger verschwinden. Der Rest von uns gab sich im Verlauf des Nachmittags und des folgenden Abends Mühe, Jonas, so gut es ging, zu ignorieren. Es sollte ihm kein Vorwurf gemacht werden, aber es war natürlich auch klar, dass er diese Prüfung, sofern es denn wirklich eine Prüfung gewesen ist, nicht bestanden hatte. Und zumindest aus meiner Sicht war damit seine generelle Eignung für die Arbeit am Schrecklichen Grauen ernsthaft in Frage gestellt.

Bis Sonnenuntergang hätten wir sicher noch ein gutes Stück laufen können. Es war recht früh am Nachmittag, unsere Beine waren vom Wandern kräftig geworden und an die tägliche Belastung gewöhnt. Trotzdem wurde entschieden, auf dem Hof der Industrieruine das Lager für die Nacht aufzuschlagen, womit, soweit ich das überblicken konnte, alle einverstanden waren. Es war ein guter Ort für uns, einer, an dem wir vielleicht dem Gemeinschaftsgefühl nachspüren konnten, das während der Wanderungen, seit dem Aufbruch aus Ulm, doch sehr stark ausgefranst und zerfasert war. Die Betonplatten des Fabrikhofs waren sicher kein idealer Untergrund für die Zelte, aber es war eine Freude mitanzusehen, wie alle gemeinsam Platz schafften, mit improvisierten Besen die Scherben beiseitekehrten, gröbere Trümmer an den Rand schleppten und an zentraler Stelle eine Feuerstelle errichteten, um die herum man die wenigen noch zum Sitzen brauchbaren Möbel aufstellte (unter anderem eine herausgerissene Kloschüssel, auf die ein Regalboden als Sitzfläche gelegt wurde).

Es ergab sich etwas freie Zeit, in der Ausrüstung gewartet, Kleidung ausgelüftet und Campinggeschirr gereinigt werden konnte. Auch war es möglich, ein Buch zu lesen oder sich um die eigene Erscheinung zu kümmern. Elektrische Rasierapparate summten wie Hummeln an verschiedenen Orten auf dem Hof (es gab auch richtige Hummeln, deren Geräusche tatsächlich denen der Rasierapparate nicht unähnlich waren), Trockenshampoo wurde auf Haare aufgestreut und einmassiert, Zähne geputzt, Füße eingecremt, Schuhdeo in Wanderschuhe gesprüht und Unterwäsche in Plastikschüsseln mit Seife gewaschen. Es gab zwei verschiedene Lager, in die man uns sehr einfach einteilen konnte: diejenigen, die mit jedem Tag deutlich sichtbarer verwahrlosten (diesem Lager war ich zuzuordnen), und die, die die ganze Zeit über ihre Körperhygiene hochhielten und selbst als die Tage des Schrecklichen Grauens weiter voranschritten und mit diesem Voranschreiten graduell immer fürchterlicher wurden, in ihrem Auftreten eine Haltung bewahrten, die ihnen sehr wahrscheinlich auch ein Halt gewesen ist. Ungleich leichter hatten es dabei natürlich die Fahrer der Fahrzeuge und die Bewohner der mobilen Wohneinheiten. Ich glaube, Markus hatte sogar ein kleines Badezimmer in seinem Wohnmobil, das er aber mit niemandem teilte.

Für mich hatte diese freie Zeit, sobald sie aufkam, sofort auch etwas Bedrohliches. Weil jede Spur, die ich in dieser freien Zeit hätte aufnehmen können, zu mir selbst zurückzuführen schien, wobei sich ein ähnliches Gefühl einstellte wie damals, als ich noch in der Agentur arbeitete und zum Feierabend aus dem Fahrstuhl heraus auf den Hof trat.

Dass ich keinen festen Schlafplatz hatte, blieb weiterhin problematisch. Ich fragte mich durch, wenn die einzige Option war, bei jemandem im Zelt zu schlafen, und freute mich jedes Mal, wenn wir irgendwo über Nacht blieben, wo es einen Jägerstand, einen Verschlag oder eben eine alte Industrieruine gab, weil ich dann meine Isomatte und meinen Schlafsack dort ausrollen konnte und bei niemandem vorher um Erlaubnis bitten musste. Ich versuchte, nirgendwo die Gastfreundschaft zu lange auszunutzen oder mein Willkommensein zu überanspruchen, weshalb ich nie mehr als zwei Nächte in Folge bei derselben Person im Zelt übernachtete. Und ich entwickelte eine ungeahnte Toleranz gegenüber Kriechtieren, Spinnen, Schnecken, schnuppernden Geräuschen, dunklen Ecken, seltsamen Gerüchen und allen Arten von Oberflächen. Ich schlief in der Erwartung, gefunden, gebissen, gefressen, angepisst, überspült oder einfach nur vergessen zu werden, inzwischen sehr zuverlässig ein, träumte einen phantastischen Brei unterschiedlichster Szenarien, die wahrscheinlich, stünden sie als Text in einem Buch, als magischer Realismus bezeichnet würden.

Die Aussicht, an dem Abend auf dem Hof der Industrieruine nicht mehr herumgehen und einzelne Leute anhauen zu müssen, ob sie mich neben sich schlafen lassen würden (inzwischen kamen hierfür auch nur noch die Vertreter des Lagers der zunehmend Verwahrlosenden in Frage, weil die Diskrepanz zu den sauberen anderen, gerade was den Geruch unserer Körper anging, zu groß geworden war), stimmte mich fröhlich. Mehr noch, als die Entdeckung gemacht wurde, dass hinter den Produktionshallen ein schmaler Trampelpfad durch einen völlig überwucherten, dickichthaften Garten hindurch zu einem verlassenen Wohnhaus führte. Das Haupthaus, dachte ich gleich, die ehemalige Villa des Fabrikbesitzers, wo in einer anderen Zeit die Familie abends am Esstisch zusammengesessen hatte, von wo aus der Fabrikbesitzer über den Rasen zu den Produktionshallen hatte laufen können und wo irgendwann auch der Entschluss gefasst worden war, beim Öffnen des letzten Briefes der Bank, dass der Betrieb eingestellt und die Mitarbeiter entlassen werden mussten.

Die Sonne war im Untergang begriffen und die Ruinen in entsprechendes Untergangslicht getaucht, was sehr malerisch aussah und verschiedene Leute dazu animierte, mit ihren Handys

Fotos zu machen. Alle wollten die ehemalige Fabrikantenvilla besichtigen, wir gingen hintereinanderher auf dem schmalen Trampelpfad durch den überwucherten Garten und schafften dabei gleich auch die wesentlichen Ausrüstungsgegenstände mit, um noch ein paar spontane Szenen drehen zu können. Erstmals kamen zwei Scheinwerfer auf Stativen zum Einsatz, die von einem kleinen Generator mit Strom versorgt wurden.

Das Haus war innen schon völlig heruntergekommen und von Generationen verschiedener Verfallstouristen in ein Stadium der Zerstörtheit versetzt worden, das kaum mehr Zeugnis ablegte von seiner Zeit als Behausung und Lebensraum. Und doch war das Menschliche, der Atem des dort einstmals gelebten Lebens, noch nicht vollständig ausgehaucht. Im Treppenhaus, im großen Salon im Erdgeschoss und in verschiedenen anderen Zimmern hatte sich die Tapete in ganzen Bahnen von der Wand abgelöst oder war mit Tags und unbeholfenen Graffiti besprüht worden (die meisten Schriftzüge wirkten wie erste Gehversuche, sie waren nicht ganz ausgearbeitet, und es sah so aus, als wäre den Sprayern die Geduld ausgegangen oder als hätten sie bemerkt, dass es schwieriger war, als sie es sich gedacht hatten). Quer über ein sehr schönes Buntglasfenster, das noch nicht eingeschmissen war, hatte jemand die Worte *you are everything and everything is you* gesprüht, durch die jetzt das Licht der Abendsonne fiel und die mir in dem Moment zwar bekannt vorkamen, ich aber nicht mehr sagen konnte, woher.

Die Möbel waren alle zerbrochen oder weggeschafft, die Lampen hatte man abgenommen und sogar die Anschlussdrähte herausgerissen (man konnte die aufgerissenen Kanäle sehen, die von den Lichtschaltern die Wand und die Decke entlang bis zu den Haken verliefen), im Treppenhaus war das Geländer herausgesägt worden, an den Türen fehlten die Klinken und an den Waschbecken die Armaturen. Die Zimmerdecken waren von einem Netz aus Rissen durchzogen, der Putz und die Farbe fielen in großen Placken ab und zersprangen auf dem stumpfen Holzboden, der von einer dicken Staubschicht, Kot und Taubenfedern bedeckt war. Überall lagen Sprühdosen und leere Flaschen. Es hatte mehrfach durch die zerbrochenen Fenster geregnet, an den Wänden hatten sich schwarze Schimmelflecken ausgebreitet, und das Parkett war in mehreren Wellen dünenartig aufgeworfen. In den kleineren Nebenzimmern schwebte der scharfe Ammoniakgeruch des Urins der vielen Betrunkenen, die hier betrunken in die Ecken gepisst hatten, in einem der oberen Räume lagen ein aufgerissener Lederkoffer, aus dem Kleider herausquollen, und einzelne Schuhe über den Boden verteilt. Wir fanden verschiedene Aktenordner, die teilweise noch Rechnungen und Aufstellungen enthielten, es war aber auch hieraus nicht klar ersichtlich, um was für eine Art Betrieb es sich gehandelt hatte. Die meisten Papiere waren herausgerissen und angezündet worden und lagen entweder halbverkohlt am Fußboden oder stoben als aschene Flocken zwischen den Schuhen auf.

Für uns und für das Schreckliche Grauen war dieses Haus ein wundervoller Ort.

Wir drehten, den ganzen Abend bis in die Nacht, niemand fragte nach der Zeit, und alle waren dabei. Es kann eigentlich gar nicht sein, dass bei allen Szenen die Kamera anwesend war. Es passierte so viel gleichzeitig. Aber es war auch gar nicht unbedingt notwendig, dass alles auch wirklich im Film Verwendung fand. Viel wichtiger war, dass dieses Haus für uns (wie der Wald für die Idioten von Lars von Trier, dachte ich) ein Raum war, in dem niemand in seiner außerfilmischen Existenz verbleiben musste. Es gab ein kollektives Aufgehen in der Produktion wie noch zu keinem Zeitpunkt zuvor. Es wurde gekrochen, geschrien und geschlurft, im Erdgeschoss wurde von innen gegen die heruntergelassenen Rollläden geschlagen, was von außen sicher so aussah (falls Markus dort gestanden und gefilmt hat), als wäre das Böse im Innern der Fabrikantenvilla erwacht und drängte nun auf seinen Ausbruch. Ich sah, wie Ann-Sophie tretend und schreiend von drei Leuten hochgehoben und in den Keller getragen wurde (und erinnerte mich an den Maler aus dem Film *L'aldilá*), die schlechten Graffiti an den Wänden wurden mit Kunstblut bespritzt, Leute gingen mit offenen Bäuchen herum und hielten ihre hervorquellenden Organe in den Händen, in einem sonst völlig abgedunkelten Zimmer stand eine Gruppe um einen Fackelträger herum und sang den chorischen Gesang, den sie auch schon am Schornstein angestimmt hatten, und sobald wir irgendetwas im Haus fanden, was noch nicht eingeworfen, zertreten oder gegen eine Wand geschlagen worden war, warfen wir es ein, zertraten es oder schlugen es gegen eine Wand (ich selbst warf ein herausgerissenes Waschbecken durch das Buntglasfenster mit dem Schriftzug, was sich wirklich phantastisch anfühlte). Christoph war bei alldem immer irgendwo unter uns und dabei und so weit zurückgetreten aus seiner Führerrolle, dass er ganz mit der Gruppe verschmelzen konnte und als einzelnes Ego gemeinsam mit all den anderen einzelnen Egos in der fröhlichen Zerstörung unterging.

Es ergab sich auch, dass ein paar von uns sich auszogen und nackt durch die Räume der Fabrikantenvilla liefen, zwischen der Zerstörung und dem Schreien und Singen und Sterben der anderen hindurch. Eine kleine Gruppe um Katja hatte damit angefangen, ich war in ihrer Nähe, erkannte das als Chance und zog mich ebenfalls aus. Mir war nicht klar, was genau das mit dem Film zu tun haben sollte, aber ich vertraute darauf, dass Katja wusste, was sie tat, und dass so ein Film ja ohnehin erst im Schnitt eine sinnvolle Form erhielt. Und obwohl alles von allen, vor allem natürlich alles von Katja sichtbar gewesen ist und das die natürlichste und beiläufigste Gelegenheit gewesen wäre, es sich anzusehen, traute ich mich nicht, wirklich hinzuschauen. Markus war dabei mit der Kamera. Wir gingen durch die Räume. Es wurde auch getanzt zu unhörbarer Musik. Ein paar von uns schnitten sich die Fußsohlen an den Glasscherben auf, aber keiner beklagte sich. Mir wurde mein eigenes Nacktsein schnell unangenehm. Ich schämte mich. Ich brach mittendrin ab und zog mich wieder an. Keine Ahnung, ob ich dadurch einen Anschlussfehler verursacht habe.

Diese Nacht verbrachte ich auf dem Dachboden der Fabrikantenvilla. Es standen dort noch ein paar eingestaubte Einrichtungsgegenstände – das Messinggestell eines Bettes mit einer vergammelten, dunkelgrauen Matratze, der lange Teil eines Ecksofas, dem aus aufgeschlitzten Polstern gelber Schaumstoff quoll, ein kleiner Fernseher mit eingeschlagener Bildröhre, ein verbogener Wäscheständer, aufgebrochene Kisten ohne Inhalt und ein paar zusammengeschnürte Pakete vergilbter Zeitungen aus den späten Achtzigern. Im ganzen Haus lag noch unser gerade vergangenes Fest, die Ausgelassenheit, das Vertrauen in die Sache, der außergewöhnliche Moment des Teambuildings als Nachklang in der Luft. Wir hatten den Staub aufgewirbelt, das war beim Einatmen deutlich zu spüren. Und auch wenn er sich wieder legen würde, zurücksinken auf den leblosen Rest des Hauses, würde er doch auf eine ganz andere Art dort zum Liegen kommen als vorher. Es war nicht zu leugnen, dass wir unterwegs waren in der Welt und dass wir in ihr unsere Spuren hinterließen.

Die anderen waren beschwingt abgezogen zum Nachtlager im Innenhof der Fabrik, und ich war zurückgeblieben, zusammen mit Jonas, der nicht mit den anderen mitgehen wollte, sich nach seiner misslungenen Schornsteinszene noch nicht völlig rehabilitiert hatte, auch bei mir nicht, aber eine Taschenlampe besaß, mit der sich der Weg durch den tanzenden Staub auf den Dachboden leuchten ließ.

Ich rollte meinen Schlafsack auf der alten Matratze aus, und Jonas nahm das Couchteil. Die Luft unterm Dach war stickig, also stießen wir ein kleines Dachfenster auf, das sich davon aus seiner rostigen Verankerung löste und runter in den Garten stürzte, wo es ohne Geräusch aufkam. Die Nacht war klar und sehr schön. Meine Matratze roch schimmlig und nach feuchten Lappen, die monatelang unter einem Spülbecken vergessen worden waren, obwohl sie ganz trocken war. Wenn ich mit der flachen Hand auf den Stoff schlug, stob eine Wolke auf und rieselte langsam zu Boden. Man konnte ein Geräusch hören, wenn der Dreck aus der Matratze den Boden erreichte. Es hörte sich an wie ein Glas Wasser, in dem man eine Kopfschmerztablette auflöste (vielleicht kam das Geräusch auch von großen Ungeziefermengen im Innern der Matratze, die durch mein Schlagen in Aufregung versetzt wurden).

Jonas drehte sich unruhig auf seinem Couchteil herum, er hatte die Taschenlampe noch nicht ausgeschaltet und leuchtete immer wieder hoch zu den Balken und den Unterseiten der Dachziegel, wo Spinnweben dicht und staubig in den Ecken hingen, wie kleine weiße seidene Segel. Ich lag auf dem Rücken und betrachtete meine langen, gelblichen Fingernägel, während über mir immer wieder der Lichtkegel der Taschenlampe entlangwanderte. Ich kratzte mich auch in dem Bart, der mir inzwischen gewachsen war, war amüsiert von dem Geräusch, das dadurch entstand, und von der Vorstellung, so, wie ich dort in der Fabrikantenvilla auf der schimmligen Matratze einschlafen würde, am nächsten Tag aufzustehen und in die Schwabinger Agentur zur Arbeit zu gehen. Ich würde sehr laut mitjohlen, wenn die Chefs den *Dirty Friday* ausriefen. So lange, bis die anderen verstummen würden, weil sie sich für mich schämten.

Jonas sagte, ein Ort wie dieser Dachboden sei der ideale Lebensraum für die Lederzeckengattung *Argas reflexus*, die sogenannten Taubenzecke, die sich in unseren Breitengraden auf ein Leben in Altbauten und leerstehenden Häusern spezialisiert habe und monatelang ohne Nahrung und Zuspruch in Dachbalken und Dielenritzen ausharren und auf einen passenden

Wirt warten könne. Natürlich würden die Taubenzecken ihrem Namen entsprechend Tauben bevorzugen, wenn sie allerdings sehr hungrig werden, sagte Jonas, befallen sie auch Menschen und übertragen dabei nochmal einen ganz anderen Strauß an Krankheiten als zum Beispiel der Gemeine Holzbock im Wald. Ich fuhr mit meinen Fingernägeln langsam über den Stoff des Schlafsacks, was mir einen angenehmen Schauder verursachte, während Jonas erzählte, dass die Taubenzecken im Verdacht stünden, den Erreger des Q-Fiebers zu übertragen, einer Infektionserkrankung, die neben Fieber, Durchfall, Erbrechen, Schüttelfrost, Verwirrtheit, Atemnot, Lebervergrößerung und Herzbeutelentzündung durchaus auch zum Tod führen könne, zumindest, wenn sie unbehandelt bleibe, was in einer solchen Situation wie der unseren ja quasi der gegebene Fall wäre. In den unterschiedlichen Erdteilen, in denen das Fieber auftrete, sagte Jonas, werde es auch als Queensland-, Balkan-, Euböa-, Kreta-, Krim-, Schlachthaus- oder Wüstenfieber bezeichnet und sei trotz seiner weltweiten Verbreitung kaum im Bewusstsein der Menschen verankert, weshalb es eben nicht selten zu Erkrankungen komme, die nicht oder falsch behandelt würden, weil man sie nicht gleich erkannte als das, was sie waren. Jonas sagte, dass das vielleicht mit ein Grund dafür sei, weshalb das Q-Fieber immer schon heiß gehandelt wurde als biologischer Kampfstoff in entsprechenden Waffensystemen, sowohl in deren Entwicklung als auch in der Konzeption von Abwehrstrategien. Die ebenfalls kaum im Bewusstsein der Öffentlichkeit verankerten Experimente mit biologischen Kampfmitteln an Probanden der US-Armee zum Beispiel, erzählte Jonas, die unter dem Decknamen *Operation Whitecoat* in Maryland durchgeführt wurden, hatten neben Gelbfieber, Hepatitis, Hasenpest, Milzbrand und Venezolanischer Pferdeenzephalomyelitis auch vorsätzliche Infektionen mit dem Q-Fieber zum Gegenstand. Erst wurden dafür Soldaten im Sanitätsdienst angeworben, später ist man aber auch dazu übergegangen, Freiwillige aus Angehörigen der Siebenten-Tags-Adventisten-Gemeinde zu rekrutieren, die sich ebenfalls für die gute Sache der amerikanischen Streitkräfte unter ärztlicher Aufsicht mit Krankheitserregern haben infizieren lassen. Und im Nachhinein muss man eben sagen, sagte Jonas, dass dabei nie wirklich klargeworden ist, ob diese Versuche tatsächlich dem Schutz der Bevölkerung vor Angriffen mit biologischen Kampfstoffen dienten oder vielleicht doch in Wirklichkeit der Entwicklung und Erprobung eigener Waffensysteme.

Ich hatte mir, während Jonas erzählte, die Zombies aus dem Film *My Rotten Roommates And My Rotten Self* vorgestellt, wie sie sich, in weiße Kittel gekleidet, lachend gegenseitig diverse Krankheitserreger injizierten, und war darüber beinah schon eingeschlafen, als ich Jonas noch sagen hörte, dass es dabei ja vielleicht auch eine Verwandtschaft gebe zu unserem Projekt hier und der Frage danach, welche Motive eigentlich Christoph in Wirklichkeit umtrieben. Jonas fragte mich, ob ich denn diesbezüglich selbst noch nie an Christoph oder am Schrecklichen Grauen generell gezweifelt habe. Ob ich mich denn nicht manchmal frage, ob es wirklich ein Film ist, den er im Sinn hat, und ob ihm wirklich unser Wohlergehen ein Anliegen ist oder nicht vielleicht doch, am Ende, zugespitzt formuliert, unsere Vernichtung.

Die Nahrungssituation verschlechterte sich im Verlauf der Dreharbeiten immer weiter, bis diejenigen, die es sich leisten konnten, für sich selbst Konserven und anderen Proviant in Supermärkten auf dem Weg einkauften und immer weniger Leute mittags und abends an Hubis Transporter anstanden, um sich Essen auf ihre Plastikteller aufladen zu lassen. Nur diejenigen, die ihr gesamtes Geld schon ausgegeben oder von vornherein keines besessen hatten, wurden weiterhin ausschließlich von Hubi verpflegt, den ich tagelang nicht ein einziges Mal habe lächeln sehen oder mit irgendwem ein Gespräch führen, das ihn vielleicht auch einmal hätte ablenken können von seiner Situation und den Problemen des Nachschubs. Es waren wohl finanzielle Probleme der Produktion, die unter Umständen durch eine Sammlung unter allen Beteiligten hätten behoben werden können. Zu der Zeit aber schien es noch ein Anliegen von Christoph, Sarah und Hubi zu sein, die Illusion, fürs Essen wäre gesorgt durch eine unsichtbare, fürsorgliche Hand, längstmöglich aufrechtzuerhalten.

Und so gab Hubi mit täglich steigender Frustration die Mahlzeiten aus, bis an einem Morgen, als wir schon weit ins Fränkische Weinland hineingewandert waren, Hubis Transporter in der Wagenburg fehlte und stattdessen zwischen den Reifenspuren, die noch im Gras zu sehen waren, die restlichen Vorräte aufgestapelt standen. Wasser in eingeschweißten Sechserpackungen, ein paar Tetrapaks Milch und Orangensaft, ein Plastikkorb voll brauner Bananen, Kaffeepulver in einem großen Plastiksack für den Gastronomiebetrieb, ein großes Netz Kartoffeln, Ketchup und Mayonnaise in verschieden leergedrückten Plastikflaschen, Toastbrot, eine Schachtel voller Salz- und Pfefferstreuer, ein Eimer eingelegter Gurken, vakuumverpackte Würste, eine angebrochene Flasche Weißwein, Reiskekse, hohe Türme aus Plastiktellern und Schüsseln sowie Plastikmesser und Gabeln und Löffel in großformatigen, wiederverschließbaren Gefrierbeuteln. Beim Verladen der Sachen in die anderen Autos und die Rucksäcke der Gehenden dachte ich mir, dass man mit ihnen schon noch ein bisschen hätte haushalten können, an Hubis Stelle. Andererseits aber war er mir doch schon sehr lange sehr unglücklich vorgekommen, und es war vielleicht wirklich das Beste für ihn, nach Ulm zurückzukehren und sich um seine Kneipen zu kümmern (wer aber, fragte ich mich, würde jetzt im *Café Porsche* auf den Stühlen sitzen und sich auf die Bühne stellen, um zu erzählen?). Es gab von da an keine Person mehr, die ausschließlich für die Essensausgabe verantwortlich war. Es entwickelte sich – aus Nächstenliebe der Beteiligten und halbherzigen, sehr unregelmäßigen Aktionen von Sarah oder Christoph – ein selbstorganisiertes Volksküchensystem, in dem es so gut wie nie warme Speisen gab, sondern überwiegend aus Konservendosen gegessen oder Brotstücke aus Laiben herausgerissen wurden.

Wir bauten nun häufig unsere Zelte und Nachtlager in der Nähe kleinerer Ortschaften auf, in die wir dann spätnachts noch ausschwärmten, in überschaubaren Gruppen aus vier oder fünf Leuten, geschminkt oder in den Umhängen mit den spitz zulaufenden Kapuzen, manchmal auch mit schwarzen Sturmhauben, die ich als sehr unangenehm empfand, weil ich mich ständig im Gesicht kratzen wollte, wenn ich sie trug. Christoph bezeichnete diese Aktionen abwechselnd als *Nachtschattenlauf*, *Die Frohe Botschaft*, *Abendsegen*, *Weiße Nächte*, *Martinszug* oder *Feuertaufe*, und es kam mir so vor, als wäre es ihm die größte Freude, sich diese Codenamen auszudenken, und als trete die eigentliche Aktion dahinter als zweitrangig zurück. Es wurden ausschließlich kleine Ortschaften ausgesucht, deren Straßen nachts völlig unbelebt waren und an sich schon eine sehr gespenstische und sehr tote Kulisse abgaben. Wir entwickelten sinnlose Symbole, die wie Gaunerzinken oder Hexenzeichen aussahen und die wir mit Kunstblut auf die Windschutzscheiben geparkter Autos malten oder auf ein Blatt Papier, das wir, um einen Ziegelstein geschnürt, in die Schaufenster von Ladengeschäften oder zwischen Terrassenmöbel auf Grundstücke schmissen. Es wurden auch verschiedene Gegenstände in Brand gesteckt und in Vorgärten geworfen (Plüschtiere, Holzkreuze, Mülltüten, Bücher, Strohpuppen, in Brandbeschleuniger getränkte Lappen, Schuhe, Koffer, Klopapierrollen), ich selbst war Teil einer Aktion, bei der am Nachmittag andernorts Organe in einer Metzgerei gekauft und spätnachts in Briefkästen verteilt wurden. Wir waren unterwegs als ein sehr düsterer Trupp. Nicht jedes Mal, aber doch sehr häufig wurden wir von Markus mit der Kamera begleitet. In manchen Nächten schien der Mond so hell, dass man in seinem Licht ein Buch hätte lesen können. Dann wieder sah ich die anderen nur als dunkle Schemen durch die Straßen gehen, leise und langsam, und erst, wenn irgendwo Flammen aufloderten, sehr schnell wegrennen in den Wald.

Weitere Abgänge waren zu verzeichnen. Nach dem Ausscheiden von Maurice, Wenzel und Hubi musste auch Marie irgendwann einsehen, dass ihre Fußverletzung ohne ärztliche Behandlung nicht verheilen würde. Man brachte sie an den Rand einer größeren Stadt, wo sie auf ihren Krücken eine Hauptverkehrsstraße entlang zum nächsten Krankenhaus ging und von dort wohl später mit dem Zug zurück nach Hause fuhr. Ich hatte nie viel mit ihr zu tun, und ich habe sie nie wiedergesehen.

Ich sah, wie Ann-Sophie in einem Gespräch mit Markus immer wieder den Kopf schüttelte, ohne etwas zu sagen, wie Markus dann immer heftiger auf sie einredete und Gesten machte und in verschiedene Richtungen zeigte. Dann sah ich sie ihre Sachen packen, ihren Rucksack aufnehmen und loslaufen, ohne sich von einer einzigen Person zu verabschieden.

Von einer Aktion, die sie zwischen der Mittagspause und dem Treffen am Abend zusammen durchgeführt hatten, kamen der, der sich James nannte, Katja und Markus mit sehr bedrückten Gesichtern zurück. Sie hatten sich mittags Juri aus der Gruppe der Gehenden ausgesucht und im Auto mitgenommen. Es kursierte bald das Gerücht unter uns, er sei verhaftet worden. Als ich Christoph darauf ansprach, sagte er, man befinde sich noch in Verhandlungen und er könne zum aktuellen Zeitpunkt nicht mehr darüber sagen, der Fortgang der Produktion sei aber nicht gefährdet.

Immer wieder sah ich Christoph am Rand unserer Nachtlager Gespräche führen mit Leuten, die ich für Förster oder Bauern aus der Region hielt und die er wahrscheinlich bat, uns bis zum nächsten Morgen auf ihren Grundstücken kampieren zu lassen. Einmal überhörte ich ein Telefongespräch, das er am Handy führte, in dem die andere Person einen deutlich größeren Redeanteil hatte und Christoph nur immer wieder ja und ja, okay sagte und dann irgendwann nach einiger Zeit den Satz: Wir brauchen noch etwas mehr Zeit für die Beschaffung der Waffen. Und ich dachte, wie lustig das war, dass man im Kontext einer Filmproduktion bestimmte Sätze einfach so sagen konnte, als wäre man selbst schon mittendrin in einem Film.

Die gelben und roten Bögen, die nach einem halben Tag des Wanderns durch fränkische Landschaften über den Baumkronen am Horizont auftauchten, erkannte einer von uns Gehenden als die Loopings der Achterbahnen des Freizeitlands *Geiselwind*, den er als Kind oft mit seinen Eltern besucht hatte und von dem ihm einzelne Fahrgeschäfte als besonders krass in Erinnerung geblieben waren (er sprach vom *Ikarus*, dem *T-Rex-Tower*, *Top of the World*, dem *Break Dance* und dem *Blauen Enzian*). Je näher wir kamen, umso deutlicher waren die raupenartigen Gondeln sichtbar, die innen an den Loopings entlangrasten, mit nach unten aus ihnen herausragenden Köpfen schreiender Fahrgäste (das Schreien selbst war erst überhaupt nicht zu hören und dann auch nur sehr dezent, wie das Bremsen weit entfernter Züge auf einem nächtlichen Güterbahnhof). Wir besprachen die Möglichkeit, vielleicht für den Nachmittag eine Art Produktionsausflug in dieses Freizeitland zu machen. Man hätte Christoph und den anderen per Funk Bescheid geben können und sie überreden, zurückzukommen und sich hier mit uns zu treffen. Und dann hätte man einen Nachmittag mit Karussellfahren und Zuckerwatteessen verbringen können, so die Argumentation, um sich vielleicht auch wieder stärker als Gemeinschaft zu fühlen. Ich musste an die Ausflüge denken, die ich mit der Schwabinger

Agentur unternommen hatte, und war mir sicher, dass Christoph diese Idee überhaupt nicht gefallen würde. Ich dachte sogar, dass es doch all der Arbeit, die wir an uns und aneinander verrichtet hatten in den letzten Monaten, ein trauriges Zeugnis der völligen Vergeblichkeit ausstellen würde, wenn wir uns jetzt mit diesen ganzen Vergnügten in blinkenden Kapseln im Kreis schleudern ließen. Nicht mal vorsätzliche Frontalzusammenstöße beim Autoskooter (was einer der Ansätze der Befürworter gewesen ist), fand ich, waren in unserer Situation zu rechtfertigen. Am Ende wurde die Idee dann auch recht schnell verworfen, weil sich niemand finden konnte, der sich getraut hätte, die Anfrage bei Christoph oder Sarah zu stellen, und weil Hannah eine Geschichte zu erzählen begann, in deren Verlauf wir uns wieder in Bewegung setzten und die einerseits ein schlagendes Argument gegen das Freizeitland gewesen ist und gleichzeitig eine Art Ersatz, der, wie ich heute finde, sehr viel besser zu uns gepasst hat als ein tatsächlicher Besuch.

Hannah erzählte davon, wie sie vor vielen Jahren einmal in einem Freizeitpark in Belgien bei einer mehrtägigen Geiselnahme anwesend gewesen war (sie fing ihre Erzählung damit an, dass sie es lustig finde, dass dieses vor uns liegende Freizeitland *Geisel*wind genannt werde). Sie und Hunderte andere Besucher seien als Druckmittel verwendet worden, um von der belgischen Regierung ein Lösegeld und die Freilassung politischer Gefangener (welcher Art, führte sie nicht aus) zu erpressen. Wie alle anderen war ich zuerst sehr fasziniert, auch von der Beiläufigkeit, in der Hannah diese Geschichte erzählte, und folgte jedem ihrer Sätze mit der größten Aufmerksamkeit, bis ich bemerkte, dass sie den Plot eines amerikanischen Actionfilms nacherzählte, den ich als Kind einmal mit meinem Vater aus der Videothek ausgeliehen und angeschaut hatte. Schon während Hannah davon erzählte, wie die Geiselnehmer das Personal am Einlass überwältigten und sich Zugang zur zentralen Stromversorgung verschafften, wie sie die Sicherungen der Fahrgeschäfte herausdrehten, sodass mit einem Mal alles zum Stillstand kam und die Menschen in den Riesenrädern und Achterbahnen und Freifalltürmen hoch oben in ihren Gondeln und in den Sicherungsbügeln gefangen waren, erinnerte ich mich an den Titel und die Handlung des Films *Scheme Park*, der in den späten Achtzigern gedreht wurde und der, glaube ich, zu den Ersten seiner Art gehörte (gemeinsam mit den *Alien* Filmen von Ridley Scott), in dem nicht ein Mann die übliche Rolle des im Alleingang die bösen Kräfte niederringenden Helden einnahm, sondern eben eine der weiblichen Geiseln, ein Wissen, das mir mit einem Mal alle Lust darauf raubte, die Erzählung von Hannah bis zum Ende anzuhören, weil es doch sicher sehr peinlich werden würde, wenn sie diese heldenhafte Rolle für sich selbst beanspruchte.

In *Scheme Park* wird (vermutlich auch in Anlehnung an den ersten Teil der *Stirb-Langsam*-Trilogie) die weibliche Heldin durch einen günstigen Zufall von ihrer Gruppe getrennt und geht schließlich dazu über, sehr viel improvisierte Gewalt an den Geiselnehmern anzuwenden, durch Lüftungsschächte zu kriechen, die schützende Dunkelheit einer Geisterbahn für einen Hinterhalt auszunutzen und die gutbewaffneten und einer ehemaligen Spezialeinheit aus dem Vietnamkrieg entstammenden Erpresser so stark zu dezimieren oder kampfunfähig zu machen, dass es ihr gelingt, die anderen Parkbesucher, vor allem aber ihre gebrechliche Mutter und den Sohn, den sie allein erzieht, nachdem ihr Mann sich infolge einer Posttraumatischen Belastungsstörung das Leben genommen hat, aus der Geiselnahme zu befreien.

Hannah hielt sich in ihrer eigenen Nacherzählung der Geschichte weitestgehend an den Plot des Films, bis zu dem Punkt, an dem es ihr wohl selbst zu unglaubwürdig vorgekommen ist und sie uns also erzählte, dass der Freizeitpark von einem Sondereinsatzkommando gestürmt und befreit wurde. Sämtliche

Geiselnehmer, erzählte sie, wurden dabei erschossen, und es gab in der Folge keinen Prozess, der vielleicht zur seelischen Aufarbeitung des Traumas hätte beitragen können, weshalb sie bis zum heutigen Tag niemals mehr einen Fuß über die Schwelle eines solchen Freizeitparks gesetzt habe.

In einem kleinen Ort in der Nähe des Freizeitlands *Geiselwind* trafen wir am Abend zur allgemeinen Überraschung nicht in einem der üblichen Nachtlager mit den anderen zusammen, sondern in dem Gasthaus *Zum Rodn Hirschn*, in einer kleinen fränkischen Ortschaft, in der wir die nächsten beiden Nächte verbrachten und deren Besitzer entweder von Christoph in kürzester Zeit von unserer Sache überzeugt worden waren oder vielleicht schon seit Wochen auf unsere Ankunft gewartet hatten. Es handelte sich beim *Rodn Hirschn* um einen Familienbetrieb, der von einem grauhaarigen Ehepaar geführt wurde, das sich uns mit den Namen Betty und Lothar vorstellte (entsprechend der mundarthaften Schreibweise des Gaststättennamens stellten sie sich natürlich als *Beddi* und *Loddar* vor). Mir war nicht klar, ob die beiden von Christoph als Ersatz für Hubi vorgesehen waren und ob das überhaupt möglich gewesen wäre, Hubi zu ersetzen, ganz egal durch wen. Es gab ein paar Fremdenzimmer, die wir zu mehreren bewohnten, und die Möglichkeit, im Garten zu zelten. Das Haus stand frei auf einem weitläufigen Grundstück am Rand der Ortschaft und hatte schon aus der Entfernung sehr einladend auf mich gewirkt – als wäre ich schon einmal dort gewesen und hätte dabei eine angenehme Erfahrung gemacht. Es war möglich, sich zu duschen und Kleider zu waschen. Man hätte sich auch die Bärte trimmen oder abrasieren können. Ich behielt meinen aber im Gesicht, nicht zuletzt, weil ich keinen Anschlussfehler verursachen wollte (ich dachte die ganze Zeit, dass Sarah für Fragen der Continuity verantwortlich wäre, sie machte aber keine Anstalten, die Leute vom Rasieren oder Haareschneiden abzuhalten). Nachts wurden in dieser Ortschaft keine Aktionen mit den Autos, Vorgärten, Schaufenstern oder Briefkästen der Bewohner durchgeführt. Dafür gab es einen großen Gastraum mit einer Bühne, in dem wieder Sitzungen stattfanden, was mich wunderte und insgeheim auch störte, weil ich nicht einsehen konnte, weshalb wir an diesem Punkt der Produktion wieder an den Anfang zurückkehren sollten, als wäre es völlig egal, ob man schon monatelang dabei gewesen war oder nicht.

Ich nahm an, dass Christoph unsere dezimierte Gruppe mit frischem Personal aus dem Ort aufstocken wollte. Es waren Aussagen gemacht worden darüber, dass in Bezug auf die Teilnehmerzahl eine sogenannte *kritische Masse* nicht unterschritten werden dürfe (Christoph sprach in diesem Zusammenhang auch vom *Schwund* des Personals, als wäre das ein ganz normaler und gebräuchlicher Begriff in der Terminologie einer Filmproduktion). Auch waren Christoph und Sarah in den vergangenen Tagen vermehrt herumgegangen und hatten unter den Beteiligten nach Bargeld oder belastbaren Kreditkarten gefragt. Ich meine, dass es dabei hauptsächlich um Benzin und die spärlichen Einkäufe ging, die unregelmäßig gemacht wurden. Es wurden aber keine Kassenzettel oder Quittungen gesammelt, die die Verwendung des Geldes dokumentieren und belegen konnten. Heute denke ich, dass die Rekrutierung frischen Personals auch ganz einfach damit zusammenhing, dass Christoph in keinem Bereich der Produktion ein so großes Talent besaß wie darin, grundsätzlich fundamentalen Veränderungen gegenüber offen eingestellten Menschen das Gefühl zu geben, mit ihm endlich aufbrechen zu können, um die Schranken zu überwinden, die einem das bisher gelebte Leben immer schon begrenzt und verleidet haben. Und dass er selbst an diesem Punkt der Produktion ein solches Erfolgserlebnis für sich sehr gut gebrauchen konnte, für seine eigene Moral, die schließlich ebenso hochgehalten werden musste wie unsere. Neue Jünger, frisches Blut, ein noch ganz und gar unverbrauchtes Beeindrucktsein von seinen Gedanken und Ideen und seinem Willen, aus diesen Gedanken und Ideen Wirklichkeiten werden zu lassen, wenn nur genug Leute zusammenkamen, die bereit wären, ihn zu unterstützen, mit ihrer Zeit und ihrer Energie. Mir schien mit einem Mal das ganze Land vollständig bevölkert zu sein von Menschen, die nur darauf warteten und sich nichts sehnlicher wünschten, als dass jemand kommen möge, der ihnen endlich die Richtung weisen würde und ein Angebot machen, wohin sich all diese Zeit und Energie kanalisieren ließen, anstatt sie täglich sinnlos zu vergeuden. Und dass es für diese Leute keinen besseren Köder gab als den, sie erst einmal erzählen zu lassen von ihren eigenen Verwundungen und Fehlern und Ängsten, die ihnen mehr als irgendwer oder irgendwas sonst beim Leben im Weg gestanden hatten.

Ich verstand nicht, wie man zu diesen neuen Leuten in so kurzer Zeit das nötige Vertrauen aufbauen sollte und wie das möglich war, an einem so späten Zeitpunkt im Film noch weitere Figuren einzuführen, die bis dahin überhaupt nicht vorgekommen waren und also auch nicht in der Handlung verankert. Jemand, der sich den Film später anschauen würde, müsste sich davon doch notgedrungen veralbert fühlen.

Auch verstand ich nicht, weshalb Markus es jetzt für angebracht hielt, seine Kamera auf ein Stativ neben seinem Stuhl zu montieren und während der Sitzungen mitlaufen zu lassen. Wenn überhaupt Szenen von den Schmerz- oder Angstsitzungen später im Film auftauchen sollten, warum dann nicht von unseren Sitzungen im *Café Porsche*, die doch sozusagen die originalen Sitzungen gewesen sind, an denen sich auch das Drehbuch orientierte, das Christoph und Sarah ausgearbeitet hatten. Ich hätte auch sehr gern einen solchen Mitschnitt meiner eigenen Sitzungen gehabt, selbst wenn sie vielleicht nicht dazu geeignet waren, in den Film übernommen zu werden. Mir leuchtete nicht ein, weshalb die Geschichten dieser Leute hier wichtiger sein sollten als unsere. Oder weshalb das niemandem außer mir aufzufallen schien, dass das ein Schlag ins Gesicht derer gewesen ist, die ohne Kameraaufzeichnung im *Café Porsche* auf der Bühne gestanden hatten.

Der Gastraum war an den Wänden und an der Decke mit hellen Holzpaneelen verkleidet. Am Fußboden waren grünlich braune, leicht unebene Fliesen verlegt, die wahrscheinlich eine Art Natursteinoptik simulieren sollten. An den zahlreichen Fenstern hingen gehäkelte Gardinen, und auf den Fensterbrettern standen Topfpflanzen und kleine Figürchen, Akkordeon spielende Clowns, Küken in aufgebrochenen Eiern, denen oben noch ein Stück Schale auf dem Kopf saß, zwei nackte Kinder mit großen Augen, die sich hinter einem roten Herzen versteckten, ein grinsendes Gummiteufelchen mit einem Dreizack in der Hand, röhrende Hirsche in verschiedenen Größen, kleine Porzellankatzen, abgeschraubte Spitzen von Pokalen (Fußballer vor dem Schuss, zwei überkreuzte Tennisschläger, das Piktogramm eines Boxers), ein Engel mit gefalteten Händen und zu einem O geformten Lippen, ein rot-weiß gestreifter Leuchtturm, darauf eine kleine Möwe mit ausgebreiteten Flügeln, verschiedene Überraschungseierfiguren (vorwiegend Schlümpfe und Happy Hippos), ein paar Zinnsoldaten, eine Schneekugel vom Moskauer Kreml, ein Nussknacker mit geöffnetem Mund, das Modell einer Harley-Davidson in kleinem Maßstab, eine Freiheitsstatue, ein Eiffelturm und ein Schiefer Turm von Pisa, ein Holzelefant, ein kleiner Totempfahl, verschiedene Tierarten aus Plüsch, ein Plastik-Elvis mit beweglicher Hüfte auf einem Podest, ein Hotdog, der sich selbst mit Ketchup und Senf bespritzt, ein lächelndes Sparschwein mit einem vierblättrigen Kleeblatt im Maul, zwei comichafte Turnschuhe mit einem Hebel zum Aufziehen an der Seite, ein grimmiger Ninja Turtle, ein Drahtfahrrad und ein Playmobilpferd ohne Reiter. Die Tische waren in der

Mitte mit ausgefalteten Papierservietten bedeckt, das Mobiliar einheitlicher Landgasthofstil, von der Decke hingen geschmiedete Kronleuchter mit Kunstlichtkerzen. An der Wand neben der Bühne (die keine richtige Bühne war wie die Bühne im *Café Porsche*, sondern eher ein flaches Holzpodest auf dem Fliesenboden, eine einzelne Stufe, auf der man stehend kaum die anderen Stehenden im Raum überragte und wo bei Hochbetrieb sicher auch noch Tische und Stühle aufgestellt wurden, falls ein solcher Hochbetrieb überhaupt jemals vorkam – eine Hochzeit vielleicht, dachte ich, oder eine Bürgervollversammlung) war ein großer Flachbildfernseher angebracht, dessen Stromkabel mit Nagelschellen im rechten Winkel hinter dem Fernseher heraus und dann runter zur Steckdose an der Holzwand fixiert war. Der Tresen mit der Zapfanlage befand sich in einer Art Vorraum zwischen dem Eingangsbereich, von dem auch die Treppen zu den Fremdenzimmern und die Türen zu den Toiletten abgingen, und dem eigentlichen Gastraum.

Christoph hielt vor uns, vor Betty und Lothar und einigen Fremden aus dem Ort, die von den beiden Gastwirten ausgewählt und als vertrauenswürdig eingestuft worden waren, eine Ansprache auf der Bühne, wie er es schon sehr lange nicht mehr gemacht hatte. Für uns, die wir wochen- und monatelang im *Café Porsche* zu den Sitzungen gekommen waren, wiederholte sich in dieser Ansprache sehr viel Bekanntes. Natürlich konnte es nicht schaden, sich zu vergewissern, dass Christoph dieselben Ideale weiterhin hochhielt und sich nicht durch den Verlauf der Produktion von seinem Glauben an die Sache hatte abbringen lassen. Er sprach auch von der großen Anstrengung, die schon hinter uns lag, und von der großartigen Weltveränderung, die wir dadurch bereits bewirkt hatten, auch wenn uns das vielleicht noch gar nicht vollumfänglich bewusst war. Und doch hatte die ganze Ansprache etwas Schales, Zweitverwertetes an sich, wie das vierte oder fünfte Sequel eines Actionfilms, in dem noch immer die gleichen Witze gemacht wurden und das als einzige Neuerung ein paar Anspielungen auf das fortgeschrittene Alter der Hauptfiguren enthielt.

Christoph sprach von den Schmerzen und ihrer Funktion für das Schreckliche Grauen. Er sprach davon, dass die Schmerzempfindung untrennbar mit der Empfindung der Zeit verbunden sei. Und dass man im Rückschluss behaupten könne, dass nur im Schmerz ein deutliches Empfinden der Zeit möglich wird. Eine nicht-relative Zeit, sagte Christoph. Die Gegenwart. Der Schmerz, sagte er, ist immer an die Dauer gekoppelt – wie lange halte ich die Hand ins Feuer, knie ich auf einem scharfkantigen Holzscheit, drücke den Finger in die offene Wunde, wie lange warte ich an diesem Automaten, den es oft auf Volksfesten gibt, bis ich die beiden Handgriffe loslasse, weil zu viel Strom durch mich hindurchfließt –, er wird erst durch die Zeit erfahren. Und er verändert die Erfahrung der Zeit. Die Zeit wird konkret. Aus einer beliebigen und relativen Zeit wird die *Leidenszeit*, in der es nur noch darum geht, wie lange das Leiden ausgehalten werden kann. Ob man aufgibt oder nicht. Die Leidenszeit besteht aus Sekunden und Bruchteilen von Sekunden, die überstanden werden. Bis zum Ende der nächsten Sekunde noch nicht den Verstand verlieren. Bis zum Ende der nächsten Sekunde noch durchhalten. Die Leidenszeit ist in lauter winzig kleine Belohnungen unterteilt. Daraus besteht sie. Aus dem Wissen, dass die kürzeste Einheit der Zeit auch im größten Schmerz noch erträglich ist, solange man nicht aufgegeben hat.

Dann sprach Christoph (und ich dachte, wenn man ihm noch nie zugehört hatte, könnte man sich von alldem vielleicht wirklich beeindrucken lassen) von einer Zeit vor der Entwicklung probater Narkosemittel, bevor die Anästhesie ein eigenes Feld der Medizin wurde, als Operationen noch bei vollem Bewusstsein und ohne irgendeine Form der lokalen oder sonstigen Betäubung durchgeführt wurden. Noch im 19. Jahrhundert, erzählte er, sei es üblich gewesen, dass man für eine Amputation von einem Chirurgen und einem halben Dutzend schwarzgekleideter Gehilfen zuhause aufgesucht wurde und von allen Seiten festgehalten, während einem eine Säge durchs Bein glitt oder ein Skalpell die Brust abtrennte. Man kann diese Schmerzen überleben, sagte Christoph. Wahrscheinlich, indem man sich auf die kleinsten Teile der Leidenszeit konzentriert. Was mich daran aber am meisten fasziniert, sagte er, ist, dass es genauso möglich gewesen ist, in dieser Zeit, bei den Hausbesuchen der Chirurgen, diese Schmerzen mit den besten Absichten einem anderen zuzufügen. Einzig im Vertrauen auf die Theorie, auf das Wissen, die Bildung und die Überzeugung, das Richtige zu tun.

Wie selbstverständlich fanden sich ein paar Freiwillige, die den Neuen vorführten, was es mit der *Wahl der Waffen* auf sich hatte (bis dahin war mir nicht klar gewesen, dass der Koffer überhaupt mit uns mitgereist war) und wie die Sache mit den Schmerzsitzungen gemeint war (der Chinese und der, der sich James nannte, waren unter den Ersten, die bei dieser Vorführung auf die Bühne kamen, wobei sie so taten, als wären sie nicht selbst erst mit Beginn der Dreharbeiten zu uns gestoßen, sondern hätten die ganze Sache, die *Idee* des Schrecklichen Grauens, mitbegründet – was ich, und das war wohl das Schlimmste in dem Moment, ja nicht einmal ganz ausschließen konnte, weil ich selbst nicht von Anfang an beteiligt gewesen war). Und auch unter den Neuen gab es gleich ein paar Neugierige, die sich Gegenstände aus dem Folterkoffer aussuchten, was Christoph mit großer Befriedigung beobachtete. Es war schließlich lange her gewesen, dass wir uns vor seinen Augen selbst gefoltert hatten, um zu den elementarsten Urgründen unserer Ängste vorzudringen. Und wir waren ihm auch das Zahnopfer, das er auf der Lichtung von uns eingefordert hatte, weiterhin schuldig geblieben.

Als dann Max (der sich uns zwar mit seinem richtigen Namen

vorstellte, den ich im Verlauf seiner Geschichte aber für mich nur noch den Obergefreiten nannte, obwohl das sicherlich nicht sein korrekter Dienstgrad gewesen ist) auf die Bühne kam, fiel er mir allein schon dadurch auf, dass er sich – wie ich damals im *Café Porsche* – aus der *Wahl der Waffen* die Klaviersaite aussuchte. Ich beobachtete ihn beim Umwickeln seines rechten Arms (ihm wurde wieder von Christoph assistiert), sah zum ersten Mal, wie das von außen aussah, und durchlebte dabei meine eigene Schmerzsitzung noch einmal aus einer angenehm distanzierten Perspektive.

Anders als ich allerdings begann der Obergefreite Max nach erfolgtem Abwickeln der Saite und einer kurzen Pause, in der ihm der Schmerz, der mir damals jeden Gedanken aus dem Kopf radiert hatte, ins Bewusstsein schoss, seine Geschichte zu erzählen. Der ganze Ablauf hatte etwas Soldatisches an sich. Der Obergefreite hatte begriffen, was Christoph von uns und von diesen Sitzungen erwartete. Und er erfüllte diese Erwartung pflichtbewusst. Wahrscheinlich, weil er es nicht anders gewohnt war. Und natürlich musste ich auch an Melanie Warga und an die Soldatin denken, als der Obergefreite erzählte, er sei für einige Jahre im Sanitätsdienst der Bundeswehr gewesen und im Verlauf seiner Dienstzeit auch einmal zum Einsatz ins Ausland gegangen. Der Obergefreite sagte, er habe gehört, wir seien aus Ulm hierhergekommen. Da, sagte er, habe ich meine Ausbildung angefangen. Ich war zuerst zur Grundausbildung in der Kaserne und dann für die nächsten Schritte im Bundeswehrkrankenhaus in Ulm, bevor ich mich nach Koblenz habe versetzen lassen, weil ich in Ulm nicht so gut mit meinen Kollegen klargekommen bin. Das war damals überraschend einfach, ich hatte eigentlich immer gedacht, dass dieser unheimliche Behördenapparat, der die Bundeswehr ja in der Hauptsache ist, so einen Versetzungsantrag albtraumhaft in die Länge ziehen und verschleppen würde, aber es war am Ende total unproblematisch. In Koblenz habe ich dann meine Ausbildung zum Medizinisch-Technischen Laboratoriumsassistenten abgeschlossen. Und weil ich mich sehr wohl gefühlt habe mit meiner Arbeit dort, habe ich ja gesagt, als mein Vorgesetzter gefragt hat, ob ich mir nicht vorstellen könnte, für drei Monate in den Auslandseinsatz zu gehen. Ich weiß ja nicht, wer von euch gedient hat, wahrscheinlich die wenigsten, inzwischen ist das ja nicht mehr so selbstverständlich wie früher. Jedenfalls ist das bei der Bundeswehr so, dass man, wenn man dort eine Karriere machen will, nicht unbedingt im Ausland gewesen sein muss, dass einen die anderen aber schon komisch anschauen, wenn man nie gegangen ist. Und es gibt auch ein sehr gutes Extragehalt in der Zeit, in der man unterwegs ist.

Der Obergefreite strich mit seiner linken Hand über die Wülste an seinem rechten Arm, der nur sehr langsam wieder in die ursprüngliche Form zurückfand, wie bei mir damals auch. Ich dachte: Gut, wenn er ein Mediziner ist, dann wird er schon wissen, was da genau passiert und wie er das einzuordnen hat.

Max erzählte, er sei im vergangenen Jahr nach Afghanistan gegangen, in ein Feldlager in der Wüste, für drei Monate, und habe dort im Feldlazarett gearbeitet. Das klingt so nach Provisorium, nach Zelten und notdürftiger Versorgung, sagte er, aber in Wirklichkeit war dieses Feldlazarett ein voll ausgestattetes Krankenhaus inmitten dieser khakifarbenen Containerunterkünfte, in der Nähe des Militärflughafens, mit einem eigenen Hubschrauberlandeplatz und innen, auf den Fluren und in den Krankenzimmern, von einem normalen Krankenhaus in Deutschland überhaupt nicht zu unterscheiden. Natürlich gab es im Labor nicht all die Geräte, auf die ich zuhause Zugriff gehabt hätte, aber für den täglichen Betrieb reichte es völlig aus. Es wurden in dem Feldlager ja eh keine speziellen oder langwierigen Krankheiten behandelt. Wer so schwer krank gewesen wäre, den hätte man schließlich gar nicht erst zum Auslandseinsatz zugelassen beziehungsweise gleich wieder nach Hause geschickt, wenn er oder sie sich die Krankheit vor Ort eingefangen hätte.

Ich musste an den Kindersoldaten aus der Münchner Straßenbahn denken, und ich hätte den Obergefreiten gern gefragt, ob sie sich vielleicht sogar kannten oder im Auslandseinsatz begegnet waren (obwohl ich ja nicht mal wirklich wusste, ob der Kindersoldat tatsächlich einmal Soldat gewesen ist). Ich hatte als Indiz zur Wiedererkennung aber nur die Maschinengewehrsilhouette, die der Kindersoldat als Tätowierung auf dem Unterarm trug, neben der offenen Wunde, die er mir vors Gesicht gehalten hatte.

Wir machten eigentlich nur Erstversorgung, Routineuntersuchungen und Proben zu Trinkwassersauberkeit und Hygiene der sanitären Einrichtungen. In meiner Einsatzzeit, erzählte der Obergefreite, wurde mit den Afghanen, also mit den Taliban, von unserer Seite schon gar nicht mehr gekämpft. Das machten dort die lokalen Streitkräfte, und die kamen auch in ihre eigenen Krankenhäuser, wenn sie verwundet wurden. Es war eine sehr ruhige Zeit. Wir hatten alle Tarnkleidung an und Pistolen am Gürtel, weil wir ja im Einsatz waren, und ein paar Mal wurde ich als sogenannter *Guardian Angel* eingesetzt, da musste ich dann mit voller Montur und Sturmgewehr vor zum Beispiel der Fitnesseinrichtung sitzen, wo die Soldatinnen und Soldaten unbewaffnet trainiert haben, um sie zu beschützen. Die größte Herausforderung bestand aber dennoch darin, die Zeit totzuschlagen, bis man wieder zurück nach Deutschland konnte. Mein Anforderungsprofil sah auch keine regelmäßigen Einsätze außerhalb des Feldlagers vor. Für mich war der Einsatz eher so, wie in einem sehr kleinen Krankenhaus in Deutschland zu arbeiten, nur dass es eben extrem heiß war, der Lebensraum durch die Mauern des Lagers sehr stark begrenzt und man kaum Zivilisten begegnet ist.

Der Obergefreite machte eine Pause und sagte, dass ihm sein

Arm schon richtig weh tue, dass er aber sicher sei, dass das gleich wieder vorbeigehe. Und ich dachte, so ist das doch nicht gemeint. So hat sich Christoph das auf keinen Fall vorgestellt. Es sei denn, ich habe ihn da von vornherein völlig falsch verstanden. Christoph selbst saß vor der Bühne und schien mir für alles offen zu sein. Keine Anzeichen einer Rückkehr zur harten Linie. Erzähl mal, Max, sprach die Körpersprache Christophs, Hauptsache, du bist später mit dabei.

Am Hinterausgang des Feldlazaretts, erzählte Max, befand sich ein kleiner Hof, den die vielen verschiedenen Generationen von Sanitätern, die dort schon im Einsatz gewesen waren, über die Jahre sehr liebevoll hergerichtet hatten. Man konnte in diesem Hof auf Holzbänken unter Tarnnetzen sitzen, es gab ein paar Rosenbüsche in Holzkübeln und einen Container, der den Ärzten und Sanitätern in ihrer freien Zeit als Café beziehungsweise in den Abendstunden als Bar diente – wir hatten zu Beginn unseres Einsatzes Rationskarten erhalten, die jedem Soldaten den Konsum von zwei alkoholischen Getränken pro Tag zwischen zwanzig und zweiundzwanzig Uhr erlaubten. Die Tarnnetze waren so zwischen dem Container und den Wänden des Feldlazaretts gespannt, dass man sich in ihrem Schatten wie im Biergarten einer Karawanserei fühlte. Also wieder so, als wäre man eigentlich in Deutschland, aber in einem ganz anderen Klima. Ein paar Mal saß ich dort auf den Bänken und habe mir vorgestellt, ich säße in einem Biergarten auf dem Land in Deutschland, aber ungefähr hundert Jahre in der Zukunft, wenn das alles hier durch den Klimawandel längst zu einer Sandwüste geworden ist. Ich muss aber auch gestehen, sagte der Obergefreite, dass ich mich mit dem Klimawandel nicht ausreichend auskenne, um zu wissen, ob Deutschland überhaupt zu einer Wüste werden wird oder vielleicht doch eher zu einer Steppe oder etwas ganz anderem.

Durch die Tarnnetze war dieser Aufenthaltsbereich hinter dem Feldlazarett weitestgehend abgeschirmt. Wenn man an der

Straße daran vorbeilief, sah man nur die Außenwände des Containers und des Lazaretts und dazwischen eben die Netze. Wenn die Sonne untergegangen war, konnte man vielleicht noch erkennen, ob innen die bunten Lampions leuchteten, die man zur Dekoration aufgehängt hatte und deren Licht auch ein Signal war für die Dauer der Ausschankzeiten. Oben auf dem Container, und das konnte man nur sehen, wenn man außen vorbeilief, weil der Blick von innen durch die Tarnnetze verdeckt war, war ein selbstgebautes Holzschiff aufgestellt worden, ein schwarzer Einmaster mit einem grünen Hauptsegel und gehisster Deutschlandfahne, an dessen Steuerrad ein menschliches Skelett in Piratenkostüm stand und mit seinem ewigen Grinsen über das Feldlager und die Mauern hinweg in Richtung der nahen Berge blickte. An der Flanke des Schiffs stand mit weißer Farbe der Name *Charon* geschrieben. Auf Nachfrage erklärte mir einer der Ärzte, dass dieses Schiff von Soldaten der Marine als Ehrerbietung für die scheidende Flottillenärztin Dr. K. Stooß, die während ihrer Zeit im Feldlager bei ihrem Regiment sehr beliebt gewesen ist, gebaut und auf den Container montiert worden war und dass spätere Kontingente, die nicht zwingend der Marine angehörten, sondern auch anderen Streitkräften der Bundeswehr, dieses Schiff dann durch den Schriftzug und den skelettierten Steuermann erweitert hatten. Und weil ich das auch nicht wusste, erklärte mir derselbe Arzt, dass Charon in der griechischen Mythologie der Fährmann ist, der die Toten über den Styx ins Reich des Hades übersetzt, was ich im Zusammenhang mit dem angrenzenden Krankenhaus reichlich makaber fand. Ich saß mit dem Arzt, den ich als sehr melancholischen Menschen in Erinnerung behalten habe, bis zur Sperrstunde im Hof des Feldlazaretts und ließ mir von ihm erzählen. Und ich konnte ihm auch nicht widersprechen, als er sagte, dass das Lazarett ja wohl der einzig richtige Ort im Lager sei, von dem aus der Fährmann mit seiner Fracht ablegen könne, und dass das Schiff auf diese Art zu interpretieren sei. Nicht so sehr als Abschreckung für die, die außen vorbeilaufen, sondern als Vergewisserung für diejenigen, die hier ihren Dienst antreten, dass sie eben an dieser Schnittstelle zwischen der Welt der Lebenden und der Toten täglich tätig sein werden. Und dass man dann hier innen, im Hof des Feldlazaretts, von seinem Anblick durch die Tarnnetze abgeschirmt sei, trage der Tatsache Rechnung, dass die Ausübung der ärztlichen Praxis eben immer auch unter einer zeitweiligen Verdrängung dieser Gewissheit erfolgen müsse. Derselbe Arzt, erzählte der Obergefreite Max, wies mich an einem anderen Abend auch darauf hin, dass das Wort *Lazarett* biblischen Ursprungs ist und eine Ableitung des Namens *Lazarus*, der dem Johannesevangelium zufolge durch Jesus von den Toten wiederauferweckt wurde und seither als Schutzpatron der Metzger und Totengräber fungiert.

Der Obergefreite erzählte uns, er habe sich darüber gewundert, wie ausgerechnet diese aufgeklärten Mediziner einen so starken Hang zur Mystik und Mythologie haben konnten. Und während er sprach, erinnerte ich mich daran, wie wir im *Café Porsche* mit Christoph den Film *The Last Temptation of Christ* geschaut hatten, in dem Jesus von Nazareth durch den Schauspieler Willem Dafoe verkörpert wird und in dem auch die Szene der Wiedererweckung des Lazarus von den Toten vorkommt. Im Film ordnet Jesus an, den Stein, der bereits vor die Gruft gerollt wurde, beiseitezuschaffen. Aus dem freigelegten Loch kommt ein schrecklicher Gestank, von dem sich alle Umstehenden abwenden. Man hört das Summen der Totenfliegen, und nach ein paar beschwörenden Worten ragt aus dem Rand des Bildausschnitts eine bläulich graue, einbandagierte Hand in Richtung des Erweckers. In den folgenden Szenen sitzt Lazarus dann sichtlich geschafft von seiner Wiederauferstehung auf einer Bank und sieht noch immer halb verwest aus. Christoph meinte damals zu uns, dass das ja quasi die Ursprungserzählung des Zombiegenres sei.

Ich habe mir, erzählte uns Max auf der Bühne, im Feldlager ein Containerzimmer mit einem Kollegen geteilt, der ebenfalls im Lazarett gearbeitet hat, allerdings als Krankenpfleger. Wir sind gut miteinander ausgekommen und haben immer versucht, dem anderen möglichst viel Privatsphäre zu lassen. Wenn er zum Beispiel mit seiner Freundin zuhause skypen wollte, bin ich aus dem Zimmer gegangen und habe die beiden allein gelassen. Ich fand das Leben im Feldlager grundsätzlich nicht unangenehm. Soldaten sind ja in erster Linie sehr gründliche Leute, das schlägt sich dann auch in dem Ort nieder und gibt einem in gewisser Weise einen Halt, den man dort sonst vielleicht vermissen würde. Ich bin zum Beispiel sehr oft montags in die Versorgungseinrichtung der evangelischen Kirche gegangen, die über einen kleinen Veranstaltungsraum und einen Beamer verfügte und einmal die Woche einen Kinofilm gezeigt hat. Manchmal war es sehr seltsam, nach dem Filmschauen aus dem Gebäude herauszutreten und durch das nächtliche Feldlager zu laufen. In der Region kamen häufig Staubstürme auf, die das Lager oft tagelang in einen dunstigen, sandfarbenen Schleier gehüllt haben. In der Nacht nahm dieser Schleier dann eine orange Färbung an, durch die künstliche Beleuchtung des Flughafens und der Straßen. Wenn ein starker Wind ging, entstand an den Gebäuden ein unterweltliches Wimmern, wie ich es noch nie zuvor gehört hatte, und von irgendwoher drang einem auch ständig das metallene Klopfen der Fahnenmasten ans Ohr. Ich bin immer gern zu den Filmen gegangen, aber das Zurücklaufen zu meiner Unterkunft war jedes Mal seltsam und irgendwie auch sehr unangenehm. Ich spürte dann eben ganz deutlich die Abseitigkeit des Ortes, die andere Wirklichkeit, in der wir uns befanden, als dort stationierte Soldaten, die mit der Wirklichkeit zuhause in Deutschland überhaupt nichts mehr zu tun hatte. Mir wurde auch nur auf diesen Wegen zwischen dem Kino und der Unterkunft wirklich bewusst und ganz eindeutig klar, dass es bei unserem Einsatz dort im Kern um das Töten und Getötetwerden ging. Dass es um den Krieg ging. Und dass unsere Mission oder unser Mandat noch so harmlos formuliert sein konnte, dass wir am Ende aber dort waren, weil sich dort Leute gegenseitig in die Köpfe schossen und auf Motorrädern voller Sprengstoff in Menschenmengen hineinfuhren. Ich habe das bis heute noch nicht so ganz verstanden, weshalb mir das ausgerechnet auf dem Heimweg vom Kino in der evangelischen Versorgungseinrichtung zur Truppenunterkunft so besonders klar und präsent wurde. In der Unterkunft selbst, im Feldlazarett, in der Truppenküche, bei all den täglichen Verrichtungen, empfand ich eigentlich durchgängig dieses Gefühl des Biergartens in einer Karawanserei in der Wüste. Ich weiß nicht so recht, ob es mit dem Alleinsein auf dem Nachhauseweg zusammenhing oder mit den Filmen, die wir im Veranstaltungsraum geschaut haben, die übrigens nur sehr selten Kriegsfilme gewesen sind, meistens waren es Actionfilme oder amerikanische Komödien, die im Vorjahr einen großen Kinoerfolg gehabt hatten. Oder damit, dass ich da eben jedes Mal aus der fiktiven Scheinwelt der Filme in diese Wirklichkeit entlassen wurde, die mir dann aber gar nicht mehr wie die Wirklichkeit vorgekommen ist, oder eben wie eine sehr unvertraute, andere und in gewisser Weise auch vergiftete oder verwundete Wirklichkeit. Weil sie eben diesen Halt nicht bieten konnte wie die Wirklichkeit, in die ich normalerweise in Deutschland entlassen werde, wenn ich dort aus einem Kino auf die Straße trete, in Ulm oder Koblenz zum Beispiel – hier im Ort gibt es ja leider kein Kino –, wo es ja viel eher so ist, dass man nach dem Kino das Gefühl hat, das Besondere, Unwirkliche des Films verflüchtigt sich viel zu schnell zwischen der Normalität. Weil die Wirklichkeit im Feldlager als Wirklichkeit nur in diesem zwielichtigen Schleier aufgetreten ist, den ich nie ganz greifen konnte und der sich auch verflüchtigt hat, wenn man versuchte, ganz in ihn hineinzugehen. Deshalb fällt es mir auch so schwer, darüber zu sprechen, aber ich hoffe, ihr könnt euch zumindest eine grobe Vorstellung machen von diesem Gefühl, das ich dort auf dem Heimweg regelmäßig hatte.

Und weil ich dieses Gefühl eben regelmäßig hatte, war es mir besonders angenehm, dass das Zusammenleben im Feldlager von einer großen Ordnung und Gründlichkeit geprägt war. Von Regeln und bekannten Abläufen. Man kann jetzt sicher sagen, dass das vielleicht das Reizvollste an der Bundeswehr überhaupt ist, für einen entsprechend disponierten Menschen. Und deshalb fand ich es wohl auch so befremdlich, dass die Ärzte im Feldlazarett, und speziell dieser eine melancholisch auftretende Arzt, der mir die Geschichte des Schiffes und die Herkunft des Wortes *Lazarett* erklärt hatte, so einen starken Hang zum Mystischen und Mythologischen gehabt haben.

Ich machte mir wieder Notizen, während Max uns seine Geschichte erzählte, und überlegte, ob ich ihn vielleicht unterbrechen und fragen sollte, ob er einmal *Die Soldatin* von Melanie Warga gelesen hatte. Es war wohl sehr unwahrscheinlich, dass er den Roman kannte oder überhaupt nur davon gehört hatte. Soweit ich das beurteilen konnte, veröffentlichte Melanie Warga bei einem sehr kleinen Verlag, der hauptsächlich von Frauen rezipiert wird. Ich hätte ihm das Buch in dem Moment aber sehr gern empfohlen und ihm von den Halluzinationen der Soldatin erzählt und davon, dass ihr selbst nach der Rückkehr ins Heimatland dieser Halt, von dem er gerade gesprochen hatte, verlorengegangen war.

Gegen Ende meiner Einsatzzeit, erzählte der Obergefreite, ereignete sich in den Truppenunterkünften ein Unfall, der für sehr viel Aufregung gesorgt hat, auch bei uns im Feldlazarett. Wir saßen, daran kann ich mich sehr gut erinnern, gerade im Hinterhof unter den Tarnnetzen, es war ein milder Abend, und die Lampions leuchteten. Es wurde Bier getrunken, und ein paar vereinzelte Gespräche wurden geführt. Dann riss jemand von innen die Tür zum Lazarett auf und sagte, in einem sehr gefassten Ton, es gebe einen Notfall. Während meiner gesamten Einsatzzeit in Afghanistan hatte es keinen Notfall gegeben. Ich war mir gar nicht sicher, ob wir überhaupt auf einen Notfall vorbereitet waren – obwohl ich natürlich wusste, dass regelmäßig Übungen stattfanden, die Notfälle simulierten. Als Medizinisch-Technischer Laboratoriumsassistent hätte ich in dem Moment natürlich nicht aufspringen und mitkommen müssen. Es wäre wahrscheinlich sogar professioneller von mir gewesen, wenn ich einfach sitzen geblieben wäre, weil es für mich in dem Moment eh nichts zu tun gab. Aber ich war aufgeregt und neugierig und dachte erstmal gar nicht daran, was eigentlich meine Aufgabe war. Ich empfand mich als Teil des Sanitätszugs, der hier stationiert war und der sich, nach Wochen des absolut unspektakulären Dienstes nach Vorschrift und der Routine, jetzt plötzlich in einer dramatischen Situation befand. Also, was ich sagen will, ist, ich habe nicht nachgedacht, ob ich besser sitzen bleiben oder aufspringen und mit den Ärzten in die Notaufnahme rennen soll. Ich habe es einfach gemacht. Der betreffende Kamerad lag dort schon auf dem Behandlungstisch. Hektische Erstversorgungsmaßnahmen wurden ergriffen, Kommandos erteilt, Geräte angeschlossen. Am Eingang zur Notaufnahme stand ein anderer Soldat, der die Hand vor den Mund hielt und weinte. Der Soldat auf dem Behandlungstisch war bis auf die Unterwäsche ausgezogen worden und hatte starke Verbrennungen am ganzen Körper. Die Arme ab den Ellbogen und die Beine ab den Knien waren verschont geblieben und sahen im Vergleich zum übel zugerichteten Rest sehr fremd aus. Wie die Gliedmaßen eines anderen, oder so, als ragten sie aus einem Anzug aus verbrannter Haut hervor. Ich dachte, und das zeigt vielleicht, wie abwesend ich war und wie wenig meine Person dort in der Notaufnahme erforderlich, dass man diese Unterarme und Hände, diese Schienbeine, Waden und Füße vielleicht bewahren könnte, indem man sie vom verbrannten Rest abtrennte. Das ergab natürlich in keiner Form auch nur den geringsten Sinn, vor allem nicht aus medizinischer Sicht. Aber ich erinnere mich eben daran, dass ich das dachte, während der verbrannte Kamerad verarztet wurde. Immer wieder war zwischen den Körpern der Ärzte und Pfleger, die um ihn herumstanden, sein Gesicht zu sehen. Die Haut war dunkelbraun und aufgeworfen, das Unterhemd und die Boxershorts waren versengt und mit der Haut verschmolzen, die Haare am Kopf des Kameraden waren zu einer schwarzen Kruste verkohlt. Die Augen, die sich hin und her drehten, traten sehr weiß aus den Höhlen hervor. Ich glaube, der Kamerad konnte infolge der Verbrennungen im Gesicht seine Lider nicht mehr schließen. Er öffnete immer wieder den Mund, der mich an den Mund einer Schildkröte erinnerte, und machte entsetzliche Geräusche. Ich glaube, dass er etwas sagen wollte. Vielleicht wollte er auch fragen, wie schlimm es war und wie sein Gesicht aussah. Aber es kam nur ein unverständliches, tieftrauriges Muhen aus ihm heraus. Ich stellte mir vor, dass er im Begriff gewesen war, sich in ein Tier zu verwandeln, und dass ihn der andere, weinende Soldat dabei aufgefunden und hierhergebracht hatte, um den Prozess aufzuhalten. Dass es aber zu spät war und der verbrannte Kamerad jetzt für immer in einem Zwischenstadium gefangen.

Ich würde sagen, sagte Max, dass ich sonst eigentlich keinen starken Hang zum magischen Denken habe. Aber die Wirklichkeit im Feldlager war, wie gesagt, einfach eine ganz andere als die, die ich von zuhause gewöhnt war. Sie war einfach nicht zu greifen. Ich denke, dass es mit dieser ungreifbaren Wirklichkeit zusammenhängen muss, dass ich in dem Moment, als ich in der Notaufnahme sozusagen in der zweiten Reihe hinter den Ärzten stand und ihnen beim Arbeiten zuschaute, gedacht habe, dass dieser Unfall, wie auch immer er passiert war, etwas mit mir zu tun haben musste. Dass ich auf dem Weg vom Kino zur Unterkunft etwas gedacht hatte oder im Hinterhof hinter dem Krankenhaus meine Hand auf eine Art bewegt, die mit dem Unfall in Verbindung stand. Je länger ich darüber nachdachte, umso unwahrscheinlicher kam es mir vor, dass ich nicht maßgeblich an diesem Unfall beteiligt war und er einfach ohne mein Zutun passiert ist.

Und wenn ich maßgeblich an ihm beteiligt gewesen bin, sagte der Obergefreite Max, dann war ich sehr wahrscheinlich auch *schuld* an den Verbrennungen des Kameraden. Ich glaube, das ging sehr schnell, dass ich diese Gedanken hatte, auch wenn ich sie erst nicht wirklich zu greifen bekam und bestimmt nicht so konkret hätte formulieren können, als ich in der Notaufnahme stand. Ich habe mich irgendwann umgedreht und bin raus aus dem Lazarett und zurück in den Innenhof, wo niemand mehr unter den leuchtenden Lampions saß. Ich hörte, wie sich das Hauptsegel des Fährschiffes auf dem Containerdach sanft im Wind blähte. Dann ging ich zur Unterkunft, in der mein Kollege schon im Bett lag und schlief, und legte mich hin und blieb die ganze Nacht wach.

Am nächsten Morgen erzählte mir der Arzt mit der melancholischen Neigung, dass der Kamerad mit den Verbrennungen und auch sein Zimmergenosse, der ihn ins Lazarett gebracht hatte, mit der ersten Maschine aus dem Feldlager nach Deutschland geflogen worden waren. Er sagte, den Verbrennungen zufolge haben die beiden wahrscheinlich aus Langeweile in ihrer Unterkunft mit Brandbeschleuniger oder Spiritus oder Haarspray vor offener Flamme herumgespielt. Glaube man aber den Aussagen des Zimmergenossen, sagte der melancholische Arzt, erzählte uns der Obergefreite Max, müsse man davon ausgehen, dass es sich um einen Fall von spontaner menschlicher Selbstentzündung handelte. Ein Phänomen, sagte er, das in der modernen Mythologie schon eine gewisse Tradition habe. Ein moderner Klassiker, sozusagen. Wirklich belegte Fälle habe es aber bislang noch nicht gegeben, sagte der Arzt, noch nicht mal hier, wo man doch gut beraten war, all die Gewissheiten, die man vom Möglichen und Unmöglichen mitgebracht habe, nochmal gründlich zu überdenken.

Uns wurden von Betty und Lothar Nüsse und Chips und bei Bedarf auch frisches Bier hingestellt, während der Obergefreite erzählte, dass kurz nach diesem Vorfall seine Einsatzzeit zu Ende gegangen sei und er mit einem grauen Passagierflugzeug der Luftwaffe zurück nach Deutschland geflogen wurde.

Ich habe meinen Dienst im Bundeswehrkrankenhaus in Koblenz wieder aufgenommen, erzählte uns der Obergefreite auf der Bühne im Gasthaus *Zum Rodn Hirschn*, aber ich konnte den Anblick des verbrannten Kameraden nicht vergessen und auch das Gefühl nicht, das ich gehabt hatte, dass dieser Unfall irgendwie mit mir zusammenhing. Und als mich dann die Nachricht erreichte, dass sich der Kamerad in einer Spezialklinik im Wendland nach Monaten der Operationen und erfolglosen Rehabilitationsmaßnahmen im Bad seines Krankenzimmers mit einem Steakmesser die Pulsadern an seinen noch unversehrten Unterarmen geöffnet hatte und tatsächlich dort im Krankenhaus verblutet war, baute sich in meiner Brust ein ungeheurer Druck auf, ich fühlte mich schäbig und schuldig, und weil ich nicht wusste, was ich sonst dagegen unternehmen sollte, ging ich in die Stadtbibliothek am Zentralplatz und lieh mir alle Filme aus, die ich im Feldlager im provisorischen Kino der evangelischen Versorgungseinrichtung gesehen hatte, und außerdem alle Bücher, die ich zum Themenbereich der spontanen menschlichen Selbstentzündung, zur griechischen Mythologie und zu modernen Mythen finden konnte, und schaute und las zuhause alles an und durch in der Hoffnung auf einen Hinweis, von dem ich die ganze Zeit über nicht wusste, ob ich ihn überhaupt erkennen würde, wie er aussehen sollte und wie die Frage lautete, die er möglicherweise beantworten helfen könnte.

Ich versuchte, Kontakt zu dem Arzt aufzunehmen, der mir

die Geschichte von Charon und Lazarus erzählt hatte, aber ich konnte nicht herausfinden, wo er stationiert war. Entweder man wollte mir keine Auskunft geben, oder man hatte noch nie von ihm gehört. Ich träumte mehr als einmal, dass ich hinter dem Skelett mit dem Piratenkostüm in dem selbstgebauten Segelschiff saß oder dass ich mit ihm gemeinsam in die Grundschule ging und dafür verantwortlich war, dass es seine Hausaufgaben machte, was ich auch unter Zuhilfenahme der in der Stadtbibliothek in großem Umfang vorhandenen Traumdeutungsliteratur nicht verstanden habe.

Der Obergefreite Max machte eine Pause, in der er seinen rechten Arm vor sich ausstreckte, drehte und von allen Seiten betrachtete. Sein Gesicht war auf eine Art verknittert, dass ich nicht sagen konnte, ob es seine Schmerzen ausdrückte oder die Schrecklichkeit der Erinnerung an den Fortgang der Geschichte, die er uns gerade erzählte.

Dass ich vielleicht wirklich am Verrücktwerden bin, sagte der Obergefreite Max, dachte ich, als genau sechsundsiebzig Tage nach dem Selbstmord des Kameraden in der Spezialklinik im Wendland ein Notfallpatient in das Bundeswehrkrankenhaus in Koblenz eingeliefert wurde, der die exakt gleichen Verbrennungen am Körper hatte wie der tote Kamerad, der erst ein paar Wochen zuvor mit militärischen Ehren begraben worden war. Ich hörte meine Kollegen von dem Fall sprechen und spürte sofort, dass er etwas mit mir und mit meinen Nachforschungen zu tun hatte. Ich ging unter einem Vorwand in die Notaufnahme, fand dort den Eingelieferten erstversorgt in einem Krankenbett, und es war, als wäre der Kamerad aus dem Feldlager als Wiedergänger zurückgekommen. Die Unterarme und die Beine ab den Knien waren wieder unversehrt. Das Gesicht war einbandagiert, aber ich war mir absolut sicher, dass sich unter den Verbänden wieder ein schildkrötenhafter Mund befand, der nicht sprechen konnte, und dass die Augen weiß und offen zwischen der verbrannten Haut hervortraten. Über die Unfallursache war nichts bekannt. Es hieß, die Kameradin, die mit dem Verbrannten in der Kaserne den Abend verbracht hatte, habe ausgesagt, dass er plötzlich in Flammen gestanden habe, als sie vom Klo zurück ins Zimmer gekommen sei, in dem sie zuvor *Mensch ärgere Dich nicht* gespielt hätten.

Dass es genau sechsundsiebzig Tage waren, zwischen dem Selbstmord und der Einlieferung des zweiten Verbrannten ins Bundeswehrkrankenhaus in Koblenz, habe ich erst am Abend entdeckt, als ich den Vorfall zuhause in meinen Kalender eingetragen habe. Und dabei ist mir eben auch aufgefallen, dass es genau sechsundsiebzig Tage gewesen sind zwischen meiner Ankunft im Feldlager in Afghanistan und dem ersten Fall der ungeklärten Verbrennungen dort.

Ich konnte gar nicht anders. Ich musste denken, dass diese Fälle etwas mit mir zu tun hatten. Ich ging davon aus, dass etwas die spontanen Entflammungen verursachte, was ich sowohl im Feldlager als auch zuhause in Koblenz gemacht hatte. Und ich denke, dass es entweder mit den Mythen zusammenhängt, die ich gelesen habe, oder mit den Filmen.

Der Obergefreite erzählte uns, er habe einen Antrag auf vorzeitige Entlassung bei der Bundeswehr gestellt, und nachdem er seine Geschichte und seine Vermutungen bei einem entsprechenden truppenärztlichen Beratungsgespräch geäußert hatte, wurde dem auch relativ schnell stattgegeben. Ich habe die Arbeit im Krankenhaus ganz aufgegeben, sagte er, bin hierher zurückgezogen und wohne gerade wieder bei meinen Eltern. Ich habe mich seit diesen Vorfällen nicht mehr mit der Mythologie oder den Filmen beschäftigt, und es hat sich bislang auch niemand mehr in meinem näheren Umfeld selbst entzündet. Als ich von eurer Gruppe gehört habe und dass ihr hier Station machen wollt, war ich aber sehr neugierig. Ich denke, das könnte mir vielleicht helfen, über all das wirklich hinwegzukommen. Also das heißt, wenn ich das richtig verstanden habe, was ihr vorhabt. Aber natürlich mache ich mir auch ein wenig Sorgen. Schließlich will ich keinen von euch gefährden und könnte es mir wohl nicht verzeihen, wenn sich die Geschichte doch noch einmal wiederholt.

In ein eher unangenehmes Schweigen im Gastraum hinein sagte Max dann noch, dass er es sich selbst verboten habe, den heutigen Tag in seinem Kalender zu markieren, um bestimmen zu können, wann genau die sechsundsiebzig Tage abgelaufen sein würden. Das wäre, sagte er, ein Rückfall in altes Verhalten.

Obwohl der große Flachbildfernseher, den man dafür hätte verwenden können, direkt neben der Bühne hing, schauten wir nach den Sitzungen im Gasthaus *Zum Rodn Hirschn* keine Filme. Wir saßen aber noch eine Weile zusammen und redeten und tauschten uns darüber aus, wer was gesehen hatte, was man kannte, ob man es als Kind geschaut hatte oder erst später, synchronisiert oder im Original mit Untertiteln. Diejenigen unter uns, die von Anfang an dabei waren, erzählten den Neuen von den Filmen, die wir im *Café Porsche* gesehen hatten, als wären es unsere eigenen Geschichten. Ich musste dabei wieder an Hannah und ihre Schilderung der Geiselnahme in dem belgischen Freizeitpark denken, die in Wirklichkeit nur eine Nacherzählung von *Scheme Park* gewesen ist, und mir fiel auf, dass durch diese vielen kleinen Geschichten, Erzählungen, Storys, Plots und Berichte der letzten Monate etwas sehr Dünnes in mir immer wieder gestochen und durchbohrt worden war. Etwas, das vorher noch zwei Bereiche voneinander abgetrennt hatte, das durch diese ständigen Stiche aber in sich zusammengefallen war und jetzt komplett fehlte, es also diese Trennung nicht mehr gab, die vorher zwar schon sehr dünn und durchsichtig gewesen war, aber dennoch vorhanden. Ich dachte, wenn noch etwas mehr Zeit vergeht, werde ich irgendwann auch die Abwesenheit dieser dünnen Trennwand nicht mehr spüren. Und ich fragte mich, während im Gasthaus *Zum Rodn Hirschn* die Filme nacherzählt wurden, ob das ein Fortschritt war, wie ihn sich Christoph für uns vorgestellt hatte, oder ein Verlust.

Ich schaute mir den Obergefreiten Max und die anderen Neuen an, Betty und Lothar und war mir nicht sicher, ob es klug war, sich an diesem Punkt noch einmal so weit zu öffnen. Schließlich waren wir durch den Fortgang des Schrecklichen Grauens sehr verwundbar geworden. Und es gab keinen objektiven Grund, diesen Leuten zu vertrauen.

Geschlafen wurde in Mehrbettzimmern, in Betten mit frischer Bettwäsche und zwischen diesen Betten auf dem Teppichboden, auf Isomatten in Schlafsäcken. Zu Beginn der Nacht wurde ausgelost, wer ein Bett bekommen würde und wer sich auf den Fußboden legen musste. Ich zog an beiden Abenden das Los des Fußbodens, was mich überhaupt nicht mehr störte und was ich auch nicht als Ungerechtigkeit empfand. Im Garten zeltend übernachteten eigentlich nur die Neuen, die genauso gut nach Hause in ihre eigenen Betten hätten gehen können. Ich denke, weil es für sie noch etwas Besonderes war und weil sie sich in vorauseilendem Gehorsam besonders anpassungsfähig zeigen wollten (wie damals die Leute, die ihre Schlafsäcke mit ins *Café Porsche* gebracht hatten).

In der ersten Nacht stand ich noch lange auf dem Flur, an dessen Ende ein Fenster in den Garten und auf den Parkplatz der Gaststätte zeigte, schaute den Neuen beim Aufbauen ihrer Zelte zu und sah, wie Betty und Lothar mit Taschenlampen in den hinteren Teil des Gartens zu einem Schuppen gingen, wie sie dort aufschlossen und in der Türöffnung verschwanden und wie dann innen ein Licht gemacht wurde, das schwach und rötlich war, wie von glühenden Öfen. Ich sah auch, wie auf dem Parkplatz, vor der geöffneten Tür zu Christophs Wohnanhänger, aus dem ein gelber Lichtschein als Rechteck zwischen sie auf den Asphalt fiel, Katja und Christoph offensichtlich in einen Streit geraten waren. Sie hoben die Hände und die Schultern, machten servierende Bewegungen und zeigten dem anderen aus kurzer Distanz mit dem Finger ins Gesicht. Ich sah, wie Betty aus dem Schuppen wieder heraustrat und über den Rasen zurück zum Haus lief. Lothar stellte sich in die Türöffnung des Schuppens und schliff die Klinge einer Axt mit einem Schleifstein. Christoph und Katja schüttelten ihre Köpfe, wandten sich voneinander ab, fassten sich an die Nasenwurzel oder an den Unterkiefer, stampften mit den Füßen auf, während Betty mit einem Mädchen an der Hand aus dem Haus zurückkam. Christoph und Katja ballten die Hände zu Fäusten, während Lothar dem Mädchen die Axt überreichte und ins Innere der Scheune zeigte. Sie zogen die Brauen tief über die Augen und redeten intensiv aufeinander ein. Diejenigen, die in unmittelbarer Nähe zu Christophs Wohnanhänger ihre Zelte aufbauten, schienen davon entweder gar nichts mitzubekommen oder die beiden aus Anstand zu ignorieren. Ich legte meine Hand auf den Griff des Fensters, weil ich es gern geöffnet und gehört hätte, worum es in dem Streit ging. Dann aber trat hinter mir jemand auf den Flur. Ich fühlte mich beobachtet, drehte mich weg und ging in mein Zimmer. Übrig blieben mir von dieser kurzen Szene ein sehr gutes Gefühl und die Vorstellung, auch zwischen Christoph und Katja könnte in den letzten Wochen etwas zerbrochen oder beschädigt worden sein. Ein tragendes Teil. Vielleicht, dachte ich, als ich mich zufrieden zwischen die Betten auf den Fußboden legte, würde sich Katja bald einen neuen Schlafplatz suchen müssen.

Wer in meinem Zimmer das Los eines Bettes gezogen hatte, trat noch eine Weile beglückt mit den Füßen aus, wuschelte das Gesicht in die Kopfkissen und schmiss den Körper hin und her, wie ein frisch gebadetes Kind, das man am Abend in frisch bezogene Betten legt. Raunende Geräusche wurden gemacht, wobei ich das Gefühl hatte, dass es sogar noch eine gewisse Zurückhaltung gab, aus Rücksicht auf die dazwischen auf dem Fußboden liegende Person.

Ich schlief ohne einen Traum, an den ich mich erinnern konnte. Nur am Morgen, bevor ich wirklich aufwachte, traf ich in einem Wald auf einen Mann in einem rosafarbenen Hasenkostüm, der einen großen Schlüssel im Boden vergrub. Als ich ihn fragte, was er da mache, sagte er, es tue ihm leid, aber er könne einfach nicht an sich halten.

Der folgende Tag verlief ohne feste Vorgaben. Erst am Abend, so wurde es von Sarah in unsere Richtung kommuniziert, sollten wir uns wieder im Gastraum einfinden, für weitere Auftritte auf der Bühne und um Anweisungen für die kommenden Tage entgegenzunehmen. Tagsüber war freie Zeit für alle, zu nutzen nach der eigenen Vorstellung und dem Begriff, den man sich im Lauf des Lebens von der Freizeit eben gemacht hatte.

Mir war früher schon aufgefallen, dass manche Menschen über eine besondere Begabung verfügten, die ihnen frei zur Verfügung stehende Zeit auf sinnerfüllte Weise zu verbringen, und dass diese freizeitbegabten Menschen, die auch in unserer Gruppe die Mehrheit stellten, in der Lage waren, den systemischen Zwang der Arbeitswelt durch Ausrüstung, Planung, Ordnung und Beherrschung (des Körpers und der Natur) dergestalt auf die freie Zeit zu übertragen, dass er ihnen als ihr eigener, freier Wille erschien und somit in dieser Zeit Regeneration, Erholung, sportlicher Ausgleich zum vielen Sitzen, der Erwerb interkultureller Kompetenzen, das Lesen dicker Bücher und die Pflege peripherer Sozialkontakte möglich waren, wo den anderen, weniger begabten, die freie Zeit immer wieder als Loch, Abgrund, Sumpf, als Haltlosigkeit und Bedrohung in den mühsam durchschleppten Alltag einbrach und auf eine fiese, dämonisch böse Weise die Tatsache ganz nackt ausstellte, dass man mit sich und seiner Zeit nahezu überhaupt nichts anzufangen wusste (ausgenommen Selbstbefriedigung, Drogenkonsum, Fernsehen, Videospiele, schlechtes Essen, Grübeln, heiß duschen, Musikhören und mitsingen in einer Lautstärke, die noch Raum lässt, sich vorzustellen, man könnte das auch selbst), wenn niemand da war, der einem sagte, wie und was.

Ich ging durch den Ort, um ein bisschen allein zu sein, weil das meinem Begriff der Freizeit entsprach (im Gegensatz zur Arbeitszeit, die ich meine gesamte Arbeitsbiografie hindurch immer in Gesellschaft anderer verbracht habe). Ich dachte an unseren Flashmob in Nattheim und an die vielen Aktionen, die wir nachts in den kleineren Orten auf unserem Weg durchgeführt hatten. Ich dachte an Olching und meine Eltern. In den Fenstern der Häuser sah ich verschiedene Gardinenformen, lächelnde Blumen aus Filz, Bienen und Schnecken aus Window-Color-Material, in den Gärten gab es Zwerge, Windräder, Deutschlandfahnen, Wimpel von Fußballvereinen, bunte Plastikrutschen, Sandkästen, solarbetriebene Wegleuchten, getöpferte Frösche und Fliegenpilze, die Haustüren waren meist aus weißem Plastik mit rautenförmigen Aussparungen und Handgriffen aus Aluminium. Ich dachte, die Verzweiflung der Menschen hat in so einem kleinen Ort nochmal eine ganz andere Qualität. Der Verzweifelte wirkt im kleinen Ort noch verzweifelter, aussätziger, noch ausweglos er vom Leben angeschissen als in der großen Stadt, wo die Gesichte vielfältig sind und die Verzweiflung irgendwie schick und herzeigbar. Im kleinen Ort, wo das Rauschen der Bäume und das Rauschen des Blutes in den Ohren immer nur lauter werden, während man sich wünscht, etwas anderes zu hören, bleibt einem wohl nichts anderes übrig, als den getöpferten Tonfrosch im Garten zu zertreten oder die eigene Faust so oft gegen eine rauverputzte Wand zu schlagen, bis die Haut an den Knöcheln aufgeht und man beginnt, immerhin, mit sich selbst malend ein paar Spuren zu hinterlassen. So ungefähr habe ich gedacht, während ich allein durch den Ort gelaufen bin, und sofort war auch der innere Kommentator zur Stelle, der mich lächerlich fand, meine Geste herbeizitiert, das Leid nur ausgeliehen und unverdient und mein Urteil über den Ort und die Leute, die ihn bewohnten, unhaltbar, überheblich, selbstgerecht, denkfaul und dabei kein bisschen originell.

Das mit Abstand Fürchterlichste aber, was mir auf meinem Gang durch den Ort begegnet ist, am Ende einer schmalen Straße am Ortsrand, hinter dem letzten Haus und der letzten Hecke, wo die Siedlung und das letzte Grundstück in eine unbebaute Fläche übergingen, in Gestrüpp am Fahrbahnrand, hohes Gras, Obstbäume, war ein einzelner, freistehender junger Baum, der völlig, vom Stamm bis in die Krone, eingesponnen war in ein dichtes weißes Netz, wie von einer riesigen Monsterspinne, die ungefähr die Größe eines Pandas haben musste, und der so schrecklich tot und umschlungen aussah wie nichts, was mir in den Geschichten der anderen oder auf dem Weg seit unserem Aufbruch begegnet war.

Und weil mich dieser gruslige Baum so faszinierte, ging ich von der Straße durch das hohe Gras auf ihn zu und schaute ihn aus der Nähe an. Erst als ich schon sehr nah war, erkannte ich, dass das feine, eng um die Äste und den Stamm gewobene Material nicht das Netz einer Spinne war, sondern das Gespinst von Tausenden kleiner, madenartiger Würmer, die in dichten Knäueln sich gegenseitig umwindend und ineinanderkriechend wie in großen, endlos langsam tropfenden Tropfen von dicken Gespinstfäden herabhingen. Am Boden waren schon ein paar der Knäuel angekommen und aufgegangen, aber die madenartigen Würmer krochen auch da noch übereinander, planlos und ohne Ziel, mit fetten Körpern, durch die sich jede Bewegung in einer von hinten nach vorne komplett durch sie hindurchschiebenden Welle hindurchschob, die Köpfe ragten hoch und schlenkerten in alle Richtungen, der Baum stand eingesponnen und tot vor mir, die Blätter waren abgefressen, und mir wurde richtig übel und unscharf vor den Augen.

Ich konnte irgendwie überhaupt nicht fassen, dass dieser grässliche Baum einfach so am Rand der Ortschaft an der Straße stand und dass sich dort so ein hässlicher Horror einfach so abspielte und niemand etwas dafür tun musste oder etwas dagegen unternahm, den Baum fällte oder die verknäulten Maden mit einem Flammenwerfer versengte.

Zurück im Gasthaus *Zum Rodn Hirschn* zeigte mir Katharina, die im Ort wohnte und auch gleich wusste, wovon ich sprach, als ich ihr von dem Baum erzählte, auf ihrem Smartphone den Wikipedia-Eintrag zur Gespinst- und Knospenmotte *(Yponomeutidae)*, deren Larven ich offensichtlich am Ortsausgang gesehen hatte. Sie hielt mir ihr Telefon hin (Fotos von anderen, dicht umwickelten, toten Bäumen und Nahaufnahmen der Larven, die mich wieder an den Filmtitel *Erntezeit im Garten des Todes* denken ließen), und ich bemerkte, wie der Eintrag für sie eine Art Beweis darstellte, dass es sich bei diesen Tieren um etwas völlig Normales handelte. Sie wischte ein paar Mal über den Bildschirm und erzählte mir (oder las vor), dass man die feinen, dichten und sehr reißfesten Gespinste dieser Motten im 18. Jahrhundert als Leinwände für eine spezielle Form der Malerei verwendet habe. Und dann schaute sie mich an und sagte, es gebe also keinen Grund, sich zu fürchten, was mir in mehrfacher Hinsicht überhaupt nicht einleuchtete.

Ich hatte keinen Appetit auf das Abendessen, das im *Rodn Hirschn* serviert wurde (das ansonsten durchaus Potential hatte, zu einer beträchtlichen Steigerung der Moral beizutragen), und hoffte, dass es bald weitergehen würde im Programm des Schrecklichen Grauens, wo ich meine Erfahrung (die mit dem Gespinstmottenbaum, aber auch die meines bisher gelebten Lebens) besser aufgehoben fühlte als in einem Gespräch mit

Katharina und den Fakten aus ihrem Smartphone, war also entsprechend bereit, aufnahmefähig und unvoreingenommen, als Linda schließlich die niedrige Bühne im Gasthaus *Zum Rodn Hirschn* betrat, sich vorstellte mit ihrem Namen und erzählte, dass sie ganz ähnlich wie Max nach einiger Zeit im Ausland wieder hierher in den Ort gekommen sei und ebenfalls bei ihren Eltern wohne im Moment, dass sich ihre Geschichte aber in einigen Punkten sehr deutlich von der Geschichte von Max unterscheide, wobei es am Ende vielleicht doch einen ähnlichen Kern gebe, aber darum soll es hier ja auch gehen, sagte sie, wenn ich das richtig verstanden habe. Linda sagte, sie habe sich am gestrigen Abend nicht mit einem der Gegenstände selbst verletzt, weil sie nicht das Gefühl habe, als hätte sie das noch nötig. Und sie bat zwar die anderen, die da vor ihr saßen und sich noch gut an die Erfahrung mit der *Wahl der Waffen* erinnern konnten, um Entschuldigung – das sei jetzt bitte nicht persönlich zu nehmen –, aber ich hatte doch das Gefühl, dass sie damit bereits einige von uns gegen sich aufbrachte.

Linda sagte: Vielleicht erstmal ein paar Worte zu meiner Person, und stellte sich vor auf eine Art, die ruhig, routiniert und selbstverständlich war und klarmachte, dass sie sehr häufig schon in einem beruflichen Kontext über sich selbst hatte sprechen müssen und fremden Menschen erklären, um wen genau es sich bei ihr handelte, wer sie sei und welche Schubladen man zu öffnen habe, wenn man nach ihr suchte. Ich bin in Ebrach auf die Realschule gegangen, sagte sie, und habe dort die mittlere Reife gemacht. Danach war ich für drei Jahre in Nürnberg an der Messe und habe mich zur Veranstaltungskauffrau ausbilden lassen. Ich habe über ein Berufskolleg die Allgemeine Hochschulreife nachgeholt und in Erlangen Kunstgeschichte und North American Studies studiert. Mein Beruf hat mir viel Spaß gemacht, aber ich wollte noch ein bisschen was von der Welt sehen, und mein Traum ist immer gewesen, Eventmanagement im kulturellen Bereich zu machen, vielleicht für ein Museum oder eine Agentur im Ausland, mich dabei aber nicht nur von der betriebswirtschaftlichen Seite her einbringen zu können, sondern auch mit ein bisschen fachlicher Kompetenz, dass man dann nicht dasteht wie ein Depp, auf einem Empfang oder sonst einem Event, wenn sich die Künstler und die Kuratoren und die Galeristen unterhalten, auch wenn ich sagen muss, dass ich die Kunstgeschichte während des Studiums schon als eine sehr staubige Angelegenheit empfunden habe und dass ich bislang die Erfahrung machen musste, dass sich gerade Künstler und Kuratoren und Galeristen eher selten über Kunst und ungefähr nie über Kunstgeschichte unterhalten, sondern eher über Lady Gaga, über Fußball oder Segelschiffe, Wein und teure Restaurants, und dass ich dieses Wissen kein einziges Mal in einer Konversation habe anwenden können, aber vielleicht war das auch sehr naiv von mir zu glauben, diese Leute würden wirklich solche Gespräche führen. Für die USA habe ich mich immer schon interessiert, allein schon wegen der ganzen Serien. Ich wäre auch nach Kanada gegangen, aber als ich für mein Studium ein Praktikum machen musste, habe ich mich zuerst bei verschiedenen Kunstmuseen in den USA beworben, eigentlich *all over the place*, sagte Linda, hauptsächlich halt Ost- und Westküste, weil es dazwischen ja nicht so viel gibt, außer vielleicht noch Chicago oder Houston, Texas.

Tatsächlich angenommen wurde ich dann im *Los Angeles County Museum of Art* in Kalifornien, was sich für mich erstmal ganz unrealistisch und ganz weit weg angehört hat. Als ich mich dort beworben habe, kannte ich mich noch nicht so gut aus und wusste nicht, dass das ein Haus mit internationalem Renommee ist. Wahrscheinlich hat mir das bei der Bewerbung auch eher geholfen, weil ich eben nicht so nervös war, wie ich es sonst vielleicht gewesen wäre. Es gab ein Skype-Interview auf Englisch und sehr viel bürokratischen Papierkram, das Praktikum war auf drei Monate angesetzt, unbezahlt und Teil eines interkontinentalen Austauschprogramms mit der Europäischen Union, das es inzwischen, glaube ich, gar nicht mehr gibt. Ich habe über einen deutschen Fonds ein kleines Stipendium bekommen und einen Zuschuss von meinen Eltern und hatte außerdem noch ein paar tausend Euro gespart. Den Flug habe ich selbst bezahlt. Das Leben in Los Angeles ist unheimlich teuer, aber damals dachte ich wirklich, dass es das ganze Geld wert sein würde. Ich war noch nie für längere Zeit im Ausland und auch noch nie außerhalb Europas unterwegs gewesen. Es war ein sehr großer Schritt für mich. Inzwischen fühlt sich das alles so klein und unbedeutend an, obwohl es noch gar nicht so lange her ist.

Ich kam am Flughafen in Los Angeles an mit Tausenden von Touristen, die sich gleich nach Verlassen des Flugzeugs, noch bevor man seinen Koffer abholen konnte, in einer großen Abfertigungshalle vor Maschinen anstellten, die einen fotografierten und genaue Daten zum Aufenthalt aufnahmen. Dann gab es für jeden ein persönliches Gespräch mit einem Officer der Border-Protection, von euch waren ja sicher schon einige in den Staaten und kennen die Prozedur. Für mich war es neu, und es hat sich sehr besonders angefühlt, obwohl da tausend andere Touristen mit mir in den Schlangen standen und fotografiert und befragt wurden und obwohl ich die ganze Zeit, im Flugzeug, im Flughafen, in der Abfertigungshalle, am Gepäckband und am Schalter der Mietwagenfirma ständig andere Deutsche Deutsch reden gehört habe. Es gab einen großen Ankunftsbereich, wo Hunderte Abholer auf die Passagiere warteten, mit Luftballons und selbstgemalten Transparenten, mit laminierten Schildchen verschiedener Unternehmen oder mit iPads, auf denen die Namen der abzuholenden Personen geschrieben standen. Mich hat der Anblick an die Bilder erinnert, die ich aus den Börsensälen in Frankfurt oder New York kenne, wo alle Leute immer mindestens einen Arm hochhalten, mit einem Zettel in der Hand, und ständig mit irgendwem am Telefonieren sind. Draußen vor dem Flughafengebäude war es heiß und schwül, *tropisch*, dachte ich, obwohl das sicher nicht stimmt. Ich schaute mich um und fragte mich, wann ich wohl meine erste Palme sehen würde. Auf dem Weg von der Ankunftshalle zum Schalter der Mietwagenfirma sah ich aber nur eine breite Ringstraße voller Taxis und Busse und anderer Autos und ein riesiges Parkhaus, um das der Flughafen offensichtlich herumgebaut war. Der Himmel war ganz hell blau und alle Menschen trugen Sonnenbrillen.

Ich mietete mir einen Toyota Yaris bei der Firma Hertz, packte mein Gepäck auf die Rückbank, gab in das Navigationsgerät die Adresse der Wohnung ein, in der ich die ersten beiden Wochen als Untermieterin gewohnt habe, und fädelte mich in einen langen, sehr zäh dahinfließenden Stau ein, der sich bis zum Horizont erstreckte, wo in einem milchig blauen Dunst ein paar Hochhaustürme standen, und über dem die Luft flirrte wie über einem Lagerfeuer. Ich machte das Radio an, in dem zuerst ein paar Verkehrsmeldungen durchgegeben wurden und dann ein Song der Band *Genesis* lief. Ich weiß das alles noch sehr genau, sagte Linda, weil ich alles sehr genau beobachtet habe. Auch mich selbst. Ich dachte: Jetzt bist du hier. Und ich fand es ein bisschen schade, dass ich alleine war, in meinem Auto, obwohl ich sonst eigentlich gerne alleine Auto fahre. Aber auf dieser ersten Fahrt in Los Angeles wusste ich eben nicht mehr so genau, wo ich war und wer ich dort war, wo ich war, und wie ich dort, wo ich war, sein würde in den nächsten Monaten, und deshalb habe ich mich, glaube ich, ganz besonders intensiv beobachtet, was mir dann schnell auch unangenehm wurde.

Linda erzählte uns, sie habe über ein bekanntes Online-Mietportal im Internet in verschiedenen Apartments zur Untermiete gewohnt. Manchmal sei es eine ganze Wohnung gewesen, oft hätten die Leute aber auch nur ihre Bettcouch im Wohnzimmer vermietet oder eine Schlafkoje, die man mit einem Vorhang vom

Schlafzimmer der Person abtrennen konnte, die dort auch noch wohnte. Es gab auch Wohnungen, erzählte sie, die wie Jugendherbergen von mehreren ausländischen Studierenden, Touristen oder Praktikanten bewohnt wurden, die sich alle sehr viel Mühe gaben, immer freundlich und gutgelaunt zu bleiben und das Beste aus ihrer Erfahrung in Amerika zu machen. Sexuell übergriffig, was die größte Sorge meiner Mutter bei dieser Art der Unterbringung gewesen ist, sagte sie, ist in der Zeit aber niemand geworden. Es war eher so, dass alle immer sehr viel zu tun hatten und sehr selten zuhause waren. Und wenn sie zuhause waren, dann lagen sie im Bett und luden die Akkus von ihren Smartphones auf und posteten Bilder des vorher am Tag Erlebten oder Gesehenen auf ihren Profilen im Internet. Alle Frauen, mit denen ich in den USA zusammengewohnt habe, egal welcher Nationalität, haben immer sehr lange geduscht und waren sehr unordentlich. In ein paar Wohnungen gab es mexikanische Putzfrauen, die einmal die Woche kamen. Wenn es die aber nicht gab, waren die Wohnungen eigentlich immer verwahrlost und oft auch stark heruntergekommen. Alles war immer eng, und die Leute hatten grundsätzlich viel zu viele Haustiere.

Ich bestellte mir noch ein Bier und aß doch langsam die kalt gewordenen Knödel auf meinem Teller auf, als Linda berichtete, sie sei in den ersten Tagen oft ans Meer gefahren und dort am Strand spazieren gegangen oder in den Naturschutzgebieten am Stadtrand, in den Hügeln, wo es verschiedene Wanderrouten gab und Hinweisschilder, die erklärten, wie man sich Pumas und Klapperschlangen gegenüber verhalten soll. Ich habe Pelikane und Kolibris und Delphine gesehen, sagte sie, und Agaven und Palmen und riesige Eukalyptusbäume und Feigen, die man sich reif vom Baum herunter direkt in den Mund pflücken konnte, und ich fand das alles ganz besonders und sehr, sehr schön, vor allem an den ersten Tagen, wo ich überhaupt alles ganz besonders und ganz besonders schön fand, auch das Gefühl, irgendwie an all diesen Orten doch schon einmal gewesen zu sein, weil sie so oft in den Filmen und Serien vorkommen, und langsam zu begreifen, wie das alles zusammenhängt, die Stadt, die Straßen, die Namen der Stadtteile. Ich habe erst, als mir der Pazifik gegen die Füße gerollt ist und hinter mir die Hügel sanft zum Meer hin abgefallen sind, verstanden, dass ein ganzer Kontinent aufhört an dieser Stelle und dass dort nicht umsonst diese berühmte Route quer durch Amerika ihr Ende hat. Ich dachte mir, dass das bestimmt für die amerikanischen Ureinwohner ein ganz besonders magischer Ort gewesen sein muss.

Durch die Arbeit im Museum, erzählte Linda, ist aber sehr schnell eine Normalität in mein Leben in Los Angeles eingekehrt, sehr viel schneller sogar, als ich mir das vielleicht gewünscht hätte. Ich habe mir ein Handy mit einer amerikanischen Nummer besorgt, auf dem ich oft von der Arbeit aus angerufen wurde. Es gab viele organisatorische Aufgaben, die meisten davon waren eher stumpfsinnig, und nach einer Weile fand ich es nicht mehr spannend, dass das Druckerpapier ein anderes Format und die Türen Knäufe statt Klinken hatten, es fühlte sich nicht mehr besonders an, morgens vor der Arbeit bei Starbucks einen extragroßen Caffè Latte zu holen, mit dem Mietwagen auf den Angestelltenparkplatz des Museums zu fahren und so ein Plastikkärtchen um den Hals zu tragen, mit dem man an allen Kassen und Sicherheitsleuten vorbeilaufen konnte. Bei meiner Arbeit in Deutschland hatte ich schon sehr viel mehr Verantwortung gehabt, und ich fragte mich, ob ich vielleicht zu alt war, um noch irgendwo Praktikantin zu sein.

Ich hatte nicht unbedingt das Gefühl, dass ich das eigentlich aufregende Leben in Los Angeles versäumte, weil ich so viel arbeiten musste. Eher kam es mir so vor, als würden alle Leute, die dort in der Stadt lebten, das eigentlich aufregende Leben versäumen, weil sie so viel arbeiten mussten oder in ihren Autos im

Stau saßen oder in ihren winzig kleinen Wohnungen mit ihren Smartphones und ihren Haustieren im Bett lagen, weshalb dieses aufregende Leben in Los Angeles vielleicht nur als Mythos existiert – oder sich in den Naturschutzgebieten abspielt, wo niemand danach sucht. Die Bars und die Clubs in der Stadt habe ich sehr früh schon aufgegeben, da war mir alles zu laut und zu voll und zu aggressiv und verzweifelt und so ein ständiges Herausbrüllen der eigenen gutaussehenden Happiness, die ich niemandem dort auch nur eine Sekunde abgenommen habe. Ich glaube, sagte Linda, es war so, dass mir der Ort an den Stellen immer aufgesetzter, banaler und hässlicher vorgekommen ist, wo er von den Menschen gemacht und kontrolliert war, weil dort überall so ein unheimlich selbstvergessener, ignoranter Egoismus am Werk gewesen ist, der die ganze Stadt, das ganze Design der Stadt, die Menschen, die Geschäfte, die Gespräche und am Ende auch die Museen, die Kunstszene und die Künstler selbst bestimmt und regiert hat. Ich war nur einmal in den südlichen Stadtteilen, wo die schlechtbezahlten oder arbeitslosen Afroamerikaner leben, weil ich eine große Kunstinstallation dort gesucht, aber nicht gefunden habe. Ich saß ungefähr eine Stunde lang in meinem Mietwagen mit verriegelten Türen am Straßenrand in einer Nebenstraße, die voller Schlaglöcher war und voller Müll und wo Kinder Einkaufswägen voller Schrott an mir vorbeigeschoben haben, und habe geweint, als hätte gerade jemand mit mir Schluss gemacht.

Direkt neben dem Museum gab es einen Park mit ein paar eingezäunten Teergruben, die an dieser Stelle vor ungefähr einhunderttausend Jahren in einem natürlichen Prozess entstanden sind – schwarze Pfützen, Erdlöcher und kleine Seen, in die in dieser langen Zeit alle möglichen Tiere hineingeraten, versunken und verendet sind und wo man heute noch bei Ausgrabungen die Knochen von Säbelzahntigern und Riesenfaultieren findet. Es gibt dort einen künstlich angelegten Teerteich, in dem ein halb versunkenes, lebensgroßes Plastikmammut beim Todeskampf nachgestellt ist. In diesen Park bin ich oft in meiner Mittagspause gegangen, und ich stand auch oft vor dem Plastikmammut, das sehr verzweifelt zum Ufer rüberschaut, wo zwei andere lebensgroße Plastikmammute im Trockenen stehen, eines von beiden noch ein ganz kleines Kalb, das seinen viel zu kurzen Rüssel wie zur Rettung dem versinkenden entgegenstreckt.

Ich habe viel Zeit mit dieser zerrissenen Plastikmammutfamilie verbracht, und ich musste auch oft an sie denken, wenn ich anderswo in der Stadt unterwegs war oder im Museum bei der Arbeit. An guten Tagen habe ich der Mammutfamilie gegenüber ein freundschaftliches Gefühl gehabt, und an sie zu denken hat mich beruhigt. Auch der Gedanke, dass das eine Plastikmammut zwar am Untergehen war, aber am Ende doch noch jeden Tag im Park auf mich wartete, wenn ich meine Mittagspause machte. Und an schlechten Tagen habe ich in ihnen ein Sinnbild gesehen, ein Symbol oder ein Zeichen, das ich ausdeuten musste und das als Nachricht für mich dort im Park hinterlassen worden war. Ich habe mich dann entweder selbst mit der versinkenden Mammutkuh identifiziert, oder ich habe ein bisschen abstrakter an ihr herumgedeutet, wie wir das damals im Kunstgeschichtsstudium mit Malereien und Skulpturen gemacht haben. Ich habe verschiedene Varianten entwickelt, in dieser Plastikmammutfamilie zu lesen, und ich glaube, ich habe mich mit kaum einem Kunstwerk in dem Kunstmuseum, in dem ich ja eigentlich gearbeitet habe, so lange und intensiv befasst wie mit diesen drei Elefanten, und wenn ich heute an die Stadt Los Angeles und die Zeit, die ich dort verbracht habe, denke, dann sehe ich in ihr hauptsächlich dieses ewig versinkende Mammut und seine beiden Verwandten am Ufer. Den Leuten im Museum habe ich nichts davon erzählt, die hätten mich sicherlich auch für bescheuert oder zumindest für sehr naiv gehalten, wie ihr ja vielleicht auch, wenn ich ihnen erzählt hätte, dass ich in meiner ganzen Zeit in Los Angeles kein passenderes Sinnbild für die Stadt und mein Leben darin gesehen habe als die Nachbildung dieser drei längst ausgestorbenen Tiere. Dass irgendwie alles, vor allem aber die *Erzählung* davon, was die Stadt war und was man in ihr erleben konnte, so ein ewig versinkendes, in Wirklichkeit längst schon ausgestorbenes und durch ein Plastikimitat ersetztes totes Tier in einem künstlich angelegten Teerteich war. Auch das traurige Ausstrecken des Rüssels am Ufer passte da für mich sehr gut rein. Für mich waren darin die ganzen ausländischen Studierenden und Praktikanten – also auch ich selbst – abgebildet, mit denen ich zusammengewohnt habe und die sich ausgestreckt haben, aber eigentlich ist das auch egal, das führt irgendwie zu weit jetzt.

Wie ich das erzähle, sagte Linda, klingt vielleicht so, als hätte ich während meines Praktikums im *Los Angeles County Museum of Art* nicht auch sehr tolle und inspirierende Kunst gesehen, was aber gar nicht stimmt. Ich wurde zum Beispiel mitgenommen, als eine Delegation von Kuratorinnen und Museumsdirektoren in einem klimatisierten Kleinbus in die Mojave-Wüste gefahren ist, um dort einige Skulpturen eines verstorbenen Bildhauers für eine große Retrospektive auszuwählen. Der verstorbene Bildhauer, der lange Zeit in Los Angeles aktiv gewesen war, hatte sich im Alter in die Wüste zurückgezogen, ein großes Grundstück gekauft und auf diesem Grundstück verschiedene sehr rührende und kluge Skulpturen aus Müll und Fundsachen zusammengebaut und in einer Art Freilichtmuseum ausgestellt. Unsere Museumsdelegation wurde von einem jungen Mexikaner, den die Kuratorinnen nur *Chicharito* nannten, was, glaube ich, *kleine Erbse* bedeutet und wahrscheinlich liebevoll gemeint war, mir aber ganz besonders herablassend vorgekommen ist, weil Chicharito seinerseits die Frauen nur mit *Miss* angesprochen und dabei auch immer den Blick gesenkt hat, etwa drei Stunden lang über die Freeways und die Staubstraßen in die Wüste gefahren, wobei wir kein einziges Mal die getönten Fensterscheiben heruntergelassen haben, wegen der Klimaanlage und der Hitze draußen. Im Nachhinein würde ich sagen, dass es ein schicksalhafter Moment gewesen ist, als ich auf dem Parkplatz vor dem Freilichtmuseum die hintere Tür des Kleinbusses aufgemacht habe und die scharfe, trockene Hitze der Wüste sofort in unsere Klimaanlagenluft hereingeschnitten kam. Wir stiegen aus und standen für einen kurzen Moment schweigend im Sand des Parkplatzes und hörten es flüstern in der Wüste, wie es nur in der Wüste flüstern kann, wenn der Wind am störrischen Gestrüpp der Wüstenpflanzen entlangfährt und die Sandkörner übereinanderrollen. Die Museumsdelegation hat diese Stille natürlich nicht lange ausgehalten, es wurde sich sehr schnell und sehr geschäftig der gesamte Skulpturengarten angeschaut, und mir wurden Entscheidungen diktiert, welches Teil sich weshalb für die große Retrospektive eignen würde und wer beauftragt werden sollte, um die entsprechenden Arbeiten dort abzuholen und im Museum wieder aufzustellen. Ich konnte mir das überhaupt nicht vorstellen, dass man diese Sachen, die der verstorbene Bildhauer über Jahre in der Wüste zusammengeklaubt hatte und die teilweise auf eine ganz subtile Art, die mir sehr wichtig erschienen ist, mit dem leichten Wind und mit der Landschaft kommunizierten, in den weißen Ausstellungsräumen in Los Angeles wieder aufbauen würde. Und mir taten, noch während wir durch den Skulpturengarten liefen, die Leute leid, die diese Arbeiten später nur im Museum sehen würden, wo sie sicherlich auch noch gut aussahen, aber ohne ihren Kontext auch heimatlos und traurig dastehen würden, was man wahrscheinlich nur unbewusst wahrnimmt, dachte ich, und dann vielleicht selbst traurig aus der Ausstellung herausgeht, ohne wirklich zu wissen, weshalb.

Draußen war es inzwischen dunkel geworden, als Linda uns erzählte, dass es ihr sehr schwergefallen sei, nach dem Besuch des Freilichtmuseums in der Wüste wieder in die Stadt zurückzukehren, obwohl sie ja höchstens zwei Stunden dort verbracht hatte. Ich habe aber schon gespürt, sagte sie, dass ich nochmal dorthin zurückmusste. Und ich glaube, an dem Punkt habe ich begriffen, worin der Unterschied besteht, weshalb dieses Land ganz anders ist als alles, was ich zuvor gesehen habe. Weil es dort diese Art von Abgeschiedenheit gibt, die aber trotzdem bewohnt wird. Es gibt die weite Wüste, die aber nicht einfach nur Wüste ist, sondern ein Ort, an dem Menschen so weit weg vom Mythos des eigentlich aufregenden Lebens leben, praktisch unerreichbar für diese ganzen leeren Versprechungen, wo es immer noch Platz gibt und wo keiner laut dazwischenbrüllt, wenn geflüstert wird.

Es hätte wahrscheinlich keinen besseren Zeitpunkt geben können, Rayenne kennenzulernen, sagte Linda, und ich bemerkte, als ich mich umschaute, diese alte Ungeduld an Christoph, die ich aus den Sitzungen im *Café Porsche* von ihm kannte, in die er geriet, wenn ihm eine Geschichte zu stark mäanderte, Unwesentliches mit aufnahm, das auf dem Weg lag (den Müll aus der Wüste sozusagen), wie das bei Beat der Fall gewesen ist und bei Markus, vielleicht auch bei mir.

Wir sahen uns zum ersten Mal auf einer Ausstellungseröffnung im Museum, die als Brunch angelegt war, als sie für die Cateringfirma, die den Service gemacht hat, mit einem Tablett unterwegs war und leere Gläser und Teller einsammelte. Irgendwann am frühen Nachmittag stand sie etwas abseits an dem Treppengeländer, das runter in den Park mit den Teergruben führt, und rauchte eine Zigarette, was den Angestellten der Cateringfirma sehr wahrscheinlich verboten war, ganz sicher jedenfalls auf dem Gelände des Museums nicht erlaubt. Sie war Anfang zwanzig, hatte eine weiße Bluse an und eine schwarze Kellnerschürze und sah beim Rauchen extrem toll aus. Ich bin ein paar Mal nah an ihr vorbeigelaufen, weil ich nicht wirklich etwas zu tun hatte, aber beschäftigt aussehen wollte, und irgendwann hat sie einen Kommentar zu dem Outfit gemacht, das ich anhatte, und wir sind ins Gespräch gekommen. Ich habe erfahren, dass Rayenne Schauspielerin war, auch schon ein paar kleine Rollen in Filmen und Fernsehserien gespielt hatte, davon aber nicht leben konnte und deshalb immer wieder solche Jobs wie den bei der Cateringfirma annehmen musste und zu den schlechtverdienenden Afroamerikanern gehörte, die im Süden der Stadt leben. Sie sagte auch etwas, das ich nicht wirklich verstanden habe, nämlich, dass sie eigentlich Sexarbeiterin sei, dafür aber nicht bezahlt werde. Ich habe nicht nachgefragt, wie sie das gemeint hat.

Als die Veranstaltung vorbei war und die Mitarbeiter der Cateringfirma alles aufgeräumt hatten, erzählte Linda, sah ich, wie Rayenne sich unten an der Treppe andere Schuhe angezogen und die Perücke abgenommen hat, die sie beim Arbeiten die ganze Zeit auf dem Kopf gehabt hatte, was mir gar nicht aufgefallen war. In Wirklichkeit hatte sie ganz kurze Haare. Ich bin nochmal zu ihr hingegangen, und wir haben uns noch ein bisschen unterhalten, und dabei kam heraus, dass sie kein Auto hatte, weil sie sich keines leisten konnte, und stattdessen mit Bussen unterwegs war oder mit diesem privaten Mitfahrservice, den zu der Zeit alle in Los Angeles immer benutzt haben. Ich habe ihr dann angeboten, sie in meinem Auto mitzunehmen, weil ich nach der Veranstaltung Schluss hatte und eh keine Pläne für danach.

Wir sind zusammen zum Angestelltenparkplatz gegangen, Rayenne setzte sich zu mir ins Auto auf den Beifahrersitz, und ich fragte sie, wo ich sie hinfahren soll, und dachte, dass sie mich in einen der südlichen Stadtteile lotsen würde. Ich stellte mir vor, dass sie dort irgendwo in einem von diesen Bungalows mit ihrer ganzen Familie zusammenwohnte, den Eltern und Großeltern und Geschwistern und deren Kindern. Aber sie sagte, dass ich einfach mal losfahren solle, sie müsse noch herausfinden, wohin genau sie wolle. Ich bin dann die üblichen Straßen abgefahren, auf die man immer wieder gerät. Ich habe auch ihre Namen noch deutlich im Kopf: Wilshire, Vermont, Melrose, Fairfax, Sunset. Rayenne saß eingesunken auf dem Beifahrersitz, wie jemand, der stundenlang auf unbequemen Schuhen gearbeitet hat, und textete mit ihrem Smartphone, das immer wieder den Empfang verlor oder ganz langsam war, weil sie ihr Datenvolumen schon aufgebraucht hatte. Sie sagte, wenn ich wolle, dann könne ich Ulive kennenlernen, der sei ein Erlebnis.

Es war ein sehr heißer Tag, aber wir hatten trotzdem die Fenster offen und die Klimaanlage ausgeschaltet, weil wir das beide so viel angenehmer fanden. Wir schwitzten, und wir trugen Sonnenbrillen und hörten Radio, und für eine Weile, wahrscheinlich, weil ich nicht mehr alleine im Auto saß, glaubte ich zu verstehen, was so toll sein sollte daran, in dieser Stadt zu leben.

Rayenne bekam von Ulive eine Adresse in den Hollywood Hills aufs Handy und sagte mir, wohin ich fahren sollte, wobei wir ein paar Mal falsch abgebogen sind und sie sich immer wieder nach Sachen umgeschaut hat, die ihr bekannt vorkamen. Ich habe ihr nicht angeboten, das Navigationsgerät zu benutzen, weil ich es genossen habe, mit ihr im Auto zu sitzen, und weil ich gar kein Bedürfnis danach hatte, bald anzukommen. Ich konnte mir auch unter dem Namen Ulive niemanden vorstellen und wusste nicht, ob ich ihn überhaupt kennenlernen wollte.

Aus dem Augenwinkel konnte ich sehen, wie Christoph Markus ein Zeichen gab und wie der dann einen Knopf an seiner Kamera drückte. Wahrscheinlich hat er an dem Punkt die Aufnahme abgebrochen. Sarah machte sich weiterhin Notizen, Katja saß, die Unterarme auf den Oberschenkeln aufgestützt, am Rand der Bühne und schien niemanden zu beachten außer Linda. Und alle anderen saßen ebenfalls ganz aufmerksam und ruhig und satt auf den Stühlen im Gasthaus *Zum Rodn Hirschn* und hörten zu. Ich musste, während Linda von der Autofahrt durch Los Angeles erzählte, wieder an den Film *Der Stand der Dinge* denken, an das ziellose Herumfahren im Wohnmobil und das Gespräch zwischen dem Produzenten und dem Regisseur.

Das Haus in den Hollywood Hills, sagte Linda, an dem wir schließlich angekommen sind, war eine dieser weißen Villen im spanischen Kolonialstil, wie es sie in der Stadt sehr häufig gibt. Wir fuhren von der Straße aus durch ein Eisentor in einer hohen Hecke auf das Grundstück, stellten das Auto ab und stiegen aus, und Ulive, der sich als großer, hagerer Typ herausgestellt hat, der eine Pumphose und ein Spaghetti-Top anhatte, ungefähr zehn Jahre älter war als Rayenne und seltsam bleich für die Tatsache, dass er in Kalifornien lebte, kam aus dem Schatten der Veranda auf uns zu und lächelte. Rayenne sprang ihm an den Hals, und die beiden küssten sich ausführlich, und dann reichte mir Ulive seine rechte Hand und stellte sich vor, während die linke noch auf Rayennes Hinterkopf lag.

Ulive passte auf die Hunde von Hausbesitzern auf, die im Urlaub waren, das war eines seiner Businesses, wie er es genannt hat. Er plante aber auch eine Kochshow mit Raw-Foods, war Surflehrer und schrieb am Drehbuch für den Pilotfilm einer Fernsehserie, in der es auch um Surflehrer gehen sollte. Er hatte einige Tätowierungen an den Armen, die verschiedene Positionen aus dem Kamasutra abgebildet haben. Die Linien der Tätowierungen sahen bleich und verwaschen aus, als wären sie schon ganz alt oder als wären sie im Gefängnis mit einer Nadel und einer Tintenpatrone gestochen worden. Ganz besonders stolz war Ulive auf eine Tätowierung, die er auf dem Rücken hatte und die er mir auch sofort gezeigt hat, als er bemerkte, dass mir die Abbildungen auf seinen Armen aufgefallen waren. Er zog das Spaghetti-Top hoch und drehte sich um, und über den halben Rücken war ein indischer Elefant tätowiert, der sich wieder aus lauter verschlungenen Kamasutrafiguren zusammensetzte. Ich musste an die Mammutfamilie in dem Park am Museum denken. Ulive meinte, das Design habe er selbst entwickelt, ein Freund habe es ihm dann in einer einzigen Sitzung gestochen, while we were on mushrooms, sagte er, was ich mir ganz schrecklich vorstellte, obwohl ich noch nie diese Art von mushrooms gegessen habe. Und dann sagte Ulive erklärend zu mir, während er Rayenne anschaute: I'm a sexgod. It's my passion.

Wir saßen eine Weile zu dritt auf der Veranda und haben billigen Weißwein mit Eiswürfeln getrunken. Es war noch immer sehr heiß. Die beiden Hunde der Hausbesitzer, ein Collie mit glänzendem Fell und ein dunkler Labrador Retriever, kamen hin und wieder schwer hechelnd auf die Veranda getrapst und legten sich wie umgestoßen vor Ulive auf den Steinboden. Ich war die ganze Zeit kurz davor, nach Hause zu fahren, und wartete eigentlich nur auf den richtigen Moment, den beiden zu sagen, dass ich jetzt gehen würde. Aber ich war auch träge, und die Wohnung, in der ich zu der Zeit wohnte, war eine von den besonders verwahrlosten, in der ich mich nur ungern länger als nötig aufgehalten habe. Mit den Gesprächen, die die beiden geführt haben, bin ich kaum mitgekommen. Ich habe alles verstanden, aber immer, wenn ich selbst etwas sagen wollte, wenn ich es in meinem Kopf formuliert hatte auf Englisch, waren sie schon längst woanders. Es ging auch gar nicht so sehr darum, ein Gespräch zu führen über etwas, sondern um so ein schnelles, schlagfertiges, schlaues Spiel mit Worten, in dem nichts, so kam es mir zumindest vor, ernstgemeint war oder ernst genommen werden sollte. Ich merkte, dass das einer der Gründe war, weshalb ich mit der Geschwindigkeit nicht mithalten konnte. Weil ich immer erst entscheiden musste, ob das jetzt so gemeint war, wie es gesagt wurde, oder ob es ironisch war oder ein Scherz. Ich war mir sicher, dass Rayenne und Ulive schon einige Erfahrung darin hatten, sich auf diese sehr schlagfertige Art zu unterhalten. Sie waren gut eingespielt. Ein Team. Ich fragte mich, ob sie sich jemals auch normal unterhielten. Und ob sie mich, die ich mich eigentlich nur normal unterhalten konnte und nie genau wusste, was jetzt ernstgemeint war und was nicht, total langweilig fanden. Ich habe jedenfalls keinen einzigen schlauen Satz gesagt, sagte Linda, auf der Veranda dieser Villa, und wurde von meiner zwanghaften Selbstbeobachtung und dem heißen Wetter und dem Nachdenken über die beiden und davon, dass ich mich sehr anstrengen musste, ihrem schnellen schlauen Sprechen zu folgen, unheimlich müde und träge im Kopf, sodass ich irgendwann einfach gar nichts mehr gesagt habe, auch nicht, dass ich jetzt mal nach Hause fahren würde und die beiden alleine lassen.

Ich habe so lange nichts gesagt, bis eine Pause entstand, in der niemand gesprochen hat und man nur den pfeifenden Atem von einem der beiden Hunde gehört hat und aus einiger Entfernung das Rauschen des Verkehrs und das rhythmische, irgendwie verwaschen ineinanderklopfende Donnern eines Hubschraubers, der hinter den Hügeln im San Fernando Valley kreiste und wahrscheinlich für einen Radiosender die verschiedenen Staus beobachtet hat. Rayenne konnte dieses Schweigen nicht lange aushalten, sie klatschte in die Hände und sagte: What next?

Wir setzten uns in mein Auto und fuhren zum Meer – Ulive saß neben mir auf dem Beifahrersitz und sagte mir, wohin ich fahren sollte, und Rayenne saß hinten auf der Rückbank und streckte ihren Kopf so zwischen uns nach vorne, dass ich im Rückspiegel nur ihre Stirn und ihre Augen sehen konnte – und auf dem Weg rief Rayenne plötzlich aus, dass sie in den *Temple* möchte und dass wir auf jeden Fall noch im *Temple* anhalten müssen, weil ich das sehen muss, und dass wir ja vielleicht sogar Glück haben und da gerade eine Messe stattfindet.

Linda erzählte, sie seien zusammen in einen sehr sauberen und aufgeräumten multikonfessionellen weißen Tempel gegangen, in dem alles entweder aus weißem Marmor oder aus hellem Holz war, und hätten für eine Weile zwischen frisch ausgestreuten Blütenblättern auf Kissen gesessen, während vorne ein

Mann in einer weißen Kurta Geschichten vom jungen Krishna erzählt habe. Rayenne und Ulive hätten sich erst ganz besinnlich hingesetzt, als würden sie meditieren wollen, wären dann aber doch zu nervös gewesen, um die gesamte Zeremonie durchzuhalten. Wir fuhren ans Meer, erzählte Linda, wo wir eine Weile durch die Brandung gelaufen sind mit hochgerollten Hosen und eine Flasche Whiskey in einer braunen Papiertüte dabeihatten. Dann saßen wir mit unseren salzigen Haaren in einem alten Diner namens *Winkie's* und haben dort Pommes gegessen und Kaffee getrunken. Nach Sonnenuntergang verbrachten wir ein paar Stunden an einem Swimmingpool, der im Innenhof eines Apartmentkomplexes als leuchtendes, türkisblaues Rechteck dalag und so lauwarm war, dass man nach einer Weile des Badens darin das Gefühl hatte, der eigene Körper würde sich langsam auflösen und nur der Kopf wäre noch aus festem Material. Ein paar Freunde von Ulive, die in dem Apartmentkomplex wohnten, saßen mit uns am Pool, einer spielte Pearl Jam Songs auf einer akustischen Gitarre und sang dazu, und es wurden sehr viele Joints geraucht, was dazu führte, dass die schnellen, schlauen Gespräche, die mir nach wie vor zu schnell und zu schlau waren, noch abgedrehter und bodenloser wurden, weshalb für mich überhaupt keine Hoffnung mehr bestand, mich daran irgendwie zu beteiligen. Hin und wieder hat jemand bemerkt, dass ich nichts sagte, wenn man mich nicht dazu aufforderte, und richtete eine Frage an mich. Woher genau ich eigentlich komme und was ich hier mache, und ich nahm die Fragen ernst und antwortete wahrheitsgemäß, und dann machte ein anderer einen schnellen, schlauen Witz, der sich auf meine Antwort bezog, und das Gespräch ging wieder weiter ohne mich.

Irgendwann fragte mich Ulive, während der mit der Gitarre den Song *Alive* auf eine besonders melodramatische Art gesungen hat, was mich denn bislang an den USA am meisten beeindruckt habe. Ich erzählte ihm von der kurzen Fahrt in die Wüste und dem Freilichtmuseum, von den Skulpturen des verstorbenen Bildhauers und davon, dass ich mich dort so wohl gefühlt hatte wie an keinem Ort in Los Angeles. Und Ulive sagte zu mir, dass er ein paar Leute kenne, die dort in der Wüste in einer Kommune zusammenleben, und dass ich die auf jeden Fall kennenlernen sollte. Tomorrow, sagte er. We do that tomorrow.

Ich habe die beiden irgendwann zurück in die Villa in den Hollywood Hills gefahren und dort mit ihnen in dem wirklich sehr großen Ehebett im Schlafzimmer übernachtet. Rayenne und Ulive haben neben mir miteinander geschlafen, erzählte Linda, und ich habe so getan, als wäre ich schon nicht mehr wach. Sie waren nicht besonders laut, aber sie haben sich auch nicht wirklich zurückgehalten. Hin und wieder wurde ich von einer Hand oder einem Oberschenkel berührt, aber ich habe mich nicht umgedreht und versucht, möglichst gleichmäßig und langsam zu atmen. Ich war sowieso von den paar Mal, die ich an den Joints gezogen hatte, sehr platt und in mich selber eingeigelt. Ich dachte: We do that tomorrow. Und dann bin ich eingeschlafen.

Linda erzählte uns, dass sie am nächsten Morgen im Museum angerufen und sich krank gemeldet habe und dass sie nach einem kurzen Frühstück gemeinsam mit Rayenne und Ulive in ihrem Mietwagen in die Wüste aufgebrochen sei. Es fühlte sich sehr gut an, sagte sie, auf dem Freeway aus der Stadt herauszufahren und durch die Hügel in die weite trockene Ebene dahinter. Ulive versprach mir auf dem Weg, dass ich so einen Ort wie den, zu dem wir unterwegs waren, noch nie gesehen hätte. Und dann sagte er: You met the right people. Dass alles, was geschehe, einen Grund habe und dass sie nun meine *Guardian Angels* seien, auf meinem Weg in die Wüste, wo mein Bewusstsein verändert werde und mein Geist *unchained*. Ich bin grundsätzlich kein esoterischer Mensch und konnte mit diesen Sätzen auch nicht besonders viel anfangen, aber sie haben mich auch nicht gestört. Ich glaube, dass das an dieser Sprache liegt, in der man so viel Lächerliches einfach so sagen kann, dass es sich nach einer Wahrheit anhört oder zumindest nach einer echten Empfindung. Und es lag sicherlich auch daran, dass Rayenne mit im Auto saß, der ich irgendwie von Anfang an, seit ich sie auf der Ausstellungseröffnung im Museum gesehen habe, vertraut habe auf eine Art, als wären wir Geschwister oder als würden wir uns schon sehr lange kennen.

Wir sind noch etwas weiter in die Wüste reingefahren, als ich davor mit der Delegation des Museums gekommen bin. Ich saß am Steuer, und ich dachte mir: Jetzt bin ich die kleine Erbse, die uns fährt, und musste lächeln. Mir war dort auf dem Weg zu den Freunden von Ulive schon nicht mehr klar, wer ich bei dieser Fahrt mit der Museumsdelegation eigentlich gewesen bin. Die Praktikantin, klar, aber ich hatte keine Vorstellung mehr davon, was das eigentlich sein sollte. Von Anfang an hatte ich gefunden, dass sich die Bezeichnung *the intern*, die man für mich verwendete, eher wie eine Zeitform angehört hat, wie eine Zwischenzeit, aber nicht so, dass man dahinter eine Person vermuten würde.

Wir fuhren durch einen mehrere Kilometer am Highway entlanglaufenden Wüstenort, der Twentynine Palms hieß und wo es alle möglichen öffentlichen Einrichtungen gab, eine Tankstelle und einen Supermarkt, ein Bowlingcenter, eine Grundschule, eine Bibliothek und ein Schwimmbad. Draußen war es sehr heiß, vor manchen Häusern konnte man dösende Menschen unter einem Vordach im Schatten sitzen sehen. Es gab auch mehrere Burger-Restaurants, die mit handbeschriebenen hölzernen Reklametafeln für sich geworben haben und so eine Wildwest- oder Goldgräberromantik simulierten. Keiner von uns war aber hungrig. Von dem Augenblick, in dem wir aus den Hügeln ins Tal und in die Wüste hineingefahren sind, hatte ich das Gefühl gehabt, nur noch Wasser trinken zu wollen und mich möglichst für den Rest meiner Zeit ausschließlich davon zu ernähren. Ich habe mir auch vorgestellt, wie wir uns noch auf der Fahrt in schuppige Reptilien verwandeln würden, mit langen Zungen, die vorne gespalten waren. Solche Sachen habe ich gedacht und auch Ulive und Rayenne erzählt. Damals war mir das überhaupt nicht peinlich. Heute, vor euch, komme ich mir schon ein bisschen blöd vor.

Nach dem Wüstenort sind wir ein paar Mal abgebogen auf sandige Straßen, die immer ganz gerade durch die Landschaft führten und großflächige Grundstücke in einzelne Parzellen unterteilt haben. Die meisten waren unbehaust und hin und wieder von ein paar knotigen, schulterhohen und irgendwie haarigen Bäumen mit spitzen Blätterbüscheln bestanden. Wir kamen an einem weiten Solarzellenfeld vorbei, an riesigen Schrotthalden aus rostigen Karosserien und Rohren, Schiffsschrauben, Containern, Drahtrollen, Eisentreppen, Straßenlaternen und Beschlägen, die den Eindruck machten, als würden die Städte an der Küste regelmäßig entkernt und neu aufgebaut und die ganze Altsubstanz dorthin in die Wüste gefahren und abgeladen. Und auch der Ort, den wir schließlich erreichten, war von solchem rostigen Zivilisationsschrott eingezäunt. Es gab ein Eingangsportal aus Fahrzeugteilen und Autoreifen und einem Bruchstück aus der Tragfläche eines alten Sportflugzeugs, in das jemand mit einem Bohrer in Lochschrift die Worte *Colonia Soledad* geschrieben hatte.

Ich dachte: Jetzt geht's erst richtig los, als Linda uns erzählte, dass sich hinter dem Portal eine Künstler- und Aussteigerkolonie befand, die sie in ihrem Aussehen sofort an das Freilichtmuseum des verstorbenen Bildhauers erinnerte, nur in diesem Fall eben bewohnt. Die Skulpturen waren bei weitem nicht so rührend und klug und tiefsinnig wie die des verstorbenen Bildhauers, sagte sie, eher eindeutig kapitalismuskritisch oder einfach nur dekorativ und nichtssagend, aber sie standen im Sand zwischen Wohnmobilen und Trailern und improvisierten Hütten aus rostigem Schrott so aufgestellt, dass ich dachte, auch diese Kunst wird hier bewohnt. Obwohl sie natürlich keine Funktion erfüllt hat, außer den vielen Raum einzunehmen, den es dort gab. Wir wurden herumgeführt von einem weißhaarigen Mann namens Sky, den Ulive aus einem geheimnisvollen Kontext *von früher* kannte und der uns erklärte, dass in der Kolonie etwa dreißig bis vierzig Menschen zusammenleben, die meisten seien hierhergekommen, um ein fundamentales Menschenrecht einzufordern, nämlich allein sein zu können, ohne einsam sein zu müssen. In dem Moment, erzählte Linda, hatte ich das Gefühl, dass alles, was ich eigentlich gewollt hatte, seit ich in Los Angeles angekommen war, vielleicht auch schon lange davor, in diesem einen Satz zusammengefasst ist.

Sky zeigte uns, wie die sanitären Anlagen funktionierten, die sie dort mit den vorhandenen Mitteln improvisiert hatten, die Solarkollektoren, die ihren Strom erzeugten, ein Gewächshaus, in dem sie, soweit ich das überblicken konnte, Marihuana und Tomaten angebaut haben und, in kleinen Terrarien auf einem Tapeziertisch, verschiedene Kulturen psychoaktiver Pilze, und erzählte, dass die Kolonie grundsätzlich für jeden offen ist und dass sie da keine Unterschiede machen. Manche hätten Geld geerbt, sagte er, andere hätten eben ein bisschen Sozialhilfe, die sie vom Staat bekommen, oder eine Invalidenrente, er selbst führe für einen lokalen Betreiber regelmäßig Instandsetzungsarbeiten in den Solaranlagen in der Nähe aus, ein paar Mal im Monat, das sei dann auch schon genug. Man bekommt von der Countyverwaltung eine Wasserration zugeteilt, die in einem Tank auf dem Grundstück gespeichert wird, der halb im Sand vergraben ist und unter einer Lkw-Plane vor zu viel direkter Sonneneinstrahlung geschützt. Das Wasser, sagte Sky, hat dann immer ungefähr Körpertemperatur, daran muss man sich auch erst gewöhnen.

Die Leute hier, sagte Sky, erzählte Linda, brauchen alle sehr viel Zeit für sich, aus den unterschiedlichsten Gründen, und die sollen sie auch bekommen. Die Kunst hat dabei einen therapeutischen Effekt, weil sie einen lehrt, mit sich selbst klarzukommen. Allein zu sein und das Alleinsein auszuhalten, sich wirklich mit dem zu beschäftigen, was dabei in einem vorgeht. Ulive hat auch schon für eine Weile hier gewohnt, ist dann aber wieder zurück in die Stadt gegangen. Für viele ist es eben nur eine Station in ihrem Leben. Ein paar Leute sind aber auch da *for good*, wie er sagte. Sie hätten natürlich kein Internet, und man könne hier auch nicht fernsehen.

Sky erzählte mir, dass er einer der Gründerväter der Kolonie ist. Die Idee dazu ist ihm gekommen, als er durch Israel gereist ist und dort eine Weile in einem Kibbuz gewohnt hat. Er hat sich damals gefragt, was wohl eine amerikanische Variante davon sein könnte, von diesem Leben, die dann ja naturgemäß nicht so kommunistisch organisiert wäre, sondern der Tatsache Rechnung tragen würde, dass man sich im Land der Freiheit befände (*living in the land of the free*, habe Sky gesagt, erzählte Linda). Es gab schon verschiedene Arbeiten, die in der *Colonia Soledad* regelmäßig angefallen sind, sagte Linda, aber es wurde eben darauf vertraut, dass sich da ein selbstregulierendes System entwickeln würde, in dem alle gleich viel für alle arbeiteten, ohne durch Regeln oder Gesetze dazu gezwungen oder auch nur verpflichtet zu werden. Mir hat das gut gefallen. Ich dachte mir zwar schon, dass das doch nicht funktionieren kann, aber auf der anderen Seite war da ja diese Kolonie wirklich da. Und dieser Gründervater, der wirklich so aussah, wie aus Leder gemacht und durch das Leben in der Wüste in eine ganz andere Zeit übergetreten.

Ich habe den Abend und die Nacht mit Rayenne und Ulive dort in der Kolonie verbracht. Wir saßen um ein Feuer mit Sky und anderen Bewohnerinnen und Bewohnern und haben uns unterhalten, manche kamen nur kurz, um zu schauen, und gingen gleich wieder, ein paar andere sind bei uns geblieben. Ich habe Dee und Karen, Sami, Ellen und Mitchell kennengelernt, und ich habe auch, in dieser Nacht, in der irgendwann irrsinnig viele Sterne aufgezogen sind, in der wieder Joints geraucht wurden, aber die Gespräche weniger schnell und schlagfertig waren, sondern plötzlich langsam und auch irgendwie zärtlich, mit den anderen geschlafen. Mir ist schon wichtig klarzustellen, dass es sich bei der Kolonie nicht um so ein getarntes Sexcamp oder eine Swingerkommune gehandelt hat. Das habe ich auch meinen Eltern mehrfach zu erklären versucht, dass es darum überhaupt nicht gegangen ist. Das war auch eine Ausnahme. Es war eben diese eine, ganz besondere und eben auf eine ganz besondere Art zärtliche Nacht, in der ich so froh war, wieder zurück in der Wüste zu sein. Und in der ich, ehrlich gesagt, auch zum ersten Mal begriffen habe, was es heißt, wenn die Leute behaupten, sie hätten nicht mehr gewusst, wo der eigene Körper aufhört und der andere anfängt.

Danach ist so was in der Form auch gar nicht mehr vorgekommen. Im Nachhinein macht es mich sehr traurig, dass ich darüber nur noch so sprechen kann, dass ich mich gleich rechtfertigen muss. Am besten wäre es wahrscheinlich, überhaupt nicht mehr davon zu sprechen, wie wir auch in der Kolonie nicht mehr darüber gesprochen haben, aber es ist eben schon sehr wichtig für die ganze Geschichte.

Betty ist beim Abräumen an dieser Stelle ein leeres Bierglas aus der Hand gefallen und auf dem Boden zerbrochen. Alle schreckten auf, und für einen Moment waren wir, sicherlich auch Linda, aus der Geschichte herausgerissen und wieder zurückgezerrt in die Realität des Abends im Gasthaus *Zum Rodn Hirschn.* Man konnte sich kurz ein bisschen strecken, auch gedanklich, während Betty eine Kehrschaufel und einen Besen holte und die Scherben aufkehrte, bevor wir von Linda wieder mitgenommen wurden in die weite Wüste ihrer Erzählung.

Ich habe Rayenne und Ulive am nächsten Tag zurück nach Los Angeles gefahren, erzählte Linda, aber ich hatte mit den Bewohnern der *Colonia Soledad* schon abgeklärt, dass ich zurückkommen würde. Zuerst dachte ich, dass ich mich im Museum abmelden und noch um ein paar andere Sachen kümmern müsste, habe dann aber nur die beiden in die Hollywood Hills gefahren – sie hoben zum Abschied die Hände salutierend an die Stirn –, meine Sachen aus der Wohnung geholt, in der ich zu der Zeit übernachtet habe, und bin direkt wieder raus aus der Stadt und zurück in die Wüste. Ich habe den Mietwagen neben einer Tankstelle in dem Ort Twentynine Palms auf einen Parkplatz gestellt, den Schlüssel ins Handschuhfach gelegt und bei der Firma Hertz am Flughafen angerufen und gesagt, wo genau sie ihn finden. Die Person, die ich am Telefon hatte, meinte zu mir, dass das so nicht geht und dass ich verpflichtet bin, den Wagen zurückzubringen. Ich habe aufgelegt und das Handy in einen Mülleimer bei der Tankstelle geworfen, wo es wahrscheinlich noch ein paar Mal geklingelt hat. Zwei Tage später war das Auto nicht mehr da. Ich bin davon ausgegangen, dass sie jemanden geschickt haben, um es abzuholen.

Ich wurde von Dee auf einem Quad aus dem Ort in die Kolonie gefahren. Er gab mir eine Motorradbrille für die Fahrt, was sich erst alles etwas lächerlich angefühlt hat, nach *Mad Max* und nach einer ganz fadenscheinigen Inszenierung. Aber als ich hinten auf dem Quad saß und am Unterboden und auch auf der Brille selbst von den Steinchen und dem feinen Wüstenstaub ein spitzes Knistern und Prasseln zu hören war, als würde ein feiner Regen auf eine ganz mit Alufolie ausgekleidete Landschaft fallen, hatte ich wirklich, und vor allem dann, wenn ich die Augen geschlossen habe, das Gefühl, alles würde sich in diesem Geräusch auflösen und vergehen, allem voran das Leben, das ich bis dahin gelebt hatte.

Linda sagte, dass es schwer oder vielleicht sogar unmöglich

sei, uns zu beschreiben, wie sie die folgenden Wochen in der Kolonie verbracht, was sie konkret gemacht und wie sie sich dabei gefühlt habe, was gedacht, gesagt, zu sich selbst und zu den anderen, wer sie war und ob man das von außen dann auch sehen konnte, dass da eine Transformation stattgefunden hat. Am Ende hat es ja vielleicht auch etwas mit den Hormonen zu tun gehabt, sagte sie, und machte danach eine Pause, in der sie mit einer gefurchten Stirn durch ihr Publikum im *Rodn Hirschn* hindurchschaute wie durch ein Fenster.

Sie sagte, sie habe ruhig gearbeitet, wenn Arbeit zu tun war, habe sich nachts die vielen Sterne angesehen und über sie nachgedacht, die naheliegendsten Gedanken dabei gehabt von Weite, Zeit und der fundamentalen Mickrigkeit des menschlichen Lebens, habe über die Philosophie nachgedacht, die den Idealen der Kolonie zugrunde lag und die Sky in einem Gespräch einmal als *Objektivismus* bezeichnet hat, und habe nachts Bäder genommen in einer Zinkwanne, die in eine der Skulpturen eingebettet war und deren Wasser nach Sonnenuntergang eine angenehme Temperatur hatte. Manchmal saß jemand in einiger Entfernung im Dunkeln, sagte sie, und hat Gitarre gespielt, ganz besinnlich, es gab auch Klangbäder, wo mit großen Quarzklangschalen schwebende Soundteppiche erzeugt wurden, die durch die Luft waberten und sich mit dem fernen Grollen vermischten, das von einem Gewitter oder von den unregelmäßigen Bombentests des amerikanischen Militärs über die Landschaft rollte. Alles, was ein Geräusch war in dieser Gegend, ging ungehindert auf eine lange Reise, bis in die Berge oder an die Grenzen der nächsten Stadt. Ich habe zum ersten Mal in meinem Leben meinen eigenen Urin getrunken und den Punkt erreicht, an dem dieser ewig sprechenden und alles kommentierenden Stimme in meinem Kopf nichts mehr eingefallen ist und wirklich, natürlich nicht für lange, aber doch für einen außergewöhnlichen Moment, Ruhe war. Ich habe insgesamt etwa zwölf Stunden pro Tag geschlafen und dabei nie das Gefühl gehabt, etwas zu versäumen. Die Haut an meinem Körper ist einmal komplett verbrannt und abgefallen, und darunter war eine neue Haut, die mit der Sonne dann sehr viel besser klargekommen ist. Ich habe mir die Haare abgeschnitten und gelernt, wie man einen Golfball so weit abschlägt, dass er aus dem eigenen Blickfeld verschwindet. Ich habe so gut wie gar nicht mehr mitgeraucht, wenn abends Joints herumgereicht wurden, weil ich nicht verfremden wollte, was ich empfunden habe.

Ich habe mich auf diese Weise ein paar Wochen sehr wohl gefühlt in der *Colonia Soledad*, erzählte Linda, ich habe mich bei niemandem gemeldet und hatte auch gar kein Bedürfnis danach, zum Beispiel meine Eltern hier in Deutschland zu informieren. Ich wollte nicht, dass außer Rayenne und Ulive noch jemand davon wusste, dass ich dort war. Es hat eine Weile gedauert, bis ich überhaupt bemerkte, dass ich meine Tage schon lange nicht mehr bekommen habe. Es war ja eh alles anders, und in mir ist so viel Umwälzung passiert, dass ich weder genau auf die Zeit geachtet habe, die vergangen ist, noch ein Gefühl dafür hatte, dass etwas ausgesetzt war, das vorher eine Regelmäßigkeit gehabt hatte. Irgendwie war einfach alles ausgesetzt, was vorher eine Regelmäßigkeit gehabt hatte. Und richtig gemerkt, dass etwas nicht stimmt, habe ich erst, als Ellen auf mich zugekommen ist, weil sie dran war damit, im Ort für uns alle einkaufen zu gehen, und mich gefragt hat, ob ich nicht auch noch *Feminine Products* bräuchte und vielleicht zu schüchtern war, die bei den Männern zu bestellen.

Irgendwie, erzählte Linda, ist nach dieser Einsicht die Zeit zurückgekommen. Jedenfalls würde ich jetzt im Nachhinein sagen, dass danach alles sehr schnell gegangen ist. Ich empfand das als eine große Ungerechtigkeit. Dass ich nur so kurz einmal kosten durfte von diesem Leben, dass keinem der Männer aus der Kolonie so etwas hätte passieren können und dass sich ganz bestimmt auch niemand von ihnen verantwortlich fühlen würde für dieses neue Problem. Schließlich waren ja alle dort, um sich mit sich selbst zu beschäftigen und damit, was da in ihnen passierte. Es waren schon noch Wochen, in denen ich beschlossen habe, erstmal überhaupt nichts zu unternehmen und abzuwarten und keinen Test zu machen, um für eine Weile zu verdrängen, was ich doch in Wahrheit schon wusste. Aber diese Wochen kamen mir wie ein paar Tage vor, höchstens, und inzwischen wie ein paar Stunden im Vergleich zu der unfassbar langsam dahintropfenden Zeit davor.

Dass der Mexikaner in die Kolonie gekommen ist, fällt auch in diese letzten Wochen. Er kam mitten in der Nacht an und hat sofort eine solche Unruhe verursacht, dass selbst die Schlafenden wach geworden sind und eine Hektik aufkam, wie ich sie dort noch nie erlebt hatte. Er hatte sich halb verdurstet auf das Grundstück geschleppt und ist auf dem Platz zwischen den Trailern zusammengebrochen. Am rechten Bein hatte er eine große Wunde, die mit einem Halstuch abgebunden war und wo im Schorf und Eiter der zerrissene Stoff seiner Hose und der Wüstensand so eingetrocknet waren, dass es überhaupt nicht aussah, als könnte das ein Teil eines menschlichen Körpers sein. Ich dachte zuerst an eine Schwefelquelle in einer Lavalandschaft, und dann dachte ich an leicht verbrannten Käsekuchen mit Mandeln, wahrscheinlich, um nicht tatsächlich *Wunde* denken zu müssen und sie als das zu erkennen, was sie war. Wir haben den Mexikaner in einen der Wohnwagen gebracht und auf ein Bett gelegt. Er bekam in kleinen Rationen zu trinken, und jemand hat vorsichtig das Halstuch geöffnet und ihm mit einer Schere das Hosenbein abgeschnitten, soweit es eben ging. Dann wurde die Wunde verbunden, mit allem, was darin schon fest eingetrocknet war, und der Mexikaner wurde im Wohnwagen allein gelassen, damit er schlafen konnte. Er hatte Fieber, und wir haben Wachschichten untereinander aufgeteilt, um regelmäßig nach ihm zu schauen. Wir waren über einhundert Meilen von der mexikanischen Grenze entfernt. Wenn er tatsächlich von dort zu Fuß gekommen ist, muss er mehrere Tage unterwegs gewesen sein. Ich hätte gerne mehr über seine Geschichte erfahren, wie er ins Land gekommen ist und wie ausgerechnet in unsere Kolonie und was alles davor passiert ist.

Das Auftauchen des Mexikaners hat zu Streit und Uneinigkeit in der Kolonie geführt. Und dazu, dass mir dort alles und alle schäbig und falsch vorgekommen sind und diese ganze Lüge von der Offenheit und von dem alternativen Leben, in dem man eben doch abhängig bleibt, von den Produkten und dem Benzin, und wo man eben nicht jeden aufnehmen kann, so stark in den Vordergrund getreten ist, dass man nicht mehr daran vorbeischauen konnte. Es wurde lange diskutiert am nächsten Tag, wie man mit dem Mexikaner verfahren sollte, der kein Englisch gesprochen hat und dem es wirklich sehr schlechtging. Schließlich gab es eine demokratische Abstimmung, in der die große Mehrheit sich dafür ausgesprochen hat, anstatt eines Krankenwagens zunächst die Border Patrol zu verständigen, da dem Mexikaner ein Krankenhausaufenthalt in den USA schon rein finanziell nicht zugemutet werden konnte oder man das zumindest nicht selbst verantworten wollte. Man musste wohl eine gewisse Reihenfolge einhalten, zumindest habe ich das damals so verstanden, damit sich der Staat um die Behandlungskosten kümmert oder veranlasst, dass der Mexikaner nach Mexiko überführt wird und dort in einem Krankenhaus behandelt. Als all das besprochen wurde, dachte ich nur, dass er es doch schon so weit geschafft hatte und dass wir gar nicht wissen konnten, wie lange er schon im Land war und ob er nicht vielleicht eine Familie hatte, die ebenfalls aus Mexiko geflohen war. Ich schätze, diese Fragen werden wohl alle in einem entsprechenden Verhör mit Dolmetschern durch die Grenzbeamten gestellt und beantwortet.

Ein Pickup-Truck der Border Patrol, auf den hinten ein Aufbau zum Gefangenentransport aufgebaut war, kam etwa zwei Stunden nach dem Anruf in der Kolonie an. Zwei dicke Männer in olivgrünen Uniformen sprachen eine Weile mit Sky und ein paar anderen, die auf den Wohnwagen zeigten, in dem der Mexikaner untergebracht war. Ich habe mir das aus der Ferne angeschaut und mich schließlich ganz zurückgezogen, weil ich keine Fragen zu meinem eigenen Aufenthaltsstatus beantworten wollte. Ich hatte mich auch bei der Abstimmung enthalten, weil ich nicht das Gefühl gehabt hatte, tatsächlich eine Stimme zu haben in dieser Angelegenheit. Ich hätte ja auch bei zum Beispiel einer Volksabstimmung nicht wählen dürfen in den USA. Und vielleicht hätte ich ihn noch sehen können, als ich weggegangen bin, vielleicht war er da auch längst schon abgehauen, jedenfalls wurde mir erzählt, dass die Beamten von der Border Patrol im Wohnwagen nur ein leeres Bett vorgefunden haben, nur noch eine einzelne Apfelsine, hieß es, lag noch da, auf die mit Filzstift die Worte *Ojos que no ven, corazón que no siente* geschrieben standen.

Linda sagte, es sei natürlich sehr wahrscheinlich, dass man den Mexikaner gefasst und zurück nach Mexiko gebracht habe oder dass er vielleicht sogar auf der Flucht irgendwo in der Wüste gestorben sei. Aber sie habe sich oft vorgestellt, dass er es doch irgendwie geschafft habe, nach Los Angeles vielleicht oder in eine andere Stadt, und dass er dort nun das Leben lebe, das er sich erträumt hatte, als er über die Grenze gekommen war. Ein Leben, aus dem alle anderen in der *Colonia Soledad* geflohen waren oder ausgestiegen, was ja nur dann überhaupt möglich ist, wenn man die Wahl hat, sagte sie, ob man mitmacht oder nicht.

In einer der folgenden Wochen war ich dann selbst mit Einkaufen an der Reihe. Ich bin mit einem der rostigen alten Autos, die einen unfassbar hohen Spritverbrauch hatten, in den Ort gefahren, mit langen Listen von Dingen, die sich die Bewohner wünschten, und mit einem dicken Geldbündel in der Hosentasche. Ich kam an dem Parkplatz vorbei, auf dem ich den Mietwagen zurückgelassen hatte, und sah dort den County-Sheriff in seinem Streifenwagen sitzen und einen Hamburger essen. Dann bin ich in den kleinen Supermarkt, aus dem wir immer unsere Sachen bezogen haben, bin durch die Gänge gelaufen mit einem Plastikkorb in der Hand und habe die Listen abgearbeitet, Produkt für Produkt. Ich bin die Wunschlisten der Bewohner nacheinander durchgegangen, weshalb ich oft mehrfach an zum Beispiel dem Regal mit den Konserven oder dem Regal mit den Toilettenartikeln vorbeigekommen bin. Die Verkäuferin, die an der Kasse saß, kannte das Spiel schon seit Jahren, und mich hatte sie auch schon mal gesehen. Für sie war das nichts Besonderes. Der Korb ist immer schwerer geworden mit den Dingen, die ich eingeladen habe, und ich dachte erst, dass es daher kommt, dass ich so ein Ziehen unten im Bauch spürte. Ich dachte auch, dass es vielleicht an meiner Enttäuschung lag, von den Bewohnern der *Colonia Soledad* und ihrem Umgang mit dem Mexikaner, dass mir die Produkte extra schwer vorgekommen sind, weil jedes Einzelne für mich wie ein Stein auf einer Waage gewesen ist, wo auf der anderen Seite plötzlich nichts mehr war. Bei jeder Chipstüte dachte ich mir: Du brauchst doch keine Chips. Du faule Sau hockst da in deinem blöden Aussteigercamp und frisst Chips. Und ich dachte, deshalb zieht es so, das Gewicht von dem Korb.

Als die Kassiererin alles in Tüten eingepackt hatte, habe ich den Einkauf zum Auto getragen, und er ist mir nochmal schwerer vorgekommen, und die Schmerzen unten in meinem Bauch wurden richtig stark, sodass ich auch beim Autofahren zurück in die Kolonie nur zusammengekrümmt hinter dem Lenkrad sitzen und kaum über das Armaturenbrett rausschauen konnte. Ich weiß noch, dass ich mir auf der Fahrt gedacht habe, es ist nicht gut, dass meine Eltern nicht mehr wissen, wo ich bin.

Ich hatte in der Nacht sehr starke Schmerzen, und ich habe auch viel Blut verloren, sagte Linda. Zuerst wollte ich niemanden sehen und dachte, ich könnte es einfach aushalten und dann am nächsten Morgen verschwinden und nicht mehr zurückkommen. Ich fühlte mich unheimlich allein. Und einsam. Und ich dachte, dass das alles nur passierte, weil ich so enttäuscht war. Ich glaube nicht, dass man das, was da aus mir herausgekommen ist in der Nacht, schon als ein Baby oder einen Menschen bezeichnen konnte. Es war eher so, als kämen meine Schmerzen aus mir heraus. Also, als wären sie nicht einfach nur Schmerzen, sondern als wären sie plötzlich tatsächlich etwas eigenes, ein *Material*, das aus Blut und aus Klumpen besteht. Nach ein paar Stunden war ich so weit, dass mich der Umstand, dass alle außer mir friedlich in ihren Trailern gelegen und geschlafen haben, unheimlich wütend gemacht hat. Ich habe so lange geschrien, bis die Tür aufging und sich eine besorgte Gruppe um mein Bett versammelt hat. Ich habe sie alle beschimpft, ich glaube, hauptsächlich auf Deutsch, weil es mir egal war, ob sie mich verstehen oder nicht, und dann wurde ich ins Hi-Desert Medical Center nach Joshua Tree gebracht, weil es das nächste Krankenhaus war.

Linda erzählte uns, dass sie ein paar Tage zur Behandlung und Beobachtung im Krankenhaus geblieben sei. Es wurde eine Ausschabung gemacht, sagte sie, ich habe Schmerzmittel bekommen und ein Bett, um mich darin auszuruhen. Die Bewohner hatten mir meinen Koffer gepackt, mit meinen persönlichen Wertsachen und Kleidern, und ich wusste, dass ich nicht in die *Colonia Soledad* zurückkehren würde. Ich vermute, dass die anderen darüber und über den Umstand, dass ich das Kind, von dem sie vorher noch gar nichts gewusst hatten, verloren habe, erleichtert gewesen sind.

Schon am zweiten Tag im Krankenhaus kamen zwei Polizisten zu mir, die mir einige Fragen gestellt haben. Sie wussten von meinem Mietwagen, den ich in Twentynine Palms zurückgelassen hatte, und auch von dem Praktikum im *Los Angeles County Museum of Art*, an das ich mich erinnerte, als sie es erwähnt haben, wie an meine Schulzeit oder etwas ähnlich ewig Vergangenes.

Alles wäre wahrscheinlich keine große Sache gewesen, sagte Linda, wenn ich nicht schon meine Aufenthaltserlaubnis um mehrere Monate überzogen gehabt hätte, was die Polizisten, die im Krankenhaus an meinem Bett standen, durchaus ernst genommen haben. Ich wurde aus den USA ausgewiesen, und ich glaube, dass es sehr schwer für mich wird, wenn ich jemals wieder dorthin zurückwill.

Meine Eltern haben mich am Flughafen in Frankfurt abgeholt. Sie standen da im Ankunftsbereich nach den Passkontrollen und der Gepäckausgabe mit ihren traurigen und besorgten und enttäuschten Gesichtern und haben mich mit dem Auto zu sich nach Hause gebracht, wo ich bis heute geblieben bin, ohne mir klar darüber geworden zu sein, was ich als Nächstes will. Ich denke oft an das Meer und an das Naturschutzgebiet in den Hügeln am Stadtrand. Und natürlich auch sehr oft an die Plastikmammutfamilie in dem Park am Museum, die sicherlich noch genauso dort stehen wird, wenn ich längst tot bin, weil sie ja in Wirklichkeit überhaupt nichts mit mir zu tun hat und weil mein Auftritt in diesem Land und in dieser Stadt und in der Wüste rein gar nichts bewirkt hat, für niemanden. Ich bin mir sicher, dass sich dort niemand mehr an mich erinnert. Dass es höchstens die Dauer eines Rückflugs von Los Angeles nach Frankfurt gebraucht hat, um mich zu vergessen und zu ersetzen.

Ganz besonders traurig aber, sagte sie, finde ich die Tatsache, dass dieser Ausstieg für mich nicht möglich gewesen ist. Dass das Aussteigen vielleicht grundsätzlich nicht geht und eine große Lüge ist und dass niemand jemals wirklich herauskommt, wahrscheinlich auch der Mexikaner nicht, egal ob er noch lebt oder nicht und ob er in den USA geblieben ist oder nach Mexiko abgeschoben wurde.

Nachdem Linda ihre Erzählung beendet hatte, gab es einen durchaus wohlwollenden Applaus, der allerdings jäh abgebrochen wurde, als Christoph auf die Bühne kam und ein Zeichen mit dem Arm machte, das Ruhe einforderte.

Er fragte Linda, ob sie sich nicht vielleicht doch noch einen Gegenstand aus der *Wahl der Waffen* aussuchen möge, damit ihr Auftritt hier für uns und unser Projekt wenigstens annähernd einen Sinn bekomme. Es wurde geraunt im Gastraum, Linda senkte ihren Kopf und sagte, nein, auf keinen Fall, und Christoph wandte sich an den Rest des Publikums. Man könne diesen ziemlich missglückten Auftritt hier aber auch zum Anlass nehmen, einmal in die Runde zu fragen, ob es unter Umständen das eine oder andere Kind gebe, ein eigenes oder eines von Verwandten oder Freunden, das man vielleicht für die Produktion verwenden könnte. Es sei ja nun immer wieder von Kindern die Rede gewesen, und vielleicht ließe sich das ganz gut in eine der Szenen einbauen. Dich brauche ich ja nicht zu fragen, sagte er zu Linda und wies ihr den Weg von der Bühne oder vielleicht auch – so hätte man das zumindest ebenso gut interpretieren können – aus dem Gasthaus und aus der Teilnahme am Schrecklichen Grauen hinaus. Linda sagte noch im Abgehen, dass das schon in Ordnung sei, ihr habt hier ja schließlich auch eure eigene Philosophie, sagte sie, und ging in Richtung Ausgang. Christoph sprach noch weiter, erklärte, dass ihm wichtig sei, hier klarzustellen, dass es sich beim Schrecklichen Grauen nicht um eine Therapiegruppe oder ein Pfadfinderlager oder ein Angebot zum Ausbruch aus den elterlichen Strukturen handle. Ich hatte das selbst nicht so schlimm gefunden, was uns von Linda erzählt worden war, und für mich gab es durchaus auch Verbindungen in unser Projekt. Aber es tat mir auch gut zu sehen, dass Christoph nicht weich geworden war in der Zwischenzeit und dass er den Vortragenden im Gasthaus *Zum Rodn Hirschn* keine besondere Milde und keinen Bonus einräumte.

Christoph fragte in die Runde, ob es denn noch jemanden gebe, der sich traue, für uns den Weg an den innersten Ort anzutreten, um von dort vielleicht eine Geschichte mitzubringen, die sich nicht nur um die eigene Unzulänglichkeit im Land der Sehnsucht drehen würde. Und während er das sagte und die Reihen abschaute, stand Katja auf und ging Linda hinterher, was mir natürlich nicht entgangen ist, ebenso wenig wie die Tatsache, dass sie nichts gesagt hatte und diese vernichtende Abmoderation von Christoph auch nicht genossen oder lustig gefunden, wie ich es sonst vielleicht von ihr erwartet hätte. Sie stand auf und ging Linda hinterher und erwischte sie noch im Türrahmen zum Vorraum mit dem Tresen und der Zapfanlage, hielt sie am Oberarm fest und redete ein paar Sätze auf sie ein, mit einem ernsten Gesicht, das aber anders ernst war als das Gesicht von Christoph, mit dem er auf die Bühne gekommen war, um unseren Applaus zu unterbinden. Katja schien es eher ernst zu sein damit, Linda vom Gegenteil dessen zu überzeugen, was Christoph gerade auf der Bühne zu ihr gesagt hatte. Zum ersten Mal überhaupt habe ich da so etwas wie Zartheit oder Zuneigung an ihr bemerkt. Sie wirkte dabei auch gar nicht mehr so souverän oder unnahbar wie sonst, sondern berührt, mitgenommen, empathisch, zugewandt und entschlossen, der Ungerechtigkeit entgegenzutreten, die an einer anderen Person verübt wurde. Und doch repräsentierte sie in dem Moment natürlich noch eine andere Welt, die starke Person, der das, wovon Linda berichtet hatte, in dieser oder einer ähnlichen Form niemals selbst passieren würde. Ich sah das alles, und es gefiel mir ebenso, wie mir ihre Härte und Unnachgiebigkeit, ihre Souveränität und Überheblichkeit, ihr scheinbar unverwundbares Selbstvertrauen zuvor gefallen hatten. Und ich dachte mir, dass es vielleicht ein Vorteil für mich sein könnte, dass ich das gesehen und wahrgenommen hatte.

Als die Sitzung beendet war und die Leute noch zusammenstanden und redeten, suchte ich nach Katja, um ihr zu erzählen, dass mir das nicht entgangen war, wie sie sich mit Linda solidarisiert hatte. Linda selbst habe ich an dem Abend nicht mehr gesehen, aber ich hatte auch kein besonderes Bedürfnis danach, mich mit ihr zu unterhalten. Viel wichtiger war mir, dass Katja wusste, was ich wusste. Ich fand sie draußen vorm Eingang zum *Rodn Hirschn*, sie stand da allein mit verschränkten Armen und schaute vor sich auf den Boden. Als ich ihr davon erzählte, dass ich gesehen hatte, wie sie zu Linda hingegangen war, klang es erst so, als würde ich ihr damit drohen wollen, sie bei Christoph anzuschwärzen. Ich weiß nicht, was mit meiner Stimme los war. Vielleicht war es aber auch nur meine Nervosität und meine hypergenaue Selbstbeobachtung, gegen die ich einfach gar nichts ausrichten konnte, sobald ich in ihrer Nähe war.

Katja schaute mich an, ohne sich mir dabei wirklich zuzuwenden mit ihrem Kopf oder ihrem Körper, und sagte, nach einer Pause, die nur sehr schwer auszuhalten war für mich, dass sie immer schon ein untrügliches Gespür gehabt habe – für Männer, sagte sie, die sich insgeheim nach Frauen sehnen, die ihnen mittags Käsekuchen zur Arbeit bringen, und sich nur deshalb für mich interessieren, weil sie das selbst nicht an sich wahrhaben wollen.

Ich sagte zu Katja, dass ich gerade überhaupt keine Arbeit habe, zu der mir jemand Käsekuchen bringen könnte (und dachte bei dem Wort *Käsekuchen* an die Wunde im Bein des Mexikaners aus Lindas Geschichte und dann an den Arm des Kindersoldaten in der Straßenbahn in München), dass das hier, dieser Film, jetzt meine Arbeit sei, auch wenn ich dafür wohl kein Geld bekommen werde. Aber ich bemerkte schon, dass meine Person in Katjas nächster Nähe nicht länger erwünscht war.

Beim Aufbruch aus dem Gasthaus *Zum Rodn Hirschn* am nächsten Morgen war unsere Gruppe um ein paar neue Mitglieder angewachsen. Der Obergefreite Max war mit dabei, in voller Ausrüstung, ein dicker Mann namens Bernd, den ich auf der Bühne dabei beobachtet habe, wie er sich die Nasenscheidewand mit einer Sicherheitsnadel durchbohrt hat, ihn aber noch kein einziges Wort hatte sprechen hören, Katharina, die mir auf ihrem Smartphone den Wikipedia-Eintrag zur Gespinstmotte gezeigt hatte, und Jasmin, von der ich inzwischen eigentlich gar nichts mehr berichten kann, außer, dass sie anfangs mit dabei war und schon nach ein paar Tagen nicht mehr aufgetaucht ist. Entweder haben wir sie tagsüber beim Gehen irgendwo abgehängt und verloren, oder sie hat sich aus freien Stücken zur Umkehr entschieden. Linda ist am nächsten Morgen nicht mehr zurückgekommen, und ein paar der anderen, die mit uns vor der Bühne gesessen und sich alles angesehen und angehört hatten, haben morgens ihre Zelte aus dem Garten abgebaut und sind wieder nach Hause gegangen, weil es sie wohl doch nicht überzeugt hat, wie man da vor ihnen aufgetreten ist. Ich dachte mir, dass das doch sehr gefährlich ist für die Produktion, die Leute mit diesem Wissen dort im Ort zurückzulassen. Und ganz so, als hätte er in meinen Gedanken gelesen, kam Christoph auf mich zu, während wir uns zum Aufbruch sammelten, und fragte mich, ob ich nicht vielleicht das Gasthaus *Zum Rodn Hirschn*, in dem sich noch Betty und Lothar und ein paar andere befanden, die ihnen beim Aufräumen halfen, in Brand setzen wolle, wie ich ja auch schon die Scheune in Brand gesetzt hätte (er sagte das so, als wäre die Sache mit der Scheune meine eigene Idee und Initiative gewesen). Er erinnerte mich an das, was ich auf der Lichtung gesagt hatte, als Wenzel und Maurice sich aus der Produktion verabschiedet hatten. Das wäre jetzt, sagte er, die Gelegenheit, etwas zu unternehmen, falls es mir noch ein Anliegen sei. Ich fragte Christoph sehr ernst, ob er das ernst meinte, bekam aber keine Antwort und konnte auch keinen solchen Ernst in seinem Gesicht entdecken. Wenn schon, dachte ich, müsste man doch das ganze Dorf anzünden und nicht nur ein einzelnes Haus.

Beim Losgehen habe ich dann noch gesehen, wie Jonas, der offensichtlich zum nächsten Treffpunkt in einem der Autos mitgenommen wurde, mit einem Benzinkanister an mir vorbeigegangen ist und mir zugezwinkert hat wie ein Komplize. Ich habe mich den restlichen Tag kein einziges Mal umgedreht, aus Angst, ich könnte dort eine Rauchsäule am Himmel sehen.

Wir gingen weiter durch die fränkische Landschaft, durch Wälder und sehr malerisches Gebiet bis an die thüringische Landesgrenze. Auf dem Weg vom *Rodn Hirschn* war die Gruppe wieder wie verkatert, das Gehen ging nur schleppend, es wurde nicht viel gesprochen, und kaum jemand schien mir wirklich zur Aktion bereit. Wir kamen mir vor wie ein Haufen Abstinenzler, die dort in dem Gasthaus rückfällig geworden waren (ausnahmsweise, nur diese beiden Tage, es war doch ein besonderer Ort) und jetzt die Kopfschmerzen und die Scham und die Selbstzerfleischung ausbaden mussten. Ich dachte wieder an die Tiere des Waldes aus Katjas Witz. Und ich musste auch selbst sehr viel Kraft aufbringen, um mich zum Weiterlaufen zu motivieren, nachdem sich alles, auch meine Beine und Füße, mein Arsch und meine Ohren, wieder an die Zeit im *Café Porsche* erinnert hatten, an das Sitzen vor der Bühne, das Zuhören, Mitschreiben, Nachdenken, Reden, Auswerten, das Besprechen der Filme und des einen Films, den wir zu drehen beabsichtigten, ohne dabei schon die Realität und die tatsächlich für uns real vorhandenen Möglichkeiten wirklich in Betracht ziehen zu müssen. Für mich ergab sich daraus ein sehr distanzierter Blick auf die Aktionen und Ereignisse der folgenden Tage. Ich latschte eben so mit, gehorchte, wenn ich aufgefordert wurde, etwas zu tun, und hielt mich zurück, wenn keiner mich brauchte. Ich schlief weiterhin im Freien, wenn es möglich war, oder in den Zelten der anderen, wenn sie mich ließen.

Ich hielt einen abgetrennten Arm in meiner Hand, wie eine Wünschelrute, und ging den herabhängenden Fingern nach durch den Wald. Ich spürte nichts, keine Richtung, und selbst meine eigene Hand, die den fremden Arm hielt, kam mir fremd und seltsam vor (ich dachte: *sie ist im Dienst*). Ich wurde dabei gefilmt, wie ich mit dem Rücken zur Kamera vor einem Baum stand, an den jemand gefesselt und danach geohrfeigt wurde. Ich stieg in einen Trog, der voll fauligem Wasser war, auf dem kleine Insekten lebten, und saß dort wie ein Irrer, der ein Bad nahm. Oder als ein Irrer, der ein Bad nahm. Ich ging, einen Schweinekopf mit leeren Augenhöhlen in den Händen, durch einen Ort und an einem Spielplatz vorbei, wo ich sah, wie ein kleiner Junge sein Handy aus der Tasche holte und die Polizei rief. In den Ästen und Steinen am Wegrand sah ich verschiedene Waffen, deren Gebrauch ich mir an den vor mir Gehenden oder an Leuten aus meiner Erinnerung ausmalte. Die Leute aus meiner Erinnerung vermischten sich mit den Leuten aus den Geschichten der anderen, sodass es mir schwerfiel zu sagen, ob ich sie gleichermaßen kannte oder nicht kannte. Ich stellte Veränderungen an meinem Körper fest, die wohl vom vielen Laufen und dem Schlafen im Freien gekommen sind. Manche waren mit etwas Überwindung und einem Fingernagel zu entfernen. Andere sind mir für immer geblieben. Ich kniete mich in einen Ameisenhaufen, und ich aß ein Tier, das ich selbst gefangen, ausgenommen und über einem Feuer gebraten habe. Ich entschied mich immer wieder dafür, zu bleiben, wenn andere gingen oder nicht mehr zurückkamen.

Ich fuhr gern in den Autos mit, auch beim Chinesen oder dem, der sich James nannte. Wir schlugen einem einsam am Waldrand stehenden Ford Escort das Fahrerfenster ein, lösten den Gang und die Handbremse und schoben ihn einen Abhang hinab, wo er sich mehrfach überschlug und schließlich auf dem Dach liegen blieb. Wir sammelten unseren Müll und den Müll von den Rastplätzen und kochten ihn zu einem scharf stinkenden Brei auf, mit dem wir Zeichen auf die Straßen malten oder ihn in Briefkästen, Einfahrten, Dorfbrunnen, über die Köpfe von Statuen und Gartenzwergen und in die Einfüllstutzen von geparkten Autos gossen. Ich erlebte jedes Mal alles wieder wie neu und bemerkte, dass sich eine kindliche Begeisterung bei mir einstellte. Ich musste grinsen und kichern und manchmal auch hüpfen und mit den Armen rudern. Ich habe nicht gespielt, weil ich ja auch kein Script hatte. Vielleicht kann man sagen, dass ich in meinem ganzen bisher gelebten Leben nur vor der Kamera, während dieser fürchterlichen Tage, keinen einzigen Satz gesagt habe, den sich ein anderer ausgedacht hat.

Ich war sehr misstrauisch. Nie konnte ich sicher sagen, ob auch die anderen nicht gespielt haben. Ich wollte hinter allem einen Plot vermuten, obwohl ich gleichzeitig auch wusste, oder es zumindest gespürt habe auf eine vorbewusste Art, dass es das gewesen ist, was mich davon abgehalten hat, meine Rolle im Schrecklichen Grauen zu akzeptieren und mich ganz und vollständig auf die Produktion einzulassen, die ja niemals, zu keinem Zeitpunkt, einen solchen Plot angeboten hat.

Ich versuchte die Szenen, an denen ich beteiligt war oder die ich von außen beobachtet habe, zu etwas Sinnvollem zusammenzufügen, in eine Reihenfolge zu bringen oder nach Figuren, Orten, thematisch, nach Farbigkeit, Grad der Brutalität, nach Zerstörung oder Zuwendung zu sortieren. Nichts ergab einen Sinn für mich, und ich begann mich zu fragen (oder besser: ich fragte mich erneut), ob sich vielleicht ein solcher Sinn oder eine Botschaft in der Auswahl der Filme finden ließe, die wir mit Christoph im *Café Porsche* angeschaut hatten. Er hatte zu uns gesagt, es sei vielleicht ganz hilfreich, wenn wir gemeinsam einen Teil der Filmgeschichte sichten würden, die ihn beeinflusst hat. Dass wir nichts zitieren wollen, Raum brauchen für das Neue, aber dass es nicht schaden würde, einige Möglichkeiten aufzunehmen, mit unseren Augen und unserer Haut. Und trotzdem konnte ich nicht glauben, dass da nicht noch mehr zu lesen war, in der Auswahl, in den Geschichten der Filme, ein subtiler Hinweis, den nur der aufmerksame Beobachter, der ganz in die Sache investierte Teilnehmer entdecken würde.

Ich ging dahin auf den Wegen, immer hinter den anderen her, immer wusste ein anderer den Weg oder war ausgesucht, per Funk mit den Fahrenden verbunden zu sein und gelotst zu werden, und ich fing an, Christoph an die Stelle der Hauptfiguren in die Filme einzusetzen, die er uns gezeigt hatte, wobei ich mich selbst zu gar nichts und nirgendwohin führte.

Der einzige Film, bei dem es mir von Anfang an naheliegend erschienen ist, war eine ungarische Produktion mit dem Titel *Az Alagút* (*Der Tunnel*). Der Film spielte in einer nicht näher bestimmten Kleinstadt in Ungarn zu einer Zeit vor der Industriellen Revolution, vor der Aufklärung und vor der wissenschaftlichen Erfassung der Welt, und handelte von dem in frühen Formen der Geologie und Astrophysik experimentierenden ungarischen Dichter und Schriftgelehrten József Jován, der in königlichem Auftrag Grabungen in der Nähe dieser nicht näher bestimmten Kleinstadt durchführen lässt.

Der Film, der in Schwarzweiß gedreht ist, erzählt davon, wie József Jován in seiner Kammer in der ungarischen Kleinstadt sitzt, über Karten und einem primitiven Globus Berechnungen anstellt und beschließt, die Gunst der Stunde für die Zwecke seiner eigenen, heimlich ausgetüftelten Privatwissenschaft zu nutzen. Seit er von der Entdeckung Amerikas erfahren hat, phantasiert er von einem Tunnel durch das Erdinnere, in dem man zukünftig von Ungarn aus direkt auf den neuen Kontinent würde reisen können, ohne die Gefahren und Unwägbarkeiten einer langen Schiffsreise auf sich nehmen zu müssen. Und obwohl die königlichen Anweisungen anderes (nicht näher Definiertes) vorsehen, ordnet er eigenmächtig an, einen geräumigen Stollen so steil und so tief in die Erde zu graben, wie vorher noch kein Stollen gegraben wurde. In eine Tiefe, in die noch kein Mensch vor ihnen vorgedrungen war. In *Az Alagút* wird an den verschiedenen Orten der Handlung in sehr statischen Kameraeinstellungen wie in einem Theaterstück gespielt. Es gibt die Kammer von Jován, das Wirtshaus im Ort, den öffentlichen Platz und die Baustelle. Es wird gezeigt, wie die Arbeiter in kurzer Zeit einen sehr tiefen Stollen ausheben, mit Spaten und Seilwinden, mit schweren Balken zur Tunnelwandverstärkung und einem von József Jován selbst entwickelten Pumpsystem zur Beseitigung des Grundwassers aus der Baugrube. Man sieht Jován, wie er diplomatisch, aber doch von seiner eigenen Überlegenheit überzeugt mit den Ortsbewohnern spricht und ihnen versichert, sie alle seien Teil einer großen, vielleicht sogar die Welt im Kern verändernden Unternehmung.

Schon an einem der ersten Tage, als Jován morgens noch vor den Arbeitern an der Baustelle eintrifft, findet er im Tunneleingang einen abgetrennten Schweinekopf mit leeren Augenhöhlen im Schlamm liegend vor. Kurz darauf berichten ihm seine Arbeiter, dass man sie zum Gottesdienst nicht mehr in die Kirche lässt und dass nachts das Werkzeug von der Baustelle gestohlen wurde und man es nach langem Suchen schließlich auf dem Marktplatz wie zu Scheiterhaufen aufgeschichtet gefunden hat.

Der Film begleitet Jován auf seinem Weg durch den Ort, wie er versucht, die Arbeiter zum Weitermachen zu animieren und mit den Ortsbewohnern ins Gespräch zu kommen, um ihnen ihre Ängste und ihre Sorgen zu nehmen. Niemand geht aber direkt auf ihn ein. Niemand bekennt sich zu den Aktionen, und niemand will dabei gesehen werden, wie er sich längere Zeit mit dem Bauherrn des Tunnels unterhält. Und auch für die Idee, vielleicht Teil einer großen, die Welt im Kern verändernden Unternehmung zu sein, ist niemand zu erwärmen.

Jován bleiben eine Handvoll treuer Arbeiter, die weiter für ihn in den Stollen gehen, trotz der Anfeindungen im Ort und dem Ausschluss aus dem öffentlichen Leben. Dann gibt es eine Szene, in der einer dieser Arbeiter nachmittags stark verwirrt und schwankend aus der Tunnelöffnung heraustritt, zu keiner Pausenzeit, und auf dem Gelände um den Tunneleingang herumirrt und erst nach eingehender Befragung schließlich berichtet, er sei mit seinem Spaten auf ein seltsam krustiges Gewebe gestoßen, habe es mit einem kräftigen Hieb durchbrochen und dahinter ein rötlich schimmerndes Licht gesehen. Aus dem Loch wären Tausende klagender Stimmen zu ihm hochgedrungen. Der Arbeiter ist sich sicher, dass Jováns Tunnel nun den Rand der Hölle erreicht hat.

Der Geologe wird festgesetzt und in den Ort gebracht, wo ihm vor einer Art Ältestenrat ein Prozess gemacht wird. Es wird behauptet, man habe einen Boten geschickt, sich bei den königlichen Auftraggebern informiert und erfahren, dass Jován seine eigentlichen Anordnungen ignoriert und in eigenem Ermessen gehandelt habe. Man habe freie Hand erhalten, mit ihm zu verfahren, wie man es für richtig halte. Jován versucht sich an einem Plädoyer für seine Sache, wird aber geohrfeigt und zum Schweigen aufgefordert. Man gibt ihm zwei Optionen zur Auswahl: den Tod durch den Strick auf dem Marktplatz der Kleinstadt oder den Gang in den eigenen Tunnel, der nach seinem Verschwinden darin wieder zugeschüttet und für immer verschlossen wird. Während der gesamten Verhandlung ist der Arbeiter, der angeblich den Rand der Hölle mit seinem Spaten durchstochen hat, im Saal anwesend. Er sagt kein Wort und starrt auf einen Punkt irgendwo im Raum. Man könnte denken, dass er ein schlechtes Gewissen hat.

Der Dichter, Geologe und Astrophysiker József Jován entscheidet sich natürlich für den Gang in den eigenen Tunnel. Ihm werden die Hände zusammengebunden, und er muss einen

Spaten und einen Eimer auf der Schulter tragen, während man ihn durchs Dorf in Richtung der Baustelle abführt wie auf einem Kreuzweg.

Die letzte Einstellung des Films ist die des Tunneleingangs, der fast den gesamten Bildausschnitt als schwarz gähnendes Loch einnimmt und in den József Jován hineingeht, vom Dunkel umfangen wird und verschwindet. Man hört, wie aus dem Off, sein Atmen und seine Schritte, bis sie langsam überblendet werden von den Geräuschen der Arbeiter, die Vorbereitungen treffen, die Grube zu verschließen. Während der Abspann auf das Schwarz der Tunnelöffnung eingeblendet wird, sieht man manchmal noch im Vordergrund Menschen vorbeilaufen, mit Spaten oder Holzlatten in den Händen.

Als der Film im *Café Porsche* vorgeführt wurde, haben wir alle lange in einer stillen Ergriffenheit dagesessen, die wir, das würde ich heute sagen, der stillen Ergriffenheit nachempfunden haben, in der Christoph selbst auf seinem Stuhl saß und auch nach dem vollständigen Durchlaufen des Abspanns noch auf die Leinwand schaute, auf die der Beamer nur noch ein blaues Rechteck mit dem Logo des Herstellers warf. Es war ein Moment, in dem es nichts weiter zu sagen gab. Tut dies zu meinem Gedächtnis.

Beunruhigend fand ich die Mitteilung, dass der Transporter, den Sarah die ganze Zeit gefahren hatte und der ein Mietwagen war, nicht länger bezahlt werden konnte und zurückgegeben werden musste. Umso beunruhigender, als zur selben Zeit immer wieder Männer an unseren Lagerplätzen auftauchten, die nie lang blieben, sich ausschließlich mit Christoph unterhielten und auf vielfältige Weise zwielichtig aussahen. Einem von ihnen saß eine violett getönte Brille im Gesicht, deren Gläser sich an die Helligkeit der Umgebung anpassen konnten. Alle trugen sie Jacketts und Jeanshosen zu Lederschuhen, eine Kombination, die ich bis dahin nur an Feuilletonisten, Taxifahrern und Kleinkriminellen gesehen habe. Als ich Markus einmal auf diese Männer angesprochen habe, hob er nur die Schultern und sagte: Investoren aus Dresden.

Wir luden die Sachen aus Sarahs Transporter in die Autos des Chinesen und dessen, der sich James nannte, soweit dort noch Platz war. Manches musste von da an getragen werden. Sarah lief nun selbst oft mit uns mit und war über Funk und Handy mit Christoph und Markus verbunden. Wir wechselten uns alle ab beim Tragen der schweren Kisten. Markus' Wohnmobil wurde so vollgestellt, dass ihm nur noch ein schmaler Streifen zum Schlafen blieb. Da wir nun einen Teil der Ausrüstung selbst tragen mussten, stellten wir jeden Ausrüstungsgegenstand in Frage und vergaßen selten oder nie verwendete Teile auf unserem Weg im Wald oder auf Rastplätzen.

Ich erinnere mich an ein Gespräch zwischen Markus, Sarah, Hannah, Marlies, dem Chinesen und dem, der sich James nannte, die während eines mittäglichen Treffens bei den Autos zusammenstanden und sich von ihren Erfahrungen mit verschiedenen Filmproduktionen erzählten. Erst schien mir das Gespräch etwas zäh dahinzufließen, dann aber nahm es Fahrt auf, als Marlies nochmal ihre gescheiterte Theaterproduktion ins Spiel brachte und die anderen sich davon animiert fühlten, aufzutrumpfen und aufzuzählen, welche Widrigkeiten sich ihnen selbst und den Produktionen, an denen sie beteiligt gewesen waren, in der Vergangenheit in den Weg gestellt hatten. Es kam der Punkt, an dem Filme wie Trophäen gehandelt wurden, die indiziert oder beschlagnahmt worden waren, wobei ich erst glaubte, vielleicht noch ein paar interessante Details über diesen Prozess erfahren zu können, dann aber feststellen musste, dass sie sich darüber in einer Art Fachsprache unterhielten, die einem gewissen betriebsinternen oder branchenüblichen Understatement sehr viel Raum gab. Es war immer wieder die Rede von Paragraph hunderteinunddreißig, Beschlagnahmung schien irgendwie extremer zu sein als Indizierung, und es gab außer Gewalt oder Pornografie im Film wohl auch noch andere Kriterien, die auf die Produktionen zutrafen, an denen sie bereits beteiligt gewesen waren. Der, der sich James nannte, erzählte beispielsweise von einem Film über eine nationalsozialistische Untergrundbewegung, der wohl *nicht eindeutig genug* gewesen ist, worüber ich noch lange nachdenken musste, weil ich nicht verstand, was er damit meinte, und mir irgendwie nicht vorstellen konnte, dass Vieldeutigkeit ein Anlass zur Zensur sein könnte. Was mir aber am Ende von dem Gespräch geblieben ist, war die Überzeugung, dass selbst in diesen hochdubiosen, nischenhaften Untergrundkategorien des Films noch mit demselben Traummaschinenlockruf operiert wurde wie überall sonst, wo es Kameras gab, Licht, Schauspieler und Regie. Allein das Gespräch führen zu können, bei dem ich nur danebengestanden und zugehört habe, kam mir wie ein Teil dieser Versprechung vor, die vom Beteiligtsein an der Erschaffung eines Films ausging und die auch mir selbst ein Mitredenkönnen in Zukunft in Aussicht stellte.

Als ich in der Gegend, in der der Maulwurf das erste Mal abends an unserem Nachtlager auftauchte, nachfragte, wo wir eigentlich seien, sagte man mir, wir befänden uns im Grabfeld am Fuß der Haßberge, was ich erst nicht glauben konnte, dann aber auf einer Karte gezeigt bekam und schließlich glauben musste.

Ich saß, müde vom langen Gehen, mit den anderen am Lagerfeuer, an dem der Obergefreite Max gerade davon berichtete, dass ihm die Verbrannten aus dem Feldlager in Afghanistan und dem Bundeswehrkrankenhaus in Koblenz noch regelmäßig begegnet seien (meistens, sagte er, wenn nachts irgendwo eine Tür offen stand in ein dunkles Zimmer oder einen Flur, sei er sich sicher gewesen, dass jeden Moment eine der beiden Gestalten aus dem Dunkel hervortreten würde, vielleicht zuerst mit den noch unversehrten Händen den Türstock umfassen und dann ihren verbrannten Körper nachziehen, die fürchterlichen Köpfe, sagte er, mit den versengten Lidern und den schildkrötenhaften Mündern), als ich mir gegenüber, auf der anderen Seite des Feuers, jemanden sitzen sah, von dem ich nicht sagen konnte, an welchem Punkt oder zu welcher Zeit er zur Produktion dazugestoßen war. Ich schaute ihn an und dachte: Den kennt jetzt wirklich niemand.

Der Obergefreite Max erzählte, dass er von dem zweiten Verbrannten aus Koblenz nie erfahren habe, ob der auch gestorben ist oder mehr Erfolg bei den Reha-Maßnahmen gehabt hat, obwohl es ihm auf einer vorbewussten, intuitiven Ebene die ganze Zeit klar gewesen sei, dass auch der sich inzwischen irgendwo das Licht ausgeblasen habe. Ich schaute mir die neue Person durch das Flirren der Flammen hindurch an, und ich war mir sicher, dass sie sich innerlich bereits Notizen machte, für einen Bericht an ihren Vorgesetzten. Bei dieser Vorstellung, erzählte Max, verspüre er jedes Mal eine irrsinnige Hitze in seinem Bauch, ein Brennen, und dann müsse er daran denken, was er über den Gott *Agni* aus der vedischen Religion gelesen habe, der in diesem Glauben eine omnipräsente Rolle spiele, als das Maul der Götter, das alles verschlingt, was auf der Erde eigentlich ihres ist. Der Maulwurf nahm einen Schluck aus einer verbeulten Feldflasche und schaute mir in die Augen. Dass er zum Beispiel auch als Feuer in den Mägen der Menschen auftrete, sozusagen als ewiger Brand der Verdauung. Und dass es dem Obergefreiten dann immer völlig plausibel erscheine, erzählte er, dass man nur mit seinem Willen oder seinem Unwillen oder seiner Angst so extreme körperliche Reaktionen hervorrufen konnte, die dann schließlich dazu führten, dass aus dem friedlichen Verdauungsbrand des Feuergottes Agni richtige Flammen werden, die einen Menschen innerlich in Brand setzen können, wie schon die beiden Kameraden im Feldlager in Afghanistan und in der Kaserne in Koblenz.

Der Maulwurf stand auf und ging herum, stand mal hier bei einer Gruppe dabei und mal woanders. Er schien selbst nicht zu sprechen, sondern nur aufzunehmen, welcher Art die Gespräche der anderen waren und was sie zum Inhalt hatten. Er fiel mir vor allem deshalb auf, weil er machte, was ich machte, sich so verhielt wie ich und mir wie eine Parodie auf mein eigenes Verhalten vorkam. Der Obergefreite Max legte einen trockenen Zweig ins Feuer, der sofort von tausend kleinen Flämmchen aufgezehrt wurde, und der Maulwurf steckte die Hände in die Hosentaschen und ging von der Gruppe, bei der er gerade gestanden hatte, ab und zwischen die Bäume in die Dunkelheit des Waldes. Ich habe nicht gesehen, dass er sich nachts ein Zelt aufbaute oder zu jemandem dazukroch oder seine Matte und seinen Schlafsack ausrollte.

An einem Abend, an dem ich mir sicher war, dass sie sich unbeobachtet fühlten, beobachtete ich Christoph und Katja aus der Distanz bei einem weiteren Streit. Katja war ruhig, und ihre Körpersprache war selbstsicher oder vielleicht sogar überheblich. Ich konnte mir sehr gut vorstellen, dass sie verletzende Dinge sagte, Christoph reizte oder ihn herausforderte. Ich habe gesehen, wie Katja von Christoph geohrfeigt wurde und wie sie danach ein krankes Lachen gelacht hat und wie Christoph wegging und wirkte, als wäre er derjenige, der geschlagen worden war.

Ich saß mit Josi im Biergarten am Chinesischen Turm, weil sie sich an einem neutralen und möglichst öffentlichen Ort treffen wollte, wie sie gesagt hatte, wahrscheinlich, um mich auf die Art des Gesprächs vorzubereiten, das wir dort geführt haben. Sie sagte, ich hätte die Möglichkeit gehabt zu kämpfen. Ich hätte nicht gekämpft. Sie sagte, dass es sie wütend mache, dass sie in dieser Kriegsrhetorik über unsere Beziehung sprechen müsse, weil das nicht die Sprache sei, in der sie sich und das, was in ihr vorging, gut aufgehoben oder angemessen ausgedrückt fühle. Sie sagte: Ich bin keine Soldatin. Sie sagte, dass sie müde sei und schon lange nicht mehr das Gefühl gehabt habe, schwach sein zu dürfen. Sie habe aber ein Recht darauf, schwach sein zu können. Sie sagte: Du bist schwach für zwei, Moritz. Du bist ein ganz läppischer, egozentrischer Schwächling. Sie sagte, sie habe Angst davor, mich allein zu lassen, weil es sich wie ein Versagen anfühlen würde, eine Kapitulation vor der einzig wirklich mächtigen Kraft in mir, die nicht akzeptieren wolle, dass die Liebe eines Menschen genug sein könnte, bevor dieser Mensch restlos verbraucht und zernichtet sei. Sie sagte: Ich bin wie aufgefressen. Sie sagte, ich hätte das Nichts genährt, als wäre es etwas, von dem man leben könnte. Als wäre das eine Investition, die sich später auszahlen würde. Sie sagte: Ich weiß doch auch nicht. Und dass sie auch einmal egoistisch sein müsse, weil sie sonst davongeweht würde, wie der aschene Rest verbrannter Bücher. Sie sagte, ich hätte kein Gemeinschaftsgefühl und hätte mich parasitär an ihr Gemeinschaftsgefühl angehängt wie ein Egel. Josi sagte: Ich habe dich getröstet, ohne jemals von dir getröstet worden zu sein. Du hast nie versucht, meine Sprache zu lernen, ich dagegen habe deine Sprache gelernt. Du beutest mich aus und schweigst mich an. Man könnte dir alle Möbel aus der Wohnung tragen, und du würdest nichts dagegen unternehmen. Du hast nie ein Problem gelöst, aber immer so getan, als wären alle Probleme deine Probleme, als käme es auf dich an, als würde es um dich gehen. Sie sagte: Ich kann nicht länger für dich entscheiden, du musst auch einmal selber was entscheiden und nicht immer nur darauf warten, dass das die anderen für dich machen. Ich bin nicht deine Erlösung von dem Bösen.

Sie fragte mich, ob irgendetwas davon einen Sinn ergebe für mich.

Ich sagte dazu nichts.

Man brachte uns den Kuchen, den wir bestellt hatten und der

vor mir auf dem Teller aussah wie ein außerirdisches Konzept. Wie etwas Unlesbares.

Noch zwei Tage zuvor waren wir auch ohne Worte sehr gut ausgekommen, wie ich dachte. Im Understatement. In der Bewegung. Wir hatten einen kompletten Tag im Freien in der Stadt verbracht, herumtreibend, hatten Momente aufgelesen und sehr aufmerksam geschaut, mit sehr kleinen Bewegungen in den Gesichtern auf Dinge gedeutet, die der andere dann sofort erfasst hat und verstanden, weshalb das jetzt etwas Besonderes sein soll. Ich hatte mich richtig gut aufgehoben gefühlt. Ich dachte, wenn ich nie wieder etwas sagen müsste, würde ich es auch nicht tun. Dass es keine Missverständnisse geben konnte, wenn man sich auf diese Art verständigen würde, weil jeder nur aufnahm, was er sah, und spürte, ob der andere mit dabei war. Man bestätigte sich so, dachte ich, ganz beiläufig gegenseitig im Dasein und Dabeisein, ohne Programm und ohne falsche Erwartung.

In Bezug auf ihre Anstellung an der Universität hat Josi einmal zu mir gesagt, das Schöne an der Marionette als Lebensentwurf sei eben, dass man sich immer wieder in die Schnüre hängen kann, ohne zusammenzubrechen. Ich habe eine Weile darüber nachgedacht und dann gefunden, dass sie nicht unrecht hatte damit. Und dass wir uns da begegnen könnten. In den Schnüren.

Auf einem verwaisten Campingplatz am südlichsten Ausläufer des Thüringer Waldes (ein vernageltes Rezeptionshäuschen, ein niedriger Bungalow mit Toiletten und Duschen, den wir aufbrachen und feststellten, dass alle Armaturen abgeschraubt und die Wände verschimmelt waren, und ein hoch überwachsener Rasenplatz für Zelte und Wohnanhänger, mit toten Stromanschlüssen und Stellplatznummern auf rostigen Schildchen), der mittags schon als das Nachtlager ausgewiesen wurde (es hieß, wir bräuchten etwas Zeit, um die Geräte zu warten und die nächsten Tage zu planen), schaute ich auf eine der Straßenkarten und sah, am oberen Bildrand, den eckigen roten Fleck der Stadt Erfurt, von der ich im Schutzumschlag der *Soldatin* gelesen hatte, dass sie die Heimatstadt der Schriftstellerin Melanie Warga sei. In dem kurzen Text unterhalb des Bildes, auf dem Melanie Warga aussieht wie eine Veteranin des Schreibens (wie jemand, der wieder und wieder aus der langwierigen, kräftezehrenden Auseinandersetzung mit den eigenen Gedanken und Ängsten und Unzulänglichkeiten als noch etwas klüger und noch etwas weiser hervorgegangen war), steht, dass sie in Erfurt lebt und immer schon in Erfurt gelebt hat.

Der gesamte Nachmittag war zur freien Verfügung, und nachdem ich Sarah gefragt hatte, ob denn unser Weg auch durch Erfurt führen würde, was sie verneinte, fragte ich sie, ob wir denn nicht vielleicht einen Ausflug in die Stadt machen wollten, heute, in dieser freien Zeit, vielleicht sogar mit dem Zug. Ich würde gerne jemanden dort besuchen oder eben schauen, ob die Person da überhaupt noch wohnte. Ich habe das gesagt, ohne vorher wirklich nachgedacht zu haben, und erst beim Sprechen ist mir aufgefallen, dass es so klang, als wollte ich mit Sarah allein einen Ausflug machen, nur wir beide, obwohl ich doch mit diesem Wir eher uns alle gemeint hatte (vielleicht auch in der leisen, unbewussten Hoffnung, dass das eh nicht gehen und man mir sagen würde, dass ich das vergessen und hierbleiben und bei irgendeiner Wartungsarbeit helfen soll). Sarah schaute mich an, ein bisschen überrascht und vielleicht auch skeptisch, aber noch bevor ich etwas Relativierendes sagen konnte, meinte sie, dass ihr die Idee gefalle, dass wir aber auf jeden Fall noch rumfragen sollten in der Gruppe, ob sich jemand anschließen möchte. Ich war erstaunt, weil ich von Sarah bis dahin noch kaum eine Regung wahrgenommen hatte, die darauf schließen ließ, dass eigene Bedürfnisse, die sie nicht schon vollständig der Produktion und ihrem Gelingen untergeordnet hatte, in ihr überhaupt noch vorhanden waren. Ich dachte mir: Wahrscheinlich ist auch ihr die Aussicht angenehm, einmal wieder von urbanen Strukturen umgeben zu sein.

Christoph war an unserem Vorschlag überhaupt nicht interessiert. Er machte nur eine Geste mit der Hand, die wohl meinte, dass wir tun könnten, was wir wollten, wenn wir es für richtig hielten, zumindest aber den Anstand haben sollten, ihn nicht damit zu belästigen. Ich hätte gerne gehabt, dass Katja uns begleitet, aber ich wollte sie nicht fragen. Ich hätte das Gefühl gehabt, als wäre ich zehn Jahre alt und würde eine erwachsene Nachbarin auf einen Kindergeburtstag einladen. Ob sie von den anderen jemand gefragt hat und weshalb sie dieser Person dann abgesagt hat, habe ich nie erfahren.

Am Ende waren wir zu fünft: Sarah, ich, Marlies, Mirko und Julia, die wir zu Fuß zu einem kleinen Niemandslands-Bahnhof (der nur aus einem Bahnsteig, einem Fahrscheinautomaten und einem verblichenen Fahrplan bestand) in einem zutiefst verschlafenen Ort namens Reurieth aufbrachen und von dort einen Regionalzug nach Erfurt nahmen. Ich bezahlte Hin- und Rückfahrt für alle mit meiner Kreditkarte am Automaten und war erstaunt, dass sie noch immer funktionierte. Ich hatte mich offensichtlich noch nicht aus meinem Verfügungsrahmen hinausbewegt. Oder es war noch niemandem aufgefallen.

Für uns alle war es die erste Zugfahrt seit unserem Aufbruch aus Ulm, das war auch gleich das erste Thema unter uns, beim Gehen zum Bahnsteig und dann wieder beim Warten auf den Zug und nach dem Finden freier Plätze im Obergeschoss der zweistöckigen Regionalbahn. Wir sprachen auch darüber, wie seltsam es sich anfühlte, nun so ein abgetrennter Splitter zu sein und sich zum ersten Mal in einer räumlichen Distanz zur Produktion zu befinden. Der Schaffner, der unsere Fahrscheine schließlich kontrollierte, war von unserer generellen Abgerissenheit nicht weiter beeindruckt. Entweder weil wir ihm egal waren oder weil er auf der Strecke schon Schlimmeres gesehen hatte.

Sarah sagte zu alldem wenig. Sie schaute aus dem Fenster und dachte nach. Wahrscheinlich über Dinge, von denen nur sie wusste und die sie mit uns nicht teilen durfte oder wollte. Sie hatte von Markus beim Aufbruch eine kleine Handkamera erhalten. Falls sich etwas ergibt, hatte er gesagt, was sich lohnt. Die schwarze Kameratasche lag auf ihrem Schoß, daneben der übervolle Abfallbehälter unter dem Fenster, der nicht mehr ganz zu schließen war, weil Bierdosen und Kaffeebecher und braune Bananenschalen bis über den Rand in ihn hineingequetscht worden waren. Neben uns saß jemand, der Kopfhörer in den Ohren hatte und so laut irgendeinen Hard-Trance-Mix hörte, dass jeder Schlag, der ihm hart in den Kopf geschlagen wurde, im ganzen Abteil zu hören war. Draußen war der Wald in Bewegung. Immer wieder tauchten kleine Orte auf, Fachwerkhäuser mit Schieferplatten an den Wänden, holzverarbeitende Industrie, Fußballplätze, die durch Bandenwerbung lokaler Betriebe eingefasst waren, dann Bäche, Wiesenblumen, Feuchtigkeit und Wachstum. In unserem Abteil fiel mir wieder auf, dass fast niemand nach draußen sah. Die meisten Fahrgäste waren mit ihren Smartphones beschäftigt. Irgendwo hinter uns wurde ein Gespräch geführt, das von der Unterbringung einer alten Frau in ein Heim handelte. Jedes Mal, wenn der Zug in einen Bahnhof einfuhr, wurde eine kurze Melodie eingespielt, bevor eine elektronische Frauenstimme den Namen der Station ansagte.

Bei der Einfahrt in Erfurt kam mir die Stadt riesig und majestätisch vor im Vergleich zu den Dörfern und Höfen, den Wäldern, Wiesen und Feldern, in denen sich das Schreckliche Grauen und unser Gehen bislang ausschließlich abgespielt hatten. Wir stiegen aus auf den Bahnsteig in einer überdachten Bahnhofshalle, gingen durch eine Unterführung und durch die obligatorischen Einkaufspassagen hindurch und traten durch ein Portal nach draußen auf einen Platz, auf dem verschieden junge und alte Leute auf sehr verschieden geschäftige oder langsam obdachlos herumschlurfende Weise unterwegs waren. Ich hörte das Klingeln einer Straßenbahn und fühlte mich ganz mit Nervosität aufgeladen. Ich dachte an das, was mir Marlies im Zug nach ihrer Angstsitzung gesagt hatte. Dass sie nach ihrer Therapie alles erst langsam habe wiedererlernen müssen – *how to walk and speak* –, und ich wollte sie fragen, wie sie sich jetzt hier fühlte, ob es ihr ähnlich ging, dann aber wurde ich selbst gefragt, wo genau denn eigentlich diese Person wohne, die ich gern besuchen wollte. Ich sagte: Ich weiß es nicht genau. Julia zeigte auf einen Schaukasten seitlich des Eingangs zum Bahnhof, in dem eine Stadtkarte hing, und fragte mich, ob ich denn die Adresse der Person hätte, man könnte das ja auch im Internet nachschauen. Ich sagte, dass ich eigentlich nur wisse, dass die Person immer schon in Erfurt gelebt habe, und dass ich davon ausgehe, dass sie noch lebe und dass sie auch noch immer hier lebe, aber dass ich keine weiteren Informationen hätte.

Die anderen wirkten ein bisschen enttäuscht. Mirko sagte: Dir ist aber schon klar, dass du sie so jetzt gar nicht finden kannst. Und dann standen wir eine Weile auf dem Vorplatz zum Bahnhof, der glaube ich Willy-Brandt-Platz hieß, und schwiegen und schauten. Ich sah mir die Leute an, und ich dachte: Euch kann man natürlich auch nicht fragen. Weil ihr keine Bücher lest und keine Schriftstellerinnen kennt, die in kleinen Verlagen veröffentlichen, auch dann nicht, wenn sie in eurer Stadt leben und immer schon gelebt haben, was natürlich ungerecht war. Julia bot sich an, ein bisschen im Internet zu recherchieren mit ihrem Handy, aber es war ein Angebot, dem man anmerken konnte, dass es gern ausgeschlagen werden würde. Ich glaubte nicht daran, dass Melanie Wargas Adresse einfach so im Internet zu finden war. Und ich hätte auch gar nicht gewusst, wie ich mich bei einem tatsächlichen Besuch in ihrem Haus hätte verhalten sollen. Es gab keine konkrete Frage, die ich ihr gern gestellt hätte. Und sehr wahrscheinlich war ihr Haus auch einfach nur ein

Haus, mit Wänden und einem Dach und Fenstern, aus denen sie herausschaute, in einen Garten vermutlich, und nachdachte und Sätze in ihrem Kopf formulierte, die sie dann in einen Computer eintippte oder auf ein Blatt oder in ein Heft schrieb. Ich dachte, eigentlich reicht mir das jetzt schon aus. Viel näher möchte ich ihr gar nicht kommen. Soweit ich weiß, ist noch nicht mal Josi ihr jemals persönlich begegnet. Zumindest hat sie nie davon erzählt, als wir noch zusammen waren.

Wir gingen also einfach so los, blieben als Gruppe zusammen und liefen durch die Erfurter Innenstadt, an den Geschäften vorbei, in die keiner von uns gern gegangen wäre (wenn es etwas wie eine stille Übereinkunft zwischen uns gab, dann die, dass uns das alles aktuell überhaupt nicht interessierte, was dort angeboten wurde), atmeten ein bisschen Diversität und Leben, individuelles Unterwegssein, Herumgehen, ziellos oder zu Verabredungen in Cafés oder Vorlesungen in der Universität. Ich erinnerte mich an meinen allerersten Gang durch die Ulmer Innenstadt, auf der Suche nach dem *Nach(t)schub*, mit der Wegbeschreibung von Christoph. Auch in Erfurt gab es die gleichen Geschäfte, die auf die scheinbar immergleichen Bedürfnisse der Einkaufenden zugeschnitten waren und sich den Regeln des Marktes entsprechend gegen andere, weniger gut zugeschnittene Geschäfte durchgesetzt hatten. Diesmal aber war ich unterwegs mit einer ganzen Gruppe von Leuten, die das offensichtlich sehr viel weniger störte als sonst. Zumindest wurden keine Kommentare zum Zustand der deutschen Innenstädte gemacht. Und weil ich mich eben daran erinnerte und weil ich fand, dass es wirklich gut gepasst hatte und wieder gut passte, sagte ich zu den anderen, ohne es auszuweisen als ein Zitat, sondern so, als wäre es mein eigener Gedanke:

Alle hundert Meter verändert sich die Welt. Dass ein Ort wie der andere sein soll, ist eine Lüge. Die Welt ist wie ein Beben.

Wir aßen in einem Schnellrestaurant, das von einer grimmigen Vietnamesin betrieben wurde, die sich, noch während sie unsere Bestellung aufnahm und zubereitete, mit jemandem gestritten hat, der unsichtbar im hinteren Teil der Küche verborgen war. Es war nicht zu verstehen, worum es in dem Streit ging und von welcher Seite Vorwürfe gemacht wurden und wer sich verteidigte. Wir fanden alle, dass das Essen wunderbar einfach und herrlich ungesund war. Die Menükarte, die eine ganze Wand im Innern des Schnellrestaurants vollständig ausfüllte, führte so ziemlich alle Gerichte, die unter fünf Minuten in einer Pfanne oder einer Fritteuse zubereitet werden können. Es gab keinen Dönerspieß hinter der Theke mit den Salaten und Soßen, aber einen schrankförmigen Gasgrill mit Glastüren, in dem sich mehrere Reihen orangefarbener Brathähnchen vor einer rotglühenden Wand langsam und fettglänzend im Kreis drehten.

Als schon die Dämmerung in verschiedenen Farben über der Stadt aufgezogen war, erreichten wir den weiten Platz, an dem sich der Dom und eine große Kirche befinden und der bis an den Rand angefüllt war mit Menschen, die Transparente und Deutschlandfahnen und Schilder und Fackeln in den Händen hielten. Es gab eine Bühne und ein Rednerpult, an dem ein sehr hart und unbarmherzig wirkender Redner in schwarzem Anzug stand und in ein Mikrofon brüllte. Die Sätze verhallten so über dem weiten Platz zwischen den Menschen, dass man sich anstrengen musste, um ihren Inhalt zu verstehen. Ich sah weißhaarige Frauen in grauen Mänteln, die sich ihre kunstledernen Handtaschen gegen die Bäuche pressten und sinnlos mit den Kiefern mahlten. Dicke Männer mit Halbglatzen, Leute in Fußballtrikots, Mädchen mit langen blonden Pferdeschwänzen und Seidenschals, übertrieben auftrainierte Türsteher-Typen mit gebräunten Gesichtern und rasierten Waden, die hautenge T-Shirts mit Tribals oder Schriftzügen fiktiver amerikanischer Universitäten trugen. Es gab immer wieder Stichworte von dem Mann auf dem Rednerpult, auf die von der Menge abwechselnd gejubelt oder gepfiffen und gebuht wurde. Der Ton der Rede war bitter und gehässig, und die Gesichter der Menschen waren wie Fäuste. In ihren Augen war etwas, das ich nicht beschreiben oder benennen konnte und deshalb unbeholfen vor mir selbst als *das Andere* bezeichnete. Ich dachte dabei an die dunkle Seite des Mondes oder das Innere von József Jováns verschlossenem Tunnel.

Noch während der Redner seine Ansprache ins Mikrofon brüllte und der Himmel über der Stadt sich immer weiter verdunkelte, ging kurz die Beleuchtung der beiden Kirchen an, die Gebäude wurden hell angestrahlt, auf die für Wahrzeichen und Baudenkmäler übliche Weise, dann aber erlosch das Licht wieder, demonstrativ, wie ich sofort dachte, und die Kirchen standen da wie verlassen, als dunkel drohende, göttliche Riesenbauten im Hintergrund der Versammlung. Die Menge johlte und pfiff und buhte und jubelte durcheinander, was kurz auch den Redner irritierte, der mit dem Rücken zu den Kirchen stand. Er drehte sich um und sah vielleicht noch das Nachglühen in den Scheinwerfern, jedenfalls begriff er sofort und schrie mit einer hochgereckten, geballten Faust in Richtung der Menge, dass man sich nicht mundtot machen lasse, dass man aufstehe und mit einer Stimme spreche, dass man das Volk sei und dass man sich ein eigenes Licht mitgebracht habe, das bald weithin sichtbar leuchten werde, woraufhin die Fackelträger in der Menge ihre Fackeln hochreckten und brüllten wie Anheizer vor einer mittelalterlichen Schlacht.

Wir standen da am Rand der Versammlung in unserer kleinen Gruppe des Schrecklichen Grauens, alle sehr gespannt, wie ich glaube, und in der Erwartung, dass gleich hinter und neben uns Schaufenster eingeschmissen würden, Autos umgeworfen und die Stadt in Brand gesetzt. Ich dachte an Christophs allererste Rede im *Café Porsche*, an meinem ersten Abend in Ulm, als er sagte, am Ende werde nicht getanzt, es sei denn auf den glühenden Resten unserer Städte. Aber ich spürte auch, dass das Feuer an den Fackeln in dieser Versammlung vor uns ein anderes Feuer war als das, das ich mit Christoph in der Scheune gelegt hatte. Es war so, als wäre das Feuer überall über den Köpfen in der Luft und schlüge eben nur an den hochgereckten Fackeln in Flammen aus, wie ein Elmsfeuer auf einem Schiffsmast oder einem hohen Berggipfel. Allein durch die Masse der Menschen war es wesentlich heller und mächtiger als alle Feuer, die wir in den letzten Wochen entfacht hatten. Ich schaute Marlies und Sarah und Mirko und Julia an, sah einen Widerschein auf ihren Gesichtern und war mir sicher, dass auch in meinem Gesicht ein solcher Widerschein am Leuchten war. Sie sahen seltsam verzagt aus beim Anblick der Kundgebung. Als wüssten sie schon, worauf das alles hinauslaufen würde. Sarah hing die schwarze Kameratasche von Markus an der Schulter, und ich dachte: Das ist doch ein Horror, den man filmen könnte für unseren Film. Aber sie filmte nicht.

Es war schließlich Marlies, die zuerst etwas sagte, in einer Lautstärke, die man eigentlich nicht hätte hören dürfen, zwischen dem Rufen und Schreien und Grölen der Menge, die aber doch irgendwie zu hören war, ganz klar und ganz deutlich.

Sie sagte, das sei eben das Problem mit Christophs Phantasie vom großen Zusammenbruch. Dass immer schon die Falschen bereitstehen, um danach das Steuer zu übernehmen.

Ich sah, wie Sarah ihren Kopf hängen ließ und auf den Boden schaute. Ich glaubte zu wissen, was sie dachte. Dass das möglicherweise stimmte, was Marlies gesagt hatte. Und dass man Christoph unter Umständen nirgendwohin folgen konnte.

Wir wandten uns ab und gingen weg von dem großen Platz, noch bevor die Kundgebung beendet war. Nachdem wir sie aber gesehen hatten und wussten, dass sie gerade stattfand, hörten wir auch in den entfernteren Nebenstraßen immer wieder das Grölen der Menge und die aufpeitschenden Schreie des Redners. Es wurde Nacht über der Stadt, und unser Gehen wurde ziellos (es war wohl von Anfang an ziellos gewesen, aber erst jetzt fühlte es sich auch so an, ganz deutlich und nicht nur so, dass wir kein konkretes Ziel hatten, auf das wir zugingen, sondern dass es so ein Ziel für uns nicht gab, nicht in Erfurt und nirgendwo sonst, auch dann nicht, wenn wir es gewollt hätten). Wir mieden den Kontakt zu anderen Menschen, blieben zusammen und verbrachten eine lange Zeit traurig schweigend auf dem Bahnsteig im Erfurter Bahnhof, bis schließlich die Regionalbahn einfuhr, die uns durch den nachtschwarzen Thüringer Wald zurück in den Ort brachte, von dem aus wir große Mühe hatten, den Campingplatz zu finden, wo schon niemand mehr wach war und keiner auf uns gewartet hatte. Ich fragte mich, wie unsere Exkursion verlaufen wäre, wenn wir Christoph mit dabeigehabt hätten. Ob er in der Lage gewesen wäre, all das für uns nochmal umzudeuten oder produktiv zu übersetzen in die Arbeit am Schrecklichen Grauen.

Ich träumte in dieser Nacht von einem Haus, das ich gemeinsam mit Katja bewohnte und in dem ich mich auf einer ständigen, vergeblichen Jagd auf Kakerlaken befand, die immer wieder auftauchten und verschwanden und, selbst wenn ich sie erwischt und zerquetscht hatte, einfach im nächsten Moment nicht mehr da waren. Katja war gerade nicht zuhause, und ich wollte unbedingt alle Kakerlaken getötet haben, bevor sie zurückkam. Aus Angst, sie würde sonst nicht mehr mit mir in diesem Haus leben wollen. Das Haus war umgeben von einem Garten, in dem dicht beieinander Sträucher mit großen reifen Beeren standen und durch den permanent eine Lautsprecherdurchsage schallte, dass man auf keinen Fall von den Früchten essen dürfe, da man über den gesamten Garten ein Gift ausgebracht habe, das sehr schädlich für den Menschen sei. In dem Traum hatte das Gift auch einen Namen, aber ich konnte mich nach dem Aufwachen nicht mehr richtig daran erinnern. Etwas wie Morbitum oder Mosquano oder Monsanto.

Ich hatte in einem überdachten Gang geschlafen, der durch den Bungalow mit den Toiletten und Duschen hindurchführte und ihn in einen Bereich für Männer und einen für Frauen aufgeteilt hatte, als der Campingplatz noch in Betrieb war und Männer und Frauen hier aufs Klo und zum Duschen gegangen sind. Als ich aufwachte, schien die Sonne schon kräftig auf das mit Blechbahnen beschlagene Dach und hatte den Bungalow ein wenig aufgeheizt. Ein Geruch nach feuchtem Moder und schimmligen Wänden hing als feiner Teppich über meinem Schlafplatz. Ich stand auf und ging zu den Fahrzeugen, um zu sehen, ob sich dort vielleicht schon jemand um Kaffee gekümmert hatte. Seit Hubis Abgang gab es nur dann Kaffee, wenn sich eine Freiwillige oder ein Freiwilliger fand, die sich gleich nach dem Aufwachen dazu motivieren konnten, welchen zu kochen, wofür auf vielfache Weise improvisiert und meistens auch noch Dinge gespült und gereinigt werden mussten, weshalb es wohl oft vorkam, dass jemand mit den besten Vorsätzen an die entsprechenden Teile herantrat, um dann doch keine so große Lust auf Kaffee mehr zu haben. Ich habe Leute sagen hören, dass eine Tasse heißer Kaffee am Morgen ihre letzte Verbindung zur Wirklichkeit sei, und dieselben Leute dabei beobachtet, wie sie eine Kanne aufgeschraubt haben und beim Anblick des Inneren resignierten. Ich fand das nur konsequent. Hier sollte doch auch gar nichts mehr übrig bleiben, was einem eine Verbindung zur Wirklichkeit war.

Ich war noch nicht richtig wach und überhaupt nicht darauf vorbereitet, als ich bei den Fahrzeugen auf eine lose beieinanderstehende und irgendwie sehr unglücklich wirkende Gruppe traf, in der sich auch Marlies und Sarah und Julia und Mirko befanden, sodass ich zuerst dachte, sie hätten vielleicht von unserem Ausflug von gestern erzählt und damit ein bisschen auf die morgendliche Stimmung gedrückt. Dann sah ich aber Katja, die einen Rucksack auf den Schultern hatte, was überhaupt nicht zu ihr passte, und die gerade die Runde machte in diesem traurigen Haufen und immer mal wieder jemandem gegen die Schulter boxte, die Hand gab und ein paar der Frauen umarmte. Als sie mich sah, kam sie auf mich zu, mit einer schon im Gehen sich ausstreckenden Hand und sagte: Servus, Moritz, ich hau jetzt ab.

Ich durchlebte in sehr schneller Geschwindigkeit verschiedene Phasen von Hitze und Kälte und Wut und Enttäuschung und Trauer, Ungläubigkeit, Ablehnung, Resignation, Bitterkeit, Zynismus, Erleichterung, Schwermut, Hilflosigkeit, Angst, Wehmut, Sehnsucht, Traurigkeit, Hass, tiefdunkles, höhnisches Gelächter, das in irgendeiner inneren Höhle in mir verhallte, Enge, Unzufriedenheit, Nichtigkeit, Sinnverlust und vielleicht auch etwas wie liebevolles, bedingungsloses Verständnis.

Ich wollte sie fragen, aber ich konnte nicht fragen, spürte schon, dass aus mir überhaupt kein Ton herauskommen würde, und sie gab mir trotzdem die Antwort, weil sie es natürlich sehen konnte, in meinem Gesicht, das sicherlich auf ebenso viele verschiedene Arten verzerrt und verunstaltet war.

Sie sagte: Ich habe einfach keine Lust mehr auf die epischen Ängste.

Christoph war nirgendwo zu sehen. Ich fand, dass doch wenigstens Christoph etwas dazu zu sagen haben sollte.

Katja sagte, sie habe gehört, dass in München etwas sehr Schönes passiert sei, eine warme, herzliche, wirklich große Geste, ein freundliches Kollektiv, das am Bahnhof ausgezehrte, müde, strapazierte Menschen begrüßt habe, die auf der Flucht waren vor dem wirklich schrecklichen Grauen, das sich ja eh anderswo abspiele, darüber bräuchten wir ja gar nicht zu reden. Es höre sich auch zugegebenermaßen ein bisschen peinlich und unsexy an, aber sie gehe jetzt mal schauen, sie habe nicht das Gefühl, dass hier für sie noch irgendwas zu holen wäre. Und dann schaute sie mir in die Augen und fragte mich, ob ich denn etwa noch immer überzeugt davon sei, dass hierbei etwas rumkommen würde.

Sie sagte nicht: Komm doch mit. Es war wahrscheinlich irgendwie impliziert in ihrer Frage. Ich hätte sagen können: Nein, ich glaube nicht. Und vielleicht hätte sie dann gesagt: Dann komm doch mit. Aber sie hat es nicht gesagt, und ich denke, dass sie es auch nicht wollte. Dass sie vage die Möglichkeit im Raum stehenlassen wollte, dass ich mich dafür entscheiden könnte, wenn ich ein freier Mensch wäre. Dass sie aber keine Einladung aussprechen wollte und insgeheim darauf hoffte oder vertraute, dass ich mich nicht selbst entscheiden würde, weil ich eben kein freier Mensch war. Vielleicht wollte sie auch nur noch einen weiteren Beweis anführen im großen Prozess gegen meine Person.

Dann ging sie und war weg, und erst dachte ich, dass das vielleicht Christoph und mich etwas näher zusammenbringen könnte, was am Ende aber nicht passiert ist.

Christoph hat seinen Wohnanhänger volle drei Tage lang nicht verlassen. Ich habe ihn schon an dem Morgen, als Katja sich von der Gruppe verabschiedet hat, nicht mehr gesehen. Vielleicht hatte er sich auch schon am Vortag dort eingesperrt, während ich noch mit den anderen in Erfurt unterwegs gewesen war. Ein Teil von mir, der gern an das Verbundensein von allem mit allem glauben möchte, war überzeugt, dass es zum finalen Bruch zwischen Katja und Christoph gekommen ist, während wir in Erfurt am Rand des Platzes gestanden haben und die Kirchen im Hintergrund der Kundgebung erloschen sind. Ich wusste, dass es keine Toilette in seinem Wohnanhänger gab und dass er unmöglich Nahrung und Wasser für eine sehr lange Zeit dort gehortet haben konnte.

Wir warteten. Nicht zuletzt, weil es nichts anderes für uns zu tun gab. Am zweiten Tag begann es zu regnen. Zuerst nur leicht und sogar ganz angenehm erfrischend, dann immer stärker, wolkenbruchartiger und schließlich kontinuierlich und durchgehend heftig, eine komplette Auswaschung allen Staubs aus der Luft und ein Aufweichen der Welt, zumindest dieser kleinen Welt, die der Campingplatz am südlichen Rand des Thüringer Waldes für uns gewesen ist.

Wer ein Zelt hatte und ein Buch oder ein Smartphone, verschwand und tauchte nur dann wieder auf, wenn es darum ging, sich Nahrung zu organisieren. Es wurden improvisierte Sitzgelegenheiten in dem Durchgang des Bungalows, in dem ich schlief, an die Wände gestellt. Dort saßen wir und hörten dem Regen zu, der auf den Campingplatz fiel und auf das Blechdach. Es wurde nicht mehr viel geredet. Niemand erzählte seine Geschichte. Wir warteten, und wir waren wohl unterschiedlich zuversichtlich, dass sich noch etwas ergeben würde, dass es irgendwann weiterging und nicht einfach so hier aufhörte. Ich sah Markus von seinem Wohnmobil aus durch den Regen zu Christophs Anhänger gehen, fest gegen die Tür schlagen und seinen Namen rufen. Sarah versuchte mehrmals, ihn mit dem Funkgerät zu erreichen, aber es gab nur ein Rauschen, auf allen Frequenzen, das sich mit dem Rauschen des Regens vermengte und dadurch unheimlich endgültig wirkte, als käme es aus dem All oder von anderswo her, wo die Zeit, wie wir sie empfanden, keine Größe war und keine Rolle spielte.

Der Chinese hatte am Nachmittag des ersten Tages damit begonnen, einen sehr dicken Ast mit einem Taschenmesser zu bearbeiten. Am zweiten Tag hatte er sich einen gefährlich aussehenden Speer zurechtgeschnitzt, mit dem er in sein Auto stieg und schlingernd und mit durchdrehenden Reifen über das nasse Gras davonfuhr und nie wieder zurückkam. Der, der sich James nannte, hatte irgendwoher einen Tennisball aufgetrieben, den er stundenlang gegen die Bungalowwand warf, bis ich mir sicher war, dass ihm jeder Einzelne von uns den Tod wünschte. Ich erzählte den anderen, dass ich die Angstsitzungen aus dem *Café*

Porsche protokolliert, abgetippt und mitgebracht hatte, und bot an, dass wir sie uns gegenseitig vorlesen könnten, um die Zeit zu überbrücken. Niemand interessierte sich dafür. Ich überlegte, den ganzen Stapel einfach an Ort und Stelle zu verbrennen, aber es war überall zu feucht, um ein Feuer zu machen.

Es regnete den kompletten zweiten Tag und die Nacht und den dritten Tag hindurch, und es fiel schwer, daran zu glauben, dass es jemals wieder aufhören würde. Zwischen den Bäumen, an den Hängen um uns herum, hingen ein paar zerfranste Wolken, man hörte tagsüber Vögel zwitschern, sah sie aber nicht, weil sie sich wie wir irgendwo versteckt hielten und abwarteten. Bernd und Katharina spielten ein Kartenspiel, mit einem Deck, das sie wohl aus dem *Rodn Hirschn* mitgenommen hatten. Am dritten Tag wurde aus den sinnlosen Runden, die sie zuvor gespielt hatten, ein Spiel um Bleiben oder Nichtbleiben, das nach Farben gespielt wurde. Ich begriff die Regeln nicht sofort, man konnte während des Spiels noch einsteigen, wozu sich sowohl Hannah als auch Judith im Verlauf entschlossen. Offenbar war es auch möglich, durch ein gezieltes Ablegen von Karten den Ausgang zu beeinflussen, allerdings nur, wenn man wusste, was die anderen auf der Hand hatten. Rot, das hatten Katharina und Bernd zu Beginn vereinbart, hätte Bleiben bedeutet. Weil sonst nichts anderes passierte, bildete sich ein kleiner Kreis um die Spielenden, der sehr gespannt alles mitverfolgte. Die entscheidende letzte Karte kam von Katharina. Es handelte sich um eine Kreuz Sieben. Wir Übriggebliebenen akzeptierten die Entscheidung der Karten. Aber wir verweigerten den Abbrechern den Abschied. Sie mussten in den Regen gehen ohne einen Menschen, der ihnen nachsah.

Hannah sagte, sie würde uns ein paar der elementarsten Dinge dalassen, falls wir sie noch bräuchten. Alles, was an Kunstblut und Schminke angebrochen sei, könnten wir behalten. Sie packte ein paar Sachen aus ihren würfelförmigen Schminkkoffern aus und nahm den Rest mit. Von ihren Pinseln und Stiften und Schwämmchen und Bürsten und den anderen filigranen und sehr praktischen Applikationshilfen ließ sie uns nichts da. Wir hätten uns das Make-up in Zukunft mit den Fingern auftragen müssen. Ich dachte mir, dass doch nahezu jedes Gesicht in jeder Szene ihre Handschrift trug und dass man das auf jeden Fall sehen würde im Film, wenn sich das plötzlich veränderte. Wir würden uns die bisher gemachten Aufnahmen anschauen müssen und versuchen, das Make-up von dort zu imitieren. Es war doch in den letzten Wochen immer wieder gesagt worden, dass ein guter Horrorfilm vor allem gut gemachtes Make-up sei und alles andere eher zweitrangig.

Am Morgen des vierten Tages öffnete sich die Tür von Christophs Wohnanhänger. Zuerst ragte ein schwarzer Regenschirm heraus, der von zwei Armen aufgespannt wurde, dann trat Christoph hinterher, auf den nass aufgeweichten Boden des Campingplatzes, stellte sich dort auf, stand und wartete, bis wir Neugierigen aus unseren Unterschlüpfen und Zelten herausgekrochen kamen und uns um ihn herum im Regen versammelten.

Es dauerte eine Weile, bis alle bemerkten, was los war. Wir standen im Regen und warteten gespannt auf die ersten Worte, die aus Christophs Mund kommen würden. Er schwieg, bis wirklich alle da waren und niemand mehr etwas sagte oder auch nur ein Geräusch machte, bis alle unsere Ohren durch den Regen in seine Richtung lauschten, und dann sagte er:

Los geht's, Leute. Wir brechen auf.

Eine für mich sehr angenehme Unruhe und Betriebsamkeit entstand. Die Leute gingen durch den Regen und sammelten ein und bauten ab, missmutig die meisten, aber doch folgsam rollten sie wieder ihre nassen Zelte zusammen und stopften nasse Kleider in nasse Rucksäcke, die sie auf ihre nassen Rücken hoben. Christoph war bei alldem keine große Hilfe. Er stand im Weg und legte nirgends Hand an und gab keine Kommandos, die ein bisschen Struktur und Ordnung in den Aufbruch gebracht hätten. Ich habe ihn sogar dabei beobachtet, wie er ein paar Heringe von Jonas' Zelt in das hohe Gras der Wiese geworfen hat, als der gerade mit etwas anderem beschäftigt war. Ich wusste nicht, ob er damit Zeit gewinnen wollte und wofür.

Weil ich nichts weiter abzubauen oder einzupacken hatte, konnte ich mir alles ansehen. Ich bekam auch mit, wie Sarah auf Christoph zuging und ihm von den Abgängen der letzten Tage berichtete. Er schien sich aber überhaupt nicht dafür zu interessieren. Er wirkte nicht genervt oder gestresst, sondern vielmehr so, als hätte er sich in diesen vergangenen Tagen in seinem Anhänger wieder mit dem Aushecken geheimnisvoller Pläne beschäftigt und sich dadurch selbst geheimnisvoll aufgeladen, was ja vielleicht von Anfang an seine Anziehungskraft und Wirkung auf uns alle ausgemacht hat.

Als wir losgingen, mit den Kisten und der Ausrüstung, die notdürftig abgedeckt waren und durch den Regen noch viel schwerer wirkten und überflüssiger, standen Christoph und Markus und der, der sich James nannte, auf dem plattgetretenen Gras des Campingplatzes zusammen – als die letzten verbliebenen Fahrer von Fahrzeugen, die an der Produktion beteiligt waren. Sarah ging mit uns und hatte offensichtlich Anweisungen erhalten, wohin wir bis zum Mittag kommen sollten. Sie hielt uns immer wieder an, schneller zu gehen und nicht so viele Pausen zu machen. Wir kamen tiefer in den Thüringer Wald, die Wege wurden steiler und waren teilweise matschig und schwer begehbar. Oft liefen kleine, schlammbraune Bäche zu beiden Seiten hinab und ließen nur einen schmalen Pfad zum Gehen übrig, was sich gerade beim gemeinsamen Tragen der schweren Kisten als sehr ungünstig erwies. Wir mussten Landstraßen entlanglaufen, die in Serpentinen an Abhängen entlangführten und keinen Seitenstreifen hatten. Immer wieder wurden wir angehupt und auf völlig wahnsinnige Weise in sehr engen Kurven überholt. Es kamen uns auch Lastwagen entgegen, deren Fahrer Scheibenwischerbewegungen vor ihren Gesichtern machten. Niemand ist unseretwegen von der Straße abgekommen oder gegen einen Baum gefahren. Am Ende war das wohl Zufall, wie es wohl auch Zufall gewesen ist, dass niemand überfahren wurde. Manuel behauptete einmal, er sei von einem Seitenspiegel am Arm getroffen worden, aber ich glaube, dass er sich nur wichtigmachen wollte.

Es wurde leise geflucht unter den Regencapes und Kapuzen. Soweit ich das mitbekommen habe, wurden keine Gespräche geführt, die nicht unmittelbar mit dem Vorankommen, der voraussichtlich noch zu überwindenden Distanz oder der nächsten Rast zu tun hatten. Endlich waren wir diese still und zielstrebig marschierende, soldatische Einheit, als die Christoph sich die Gruppe wohl von Anfang an gewünscht hatte. Wir waren durchgeweicht, gereizt und pampig, und ich denke, jedem von uns ging ein anderes, gewaltvolles Szenario durch den Kopf, in dem sich diese Anspannung an einer alten oder neuen Feindfigur oder einem einfach nur irgendwie nervig gehenden oder aufreizend wehrlosen Menschen aggressiv entladen könnte. Ich fragte mich, ob ich selbst von einem anderen für diese Art Vorstellung ausgewählt worden war und was genau sich diese Person wohl zurechtgelegt hatte, ob sie Werkzeuge benutzte in ihrer Phantasie oder ihre bloßen Hände, und erstaunlicherweise hatte diese Vorstellung der Phantasien der anderen einen ebenso beruhigenden Effekt auf mich wie meine eigenen, aktiv ausgeführten Gewalttaten. Es war mir anscheinend egal, wen es traf. Idealerweise, dachte ich, würde niemand verschont bleiben.

Den Ort Frauenwald, in dem die drei Fahrzeuge auf uns warteten, erreichten wir am frühen Nachmittag, nach einigen Stunden des Wanderns und wenigen Pausen, sehr müde und hungrig, mit niedriger Moral und in sagenhaft schlechter Stimmung. Es hatte noch immer nicht aufgehört zu regnen und der, der sich James nannte, Markus und Christoph hatten in ihren Autos sitzend gewartet, waren dort entweder eingeschlafen oder hatten sich festgestarrt und mussten von uns erst dadurch wieder in die Wirklichkeit zurückgeholt werden, dass wir ihnen gegen die Seitenfenster schlugen. Bei dem, der sich James nannte, dachte ich, man könnte ihn doch auch rausziehen aus seinem blöden Kleinwagen und vielleicht ein bisschen verprügeln, von mir aus auch vor der Kamera, wenn Markus ein Interesse daran hätte, das zu filmen. Dann aber erinnerte ich mich daran, dass es ja schon eine solche Szene mit dem, der sich James nannte, gab, weil er doch vor uns und vor der Kamera mit Christoph diesen seltsam ambitionslosen Faustkampf ausgetragen hatte.

Christoph stieg aus seinem Mercedes aus und wirkte wirklich so, als wäre er mitten in der Nacht aus einem tiefen Traum gerissen worden. Vielleicht hatte er sich in der Zwischenzeit auch betrunken, mit irgendetwas, das er sich auf dem Weg besorgt oder die ganze Zeit vor uns versteckt gehalten hatte. Er ließ seinen Schirm im Auto, taumelte ein paar Schritte, wechselte die Richtung, schaute sich um, suchend und offensichtlich ohne Ahnung, wonach. Er knetete sich mit beiden Händen im Gesicht, ohrfeigte sich und bedeutete uns dann, ihm zu folgen.

Wir gingen ihm nach, durch die Straßen des Ortes, die völlig menschenleer und verlassen waren. Hin und wieder habe ich gesehen, wie sich eine Gardine bewegt hat, aber nicht mal eine Hand war dann hinter dem Fenster zu erkennen. Christoph kam mir vor wie auf der Flucht. Er war in kürzester Zeit nassgeregnet worden und war trotzdem sehr stark am Schwitzen, was sich an den kleinen Tröpfchen in seinem Nacken und auf der Stirn ablesen ließ und an dem Geruch, der ihm wie ein Schweif folgte und in dem wir, die ihm wie ein Gefolge folgten, gingen, atmeten und uns vielleicht wunderten, was los war. Sarah sah sehr skeptisch aus, und Markus trug seine in den schwarzen Regenschutz gehüllte Kamera auf der Schulter, weil ihm wohl aufgefallen war, dass hier etwas auf eine Art nicht stimmte, die schon bald eine fotogene Form annehmen könnte (zumindest im Kontext des Films und der Szenen, die er bis dahin schon gefilmt hatte).

Christoph ging ohne Ziel. Wenn wir auf eine Kreuzung trafen, drehte er sich mehrfach um sich selbst und überlegte, wobei ich mir sicher bin, dass in seinem Kopf überhaupt gar nichts vorgegangen ist, was zur Orientierung oder Navigation hätte dienen können. Vielleicht gab es Stimmen, die durcheinanderredeten und Anweisungen gaben. Seine Augen hatten einen roten Schimmer, wie von tagelangem Weinen, und bevor er eine Entscheidung treffen konnte, wohin wir weitergehen würden durch diesen toten Ort, hat er sich oft manisch am Kopf gekratzt oder in die eigenen Haare gekrallt. Ich weiß nicht, ob Belustigung oder Besorgnis in unserer Gruppe überwogen haben. Bei mir war es Neugierde und ein Gefühl, als stünde ich auf der anderen Straßenseite einer Großbaustelle und könnte sehen, wie sich weit oben im Rohbau ein schwerer Stahlträger aus der Verankerung löste und gleich nach unten auf den Gehsteig fallen würde. Wobei ich ganz bewusst den Moment hinauszögerte und genoss, in dem ich mich noch entscheiden konnte, ob ich rufen würde oder einfach nur schauen.

Eine der Straßen, in die unser planloses Gehen uns führte, traf in einer gabelförmigen Kreuzung auf eine niedrige und doch alle anderen Gebäude des Ortes überragende Dorfkirche. Ein schwerfälliger, breiter Feldsteinbau mit einer zwiebelförmigen Turmspitze aus Kupferblech, der offensichtlich verschlossen war und in dem grauen Nachmittag ganz besonders mittelalterlich, kalt und zugig aussah. Christoph blieb beim Anblick der Kirche stehen, ballte die Fäuste und rannte durch den Regen das letzte Stück zum Eingang, wo er ein paar Mal an der großen Eisenklinke rüttelte und mit den Füßen gegen die schwere Holztür trat, sich dann zu uns umdrehte, die wir ihm langsam nachkamen, und mehrmals rief, man möge ihm dieses Haus hier öffnen.

Weil es sich bei der Kirchentür um eine Flügeltür handelte, war sie durch ein beherztes Reißen recht einfach zu öffnen. Wir fädelten das Bein eines Stativs in die Klinke ein, sodass mehrere Hände gleichzeitig ziehen konnten. Wer auch immer die Kirche verschlossen hatte, rechnete wohl nicht damit, dass man ernsthaft versuchen würde, dort einzubrechen. Die beiden Flügel waren nur durch das Türschloss verbunden und nicht zusätzlich noch im Boden oder im Türrahmen fixiert. Von innen hätte man sie problemlos als einzelne Person auftreten können, was sicherlich noch besser ausgesehen hätte und vielleicht sogar ein gutes Bild für Markus abgegeben.

Das Innere der Kirche war dunkel, obwohl die Kirchenbänke und die Empore in hellen Farben angestrichen waren. Durch die Fenster kam ein bleigraues Licht, es roch nach Kerzenwachs und Steinfußboden, und der Regen war als ein tiefes, stetiges Kratzen oben am Dach zu hören. Wir traten nacheinander über die Schwelle, in einer gewissen Vorsicht, jede Person brachte ihre eigene Pfütze mit, man hörte es tropfen von den Ärmeln und den Säumen der Kapuzen, Christophs Schuhe quietschten und schmatzten, als er zwischen den Bänken hindurch nach vorn zum Altar ging, wo an einem schlichten Holzkreuz ein hölzerner Jesus hing, mager und leidvoll und schräg nach oben schauend, an die Kirchendecke, die unbemalt war und in dem schummrig grauen Licht wie eine spätabendliche, tiefhängende Regenwolke wirkte. Auf den Rückenlehnen der Kirchenbänke lagen ein paar Gesangbücher verteilt, und gegenüber dem Weihwasserbecken stand eine eiserne Truhe mit einem Spendenschlitz im Deckel, darüber ein Plastikregal mit verschiedenen Postkarten – Innenansichten von Kirchenschiffen, Altäre, Kreuzgewölbe, Kelche, naive Malereien von Bibelszenen. Es sah auf jeden Fall so aus, als würden hier noch regelmäßig Gottesdienste abgehalten und als könnte auch jeden Moment ein Mesner oder Küster durch die Tür kommen und uns mit einem rostigen Feuerhaken verjagen.

Ich konnte mir auch gleich sehr viele, sehr unangemessene Dinge vorstellen, die man in dieser Kirche hätte filmen können.

Christoph zeigte mit dem Finger auf den hölzernen Jesus und sagte: Es gibt kein Monopol des Schmerzes. Dein Leiden ist dein Leiden, unser Leiden führt nirgendwohin, erleuchtet nichts, erlöst niemanden. Und dann drehte er sich um auf seinen quietschenden Gummisohlen, breitete die Arme aus und schrie uns an, *Fürchtet euch nicht!*, und lachte irr und knickte kurz in den Knien ein, was den Verdacht verstärkte, dass er betrunken war oder die Nacht hindurch geweint hatte, anstatt zu schlafen.

Weil wir nicht wussten, was wir sonst hätten tun sollen, setzten wir uns in die Kirchenbänke, die unbequem waren, wo sich die Polster bald nass vollgesogen hatten und wo wir zu frieren anfingen und leise mit den Zähnen klapperten. Ein paar von uns waren stehen geblieben. Markus filmte den Gang entlang vom hinteren Ende der Kirche. Niemand war geschminkt oder verkleidet.

Seit ich denken kann, sagte Christoph, dem die Nase zu laufen begonnen hatte, bin ich mir sicher, dass die Welt, in der ich lebe, zusammenbrechen wird. Ich hatte immer schon eine sehr deutliche Empfindung, dass ein finsteres, riesengroßes Ereignis in der Zukunft wartet, das alles verändern wird. Nicht Licht und Liebe ist die Versprechung, sondern Untergang, Sturmflut und jüngstes Gericht, Abrechnung, Rache, Feuertod, Höllenqual und Einsamkeit und Erniedrigung, Staub, Dreck und Boden, Dunkelheit. Es ist eine Sehnsucht, sagte Christoph. Sie war immer da, seit ich denken kann. In den Spuren, die uns nachts von unseren Albträumen ins Bewusstsein gegraben werden, ist mehr Wirklichkeit als in irgendeinem Ding in diesem aus Nichts, aus Unwissen und Langweile gemachten sogenannten alltäglichen Leben. Ich glaube daran, dass es einen Moment geben wird, kurz vor der Panik. Er wird nicht lange genug anhalten, um ihn zu nutzen. Aber er wird da sein, spürbar für jeden, der auf ihn gewartet hat. Das Chaos, in seiner friedlichsten Form, wird uns anschauen, aus seinen Milliarden Augen heraus, bis zum nächsten Lidschlag, und in diesem Blick kann der, der ihm standhält, lesen, was wirklich Wirklichkeit ist. Ihr seid der Plot, die Protagonisten und der Ort des Geschehens. Wer einen Film machen will, der muss sich seiner Heimat stellen. Der Feind ist in uns, versteckt unter der Scham und unter den Ritualen und den Erzählungen von Erfolg und Individualität. Selbstermächtigung ist die Erkenntnis, dass uns gar nichts gehört, egal wie lange wir darauf gespart haben. Uns gehört nichts als das Geheimnis, das Wissen um das Dunkle. Es gibt für uns keinen Besitz und keine Gewissheit außerhalb der Schmerzen. Ich wollte doch einen Zahn von euch. Wo sind eure Zähne? Welchen habt ihr euch rausgesucht? Wo ist die weiche, blutige Stelle am Kiefer, die man ständig mit der Zungenspitze abtasten muss? Von wo kommt der faulige Gestank, wo ist die schlecht vernähte, eitrige Wunde? Die wahrhaftige Heimsuchung durch die Armee der Toten kommt aus keinem Tunnel zur Hölle, aus keinem Kellerloch oder Indianerfriedhof. Es ist die Heimsuchung durch die Tausenden Toten, denen wir einfach so beim Sterben zugeschaut haben, die zurückkommen und fragen, warum wir denn überhaupt nichts gefühlt haben, im Angesicht der unfassbaren menschlichen Grausamkeit, was denn eigentlich nicht stimmt mit uns und ob man uns vielleicht mal ein paar Fingernägel ausreißen soll, um zu sehen, ob da noch was geht oder ob schon alles ganz stumpf ist und taub. Die Antwort auf den Horror ist eben nicht Mitgefühl, Nächstenliebe, Zuneigung, sondern Taubheit, Stumpfheit, Verdrängung, totes Leben oder schreckliches Grauen. Was bleibt, ist die Dunkelheit in uns, sagte Christoph. Das Dunkle in uns ist revolutionär, weil es anarchisch ist. Die Angst kennt nur die eine unumstößliche Autorität ihres eigenen absoluten Seins. Alles andere an ihr ist Vieldeutigkeit, Chaos, Unsicherheit und damit die ausgesprochene Einladung zum kreativen Schaffen, zur Neugründung der Welt. Dem Theater unserer Zeit ist im Vollmond ein Fell gewachsen. Und der Morgen behält sich vor, seine eigenen Gesetze zu haben. Hier bin ich. Und hier sind die heiligen drei Falter, die ich mit zwei Badmintonschlägern gefangen habe und mit einer dünnen Nadel durchbohrt. Hier bin ich. Und hier sind das Messer und der Junge und der Befehl von oben. Hier bin ich. Und hier seid ihr und schaut mich so blöd und feige und schwach und komisch an. Der Glaube war immer schon abhängig von den Eingeweiden der Menschen. Für alle, die in ihnen lesen können, steht in den Gedärmen eine Nachricht an den Menschen geschrieben. Eigentümer dieser Eingeweide, du wurdest durch den Gott deiner eigenen Vorstellungskraft erschaffen, steht da. Dein Blut ist der Wein, den irgendein Arschloch ausgesoffen hat, ohne dir was abzugeben. Immer wieder wird jemand eingesponnen und aufgefressen. Das Schreckliche Grauen ist kein Fallschirmsprung. Es geht hier nicht um die schlaue Berechnung, sondern um das ewig Unberechenbare, das nicht und niemals auf einen Begriff zu bringen ist und das alles auffrisst, uns, unseren Schmerz, seine Bedeutung und seine Funktion. Man könnte von einer Brücke springen, auf einen Frachter voller Schrott, um sich auf einer rostigen Eisenstange aufzupfählen. Es geht hier nicht darum, zu zeigen, dass das alles einen Sinn hat. Unser Film wird am Ende nicht einstimmen in die ewige Lüge, die sagt: So ist das Leben, so hart, aber darum auch so wundervoll, so gesund, wenn man nur listig ist und lernt zu überleben. Manche von uns wünschen sich, ihren eigenen Tod auf der Leinwand sehen zu können und dabei ganz ruhig und unbehelligt im Sessel sitzen zu bleiben. Wenn hier aber nicht auch ein Teil von euch stirbt, wenn ihr euch hier keinen Zahn herausbrecht aus euren schönen Kiefern, dann wird daraus nichts, dann ist hier für euch nichts zu holen.

Christoph sagte: Der Dämon wird immer größer werden und immer hungriger, bis er mich irgendwann komplett verschlingt. Dann hielt er sich am Rand des Altars fest, würgte ein paar Mal aus leerem Magen und übergab sich auf den Steinfußboden der Kirche. Es war nicht viel, was aus ihm herauskam. Er hatte wohl schon länger nichts mehr gegessen. Von seiner Nase und seinen Lippen troff ein langer, schleimiger Speichelfaden herab, der wie eine lose Gitarrensaite im Rhythmus seiner Atmung vibrierte. Vielleicht, sagte er, als er sich wieder aufgerichtet und sein Gesicht mit einem Ärmel abgewischt hatte, wird es ja wirklich langsam Zeit für ein Menschenopfer. Und ich witterte schon eine Chance auf meinen brutalen Tod vor der Kamera, bis ich begriff, wie das gemeint war.

Das Kirchenschiff, sagte Christoph, ist die Arche der Loser und der Zurückgebliebenen, die nicht mit am Tisch gesessen haben, als man den Kuchen verteilt hat. Ich will meine Sorgen nirgendwo hinwerfen. Auf niemanden. Und dann ging er zwischen uns und den Bänken hindurch in Richtung Ausgang, griff Markus mit der Hand in die Kameralinse, wie ein Prominenter, der einen Paparazzo entdeckt hat, oder ein aufgebrachter Clubbetreiber, dem ein paar investigative Fernsehjournalisten aufgelauert haben. Christoph ging raus in den Regen, und wir blieben noch einen Moment sitzen und stehen und schwiegen und hörten es rauschen von draußen, bevor wir uns dann selbst in Bewegung setzten und ihm zurück zu den Fahrzeugen folgten.

Jonas, dem verschiedene Leute gut zuredeten, auf die Schulter fassten, ihn aufforderten und am Ärmel zogen, schüttelte nur den Kopf und blieb in der Kirchenbank sitzen. Er ging nicht mit uns mit und kam auch nicht mehr nach. Er hatte wohl beschlossen, dass dieser Punkt nun endgültig erreicht war.

Der Regen legte sich im Verlauf des Nachmittags. Es kam dann aber keine Sonne mehr raus, vielmehr blieb ein sehr beklemmendes Wetter, ein grauvioletter, zerfranster Himmel, müde herabhängende Äste, Glitschigkeit auf den Wegen und an den Felsen, die jetzt immer häufiger die Straßen und Pfade begrenzten. Die Luft war schwer gesättigt und das Licht diffus, ich hatte ein Gefühl in der Brust, als wäre ein Luftballon zwischen meinen Lungenflügeln aufgeblasen worden oder als hätte sich ein Fremder an meine Atemwege angeschlossen und atmete da jetzt heimlich mit.

Wir gingen ohne Aktion und weiterhin ohne ein nennenswertes Gespräch, bis wir am Abend einen geschotterten Parkplatz erreichten, auf dem der Mercedes mit dem Wohnanhänger und Markus' Wohnmobil standen. Außerdem sah ich zwischen den beiden Autos noch ein paar Kisten aus dem Twingo dessen, der sich James nannte, die mit einer Plane abgedeckt waren. Es war nicht die gesamte Ausrüstung, die wir in sein Auto geladen hatten, weshalb ich davon ausging, dass er mit Christoph zum nächstgelegenen Supermarkt gefahren war, um ein paar Lebensmittel einzukaufen.

Auf dem Parkplatz befand sich der Einstieg einer touristischen Wanderroute zu designierten Naherholungszielen des Thüringer Waldes. Eine großformatige, handgemalte Wanderkarte war in ein Gestell aus groben Holzstämmen eingefasst und zeigte verschiedene Orientierungspunkte und Sehenswürdigkeiten auf dem Weg comichaft vergrößert – ein Steintor, ein paar Hütten, eine Klamm mit einem Fährmann, der wie ein venezianischer Gondoliere gemalt war, und ein lächelndes Pony mit einem Sattel auf dem Rücken, daneben ein Indianer-Tipi, das wohl einen Zeltplatz markierte (oder ein tatsächliches Indianer-Tipi, was ich für ebenso wahrscheinlich hielt).

Es wurde sich an diesem Punkt schon kaum mehr Mühe gegeben, einen geeigneten Ort für die Nachtlager zu finden. Ein gutes Versteck, in dem man unauffällig bleiben konnte. Während die Zelte aufgebaut wurden, fragte ich Sarah, ob sie es für eine gute Idee halte, auf einem Parkplatz zu übernachten. Wenn wir morgen früh rechtzeitig wieder aufbrechen, sagte sie, werde sich niemand daran stören, was sich als Irrtum erweisen sollte. Grundsätzlich war ich aber sehr erstaunt darüber, wie selten unseretwegen die Polizei gerufen wurde.

Erst als die Zelte aufgebaut waren, fiel mir auf, wie klein unser Lager inzwischen geworden war. Es gab natürlich kein Feuer an diesem Abend und auch kein gemeinsames Zusammensitzen. Ich rollte meine Matte und meinen Schlafsack unter dem hinten über die Achse herausragenden Hinterteil von Christophs Wohnanhänger aus, wo ich mich sicher fühlte, falls es in der Nacht wieder zu regnen anfangen sollte. Kurz dachte ich, ich könnte Christoph vielleicht fragen, ob ich Katjas Schlafplatz einnehmen dürfte, aber es schien mir keine gute Idee zu sein, ihn auf ein Thema anzusprechen, das in direktem Zusammenhang mit ihrem Abgang stand. Als ich mich zum Schlafen unter den Anhänger legte, waren Christoph und der, der sich James nannte, noch immer nicht zurück. Ich überlegte, ob ich Christoph eine Nachricht ans Seitenfenster heften sollte, entschied mich aber dagegen und hoffte einfach, dass er morgens nicht losfahren würde, bevor ich aufgestanden war.

In der Nacht wurde ich einmal kurz wach, als Autoreifen über den Schotter knirschten und der Twingo dessen, der sich James nannte, auf den Parkplatz gerollt kam. Ich sah von unterhalb des Wohnanhängers, wie der Wagen eingeparkt, der Motor abgestellt und die Scheinwerfer ausgeschaltet wurden. Ich hörte, wie die Türen geöffnet wurden, und sah die Füße und die Hälfte der Schienbeine von Christoph und dem, der sich James nannte, wie sie ausstiegen und um das Auto herum zur Heckklappe gingen. Sie öffneten den Kofferraum, standen für ein paar Sekunden davor und murmelten etwas, das ich nicht verstehen konnte. Ich sah, wie die Füße von Christoph einen Schritt zurückmachten und die Füße dessen, der sich James nannte, sich weiter auseinanderstellten, um einen besseren Stand zu haben. Ich hörte einen dumpfen, leicht metallischen Schlag, als würde jemand aus großer Höhe ein Verkehrsschild auf ein frisch gemachtes Bett werfen. Ich sah, wie ein Wagenheber neben den Füßen dessen, der sich James nannte, im Schotter abgestellt wurde. Und dann sah ich, wie sich die Füße von Christoph und dem, der sich James nannte, seitlich am Kofferraum gegenüberstellten und wie in den Zwischenraum zwischen diesen Füßen ein schwarzer Plastiksack auf den Boden fiel, der dann vom Auto weggeschleift wurde, über den Parkplatz in Richtung Wald, wobei auch die beiden Fußpaare aus meinem Blickfeld verschwanden. Der Sack, das dachte ich auch damals schon, hatte nicht ganz die Größe eines Menschen, eher eines Hundes, oder eines sehr kleinen Menschen, schien aber sehr schwer zu sein. Für ein paar Minuten sah ich nur den Wagenheber neben dem rechten Hinterrad des Twingos im Schotter liegen. Dann kamen die Füße zurück über den Parkplatz. Zuerst waren sie nur zu hören, dann sah ich sie auch wieder – die Füße von Christoph gingen zwischen mir und dem Twingo hindurch, am Wohnanhänger entlang, wo sie kurz stehen blieben, während Christoph die Tür aufschloss, und dann einer nach dem anderen aus meinem Blickfeld heraus und ins Innere des Anhängers gehoben wurden, während die Füße dessen, der sich James nannte, an seinem Kofferraum stehen blieben. Der, der sich James nannte, bückte sich nach dem Wagenheber, um ihn aufzuheben, und ganz kurz nur war sein Gesicht unterhalb der Kante des Wohnanhängers sichtbar. Für einen sehr kurzen Augenblick, bevor er sich wieder aufrichtete, sah ich, wie er in meine Richtung schaute. Ich glaube, dass ich meine Augen rechtzeitig geschlossen und mich schlafend gestellt habe. Ich habe nicht reagiert, als der, der sich James nannte, leise meinen Namen gesagt hat. Ich spürte meinen Herzschlag in meinem Hals und an den Schläfen, und ich habe sehr lange gebraucht, um wieder einzuschlafen.

Das nächste Mal aufgewacht bin ich, als mir zwei Finger brutal in die Nasenlöcher fuhren, sich dort so tief eingruben, bis sie den Knochen der Nasenhöhle zu greifen bekamen und daran heftig zu reißen begannen. Mir war sofort klar, dass ich auf diese Weise aus meinem Schlaflager unterhalb des Wohnanhängers herausgezogen werden sollte. Als ich die Augen aufmachte, sah ich sehr unscharf die Handfläche der reißenden Hand, die zusätzlich noch dadurch verschwamm, dass mir Tränen in die Augen schossen. An den Rändern der reißenden Hand erkannte ich Tageslicht, es musste also schon Morgen sein. Die Nägel der beiden Finger rissen die Schleimhäute in meiner Nase auf, und das Blut rann mir in den Rachen und in den Mund, sodass ich kaum schreien konnte, ohne mich daran zu verschlucken. Obwohl die Finger wirklich sehr heftig an meinem Schädel gezogen haben, habe ich mich in meinem Schlafsack kein bisschen bewegt. Ich griff nach dem Gelenk der Hand über meinem Gesicht und spürte, als ich selbst fest daran zu ziehen begann, meine ziehende Hand und das Innere meiner Nase und das Blut, das mir über die Finger lief. Das Reißen hörte auf, ich nahm die Finger aus der Nase, aus der es noch sehr großzügig herausblutete, und weil ich auf Anhieb nichts Besseres finden konnte, presste ich mir das Kopfteil meines Schlafsacks gegen das Gesicht, bis der Schmerz, der im Rhythmus meines Herzschlags im Kopf und an den offenen Stellen in der Nase pochte, langsam abnahm und ich das Gefühl hatte, dass ich auch nicht mehr so viel Blut verlor.

Die anderen waren schon auf, und ein paar von ihnen hatten mich offenbar dabei beobachtet, wie ich mir noch im Schlaf die beiden Finger in die Nase gesteckt und an meinem Schädel gezerrt hatte. In meinem Mund war der Geschmack von Blut, und auf der Haut in meinem Gesicht und in meinem Bart muss es überall verschmiert gewesen sein. Ich spürte, wie es langsam trocknete und wie davon die Haut spannte. Ich sagte nichts und versuchte, irgendwie natürlich oder normal oder unbeeindruckt auszusehen, wobei mir nichts davon wirklich geläufig war und ich auch kein Bild davon vor Augen hatte, wie jemand aussah, der natürlich oder normal oder unbeeindruckt aussah. Ich habe also keine Vorstellung davon, wie ich wirklich ausgesehen habe, als ich unter dem Wohnanhänger hervorgekommen und den anderen gegenübergetreten bin. Der Erste, der sich bewegte und irgendwie auf mich reagierte, war Mirko, der mir zuerst tief in die Augen schaute, dann seinen Arm hinter den Kopf hob und sich selbst von oben über das Gesicht mit zwei Fingern in die Nasenlöcher griff, wahrscheinlich weil er glaubte, dass es sich dabei um etwas Ähnliches wie die Schmerzsitzungen mit der *Wahl der Waffen* im *Café Porsche* handelte. Noch bevor er aber mit seinen Fingern die Nasenhöhle erreichen konnte, schlug ihm Julia die Hand aus dem Gesicht und schubste ihn wütend in Richtung ihres gemeinsamen Zeltes, das sie dann zusammen abbauten, wobei sich Mirko noch ein paar Mal nach mir umdrehte.

Christoph machte ein anerkennendes Gesicht, das ebenso gut ironisch hätte sein können, und Markus trommelte sich mit den flachen Händen auf den Bauch und pustete Luft aus wie ein Trompeter, wahrscheinlich in der Hoffnung, dass er darüber hinaus nicht weiter würde reagieren müssen.

Die ersten Wanderer tauchten auf, während noch abgebaut wurde und ich mich bemühte, irgendwie für alle Kaffee zu kochen. Sie kamen entweder zu Fuß (ich vermute, aus einem nahen Hotel) oder in Autos und sahen uns verächtlich an auf dem Weg zum Einstieg der Wanderroute. Ich dachte: Wenn ihr wüsstet, wie weit wir schon gelaufen sind.

Als der Streifenwagen auf den Parkplatz einbog, waren wir gerade dabei, die letzten Sachen zu verstauen und die Kisten, die unter der Plane gestanden hatten, zurück in den Twingo dessen, der sich James nannte, zu laden. Eine ältere Polizistin und ein sehr junger Polizist, der wie ein Praktikant auf mich wirkte, stiegen aus und machten Gesichter, die zwar nicht ohne Verachtung waren, aber sehr viel diplomatischer als die der Wanderer zuvor. Es war ihnen anzusehen, dass sie gern mit dem Anführer sprechen würden. Christoph war nirgends zu sehen, und auch der, der sich James nannte, der kurz zuvor noch die Heckklappe seines Twingos geöffnet hatte, war verschwunden. Ich dachte, wenn sie wegen des Sacks gekommen sind oder wegen dem, was auch immer in diesem Sack gewesen ist, dann kommen sie wahrscheinlich auch wegen des Twingos, in dem der Sack schließlich gestern hierhergebracht worden war. Sarah trat auf die Polizistin zu, und die beiden redeten sehr sachlich miteinander. Ob wir nicht wüssten, dass das hier kein Campingplatz sei, dass wir die Parkplätze für die Besucher der Wanderroute blockierten und dass man sich über uns beschwert habe. Es hieß, es wäre nachts laut Musik gehört und ein Feuer gemacht worden, was Sarah durch den Verweis auf die fehlende Feuerstelle entkräften konnte und was wohl auch generell durch unser vollkommen abgelatschtes, demotiviertes und zerknirschtes Äußeres irgendwie unglaubwürdig erschien. Die Polizistin deutete mit einem Finger auf mich. Und was ist mit dem los? Der hat eben oft mal Nasenbluten, sagte Sarah. Es gab einen Moment, in dem die Polizistin ihren jungen Kollegen anschaute und ich befürchtete, dass sie ihn die ganze Prozedur des Aufnehmens unserer Personalien und des Verhängens einer geringen Bußgeldstrafe zu Übungszwecken ausführen lassen würde. Dann aber erteilte sie ihm nur großzügig das Wort, der junge Polizist freute sich und sagte, mit ein bisschen zu viel Aufregung in der Stimme: Wir geben euch eine halbe Stunde, dann seid ihr verschwunden.

Ich weiß nicht, ob es an dem Auftauchen der Polizei oder der Sache mit der Nase gelegen hat, dass Julia und Mirko uns nach dem Abbau des Lagers mitteilten, dass sie zurück nach Ulm fahren würden. Ich hatte von Anfang an gefunden, dass sie zu jung waren für das Schreckliche Grauen.

Leider wieder nur aus der Distanz beobachtet habe ich das letzte Auftauchen der Investoren aus Dresden, bei dem sich der mit der selbsttönenden Brille einen schwarzen Quarzsandhandschuh über die rechte Hand zog und Christoph damit in den Magen schlug. Ein anderer trat ihm von der Seite gegen die Füße, als er schon am Boden lag. Ich dachte: Warum denn gegen die Füße?

Christoph hat nach seiner Ansprache in der Kirche in Frauenwald keine Rede mehr gehalten und keine klaren Anweisungen gegeben. Es gab noch ein paar Befehle, die unmöglich auszuführen waren (zum Beispiel wollte er, dass wir ihm einen großen, mit Moos und Flechten bewachsenen Steinbrocken bringen, der wahrscheinlich seit vielen tausend Jahren schon an derselben Stelle am Rand eines Bachbetts gelegen hat und den wir auch dann nicht hätten bewegen können, wenn wir noch die vollzählige Gruppe gewesen wären, die ursprünglich aus Ulm aufgebrochen war), unberechenbare Ausbrüche, eine generelle Reizbarkeit, Gekränktsein und Selbstmitleid. Markus filmte manchmal mit, und Sarah war die Letzte, die unseren Weg noch auf den Karten nachvollzog und mit einem Kompass und dem GPS ihres Handys sicherstellte, dass wir weiterhin in Richtung Berlin unterwegs waren. Der Obergefreite Max schien nochmal die Zeit seiner Grundausbildung zu durchleben und dabei ganz zufrieden zu sein. Ich habe nie verstanden, was in dem, der sich James nannte, vorging. Und Manuel und Bianca, die schließlich die nächsten waren, die keinen Sinn mehr im Bleiben sehen konnten und ihre Sachen zusammenpackten, durchlebten eine ernste Krise, die sie zeitgleich durch das gemeinsame Aushalten und Dabeibleiben beim Schrecklichen Grauen zu therapieren versuchten. Ich gehe davon aus, dass sie sich nach ihrer Heimkehr getrennt haben. Marlies schien mir von allen Übriggebliebenen diejenige zu sein, die am besten für die Situation und die Entwicklungen der letzten Wochen gerüstet war. Weil sie durch die

Erfahrung ihres individuellen Zusammenbruchs allen Irrsinn als Normalität und alles Normale als Irrsinn empfinden konnte, sich weiterhin im Prozess der Wiederaneignung befand und frei war von eigenen Vorstellungen davon, was wie zu sein hat und wann der Punkt des totalen Scheiterns erreicht war. Ihre größte Angst war nach wie vor, in einer Realität zu leben, die eine andere war als die aller anderen.

In den Tagen nach Katjas Abgang, als wir im Regen saßen und darauf warteten, dass Christoph aus seinem Anhänger herauskommen würde, habe ich Josi noch eine SMS geschrieben und zweimal versucht, sie anzurufen. Ich war mir nicht sicher, was ich zu ihr sagen würde und ob ich zugeben sollte, dass es nicht besonders gut um die Produktion bestellt war. Ich hätte ihr auch einfach nur gerne zugehört, wenn sie etwas zu erzählen gehabt hätte. Sie hat aber nicht mehr geantwortet. Auch später nicht.

In einer Gegend ohne Handyempfang verliefen wir uns so schrecklich, dass wir nicht mehr am selben Abend am Treffpunkt mit den anderen zusammentrafen und uns selbst ein Lager aufbauen mussten. Es bestand aus zwei Zelten, deren Eingänge einander gegenüberstanden. Es erinnerte mich sehr an die Nachtlager der Verirrten in *O Território*. Ich fragte mich, was noch passieren müsste, bis wir den Ersten essen würden und wer das wäre. Am nächsten Morgen fanden wir das Wohnmobil von Markus und den Twingo dessen, der sich James nannte, auf einer Lichtung wieder. Sie erzählten uns, Christoph sei am Morgen losgefahren, ohne ihnen gesagt zu haben, wohin.

Wir beschlossen, noch einen Tag dort zu warten, bis zum nächsten Morgen, obwohl uns allen sofort klar war, dass er nicht zurückkommen würde. Die Erleichterung, die ich dann am nächsten Morgen an den anderen festgestellt habe, empfand ich als einen unheimlichen Verrat, viel schlimmer als das Verschwinden von Christoph, der ja vielleicht doch irgendwo verunfallt war oder aufgehalten wurde oder sich um frisches Geld für die Produktion kümmerte. Ich gab mir Mühe, jeden Einzelnen so finster böse und vorwurfsvoll wie möglich anzusehen und nichts zu sagen. Markus meinte, bevor er in sein Wohnmobil stieg, ihm fehlten die Worte, eigentlich ganz lange schon, nicht erst seit dieser Produktion.

Am Ende sah ich nur noch Sarah auf einem Stein auf der Lichtung sitzen, neben einem Haufen Ausrüstung, den sie unmöglich alleine hätte tragen können. Es war warm geworden, und Vögel waren zu hören und Kettensägen, die in einiger Entfernung Bäume fällten. Am Himmel sah ich wieder den funkelnden Rumpf einer Passagiermaschine und den entsprechenden Kondensstreifen dahinter. Ich spürte, wie sich meine Zehen in den Schuhen erwartungsvoll auf und ab bewegten. Sarah schaute sehr traurig vor sich ins Gras. Ich fand, jemand müsste doch die Verantwortung für das Schreckliche Grauen übernehmen. Ich hatte nicht die Gelegenheit erhalten, einen gewaltvollen Tod vor der Kamera zu sterben.

Ich schaute auf den Ausrüstungshaufen, der neben Sarah aufgestapelt war, und erinnerte mich daran, dass sie doch von Markus eine Kamera bekommen hatte, um damit in Erfurt zu filmen, falls sich etwas ergeben würde. Es war nicht sehr wahrscheinlich, aber es war auch nicht auszuschließen, dass sie vergessen hatte, die Kamera an Markus zurückzugeben. Ich fragte mich, warum sie so lange dabeigeblieben ist und warum sie uns nie von ihrer Angst erzählt hat.

DEM VERWALTUNGSGEBÄUDE gegenüber, auf der anderen Seite der Ringstraße, befindet sich ein kleiner Park mit Bänken und einem Bouleplatz. Die hellbraunen Schotterwege sind von knöchelhohen Eisengeländern eingefasst, das Gras dahinter ist noch feucht vom Regen. Beim Gehen durch die hohen Halme werden die Turnschuhe nass und innen die Socken. Die Schuhe zeigen nach vorn. Am Rand des Parks, wo zwei Sträucher nebeneinanderstehen, hat man einen guten Blick über die Ringstraße auf das Verwaltungsgebäude und den Gehweg auf der anderen Straßenseite.

Sie kommt von links ins Bild, fester Schritt, eine große Handtasche über der Schulter, die schwer zu sein scheint und prall gefüllt. Auf halbem Weg zum Eingang versperrt ihr ein Mann mit Glatze den Weg. Sie erschrickt, weil sie zuvor auf den Boden geschaut hat. Der Mann macht große Gesten. Sie lächelt. Wahrscheinlich eine Zufallsbegegnung nach langer Zeit. Wäre der Mann mit der Glatze bewaffnet, könnte man nicht rechtzeitig reagieren. Der Verkehr auf der Ringstraße ist ein konstanter Strom, man würde erfasst und überfahren werden. Es gibt eine Fußgängerampel mit einem Knopf, um sich Grün zu wünschen. Würde er mit den bloßen Händen angreifen, wäre unter Umständen genug Zeit, man könnte dann noch rechtzeitig auf die andere Seite kommen.

Aber sie gehen kampflos auseinander, der mit der Glatze in die Richtung, aus der sie gekommen ist, und sie durch die Drehtür am Eingang in das Gebäude der Verwaltung. Es vergeht erstaunlich viel Zeit. Die Vögel in den Hecken pfeifen, hin und wieder wird die untere Hälfte des Gebäudes von einem vorüberfahrenden Bus oder Lkw verdeckt. Schließlich ein sehr dumpfer Laut, ein Donnern wie von weit unterhalb der Stadt, und fast zeitgleich das Zerspringen der Scheiben, ein helles Rauschen und Prasseln der Scherben, ein Flüstern, extrem laut, viel intensiver als der dumpfe Laut aus den Tiefen des Verwaltungsgebäudes. Dann ein durchgehender Ton wie ein Tinnitus. Rauchentwicklung ist zu beobachten. Ein paar Leute taumeln aus dem Verwaltungsgebäude heraus auf den Gehweg, sie haben ihre Hände vorne auf der Brust in die Pullover gekrallt und ringen nach Luft. Ein paar von ihnen brechen zusammen. Es riecht nach Gummi und nach Bratwurst. Jemand geht vom Eingang direkt auf die Straße, sein Gang ist seltsam schräg und torkelnd, ihm läuft Blut aus den Ohren. Er wird nicht überfahren. Die Autos auf der Ringstraße haben angehalten.

Dann kommt sie aus der Drehtür wieder heraus, mit einem Handy am Ohr, geht zur Fußgängerampel und drückt den Knopf. Ihre Tasche sieht jetzt viel leichter aus und weniger voll. In den Fenstern des Verwaltungsgebäudes spiegelt sich die Dämmerung, in den untersten Reihen verdeckt von den Silhouetten der Bäume des Parks und der Häuser dahinter, auf der anderen Seite. Die Silhouetten der Bäume und Häuser sind in der Spiegelung ganz schwarz wie Scherenschnitte.

Es wird grün, und sie geht über die Straße, in Richtung des Parks. Von vorne sieht es so aus, als wäre ihr Oberteil über dem Bauch ein wenig gespannt. Vielleicht ist sie schwanger. Sie geht direkt am Park entlang und an den Sträuchern vorüber, ohne etwas zu bemerken. Sie ist in ihr Telefongespräch vertieft.

Sie sagt: Ich kann es mir einfach nicht merken.

Im Haltestellenhäuschen schaut sie nach den Ankunftszeiten der Busse (man muss sich von den Sträuchern aus etwas nach vorne beugen, um das noch zu sehen). Sie beschließt, noch eine Station zu Fuß zu gehen, mit dem Telefon am Ohr, und geht die Straße runter, nach rechts aus dem Bild.